无名的名山

Anonymous Mountain peak

吕运斌◎著

作家出版社

吕运斌

1949年出生，湖北省武汉市人。武汉大学中文系毕业。

上世纪八十年代开始发表作品，《蓝湖》、《天馋》、《亭亭木兰花》等许多中短篇小说影响较大，尤其是《汉正街系列小说》，写尽了“汉口第一条街”四百多年的历史，写尽了八十年代汉正街小市民的人生百态，被称为“汉味小说第一人”。

2002年出版的长篇小说《中国蓝调》是一部大旱霓云般的精品，为北大读书会评选为大学生必读的作品。

长篇小说《无名的名山》，与《中国蓝调》中的人物命运相关联，作品有着更深的力度。

目　录

第一章　圆　房

少哉的父亲是汉口南洋兄弟烟草公司的茶房，为人忠厚勤劳，深得公司买办莫汗先生的喜欢。红毛碧眼的莫汗会说几句中国话，看到茶房常常会问：有什么事要我帮忙吗？

南洋烟草公司是汉口最大的公司，南洋大楼是汉口最高的楼，进出的不少是英国人和印度人。少哉的父亲在那里做事，每月有三块大洋的薪水，一年发两套洋布工作服，按月领毛巾、肥皂和澡堂子票，还有什么事情敢麻烦买办先生呢？

茶房不知道那是一句客套话，就像中国人见面问“吃了吗”，不是真要请你吃饭的意思。莫汗问了几回，茶房鼓起勇气说，儿子在乡下念完了私塾，想让他到汉口来上中学。

莫汗一怔，点了点头。

过了几天，莫汗告诉茶房：已经跟宝善堂的教会学校说好了，让你儿子去那里上学吧。茶房一听，高兴得差点将水壶掉到地上，连夜赶回长亭乡下，叫凤仙喊少哉来说话。

少哉正在做梦，凤仙拧着耳朵把他拉起来，喊道：“爹回了！”

少哉一惊，揉着眼睛问：“不是年不是节的，爹怎么会回来？”

凤仙说：“我怎么知道，你去问他。”

听到凤仙欢快的呼气声，少哉快要晕过去了。父亲这时候突然回来，该不是要他们圆房吧？

凤仙是少哉的童养媳，刚到他家的时候，瘦得像只猫。一晃十年过去了，变成个高大肥硕的女人。走起路来热气腾腾，管起少哉当仁不让，洗脸、洗脚、吃饭、睡觉……事无巨细。十五岁的少哉刚刚长起一点个子，她已经几次扑到床上，要把生米煮成熟饭，吓得少哉心惊肉跳。

少哉盼望父亲回来，又害怕父亲回来。逢年过节，父亲大包小包地带回一些乡下人稀罕的糖果点心来，好吃，好体面。可是父亲每次回来，少不得要教训他：好好念书，听你娘的话，早点成家立业……少哉是独生子，父母盼着他早点娶妻生子，传宗接代。比他大四岁的凤仙更是迫不及待，天天盼着父亲回来给他们圆房。

少哉穿上衣服，来到堂屋，果然见父亲坐在油灯下喝茶。他喊了一声爹，低着头站在一侧，等待发落。

父亲没有教训他，也没提圆房的事，而是咧嘴一笑：“收拾东西，跟老子走。”

“现在？”少哉一愣，不敢相信自己的耳朵。

“现在。”父亲说，“我们家祖上积了德，碰上莫汗先生这个好人，才提了一回你上学的事，他就放在心上了。”

父亲长年在茶炉前劳作，身上的皮被炉火烤干了，整个人缩得像粒核桃。在茶房里，他一身短打扮，铲煤、续水，干的是粗活。只有回乡，他才会换上一件洋布面的长袍大褂，再将里面的白袖口翻出来，像个有身份的人。

父亲端着茶杯，絮絮不休地说：汉口总共只有两处洋人办的教会学校，一处在租界里，收的是有钱人家的孩子；另一处在宝善堂，虽说是面对平民，也不是一般人家的孩子进得去的。

听了父亲的话，少哉喜出望外。汉口楼房比天高，汉口的马路宽又直，汉口的电灯不怕风，汉口人天天上戏园子……他做梦都想离开长亭，做一个汉口人。

母亲也很高兴，红光满面地挑亮灯盏，一边赶着为少哉缝制新衣，一边叮嘱：汉口是花花世界，莫放荡，要学好，等你有了出息，一家人跟着享福……

唯有凤仙拉着一张脸，撒着两只大脚片子叭哒进、叭哒出，不知是高兴还是在示威。

父亲看了她一眼，放下茶杯，缓缓地说："等他毕业了，回来给你们圆房。"

凤仙一阵脸红，竟问："还要几年？"

父亲说："三年。"

"再等三年，我都老了……"凤仙嘀咕一句，转眼不见人。

少哉的老家长亭，坐落在黄陂县城东南的武湖边上。两条小河从村前村后弯弯地流过，又有几方池塘散落在田畴绿野之间，二十几幢青瓦粉墙的宅子，疏疏朗朗地点缀在桑榆和岸柳丛中，晨雾蒙蒙，炊烟袅袅，像一张刚刚画完的水墨画。

少哉就像一只趴在画上的蟋蟀，忽然间要跳出这张画，离开这片生养他的水土，潮湿的空气里似乎有了一种淡淡的忧伤。这忧伤在他快乐的眼睛里添加了一点水雾般的迷茫。

雄鸡啼鸣，东方破晓，少哉该启程了。

少哉在房间里收拾东西的时候，凤仙闯进来，一把菜刀架在他的脖子上，嘴里恨恨地说："我听爹的，再等三年。敢在汉口好上了哪个女人，一刀劈了你！"

少哉口瞪目呆，哪里敢说半个"不"字？

宝善堂在汉口武圣路的对面，几座尖顶的洋楼里，有教堂、育婴堂和教会学校。一道高高的围墙挡住了人们的视线，一座挂着十字架的拱门，让人有种走进另一个世界的感觉。

少哉兴高采烈地来到汉口，原以为可以做一个自由幸福的汉口人，没想到教会学校近乎于苛刻的约束，让他像关进笼子的鸟一样郁闷。每天早晨，天还没亮就要起来祷告，穿长袍的教士没完没了地传递上帝的福音，到了晚上还得忏悔，检讨自己做过什么错事，犯下什么罪孽，乞求上帝的宽恕……只有礼拜六的下午，他才能回到父亲的茶房里，看着炉膛里跳动的火苗，闻着开水里的铁锈味，吃几块父亲从冠生园买回的糕点。

少哉开始想念家乡了。想念清清流过的河水，想念小荷林立的池塘，想念稻场上一起玩耍的好伙伴，想念母亲悠长的呼唤……甚至连汹涌澎湃的凤仙，也不觉得那么可怕了。在家里的时候，他常常故意不理她，故意惹她生气，故意藏在某个角落里看她着急，听着她的大脚片子叭哒叭哒进、叭哒叭哒出，真是好玩。

父亲发现他脸上没有笑容，劝导说：好好读书，毕业了，再求莫汗先生介绍你到洋行里去上班。

那是一个诱人的前景。

洋行里的先生们着西装，穿皮鞋，挽着小姐的臂膀进进出出，那种风光，让人心跳。

少哉在教会学校里憋了三年，读了不少书，学了一些天文地理，还会说一串“英格里西”，变成了一个留着小分头、双手插在裤袋里的翩翩儿郎。

这一年，日本兵打过来了。

华北沦陷，上海失守，南京屠城……中华民族到了最危险的时候。蒋介石把国民党的党、政、军机关转移到江城，武汉成了抗战的中心。十几位中国最著名的画家在黄鹤楼下联袂挥毫，一夜间画出了蒋委员长的巨幅画像。他站在长江边挥动巨手，号召全国军民：“地无分南北，人无分长幼，同仇敌忾，保卫大武汉……”

于是，大江沸腾，人潮如涌，武汉到了历史上最躁动、最热烈的时刻。各路政客粉墨登场，抗日精英云集三镇，集会游行、唱歌演戏、募款献金……每个人都发出最后的吼声，决心用自己的血肉之躯，坚守武汉，保卫中华。

身在教会学校里的少哉坐不住了。

那是一个令人不安的中午，阳光把早到的暑热逼进了宿舍，传教士强迫学生躺在床上午休。国难当头，岂能安稳在一张小小的床榻之上？十八岁的少哉把枕头藏进被窝，躲过巡查教师的目光，偷偷翻越过了围墙。

大街上满眼都是传单、标语、旗帜，到处是响彻云霄的口号，一场场活报剧把人们的情绪推向高潮。少哉立即加入到游行队伍中，和大家一起振臂高呼：“抗战到底，不做亡国奴……”

队伍游过五马路，游过汉正街，游到了三民路口的孙中山铜像前。铜像背南面北，仿佛千里跋涉，刚刚从滔滔的长江边爬上岸来。国父手扶一根拐杖，茫然地看着北方那片已经沦陷的国土。

铜像的背后跟着三条尾巴一样的马路：民生路、民权路、民族路，汇集在一起叫三民路。再往前，一条中山大道横贯汉口。

不知道是什么人的造诣，把一个伟大的理想如此具体地刻画在大街之上。国父屹立高台，看不见他眼里是忧患还是悲伤。但从体态上可以看出，他有些踌躇不前，有些举步维艰。由于氧化的作用，铜像发黑；由于发黑，显得十分遥远。

有人在铜像下搭了一个台子，台子上拉着一条蓝布横幅，上面写着“抗战救国献金会”几个大字。

忽然间掌声雷动，有人高喊：“蒋夫人到……”

众人屏住呼吸，看着台上走出一行贵妇来。她们一个个珠光宝气，春风满面，向众人频频挥手。

少哉的小分头被江风和热气吹乱。他挤在人缝里，认不得哪一位是蒋夫人，只是跟着别人拼命地拍手、跺脚、吼叫……直到把耳朵喊聋了，脚跺麻了，才看见夫人们把手上的镯子、脖子上的项链、耳朵上的耳环摘下来，放到献金台上。

“有钱出钱，有力出力，万众一心，共度国难……”口号震天，群情激愤。平民百姓倾其所有，把钱、把物、把能掏出来的一切都掏了出来，塞进台子上的募捐箱，扔进童子军的烟囱帽里。

少哉身上没带钱，摸遍几个口袋也没有摸出一个子儿来。他惭愧至极，摸到脖子上戴的一把银锁，毫不犹豫地摘下来扔进了募捐箱。他母亲这辈子生了七胎，前五胎夭折，只落下他和妹妹两人。一家人拿他当宝贝，打了这把银锁锁住了他的性命。如今他把自己的性命交给国家了，浑身上下有一种无法形容的解脱。他跟着人潮，跑过六渡桥，跑过新市场，跑到了江汉关。

江汉关是一座西洋式塔楼，汉口的海关，楼顶上的大钟敲出的钟声三镇都能听见。这一刻，大楼前围了一圈人，一男一女拿着一条鞭子又说又做，一场活报剧演到高潮；马路边，一支歌咏队随着鼓乐在纵情高唱：“热血沸腾在鄱阳，火花飞迸在长江，全国发出了暴烈的吼声，保卫大武汉……”

江汉关前的过江码头上，人头攒动。平时，轮渡一靠岸，人群像燕子一样从渡口飞起来，爬上堤坡，涌出栅门，有的搭车，有的步行，各走各的路，转瞬鸟散。

此时，少哉跑到此处，正好碰到一船人涌上来，马路上熙熙攘攘，热热闹闹。少哉看到十来个与自己年纪相仿的年轻人，背上背着简单的行李，手里提着网兜，一个跟着一个，从栅门里脱身而出。他们神态紧张专注，步履匆忙坚定，嗖、嗖、嗖地穿越马路，从江汉关前的台阶下鱼贯而过。

这一行人格外扎眼，这一行人有点特别。少哉的目光紧盯着他们，发现那领头人竟是自己的表兄石夫，便不假思索地冲了上去，一把抓住他的胳膊，大声喊道：“表哥，你们去哪里？”

石夫是长亭大户人家的少爷，天生叛逆，几次被父亲赶出家门。两年前，他从武汉大学跑回去，带领佃农冲进自家的深宅大院，把父亲缚起来游乡，把田地和财产分给了农民。乡下人传说他是共匪，当局通缉要犯的告示上，常常有他的名字。

少哉自幼与石夫情同手足，十分仰慕他的才华与豪气。几年不见，表兄更加风流倜傥，少哉欣喜万分，抓住他的胳膊不放。

石夫愣了片刻，认出少哉："你在这里干什么？"

"我到处找你！"少哉脱口而出，说的并非假话。他在汉口的三年中，不止一次跑去珞珈山。但只要提起石夫的名字，人家都摇头不应，讳莫如深。今天有幸撞见，他有一肚子话要说。

石夫看着少哉期待的眼神，只好跟身边的一个年轻人交代："你们先去，我马上就来。"

那一行人头也没回，嗖、嗖、嗖地消失在人流之中。

石夫回过头来问道："找我做什么？"

"我到汉口三年了，在教会学校念书。"少哉说，"一直想见你，却打听不到你的下落……"

"荒唐！"没等少哉说完，石夫仰天长叹，"怎么能到那种地方去念书？那是帝国主义文化侵略我们的场所，他们企图通过思想教化奴役中国人，让我们逆来顺受，你一个堂堂正正的中国人，尊严何在？"

石夫的话如雷贯耳，尤其是"尊严"二字，让少哉无地自容，只能结结巴巴地解释："是我父亲，他想让我着西装、穿皮鞋，到外国人的洋行里去上班……"

"日寇侵我中华，人民水深火热，怎么尽想着那些庸俗的事情？"石夫毫不留情地批评少哉，"关键在于你自己，是投身到抗日救国的滚滚洪流之中，还是做你的西装皮鞋梦？抉择吧！"

石夫说罢，甩开少哉，昂首而去。

少哉倒吸了一口冷气，缓过神，追上石夫，拉住他说："我抉择了，跟你在一起。"

石夫慷慨激昂："跟我一起有什么用？你应该投身到抗战的前线，用自己的鲜血和生命去保卫我们的国土！"

少哉小声说："我愿意……"

石夫站住了，回头问："你想好了？"

少哉低着头说："我早就不想呆在那个围墙里。"

"这不是开玩笑的事情。"石夫严肃地说，"跟我在一起，意味着时刻准备流血牺牲，为国捐躯。"

少哉坚定地点了点头，迎着石夫的目光大声说："我愿意！"

"好。"石夫抓住少哉的手，拍着他的肩，低声说，"三天后，我们北上……"

少哉一听，身上的汗毛立刻竖了起来。北上，意味着去革命，去造反，去当"共匪"。他听人说过，共产党是一群"流寇"，从江西跑到西北，重新树起旗帜，跟"中央政府"分庭抗礼。偷偷往那边跑的人，抓到了那是要杀头的。

"我愿意追随表兄，为国效力。"少哉的心咚咚直跳，喉咙管干得咽不下唾沫。

石夫紧紧地握着他的手，交待："回去做好准备，三天后的下午，在这里等我。"

少哉点头承诺："一定。"

"三天后，如果在这里没有等到我，你就直接到八路军办事处去报到，我会跟他们打招呼的。"石夫指着街里面的一片楼房，叮嘱："记住，三天后见。"

少哉紧握拳头："三天后见。"

石夫一阵风似的消失了。

虽然只有短短几分钟的时间，但少哉觉得自己变了一个人。他不仅找到了以天下为己任的感觉，还为三天后的约定而跃跃欲试。国难当头，匹夫有责，这是天大的道理，没有人可以阻挡。

少哉没有返回教会学校，也没有去南洋大楼找父亲。教会学校的教规严格，像这样出逃不归的学生，会受到严厉的处罚。父亲一辈子谨小慎微，只想着让儿子成家立业，传宗接代。如果告诉他说自己要北上抗日，落草为寇，不把他吓死才怪。

大街上，游行的队伍一支接着一支，街头演出一场跟着一场，飘撒的传单一张追着一张，这是何等磅礴的气势，何等喷射的热血！少哉忘记了白天、黑夜，跟着游行队伍跑遍了武汉三镇。

三天的时间超过了三年。

三天的感受影响了他的一生。

教会学校不见少哉的踪影，一封信送到南洋大楼，吓坏了老实巴交的茶房，惊动了期盼着圆房的凤仙。

凤仙急忙从乡下赶来，和父亲一起上街，四处寻找自己未婚的男人。

从江岸桥口，从大智门到四宫殿，他们跑遍了汉口的大街小巷，终于在新市场的大门口，看到了在人群中高呼口号的少哉。

父亲挤开人群，冲上前去，一把抓住儿子的手腕，声音哽咽地呼唤："日本人的飞机到了丹水池，扔下来的炸弹炸死几百人，赶快跟我回家……回家啊！"

少哉没有想到此时会落入父亲之手，更没有想到父亲身后跟着虎视眈眈的凤仙。他左顾右盼，众目睽睽之下无地自容。窝憋片刻，他一下挣脱了父亲的手，挥着拳头喊道："国难当头，好儿郎志在四方，我要上前线！"

父亲哇地大叫一声，扑通一声跪在了他的面前，哭喊道："我的儿呀，你是独生子，我们家传宗接代的根苗啊……日本人的枪炮不长眼，万一有个三长两短，我怎么跟祖宗交代啊……"

少哉有点心酸，眼泪在脸上也有些没挂住，但他却硬着头皮说："山河破碎，民不聊生，宁可断子绝孙，也不当亡国奴。"

父亲指了指身后的凤仙，更加伤心："她等了你三年，就是要上前线，也得先回去圆了房再说……"

丰乳肥臀的凤仙像一道闪电，让满街的汉口人瞠目结舌。围观者从她的大脚片子看到银盆似的脸膛，最后把目光落在她汹涌澎湃的胸脯上，一个个啧啧不已。

面对凤仙，少哉立刻觉得自己无比渺小，简直想找个地缝钻进去。可是凤仙已经冲上前来，一手拖出菜刀，一手揪住耳朵，提着他的脖子问道："你答应过我的，三年？"

"谁知道倭寇打过来了？"少哉在凤仙手下挣扎，"中华灭亡，迫在眉睫；夷敌虎视，国之将亡。多少国人痛心疾首，多少国人惴惴不安？我不能苟且偷生……"

"你说的话我听不懂，别人的事我不管，跟我回家！"凤仙胸脯起伏，怒气难平，抓住少哉往外拖，"我天天扳着指头数时辰，数啊数啊……数了一千零九十五天，整整等了你三年哪，你怎么说话不算数？"

父亲在一旁苦苦相劝："儿啊，只要你回去跟她圆房了，再去做什么都行……"

"我不……"少哉举起一条胳膊，破着嗓子高呼，"不打倒日本帝国主义，决不圆房！"

一家三口这么一跪、一哭、一喊，真情实感。街上的行人以为这里又在上演一场精彩的活报剧，大家围了过来，挤成一圈，哗啦啦地鼓掌喝彩："好……好！"

凤仙从未见过这种场面，也不知道这么多人拍巴掌喝彩是何等讲究。她一失神，松开少哉，看着众人发愣。

少哉趁机摆脱凤仙的挟持，从人缝里钻了出去，仓惶而逃。

父亲伏地痛哭："少哉，我的儿啊……"

凤仙回过神来，提着刀在后面紧追不舍："你跑不了！"

第二章　当　兵

孟子越在江汉路口摆了张桌子，插了个"募兵报名处"的牌子，报名参军的人就哗哗地来了。

孟家世袭，孟子越是亚圣孟轲的后代，出生于山东济南。他英俊威武，正直坦荡，绑腿一打，腰带一束，驳壳枪一背，浑身上下有一股齐鲁人的豪气，往报名处一站，就是一块活招牌。路过的人一看，嗨，有这样的兵，肯定能打胜仗，不由自主多了几分信赖。报名当兵的人见了，心中也多了几分光彩。

南京溃败之后，许多队伍只剩番号没有兵，有的连番号也丢了。孟子越的长官胡英杰告诉他，只要招到人，弄个番号并不成问题。

拉起队伍来吃军饷，是国军的传统。拉十来个人当班长，拉三十人当排长，拉一百个人当连长……武汉街头各种招募站林立，大小喇叭哇哇直嚷，拉人当兵成了一道热闹的风景。

报名当兵的人很多，孟子越却很挑剔，抬眼一看，身板不直的、四肢不全的、贼眉鼠眼的，统统不要。时不时还要询问几句：什么出身？家里有些什么人？为什么要当兵？问一问，心里便有了底——乌合之众怎么能扛枪打仗？

一辆人力车拉着胡英杰的贴身侍卫马驷奇来了，他跳下车，没站稳脚跟就指手画脚："孟子越，长官说了，不要太挑剔，凡是报名的都要，横挑鼻子竖挑眼地能招到几个人？"

孟子越反驳他："拉队伍是要打仗的，不能滥竽充数。"

"白痴！"马驷奇翻着眼皮说，"有的队伍打仗，有的队伍吃粮。我当兵多年，见得多了。"

孟子越忿忿骂道："中国败就败在你这种人手里。"

马驷奇反讥："败不败是蒋委员长的事，与我何干？你孟子越一个小小的排长，别在我面前充擎天大将军。"

他推开孟子越，往桌前一站，放开嗓门吆喝："我们是正规国军，军饷足额发放，打胜仗升官发财，赶快报名参加……"

马驷奇祖籍河南，一出生便跟父母四处逃荒。一场天花瘟疫死里逃生，落下一脸大花麻子。到了能扛动枪的年龄，混进吴佩孚的队伍里当兵吃粮。吴佩孚垮台以后，整编到胡英杰的手下。别看只是个勤务兵，胸前却挂了只怀表，一条亮闪闪的链子晃来晃去，十分扎眼。他吆五喝六，不时地把怀表从口袋里掏出来，煞有介事地看一眼，脸上的麻子咋呼得通红。

叫了半天，没有一个人前来报名，马驷奇有点心虚了，扭头招唤孟子越："这种活不是我干的活，还是你来吧。"

孟子越站在一边，不理。

他凑到孟子越身边，嬉皮笑脸地说："能拉到千儿八百的，胡英杰当上团长，咱们也跟着享福……"

"当兵是为了打仗，不是来享福的！"孟子越呵斥，"再瞎嚷嚷，把你扔到江里去！"

马驷奇抹了一头汗，退到一边凉快去了。

少哉摆脱父亲和凤仙的追逐，一口气跑到江汉关。这是石夫和他约好见面的地方。

此时已经是第三天的下午，他站在江汉关大楼的石阶上翘首四顾，始终没有看到表兄的影子。于是，他按照石夫指示的方向，去寻找八路军的汉口办事处。

他走进三阳路，左拐，右拐，绕了好几圈，找遍了洞庭街、鄱阳街、锦州道、长春街……却回到了原来的地方。

汉口的路很怪，没有方向，没有规律，越绕越晕头。这一带曾经是洋人的租界，街名改来改去，一笔糊涂账。问了几个人：知道八路军办事处吗？人家都翻眼，摇头。少哉无奈，只好重新站回到江汉关的石阶上，惴惴不安地等待着表兄。

太阳偏西了，江面上升起了耀眼的金光。石夫迟迟没来，少哉心急如焚。忽然间听到一阵喧哗，江汉路口人头攒动，还不时地爆发出一阵阵热烈的欢呼声。

少哉是个喜欢热闹的人，心一下被那欢呼声抓了过去。他依依不舍地朝江边看了一眼，还是不见石夫的身影，两条腿不由自主地走了过去。他看到了一张桌子，一个招兵的牌子。牌子后，站着挺拔英武的孟子越。孟子越身后挂着两道条幅，一边写着：国难当头，匹夫有责；另一边则是：

岳母刺字，精忠报国。

一股豪气扑面而来，少哉情不自禁地挤了进去。

报名处人头攒动，一位长者拉着一个青年人的手走到桌子跟前，先弯腰鞠躬，然后对孟子越说："老总，我送儿子来报名当兵……"

长者骨瘦如柴，顶着一头稀疏的白发，穿着一件打满补丁的蓝布长衫，声音有些沙哑。青年人也瘦，脸上毫无表情，黑黑的头发盖住了前额，皱巴巴的学生装看不清颜色。

孟子越拿出一张表格递给年轻人："会写字吗？叫什么名字？"

"会写字。"长者抢着回答，"我儿子原名李本善，做人之本，与人为善。如今倭寇占我河山、杀我同胞，岂能为善？我给他改了名字，从今以后叫李抗战。不驱除倭寇，决不返乡！"

一席话，说者动情，听者动心。孟子越客气地问道："老人家，您是做什么的？"

长者道："我是国中的教书先生，授的是国文。一辈子教人乾坤正气，忠孝节义，岂能不以身作则？他娘死了，我们相依为命……今天我把他领来，交给长官，共赴国难。"

孟子越扶住长者："老人家，倭寇武器精良，恃强凌弱。这一去，浴血疆场，生死渺茫，您放心吗？"

"山河破碎，儿何足惜？哪怕是战死疆场，也是一腔热血。来来来……"父亲把儿子拉到桌边，"写上你的名字，李抗战。"

李抗战脸色煞白，似有不甘地来到桌子边，在报名的表格上写上自己的名字。

"街坊邻里们，你们出来看看吧，我儿当兵了，他是中国人啊……"长者老泪纵横，朝孟子越深深一鞠躬："拜托了，带着他多杀敌寇，为国雪耻，为父争光。"

长者说罢，转身昂首而去，围观者莫不唏嘘。

孟子越立正行礼，目送老人家孤独的身影踯躅消失在马路尽头。

现场有人高喊："我报名、我报名……"

少哉再次回头，朝江汉关那边看了一眼，仍然不见石夫的身影。生怕父亲和凤仙追踪而来的少哉，随着人流挤到了报名队伍的前边。

"不要挤，大家排队，一个一个来……报名参军，为国尽忠，精神可嘉。不过，有几句话要给你们讲清楚。"孟子越举起手来，声音洪亮地对众人说，"当兵吃粮，行军打仗，出生人死，是个苦差事，不能只凭一时冲动。当了兵，就要服从命令听指挥，上战场不能贪生怕死，当逃兵的就地枪决。大家想好了，报了这个名，填了这个表，生死就由不得自己了。”

少哉早已听得血气冲天了，伸出胳膊喊了一声：“当兵不怕死，怕死不当兵！”

孟子越看到了少哉那均匀端正的身材和一张天真无邪的脸，不禁一声赞叹：“好样的，你出来。”

少哉向前跨了一步，直挺挺地站在孟子越的面前。

孟子越上下打量着他，脸上流露出欣赏的神色：“上过操？”

少哉说：“报告长官，我在教会学校念书，天天上操。”

“教会学校？学什么？”

“数理、生物、音乐……还有英文。”

“还会英文？是知识分子了。叫什么名字？”

少哉愣了，看了一眼木然的李抗战，突然回答：“我叫黄救国。”

“欢迎黄救国。”孟子越伸出右手来，双目炯炯有神地等待着他。

少哉手足无措，一时不知如何是好。

孟子越又说：“欢迎你参加国民革命军。”

少哉赶紧上前，紧紧地握住了那只手。

孟子越把他让到桌子旁边，给了他一张表格。

少哉伏下身子，毫不犹豫地写下“黄救国”三个字。

“好字。”孟子越看着他的一笔一画，称赞不已，“能否帮不会写字的人填表？”

少哉欣然答应，他拿起笔来，帮助报名的人一个个填写表格。

一个头发蓬乱、满身污垢的娃娃脸挤到报名的桌子边，拉着少哉的袖子细声唤道：“麻烦你，帮个忙……”

一听口音，是黄陂老乡。少哉问：“什么事？”

“我不识字，帮我填一个……”

少哉替他拿了一张表格，问道：“你叫什么？”

“姓杨，叫狗子，没有大名，杨家垸子的人。”

“啊，离我家不远。”少哉回头看了他一眼，想了想说，“杨狗子不好听，叫杨胜利好不好？”

“好好好。”他连连点头，“我爹娘都没取这么好的名字。”

少哉给他填了表格，又问：“怎么出来的？”

“六岁那年，老家淹水，逃荒到了汉口，住在一间破屋里。半夜大雨，墙壁倒塌，父母双亡。我无家可归，乞讨为生……”杨胜利声音哽咽，说不下去了。

少哉安慰道："等打走了日本强盗，我们一起回老家。"

填完表，报了名，杨胜利一下和少哉多了几分亲近，把心里最惦记的事掏出来问："当兵能吃饱肚子吧？"

"当然，不吃饱肚子怎么打仗？"

杨胜利又问："你是哪个村的呢？"

少哉顺口回答："长亭。"

杨胜利看着少哉的脸："长亭哪有姓黄的？"

少哉瞪了他一眼："你晓得就行，不要多说。"

杨胜利紧紧拉住少哉的袖子："不说不说，只要跟你在一起，我什么都不说了。"

马驷奇见报名的人来了这么多，跑过来帮忙收拾表格，清点人数。杨胜利挤在旁边，一只脏兮兮的手伸到桌子上乱摸，被马驷奇逮住了，拉出来喝道："小叫花子，多大了，你也想当兵吃粮？"

杨胜利看着他胸前晃来晃去的链子："十七。"

马驷奇嘴巴一撇："你有十七？脱了裤子看看，有没有长毛？"

"早长了。"杨胜利话音未落，将腰间的草绳一拉，大裤筒子哗地落地，两条腿光溜溜地暴露在光天化日之下，小腹下黑乎乎一片。

孟子越看见了，吆喝一声："胡闹！"

杨胜利赶紧把裤子提起来，咧嘴笑道："他说我鸡巴没有长毛，我让他看看，毛都长成鸟窝了。"

马驷奇一甩手骂道："行了，人小鸡巴倒不小。"

报名当兵的人一下来了许多，熙熙攘攘地挤满了街沿。孟子越借了旁边一家围墙里的场地，让报了名的人进去等候。

杨胜利坐在少哉身边，嘴里还在不停地嘀咕："长亭是个书香之村，取名字要按辈分来的，救国是什么辈分？"

少哉有点不高兴了："国难当头，保卫大武汉最重要，还管什么辈分不辈分？再啰嗦，我不理你了。"

"我不啰嗦了……看得出来，你是个有学问的人，我拜你为大哥，往后大哥叫我做什么，一句话。"杨胜利已经把少哉当作靠山，"大哥日后升了官、发了财，不要扔下我……"

少哉听了心里舒服，拍着他的肩膀说："走到一起来了，我们就是兄弟。"

杨胜利乐不可支，把一个拳头伸到少哉面前，慢慢摊开手掌："大哥你看，这是什么？”

杨胜利的指头修长，手掌里是一只带链子的怀表。

少哉惊呼：“哪来的？”

“你别管……”杨胜利诡异地一笑，将怀表往少哉手里一塞，“送给大哥的见面礼。”

少哉像烫到火一样把他推开：“三只手？”

杨胜利嘿嘿一笑，把手伸到少哉面前：“和你一样，两只。”

“做人要有尊严！”少哉斥责，“小偷小摸，怎么能担当起抗日救国的重任？”

杨胜利一脸听不懂的表情：“有什么？”

少哉加重语气：“尊严！”

杨胜利摇头：“我没那东西。”

少哉气得跺脚：“我叫你别做小偷！”

“卵屌！我只偷坏人，不偷好人。”杨胜利朝马驷奇那边斜了一眼，“那个麻皮脸，见面就欺负我，不偷他偷谁？”

少哉一看，马驷奇胸前那条闪亮的链子果然不见了，回头谴责道：“不管怎么说，偷东西是不对的。何况你现在已经当了国军，这毛病不改，怎么扛枪？怎么打仗？”

杨胜利嘿嘿地诡辩：“那不一定，到时候我把日本人的枪炮都偷过来给你，抗战不就胜利了吗？”

“把东西还给人家。”少哉警告，“不然，我不认你这个兄弟。”

“听大哥的。”杨胜利立马起身，跑到报名处晃了一阵，回到少哉身边时，那条链子又银光闪闪地挂在马驷奇的胸前。

面无表情的李抗战，恹恹地坐在少哉的另一边，脸色阴沉，眼睛空空地看着天，不知道在想什么。

少哉主动搭讪：“在哪里上学？”

李抗战心不在焉地“唔”了一声，不知所云。

少哉说：“你叫抗战，我叫救国，他叫胜利，我们是三兄弟。”

“好哇，桃园三结义……”杨胜利立马拍手赞成，“他是大哥，我是老二，你最小，老三。”

李抗战瞪了他一眼，侧过身子不理他们。

“给脸不要脸，什么玩意儿？”杨胜利喝道，“过来！”

李抗战没动。杨胜利跳起来，把他拎到少哉的身边，硬摁着他的头，三个人一起拜了天地。

“他是你大哥，我是你二哥，敢不听我们的，掐死你。”杨胜利指着自己的鼻尖，色厉内荏地威胁，“喊大哥、二哥！”

“大哥、二哥……”李抗战像蚊子似的唔了两声，整个人像条被开水烫过的泥鳅，鼻子眼睛缩得看不见了。

天气闷热，坐在围墙里的人一时都不说话了，各人想着各人的心思。奔波了几天的少哉有点累，随着西下阳光，眼前也恍惚起来。不知为什么，他心里有点空。当兵了，说开拔就开拔，什么时候才能回家呢？

可怜的父亲这辈子最大的指望就是传宗接代，这一走，他的指望什么时候才能实现？母亲含辛茹苦，在老家耕种着几亩薄田，支撑着祖宗传下来的家业，哪一天才能过上一家团聚的日子？

奇怪的是，他甚至还有点舍不得凤仙，连那个汹涌澎湃的影子也在眼前晃了起来，凤仙变成了一座飘荡的岩石……如果不是日本人打过来，这会儿该毕业，该回去圆房了。他可以想见凤仙那种欢欣鼓舞的情形，却不知道跟她在一起时会是怎样的惊心动魄……

少哉正在沉迷之际，忽听一阵叭、叭、叭的脚步声沿着马路牙子踏过来了。一个苍凉的声音接踵而至：“少哉，我的儿啊……”

少哉一惊，睁开了眼睛。

围墙外的马路上，凤仙的两片大脚踏起了一串烟尘。父亲跟在她的后面，一路呼唤着，跌跌撞撞地寻了过来。

少哉一低头，藏到杨胜利背后。

杨胜利问：“找你的？”

少哉的头在他背上撞了一下：“别出声。”

父亲喊到了报名处，扑到桌子跟前，对孟子越求情道：“长官，有没有一个叫少哉的在这里报名？”

孟子越翻了翻报名的表格：“没这个人。”

老人家又扑到围墙边，对着一片黑压压的脑袋，老眼昏花地哭喊道：“少哉，你要当兵我不阻拦，凤仙等了你三年啦，回家圆了房再去也不迟啊……”

凤仙走进围墙，一看那么多男人的眼睛像针一样扎向自己，赶紧缩回了头，不敢朝里张望。

杨胜利看到了凤仙，声音潮潮地问：“你媳妇？”

少哉不出声，泪水落到地上。

杨胜利盯着凤仙的胸脯，惊叹不已：“天啦，好大两座山，爬上去过没有?”

少哉又撞了一下他的后背：“闭嘴。”

杨胜利说：“要走了，去跟他们说句话。”

少哉喉咙发哽：“我怕一说话，就当不成兵了。”

杨胜利感叹：“我要是你，哪里也不去。”

少哉的头狠狠地撞着杨胜利的后背：“不要说了……”

第三章　杀　人

张三风是个黑脸膛、宽肩膀、说一不二的汉子，老家在大悟县靠山店附近的畈上。

那一天早上，他挑了担红薯到靠山店赶集，筐子一并摆在街边叫卖。

一个女子走过来，笑吟吟地问道：“多少钱一斤?”

张三风抬头一看，女子两道娥眉下闪着一双黑眼睛，跳跃的光泽让他心头一颤，顿时乱了手脚，瓮声瓮气地答道：“你拿，想吃尽管拿……”

女子笑得更欢了：“哪有随便拿人家东西的?”

张三风说：“我愿意。”

女子拿了一个红薯，笑吟吟地走了。

收市后，张三风到河边洗脚，又碰见那个女子。

她白齿一闪，问：“你是哪里的?”

张三风说：“畈上。”

大悟县紧靠着黄陂北乡，境内全是山，没有一块像样的平地。畈上畈下，大约也就是一条河沟，两厢坡地，几户人家而已。畈上离靠山店不远，连着一条河，隔了一道山，起个早床，打个哦嗬就到了。

张三风问：“你是哪里的?”

女子的肩膀朝靠山店一歪：“北头。”

靠山店一条街，从北到南二里长，是北上武胜关，南下黄陂、汉口的要冲。女子说的北头，在靠山店尽头的一个山崖下。抬眼望去，一片老林子，几间毛石屋，看那光景也不是富足的人家。

张三风的胆子大了，问：“种地还是葛麻?”

女子说：“种地，也葛麻。”

靠山店一带山不高，水不长，河边的沙地上种苧麻。割了苧麻泡进河里，三七二十一天之后，剥皮、去浆、漂洗，理出头绪来交给姑娘婆婆媳妇们去纺线、去葛麻。纺出来的线，葛出来的麻，可以卖钱，也可以织成夏布，做蚊帐，缝夏衣。女子身上穿的，正是一件夏布短袖衫。线纺得细，布织得匀，麻黄中带着一点嫩绿，衬得她的皮肤白里透红。

张三风痴痴地看着她，满眼睛尽是风和云，忘记了说话。

女子问："你是张三风？"

张三风一惊："你怎么知道？"

女子只笑不答："那还不容易？"

张三风问："你叫什么？"

女子说："玉叶。"

张三风的心又是一阵狂跳：山里的女子也叫玉叶？真叫人心疼。

女子问："下一个集还来不来？"

张三风肯定地说："来。"

女子说："你的红薯好吃。"

张三风说："吃多少由你拿。"

当他抬起头时，玉叶已经笑着走了。

等到下一个集，张三风忙了一天一夜没睡觉。白天里，挖了红薯，挑大的洗净涮干。到晚上，用木炭生了火塘，火塘上煨了谷壳，文火里烤着几个最大最老的红薯。他精心地焖，细细地烤，焖得内黏外焦，烤得香气四溢。然后用手巾包好，捂在怀中，等鸡叫三遍，挑起担子上路。

到了靠山店，天不亮，雾正浓，人未醒。

他歇下挑子，捂上嘴，朝着北头喊了一声："玉叶……"

雾散了，天亮了，太阳出来了，玉叶红红地来了。

张三风掏出红薯，揭开手巾，双手捧到她面前："热的……"

玉叶还是那样快活，还是那样吟吟地笑。她拿起一个，当着张三风的面掰开，红薯的心像果肉一样鲜红，甜滋滋的热气像佛香一样飘渺。玉叶咬了一口，将另外一半递到张三风的嘴边。两人你一口、我一口，咬得满街都是他们的甜和香。

张三风和玉叶好上了，逢集就往靠山店跑。卖完了红薯卖青豆，卖完了青豆卖大葱……他是个地里的好把式，种什么收什么，总有卖不完的东西。实在没有什么可卖的，也跑过来，帮玉叶割苧麻，替玉叶挑河水，晚上一起追着乡里的楚戏班子看《葛麻》。

那是一曲笑死人的乡间戏谑剧。一个暴富的财主要悔掉女儿的婚事，女儿两头为难。长工葛麻路见不平，鼎力相助，嬉笑怒骂中，唾弃嫌贫爱富的财主，帮助文绉绉的书生，使有情人终成眷属。戏里的对白，是乡下人的最爱。他们俩学着那抑扬顿挫的腔调，一人一句地喊道：

“张大洪。”

“小婿在。”

“狗奴才。”

“是岳父大人……”

喊了笑，笑了喊，满山满水都是他们的笑声。

月亮出来了，要分手的时候，两人如胶似漆。

玉叶说：“我送你。”

送到畈上，张三风说：“我送你。”

送到畈下，还是舍不得离开。如此畈上畈下，把路都跑光了，两人的手还是紧紧地绞在一起。

路边有一棵树，树干弯着腰，好像一座桥。

张三风伸出双手，一把将玉叶抱到“桥”上，身体扑了上去：“玉叶，我要你！”

玉叶夹紧双腿：“我怕……”

张三风哄她：“不怕。”

玉叶坚持：“痛……”

张三风急中生智：“用指头挠过耳朵眼没有？”

玉叶点头：“挠过。”

张三风问：“指头舒服还是耳朵眼舒服？”

“当然是耳朵眼舒服。”话一出口，玉叶顿时颠笑起来，打他：“你坏……”

张三风趁机解了玉叶的扣，剥了玉叶的衣。自己一晃肩膀，一抬大腿，浑身脱了个精光。

凉风轻拂，月光如水。

一个通体剔透，一个健壮如牛。

两个鲜活的肉体毫不含糊地扭在了一起。

张三风舔着玉叶的耳颊：“我要进来了。”

玉叶迫不及待：“快点！”

一个如溅着火星的钻头，一个是微微张开的缝隙，一声听不见的吱扭，一道看不见的电光，张三风插进去的是整条性命，玉叶喷出来的是沸腾的血脉。

一个晚上，张三风使出浑身的劲，抱着玉叶，摇得树叶满天飞，摇得月亮红了脸，摇得太阳冒了尖。

张三风一身爽快，一身大汗，仰天大叫："玉叶，我要娶你！"

玉叶一脸绯红，一身栀子花开的清香："快送聘礼来。"

张三风当即砸下话："三天后上门提亲！"

其实，从见到玉叶的第一天起，张三风就开始准备聘礼。照大悟县的规矩，三茶六礼七十二盒点心一样也不少。

到了第三天，满山遍野的栀子花都开了。张三风换了新衣，请了媒人，挑了礼盒，一路春风，喜气洋洋地来到了靠山店。

集市上张灯结彩，琴瑟鼓乐，好不热闹，是哪一家的喜事？

路人告知，靠山店的大户，刘老八家的大少爷刘万德娶亲，当街摆起了流水席。

流水席是大排场，有钱的大户人家遇上喜事，都这么操办。无论是亲朋好友，还是素不相识的山野路人，只要来了就是尊客，坐上桌子就能吃，吃的是个喜庆和面子。

张三风问："谁家的女子，这等荣耀？"

路人回答："北头的玉叶。"

张三风一听，晴天霹雳。

打听一番才知道，那天他们在畈上分手之后，玉叶高高兴兴回到靠山店，却在街头碰到了本地大财主的少爷刘万德。

刘万德是个欺压乡邻的恶霸，十里八乡凡是他看上的女子无一幸免。当他看到一身阳光、一身露珠的玉叶从身边经过时，人像被电击中似的半天抽不上气来。回到家里，当即叫人送了帖子，要娶玉叶做二房。

刘家财大势大，玉叶父母不敢违抗。玉叶不从，拔腿就往畈上跑，却被刘万德的人追了回来。在张三风挑着聘礼来靠山店的一个时辰前，一顶花轿抬走了玉叶。

一听说是刘万德，张三风的牙齿咬得格格响。今天，不仅要夺回自己的玉叶，还要为乡亲们出出这口恶气。他打发了媒人，担子一横进了屠夫铺，用一担聘礼换了一把杀猪的尖刀，藏在腰间。出来的时候，手里提着一盒点心，脸上挂着冷笑，走进了流水席。

刘家一座上下两重的老宅子，围着一道青砖的封火墙，是靠山店最风光的门第。流水席从院子里摆到大门外，延绵了半条街。进院子的手上都提着礼盒，有报子在门口迎接并且高声呼喊："某某客人到……"

张三风来到刘家门口，报子问：“客从何而来，怎么称呼？”

张三风直着脖子说：“畈上，张三风。”

报子喊道：“畈上张三风到……”

张三风相信，这一喊，玉叶是能听到的。

院子里摆了二十张八仙桌，专门有人张罗带领客人进入席次，张三风坐在第九张桌子上。他抬起头来，看到大红灯笼高高挂，看到燃起的红烛在风中飘，看到刘家老爷拱手迎客，恨不能将这座宅子一把火烧掉。

有人高喊：“新郎新娘敬喜酒……”

张三风把手伸到腰间，握住刀把。

刘万德又黑又胖，身穿礼服，头戴礼帽，帽子上还插了一尾鸡毛。他频频举杯敬酒，满脸堆笑。

玉叶凤冠霞帔地跟在新郎身后，虽顶着大红盖头，却一眼就看到了席次中的张三风。她一动三摇，从那呆滞不爽的身段足以看出她的万般无奈。她从衣袖下伸出半只手来，做了个张三风才能看得见的手势，告诉他千万不要轻举妄动。

“满上满上……”新郎提壶，新娘把盏，挨桌敬了过来。

张三风低着头，看到一双绣花鞋走到了跟前，闻到了栀子花的香气，看到泡沫在酒杯里翻滚。

玉叶举起酒杯，双手奉上，小声道：“人多势众，不可妄动。”

张三风接过杯子：“喝了这杯酒，跟我走人。”

两人言来语去，像戏台上的说词。

新郎好生奇怪：“你们相识？”

张三风靠上去，顶住他的肩膀：“何止相识，她肚子里已经有了老子的骨血。”

新郎开口骂人：“操你娘，敢跟老子开玩笑！”

张三风不急：“让她走人，相安无事。”

新郎火了，一耳光抽过来，伸手抓住了张三风的衣领。

张三风一笑，左手扔了杯子，右手的尖刀插进了新郎的肚子。

院子里，宾客们划拳猜令，喝得正酣。

张三风拉着玉叶的手跑出大门时，新郎才轰的一声倒在地上。

当天晚上，刘家人带着民团血洗畈上，张家九口被斩尽杀绝。

张三风走投无路，带着玉叶逃到了汉口。

他们找不到落脚的地方，只能在这个浮动的城市里，东躲西藏，风餐露宿，朝不保夕。看见路口一块招兵的牌子，张三风一咬牙说：“我去当兵。”

玉叶一听就哭："我跟你去……"

张三风吼道："你有孕在身，怎么能跟我去？"

玉叶哭得更惨："你走了，我去死……"

张三风跺脚："哭什么，等我当了兵扛了枪，回去把那狗入的杀光，给我一家人报仇！"

围墙里坐满了人，报名当兵的人数超过了孟子越的预期。眼看时辰不早，他走进围墙，来到新兵中间，给大家讲解一些入伍后应该注意的事项，马路边报名处的桌子前只留下了马驷奇。

张三风挤进人群，走到桌子跟前问道："还要人吗？"

马驷奇的眼睛却盯着张三风身后的玉叶："要哇……"

张三风敲着桌子说："我叫张三风，报个名。"

马驷奇其貌不扬，却很好色，无论走到什么地方，少不得拈花惹草。说话间他的手伸到了玉叶的脸上："你也是来当兵的吧？"

玉叶连忙往张三风的身后躲："不，我不是……"

"那就是来慰劳国军的啰？"马驷奇在她脸上拧了一把，"有这样的女人慰劳国军，保证士气大增。"

张三风将玉叶拉到身后，气呼呼地凶到马驷奇的面前："动手动脚干什么？"

马驷奇说："欢迎你们一同参加国军。"

张三风冲着他喊："她要养孩子。"

"已经有孩子了？"马驷奇在嬉皮笑脸，"偷情的吧……"

张三风怒不可遏，一把抓住马驷奇的衣领，顺手将他提起来往地上一扔，横着眼睛骂道："胡说八道，老子宰了你！"

马驷奇被摔了个仰面朝天，翻身爬了起来，从腰间掏出枪来顶住张三风的胸口："狗入的反了，一枪崩了你……"

张三风哪里把这个麻脸痞子放在眼里。他卡住马驷奇的手腕一掰，那枪就指到天上去了。

两个老兵跑过来，一个抱住张三风的腰，一个掰住张三风的手，替马驷奇解了围。

"这小子吃了豹子胆，敢跟老子动手，小命不要了……"马驷奇当众出丑，恼羞成怒，挥舞着手里枪喊道，"给我绑起来，以破坏抗战论处！"

玉叶吓得跪地求饶："老总，放了他……"

围观的百姓七嘴八舌地嚷开了："这不是欺负人吗？这种兵，还能打日本……”

“这话是谁说的？有种给我站出来！”马驷奇掉转枪口，吓唬众人。

“有种跟日本人拼命去，拿枪吓唬老百姓算什么东西……”众人不服，互相推搡起来。顷刻间，募兵桌前乱成一团。

在围墙里招呼新兵的孟子越听到外面的吵闹声，连忙冲了出来。一见又是马驷奇惹事，厉声弹压：“不要动手！”

新兵们也涌了出来，见此情形纷纷加入其中，指责马驷奇仗势欺人，甚至有人鼓噪：“这兵没当头了，我们走人……”

“别闹了，像你们这样，怎么抗日救国……”

场面越来越乱，挤在人群中的少哉十分着急。他左说右劝，没人理会，情急之中把手伸到腰间，碰到揣在身上的一摞传单，心口狂跳起来。

这是他在街上跟着游行队伍奔波数日收集的宝贝，每一张传单都写得豪情万丈。他灵机一动，掏出传单往空中一撒，红红绿绿的纸片像燕子般地飞了起来。

与此同时，他跳上桌子，伸手一划，大呼一声：“同胞们……”

这一把传单，一声呼喊，吸引了人们的注意力。大家停下手来，放弃了相互间的推搡和纠缠，把目光集中到了他的身上。

“日本鬼子打到家门口了，现在是保卫大武汉的关键时刻，我们不能在这里自相残杀！”少哉一张嘴，憋了多日的演讲词一齐涌了出来，“一百多年以来，我们泱泱中华大国，为什么屡屡遭受世界列强的凌辱？一个最重要的原因，就是人心涣散、一盘散沙、内斗不断、尊严丧尽……”

“这位弟兄讲得好！中国人只有团结一致，同仇敌忾，打败倭寇，才有出路。”孟子越接过少哉的话头，对众人拱手道，“刚才我们这位弟兄出言不逊，还请大家多多包涵。”

马驷奇一脸的不情愿，丧气地蔫在一边。

孟子越拨开人群，来到张三风和玉叶跟前，诚恳地说：“刚才一事，若对二位有冒犯之处，深表歉意。”

个性刚烈的张三风一时不知如何是好，拉起玉叶的手，一边摇头，一边后退，急着离开这个是非之地。

孟子越却喊住他：“兄弟，请留步。”

张三风回头，疑惑地看着孟子越。

“长官叫你过来，不要害怕。”少哉挤到张三风面前，“我也是刚报名当兵。这位长官通情达理，跟着他去打鬼子，不会错。”

张三风从孟子越真诚的眼神里感受到一丝暖意，停住了脚步。

孟子越和善地问："真想当兵？"

张三风回答："当然。"

孟子越看了看玉叶蜡黄的脸色和怀孕的身体，对张三风说："二位再商量商量，想当兵我们欢迎，如果有难处，不要勉强。"

张三风说："无路可走，只能当兵。"

孟子越问："媳妇怎么安顿？"

张三风摇头："顾不得那么多了。"

这个身板硬朗、虎虎生风的汉子，让孟子越由衷地喜爱。他拍着张三风的肩膀说："天灾人祸，家仇国恨，每个人心里都有一本账。我们憋着这股子劲，有什么仇不能报，什么恨不能雪？"

"长官……"玉叶叫了一声孟子越，万般无奈地点了点头，"这一去，要多久？"

"不要问了。"张三风抓住玉叶肩膀，把她朝外推，"找个地方，把孩子生下来。"

孟子越将手伸进胸前的内衣口袋，掏出仅存的两块银元递给玉叶："打败倭寇，他就回家。"

玉叶像被火烫了似的把手藏到背后，连连摇头："不敢……"

张三风也挡住孟子越的手："长官，使不得。"

孟子越对张三风说："先收着，让她回去安顿家务、生孩子。日后你打仗立了功，用军饷还我。"

张三风抬起头来，看着孟子越："你们要我了？"

孟子越点头："有你这样的兄弟，不愁强虏不灭、国家不强。"

张三风百感交集，回头对玉叶说："回去吧，等我回来。"

玉叶一把抓住张三风的手："孩子生下来，叫什么？"

张三风仰天长啸："张复仇！"

第四章　营　盘

傍晚时分，胡英杰带着两辆卡车来接新兵。看到围墙里坐满了人，他拍着孟子越的肩膀高兴地说："又是一个连的兵到手了。"

胡英杰眉清目秀，一表人材，一嘴吴侬软语，自称是蒋委员长的同乡，在军中吃得开。日本人攻打南京之前，他是国民革命军第135团的一个营长。南京陷落，日本人屠城，胡英杰虎口逃生，混在难民中，逃出了南京城。

那时候，孟子越只是胡英杰手下的一名排长，他带着一排人杀出南京，辗转数千里，整整齐齐地赶往集结地报到，让胡英杰喜出望外。幸亏还有这个排，才使得135团有了恢复番号的本钱。

孟子越向胡英杰报告募兵的情况，马驷奇吆喝着新兵们抓紧上车，两辆卡车很快塞满了人。

夕阳下，高耸的江汉关大楼披上了一身金华，东去的江面上泛着粼粼波光，过江的轮渡冒着浓烟，把一船又一船的人接过来、送过去。

跟在队伍中的少哉准备登车，无意间他回头一看，只见石夫正从江汉关那尖尖的阴影中走出来。

他高兴地举起手呼喊道："表兄，我在这里……"

石夫寻声而至，看到眼前的情景，无比惊讶地问："你怎么不等我？"

少哉说："等了你一整天，眼看时辰不早，在这里报了名。"

石夫把少哉从队伍中拉出来："跟我走。"

少哉一脸困惑，不解地问："为什么？"

石夫说："这是国民党的军队……"

马驷奇冲过来挡在石夫的面前："干什么？"

石夫指着少哉说："他是我的表弟，我们有事商量……"

"慢点。"马驷奇伸手拦住他们，"报了名就是参了军，参了军就是军人，当逃兵，军法从事！"

"长官，"少哉一脸真诚地跟马驷奇解释，"表兄鼓励我抗日救国，我们说好到八路军办事处报名，因为没找到地方，我才在这边报了名。"

"好哇……"马驷奇刚才的一肚子怨气还没消，正好逮住少哉发泄，"敢去投奔共匪，先把你抓起来。"

石夫不屑地瞪了马驷奇一眼："现在是国共合作，八路军也是国民革命军的一部分，都在蒋委员长的领导之下，谁是匪？"

"既然都在蒋委员长的领导之下，为何一定要拉这位兄弟去投奔八路呢？"胡英杰走过来，把马驷奇挡到身后，指着石夫鼻子说，"我们是正统的国军，抗战的主力，国家的栋梁！而你们，有几个人？几条枪？只不过是蒋委员长刚刚收编的一伙流寇，龟缩在西北的穷山沟里共产共妻，成不了气候。放着光明大道不走，硬要拉他走歪门邪道，是何居心？"

石夫毫不示弱："共产党、八路军才是真正的抗日队伍，这一点连蒋委员长都是承认的。我们的人虽然不多，武器也很落后，但是我们真理在手，能够动员全中国亿万人民起来抗击日本帝国主义。所谓共产共妻，以讹传讹，无稽之谈。我们走的才是一条真正解救民族危亡的道路……”

“这是共党宣传，蛊惑人心。放在戡乱时期，非杀头不可。”马驷奇在一旁跳起来嚷嚷，“再不滚，扣你一个制造摩擦、破坏抗战的帽子，送军法处严办！”

杨胜利已经上了车，看到少哉还在下面与人纠缠，不知发生了什么事情，急忙从车上跳下来，拉着少哉的手说：“快上车呀，上面都快没地方站了……”

眼看僵持不下，少哉左右为难，只得转而对石夫说：“表兄，反正都是抗日救国，将来在战场上见吧。”

石夫两眼圆瞪：“你要想好了，这可是两条完全不一样的路！”

胡英杰一声冷笑：“兄弟，人各有志，不可强求。你要是还在这里纠缠，别怪我们不客气了。”

“表兄，后会有期……”少哉被杨胜利拉上了卡车，扭过头来与石夫挥手告别。

“蠢蛋，你会后悔一辈子的！”石夫跺脚，愤然而去。

当时，少哉并不理解石夫这句话的含意。多年以后，每当他想起这句话，都悔恨不已。

开车了，胡英杰把孟子越拉进驾驶室，兴奋地说：“我终于见到了司令长官，报告了我们募兵的进度之后，长官将135团的番号给了我。”

军中给番号，就是给官衔、给地位、给军饷。胡英杰得意洋洋地告诉孟子越，幸亏他从南京逃出来的时候，身上带着几根金条。若不是用这几根金条打通关节，哪能见到司令长官？哪能顺利地要回135团的番号？

不过，135团是个守备团，执行的只是一些军事目标的守备任务，一般情况下不会到前线作战，这与孟子越浴血疆场的愿望相差甚远。他怏怏不快地问道：“驻守哪里？”

“岱家山，汉口的北边。”胡英杰往外一指，“开车到市中心，一个多钟头就到了。”

孟子越看着车窗外移动的景物，若有所思地说：“团长，人马招得差不多了，求你高抬贵手放我走，我想去作战部队。”

“前线打得惨烈，一个师一个师上去都打光了，你想去送死？”胡英杰话说出口，觉得有点露骨，伸出一条胳膊搭到孟子越的肩上，“其实我也不想缩在城里头，大丈夫应该上前线，真刀真枪地干，死了也光彩。可是蒋委员长说了，抗战不分前方后方，都有建功立业的机会。”

他掏出烟盒，抽出两支烟来，递给孟子越一支，自己咬一支，点着，吸了一口，喷出烟雾，语重心长地开导孟子越：“你我兄弟一场，难得这么对脾气。我已经想好了，参谋长的位子给你，少校军衔，全团的军务都归你管，想怎么干，尽可以一显身手。”

把孟子越从一个排长一下提拔为少校参谋长，是一步登天的事。换了别人，早已是感激涕零。这种情形之下还推三阻四，就有点不近人情了。孟子越权衡再三，只好退一步说：“队伍刚拉起来，我先帮你支撑一段时间。打起仗来，我还是要上前线的。”

“行，打起仗来，我们一起上前线。”胡英杰嘴上敷衍，心里绝对不想放走孟子越。一个团千儿八百号人，乌七八糟的事情多得是，没有一个心眼正、脾气直、有能耐的角色真镇不住。

他问孟子越：“你看马驷奇这家伙怎么安顿？”

孟子越随口答道：“他是你的侍卫，怎么使唤还不是你一句话。”

胡英杰说：“他扛枪也有这么多年头了，照理给个连长也不过分。可这家伙摆在哪里都让人不放心啦……我琢磨着，给个副参谋长的虚职，你看怎么样？”

孟子越嘴角挂起一丝冷笑，明白胡英杰的用心。

马驷奇的德行，人尽皆知。然而他是胡英杰的心腹，大小事情，一拍即合，关键时刻，胡英杰少不得这个人。此话并不是真的征询孟子越的意见，只是跟他打个招呼罢了。

拖着新兵的卡车出大智门，过江岸，绕丹水池，到达岱家山营盘时，胡英杰已经和孟子越把135团的事情商量得差不多了。

下车后，胡英杰把马驷奇叫到一边：“团部的架子搭起来了，你跟了我这么多年，忠心耿耿，给你一个副参谋长的职位吧。”

马驷奇眼睛一翻：“参谋长是谁？”

胡英杰说：“孟子越。”

“我不鸟他！”马驷奇麻脸通红，跳起来嚷嚷，“我扛枪的时间比他早，凭什么给他当副手？让我到下边去，哪怕当个连长也行。”

胡英杰一笑，心里明白了。

兵营里有说法，连长连长，半个皇上，大炮一响，黄金万两。马驷奇不要虚职副参谋长，要当那半个皇上。

胡英杰顺手往卡车那边一指：“行，这个新兵连交给你，带不好找你算账。”

“好呃！”马驷奇身子一歪道，“我干出个样子来给你看看。”

车子一停，新兵们跳下车。

少哉站稳脚跟一看，暮色中觉得这地方有点眼熟，正四下打量，只听杨胜利说：“岱家山。”

岱家山是汉口北面的最后一道屏障。左边滠口，右边盘龙城，中间是稀泥湖。滠水、府河在这里汇合，然后注入长江。两河交汇处，平汉铁路横跨而过，三座铁桥像三道铁匝，锁着这条命脉。火车每到此处，汽笛鸣叫，拖着一道长长的白烟轰隆而过。三座铁桥的两边，修筑了钢筋水泥的碉堡。碉堡上插着青天白日满地红的旗帜，与岱家山上的防御工事遥相响应。

岱家山不高也不险，但在这片河网湖汊之中，倒也显出了几分峥嵘。据北的一面坡崖陡峭，重重叠叠的明碉暗堡连成一片。背后是一片平缓的坡地，坡地四周用一人多高的铁丝网围了起来，里面堆满了全市的百姓为军队缝制的被服。

135团的营盘是几十顶大小不一的帆布帐篷，像蘑菇一样长在绿草里。新兵们从未见过这种东西，对这个用四根绳索支起来的帆布篷子稀奇得不得了。杨胜利冲进去左翻右看，回头问少哉：“会不会漏雨？”

“这是军用帐篷，怎么会漏雨呢？”

少哉自称内行，在教会学校看西洋电影时见过。第一次世界大战，凡尔赛的军队远征欧洲，住的就是这种帐篷。军号一响，那些士兵像弹簧一样从帐篷里蹦出来，列横队，敲起鼓，吹着号，抽筋般跨步前进，向敌人发起进攻。两边都开枪了，枪口喷出白烟，却听不到声音。士兵骤然倒下去，立刻有人补上去，仍然敲鼓、吹号，跨步前进……

他洋洋得意，把个军中帐篷说得神乎其神。

一旁有人插进话来，不以为然地说：“老朽以为，帐篷这东西，并非洋人专利，中国自古有之。姜子牙带兵打仗，住的就是帐篷。古书里常说，决胜于千里之外，运筹于帷幄之中，那帷幄就是帐篷。看过京戏没有？戏台上一声高喊，某某元帅升帐……金鼓齐鸣，令箭发下，帐篷里便开始点兵了……”

说话的是何进修，自称老朽，是最后一个在报名处挤上卡车的。此人大约三十七八岁的光景，留着一把稀疏的胡须，人长得又瘦又高，走起路来如鹭鸶探水，站在人中鹤立鸡群。

当他在报名处的桌子上扯下一张表格，填写自己名字的时候，连马驷奇都看不上眼，冲过去阻拦："这里不是养老院，你来凑什么热闹？"

何进修操着字正腔圆的汉口腔，盯着马驷奇的麻脸有声有色地说道："广林哥，蒋委员长说了，地不分南北，人不分老幼，凡吾辈之民族，一致抗战到底。连你这等模样的人都能背着匣子炮耀武扬威，有什么理由不让我为国效力？"

马驷奇最忌讳别人说他脸上的麻子，大庭广众之下听到"广林哥"三个字，气得色如猪肝，每一颗麻豆都冒出了火星，他跳起来抓住老朽的衣领："你侮辱国军，破坏抗战，莫不是共匪派来的奸细？"

"过奖了，共匪虽匪，却是些有志向、有才华之士，老朽不配。"何进修并不慌张，伸出两根瘦骨嶙峋的指头，像摘豆子似的把马驷奇的手从衣领上摘了下来，反唇相讥道，"你狐假虎威，混淆视听，破坏民众之抗日热情，倒像是那种奸细之徒。"

他的指头上不知从何而来的力气，只是那么轻轻地一拔，马驷奇竟龇牙咧嘴，哇哇大叫起来："放开我……"

何进修放开马驷奇，仍然笑着问道："我要参军，投身抗日救国，你为何阻拦？"

孟子越看到何进修须髯飘飘的模样，也跑过来好言相劝："老先生抗日的热情是好的，在前方、后方都可以为国效力。当兵扛枪是个苦差事，还是让年轻人担当吧。"

"长官，此言差矣。重耳六十二岁返晋，齐家治国；黄忠七十八岁横刀跃马，照样上阵杀敌；鄙人过而立且不惑，正值国家栋梁的年龄，岂能不为国效力？"何进修振振有辞，"我五岁面壁，苦读三十余载，文韬武略，成竹在胸。中国地广人多，为何打不过小日本？皆因有勇无谋。军中缺乏的就是像我这样的人，上可替长官出谋划策，下可为士兵们修身养性，何言不让我从军？"

何进修滔滔不绝，酸气十足，执意从军。

孟子越上下打量，说道："先生果然有抱负，可以报名。不过话要说在前头，经过军训之后，如果先生的体格不能适应军中的艰苦生活，还请自寻出路。"

何进修连连点头："我若比那些年轻人差，自动退伍。"

"还有一条。"孟子越看着何进修胡须说，"军中顾及观瞻，你这把美髯是不能留的。"

何进修捋了一把胡须，有点舍不得地说："为了抗战，也罢。有剪刀吗？现在就给它剪了。”

孟子越转身对马驷奇说：“让这位先生报名吧。”

马驷奇收下何进修的表格，哼了一声：“奇怪了，该要的人他不要，不该要的他却收下了……”

在这一伙新兵中，少哉原以为自己是最有学问的，听老朽把个帐篷的来龙去脉说得有经有典，不禁另眼相看，主动上前自我介绍：“我叫黄救国，您年长，往后请多指教。”

何进修说：“你那位表兄才是真正的人才，没有跟他一起共赴前程，太可惜了。”

少哉小声说：“他是共产党。”

“一看就知道。”何进修老神在在地说，“别看他们现在势单力薄，将来天下是他们的。”

一句话说得少哉心旌动荡，迫不及待地问：“何以见得？”

“他们从西洋拿来一个马列主义，以老朽之见，这个主义的核心是乌托邦。”何进修有一点指点经纬的意思了，“知道什么是乌托邦吗？就是天下大同，人人平等，大家都有饭吃、有衣穿，有福同享，有难同当……”

“这个主义好哇！”杨胜利拍手，“他们在哪里？我也去。”

“听到没有，乌托邦很受欢迎。”何进修拍着少哉的肩膀说，“中国这么多年遭受的灾难太多了，国力衰竭，民生涂炭，大家都渴望一个温饱的生活。共产党拿来的那个马列主义，正是老百姓的朝思暮想。得民心者得天下，中国历朝历代农民起义、长毛造反，莫不如此。”

少哉第一次听到“乌托邦”三个字，心里更是充满向往。他问老朽：“这么说，你支持共产党？”

“大敌当前，我们都应该追随蒋公。”何进修回过头来说，“蒋公以民族大义为重，不惧留后患而容纳异己，实属不易。”

“我有一事请教。”少哉把心中最大的忧虑问了出来，“蒋委员长号召我们同仇敌忾，保卫大武汉，这一仗，能打赢吧？”

“中国很大，人口众多，一战决胜，不易；一战即亡，也不易。”何进修拍着他的肩说，“你忧国忧民，是个好儿郎。”

“卵尿！一个小当兵的，管那些干什么？”杨胜利在一旁哇哇大叫，“我的肚子饿得咕咕叫，要吃饭……”

众人也喊：“肚子饿了……”

帐篷外有人喊道：“开饭啦！”

大家冲出帐篷，饭菜的香味在暮色中扑鼻而来。

马驷奇出现了，他身后跟着两个老兵，老兵怀里抱了两摞洋瓷碗。众人欣喜若狂，争着去抢。

马驷奇却挡住众人："想吃饭，先集合!"

"吃饭还要集合？怎么这样麻烦?"

大家七嘴八舌，嗡地聚集到马驷奇的跟前，团团围住他："肚子都饿扁了……"

"营盘里有营盘的规矩，怕麻烦就吃不成饭。"马驷奇虚张声势地举起左臂，支开右手，大喊一声，"听我的口令，排成两路横队，立正……"

大家不知何为横队，也不懂什么叫立正，左瞅瞅、右看看，不知如何是好。张三风扯直喉咙叫喊："当兵吃粮，天经地义，你凭什么管我们?"

"凭什么管你们？不问我倒真忘了。"马驷奇肩膀一耸，帽子一推，摇着那并不伟岸的身子，在众人面前走过来又走过去，突然站住，"知道我是谁吗?"

杨胜利小声嘀咕："不就是麻皮脸吗，谁还不知道?"

细心的少哉注意到，马驷奇身上的行头与先前有些不同。他的帽子上多了檐，领子上加了绊，肩膀上扛了板，衣服颜色也比两个老兵的深了许多。

"他升官了。"少哉对身旁的何进修说，"好像是连长。"

在队伍上混了多年的马驷奇，这一下当了连长，得意的劲没处发，正好在这帮新兵面前抖威风："告诉你们，从现在起，我就是你们的连长。"

少哉上前喊了一声："报告马连长……"

马驷奇骂道："只准喊连长，不准带'马'字。"

"马"和"麻"近音，喊起来忌讳。众人憋着气，忍住笑，心中叫苦：怎么偏偏摊上了这么个家伙当连长?

"知道什么是连长吗?"马驷奇耸起肩膀，在新兵们面前摇过来，耸过去，"连长就是你爹、你爷爷、你们祖宗八代……谁敢跟我过不去，别怪我不客气，听到没有?"

"听见了……"众人稀稀拉拉地回答。

"大声一点!"

"没吃饭，哪来的力气?"杨胜利喊了一声。

"报告连长。"少哉站出来，主动请求，"我帮他们排队。"

马驷奇盯着他："你会吗?"

少哉胸脯一挺："会。"

“走两步给我看看。”

少哉立得正，站得稳，左转右转也不含糊，走起步子来有板有眼，博得众人的一阵喝彩。

“有点意思。”马驷奇回头对众人吆喝，“看见没有，起码要站成这个样子，才有饭吃。”

于是，少哉拉张三拽李四，跑前跑后，张罗得满头大汗，好不容易整成了两行横队，马驷奇这才让他们去伙房吃了一口残菜剩饭。

第五章　天　牌

一顿窝囊饭，吃得人人都不愉快。

大家愤愤不平，七嘴八舌咒骂“麻”连长故意整人，害他们在当兵的第一顿饭都没吃饱。

回到帐篷，熄灯睡觉，一个个还在耿耿于怀。

所谓熄灯，只不过是将一盏马灯的火头拧小了，半睁半闭地挂在帐篷门口而已。

帐篷里没有床铺，一人一张草席，一卷棉被，就是床。晚上，天气还有些凉，又是第一次睡在这样的地方，人躺在草席上，头枕着自己的胳膊，每个人都睡不着。

远处传来一阵阵轰隆隆的闷响，像石头砸在地上，大地一阵阵颤抖。湖边的蛙声此起彼伏，只有它们不知天下安危，鼓噪的同时将一汪汪蛙卵产在浮莲间。

杨胜利躺在少哉身边，嘴里似在反刍着饭菜。他悄声问：“吃了几碗？”

少哉回答：“一碗。”

“卵屌！才吃一碗？我吃了三碗。”杨胜利得意洋洋，“当兵吃粮，如同打仗，像你那样斯文是不行的。要嘴里吃一碗，手上端一碗，眼睛瞅一碗，才不会吃亏。”

少哉笑道：“你在抢饭。”

杨胜利说：“我没爹没娘，是饿怕了的人。”

“养兵千日，用兵一时。当了兵，有饭吃了，不要害怕。”少哉嘴里宽慰着杨胜利，心里还惦记着关于乌托邦的话题，他转过身子问何进修：“照你说来，共产党会得天下？”

“也不尽然。”何进修打着嗝说，“李自成打进北京城未能坐天下；太平天国闹了几十年功亏一篑；共产党在湖南江西打土豪分田地，红极半边天，最终差点全军覆没。现在他们盘踞西北一隅，打着拥护老蒋、一致抗日的旗号，是成是败，看他们造化了。”

“我表兄说，现在民族矛盾是主要的，抗战压倒一切。”少哉说，“因此他们也拥护蒋委员长。”

“高人，高招。”何进修由衷地赞扬，“项羽力拔山兮盖世空，刘邦能屈能伸得天下。”

“刘邦得天下，关键在灭秦。不打败日本帝国主义，谁也得不到天下。”少哉说，“抗日救国是第一位的。”

“烦死了……”杨胜利在一旁嚷嚷，“你开口抗日救国，闭口打败日本帝国主义，比蒋委员长操的心还大，说点别的好不好？”

“我们为什么来当兵？不就是为了抗日救国吗？”少哉反问，“不说这些说什么？”

“这是什么？”杨胜利掏出一个打火机，叭哒叭哒地打得火苗直冒，把他那张肮脏的脸照出了一片血色。

“叫你别干那种事情。”少哉断定他的打火机也是从别人身上偷来的，毫不留情地责备，“做人要有尊严！”

“要有什么？”杨胜利问躺在另一旁的何进修，“老朽，他挂在嘴边的那两个字，是什么东西？”

何进修沉吟道：“尊者高贵，严者庄重也……此乃为人之本。”

杨胜利听了，还是不懂。

“尊严是一种精神。”少哉捺着性子给他解释，“要立得正，站得直，不要让别人看不起。”

杨胜利恍然大悟：“哦，你说的是面子。”

“不光是面子问题。”少哉纠正他，“还要有自信，有气节，打死不投降，剩下一个人也不当亡国奴。”

杨胜利嘀咕：“搞了个麻子当连长，哪里还有什么面子？”

提起马驷奇，大家的气又上来了，纷纷骂道：“十个麻子九个怪，摊上这样的人来管我们，往后没有好日子过。”

“好了，别去操那些心了，来点轻松的吧。”何进修忽然心生灵感，饶有兴致地提议道，“既然睡不着，我们来作诗如何？”

帐篷里的新兵，有几个识文断字会作诗的？没有人应声。

何进修循循善诱道："有个办法，既能说他是麻子，又不提那个'麻'字，抓不住咱们的辫子。"

杨胜利无法理解，诘问："不提那个'麻'字，怎么骂他是'麻'子？"

"作诗就办得到。"何进修嘿嘿一笑，说，"比如古人在一首诗里写道，不是君家容貌美，老天何故乱加圈？听清楚没有，乱加圈，说的就是麻子。只要是悟到了那个意思，有味道得很……"

少哉听懂了，兴奋道："这叫影射，没有几个人作得出来。"

"说难也不难。"何进修仍然兴致勃勃地，"我们作宝塔诗。"

杨胜利更稀奇了，追问："什么叫宝塔诗，能竖起来吗？"

何进修说："很简单，第一句一个字，第二句两个字，第三句三个字……以此类推，摞起来像座宝塔。不过，这每一句的含意里，必须让人一听就知道说的是麻子，但又不能说出那个'麻'字来，大家明白了没有？"

少哉当然明白何进修的意思，也知道何为宝塔诗。在乡下念私塾的时候，先生不但给他们讲五言、讲七律，也做过回文诗、叠字诗、宝塔诗之类的游戏。宝塔诗很容易作嘛，怎么就没人开头呢？他忍不住脱口而出："筛。"

还怕别人不懂，少哉解释道："乡下筛米的筛子。"

大家一听就明白了，筛子的窟眼儿多。

何进修击掌："这个头开得好！"

"这么简单呀？我也会。"杨胜利张嘴蹦出两个字："天牌。"

何进修再击掌，赞道："天牌，也好，两个字，点儿也多。三个字？"

三个字有点难，好一会儿没有人说话。

何进修鼓励大家："再想一想，三个字，带眼的东西。"

杨胜利大叫："太难了。"

少哉又想了出来："烘笼盖。"

"有意境。"何进修大声夸赞，"大户人家的少奶奶们冬天用的那种铜质烘笼，雕花刻朵，精致得很。烘笼里装的是煨着的炭火谷壳，铜盖子上有眼，焐在手上，暖和得很。四个字？"

四个字是宝塔诗里最难的，带眼的东西更是难找。何进修提示："天上地下，阴晴圆缺，再想一想。"

少哉搜索枯肠，不得要领。

眼看冷场了，李抗战嘴里溜出一句："雨洒灰台。"

杨胜利没听懂："什么？"

"好，雨水洒在积满灰尘的台子上，也是点点滴滴的。"何进修鼓励道，

"下面是五个字。"

"这也算一句啊？太容易了。"杨胜利张口便来，"虫吃萝卜菜。"

少哉接上去："石榴皮翻过来。"

"七个字了，谁说？"

没想到张三风冲出一句："屁股长疮疤还在……"

"太像他那张脸了……"大家笑得喘不过气来。

帐篷外传来一声恶狠狠的咳嗽，大家吓了一跳，顿时不出声了。

少哉悄声问："谁？"

杨胜利胆战心惊地说："'天牌'……"

天还没亮，尖厉的哨声就把新兵们吹醒了。

马驷奇在帐篷外吼道："快起来，操练了！"

大家打着哈欠走出帐篷，只见马驷奇手中拖着一根牛皮鞭，耷拉着脸站在门口，带着凶光的眼神像刀子一样从每个人的脸上划过。他的身后跟着两个背枪的老兵，每人手里同样提着一条牛皮鞭子。

少哉一看这架式，知道没有好果子吃，主动担当起集合的使命，帮着大家排成两行，回头报告："连长，集合好了。"

帐篷前的南坡上，各连各排也都整起了队形，操练的口令声此起彼伏。

马驷奇双手一背抄，斥道："跟我走。"

大家跟着马驷奇绕过南山，来到北面一片拴牲口的坡地。这里看不见营盘的帐篷，只有一排拴过骡子或马的柱子，遗留在坡地上的牲口粪便臭气熏天。

"怎么把我们拉到这里来了？"众人心生疑惑，左顾右盼，纷纷嘀咕，"我们是人，不是牲口……"

马驷奇鞭子一抖，甩出一声脆响："牲口为什么听话？是用鞭子抽出来的。当兵的为什么听话？是长官教训出来的。今天是你们操练的第一天，我要让你们知道，什么是队伍，什么是兵！"

少哉挺身而出："连长，排横队还是直队？"

马驷奇支起鞭梢，撬起他的下巴："先告诉我，昨天晚上做了些什么？"

少哉挺起胸脯："报告连长，除了睡觉、撒尿，什么也没做。"

"嘴巴呢？"

"嘴巴？"少哉做出恍然大悟的样子，"大家刚到军营，什么都新鲜，高兴，七嘴八舌，说的都是抗日救国的事……"

"够了！"马驷奇手起鞭落，叭的一声抽在少哉的脸上，"老子问的不是那些！”

少哉脸上立即蹿起了一道血印，被两个老兵抓住胳膊绑到牲口柱子上。

马驷奇回过头来，目光盯住了缩在张三风旁边的李抗战。

他鞭子一指：“出来！”

李抗战一个冷战，战战兢兢地走出来，低着头，不敢看马驷奇。

马驷奇将鞭子举起来：“昨天晚上说了什么？”

李抗战的牙齿磕得格格作响：“筛……筛……”

“大点声！”鞭子落下，一道鞭痕从李抗战的脸上跳了出来。

“连长、连长……这事跟他没关系，都是我们说的。”杨胜利挺身而出护住李抗战，双手比划着说，“筛，就是乡下人家用来筛米筛面的那种筛子，用篾片编的，窟眼儿有大有小，点子有粗有细……大家来当兵，第一个晚上有点想家，就想起家里的东西，像箩筐呀，簸箕呀，筛子呀……”

“天牌呢？也是你们家里用的东西？”照样又是一鞭子。

杨胜利捂住痛得火辣辣的脸，硬着头皮争辩：“天牌是天下最大的牌，谁抓到天牌，谁就是赢家。马连长，您就是我们的天牌。”

杨胜利故意把个“马”字咬成“麻”字，马驷奇怒火万丈，抓住杨胜利的胳膊往后一拧。只听得咔嚓一声，脱臼了，杨胜利的一条胳膊像秋千一样晃荡起来。

杨胜利哇哇大哭：“把我的手拧断了，我拿什么吃饭呀？”

“等一等……”不等马驷奇叫唤，何进修已经不慌不忙地走了出来，“昨天晚上，弟兄们的确是说了不少话，如果你都听到了，不妨指出来，我们说错了什么？犯了哪条军规、哪个章程？”

马驷奇横着眼睛，上下打量着何进修：“你心里明白，还用得着我说吗？”

“我们不明白。”何进修说，“你刚才追问的那个‘筛’，还有‘天牌’，不过是弟兄们寻开心，你一句我一句，作的一首宝塔诗。大家还记得是怎么作的吗？”

何进修一问，张三风张嘴便喊：“筛……”

众人齐声接应：“天牌……”

张三风又喊：“烘笼盖……”

一直喊到“屁股长疮疤还在……”。

喊得两个老兵也笑了。

何进修面带微笑地问：“哪个字不合仄，哪句话不押韵，请你指出来，我们可以修改。”

“给我闭嘴……”马驷奇气得浑身发抖，举起鞭子一顿猛抽，并对站在一旁的老兵喊道，“拿下！”

两个老兵架住何进修，把他拖到少哉旁边的一根柱子上绑了。

“连长……”少哉在柱子上挣扎着大喊，“连长，蒋委员长说了，枪口对外，一致抗日，怎么能自己人打自己人呢？”

“安外必先攘内，不教训你们这帮王八蛋，怎么知道老子的厉害？”马驷奇鞭子又指向大家，“昨天晚上，还有谁？”

张三风铁青着脸，冲着马驷奇喊道：“还有我！”

“我知道少不了你。”马驷奇不敢与张三风硬碰，朝旁边的一个老兵使了个眼色。老兵绕到张三风背后，冷不防一枪托砸在张三风的后脑勺上。张三风哼了半声，倒在地上。

“还有他、他、他……统统给我绑起来！”马驷奇的鞭子点过去，凡是和少哉睡在同一个帐篷里的新兵，都被绑到牲口柱子上。

“作诗啊，作赋啊……敢在老子面前玩这一套？”马驷奇左一鞭、右一鞭，一个挨一个地抽了过去，每个人的头上、脸上、身上都暴起鞭痕。

“把他们的嘴给我糊住！”临走时马驷奇还下令，让两个老兵抓起牲口粪便，糊到新兵们的嘴上。

太阳当顶，天气燥热，场地上牲口的粪便发酵、生蛆、长虫。苍蝇像黑色兵团，“嗡嗡嗡”地飞过来，热烈地往他们身上扑。

那些已经发酵的粪便臭不可闻，恶心至极，弄得新兵们一个个哇哇作呕，将五脏六腑都吐出来。

“救命啦……”李抗战的脸上挂着血丝，嘴肿得像晒裂的葫芦。他不停地嘶叫着，挣扎着，绳索勒进了皮肉。

当兵第一天就遭到这样的欺侮，少哉心里难受至极。他扭头看了一眼被绑在旁边柱子上的何进修，难过地喊了一声：“老朽……”

何进修抬起乱蓬蓬的头，咧嘴苦笑道：“未曾出师身先卒，我们要提前为国捐躯了……”

杨胜利睁开眼睛，看了一眼满脸鞭痕和粪便的少哉，问道：“你那个自尊，还在吗？”

少哉一阵心痛，咬着牙不出声。

杨胜利见四周无人，轻轻地蠕动起身体，只听得“咔嚓”一声，脱臼的胳膊接了回去，双手轻轻地从绳套里抽了出来。

从小到大，他不知道被人抓了多少回、绑了多少次，练就了这等苦肉计和缩身法。无论是怎样的绳套，都能金蝉脱壳。

少哉看他挣脱绳索，惊问：“你要干什么？”

杨胜利把绳子往地上一扔：“卵屌，这兵没得当头！”

少哉说：“这是营盘，四面有铁丝网，跑不出去的。”

“天下没有我跑不出去的地方。”杨胜利扬头一笑，来到少哉身后，帮他解绳索，“‘天牌’不是个好东西，在他手下当兵，没得好果子吃，我们走吧。”

“别动！”少哉断然拒绝，“我是来抗日救国的，不当逃兵。”

“那就没得办法了。”杨胜利两手一摊，“你不走我走。”

“杨胜利，不能走！”少哉急得跺脚，“你当逃兵，我当逃兵，这个国家就没有希望了……”

“喂，帮我解开。”张三风在一旁喊，“我跟你一起走。”

杨胜利翻了少哉一眼，来到张三风跟前：“给我什么好处？”

张三风说：“让我的儿子认你做干爹。”

杨胜利摇头：“不合算。”

张三风说：“帮你讨个老婆。”

“那还差不多……”杨胜利动手给张三风解绳子。

“住手！”少哉呼喊道，“我们是来打日本鬼子的，不能因为这一点小小的挫折就半途而废……”

张三风冷笑：“打鬼子是你的事，我们要活命。”

“还没扛上枪就当逃兵，有脸面回去见你媳妇吗？”少哉威胁道，“你们敢跑，我就喊！”

张三风怒眼圆瞪：“你敢张嘴，掐死你！”

“弟兄们，祸是我惹起来的，能不能听我一句话？”何进修满脸血痂，嘴唇肿裂，有点语焉不清，“营盘四周都有岗哨，枪一响，是白白送死。”

张三风吼道：“你说怎么办？”

何进修抬起头来，喊住杨胜利：“小子，为何不做点好事，让大家一起活命？”

杨胜利问：“你有什么主意？”

何进修说：“去找团长，请他来救我们。”

“对！”少哉连忙附和，“找那位姓孟的长官也行。”

杨胜利将信将疑：“有用吗？”

“有用。”何进修说，“兵是官的本钱，有了兵，他们才能升官发财。何况，我们又没犯什么大事。”

杨胜利来了兴致，问：“跟他们怎么说？”

何进修说：“照实说。”

杨胜利问张三风：“我去试试？”

张三风一脸无奈靠在木桩上。

少哉喊：“快去！”

杨胜利身影一闪，消失在蒸腾的热气中。

第六章 操 练

135团驻扎在岱家山之后，胡英杰对孟子越说了句“队伍上的事情交给你了”，便一头扎进了汉口的花楼街。

孟子越的帐篷比士兵们住的稍小，里面收拾得干净整洁，方桌上铺放着一张地图和从各个战场传来的战报。他趴在桌子上，对照地图，查看着战局的变化。

中国地图像只昂首的雄鸡，一千多万平方公里的土地上高山起伏，河流纵横，四万万同胞含辛茹苦，繁衍生息。可悲的是，从东北、华北到华南，最重要的城市和最富庶的地方已经陷入敌寇之手。那些代表日本军队进攻方向的黑色箭头，还在不断向以武汉为中心的地区压过来。日寇仗着先进的武器和强大的火力，扬言速战速决，一个月拿下武汉，三个月占领全中国。

武汉保卫战，关系到中国的存亡。蒋委员长在汉口召开军事会议，制定了“寓军于政，寓将于学，寓兵于民，持久抗战”的军事方针，在鄂、豫、皖、苏、浙、赣三千公里的大地上，部署了一百二十万大军，构筑了三层防线，以其抗击日寇的进攻。

与此同时，蒋委员长下令处决了弃城逃跑的不抵抗将军韩复榘，通令嘉奖松沪会战的英雄，刹住了悲观投降的邪气，全国上下一心，团结抗战的人气高涨。

对于韩复榘这种败军之将，生为山东人的孟子越感到无比的痛恨与羞耻，恨不能立马冲上战场，与敌人一决雌雄。可是，他不能丢下135团的一千多号人不管，只能潜心训练队伍，等待着杀敌的机会。

孟子越的心沉浸在前沿的戎机之中，初时，身后一阵奇怪的响声并未引起他的注意。这个地方的田鼠贼胆包天，经常钻进帐篷来咬坏衣物。尔后，他听到声响，悄悄地拿起桌上的一块镇木，扭头准备砸过去时，却看到是一个满脸伤痕的小兵从帐篷底沿的缝隙下钻了进来。

他呵斥一声："干什么?"

杨胜利从地上爬起来，叫了声"长官……"哇地哭了起来。

孟子越问："怎么回事?"

杨胜利把马驷奇鞭打新兵的情形哭诉了一番。

"带我去看看。"孟子越当即起身，和杨胜利一起来到牲口场。看到绑在柱子上的新兵们被抽得遍体鳞伤，孟子越勃然大怒："把马连长给我找来!"

马驷奇哼哼哈哈地来到现场。

孟子越责问："为什么擅动私刑?"

马驷奇硬着头皮说："这些王八蛋不懂规矩，不给他们点颜色看看，不知道怎么当兵。"

"把人放了，抓紧操练，准备打仗。"孟子越当着新兵的面，没有给马驷奇太大的难堪，只是低声斥责："大敌当前，改一改你的军阀作风!"

"铁不炼不成钢，兵不打不成器。"马驷奇嬉笑地应付孟子越，"我把他们操练出来，肯定是好兵。"

孟子越拂袖而去。

再等手下给新兵们松绑了，马驷奇对着孟子越的背影狠狠地啐了一口，回头吼道："告诉你们，在135团，除了胡英杰，谁也管不了我。今天把你们这笔账记下了，以后再犯，加倍处罚!"

新兵们换上军装，开始操练了。

队伍编班的时候，少哉和杨胜利、李抗战、张三风、何进修等十个人编为135团的一营一连一排一班。每天清晨，马驷奇的哨子把他们从帐篷里赶出来，睁眼就是立正、稍息、左转、右转……虽然只有那么几个简单的动作，做起来却着实不易。

老朽何进修腿长胳膊长，大号军装套在身上空空荡荡，裤腿和袖筒却短那么一截。他这半辈子从来是穿长衫迈八字步，飘飘然然地自由惯了。上起操来，像只从树上掉下来的螳螂，折腾得自己不知所措，还把队伍搅得乱七八糟。

张三风踢惯了山道，走起路来倚山就势，蹦蹦颠颠，哪里能合着拍子把每一步迈得一样大?队伍里，他左碰右撞，不是踩了别人的脚，就是踢了他人的腿，闹得谁也不敢靠近他。

李抗战有夜游症，睡到半夜里突然尖叫一声“妈啦……”抱头蹿出帐篷，少哉和几个弟兄费了好大劲才将他追回。早上起来，排在队伍中，他人站不直，脑袋立不住，走起路来往一边歪，癫痫疯一般地抽缩。

杨胜利本来挺机灵的，走起路来也很有节奏，却不知道身上哪根筋搭错了，一声口令“起步走”，本应该出左脚甩右手，出右脚甩左手，他偏偏出左脚甩左手，出右脚甩右手，手脚顺了边，甩得大家笑弯了腰，队伍没法前向行进。

唯有少哉，面目清秀，身材匀称，军装穿在身上格外精神。他行为得体，动作协调，立正、稍息、左转、右转……一概都有模有样，一下成为新兵中的佼佼者。

当然，没有人知道他叫少哉，大家都喊他黄救国。

马驷奇指定黄救国当了一班的班长。

这让少哉很受鼓舞，更加处处表现得与众不同。集合操练，他第一个冲出帐篷，挺立在排头当标兵。吃饭时，他站在最后，等大家的碗都装满了他再去装。晚上一熄灯，他就吆喝大家：睡觉了，明天早上要上操……上操的时候，他一丝不苟，喊口令喊得震天响。下了操，他还把大家留下来继续操练，要把一排一班练成全团最出色的队伍。

驴磨面一样地练了一天还要加练，何进修第一个不买账：“打仗靠韬略，上了战场，排兵布阵才是第一位的，这么走来走去不管用。”

少哉冲着他的背影干瞪眼，回头喊张三风：“你老婆等着你立功受奖，我们加紧练吧。”

张三风看都不看他一眼，哼的一声，扬长而去。

他一把抓住李抗战，热情洋溢地劝导：“大敌当前，战争迫在眉睫，你父亲说了，养儿何用，志在报国……”

李抗战冷冷地推开他的手，歪着脖子钻进了帐篷。

少哉堵住了杨胜利：“你不跟我练，我不认你这个兄弟。”

杨胜利一脸无奈，只好留了下来。

“一二一……”少哉喊得声嘶力竭，杨胜利照样走不好。他不但手脚无法协调，而且一条腿长，一条腿短，一条胳膊不会甩。

“你到底是怎么回事？”少哉气得大骂。

“能不能不喊一二一？”杨胜利犟着头说，“我两岁就会走路，被你一喊，反而不会走了。”

“不喊口令还叫上操吗？”少哉教训杨胜利，“成千上万人聚在一起，一声口令下来，刷的一声，动作一致，那才叫队伍。”

杨胜利说：“可是我听你一喊，手脚就不知道往哪里放了。”

少哉看着他走了两步，越看越不对劲：“停下来，让我看看。”

杨胜利一屁股坐到地上，把衣服脱下来往旁边一摔，将两条胳膊伸到少哉的眼前。少哉一看，怵然一惊。从他的肩膀一直到手腕，横竖不下十几处刀疤，右手还少了半截指头。再看他的两条腿，左腿明显细了很多，右腿的膝盖也伸不直。

少哉抓住他的双臂问道：“怎么回事？”

“不记得了。”杨胜利淡淡地说，“指头被人剁了，筋被人挑了……亏得没完全挑断，还能走路。”

少哉心头一酸，问道：“为什么？”

杨胜利冷笑：“还用问吗，你又不是不知道。”

少哉心疼地责备他：“好好的一个人，为什么要做那种事情？”

“什么叫好好的一个人？换了你，连我都不如！”杨胜利朝少哉凶了一声，红着眼睛说，“爹娘死的时候我才六岁，举目无亲，日子怎么过？只能白天乞讨，晚上困街沿。讨饭也不是好讨的，有帮派，有老大，逼着我们去偷去抢，不听话就拿刀子割你的肉……”

他把伤痕累累的胳膊伸到少哉面前：“割了二十几刀，我才上了道，才敢下手。有一次，钻进一家店铺，还没动手就被逮住了。狗入的挑了我腿上的筋，要不是我鬼哭狼嚎装死，早成了废人了。”

杨胜利说得轻描淡写，少哉听得心惊肉跳，一把将杨胜利从地上拉起来：“不用怕，我们现在是国军了，等到赶走日本鬼子，你就是抗日英雄，谁也不敢动你。”

杨胜利一笑：“我不是当英雄的料，只想有吃有喝有地方住，晚上抱个老婆睡大觉，够了。”

“只要你把心思收回来，一心一意操练，准行。”少哉趁机继续开导，“当兵了，不能再去干那种事情。让人抓着了，丢国军的脸。”

杨胜利嬉皮笑脸道：“江山易改，本性难移。一天不干，手痒难熬。”

“杨胜利，你给我立正！”少哉跳起来喊起了口令，“从今天起，我要是改变不了你的本性，我就不是黄救国！”

杨胜利气得直跺脚：“卵屌！跟你说这么多，白说了！”

操练了几天，何进修显得体力不支。

早上，起床的哨子响了，他还赖在床上不动。少哉掀了他的被子，把他推出帐篷，塞进队伍，逼着他“一二一”地跟着走。

转了两个来回，何进修哈欠连天，鼻涕口水像抽了闸门似的淌出来，人一歪，倒在地上，抽缩成一团。

队伍一下乱了，大家七手八脚地将他抬进了帐篷。

少哉冲进来问：“怎么回事？”

张三风冷冷地说：“昨晚上已经抽过两回了。”

“别着急，看我的。”杨胜利从口袋里掏出一个锡纸包，里面有一坨鸡屎样的东西，用指甲刮了一点放到何进修的鼻孔下，等他吸气时，人像还魂一般打了个响亮的喷嚏，缓过气来了。

杨胜利收起锡纸包，还没来得及放进衣袋，何进修闪电般地伸过手来，一把将纸包抓到手里，三下两下剥开，浑身战栗如筛。

“火……”他嘶哑地呼叫着。

杨胜利打着打火机，何进修哆嗦着将锡纸放上去，一股青烟升起来。他轻轻一吸，浑身一颤，闭起眼睛，摇头晃脑，已然神游八极。

“鸦片！”少哉一个激灵，大叫一声，一把抓住杨胜利的衣领吼道，“你怎么把这种东西也弄进来了？”

杨胜利被抓得前扑后仰，呛得咳嗽起来：“这是好东西，有钱人才享受得到的。我几个晚上没睡觉，用性命换来这么一点点……”

“劣根性！”少哉义愤填膺，“好好一个中国，就是因为它，被八国联军打得一败涂地，你怎么能把这种东西拿到营盘里来害人？”

“又来啦，那时候还没我呢。”杨胜利一脸无辜地摊开双手，“老朽犯了烟瘾，我帮他捡回一条性命，还骂我？”

少哉痛心疾首：“你帮他捡回了一条性命，却害了一个班、一个连、一支军队……这样下去，非当亡国奴不可！”

张三风见不得少哉这副德行，扭头开骂：“吼什么呢？全中国就你一个是正经人？我们都走，让你一个人抗日去！”

“别吵了……”何进修慢慢睁开眼睛，“班长说得对，这不是好东西，千万沾不得的。我好好的一个家，就败在它的身上。”

何进修说，他年轻时，家境富裕，是汉正街上有名的大户。可惜交友不慎，染上了烟瘾，不到十年的光景，不仅抽尽了家产，还将自己的老婆和年幼可爱的女儿抵给人家。他坦率地承认：“我来当兵，就是为了戒掉这祸根。”

“听到没有，鸦片是毒品，是祸根，害人、害己、害家、害国，千万沾不得。”少哉斩钉截铁道，“从此刻起，谁敢再把这个东西弄到营盘里来，我立即报告长官，严厉处罚!”

“听班长的，操练吧。”何进修咬着牙站起来，边走边叹，“当兵……也不是件容易的事。”

大家起身，无精打采地出了帐篷。

少哉喊张三拉李四，累得筋疲力尽，队伍却越走越糟，乱成了一锅粥。他急得哇的一声大哭起来，捶胸跺足，责备自己领导无能，哭喊着自己害了全班，害了全团，害了中华民族，要辞去班长的职务……

何进修见他哭得可怜，出了个主意：“像这样死练也不是法子，不如大家把手挽起来试试看。”

他说，这是秦始皇当年的演兵之法，不管多少人，只要紧紧靠在一起，就成阵形。少哉一听，觉得有理，立即擦去泪水，叫大家挽起手来，互相挟持着走了几个来回，立马像一支队伍了。

张三风也出了个主意：“你那个一二一，喊起来让人分不清左右。不如让大家一只脚穿草鞋，一只脚穿布鞋，喊起来就明白了。”

少哉问：“哪来的草鞋?”

张三风说：“太容易了。”

岱家山下、稀泥湖边，尽是编草鞋的萁草。张三风是编草鞋的高手，割了草，晒干，眨眼的工夫，给全班每人编了一只草鞋。少哉让大家左脚穿草鞋，右脚穿布鞋，将队伍拉出去，喊起口令来：“草鞋、布鞋、草鞋、布鞋……”

迈出去的脚步果然整齐划一了。

孟子越到一连视察，听到一班的口令与众不同，停了下来。

陪在一旁的马驷奇指着少哉说：“这小子有心眼儿。”

孟子越却点头：“他是个好兵。”

马驷奇喊道：“一班长，出列!”

少哉挺起胸膛，大步走到孟子越面前，举手敬礼。

孟子越高兴地下令：“带着一班，给全团示范。”

“是!”少哉备受鼓舞，转身将口令喊得山响。

一班的操练受到参谋长的表彰，又到全团的弟兄们面前示范表演，大家都很兴奋，吵着要少哉出钱买酒买肉打牙祭。

打牙祭是中国军队自古以来的一种习俗。听长官的号令，为主子卖命，初一、十五要吃一次肉，叫做牙祭。是一种施舍，也是人心的一种凝聚。新兵们到了岱家山之后，操练辛苦，伙食又差，弟兄们一个个叫苦连天。

少哉连脖子上的银锁都捐到童子军的募款箱里去了，哪里有钱买肉？只好再次承诺：“等发了军饷，我全部拿出来请你们。”

大家又嚷：“什么时候发军饷？”

少哉无言应对。

杨胜利一笑，悄悄溜出了兵营。

开饭的时候，他从外面回来了，手里提了两瓶酒，掖下还夹着两只卤猪蹄和一包花生米。众人一见，山呼万岁。

少哉瞪着眼问：“哪里来的？”

杨胜利不悦道：“你这个人真有意思，自己拿不出钱来，还不准别人出去想点办法，真是个死脑壳。”

众人起哄：“有酒就喝，管他从哪里来……”

张三风已经抢过酒瓶，咬开瓶盖，将酒倒进瓷碗，先端碗给老朽：“你开头，一人一口，轮着来。”

于是，大家高兴地喝起酒来。少哉还不忘警告杨胜利：“我们是来抗日救国的，以后不要做这种事情！”

“你这个人，咋一天到晚离不开抗日救国呢？”杨胜利奚落道，“比蒋委员长操的心还大。”

“抗日救国，是天大的事情，我怎能不操心？”少哉反问，“你们又在想些什么？”

杨胜利头一扬：“吃、喝、睡觉……还有，搞女人。”

“低级、庸俗。”少哉摇着头斥责，“都像你这样，不当亡国奴才怪呢！”

“扯淡，你不想搞女人？”杨胜利一翻白眼，做了个鬼脸，“你媳妇那么大的奶子在你眼前甩来甩去，我不相信你没摸过。”

少哉斩钉截铁：“没有。”

弟兄们白天操练，晚上躺在帐篷里睡不着，谈论得最多的是女人。每个人都得说出自己见过或者玩过女人的故事，说得帐篷里笑声荡漾，说得漆黑的夜晚多了几分色彩。

喝了几口酒，大家逼着少哉讲他和凤仙的故事，追问两个奶子为什么那么大？捏着舒不舒服？骑上去快不快活……问得少哉有口难辩。说他怕的就是那两个东西，平常躲都来不及，哪里敢去摸？

何进修在一旁笑吟吟地说：“妇人胸前之物，其数为二，左右称之。发于豆蔻，成于二八；白昼伏蛰，夜展光华；曰咪咪，曰波波，曰双峰，曰花房。从来美人必争地，自古英雄温柔乡。你为何那么害怕呢？”

少哉解释，说有一天晚上睡着了，凤仙偷偷爬上了他的床，光着身子搂住他的脖子，将两个大乳房压在他脸上，憋得他透不过气来，吓得他大喊大叫，把隔壁房间的娘吵醒了，凤仙才溜掉。

别人说女人，说得那么刺激，那么津津有味。唯独少哉，把个女人说得那样恐怖，那样没有味道，实在是大煞风景。

杨胜利酸溜溜地问大家："卵屌！他说的，你们信吗？"

众人齐声高呼："不信……"

少哉面红脖子粗，爬起来追打杨胜利。

众人闹得热火朝天，只有张三风不吭声，一个人低着头喝闷酒。

何进修端起碗跟张三风碰了一下，问道："媳妇快生了吧？"

张三风的眼睛红了："差不多。"

何进修说："恭喜你，要为人父了。"

一口酒下肚，一股火烧上了心头，张三风一拳捶在自己的胸口上："我只想杀人！"

少哉拍着他的肩膀抒怀道："九洲犹虎豹，四海未桑麻，国家仇、民族恨那是第一位的，我们应该把个人的恩怨暂时放在一边。"

"你知道个屁！"张三风瞪着血红的眼睛骂道，"我把你一家人杀了试试看……"

少哉不敢吱声了。

李抗战始终不合群，无论班里发生了什么事情都不沾边。他一有空就躲在一边，膝盖上铺一张纸，手里捏一支笔，歪着头，边想边写。写完了烧，烧完了再写，不知道写些什么。大家喝酒喝得热闹，只有他独自一人坐在一边，嘴里咬着笔，对着天发愣。

杨胜利招呼道："过来喝一口吧。"

李抗战不理。

少哉起身，坐到李抗战边上，关切地问道："写什么呢？"

李抗战屁股一转，将纸张叠起来塞进衣袋，还是不理。

少哉问："武汉保卫战应该怎么打？"

李抗战翻了他一眼，分明在骂：怎么问这样愚蠢的问题？

少哉再问："你觉得武汉保卫战能保住武汉吗？"

李抗战先乜斜一眼，旋即双手堵住了自己的耳窟窿。

少哉无趣，只好悻悻地回来。

杨胜利问："他一天到晚在写什么？"

少哉想当然："情书。"

“什么叫情书?”

“给相好的女人写的文章。”

“他还有相好的?”杨胜利哼了一声，起身外出撒尿。回来时从李抗战身边经过，佯装绊倒在地，爬起来后将一个纸团悄悄塞到少哉手里。

少哉展开纸团看了一眼，只见纸上写道：

妈咪，父亲逼我当兵了。我现在不叫李本善，父亲给我改了名字，叫李抗战……妈咪，我不愿意当兵，不愿意打仗，不知道怎么拿枪面对冲上来的人……

妈咪，刚才我又看到您了。看到您换了一身漂亮的衣服，一根腰带从身后系过来，背后背着一个耸起的包袱，脸上涂抹了很厚的白粉。您静静地坐在低矮的小桌后面，将亲手做好的一碗米糕推到我的面前，轻轻地一鞠躬，平静地说：儿子，妈咪走了。

妈咪走了，您到家了吗？是否看见了漫山遍野的树开着白花，看见了吐着舌头的小狗满地奔跑，看到海里的波浪推动着一只只摇窝般的小船……

妈咪，我想您，很想追随您到天堂，可是我没有勇气，只能给您写信……

李抗战的信写得缠绵委婉，少哉看得毛骨悚然。

杨胜利迫不及待地问：“写的什么?”

少哉说：“不是情书。”

“还给我……”李抗战发现他的信被偷了，挨刀似的跳起来，嗖地抓起一只空酒瓶，叭的一声砸碎了，捏着剩下的半截碴口对准自己的喉咙威胁道：“敢说出一个字，我就死。”

少哉吓得腿都软了，慌忙把纸团扔给了他。

李抗战拿着信纸，走出了帐篷，扑通一声跪在地上，把信掏出来，划亮一根火柴，烧了。

第七章 笑 柄

操练多日，各连各排开始走得有模有样。可孟子越看在眼里，却心急如焚。他操练的是一支没有武器的队伍，全团一千多号士兵，除了他从南京带过来的那个排有枪以外，其余都是赤手空拳。敌人快要打到鼻子底下了，拿什么去战斗？拿什么去保卫大武汉？

他三番五次跑到军械处打报告，军械处的账册上只有各支部队缺武器、少弹药的记载，哪里还有一枪一弹的库存？他不死心，渡过汉水，跑到汉阳兵工厂，找到工厂的一位总管，诉说队伍缺少武器的苦衷。

汉阳兵工厂是满清政府留下的遗物，里面已经长满了杂草。总管指着早已停工的厂房说：没有煤，没有电，没有铁，机器也拆走了，拿什么造枪？

孟子越的诚意打动了总管，他指着一座已有大半淹入汉水的仓库说，那里面有一批清朝标营留下来的老枪，不知道还能不能派上用场。孟子越一听喜出望外，立即请人将那些生了锈的老枪捞了上来，拖回了岱家山。

无论如何，总算有枪了。新兵们擦去枪上的锈迹，配齐残缺的零件，往肩上一扛，多少像个当兵的样子了。

有了枪，马驷奇也来劲。他把一连拉到北坡山下，在五十步开外的湖边插了个木头靶子，教他们练习射击。

“缺口对准星，准星对靶心。屏住呼吸，瞄准靶子，扣动扳机……”马驷奇是使枪的老手，什么枪到他手里都像玩具一样操得溜溜转。他亲自给新兵们讲解、示范，然后从头巡视过来，一个个地纠正大家的枪法。到了一班，看到杨胜利端着枪像扫地一样来回晃动，走过去踹了他一脚，“打机枪啊？”

杨胜利一翻身仰面朝天地喘息：“你叫我们屏住呼吸，我快要憋死了，能不晃吗？”

“笨蛋，我说的是扣动扳机的那一刻，谁让你一直不出气啦？”马驷奇又踹了他一脚，“快练。”

自从领到汉阳造的那一刻起，张三风就像见到媳妇一样把枪抱在怀里不松手。那杆枪锈得连枪栓都拉不开，他整整擦拭了一天，好不容易把铁锈擦净，直到可以扣动扳机。

见他一动不动地趴在地上，凝神定气地瞄着目标，马驷奇招呼众人：“你们都过来，看他是怎么练的。”

大家围过来，只见张三风端着枪，咬着牙，瞪着大大的一只眼睛，扣动扳机时，仿佛把一股怒火从枪膛里射了出去。

马驷奇说：“这一颗子弹射出去，肯定能打中目标。你给大家讲讲，瞄准的时候想什么？”

张三风低着头，声如闷雷：“杀人！”

马驷奇吓得一惊，却大声赞扬：“好，当兵就要想着杀人，你不杀人，人家就杀你。”

李抗战怕枪，抱着枪像抱着蛇一样胆战心惊。操练中把屁股拱得高高的，把头压得低低的，不看准星不瞄靶子，对着天空乱扣一气。马驷奇一眼看出结症，狠狠地踢了他一脚，当众呵斥：“胆小鬼，这种人还能上战场？”

他骂咧咧地喊少哉：“黄救国，你是班长，做个样子给他看看。”

“是！”少哉持枪卧倒，摆出了射击的标准姿势。

缺口对准星，准星对靶心……他心里默诵着要领，指头扣住扳机，眼睛瞄准目标。自己是一班之长，一定要做出最规范的动作来，给大家立一个榜样。

瞄了半天，却发现眼前尽是重影。缺口找不到准星，准星找不到靶子，湖光水影像倒进了墨汁一样搅得混沌不清，急得他眼冒金星，出了一头大汗。

马驷奇站在身后，见他的枪口比杨胜利晃得还厉害，恼火地骂道：“黄救国，你在干什么？”

少哉满脸通红：“我找不到靶子……”

马驷奇顺手一指：“不就在那里吗？”

少哉说：“一瞄就找不着了……”

“瞄给我看看。”

少哉重新端起枪，屏住呼吸，眼睛仍然找不到靶子。

马驷奇也觉得奇怪，左看右看没找到原因，一回头却发现他两只眼睛都瞪得大大的，气得一脚踹过去：“左眼闭，右眼睁。”

少哉闭左眼，右眼也跟着闭上了；睁开右眼，左眼也睁开了。无论如何也做不到左眼闭、右眼睁。

“蠢猪……”马驷奇气急败坏，把杨胜利叫过来：“闭给他看。”

杨胜利笑嘻嘻地看着少哉："左眼闭、右眼睁、右眼闭、左眼睁……"两只眼睛灵光得像闪电一样睁来闭去。

少哉学着杨胜利的样子，使劲地睁，使劲地闭，越急越不得要领，两个眼睛要么都睁着，要么都闭着，根本不听指挥。

众人一阵哄笑。

何进修来到少哉跟前，左右看了看，一本正经地说："这是一种病，叫做面部植物神经紊乱，一紧张，大脑指挥不了五官，眼睛不听使唤。"

大家从来没有听说过这种怪病，纷纷聚在少哉的周围，朝他挤眉弄眼，讪笑着，像看猴戏似的看着他。

"真有这种病？"马驷奇走南闯北，奇人怪事见过不少，从没听说过这种毛病。

何进修说："有的是遗传，有的是因为受刺激，过分紧张。"

杨胜利煞有介事："我知道了，他看过女人的屁股？"

"绝对没有！"这是奇耻大辱，少哉赌咒发誓，"我整天想着抗日救国，做梦都在上前线，怎么会去干那种无耻下流的事啊……"

"这种人，还抗日救国？滚到一边去吧！"马驷奇当即撤了少哉的职，指定张三风代理班长。

少哉不会闭眼睛，成了军中的笑柄。他沮丧至极，躲在被子里哭泣，狠狠地抽打自己的眼睛，边打边骂：连眼睛都不会闭，怎么瞄准？怎么射击？怎么抗日救国？

早上起来，半边脸肿得像个南瓜，左眼睁不开了。

杨胜利大呼小叫："快来看啦，他把自己的眼睛打瞎了……"

张三风见他把自己糟蹋成那个样子，赶紧让杨胜利把他送到卫生队。

老军医给他抹药时问道："跟人打架了？"

少哉说："自己打的。"

老军医奇怪："为什么打自己？"

少哉说："为了抗日救国。"

老军医责备："傻孩子，打瞎了怎么办？"

少哉说："只要能瞄准，不在乎瞎一只眼睛。"

老军医嘀嘀地笑起来："不能怪眼睛，是面部神经出了毛病，越紧张越麻痹，只要放松就行了。"

他问道："怎样放松？"

老军医说："很简单，不去想它就行了。"

少哉又急了："这么大的事情，怎么能不想？"

"别着急，越急越坏事。"老军医在他的左眼上敷了一块纱布，贴上橡皮膏，告诉他不要见光，不要见水。

少哉走出卫生队帐篷，朝外一看，忽然哈哈大笑，飞也似的跑回阵地，对着众人高喊："解决了……"

何进修回头看了他一眼，笑道："哟，戴上驴眼罩了。"

马驷奇看到他那副模样，难得一笑："倒是个办法。"

少哉动作敏捷地趴在阵地上，枪架好，终于清楚地看到了缺口和准星，瞄准了黑色的半身人头靶，心花怒放地扣动着扳机，嘴里还随着清脆的击发声念道："砰，砰，砰……"

杨胜利却在一旁发愁："你眼睛好了怎么办？"

少哉伸手在眼前比划了一下，洋洋得意地说："放心吧，我不会让它好的。"

自此以后，少哉隔两天就把眼睛打肿，跑到卫生队去贴一块胶布再回来操练。

那一天，弟兄们操练得正带劲，只听得"呜……"的一阵怪响，地面一阵颤动，稀泥湖上，黑压压的一片像蝗虫般的东西铺天盖地而来，把岱家山的营盘都震动了。

少哉抬起头来，惊慌地喊道："那是什么？"

弟兄们一看，一个个瞠目结舌。

何进修说："像是难民。"

"呜呜……"的声音越来越大，黑影越来越近。果然是难民，男女老幼都有，潮水般涌了过来，扑向岱家山。

阵地前沿的哨兵拉动枪栓，顶上子弹，大声吆喝："不准过来，格杀勿论！"

难民们好不容易蹚过稀泥湖，他们跪在湖边求情："老总，饿啊……"

正在指挥操练的马驷奇跑到湖边问道："从哪儿来的？"

"河南。"难民七嘴八舌，"日本人来了，花园口炸堤了，俺们河南全淹了，来不及跑的都死光了……"

1938年6月3日，强大的日军机械化部队逼近开封，中国军队难以抵挡。万般无奈之下，蒋委员长下令炸毁花园口的黄河大堤。黄水一泻千里，中原大地一遍哀鸿，溺死者八十万之众，一千二百万人流离失所。

这是一个无可奈何的计谋，这是个力不从心的断腕之举。中国人用自己的灾难延宕了敌人进攻的速度，迫使日本军队不得不绕道津浦线，为保卫大武汉赢得了八十多天的时间。

马驷奇听到乡音，胸口像中枪一样的痛。他喝令端枪的哨兵：“把枪放下!”

话音一落，那些难民嗡地冲了上来。

一贯刁钻刻薄的马驷奇善心大发，他站在湖边的堤坡下，将那些年老体弱的人和孩子一个个从泥水里拉起来，并且耐心地告诉他们：“别着急，汉口好吃的东西多得是，你们进去就有活路了……”

弟兄们也学马驷奇的样子，将难民们从湖滩上拉起来，把他们送上了一条活路。

事后，马驷奇跑到孟子越那里，低着头说：“都是老乡，我下不了手，处分我吧。”

孟子越叹了口气：“难民无辜，免了吧。”

自从听到黄河决堤的消息，看到难民涌进汉口，少哉忧心忡忡，睡到半夜被噩梦惊醒，爬起来惊叫：“鬼子来了……”

老朽何进修的睡眠不好，一人独自坐在草席上抽烟。见少哉如此忧心忡忡，安慰道：“自古兵家之争，天时、地利、人和也。如今加了一条，兵器为先。日本人仗着坚船利炮占了半个中国，要想与之抗争，还需时日。”

帐篷外，天上繁星闪烁，离岱家山不远的长江日夜东流。

上海、南京陷落之后，中国实际上已无海军可言。剩下的几艘舰艇退守长江，根本挡不住日军火力强大的炮舰。

何进修拧亮挂在帐篷边的马灯，把一张报纸递到少哉手中，惨淡地说道：“马当要塞失守了。”

“真的吗?”少哉一把抓过报纸，灯光下，一个标题赫然刺进了他的眼睛：马当要塞失守，长江防线功亏一篑。

马当在安徽省的彭泽县，为长江之咽喉。此地山势险峻，江流湍急，石礁暗藏，自古乃兵家必争之地。为了阻挡日寇，我军耗资巨万，修筑水坝，沉船数千，布设水雷，加固炮台，派遣重兵把守，号称一夫当关，万夫莫开。

人在岱家山的少哉，一直心悬那千里之外的马当。希望要塞能挡住敌寇的坚船利炮，保卫武汉一时的安宁。

报上描述说：日军先后派出二十多艘炮艇轮番攻击多日，未能逾越。在一个雾气迷茫的早晨，敌人偷偷从陆地迂回，发起突然袭击，并且施放毒气弹，守卫要塞的将士全部殉难。

少哉放下报纸，一声叹息：“马当失守，我们失去了水上屏障，日本人的炮舰就可以长驱直入了。”

他再也睡不着了，天还没亮就大声疾呼：“弟兄们，敌人就打过来了，快起来操练!”

大家从睡梦中惊醒了，爬起来一看，月在中天，一个个骂他是神经病。

马当失守，武汉的局势立刻紧张起来。

队伍给新兵们发了子弹，每人三颗。

马驷奇命令：只能练习上膛，不准扣扳机，要等到实弹射击那天，才能把子弹打出去。

少哉聚精会神地伏在阵地上，一丝不苟地练习着射击动作。

湖滩上，青草在微风中轻轻地拂动，弯曲的河汊在阳光下闪耀着粼光。如常年景，该是白帆点点、渔歌唱晚的季节了。此时的稀泥湖，却是鸿雁难见，一片肃杀。

天蓝，水绿，从缺口和准星上看过去，蓝天和绿水连成一条线。尽管一只眼睛上贴着膏药，像门神一样堵着另一半天地，少哉还是把眼前的一切看得清清楚楚。

他郑重地将子弹推进枪膛，把腮帮子贴在枪托上，凝神地瞄着那个半身的标靶，心中默默地念叨：如果敌人来犯，将用这颗子弹击碎他的脑袋。

太阳偏西了，阵地上刮起了一阵凉风，天空格外透彻。湖面上，落下几只水鸟，匆匆忙忙地钻进水底寻找食物。水里的鱼儿游回来了，在水草间掀起一圈圈的涟漪。

少哉的心境像天一样透彻，像水一样清凉，枪口瞄什么有什么。一花一草一水鸟，都在他的射程之中。

忽然间，他看到一个黑点，从蓝天和绿水连成的一条线的始端飞了过来。它既不像水鸟，也不像鱼儿，却像村里的顽童从远处扔过来的一粒石子。

黑点越来越大，带着刺耳的呼啸迎面而至。

“飞机……”杨胜利惊叫一声。

大家抬头望去，只见那架飞机贴紧湖面，像把张开的剪刀，从他们的头顶上掠过。

日军的飞机不停地轰炸武汉，大家深恶痛绝。杨胜利跳起来咒骂：“我操你八代祖宗!”

那架飞机好像听到了骂声，居然转身飞了回来。而且飞得更低，贴得更近，几乎是擦着头皮掠过，差点把他头上的帽子刮掉了。

少哉忍无可忍，食指不由自主地扣动了扳机。只听见“叭”的一声脆响，岱家山为之一震，一群白鹤从湖面上飞了起来，躲进了不远处的芦苇丛中。

飞机的翅膀歪了一下爬上天，走了。

“它看见我们了?”杨胜利指着远去的飞机问。

“肯定。”少哉说，“它在高处，什么都看得清清楚楚。”

话音未落，更大的轰鸣声压了过来。

众人一看傻眼了，这一次来的不是一架，而是一群，像粪坑里炸起的苍蝇，嗡嗡嗡地铺天盖地呼啸而来。

天空一下黑了，山头上响起了凄厉的警报。

飞机从头顶掠过，一串串驴屎蛋一样的东西，从飞机的屁股后面倾泻而下。

随着一阵惊天动地的爆炸声，岱家山被削去一半，霎时间，阵地淹没在一片火海与硝烟中。

最初的那一刻，少哉感觉到的不是巨大的轰炸声，而是大地像鼓皮一样弹了起来，把他弹上了半空中，之后才是震碎耳膜的巨响。当那些黑色的“苍蝇”再次从头顶飞过的时候，他挣扎着爬起来，一边叫骂，一边把第二颗和第三颗子弹塞进了枪膛，射了出去。

他的枪声太渺小了，射出的子弹也无影无踪。

天空中，一架飞机起火，拖着一条长长的黑烟栽进了稀泥湖。

不知过了多久，地上才安静下来。

岱家山的炮楼、碉堡、工事几乎全被炸毁了，山坡上堆放的被服烧得浓烟滚滚。阵地上到处是炸得支离破碎的尸体，黑色的硝烟遮住了西垂的残阳。

张三风抖了抖身上的泥土，从工事里爬起来，看了看面目全非的阵地，大声喊道：“还有没有活着的……”

何进修抬起头来，吐着满嘴的泥土仰天大骂：“不宣而战，算什么东西?”

少哉从泥土中钻出来，耳朵里还在嗡嗡作响。

杨胜利拉住他，指着栽进稀泥湖的飞机问：“它会不会爬起来?”

少哉昂着头说：“它敢爬起来，我再把它打下去。”

杨胜利不屑：“卵屎，你打下去的? 吹牛皮!”

“谁开枪?”马驷奇从壕沟后边的掩体中钻出来，歪着脖子叫骂，“哪个王八蛋开的枪?”

少哉持枪站立:“报告连长,是我。”

马驷奇冲到跟前,狠狠地抽了他一个耳光:“谁让你开枪的?”

少哉趔趄两步,好不容易站住:“我自己。”

“几枪?”

少哉看了一下自己的枪膛:“三枪,三颗子弹全打了。”

马驷奇一把夺过少哉手里的步枪,朝身后两个老兵一挥手:“抓起来!”

“鬼子欺人太甚。”少哉委屈之极地争辩,“我打他们有错吗?”

马驷奇朝山上一指:“你擅自开枪,暴露目标,招来敌机轰炸,死罪难逃。”

少哉一听,嗡地一声血冲头顶,任凭几名老兵将自己绑了。

第八章 英 雄

汉口有两条有名的街道,一条叫汉正街,一条叫花楼街。

汉正街是汉口的第一条正街,一路繁华了四百多年。花楼街如影随形,横穿大半个汉口,蜿蜒在繁华闹市的背后,延续着古往今来的风流。在那些描龙雕凤的花楼上,有依栏而偎的女子,有水一般的妖冶与风尘。

白天它睡犹未醒,只有滞涩的脚步和偶尔响起的叫卖声,回荡在薄雾轻绕的石板路上。一到夜晚,它就活了。灯如飞鸿,色如烈焰,酒如泼墨,水如琉璃。

商女不知亡国恨,隔江犹唱后庭花。在抗日热情高涨的汉口,花楼街也热闹空前。那些从南京、上海、江浙一带逃到武汉的商女、艺人,来到这里寻找一块栖身之地。于是便有不少达官贵人到那里醉生梦死,寻找片刻的慰藉和温存。

胡英杰也来了,却非寻花问柳,只因为听到了一个熟悉的声音。那是和着一面琵琶唱出来的千回百转,是让他如痴如醉的苏州评弹。唱的是《击鼓抗金》,高亢的曲调和略带沙哑的嗓音一下打动了他的心扉:

万里长江,
淘不尽壮怀秋色;

漫说秦宫汉帐，
瑶台银阙……

人到花楼街的胡英杰脱下军装，换了一身长衫，拿着一把折扇，走在街上，风流倜傥，惹得两旁的流莺飞燕争相而拥。胡英杰不为所动，寻声来到一座颓朽的老楼下，推开了一扇木门，蹬上了摇晃的楼梯。楼上，一间三丈见方的客堂，若干张木桌木椅。唱评弹的女子手抱琵琶半遮面，指尖飞过，铿锵回荡：

长剑倚天氛雾外，
宝光挂日期烟尘侧！
向星辰拍袖整乾坤，
消息歇……

那女子一张瓜子脸，两道卧蚕眉，顾盼间风情万种，弹指间侠气凛然。胡英杰寻了个位子，悄悄地坐下。才看了一眼，女子脸上的雀斑像那鸿雁一般飞过来了，落在了他的双肩之上。

女子艺名秀娘，是苏州城里有名的评弹艺人。走红的时候，万人空巷，一票难求。更有数不清的达官贵人趋之捧场，能请她吃上一顿宵夜，已然是天大的面子。

胡英杰对她仰慕已久，曾经几次跑到苏州，几次递上自己的名片，只可惜一个下层军官，连得个回音的资格都没有，看到的只是那一闪而过的倩影。

没想到她也到这里来了，在这样一间摇摇欲坠的破楼里，面对的只是几个昏昏欲睡的听客。

一曲终了，胡英杰起身，放下一块大洋。

在这战乱时节，一块大洋是普通人家十天半月的生活。叮当一声，让女子身边掌板的老者眼睛一亮，让所有的听众转过身来，看着这个书生一样的男人下楼离去。

胡英杰天天到花楼街，天天坐在老地方听评弹。听完了，照例放下一块大洋。听客们惊讶不已，唱弹词的女子却始终没有看他一眼。掌板的老者沉不住气了，特别下座，前来道谢。

老者拱手问道："看先生的模样，也是江浙人？"

胡英杰回礼："溪口。"

老者肃然起敬："原来是委员长的同乡。"

胡英杰趁机请他们去吃夜宵，老者客气地推辞。

胡英杰说："同是天涯沦落人，相见亦难别更难。"

老者回去和女子低声商量了一阵，女子收起了琵琶。

一辆黄包车拉着他们到六渡桥，喝了小桃园的煨汤，尝了四季美的汤包和老通城的豆皮，当然还少不了一壶绍兴的花雕酒。

掌板的老者自称是秀娘的师父，见胡英杰如此热心快肠，感激不尽。秀娘却始终两眼空空，空得胡英杰心里发慌。他由衷地感叹："在那样一座朽楼里唱《击鼓抗金》，真是委屈你了。"

于是，带她到新市场看戏。

汉口的新市场，是仿照上海大世界的格局建造的一座综合性娱乐场所。环形的大楼里，有多个剧场和舞台，可以同时上演十场大戏，还有西洋电影和戏法、杂耍之类。中国的大城市相继沦陷了，只剩下个大武汉，也只剩下个新市场。那些名角们都来了，他们要在这最后的世界里，上演些许激动人心的剧目。

胡英杰请秀娘看京剧、看越剧，还有本地的汉戏和楚剧。

秀娘看着宏大的剧场，看着舞台上流光溢彩的角色，没有感动，只是叹息。胡英杰心里当然明白，附在秀娘耳边轻轻地说："我要为你安排一个专场。"

秀娘回头看了他一眼，脸上红光一现，嘴里却没出声。

胡英杰信誓旦旦："你准备一下剧目，剩下的事我去办。"

于是他忙活起来了，联系剧场、交纳订金、制作海报……且不说那是一笔不小花费，要在这个地方拿到一个专场，更是挤破脑壳的事情。

才一个多礼拜的时间，胡英杰都做到了，不仅显示了他过人的社交能力，更显示出他对秀娘的一片痴情。

专场演出开始了，胡英杰请了一帮军政要员前来捧场，那些逃到汉口的评弹迷们更是无比踊跃。经过整理后上演的《击鼓抗金》，轰动三镇。

已经是第三场演出了，照样是一票难求，座无虚席。

胡英杰不动声色地坐在第一排的正中央，和着评弹的节奏轻轻地敲击着手掌。看到秀娘从台上传递下来的目光，心中暗自得意。一个曾经遥不可及的偶像将要委身于自己，那种成就感与满足感难以言表。

恰时，马驷奇忽然找来了，涨红一脸的麻点，在他耳边喊道："团长，出事了！"

胡英杰吓了一跳，把马驷奇拉到门外："什么事？小点声。"

马驷奇把黄救国开枪、敌机轰炸岱家山的情况说了一遍。

胡英杰听了，怔了半天没有出声。

马驷奇替胡英杰捏着一把冷汗：“倘若上头追查下来，怎么办?”

胡英杰慌忙跑到后台交代了两句，随马驷奇连夜赶回了岱家山。

在135团的营盘背后，有几架木头钉成的笼子，用来关押那些犯了重罪的士兵。少哉被马驷奇关在笼子里，头卡在上面，踮起脚尖才够得着脖子。此时正值仲夏，山野的蚊子闻到血腥，趁机扑过来，爬满了全身，咬他的肉，吮他的血。

天上没有月亮，天气阴沉闷热，哨兵的刺刀闪着寒光。远处不时传来一声闷响，脚下的大地一阵抖动。

笼子中的少哉听着远方隐隐传来的炮声，心如刀绞。

“你会后悔一辈子的……”石夫的话在他的耳边响了起来。一腔热血，投身抗战，竟落得如此下场，他真的有些后悔了。

爹啊，娘啊，儿子对不住你们了。我改名换姓当了兵，死在哪里你们连个音讯都不知道哇……我擅自开枪，引来敌人轰炸，造成严重损失，是死罪呀……他嘴里喊着爹娘，眼前晃来晃去的却是凤仙。

其实，他在弟兄们面前信誓旦旦，说没碰过凤仙是假。天天相濡以沫，时时形影不离，哪能不碰不撞?你不去碰她，她还不来碰你呀?这种事，不用说也是摆在那里的。

蒙眬的泪光里，少哉看到凤仙在笑他，在骂他，故意当着他的面脱衣服，雪白的乳房像闪电一样刺得他睁不开眼睛……前些年，少哉还不经世事，凤仙经常把他抱在怀里，热烘烘地逗他：你是我的大儿子，等你跟我圆房以后，我给你生一堆小儿子。

少哉大了，凤仙还想抱他，他不干了，从她怀里挣出来，转身对着她吼：我是你丈夫，不是你儿子!

凤仙大笑：好哇，拿出做丈夫的本事来呀……

天亮之前，少哉迷迷糊糊地打了个盹，梦见家里张灯结彩，父母正张罗着自己和凤仙圆房，村里人都来道喜。洞房花烛之际，却怎么也找不到凤仙的人影。少哉大声呼喊：“喂，你天天喊着圆房，真要圆了，怎么又藏起来?”

只听凤仙在问：“是真是假?”

少哉扯着身上新郎官的衣襟说：“再不快来，我就要去死了。”

凤仙说：“等一下，我撒泡尿就来。”

听到嘘嘘作响声，少哉在一旁催促："快点……"

"你在喊什么？"一个奇怪的声音在耳边响起，一只手捅进了他的胳肢窝。

少哉嘿嘿笑了两声，睁开眼睛一看，天亮了，杨胜利从笼子外伸进手来搔他胳肢窝。

少哉问："你怎么来了？"

杨胜利说："有福同享，有难同当。你被关在这里，我一夜都没睡着。"

少哉叮嘱："不要管我，你好好操练，当个好兵。"

"你犯的是死罪。"杨胜利真心诚意地说，"有什么交代的？给我说一声，我替你去办。"

少哉长叹一声："替我去看看我父亲，只说我战死沙场，千万不要说是违反纪律，被枪毙的。"

杨胜利慷慨地说："你父亲就是我父亲，我做他的儿子，一辈子替你孝敬他。"

少哉由衷地感谢："我放心了。"

杨胜利问："还有呢？"

少哉摇头："没有了。"

杨胜利问："你媳妇怎么办？"

少哉说："我管不着她了。"

"嘿嘿……"杨胜利不好意思地一笑，"我替你圆房。"

"放屁！"少哉怒不可遏，"你做梦！"

杨胜利振振有词："既然我替你做了儿子，当然该我和她圆房。"

少哉瞪眼大叫："天杀的，我先弄死你！"

"好心当成驴肝肺。"杨胜利嘟嘟唧唧地往后退，"死到临头了，还那么凶……"

胡英杰匆匆回到营盘，看到阵地几近被炸毁，看到堆成山的被服烧成灰烬，不禁眉头紧锁。那是为一百多万军队准备过冬的棉衣、棉被，倘若上面追究下来，难辞其咎。

胡英杰一言不发，却也是一夜未合眼。早上，马驷奇跑来请示："团长，怎么惩治那个擅自开枪的新兵？"

胡英杰却问："真有一架敌机坠毁了？"

"有。"马驷奇说，"呼啦一声冒起黑烟，一头扎进了稀泥湖。"

胡英杰命令："把开枪的新兵给我带过来。"

马驷奇转身出去，把少哉带进了胡英杰的帐篷。

看到少哉的左眼上还贴着膏药，胡英杰问：“眼睛怎么了？”

马驷奇替他回答：“这个笨蛋不会闭眼睛，自己把眼睛打肿了。”

胡英杰命令：“像什么样子，撕下来。”

马驷奇将他左眼上的膏药撕了下来，半边脸还肿得很厉害。

胡英杰问：“你叫黄救国？”

少哉回答：“是。”

胡英杰看着他：“你开的枪？”

少哉低下头，躲着胡英杰的目光：“是。”

“几枪？”

“先一枪，后两枪。”

“为什么开枪？”

“看见日本人的飞机在我们头顶上耀武扬威，我又气又急，就扣动了扳机……”少哉做好了死的准备，如实地把事情讲得清清楚楚。

“团长，是他自己擅自开枪，跟我可没关系。”马驷奇急着撇清，“这混蛋开枪，把一大帮日本飞机引来了，阵地全部被炸毁，死伤二百多人……”

“让他说。”胡英杰瞪了马驷奇一眼，“日本人的飞机要炸什么地方，都是事先计划好的，哪能让一个小兵引过来？”

马驷奇不说话了。

胡英杰问少哉：“你是瞄着飞机开的枪？”

少哉摇头：“不是……”

胡英杰提高声音：“飞机会自己掉下来吗？”

少哉不知怎样回答：“不会……”

胡英杰一锤定音：“那就是你打下来的嘛。”

“不是……”少哉拼命摇头，“我是开了枪，可是飞机……飞机是后来才掉下来。”

“当然是后来。”胡英杰肯定地说，“它中了枪以后，要挣扎一会儿，才掉下来。”

“不可能，这混蛋有毛病，前几天还不会闭眼睛呢。”马驷奇似乎是在为少哉辩护，“他一只眼睛贴着膏药在那里练习射击，怎么可能打到飞机……”

胡英杰呵斥：“闭上你那张臭嘴。”

马驷奇哼哼地退到一边。

“不要害怕，跟我说实话。”胡英杰的口气变得十分委婉亲切，“黄救国，你是瞄着飞机打的吗？”

“是……”少哉受不了这样的询问，只想快点了结。一个“是”字出口之后，再也支撑不住已经崩溃的身体，差点瘫倒在地。

“好！”胡英杰一拍大腿，高兴地对马驷奇说：“听到没有，那架飞机就是他打下来的。”

马驷奇惊讶地张大了嘴，满脸的麻点挤在一起：“团长，那是绝对不可能的。飞机那东西，呼一下就从头顶过去了，步枪打得下来吗？何况这混蛋是头一次实弹射击……”

胡英杰脸色一沉：“你打过多少枪？”

马驷奇一昂头：“少说也打了一箩筐子弹。”

“这就对了。”胡英杰胸有成竹，“像你这样的老兵油子，知道步枪打飞机不易，不会去打。恰恰是这样的新兵，初生牛犊不怕虎，才敢拿步枪打飞机。”

马驷奇仍然没有明白团长的意思，仍在那里申辩：“反正是他擅自开枪，招来敌机轰炸。枪毙还是砍头，就等团长一句话。”

“什么枪毙、砍头？日寇的飞机是他打下来的，他不是混蛋，是我们团的英雄。”胡英杰骂道，“你个猪脑袋，怎么连这个道理也不明白？”

马驷奇更加糊涂：“英雄？他这个鸟样子是英雄？”

“蒋委员长说过，这是个英雄辈出的时代。保卫大武汉，我们135团出了个英雄不是很好吗？”胡英杰站起来，一边踱着步子，一边开导马驷奇，“杀了他的头，你这个当连长的就没有过错？我这个当团长的就没有责任？笨蛋！”

马驷奇终于恍然大悟：让这小子当了英雄，团长脸上有光，连长脸上有光，大伙跟着沾光，何乐而不为？

他转身对少哉说：“听到没有，团长不杀你，让你当英雄，还不快点磕头？”

少哉一时没听明白他们说的什么，扑通一声跪在了团长面前：“团长，飞机不是我打下来的……”

胡英杰将他拉起来：“不是你又是谁？还有别人开枪吗？”

少哉摇头：“没有。”

“那就是你嘛。”胡英杰亲切地拍着他的肩，“你是英雄。”

少哉更加惶惑：“我不是……”

胡英杰皱着眉头，命令马驷奇：“告诉他，他是英雄。”

马驷奇一跺脚跟，响亮地说："是。"

胡英杰背抄手，气宇轩昂地走出了帐篷，看着冉冉升起的太阳，脸上露出了欣慰的笑容。

帐篷里，马驷奇心不甘情不愿地绕着少哉转了三圈，从头到脚将他打量了一遍，问道："黄救国，你他妈的成英雄了？"

"我不是……"少哉的眼睛跟着他转了三圈。

马驷奇说："两条道，由你选。愿意杀头，老子把你拖出去一枪崩了；愿意当英雄，按团长说的办。"

少哉还是不明白，磕磕巴巴地辩解："飞机既不是我招来的，也不是我打下的，我不是英雄。"

"去你妈的，让你当英雄你还不当……"马驷奇一拳打在少哉的面门上，少哉的鼻子和嘴里冒出血来。

马驷奇再问："当不当？"

少哉瘫倒在地："当……"

帐篷外，为抢救伤员忙了一个晚上的孟子越听说团长回来，立即过来报告："阵地被炸，损失严重，牺牲了十六个弟兄，一百多个伤员已经安置完毕。"

胡英杰伸手拍着他的肩膀说："炸出了个英雄。"

孟子越相当不解："英雄？"

"英雄。"胡英杰肯定地说，"一个初生牛犊不怕虎的新兵，一个用步枪打下飞机的英雄。"

孟子越将信将疑地跟着胡英杰走进帐篷。

看到少哉战战兢兢的样子，胡英杰笑着说："他当兵不到俩月，第一次经历这样的场面，紧张是难免的。"

孟子越看到少哉，立刻相信了一半："他叫黄救国，一连一班的班长，好兵。"

看到少哉满脸是血，孟子越关心地问："怎么还在流血呢？"

马驷奇抢过话头："阵地上石头砸伤的，刚才不小心又碰破了。"

胡英杰将一个马扎扔到少哉的屁股后面，亲切地招呼："坐下坐下，给参谋长说说你打飞机的过程。"

少哉不敢坐下，僵硬地站着说："报告参谋长，我们正在练习瞄准射击，发现敌机从湖面上飞过来了，在我们的头顶上耀武扬威。我又恨又怕，指头一勾就开了枪……"

“听到没有，他在练习瞄准，看到敌机来犯，义愤填膺，就开了枪。”胡英杰兴奋地对孟子越说，“一个新兵，在这种情况下，有点害怕是正常的。但是他勇敢地开了枪，并且把敌人的飞机打下来了，他就是抗日英雄，是我们135团的光荣。”

孟子越没有理会胡英杰，神色严肃地对少哉说：“黄救国，没有长官的命令，随便开枪是违反军令的。”

“比起打下鬼子的飞机，那只是个小小的错误啦。”胡英杰替少哉开脱，“当然，你也要注意，以后碰到这种事情，要先向长官报告，记住没有？”

少哉低着头回答：“记住了。”

孟子越问：“你用的什么枪？”

“汉阳造。”少哉说，“就是参谋长发给我的那支枪。”

“汉阳造虽然是支老枪，但射程并不差，完全有可能打下飞机。”胡英杰说，“只要击中油箱，它就完蛋了。”

孟子越又问：“你是瞄准油箱射击的吗？”

少哉茫然地摇摇头。

“打飞机用不着瞄准，碰上就碰上了。”胡英杰截住孟子越的话头，大声命令，“参谋长，马上向上级长官报告，并且通令全团进行嘉奖，要用这样的英雄鼓舞我们的士气。”

第九章　邂　逅

少哉像做梦一样，一夜间变成了英雄。

营盘里张灯结彩，过年一样热闹。路旁还拉起了横幅，上面写着：“向抗日英雄黄救国学习！向抗日英雄黄救国致敬……”

伙房杀了猪，弟兄们终于吃上了一顿肉。

消息传出去，135团风光无限，胡英杰成了治军有方的模范团长。每天都有报社记者前来采访，胡英杰带着少哉，在镁光灯下频频亮相。

各大报纸都登了黄救国的事迹，还配上了他扛枪在肩上的照片，通栏标题写道：步枪打飞机，天下奇闻；小兵逞英雄，勇冠三军。

抗日英雄的事迹感动了蒋委员长，上面传来消息：伟大统帅要召开庆功会，亲自给英雄颁发勋章。

这是天大的事情，少哉激动得彻夜难眠。一大早，跟着团长坐上吉普车，一路开到汉口，开到太古堆码头，乘轮渡过江，辗转到达国立武汉大学时，已经是下午三点多钟了。

武汉大学环绕东湖水，坐拥珞珈山，中西合璧的宫殿式建筑群古朴典雅，巍峨壮观。南京陷落后，武大的师生们转移到鄂西，珞珈山成了国民政府的行辕。蒋委员长和夫人宋美龄住在半山庐石屋，南山十八栋则聚集了周恩来、郭沫若在内的一批精英人物。全面抗战的方略在这里拟定，抗击敌寇的指令从这里发出。

少哉对这所美丽的学府向往已久，能在此地见到领袖更是一生的荣光。他和胡英杰匆匆进入武大校门，赶到集贤楼时，这里早已冠盖云集，聚满了各界人士。

走近一看，楼前并无庆功会的热烈气氛，而是一场缅怀英烈的追悼会。用苍松和翠柏搭成的主席台上，陈列着一排在武汉空战中殉国烈士的照片，蒋委员长和夫人亲笔书写的挽联悬挂两边：

身为战士，为五千年祖国英勇牺牲，功名不朽；
驱除日寇，有四万万同胞坚强后盾，胜利可期。

黑幡白字，鼓乐哀鸣，把少哉吓一跳。

他跟在胡英杰的身后，轻步走进会场，仪式已经开始了，蒋委员长在台上讲话。一位副官将他们领到后台，低声交待："别动，待会儿委员长给你们授勋。"

少哉一动不动地站在后台一角，只能听见从蓝色和黑色的布幔那边传来的蒋委员长的声音：

"……这次抗战，是以广大的土地来和敌人决胜负，是以众多的人口来和敌人决生死。中华民族必以坚强不屈之意志，动员其一切物力人力，为自卫，为人道，与此穷凶极恶之侵略者长期抗战，粉碎倭寇速战速决、三个月灭亡中国的梦想……"

胡英杰不安地在少哉身边踱来踱去，不时地交代一句："记牢了，见到了委员长，一定要喊万岁……"

少哉点头："我记得。"

突然间，防空警报响了起来，把少哉的心一下拉到了天上。紧接着，飞机的轰鸣声"呜呜"地传过来，像刀一样划在所有的人心上，台下顿时大乱。

一队黑衣卫士冲上台来，眨眼间将蒋委员长围在中间，保护着他立即撤离。而此时，却见委员长伸出手来，拂开围住他的侍卫们，向前迈进了一步，扬起头来，巍然不动地看着天空。

台下的人见到此状，不动了，也都抬起头来，仰望天空。

一阵疾风，十二架日军轰炸机排成一个黑色的三角形，从珞珈山顶呼啸而过。奇怪的是，它们既未俯冲空袭，也没有投弹。少哉的心扑通扑通差点跳出了喉咙。

主席台上，蒋委员长左手拄着文明杖，右臂举了起来，高呼："生不惧死，死不亡魂！"

台下，众人一起高呼："生死与共，抗战到底……"

会场上，群情鼎沸到了高潮。不少人冲上主席台，表达誓与敌寇血战到底的决心。少哉一次又一次地被感动得热泪潸然，只可惜他站在后台，没能看清蒋委员长的面目，也没能让领袖亲手把奖章挂在自己的胸前。

直到散会之后，才有一位副官将一个装着奖章的小盒子交给胡英杰，吩咐由他代为颁发。

晚上，少哉心情激动地回到一班，一进帐篷便喊："我回来了！"

他在路上已经想好了，一定要给弟兄们好好描述一番蒋委员长临危不惧的情景。可惜的是，帐篷里没有人响应，也没人问起颁奖的盛况，只有杨胜利爬过来翻着他胸前的奖章，好奇地问："这东西值多少钱？"

少哉挺起胸膛，骄傲地说："这是荣誉，拿金钱买不到的。"

张三风躺在铺位上哼了一声："黄救国，那飞机是你打下来的？"

少哉顺口回答："是啊。"

弟兄们挖苦："眼睛都不会闭，还能打飞机？"

少哉申辩："我的眼睛上贴着膏药呢。"

张三风问："你是在飞机飞过来之前开的枪，还是飞机飞过去之后开的枪？"

少哉实话实说："过去之后。"

张三风冷笑："飞机都飞过去了，你的子弹能追上它？"

少哉心虚："只要开枪，就可能碰上……"

"扯淡！"连杨胜利都不屑，"你是什么时候开的枪？飞机是什么时候掉下来的？"

少哉更无底气："团长说，飞机中弹以后，要在天上挣扎一会儿才掉下来……"

张三风吆喝起来："我们都在场，谁看到飞机在天上挣扎过？"

众人回答："没有看见！"

少哉承受不住大家的追问，差一点哭出声来："又不是我要当英雄，是团长逼的……"

众人大笑："啊……假英雄！"

少哉不语，默默地躺下，轻轻地抚摸着胸前的奖章，悄悄地擦拭着眼角不断涌出的泪水。

无论如何，英雄的名声已经传出去了，每天都有代表团前来参观访问。少哉一起床就到团部报到，然后站在团长的身边，接受代表们的慰问和赞扬。

这一天，来的是民主党派的代表团，胡英杰特别交代少哉："里面有共党分子，不要跟他们说话，不准接受他们的东西。"

几辆卡车驶进营区，从车上下来的人的确与众不同。他们没有发表演说，也没有赠送礼品，而是默默地从南坡走到北坡，站在被日本飞机炸毁的阵地上，久久地眺望着笼罩在烟雾中的北方大地。

135团的军官们也不言语，跟着代表团从南坡走到北坡，随着他们的目光翘首远眺。

少哉突然发现参谋长孟子越有点反常，他的眼睛一直盯着代表团中的一个人。顺着他的目光看过去，那是位美丽端庄的女子，微笑中带着一种难得一见的豪气。

那女子似乎也看到了孟子越，对他轻轻地点了点头。

她是谁？跟参谋长有什么关系？少哉心里猜测着，开始注意孟子越的一举一动。

代表团的团长是一位面目慈祥的老者，临别前发表了一番热情洋溢的讲话，大家一起拍手致意。代表团中的那位女子脸上也挂着微笑，频频向国军弟兄们招手致意。

"参谋长，拍手哇！"少哉见孟子越看着那女子目不转睛，十分小声地提醒道，"大家都在拍手……"

孟子越一愣，机械地拍起手来。

这番情景早已被胡英杰看在眼里，他用胳膊拱了一下孟子越，问道："谁呀？"

孟子越没有回答。

慰问团离开之际，与135团的军官们一一握手。

那位女子来到孟子越的面前，大方地伸出手来，孟子越却一时不知把手伸向何处。

“你好!”女子的目光停留在孟子越的脸上。

孟子越紧紧地握住她的手：“你好……”

胡英杰在一旁问道：“你们，认识?”

孟子越尴尬地一笑：“我妻子……”

“哎呀!”胡英杰跺脚，“怎么不早说?”

女子的手已经从孟子越的手心里滑出去了，与其他人一一道别。

胡英杰在孟子越耳边问道：“真是你媳妇?”

孟子越说：“这事能开玩笑?”

“多久没见了?”

“两年多。”

胡英杰说：“今天不能让她走了。”

孟子越摇头：“这里是营盘，不方便。”

胡英杰兴致勃勃：“你放心，我有办法。”

他拉着孟子越跑到那位老者面前，满面笑容地举手敬礼：“报告团长，您的成员中有一位女士是我们参谋长的夫人。他们已经有两年多没有见面了，能不能让他们夫妻一叙衷肠，以振奋军心，鼓舞士气?”

慈眉善目的长者一听竟有这种机缘巧合，连忙应诺：“当然当然，当然应该成人之美。请问，是哪一位女士?”

胡英杰推了一下低着头的孟子越：“快说，叫什么?”

孟子越满面通红：“秦歌。”

长者大笑：“英雄美人，天作之合，快叫副团长……”

秦歌过来了，长者问道：“你的夫君在这里为国效力，怎么不曾听你提起?”

秦歌看了孟子越一眼，微微一笑，回答：“事先并不知道。”

老者说：“好，今天老夫有幸搭架鹊桥，让你们夫妻相会。”

秦歌有些为难：“还有不少工作等着我去处理……”

“抗战工作是长期的、持久的，不在乎一朝一夕。”老者哈哈大笑，“你们已经有两年多没有见面了，好好说说话，谈谈心。”

事情就这么定下来了，胡英杰高兴地跟老者握手道别，转身又拍着孟子越的肩膀说：“久别胜新婚，给你二十四小时的假，好好亲热亲热……”

孟子越一脸感激，向老者鞠躬道谢。

秦歌似乎还想说什么，老者挥了挥手说：“就这样定了。”

孟家祖籍山东邹县。

从孟母林到济南城有一条泰山青石铺成的官道，直通城里的孟府巷。巷里，一是孟府，二为秦宅。孟、秦两家世交，门当户对。在孟子越出生的第二年，秦家出生一女，取名秦歌。两人牙牙学语之时，父母为他们订下终身。

两个世家，如此姻缘，可谓青梅竹马，世人羡慕。然而他们之间似乎只有青梅，没有竹马。只有堂上诗书，没有村野戏狎，相伴而不相知。孟子越心高气傲，崇尚新思想、新风俗，对父母的包办颇不以为然。何况他们出生在山河破碎、内忧外患的年代，年轻的孟子越忧国忧民，志在疆场，不屑儿女情长。

美丽的秦歌崇拜同是济南出生的李清照，十分迷恋那位宋代才女的诗词歌赋。她也曾寻寻觅觅，倚楼无语理瑶琴，流连于绿肥红瘦之间。在别人眼里，孟子越和秦歌是才子佳人，天作之合。可是在他们之间只是礼尚往来，没有心绪波澜。

正是“九·一八”事变，日本人占领东北三省的那一年秋天，双方父母令他们完婚。

洞房花烛夜，秦歌掀起盖头，抚起了瑶琴。一曲《广陵散》，一曲《云水吟》，一曲《空谷幽兰》……她的心理微妙，感触敏锐，追求的是言尽而意不尽、意尽而情不尽的境界，希望将情投意合、如胶似漆的气氛营造到极致。她等待着孟子越的归来。

而此时的孟子越，正是个热血贲张的青年。他为东三省沦陷在倭寇的铁蹄之下而愤怒，为国家民族的危亡而担忧。几位前来祝贺新婚的同学和朋友也是热血青年，他们和孟子越一起喝酒，唱歌，慷慨激昂。喝的是山东红高粱酒，唱的是《大风歌》、《满江红》：

> 怒发冲冠，凭阑处，潇潇雨歇。
> 抬望眼，仰天长啸，壮怀激烈……

一帮年轻人，喝了唱，唱了哭，哭了再喝、再唱……直至后半夜，直至全部醉倒，才相互搀扶着把孟子越送进洞房。

等待多时的秦歌抬头问道：千金一刻，为何如此放荡不羁？

酒性中，孟子越无情斥责：国难当头，你却在这里强作欢颜！

秦歌一声冷笑，推开瑶琴，天亮便收拾行装，离开了济南，到北平的燕京大学念书去了。

如此良辰美景，却与本来的快乐与幸福失之交臂。孟子越终生悔恨，从此滴酒不沾。

东北沦陷，华北危急，北平的大学生走上街头，孟子越和济南大学的同学们一起北上声援。当游行队伍走到王府井大街的时候，孟子越猛然看到一位短发齐耳的女子在眼前一晃而过。

她是谁？为什么这般眼熟？孟子越不由自主地跟了上去，只见那女子上穿一件月白色的短袄，下配一条黑色的百褶长裙，伸手攀上一辆有轨电车的车门，在寒风中一甩短发，振臂高呼："日本帝国主义从中国滚出去……"

孟子越简直不敢相信自己的眼睛，那女子竟是秦歌！他激动地追了上去，喊了声："秦歌……"

千般爱意，尽在此刻，孟子越心中涌起一股从未有过的激流。然而千言万语，却不知从何说起。

秦歌转身见到他，稍稍一愣，跳下车来。从举止到气度，分明是一个新时代的女性，哪里还有一点寻寻觅觅、凄凄惨惨戚戚的影子？她只是匆匆地握了一下孟子越的手，说道："我还要参加一个集会，回头见。"

秦歌走了，短发一甩，月白色的短袄和黑色的百褶裙消失在潮水般的人流中。

孟子越怅然若失，一个人在王府井站了很久。

此时的秦歌，完全是他从来没有见识过的另一位女子。那种失去的甜蜜，那种无回的酸楚，那种撕裂的伤痛，让他追悔莫及。

孟子越转身回到济南，立刻弃笔从戎，不久成了国民革命军的一名排长。自此以后，他再也没有见到过自己的妻子。

看到了参谋长与夫人见面的情景，少哉由衷地为他们高兴。正要回到班里去和大家描述那般机缘巧合时，胡英杰叫住了他："你父亲在汉口的什么地方做事？"

少哉回答："南洋烟草公司。"

"是家大公司。"胡英杰点头，"你不是想回去一趟，看看你父亲吗？"

这是梦寐以求的事情，少哉连忙敬礼："是。"

胡英杰说："参谋长碰到了两年不见的媳妇，住在营盘里不大方便。准你一天假，和他们一起回市里去，去看看你父亲，同时请你父亲帮忙找个好的饭店或者旅馆，让他们在一起热乎一夜。"

"没问题。"少哉夸下海口，"南洋大楼离璇宫饭店很近，那是汉口最豪华的饭店，我让他们住到那里去。"

胡英杰给了他五块大洋，拍着他的肩："去吧。"

少哉换了一套干净的军装，跑到路边雇了一辆胶轮马车。

杨胜利不知从哪里冒出，跑过来问道："要回家去?"

少哉说："去帮参谋长和夫人找一家旅馆。"

"送一样东西给你。"杨胜利从怀里掏出一个绣着花、带着绊的洋玩艺儿塞到少哉手里，"嫂子的胸脯那么大，走起路来到处甩，甩出来被人家看了不合算。用这个东西把两个奶子兜起来，又好看又保险。"

"去去去，太无聊了……"少哉一见是女人的胸罩，脸一下红到了耳根，双手推开杨胜利。

"你这人真不识好歹，汉口的贵妇人戴的就是这种东西，罩在胸脯上又挺又好看……我好不容易才找到个大的，拿去，保证嫂子喜欢……"杨胜利把那个东西塞到少哉怀里。

两人正拉扯不清，孟子越和秦歌从山坡上缓缓地走下来。

杨胜利扭头跑了，少哉慌忙把那个东西塞进口袋，上前敬礼："报告参谋长，团长让我带路，陪参谋长和夫人进市里去……"

孟子越摆了摆手说："用不着，我们不会迷路的。"

少哉笑意甜甜地站在他们面前："团长让我雇了马车，请二位上车。"

孟子越一笑，看了看秦歌，征询道："上车?"

秦歌点了点头，两人一起坐进了车厢。

少哉坐到驭手旁边，兴奋地喊了一声"走"，马蹄声便哒哒哒地响了起来。

第十章　生米煮成了熟饭

马车在大道上奔驰，风在耳边轻轻地吹，两旁的柳树一闪而过。少哉敞开他的鸭公嗓子，高兴地唱道：

> 日落西山满天霞，
> 对面山上来了俏冤家，
> 眉儿弯弯眼儿大，
> 头上插了一朵小茶花。

哪一个山里没有树？
哪一个田里没有瓜？
哪一个男子心里没有她？
要打鬼子可就顾不了她……

车厢里，孟子越和秦歌挨得很近，有点拘谨。未曾见面，朝思暮想；四目相视，千言万语却又不知从何说起。他不太自然地咳嗽了一声，问道："家里……还好吗？"

秦歌道："已经在日寇的铁蹄之下。"

孟子越长叹了一口气："前线的消息越来越坏，不知道这仗是怎么打的……"

秦歌说："你们的蒋委员长口号喊得响，说什么以空间换时间，换来的是山河沦丧，百姓苦难。"

"国军在三千里的战线上浴血奋战，抵抗着百分之九十以上的侵华日军，已经尽力了。"孟子越说，"血战台儿庄，连共产党都说可歌可泣。"

"将士们可歌可泣，领袖在干什么？"秦歌双眉一耸，出言犀利，"黄河决堤，洪泛中原，八十万百姓毙命于滔滔洪水；马当失守，功亏一篑，天然屏障一纸升天。政府腐败无能，决策左右摇摆，将士们的鲜血付诸东流。如此抗战，祸国殃民。"

"黄河决堤，以水代兵，是无奈之举。马当失守，皆因日军施放了毒气，一个团的弟兄全部殉国，怎么能责怪领袖？"孟子越已经明确地感觉到她的身份，不由自主地回击道，"你们龟缩西北，游而不击，奔赴过几个像样的战场？"

"我们打的是游击战和持久战，在敌后消灭敌人。"秦歌自豪地说，"平型关大捷，举世闻名。"

孟子越显然有所不屑："平型关远离正面战场，歼灭的不过是小股日军，隔靴搔痒。"

"谁把国土沦丧？谁在隔靴搔痒？"秦歌提高了声音，"你们的蒋委员长长期实行不抵抗政策，一次又一次地围剿红军，把大片国土拱手送给了日本人……"

"好了好了，我们好歹夫妻一场，两年多才见上一面，连话都说不到一块，还指望什么团结抗日？"孟子越一把抓住秦歌的手，轻轻抚摸着。他委婉地说："前年在北平匆匆一面，有好多话没来得及说，可你的那股子精神感染了我，让我久久不能平静。大丈夫孝当竭力，忠则尽命，回到济南，我就从军了……”

秦歌轻轻一笑，把手从他的掌心里抽了出来，在他的手背上轻轻地拍了拍：“我知道，你是个有血性的男人。”

车厢座不宽，秦歌和孟子越大腿挨着大腿，两人之间没有距离。这是他们此生第一次靠得这样近，孟子越感觉到她的一股热气逼到了自己的身上，很想把手伸到她的肩膀上，将她紧紧搂进怀抱。

可是，他没有动手。

秦歌身上似有芒刺，有一种无法回避的锋芒。

孟子越尽可能地将身子侧向一边，在两人之间尽量挪出一条缝隙，这条缝隙恰似一道难以逾越的鸿沟。

车窗外，一晃而过的天空，白得没有一丝颜色。

马车出了岱家山，顺着马路一阵小跑。

坐在车厢外的少哉侧耳聆听着车厢里的对话，一会儿觉得参谋长说得有理，一会儿又觉得夫人的气势逼人。抗战的大事裹挟在夫妻中间，真有点说不清、道不明了。

马车进了市区，顺着沿江大道依次走过日租界、德租界、法租界、俄租界和英租界，到了著名的太古堆。

这是汉口的外滩，沿江林立着一排排罗马式、拜占庭式、哥特式和巴洛克式的洋楼。晚上，华灯齐放，江水东流，美不胜收。少哉不止一次来过这里，看到一对对情侣携手相伴，相拥而狎，让他心跳不止，流连忘返。

这里离璇宫饭店近，离父亲所在的南洋大楼也不远。少哉处心积虑地把参谋长和夫人带到这个地方来，是想让他们找到一点浪漫的感觉，自己也有时间去找父亲安排饭店。

马车停了，少哉跳下车来，对车厢里喊道：“参谋长，到了。”

孟子越和秦歌相继跳下车来。

少哉高兴地对他们说：“这里是汉口最美的地方，年轻人都喜欢在这里看江花，吹凉风，谈情说爱……”

孟子越转眼一看，脸上却无笑意。

江堤内外，到处是难民们栖身的草棚，马路边躺满了从前线撤下来的伤兵，浑浊的江水中夹带着肮脏的漂浮物，哪里还有一丝风花雪月的情景？

秦歌走到一群伤兵面前打听道：“弟兄们是从哪里下来的？”

伤兵回答：“信阳。”

秦歌回头看着孟子越：“信阳失守，武汉守得住吗？”

孟子越无语以对。

少哉满怀愧意地对孟子越说："您二位先在这里转一转，我去安顿饭店，马上回来请你们。"

孟子越苦笑："去吧。"

少哉直奔南洋烟草公司，在茶房门口扯直了军装，扶正了帽子，大声喊道："爹……"

才几月的工夫，父亲瘦得只剩下一把骨头，正蹲在茶炉下掏炭火。抬起头看到天上蹦下一个大兵来，吓了一跳，往后退了两步，躲在墙角瑟瑟发抖。

少哉把帽子摘下来，脚跟往前一靠："躲什么？我是您儿子！"

父亲使劲地睁开已经老花的双眼，认出是少哉时，嘴咧了两下，嗨嗨地哭了起来。

少哉说："我又没死，哭什么？"

父亲撩起围裙擦去眼泪，伸出手来摸索着少哉的脸庞："儿哇，你在哪里？"

少哉说："我在您面前呀。"

父亲说："我问你跑到哪里去了？"

少哉说："当兵了，国民革命军135团一连一排一班。"

"你为什么一定要去当兵呢？"

"我要抗日救国……"

"中国人多，军队里不少你一人，快把这身皮脱了，回家跟凤仙圆房、生孩子……"父亲抖索着双手，从身后的橱子里拿出一盒少哉最爱吃的月饼，打开，递到他手上："中秋节也过了，一家人都没有团圆，我做梦都在想你呀……"

"爹，抗日事大，圆房、生孩子事小。"少哉将月饼接过来放在小桌上，把胸脯上的勋章挺到父亲的眼前，"我不但是国军，而且当了英雄，怎么能随便脱掉军装呢？"

"那个人真的是你呀？"父亲瞅了瞅他的脸，又瞅了瞅他胸前那个黄灿灿的牌子，从茶炉边拿起一张摸得发黑的报纸，指着上面的照片说，"凤仙说是你，我还不相信，上面写的不是你的名字嘛……可是凤仙说，那就是你，烧成灰她也认得。这些日子以来，她天天拿着报纸到处跑，发誓要找到你。"

少哉瞪大了眼："她还在汉口？"

"不是为了你，我们早回长亭了。"父亲连声感叹起来，"她到我们家已经十多年了，你这一走，叫她怎么办？”

少哉一听父亲的唠叨就冒汗：“大敌当前，您怎么就记得圆房？”

“不圆房怎么传宗接代？不传宗接代拿什么去抗日？”父亲振振有辞，“没有家，哪有国？”

“圆房的事，回头再说。”少哉敷衍道，“我今天是有任务的。”

父亲不解地看着儿子：“有什么？”

“长官派给我的任务。”少哉说，“我们参谋长的夫人来了，他们两年没有见面。团长说，找个好饭店，让他们两口子好好过一夜……求您帮忙到璇宫饭店帮他们开个房间。”

“璇宫？”父亲睁大了眼睛，连连摇头，“兵荒马乱的，饭店早就不接客了，我怎么帮你开房间？”

少哉拉起父亲的手摇晃起来：“您不是和璇宫饭店的茶房很熟吗……”

父亲又唠叨：“武汉保不住，人都跑光了，哪里去找人？”

少哉信誓旦旦：“谁说保不住？有我们在，日本人休想打进来！”

父亲的眼睛一转，提出了交换条件：“我可以帮你找饭店，你得答应我，跟凤仙圆房。”

话音未落，只听得凤仙在门外喊道：“是不是他回来了？”

少哉听见那声音，头嗡地一下大了。

凤仙每天早出晚归，拿着报纸跑遍了汉口的军营，见人就问：“知道他在哪里吗？”

当兵的拿话逗她：“他是谁呀？”

凤仙昂着头回答：“我男人。”

人家惊讶：“他会打飞机呀？”

凤仙豪迈地说：“是我把着手教出来的。”

有识字的军人告诉她，按照报纸上写的情景，这支军队应该在岱家山。凤仙喜出望外，决定先回来把这个消息告诉父亲，改日再去岱家山找人。

她进了茶房，看到少哉，尖叫一声，扔了手上的报纸，操起茶炉边的劈柴刀，嗷嗷叫着朝少哉头上劈了下来。

少哉傻了眼，围着茶炉抱头鼠窜。

父亲在一旁喊道：“做不得的，这一刀劈下去他的命就没了，你跟哪个圆房啊……”

凤仙劈了几刀，将少哉逼在墙角：“看你往哪里跑？跑到天边也逃不出我的手心！”

少哉挡住架在脖子上的刀口，百口难辩："我没有跑哇，当兵了，保卫大武汉呢……"

凤仙刀子一扬："我在队伍上问过了，很多人都是先办完事再去当兵的，你想扔下我不管?"

少哉敷衍："我答应你，等抗战胜利以后……"

"到那时候，我都老了。"凤仙抓住少哉的衣领，胸脯一挺顶住他，"今天正是时候，保险给你生个儿子。"

父亲一听这话，低下头往外走。

"爹……"少哉向父亲求救，"我还有任务!"

父亲头也不回："你们圆房，我帮你找饭店。"

少哉扭着头说："要璇宫……"

"行，只要你们圆房，要天上的星星我也给你去摘。"茶房转身扣上门，将少哉和凤仙锁在茶房里。

凤仙扔了劈柴刀，擦了一头的大汗，朝他妩媚地一笑："我还以为你能飞到天上去。"

这一笑，笑得少哉腿都软了，他却故作镇静地说："我是国军，又是抗日英雄，你不能无理……"

"什么狗屁英雄，我不管那一套。"凤仙喝令，"把这身皮给我扒了。"

少哉紧紧裹住自己的衣服："这种地方，做不得……"

"你们当兵的说了，前方、后方都是战场，哪里做不得?"凤仙袖子一捋，伸手扯下了少哉的军装，像小时候逼他洗澡一样将他剥了个精光，抱起来往父亲的床铺上一扔，一个劈腿骑了上去，将少哉紧紧地压在怀里。

凤仙身上的汗味很重，酸酸地像发过的面团，像渗出的鲜汁，有一种特别的诱人之气。凤仙的身上有点臊，像刮来的风，像催来的雨，是那种成熟的女人身上特有的浪荡之气。凤仙的身上有点香，像蒸熟的饭，像烫热的酒，有一种蠢蠢欲动的醉人之气。

开始的时候，少哉胆战心惊，闭着眼睛，缩着身子，任凭凤仙上下摆弄。没想到和她的肉体紧密相贴之后，竟有了一种呼之欲出的冲动，只听见"噫呀"一声，不知浅深地冲了进去。

凤仙一辈子等的就是这一刻，她像个久经战场的导师，一边抚摸着少哉，一边循循善诱："不要急……我是你老婆，想怎么做都行。跟着我来，这样、这样……对了！快点，你会像当皇上一样快活……"

这一刻千载难逢，这一刻悲欢交集。她光溜溜地骑在少哉的肚皮上，跳哇，颠哇，叫哇……像唱大花脸一样纵情奔放，把个茶房闹得比真的洞房还要热烈。

这是少哉人生的第一次，意想不到的感觉，让他意外惊喜，意外享受。一时间把所有的事情都扔到脑后，将全身的力气射进了凤仙的身体。

如同得到阳光的照耀、雨露的滋润，凤仙的身子灵光焕发，蒸腾的汗气美味可人，她在少哉耳边轻轻地问："快活了吗？"

少哉轻轻地喘息："快活了……"

"是不是像当了皇上一样？"

"比皇上还快活……"

毕竟是两个青春焕发的肉体，毕竟是初尝了诱人的果实，少哉细汗淋漓，浑身舒坦，像婴儿一样躺在一片粉红色的液体中，体味这千金一刻的人生的美景。

凤仙似乎感觉到了什么，噫的一声挪开屁股，腾出一只手来，抓起内裤在大腿叉里抹了一下，抹出一片鲜红，在少哉眼前一抖，得意洋洋地说："看见没有，你已经在我的肉肉里下了种子。十个月以后，给你生个胖儿子！"

水也到了，渠也成了，生米做成了熟饭。凤仙扬眉吐气，甩了一头大汗，喝了一口凉水，扭身坐在少哉身旁，咬着一只发卡梳理着自己的头发。

少哉深深地吸了一口，睁开眼睛，看着她的脸上放射着鲜红的光彩，看着她的胴体如出浴般地意气风发，看着她高耸的乳房上悬挂着的两个红纠纠的乳头，一下感受到了她全部的好。

突然间，他爬了起来，一把抓过自己的衣服，快活地说："送一样东西给你。"

凤仙喜出望外："真的？"

少哉从衣服口袋里掏出杨胜利塞给他的那个东西，在凤仙面前一抖。

"啊……"凤仙叫了一声，一把抓到手里，"这是什么呀？"

"这叫胸罩。"少哉内行地比划着，"洋场上的女人都戴它，又洋气又好看。"

"流氓。"凤仙生气了，将那东西扔到少哉脸上，"我就知道你嫌弃我不洋气、不好看！"

"不是不是……"少哉把那东西捡起来，往凤仙的胸脯上套，"你戴起来，肯定比她们还好看。"

"真的？"

凤仙咧嘴一笑，转过光溜溜的身子，任凭少哉将胸罩挂在她的肩膀上，套到她的乳房上。虽然杨胜利声称这是最大号的，套在凤仙身上还是小。少哉笨手笨脚，费了九牛二虎之力，好不容易才将背后的扣子扣上去。

凤仙身子一挺站起来：“好看吗？”

“好看。”少哉由衷地赞扬。

凤仙两个自由放任的乳房被套住了，套得有形有状，套得深沟如幽，套得高耸入云。

“太紧了，喘不过气来……”少哉还没看够，凤仙已经憋得脸颊鲜红。

“那就脱下吧。”少哉赶紧伸手。

“不。”凤仙身子一扭，“你说好看，我就戴着，免得整天担心它撑破了衣裳，从里面蹦出来。”

少哉一听，好生快乐，当即许诺：“等赶走了日本鬼子，我给你买花衣服，让你像汉口人一样好看。”

“真的？”

“真的。”

茶房门外，一直听着动静的老茶房眼看时辰不早，敲门喊道：“少哉，我已经把房间订好了……”

凤仙意犹未尽，只好起身，穿上衣服，开了门。

老茶房手里提着买来的酒菜和一对红烛，有点无地自容地站在门口。

凤仙两颊鲜红，快活地喊了声：“爹，圆了……”

“圆了好、圆了好……”茶房进屋，连连赞叹。抬头看到儿子软塌塌地靠在床上，好不心疼，埋怨凤仙：“他还是个童男子，头一回不能这样狠的。”

凤仙笑着说：“不是都忙着抗日吗，顾不得那么多了。”

“也是也是……”茶房连连点头，放下手里的东西，转身对少哉和凤仙作揖道，“儿啊，凤仙啊，今天是你们大喜的日子，爹恭喜你们啦，祝你们早生贵子，白头偕老……”

凤仙一闪身换了套鲜亮的红衣红裤，点燃了红烛，拉着少哉的手双双跪在父亲面前，拜了天地。

临别的时候，少哉有点依依不舍。

凤仙深明大义地说：“去吧，告诉你的长官和弟兄们，你已经成家了，明天我会给他们送喜糖喜饼。”

少哉说：“那么远，去一趟不容易……”

“要去的，这个礼数不能少。”父亲说，“既然你已经当了兵，队伍就是你供事的地方，这么大的喜事，不跟长官和弟兄们报告一声，礼数不周。”

少哉从父亲手里接过璇宫饭店的钥匙牌，急匆匆跑到江边。

暮色苍茫中，只见孟子越一人站在江堤上，看着滚滚的江水发愣。

少哉上前问道：“参谋长，夫人呢?”

孟子越惨然一笑：“走了。”

第十一章　开　拔

少哉和孟子越回到营盘时，天已经黑了，正碰上胡英杰匆匆忙忙准备出门。

胡英杰奇怪地“咦”了一声，问道：“怎么回来啦?”

“回了。”孟子越含糊地应了一声，低头进了大门。

“黄救国。”胡英杰喊住少哉再问，“怎么回事?”

少哉站住，低着头回答：“报告团长，我也不清楚。”

胡英杰追问：“是不是你没安排好，让参谋长的夫人生气了?”

“不是、不是……”少哉连忙辩解，“我父亲好不容易替参谋长订好了璇宫饭店的房间，可是参谋长的夫人已经走了。”

胡英杰更加不解：“为什么呢?”

少哉小声说：“他们一上马车就吵起来了。”

“哦?”胡英杰古怪地笑起来，“是不是参谋长一上车就动手动脚了?”

“参谋长不是那种人。”少哉极力为孟子越辩护，“夫人……夫人好像是共产党……”

胡英杰拖长声音：“共产党？怎么个像法?”

少哉说：“说话、走路的样子都像。”

胡英杰问：“你看得出来?”

“我表兄不就是共产党吗?”少哉得意地一笑，把参谋长和夫人在车上的争论给胡英杰学说了几句。

胡英杰皱起眉头，若有所思地叮嘱：“这件事，不要对别人说。”

少哉回答：“是。”

刚走了几步，又听团长喊道：“黄救国!”

少哉立刻跑回来。

胡英杰伸出手：“大洋呢?”

少哉掏出饭店的钥匙："两块钱付了车钱，三块钱开了房间。"

"娘希匹……"胡英杰骂道，"那是老子的钱！"

回到帐篷，弟兄们已经睡下了，少哉蹑手蹑脚地钻进帐篷，爬到自己的铺位上躺下。

杨胜利爬过来，钻进他的被窝，问道："回家去了？"

"嗯……"

"见到嫂子了？"

少哉不言语。

杨胜利伸出手来："我给你的东西呢？"

少哉点头："给她了。"

"真的？"杨胜利高兴得手舞足蹈，"她喜欢吧？"

"她骂我是流氓，差点把我吃了……"

"她那是装的，戴没戴上？"

"戴了，更大、更挺。"

"太好了！"杨胜利伸手在他头上摸了一把虚汗，"圆房了？"

少哉心虚："哪有……"

杨胜利的手伸进少哉的裤裆："不对，你已经搞过了！"

营盘里，张三钻进李四的被窝是常事。杨胜利更好这一着，经常钻到少哉或者李抗战的身边，裤裆里抓一把，屁股上抠一下，不打闹一阵子睡不着觉。

"有一股女人的臊味……"杨胜利把手从裤裆里拿出来，放在鼻子下吸了一口气，跳起来大嚷大叫，"他已经圆房了，我们要喝喜酒！"

弟兄们听了，精神振奋，纷纷坐了起来，围着少哉盘问："真的圆房了？"

少哉裹上被单，缩成一团，像个做错了事的孩子一样捂住自己，低头不语。

"让我看看，圆房以后变成了什么样子……"杨胜利扯掉被单，动手扒他的裤子。少哉拽住裤腰，不肯就范。几个弟兄一齐动手，按胳膊拉腿，硬将他的短裤剥了下来。

"圆房啰……"大伙兴奋无比，少哉的短裤像飞毯一样在空中抛来抛去。

何进修拉过被单盖住少哉的光屁股，关切地问："圆了？"

少哉像个泄气皮球："她拿劈柴刀架在我的脖子上……"

何进修忍不住一笑："强扭的瓜也很甜。"

众人拍手欢呼："快说、快说，怎么圆的？"

少哉万般委屈："她把我的衣服剥了……"

众人兴奋不已："快活了没有？"

少哉声音像蚊子："快活了……"

大家追问："怎么个快活法？"

"渴……"少哉言不由衷地吞着口水。

杨胜利连忙端来一碗白水，少哉咕噜噜喝了下去。

众人兴致未了，继续追问："几盘？"

少哉把头藏在胳膊里："一盘……"

"不止不止……凭你媳妇那身段、那力气，何止一盘？"

"记不清了……"少哉简直要崩溃，求救般地对大家说，"她明天要来给弟兄们送喜糖喜饼。"

帐篷里瞬间安静下来，大家一个个瞪大眼睛，他们想象不出，那么一个汹涌澎湃的女人来到营盘，会是一个怎样的场面。

何进修问："此话当真？"

少哉点头："她还说，要跟我们一起抗日救国……"

"欢迎啊！"杨胜利一听这消息，比任何人都高兴，"她有两个这么大的乳房，你摸一个，我摸一个……"

"做梦！"已经有人不答应了，"你凭什么要摸一个？"

杨胜利理直气壮地说："她是我嫂子。"

"我们也要摸……"众人嚷成一片，帐篷里比庙会还热闹。

尖厉的哨声划破了夜空，马驷奇一撩布帘冲进来，大声喝道："紧急集合……"

大家不知道发生了什么事情，愣神问："做什么？"

马驷奇吼："开拔！"

少哉不相信自己的耳朵："开拔？"

马驷奇骂道："日本人打过来了！"

少哉惊问："上前线？"

"什么上前线……"马驷奇懒得理他，"快点收拾，走人！"

少哉跳起来，抓住马驷奇的胳膊问："大武汉不保了？"

马驷奇翻着白眼："你问蒋委员长去！"

事情太突然，众人不知所措，一个个愣在那里没动。

马驷奇喊："张三风，叫他们动手！"

没有听到张三风的答应。

马驷奇又喊："张三风，你死了?"

还是没有听到张三风的答应。

大家这才意识到，一个晚上都没有听到张三风的声音。

杨胜利爬到他床边，拉开被单一看，下面塞着一卷草帘子，不见张三风的踪影。

马驷奇傻了眼："他人到哪里去了?"

何进修低头不语。

李抗战低声细语："晚饭后就走了。"

少哉跑到枪架前一看，大叫："他的枪也不见了!"

张三风跑了，他的枪没了，全班每个人的三颗子弹也都不见了。

马驷奇放声大骂："他妈的，当了逃兵!"

何进修这才开口说话："他一直惦念着快要生孩子的老婆，可能只是回去看一眼。"

"不管他了。"马驷奇吆喝着，回头看了一眼，目光落到何进修身上，"你，代理班长。"

何进修推辞："让黄救国当吧，他原来就是班长。"

马驷奇看了少哉一眼："我这个小庙供不起他那个活菩萨。"

少哉顺水推舟："老朽有韬略，当班长合适。"

杨胜利在一旁帮腔："别拿架子，你当班长，我们心里踏实。"

何进修叹息一声："为难老朽了。"

马驷奇命令："赶快收拾!"

整个营盘里已经行动起来，大家手忙脚乱地捆行李、打背包、拆帐篷……在一片急紧的口令声和催促声中，少哉跟着队伍慌乱地离开了岱家山。

张三风是在晚饭后逃出营盘的。

他的食量大，晚饭时照例吃了三碗干饭外加了两个馒头，还喝了一碗葱花蛋汤。回到帐篷，收拾好枪支、弹药和一个包裹，看看四下无人，背着枪，大大方方地走到营盘的门口。

站岗的哨兵脸熟，只问了一句："有差事啊?"

张三风点了点头，大踏步出了营盘。

太阳刚刚下山，晚霞把湖水映得通红，雪白的芦苇在风中徐徐起伏。他从容地下了岱家山的北坡，往东走了大约二里地，看看前后渺无人影，一低头钻进了芦苇丛。

天渐渐黑了下来，水边飞舞起萤火虫。他坐在湖边的一块石头上，从包裹里拿出以前穿过的便衣，换下身上的军装，立刻变成了靠山店的张三风。接着伸手在水边捞出一条扁担和一盘草绳，将扁担和枪支并排在一起，用草绳缠了起来，然后像下湖打草的农人一样扛着扁担，涉过芦苇滩，向北疾行。

这些日子，他嗅到一种异样的气息。汉口不再有那种人声鼎沸的热烈，也不见敌机轰炸时的那种山摇地动、炮火雷鸣。四周是一片出奇的安静，静得让人心慌，静得让人害怕，静得让人不知所措。在这可怕的安静中，他嗅到一股血腥隐隐随着北风飘过来，看到微微震颤的雾障中，有许多模糊的影子在摇曳晃动。

传言不绝于耳。

有人说，日本人的队伍打过了武胜关，日本人的军舰开到了阳逻……如果这几个靠近武汉的地方都失守，连张三风都知道，武汉保不住了。

他每天都在心里呼唤着妻子玉叶，呼唤即将出世的儿子张复仇，担心如果再不去找到他们，也许今世就见不着了。

他早已在暗中勘察好了路线，扁担和草绳都是事先隐藏在那儿的。他把枪和扁担绑在一起，留下扣扳机的位置握在手里，既看不到枪，又能随时射击。临走的时候，他把全班的子弹都搜罗到自己身上，除了黄救国打掉的那三粒以外，一共还有二十七颗。

够了，回到靠山店，先把狗日的刘老八一家杀了，再带着玉叶和儿子逃进山里去，打猎，种地，过日子。

他来当兵就是为了这杆枪，有了枪就能为一家人报仇。张三风算计着玉叶已经生了，而且确信她生的是个儿子。不能再让玉叶受苦了，不能让儿子落到别人手中，一家人要在一起过日子，这是他在营盘里憋了几个月的理由。

蹚过稀泥湖，往北依次是滠口、横店和黄陂县城。这是一条贯通南北的路线，沿途并行的有铁路也有马路。马路弯，铁路直，道近。他先是爬上铁路，踏着枕木，一路奔跑，很快就到了横店。

没有车，没有人影，天底下寂静得没有一丝声音，只有张三风的呼吸声在夜空中微微呼啸。

他在横店下了铁路上马路，黄澄澄的砂石马路直通黄陂县城。过了县城就是木兰山，翻过木兰山便是老河口。到了那里，离靠山店不远，离玉叶也近了。

张三风用了一辈子的力气，一路奔跑。他跑过了黑暗无声的黄陂县城，跑过了磨盘一样的碾子岗。跑到了木兰山和长轩岭的时候，鸡叫了。

木兰山像一只昂首的雄鸡，玉皇阁的金顶映红了天边的第一道曙光。长轩岭像一只横卧的麒麟，麒麟背上有石头垒成的寨墙，传说是花木兰抗击金军的地方。

木兰山与长轩岭并驾齐驱，中间有一道关隘，是南北通道上的咽喉。张三风的心一阵狂跳：过了关隘一直前行，中午前后就能回到靠山店了！

也许玉叶正敞开胸怀，低头给孩子喂奶。那樱红的小嘴，那圆鼓鼓的小脸，正是他的儿子张复仇。也许玉叶正在山坡下的小河边葛麻，用葛出的麻、纺出的纱、织出的布，给他们的儿子做蚊帐、做棉被、做衣裳……张三风的眼前，尽是玉叶的笑，尽是儿子的脸，尽是畈上畈下来来往往的踩白了的山道。

张三风满怀期待爬上关隘，正要翻越长轩岭的时候，忽然看见一支身着黄军衣的队伍，无声地从北坡鱼贯而上。

"日本人?"

张三风一惊，闪身躲到一块岩石的后面，露出两只眼睛。

他看清楚了，开过来的确是日本军队。为首的士兵肩上扛着一面太阳旗，后面还有骑马的长官，有拖着大炮的汽车……血一下冲上了他的头顶。

这是一个大队的日本步兵，他们打下武胜关之后，沿途没有受到像样的抵抗，气焰嚣张地行进在这条毫无阻拦的大路上。

张三风霍地站起来，本能地端起枪来。

虽然他的枪和扁担绑在一起，照样能推上子弹，能瞄准走在最前面的那个日本兵。他已经能看清楚了，那家伙矮个子，罗圈腿，身子壮实，脖子和脑袋差不多粗细……那颗脑袋还在不停地左右转动着，鼻子使劲地嗅着两边的味道，像条闯到别人家门口的柴狗。

不能让他们过来！决不能！张三风只是在瞬间闪过这个念头，食指便不由自主地扣动了扳机。

"叭"的一声脆响，子弹击中了那个士兵的脑袋，血像一把扇子喷出来，溅红了这个早晨的山崖。

这一声枪响太突然、太清脆了，在木兰山和长轩岭之间"叭、叭……"地回响着。日本军队像抽筋一样哗地伏到地上，一个个伸出头四处探望，仿佛在问：子弹是从哪里打出来的?

张三风打了这一枪之后，心才怦怦怦地跳了起来。

他收起扁担，贴身紧靠在岩石的后面，恐惧像山影一样从四面八方向他压了下来。

“嘎嘎嘀……”他听到一声奇怪的叫喊，太阳旗边上，一个军官抽出了指挥刀，指向张三风藏身的地方。那声音还没有完全落下来，几乎所有的步枪、机枪都开火了，子弹在关隘两边的岩石上飞溅，黑色的硝烟像飞蛾扑面而来。

狗入的想打死我，没那么容易！张三风一翻身爬上了长轩岭，攀上了麒麟背，跳进先人们用石头垒起的寨墙，看到太阳正红通通地升了起来。

这是个好地方，张三风靠在寨墙背后，顺手搬动身边锋利的石块，垒成了一道犬牙交错的石墙，既能挡住日军的子弹，又能推下去当滚木雷石。他甚至还在石头缝里扒出了一枚生锈的箭矢，捡起来，在指头上一捻，捻下一片绿色的粉末，一股逝去很久的刚烈之气从铜锈中飘然而来。

张三风四下张望了一眼，阳光下，木兰山峰峦起伏，笼罩在一片青淡的雾霭之下。他是在这样的一片山岭和雾霭中长大的，他喜欢这样的清晨气息，喜欢在这样的气息中挑着红薯去赶集，喜欢玉叶在一片笑声中，从靠山店的那一头走过来，弯腰拿起他的红薯，咬出一脸的阳光。

枪炮声稍稍停歇，前面的那一小队日军从地上爬了起来，端着枪，弯着腰，嗷嗷叫着往上冲。

寨墙下的关隘是个大约二十步开外的斜坡，没有任何隐身之处。十几个日军冲几步就趴下，一阵射击后便往前冲。

狗入的，找死来了……张三风的手心发痒，他举着扁担连开两枪，跳到另一堆石墙后，又开了两枪，至少有三个对手躺在地上再也不动了，其他人撤退到斜坡以下。

“来呀……”他体会到了一种搏杀的兴奋，兴奋的心情弥漫在这个早晨的空气中，“有本事你们上来呀！”

他吼叫着，从左边跳到右边，又从右边跳回左边，身子里像安了个弹簧似的跳来跳去，寻找射击的位置。

“轰……”日本人开炮了，黑色的硝烟中，寨墙被炸倒，石块被炸飞，碎片砸破了他的额头，血流下来糊住了他的眼睛。

“狗入的，你们跟老子一对一……”张三风骂道，“打群架算什么本领？”

他找到了一个很好的缺口，架起扁担，居高临下地扫视着斜坡。只要露出一个脑袋，他就扣动扳机：“七个……八个……九个……王八蛋，上来呀……”

到底击中几个鬼子呢？他有些忘形了，指头连扣了几下，却没有听到自己的枪响。

子弹打光了，一共只有二十七颗，是全班的家底。张三风有点后悔，为什么没有多搜罗一些子弹带在身上呢？那正是晚饭后最松散的时刻，弟兄都在帐篷外冲澡或者乘凉，子弹带都随意扔在铺位上，如果多拿几颗，跟这些狗入的有一拼了。

张三风回头看了一眼，寨墙的下面是个村庄，有一条滚石通道通往村口。山里人盖房子用石头，寨墙是现成的材料。只要爬上山，拆了寨墙上的石头推下去，就能盖房子。天长日久，石头滚出来一条滑梯似的滑道。

鬼子嗷嗷叫着从山坡下冲上来了，张三风肩膀一扛，将刚才垒起的那道石墙推倒了，石头哗哗地滚了下去，砸得小鬼子人仰马翻。自己则弓起身子，抱着枪，一阵风似的滑到了山脚下。

日本人顺势追了下来，张三风眼看走投无路，村子左边的山坳里突然响起了枪声。

张三风扭头一看，一支身着老百姓服装的队伍从山坳边鱼贯而出。虽然只有二三十个人，手里拿的也只是些长短不一的破家伙，却挡住了鬼子追击张三风的去路。

张三风乘机扛起扁担，没命地往回跑。

“喂……你枪法不错，是哪部分的?”山坳上，有人正朝张三风招手呼喊。

张三风只顾奔跑，低头不理。

“我们是李木匠的队伍。”那人继续喊道，“留下来，和我们一起打鬼子……”

张三风明白了，这些人是共产党的游击队，早年在木兰山一带搞暴动，领头的人叫李先念，乡下人都叫他李木匠。

张三风摇了摇头，暗自一笑：你们打吧，老子走了。

激烈的枪声在他的身后响成一片。

第十二章　双飞燕

135团火急火燎地离开岱家山，连夜穿过昔日繁华的汉口。这座曾经让人激情四射的城市，遍地断壁残垣，家家门户紧闭。一支支队伍像黄沙一样从街道深处冒出来，流向东逝的长江。

听到沙沙的脚步声，还没来得及逃走的居民打开窗户，伸出脑袋，惶恐不安地说："队伍都走了……"

这是1938年10月24日的凌晨。少哉和弟兄们背负着沉重的行李，急行在这凄凉的街道上。

经过三民路的时候，少哉抬起头来，只见国父默默无语地站在黑暗中，看着队伍从他的身边走过，听着无数双鞋底摩擦着以他的主义命名的马路，不知在思索着什么。

杨胜利跟在少哉身后左顾右盼，忍不住问道："我们去哪里？"

少哉心中惶然："我也不知道。"

"武汉完了。"一贯不把时局放在心上的杨胜利忽生感慨，话里竟也有一丝悲凉，"长这么大，还没离开过汉口。这一走，不知道还能不能回来……"

"谁说要走？"少哉心里还抱着一丝期待，希望这只是暂时的转移，更希望是开赴前线，与敌人决战，"蒋委员长说过，保卫大武汉是我们的神圣使命，怎么会走呢？"

"狗屁！"杨胜利指着一支支仓惶而去的队伍，反讥，"这是保卫大武汉的样子吗？"

天亮时，队伍到了四宫殿码头。

少哉一看，心顿时凉透了。

江堤内外兵荒马乱，到处是抢着过江的队伍和衣衫褴褛的难民。江面上烟雾迷蒙，沉重压岸，大大小小的船只来往穿梭，乱哄哄地把蚂蚁一样的士兵运往南岸，完全是一副溃逃的架势。

"就地歇息，不准乱跑……"马驷奇招呼大家坐在一幢倒塌的仓库残垣边，等待着过江。杨胜利和着背包倒在地上，咧着嘴叫唤："这么多人，这么大的水，过得去吗？"

少哉坐了下来，仰头看了看天空。云层很厚，阳光从云缝里钻出来，有点晃眼。

李抗战放下行李，眼睛直瞪瞪地看着四宫殿前的龙王矶，脸色刷地惨白。还没弄清是怎么回事，只见他突然冲上龙王矶，趴在石头上嚎啕大哭，把藏在身上的一摞书信掏出来点火焚烧。

杨胜利扭头问："他唱的是哪一出？"

少哉似乎有几分理解："心里难过。"

杨胜利不以为然："不就是情书吗，干嘛做出一副要死的样子。"

少哉摇头："那些信是写给他母亲的。"

“他母亲？”杨胜利指着龙王矶下滔滔的江水，似有所悟地点着头说，“敢情是从这里跳下去的。”

四宫殿是一座庙宇，供奉着天、地、水、火四神，汉水在此注入长江。两水相汇，清浊交合，波澜骤起，不少船只措手不及，葬身鱼腹。汉口人吵了架、拌了嘴、日子过不下去了，一时想不开的，都跑到这里来寻短自尽。眼睛一闭从龙王矶上跳下去，干干净净地付诸东流。

看到李抗战那副痛不欲生的样子，少哉上前相劝：“有什么事，等打败了日本鬼子再说。”

李抗战不但不听劝告，反而把自己的头往石矶上狠狠地撞，顷刻间头破血流。少哉急了，一把拽住他的胳膊，厉声批评：“大敌当前，你不要因为自己的一点私情在这里扰乱军心……”

李抗战反身一掌，用从未有过的力气，将少哉击了个仰八四叉，嘴里还撕心裂肺地呼喊：“妈咪……”

他血流满面，仿佛一定要撞死在那里才罢休。

杨胜利拉起少哉，在一旁冷言相讥：“有叫妈的，有叫娘的，还没听到过叫什么妈咪的，这是哪一国的叫法？”

连长马驷奇闻声走了过来，歪着头骂道：“闹腾什么？”

杨胜利上前：“报告连长，李抗战想死。”

“想死也不挑个时辰。”马驷奇拨开众人，看到石矶上的鲜血，也吃了一惊，“这小子真想死？”

在一旁静观多时的何进修，断定李抗战心中有难言之隐，替他遮掩道：“听说弃守武汉，他难过。”

“守不守武汉，跟他有什么关系？”马驷奇朝众人一挥手，“再闹，把他扔到江里去！”

“连长，交给我吧，我来说服他。”少哉主动请缨，并且掏出绷带来给他包扎伤口。

“让我去死吧！”李抗战推开少哉，挣扎着要从石矶上跳下去。

“敌人还没来你就想死，是懦夫的表现！”少哉把绷带一扔，义愤填膺地堵在李抗战面前，“就是死，也要死得其所，不要在这里丢人现眼。”

“你们才是懦夫！”李抗战公然跳起来反击少哉，第一次大声吼叫，“还没交战就逃跑，你们才是丢人现眼！”

“你们？那么你是谁？”少哉一愣，大义凛然地回击，“我们不是逃跑，是开拔，是上战场。”

李抗战一声冷笑，指着江堤内外抢着过江的士兵奚落：“瞧瞧、瞧瞧！

简直就是一群溃败之兵，上了战场也是送死……”

“这是亡国论，我要好好地跟你谈一谈这个问题。”少哉抓住李抗战的胳膊，把他架在石矶上，滔滔不绝地讲了起来，“……记不记得你的父亲送你来当兵的时候怎么讲的？他希望你有乾坤正气，精忠报国，不驱除倭寇，决不返乡。可是你自从当兵以来，白天萎靡不振，晚上发病梦游，不仅毫无乾坤正气，还影响军中士气，哪有一点精忠报国的气节……”

上下五千年，江山两万里，少哉犹如一位职业演讲家，直到讲得李抗战把两个指头塞进耳朵眼，一头瘫倒在地上：“让我去死吧……”

他恨死了少哉，从此心中结下梁子。

“谁说大道理没用？”少哉趁机替李抗战包扎了伤口，回头洋洋得意地说，“在抗日救国的大道理面前，再顽固的人也会投降。”

何进修一笑，悠悠地说：“想当年诸葛孔明舌战群儒，联合东吴，大败曹操。如今有这样一位口若悬河的天才，中国有救了。”

“不能相提并论啦。”少哉谦逊地摇了摇手，“还得靠四万万同胞团结一心，用血肉筑起新的长城。”

众人苦笑，骂少哉也不拉泡尿照照自己是个什么东西。

凤仙挑着两筐喜糖喜饼，大清早起来和父亲一起赶往岱家山，去找少哉的队伍。一路上，看到一支支军队背着行李、拉着辎重开往江边，父亲忧心忡忡地说：“怕是找不着他了。”

“说好了，他会等着我。”凤仙一路上信心满怀，健步如飞，带着父亲赶到岱家山时，营盘里一片狼藉，竟不见一个人影。她向路边的老乡打听队伍的去向，老乡说：“后半夜就都开走了。”

父亲是见过世面的人，一看那些队伍溃逃的架势，知道大势已去，对凤仙说道：“日本人要来了，我们回长亭吧。”

凤仙不依：“爹，您回去照顾娘吧。今天我找不着他，恐怕这辈子再也见不着了。”

父亲一屁股坐在地上，泪流满面：“老天爷呀，真的要妻离子散、家破人亡了……”

凤仙说：“只有找到他，这个家才不会破。”

逃难人潮从北边滚滚而来，父亲在路边问：“日本人来了？”

难民们失魂落魄：“来了，见人就杀……”

“快走。”凤仙把父亲从地上拉起来，“队伍都开往江边，我们去那里找！”

父亲长期在茶房做事，从来没走过这么远的路。早上从市里走到岱家山，脚上早已血泡淋漓。此时见难民如潮水般地涌过来，只得咬着牙站起来，才走了几步……双脚痛得站都站不稳，哪里还能走得了路？

凤仙把挑子放下来，将喜糖喜饼摞到一边，空出另一只筐来对父亲说："爹，坐上来。"

父亲一看这等架式，连连摇手："哪有媳妇挑公公的？让人看到了，笑掉大牙……"

凤仙急了，把公公抱起来往筐里一放，扁担一横上了肩，喊道："什么时辰了，还讲那些忌讳？"

父亲个子单薄，凤仙身大力不亏，挑着公公大步流星往前赶路。

老人家坐在筐里，一把鼻涕一把泪地往外甩："多好的媳妇啊……少哉，你这辈子该满足了……"

凤仙的大脚板从岱家山赶到长江边时，已经是午后了。她仍然一头挑着喜饼，一头挑着公公，顺着沿江码头，从刘家庙、集稼咀一直跑到四宫殿，寻找少哉的队伍。

"135 团在哪里？"她肩上挑着担子，手里拿着那张悉心珍藏的报纸，看见当兵的就指着照片问，"看到这个抗日英雄了吗？"

当兵的反问："他是你什么人啦？"

凤仙扬着头回答："我丈夫。"

人家又问："筐里坐的又是什么人呢？"

凤仙毫不避讳："我公公。"

"哟？"当兵的个个瞪大了双眼。

可惜了，兵荒马乱之中，还真没有人欣赏这道风景。

那些溃兵、难民抢着上船、过江、逃命。掉到水里的人像蚂蚁一样挣扎，一个浪头，吞噬一片。

"少哉……"凤仙一路寻找，一路呼喊，响亮的声音盖过了鼎沸的人声和奔腾的江水，在江面上回荡。

"儿啊……"父亲坐在筐里，凄凉的呼唤像根扯断的绳子，扔出去，收不回。

"可能已经过江了，我过江去找他。"凤仙沿江找了一遍，没有看到少哉的人影，只好放下挑子，甩着额头的汗珠对公公说，"您等在这里，我去找条船来。"

"这种时候，哪里有船？"公公话音未落，凤仙已经奔了出去。她运气好，在四宫殿旁边的一扇闸门背后，竟然找到了一条小船。

那是一条渔家人用来下网捕鱼的划子，船上只能容纳一人双桨，人称“双飞燕”。凤仙向船家说明情由，借船寻夫。船家见了这样一个痴情的女子，答应借船，只是问：“会划吗?”

凤仙是在长亭长大的，识水性，善使桨，经常划着这种小船去采莲子、摘菱角、捕鱼虾，什么风浪都见过。她说：“会划，会划，只要见过了我的丈夫，保证一毛不损地还给您家。”

父亲见她划来这样一条小船，惊叫道：“江面上水急浪大，你怎么划得过去?”

凤仙却说：“长亭的媳妇哪一个不是好水性？只要有一片树叶，也是能划过去的。”

说罢，将喜糖喜饼放到船上，双桨一支离了岸。

昨日圆了房，凤仙意犹未尽。那是她从看到的第一眼就喜欢的小男人，那是她精心操持、天天盼着快点长大的男人，那是她的男人。那一刻的欢愉与惊喜，是她一辈子的期待与寄托。

今天的凤仙，特地穿上了那套红色的嫁衣，戴上少哉送给她的胸罩，还在头上插了一朵花，在眉上涂了一点黑，在嘴上抹了一点红。拿小镜子照了照自己，颇有一番新娘的模样。她信心百倍，要让少哉和他队伍上的弟兄们知道，凤仙是个另一样的美女，有着另一样的魅力。

小船上的凤仙有了如此的境界，划起桨来格外轻巧，“双飞燕”像张开翅膀的燕子一样划开江水，飞向对岸。

天上的云层越来越厚，阳光从云缝里露出半张脸来，惨淡地看着江面上仓惶逃离的军队和难民。

往哪里逃呢？没有几个人知道自己的路在何方。有钱的、有身份有地位的，往重庆逃——那里是蒋委员长的陪都，隔着难于上青天的蜀道，日军一时打不到那里。大多数人逃往西南，去天边一般遥远的云贵高原暂避一时的战祸。

午后，135 团好不容易找到一艘过江的铁驳。一班的弟兄们刚刚挤上船舷，忽听有人喊道：“等一等……”

大家回头一看，只见一个浑身泥污、满脸血迹的人拖着一条草绳绑着的扁担冲下堤坡，嘶着嗓门喊道：“弟兄们，等等我……”

一看是张三风，少哉和杨胜利连忙伸出手将他拉了上来。

少哉问：“你跑到哪里去了?”

张三风说：“日本人来了。”

众人惊愕：“在哪里?”

张三风说：“过了木兰山。”

马驷奇从人群中挤过来，冲到张三风跟前骂道：“你他妈的逃了就逃了，跑回来干什么?”

张三风说：“无路可走。”

马驷奇喝令：“把他抓起来!”

两个卫兵夺下他手里绑着扁担的步枪，拿住了张三风，押到团长胡英杰和参谋长孟子越的跟前。

马驷奇报告：“这家伙当逃兵。”

胡英杰看了一眼：“毙了。”

“我不是回来了吗?”张三风跳起来喊冤，“日本人来了你们不去打，杀我算什么本事?”

胡英杰不耐烦地连连摆手：“就地处决。”

马驷奇转身喊少哉：“黄救国，由你来执行。”

少哉一听，头嗡地一响，连忙躲到何进修的背后：“连长，他不是已经回来了吗?”

马驷奇骂道：“什么鸡巴英雄，杀个人都不敢?”

他自己拔出枪来，上前抓住张三风的衣领，将他推到船舷边：“对不起了，我依法从事。”

“慢点。”孟子越拦住马驷奇，转身对胡英杰说，“团长，我能不能问他几句话?”

胡英杰不耐烦地说：“快点。”

马驷奇放开手，孟子越走近张三风：“你真碰到日本人了?”

“是。”张三风将自己在长轩岭遭遇日军的情形说了一遍。

孟子越回到胡英杰身边：“张三风跟日本人交过火。”

胡英杰骂道：“这种时候，他不是给老子添乱吗?”

孟子越说：“队伍刚开拔就杀人，不吉利。”

胡英杰白着眼睛反问：“你说怎么办?”

孟子越说：“我作保，留他一条命，戴罪立功。”

少哉挺身而出：“我也作保。”

一班的弟兄们站成一排：“我们作保……”

胡英杰只好一甩手，满脸怒气地下令：“开船。”

铁驳起锚，缓缓离开江岸。

船过江心，空中突然传来一阵刺耳的轰鸣，六架日机从长江下游的阳逻方向飞了上来。看到江面上浮如草芥的船只，它们不约而同地摇晃了一下翅膀，轮番俯冲下来。

“哒哒哒哒……”机头上喷着火舌，一串串子弹扫射下来，不少船只被击中，顷刻颠覆，鲜血染红了江水。

“砰、砰、砰……”江面上，一只灰色的舰艇开炮了，在众多杂乱无章的船只中，挺拔的艇身显得格外英武。

看到舰首上写着“中山号”三个大字，少哉不禁欢呼：“我们的军舰！”

大家一起高喊：“开炮啊，把那些狗入的打下来……”

中山舰原名永丰号，是鸦片战争失败后，满清政府忍痛拿出国库里仅存的白银，向日本三菱造船厂订购的炮舰。辛亥革命，永丰号起义，成为国民政府的第一艘军舰。在广东军阀陈炯明叛变革命的时候，孙中山逃上永丰号，逃到了上海，给革命留下了希望。孙中山去世后，永丰号为纪念国父，改名为中山号。

如今，滔滔的长江之上，中山号是中国军队迎击敌人的最后一条军舰。中山舰甫一开炮，立即招来六架飞机的轮番轰炸。

中山舰往长江上游的金口方向转移，以引开敌机，掩护江面上撤退的大军。敌机尾追而至，低空投弹，炸中舰尾。舰身破裂进水，舰体倾斜下沉，身受重伤的舰长萨师俊随着军舰沉入江底。

日机击沉中山舰，从金口返回，继续攻击三镇江面上的船只。此时，渡江的船只大多已经靠近岸边，江面有些空荡。却见一条小船像只衔泥的春燕一样飞出来，操着双桨的红衣女子格外醒目。

正在寻找攻击目标的敌机，看到这条小船精灵般地出没在浪花之间，十分惊讶。

其中一架对她产生了兴趣，咬住红色身影直冲下来。

机舱里，戴着头盔的日本人歪着头朝下看了一眼，捏着扳机的手指松开了。他相信，光是飞机的轰鸣声和螺旋桨卷起的大浪，足以将这个中国女子吓晕，将小船打翻。

“双飞燕”上的凤仙听到飞机的轰鸣，本能地抓紧双桨，加快了划行的速度。飞机呼啸而过，螺旋桨卷起的狂风搅乱了她的头发，狂风掀起的大浪差点将小船打翻。情急中凤仙架住双桨，稳住船身，浪花只是打湿了她鲜红的嫁衣。

敌机拉起来一看，小船不仅没有被掀翻，红衣女子不仅没有被吓倒，反而划得更加起劲。它在天上绕了一圈，重新俯冲下来，瞄准器锁住她的身影，两行子弹“哒哒哒……”地咬了下来。

凤仙回头一看，两行子弹像村里的顽童削过来的两行水花，吱吱地从后面追了上来。

她切下双桨，小船骤然停止。

飞机从她的头顶一掠而过，水花溅起两行水帘，拉出了两道长长的水桥，从小船两旁一闪而过。

当那架飞机第三次俯冲下来时，凤仙已经明白了，飞机是个不能拐弯的东西，打出的枪弹也是一条直线。小船则灵活多了，尤其是像她这样的驾驭好手，划起来快如飞，切下去定如钟，侧桨拐弯，倒桨后退，翻卷侧复，灵活自如。

知道这个底细之后，凤仙心里不害怕了。她时而快桨如梭，时而左弯右拐，那架飞机三番五次地俯冲下来，把江水都打翻了，愣是没擦着她的一根毫毛。

一江两岸的士兵们看到了这番情景，无不惊叹。少哉和弟兄们一起挤在铁驳的舷边翘首观看，开始的时候，他也和大家一样感到稀奇，呼叫着为女子担忧。

突然间，他愣住了：那不是凤仙吗？定神一看，果然是她。红色嫁衣是昨天圆房后穿上的，划船的身手更为他所熟悉，同时还隐约听到了她的呼叫：“少哉……”

“凤仙？”少哉惊讶不已，挥臂高呼，“凤仙，我在这里……”

杨胜利扭头问道：“嫂子？”

少哉惊喜地点头：“是她！是她！”

杨胜利问：“找我们的？”

少哉说：“她是个说到做到的人。”

“嫂子！”杨胜利扬起手，喊道，“我们在这里……”

铁驳上的弟兄们振臂高喊：“我们在这里……”

凤仙似乎听见了弟兄们的喊声，她停下桨来，翘首朝这边眺望了一眼。看到那么多当兵的朝她挥手，感觉少哉一定站在他们之中，不禁欣喜万分。

小船迅速地划过江心，划向铁驳。

那架飞机几次攻击不成，十分懊恼，爬上天空摇动翅膀，召来了它的伙伴。

六架飞机排成一个三角形，恶狠狠地朝着小船俯冲下来。

“它们又来了……”杨胜利紧张地叫了一声，举起了手中的步枪，瞄准领头的飞机。

弟兄们刷地推上子弹，一齐把枪口指向天空。

“想死啊?”马驷奇从驾驶台上跳下来，大声吼叫，“不准开枪!”

杨胜利指着小船：“那是黄救国的媳妇!”

“把敌机引过来，我们就完蛋了。”马驷奇抽出手枪，顶住杨胜利，“谁敢违令，老子先毙了他!”

少哉愣了片刻，记起自己曾经的过失，明白了马驷奇的意图，转身相劝：“听连长的话，把枪放下……”

杨胜利朝他怒吼：“那是你媳妇!”

少哉扑通一声跪下：“求求你们，服从命令……”

六架飞机冲下来，扔下了所有的炸弹。

在震耳欲聋的轰炸声中，小船成了碎片，红色的身影随着炸起的水柱飞起来，又落下去，被江流中的漩涡卷得无影无踪。

“凤仙……”少哉惨叫一声，眼前一黑，一头栽倒在甲板上。

“老子不活了!”杨胜利挣脱马驷奇的手，扣动了扳机。

何进修的枪响了。

弟兄们的枪响了。

一江两岸，数万支步枪举起来，数万颗子弹射向天空。

敌机摇了摇翅膀，爬到高空，钻进了云层。

第十三章　南　行

下雨了，天地间流泪满面，老天爷淅淅沥沥地把千丝万缕插进江河，插进大地，插到人们的头顶和身上。

武昌徐家棚火车站的站台边，停着最后一列火车。七八节闷罐车厢里塞满了人，大多数是政府公务员和武汉几所大学的师生。车外还有不少难民，他们提着箱子，背着行李，携家带口，不要命地往车上挤。

列车的篷顶和车厢底下也扒满了人，有的甚至用绳索将人和行李挂在车厢边，一动，秋千似的荡来晃去。

135团的队伍挤进了车站，却无法挤上塞满人的站台和列车。胡英杰头冒青筋地大喊：“马驷奇，过来！”
马驷奇跑过去。
胡英杰命令：“带上你的人，把这列车给我拿下来！”
马驷奇双肩一耸：“看我的。”
他在队伍中挑选出二十名强悍的士兵，每人手里提着一条鞭子，一路抽下去，抽出了一条血路，抽上了第一节车厢。
“这是蒋委员长的手令。”马驷奇手里举着一张纸片，对车厢里面的人喊道，“我们有紧急军务，征用了这列火车，所有的人都下去，违者格杀勿论！”
没有人知道他手上那张纸条的真伪，车厢里的人反应激烈：
“我们也有公务！”
“我们有第五战区的通行证！”
“我们有中央政府的信函……”
马驷奇手里的鞭子一指：“谁在嚷，给我打！”
鞭子一阵脆响，首先将那些带头叫嚷的人打了下去，135团的人一节节地占据了车厢。
最后一节是稍好一点的客车厢，一看就知道里面坐的是一批有身份的人。马驷奇堵在车厢门口朝里扫了一眼，厉声喝道：“你们为什么还不动？”
一个身穿黑色制服、胸前别着一枚国民党徽章的中年男人迎过来：“你们是哪一部分的？”
马驷奇看也不看他：“统统下车！”
中年男人温和地赔着笑脸：“这里坐的都是政府参议员和他们的家眷，还有几位是我们国家著名的学者。他们没来得及赶上去重庆的轮船，好不容易才挤上这趟车……”
“下去……”马驷奇用鞭子将他拨到一边，“这列车我们征用了，我们是去前方打仗，你们也要跟着一起去送死吗？下去，不然，别怪我不客气了！”
“岂有此理！”一位白须飘然的老者站起来斥责，“这车是往南开的，日本人在北边，你们去哪里打仗？分明是临阵脱逃！”
“去哪里打仗，老子管不了，你去问蒋委员长。”马驷奇摇着手里的鞭子吼道，“再不下去，鞭子不认人！”
他身后的士兵已经动手将车上的行李往下扔，稍有不服者举鞭便抽。
“岂有此理，岂有此理！”老者白须抖擞，边下车边斥责，“不去打日本鬼子，却跟自己同胞逞凶狂……”

马驷奇把车厢里的人统统赶下去了，135团的人马全部上了车。火车一声长鸣，离开了徐家棚。

火车的顶篷上、车厢的两边仍然挂满了人，远远看上去，像一截扒满了蚂蚁的绳子在缓慢地爬行。

马驷奇爬到车头，提着手枪命令司机："开快点！"

列车提高了速度。

"刹车！"马驷奇逼着司机一拉手柄，列车发出一声刺耳的尖叫，扒在车顶和吊在车厢两边的人纷纷摔了下去。

列车清除了累赘，加快了速度，在黑暗中咣当咣当地吃力前进。

闷罐车厢里塞满了士兵，挤得连放脚的地方都找不到。车上没有水，没有厕所。行驶不久，臭气熏天。

一盏马灯挂在车厢壁上，晦暗的灯光照着一张张肮脏和疲惫的脸。杨胜利把昏迷不醒的少哉背上火车，放在车厢的一隅。

列车隆隆地往前开着，少哉的头靠着车厢，像个婴儿一样轻轻地摇晃。在他大脑皮层的深处，飘浮着江面上炸飞的红色碎片，像一片殷红的凤仙花。

凤仙刚到他家来的时候，黄皮瓜瘦，头发蓬乱，手上长满了冻疮。娘把她的小手泡到温水里慢慢地搓洗干净，又给她擦了脸、梳了头，一碗汤面里卧了三个鸡蛋。

少哉问娘，她是谁呀？

娘说，你媳妇。

少哉又问，叫什么呀？

娘说，凤仙。

墙角的一株凤仙花开得正艳，他摘下一朵，高兴地插在凤仙的头上，直叫好看。

那时候的少哉还不知道媳妇的意义何在，只是觉得有一个人陪他玩也很有趣。可是没过几年，凤仙的个子嗖地长起来了，很快就高出他一个头。脸色变得又红又白，身上的肉像包子的面一样发起来了。尤其是乳房，像吹了气的球，耸成两座山，惹得人家都盯着她的胸脯看。

凤仙手脚麻利，屋里屋外的活都干全了，大小事从不让少哉动手。上街赶集，她像娘一样牵着他的手招摇过市，还把平日攒的钱掏出来，给他买吃的、买玩的。街边的人见了，笑着问："哟，娘儿俩赶集来呀？"

听到这样的称呼，凤仙咬牙切齿地跟人家急："我是他媳妇，不是他娘!”

凤仙爱看戏，只要听到锣鼓响就脚板痒，十里八里也要颠去看。乡下的场子，哪里是看戏，是挤人。不管台上唱什么，那些男人都像疯了一样往她身边挤，朝她身上撞。把少哉的胳膊挤痛了，鞋子挤丢了，她却越看越带劲。少哉生气，不跟她去看戏，她却说：“你是我男人，你不在身边，人家会欺负我的。”

看完戏，她把已经睡着的少哉背回家，轻轻地放到床上，一边拍一边唱：“小男人快点长，长大了好拜堂，拉弯弓骑大马，宝贝儿女生一床……”

凤仙期待着拜堂成亲，期待着跟少哉圆房，期待着生儿育女。

那一年，刚好家里的母猪下了七个崽，七个崽拱在母猪的腹下抢着吃奶，情景爱煞人。娘看着猪崽喜在眉梢，和凤仙一起算计，要她也生七个孩子，五男二女，五子登科，七子团圆。少哉一听却犯愁了：凤仙的奶虽然大，却只有两个，七个孩子怎么够吃？

娘一听笑弯了腰，摸着他的头说，猪是一窝一窝地下，孩子是一个一个地生。凤仙那屁股，是生孩子的料，只要你有种，生七个八个不成问题。

少哉年少时一直对圆房心存恐惧。一床的儿女，七八个娃娃，那是怎样的一番景致？

直到前天，他才知道事情的妙处。凤仙的那般激情喷射，那番深入浅出，那种出神入化，那样爱不释手，让他如痴如醉，恨不能把整个人化在她的身上。

凤仙的小船被敌机炸碎了，少哉一头栽倒在甲板上。那时候，他感觉自己也死了，跟着凤仙落入了江中，沉到了江底。

……凤仙在水里朝他招手：“我在这里……”

少哉游了过去，看见她像条鱼一样在水里游来游去，便问：“你怎么不穿衣服？”

凤仙一笑：“我的衣服飞上了天，遮住了太阳。”

少哉说：“一江两岸那么多人，让人家看到了多不好意思。”

“别人看不见的，只有你看得见。”凤仙双手一伸，变成了两片鱼鳍，两腿一并，变成了鱼尾，在水底畅快地游了起来。

少哉跟在她的身后，靠近了她的大腿，接近了她的身体，情不自禁地伸手去抚摸。

凤仙问：“记得跟我在一起的快活吗？”

少哉回答：“记得，一辈子都记得……”

凤仙高兴地笑了。

少哉也笑，笑得一时忘了划水，水呛进鼻孔，手忙脚乱起来。

凤仙满足地看了他一眼，化作一串气泡，消失在荡漾的水波之中。

“凤仙……”少哉撕心裂肺地叫了一声，呛水一般，大声地咳嗽起来。

“你总算醒了！”杨胜利俯着身子，手里拿着一只水壶，看到呛得满脸是水的少哉睁开了眼睛，庆幸道，“差点把你扔到江里去了。”

少哉抬起头来问：“我在哪里？”

何进修说：“火车上。”

少哉这才感觉到了车厢的摇动：“我们去哪里？”

杨胜利朝车外看了一眼：“往南。”

少哉突然坐了起来：“停车！快停车！”

杨胜利拉住他：“这是火车，你喊停就能停啊？”

“敌人在北边，我们为什么往南跑？我要上前线，杀敌报仇！”少哉拼命地捶打着车厢，“停车，我要报仇！”

何进修说：“队伍都撤下来了，你到哪里去报仇？”

“为什么要撤？你们不去打日本鬼子，我去……”少哉呼天号地冲向车门，不顾一切地要往下跳。

“又要出什么风头？”连长马驷奇从车厢的另一头挤过来，不屑地看了看少哉，对旁边的何进修说：“把门拉开，让他跳，跳下去摔死他！”

少哉扑到马驷奇身边：“连长，我们为什么要跑哇？”

马驷奇冷冷地说：“不跑，武汉又是一个南京。”

车厢里掠过一股寒气，所有的人都不出声，只剩下少哉呜呜的哭泣声：“武汉都丢了，还能跑到哪里去……”

“国力如此，退是一种无奈的选择。”老朽何进修长叹一声，把一张传单递给少哉，“蒋委员长已经诏告天下，这叫以空间换时间。”

少哉靠近灯光，摊开传单，只见上面写道：

……武汉会战，积小胜为大胜，以空间换时间，极大地消耗了侵华日军的有生力量，粉碎了倭寇速战速决、三个月灭亡中国之梦想，成功地实现了战略大转移……一时进退之变化，绝不能动摇我国抗日之决心。任何城市之得失，绝不能影响抗日之全局。我们将更哀戚，更坚韧，更踏实，更刻苦，更猛勇奋进，戮力于全面、持久的抗战……

"更哀戚，更坚韧，更踏实，更刻苦……"少哉饱含热泪问何进修，"这是蒋委员长说的吗？"

"还有谁能说得出这样的话？"何进修劝解少哉，"如果硬拼，兵力耗尽，只能亡国。现在，中央政府迁至重庆，如果能守住从西北到西南的半壁江山，中国或许还有一线希望。"

"更哀戚，更坚韧，更踏实，更刻苦……"少哉流着泪，一路自言自语，把蒋委员长的话吞进肚中。

火车摇摇晃晃地行驶着，忽然响咣当一声，栽倒似的，在一个小站边停了下来。

天还在下着雨，缠缠绵绵地没有停止的迹象。远处的山峦田畴，近处的树木杂草，水漉漉地平增了许多湿润的忧伤。

小站的站牌也淋湿了，牌子上"汀泗桥"三个字已经斑驳，像个被遗弃在路边的老人。

弟兄们争先恐后地跳下车，急急忙忙地拉开裤裆撒尿，有的则蹲在铁轨边拉屎。少哉也下了车，冷风一激，清醒了许多。他站在何进修的身边，拉开裤裆。

"这是国民革命军北伐时打过胜仗的地方。"何进修指着那牌子说，"当年金戈铁马，如今一败涂地。"

少哉打了个寒噤，一泡黄水撒出来。

连长马驷奇歪着脖子从车尾走了过来。他看到少哉，乜斜着眼睛停下脚步道："黄救国，还想上前线吗？"

少哉说："当然。"

马驷奇撇嘴一笑："背上行李，跟老子走。"

少哉吃惊地问："干什么去？"

马驷奇一本正经："上前线啊。"

少哉不敢相信自己的耳朵："现在？"

马驷奇眼睛一翻："去不去？"

少哉连连点头："去、去……"

他三步并作两步跑回车厢，背起行李跳下车来，紧紧跟随在马驷奇的身后。

杨胜利追上来问道："真的上前线？"

少哉转身挥手："战场上见……"

少哉跟在马驷奇身后，来到了最后的那节车厢。

马驷奇站在车门下报告："团长，黄救国来了。"

伏在椅子上看地图的胡英杰应声："叫他上来。"

少哉爬上了车厢，正要喊报告，却听见胡英杰喊道："参谋长，为什么还不开车呀？带几个人去看看，叫他们快点开车。"

孟子越朝车厢里的几个卫兵喊了一声"走！"

少哉正要跟着下去，却听胡英杰叫他："你别走。"

少哉止住脚步，举手敬礼："报告团长，我的任务是什么？"

胡英杰拿着一支铅笔，笑眯眯地朝他招手，把他带到车厢另一头，伸手撩开一片布帘子，回头唤他："来，见见秀娘。"

少哉走过去，伸头一看，帘子里有一张行军床，一只镶了铜边的藤箱，一面蓝色布袋套着的琵琶。琵琶挂在车窗边，藤箱放在车座的椅子上，上面搁着一面镜子。一个身穿旗袍的女子，指间夹着一支香烟，身子像束棉条一样搭在小小的车窗边，看着玻璃那边的自己发呆。

胡英杰亲切而又温柔地对秀娘说："他叫黄救国，是我们团最好的兵。"

"真像啊，真像……"秀娘回头看了一眼少哉，泪水像珠子一样滚了下来，在她的浓妆上滚出两道泪痕。

少哉不知所云地愣在那里。

"你像我的亲弟弟，连声音都像。"秀娘说，逃出苏州的时候，弟弟被日本兵的刺刀捅死在城外的大道上。那是她在人世间唯一的亲人啦，秀娘不忍弟弟的尸体日晒雨淋，混乱中，只捡了一张草席盖在他的身上。

秀娘是随胡英杰上到驳船之后，才看到少哉的。这个年轻的小兵在溃逃的队伍中显得干净、利落，一下引起了秀娘的注意。尤其是看到少哉的媳妇被敌机炸死在江中，他一头栽倒在甲板上的情景打动了秀娘。到了火车上，胡英杰答应给她安排个勤务兵，她便说：我就要那个小兵。于是，胡英杰就让马驷奇叫来了少哉。

"多大了？"秀娘看着少哉，心里一片酸楚地问。

少哉回答："十八。"

秀娘叹了一口气："跟我弟弟一样大。"

少哉站在帘子外边，一股奇怪的臭气飘过来。

胡英杰指着角落里一个红色的马桶："去，把它倒了。"

少哉一听，脑袋嗡一声炸了。他长这么大，只见过马桶，从未倒过马桶。在长亭乡下，除非女人死光了，否则是绝不让男人沾这类事情的。

见少哉皱着眉头僵在那里没动，秀娘也说："哪能让一个男孩子去干这等事情?”

胡英杰说:“我手下一千多号人都是男的,哪去找女人?总不能让我去吧?”

秀娘不吭声了。

“怎么啦?去哇!”胡英杰回头瞪着少哉。

“报告团长……”少哉站直身子,“我是国军士兵,是抗日英雄,我的任务是上前线打日本人……”

胡英杰一笑:“不是抗日英雄我还不要呢。”

“团长,能不能让我干别的差事?”少哉为难地说,“做这样的事情,有损我的尊严。”

胡英杰脸色一变,扔了手中的铅笔,大声呵斥:“黄救国,国家尚且如此,你有什么尊严可言?”

少哉站着不动:“如果连尊严也不要,国家更没有希望了。”

“混蛋,”胡英杰勃然大怒,“服从命令就是军人的尊严,倒马桶就是你的差事,违抗命令,军法从事!”

秀娘看不下去,皱着眉头对胡英杰说:“你别吓着他了。”

少哉万般无奈,只好屏住呼吸,提起马桶。

刚下车,迎面碰到一班的弟兄。

杨胜利头一个喊道:“喂,你在干什么?”

少哉僵得像根打了霜的葱。

大家围上来,看到他手上提的马桶,个个惊叫起来:“天啦,马桶英雄?”

少哉忍受着奇耻大辱,仓惶地将马桶提到铁路边倾倒了。

回到车上,秀娘抱歉地说:“本来我自己要去倒的,你们团长不让,真是为难你了。”

闻到马桶仍有臭气,秀娘忍不住又说:“既然倒了,怎么不涮一涮呢?车厢里不通气……”

少哉忍无可忍,冲着她喊了起来:“我是来抗日救国的,凭什么给你涮马桶?”

秀娘一愣,叫了起来:“胡英杰……”

胡英杰冲过来:“又干什么了?”

秀娘无奈地说:“让他走吧,他要去抗日救国……”

胡英杰火了,顺手给了少哉一耳光:“娘希匹的,什么叫抗日救国,你懂吗?”

少哉捂住脸，蹲在车厢角落里呜呜地哭了起来。

孟子越爬上车来，向胡英杰报告道："半个钟头后开车。"

胡英杰没有好脸色："知道了。"

孟子越看到捂着脸哭泣的少哉，问道："你怎么啦？"

少哉哭得更加厉害了，双肩剧烈地抽动着。

胡英杰则在一旁轻描淡写地说："他刚到团部，还不适应，熟悉熟悉就好了……"

第十四章　惊　驾

火车咣当咣当地在粤汉铁路上继续往南行驶，一盏马灯昏暗地挂在车厢顶上，随着列车的震动不安地摇晃着。

胡英杰钻到布帘子里去了，那张行军床吱吱呀呀地叫一阵之后，安静下来了，列车轰隆轰隆的声音越来越单调。

少哉躺在车门旁边离布帘最近的地方，一直无法入睡。列车的轰鸣震撼着大地，车辆和铁轨之间发出的尖厉的摩擦声刺激着他的神经，帘子里飘出的臭气像骨刺一样卡着他的喉咙。

不知过了多久，火车又停下来了。

少哉觉得有人在挠自己的脚板，初时以为是杨胜利，正要开口骂人，睁开眼睛，却发现一双眼睛正盯着自己。

这是一双睫毛浓密的眼睛，水一样的眼珠里闪着迷茫的光。他赶紧侧过头去，躲开那眼光的直射，却听见秀娘在耳边说："你这双鞋，怎么还能穿呢？"

少哉一下爬起来，缩回自己的双脚。

他脚上的鞋的确破得不成样子，大趾头从前面钻出来，鞋底也磨穿了，脚掌磨起了血泡。秀娘嘴里啧啧道："真可怜，像个没娘的孩子……"

团部的人都下车去漱口、撒尿、散步去了，车厢里只有他和秀娘。秀娘那张还没来得及化妆的脸上显现出淡淡的雀斑，看上去很像自己村里的一个大嫂。她絮叨着，转身进了布帘子。

"黄……"秀娘在帘子里开叫了，她不叫黄救国的全名，却单单喊出个"黄"字，喊得少哉的脖子发痒。

秀娘问："你的脚是多大号的?"

少哉嗡了一声："不知道。"

她拿出一双崭新的千层底布鞋，放在少哉脚下比了比："你穿，刚好合适……"

"不要……"少哉转过身去，看也不看，"我不要。"

"黄……"秀娘长叹了一口气，"你来当兵，我做姨太太，都是日本人逼的，有什么办法呢？你不要看不起我，在苏州的时候，一个堂会三十块大洋，四个老妈子侍候我。想如今落到这步田地，也是身不由己……"

说着，竟嘤嘤地抽泣起来。

她这一哭，让少哉不知如何是好，只得捧起那双千层底的鞋，连声说："我穿，我穿……"

他穿上了秀娘给他的鞋，心里默默地念叨：更哀戚，更坚韧，更踏实，更刻苦……越念，越心不甘情不愿。他哀戚地提起马桶下了车，瞅了个没人的地方赶紧倒了，找了个水坑荡了荡。

一转身，看到胡英杰正站在不远的地方盯着他。

少哉有点不知所措。

胡英杰却亲切地喊道："黄救国，起来了?"

少哉连忙立正敬礼："报告团长，起来了。"

"不要拘谨。"胡英杰大度地摇了摇手说，"天天在一起，用不着见面就立正敬礼，太麻烦。"

"是，团长。"少哉还是站得直挺挺的。

胡英杰走过来拍拍他的肩膀："跟着我好好干，会有前途的。"

"是!"少哉提着马桶，麻木地跟在团长身边，顺着铁道走上了一个站台，沿着站台慢慢溜达。

胡英杰问："知道这是什么地方吗?"

少哉摇头。

"快到长沙了。"胡英杰指了指附近一个看不清楚字迹的站牌，神秘地对少哉说，"此地有一种异样的气氛，我感觉将会有一场重大的事情在这里发生。"

少哉看了一眼，小站上没有人，只有两个持枪的卫兵把守着路口。离站台不远的另一条轨道也停着一列火车，那是一辆挂满了客车厢的高级列车，车窗上遮着绿色的帘子，四周有持枪的卫兵，阵势非同小可。

"你是个好兵，一心想着抗日救国，值得夸奖。但是抗日救国的工作很多，不一定非扛枪上前线才是抗日救国。"胡英杰边走边教导，"倒马桶是为了什么？为了秀娘；秀娘为了什么？为了我；我为了什么？135 团；135 团是干什么的？抗日救国。所以，你倒马桶，就是抗日救国。明白了吗？”

团长的逻辑滴水不漏，少哉犹豫一下，点头：“明白……”

胡英杰再问：“你是抗日英雄，全团学习的榜样，还记不记得你那风光的模样？”

少哉说：“记得。”

胡英杰又问：“记不记得你那个英雄是怎么当的？”

少哉的声音像蚊子一样细：“记得。”

“记得就好。”胡英杰大声地说，“我一句话，给了你多大的荣耀？不然你早就去见阎王了，人要懂得知恩图报。”

少哉无言以对。

“秀娘对你印象挺好，说你灵光，懂事，看起来顺眼，像她死去的亲弟弟……”胡英杰语意深情，“眼下，她很寂寞。你陪陪她，让她高兴起来，不要影响我的公务，不要影响 135 团的前程，这就是抗日救国之大业嘛……”

一个长官，难得对属下这样推心置腹，少哉被感动了，心肠一软，连声说：“团长放心，从今以后，叫我做什么就做什么。”

“真是个好兵。”胡英杰由衷地夸奖道，“秀娘是个艺人，评弹唱得真好，一曲《击鼓抗金》，动人心魄……龙虎啸，风云泣，千古恨，凭谁说……”

胡英杰击掌而唱，学着秀娘的唱腔拉开了嗓门。

岂料，最后一句还没拉完，他突然止住脚步，张大了嘴巴，喉咙里冒出个“蒋”字，浑身哆嗦起来。

少哉一时不知道发生了什么事情，顺着胡英杰的视线看过去，只见站台边的小屋里走出一群气宇轩昂的人来。为首的那位身穿将呢军装，披着一件黑色的披风，手里拿着一根文明棍，朝着不远的地方指了指，身旁的人肃然一片，唯唯诺诺。

他是谁？为何这般眼熟？

少哉的脑袋飞快地转了一圈，哦……想起来了，那不就是站在长江边巨幅画像上的那个伟人吗？当了英雄以后，专门去了一趟珞珈山，也只看到个蒋委员长的背影，没能让他亲手把奖章挂在自己胸前，也没能当面喊一声“蒋委员长万岁”。今天在这里碰上了，不能错过机会。

少哉激动万分，提着马桶，不顾一切冲了过去，放声高呼：“蒋委员长万岁……”

这一声呼喊，惊动了四周，几个便衣冲过来，瞬间将少哉和胡英杰扑倒在地。

马桶脱手了，咕咚咚地滚下了站台。

卫兵们不知那是什么东西，刷的一声卧倒在地，将它团团围住。观察了一阵不见动静，才小心翼翼地端着枪、弯着腰包抄过去，挑开马桶盖看了一眼，捂着鼻子一脚把它踩得稀碎。

少哉的头被按在地上，还顽强地歪过脸去，从几双皮靴的缝隙里看到那位伟人披着大氅，在众多卫士的保护下，匆匆登上了那列绿色的火车。

胡英杰啃了一嘴泥，扭过头来小声地对便衣们说："误会了，兄弟是135团的团长胡英杰……"

少哉也说："我是黄救国，抗日英雄……"

黑洞洞的枪口对准他的脑袋："闭嘴，再出声毙了你们!"

那列火车真切地在他们的眼前咣当咣当地开走了。

少哉倒马桶迟迟未归，秀娘急得团团转。她探出头来，焦急地朝帘子外喊了一声："黄……"

没人回应。

官兵们都下车溜达去了。他们都是男人，一停车就可以跳下去抽烟、拉屎、撒尿、大声咳嗽、把痰吐到铁轨上……她也很想下去，很想跟他们一样到地面上溜溜腿，活动活动身子，甚至很想像男人一样蹲到路边的草丛里快快活活地撒一泡尿。然而她是女人，是这列车上唯一的女人。胡英杰警告过她：队伍上不准带家眷，你不能抛头露面，出了乱子无法收拾。

怎么会看上一个当兵的呢？秀娘在花楼街遇到胡英杰，到底是缘分还是冤孽？至今还没有想清楚。她和胡英杰从认识到走到一起，不过才两个月的时间，连她自己都难以置信。

人们都说秀娘风情万种，秀娘心里却不尽然。当年在苏州出台，一夜爆红，追慕者络绎不绝，她却嫁给了比自己年长许多的师傅。

不是师傅有万贯家财，也不是师傅风流倜傥，而是因为师傅有病。每场演出下来，为她掌板的师傅都是面色赤白、背心透汗、咳嗽不止。她心动恻隐，决意嫁给师傅，发誓终身相随。

秀娘嫁给了师傅，竭尽人妻之道，却难以享受夫妻间的欢愉，师傅为此耿耿于怀。

到了汉口之后，师傅的肺病已岌岌可危。天上终于掉下个胡英杰，师傅感觉这是一个秀娘可以依赖的男人。师傅在秀娘面前长跪不起，一定要秀娘断了与自己的缘分，嫁给这个外貌英俊的军官。

秀娘心中的挣扎难以言表，胡英杰的殷勤、讨好、温文尔雅也让人有几分感动。战乱时期，生死无常，情系何寄？秀娘应允了师傅的请求。

最后一场演出终了，她设宴答谢胡英杰。举起酒杯，开宗明义："你我素昧平生，为我如此奔波操劳实在不忍。你的意思我明白，但我不是青楼女子，卖唱不卖身。倘若有意，无论是妻还是妾，明媒正娶。"

一句话，呛得胡英杰好半天接不上气来。当着她的师傅和众人的面，胡英杰只能答道："爱慕之情不言而喻，请秀娘三思……"

秀娘却说："时局混乱，朝不保夕。行还是不行，一句话。"

秀娘的话犹如琵琶的弦，弹指间铮铮作响。

胡英杰只好当下许诺，请她的师傅作媒，择日举行了仪式，娶秀娘为姨太。

好日子没过几天，师傅竟一命呜呼。秀娘伏尸痛哭，喊道："夫君啊，原以为嫁了个军官，能保全你一条性命，没想到到头来还是命归黄泉……"

胡英杰一听糊涂了。

秀娘却说："他是我的师傅，也是我的丈夫。只因他重病在身，我才下决心做你的姨太。你要是计较，我投江自尽。如果不计较，从今以后，不许再提这个人。"

胡英杰如骨鲠喉，也只能点头称是了。

男女之情，只可意会，难以言表。本来对秀娘一见倾心的胡英杰，从那一刻起，眼前却有了一个挥之不去的阴影。自此之后，他只是在秀娘的身上像讨债一样地发泄着，完全没有往日的那番温文尔雅。

秀娘心中有苦，却无处诉说。古往今来，风情万种的女人，又有几个能得到自己的真爱？罢了，这乱世之时，只得听天由命了。

从汉口撤出的那一天早上，秀娘还在梦中。胡英杰带着两个卫兵闯了进来，神情紧张地喊道："快起来，撤退。武汉保不住了。"

秀娘从梦中惊醒："撤到哪里去？"

胡英杰："我怎么知道？"

秀娘只能叹息："何处才是尽头？"

胡英杰拉着她的手，卫士提着她的箱子，把她带到江边，挤上了铁驳，过了长江，上了火车……

列车的汽笛响了，在路边溜达的官兵陆陆续续上车，秀娘还是不见黄救国，连胡英杰也无影无踪。

"黄……"她又喊了一声，还是不见人影。

回到车厢里的人都听到了，回头看了一眼帘子，没有人应声。

“看到你们团长了没有?”秀娘再也忍不住了，撩开帘子，探出头，冲着桌子那边的孟子越喊了一声。

孟子越抬起头来，环视大家一眼，问大家：“团长呢?”

官兵们面面相觑，摇头。

孟子越来到车厢门口，探出身子朝外看了一眼，铁道边的信号员摇起了绿色的信号旗，车头下正排放着蒸气，列车准备开动，小站台上空无一人。

“等等……”孟子越跳下列车，朝那信号员喊道，“我们团长还没上车。”

信号员的旗帜停了下来。

孟子越刚跑近站台上的那间小屋，里面冲出几个黑衣人来，老远举着枪威胁：“站住，不准过来!”

孟子越身后的几个卫兵也端起枪，拉动枪栓，站在孟子越身后与黑衣人对峙。

孟子越一看架势就知道对方是军统的人，他示意身后的弟兄把枪放下来，自己则举起双手，朝那边大声喊道：“我是135团的参谋长，有事请教你们……”

孟子越举起双手走到了他们面前，对中间一位鞠躬道：“报告长官，我们团长和他的侍卫刚才好像到这边来过，现在却不见了，请问是不是有什么冒犯的地方?”

那个长官模样的人厉声斥责：“已经给了信号，你们的车为什么还停在那里?”

孟子越说：“我们团长和他的侍卫刚刚来过这里，不知为什么还没上车……”

“开车!”那人语带肃杀，不容置疑地摆手下令，“马上离开，不准停留在此，违者军法论处!”

孟子越感觉事情不妙，只得转身，命令本部人马：“回去，上车。”

135团的列车开出不远，突然急刹，前面铁轨上出现垒起的沙袋，沙袋上架着机枪，一排荷枪实弹的士兵挡住了去路，一个臂戴袖标的军官站在沙袋上摇着胳膊：“不准过来，退回去!”

火车只好后退，还没退回到原来的地方，后面又有士兵举枪威胁：“开走，不准到这边来……”

如此来回折腾了半天，列车被驱赶到一片废弃的轨道尽头，进退无路，只好熄火停车。

夜幕降临，四周一片寂静。

不甘寂寞的杨胜利探出车门，想跑出去捞点什么东西回来解渴充饥。伸头一看，淡淡的夜光下，火车的四周布满了持枪的士兵，还有机枪架在铁道两旁的路基上，如临大敌地瞄着每一节车厢。

他打了个寒战，缩进车门，附在何进修耳边说："我们被包围了！"

何进修朝外看了一眼："无妄之灾……"

"听说是因为黄救国喊了一声'蒋委员长万岁'。"杨胜利不解地问，"他真的见到了委员长？"

何进修点头："有可能。"

"喊万岁不是恭维他吗，为什么要把我们困在这里？"

"这一声万岁，不是不能喊，而是喊得不是时候。若在平时，喊的人越多越好。可是现在，一个丧国之君，被人家追得四处躲藏，能让你随便喊吗？若是被日本人听到了，派飞机来轰炸，派人来追杀，他连逃的地方都没有。"

何进修看着车厢外漆黑的夜空，忧心忡忡地说："武汉重镇丢了，队伍溃不成军，到处兵荒马乱。这种时候，他出现在这里，肯定有不可告人的目的。黄救国的这一声呼喊，叫做惊驾。让他惊惶失措，乱了阵脚，不杀几个人，镇不住局面。"

"狗入的，一天到晚惹是生非。喊什么不好，为什么要喊万岁……"张三风在一旁咒骂，"他闯下了祸，要我们一起陪死？"

"谁知道呢？"何进修看着黑暗中闪光的刺刀摇头，"如果死在自己人手里，太冤了。"

像个影子似的坐在一旁的李抗战突然发出一声冷笑："这一回，他死定了。"

杨胜利转身抓住他的衣领："你胡说什么？"

李抗战被抓得呛了起来："他自作多情，自作自受。没当场枪毙，已经便宜他了……"

"没你说话的份！"杨胜利伸手抽了他一个耳光，"我们是桃园三结义的兄弟，他死了，我也要拉着你一起去垫背！"

"好啦，是死是活，听天由命吧……"大家议论纷纷，难以入眠，车厢好久不能平静下来。

后半夜，杨胜利被尿憋醒了。他跳下车，拉开裤子对着闪光的铁轨一阵猛冲，溅起了一串金星似的水花。

他好生奇怪：铁轨怎么像烧红了？尿也飞溅得金光灿烂？抬起头来一看，吓得一声惊叫："着火了……"

他提着裤子爬上车，搡醒了何进修："快看，那边着火了！"

何进修噌地一下坐起来："哪里？"

杨胜利指着车厢外："烧红了半边天……"

顺着杨胜利指的方向看过去，只见铁路西面浓烟滚滚，烈焰腾空，天空赤红。下面仿佛是一个巨大的炉膛，像有熔化的铁水一样翻滚着，呼啸着，逼出层层热浪，且有噼噼叭叭的燃烧声、房屋的倒塌声和民众的呼救声隐隐传来。

何进修判断了一下方位，深深叹了一口气："长沙城完了。"

杨胜利问："是日本人打过来了？"

"不像。若是日本人打过来，一定是枪炮齐鸣。"何进修盯着那火势看了一会儿，摇头道，"黄河水患，长沙大火，这一水一火，国之大劫。不知可怜的中国，能否在这水火之中重生。"

"我兄弟怎么办？"杨胜利惦记的是少哉的生死，"他就这么平白无故地没了吗？"

何进修感叹："可惜了，一个黄救国……"

杨胜利说："其实，他姓吕，不叫黄救国，叫少哉。"

"少哉，少哉……人不怜惜，老天有眼。"何进修的声音里透着一股悲凉，"但愿他能再一次绝处逢生。"

车门外，火光越来越强烈。何进修用手拍击起车厢，像击缶吟咏诗一般，一声比一声高地敲击："着火了！着火了！"

杨胜利学何进修，用手拍着车厢，跟着呼喊："着火了！着火了！"

车厢里，醒来的弟兄们随之敲击："着火了！着火了……"

"着火了！"其他车厢里的士兵被惊醒，他们不知发生了什么事情，一个个翻身起来，争先恐后地跳下车，提着裤子四处逃命。

"哒哒哒……"架在路边的机枪开火，子弹的曳光划破夜空，跳下车的士兵倒下一片。

黑暗夜空里，传来严厉的吆喝声："不准下车，不准喧闹，违者格杀勿论！"

紧接着，大家听到孟子越的喊声："135团的兄弟们，不要下车，不要喧闹，原地待命！"

列车死一般地寂静下来。

第十五章　长沙大火

胡英杰和少哉被便衣关进一间黑屋，无人问讯。

外面的天漆黑一团，胡英杰焦躁不安地在黑屋里走来走去，不时地冲着外面喊叫一声：“我是135团的团长，你们抓错人了……”

少哉不知道事情的严重性，表现得比较安静。他想，既然抓错人了，迟早会弄清楚的，着急也没有用。他靠墙坐着，眼前不断出现那个穿着黑色披风的身影。

那人瘦，个子不高，脑袋也很小，跟长江边那幅画像中的伟大领袖有些像，又有些不像。他真是蒋委员长吗？为什么喊一声万岁就不行呢？莫非喊万岁也要择个时辰？

一番折腾，一番琢磨，少哉已经很累了，迷迷糊糊中看到自己走到领袖身边，向他敬礼，报告自己就是步枪打飞机的英雄，并且开口问委员长：“我们还要退到什么地方去呢？”

领袖很慈祥，伸出手抚在他的头顶，笑眯眯地说：“狐狸钻洞，猴子上树，退到哪里去，我不告诉你……”

领袖开口说话了，少哉喜出望外，梦中再次振臂高呼：“蒋委员长万岁……”

可是他的喉咙被人卡住一样，火烧火燎，疼痛难忍，根本发不出声音。睁开眼睛一看，窗外火光闪烁，并且有浓烈的烟雾扑进来，呛得他一阵猛咳。

少哉挣扎着爬了起来，贴在窗户缝里往外看去，只见黑压压的长沙城里有多个地方起火。风助火势，很快连成一片，把窗外的天都烧焦了，吓得他连声呼喊：“团长、团长……”

靠在墙根的胡英杰睁开眼睛，扭着脖子问：“什么事？”

少哉说：“着火了。”

胡英杰没动：“关你什么事？”

少哉说：“天都烧着了……”

胡英杰生气地坐了起来，心情烦躁地朝外看了一眼，恶狠狠地呵斥道：“天烧着了，地烧着了，关你什么事？自己的死活都不知道，还管那么多？”

少哉可怜兮兮地说："团长，我刚刚梦见蒋委员长了，夸奖我是个好兵呢……"

"好个屁！你发什么疯，喊什么万岁？"才大半天的工夫，胡英杰已经变了个人形。身上的军装被扯烂了，帽子不知去向，头发乱得像鸡窝，眼睛里充满了血丝。他咬牙切齿地骂道："老子让你害死了……"

少哉缩着脖子辩解："团长，您不是一再说，见了长官要报告，见了领袖喊万岁吗……"

胡英杰暴跳如雷："死心眼儿的！那也要分什么时间，什么地点！"

"一辈子就碰到这么一回。"少哉伤心地说，"谁知道这个时间、这个地点不能喊呢？"

"好啦好啦，烦死我了。碰到你这种人，算我倒了八辈子霉。"胡英杰噌地站起来，像只饿狼似的在小屋里转来转去，呼哧呼哧喘着粗气。

"团长，都是我的错。"少哉头上冒出冷汗，他诚恳地表白，"等抗战胜利了，我一定给您赔礼道歉。"

"还让你等到抗战胜利？"胡英杰泼妇般地大骂，"天一亮，脑袋就没了！"

少哉将信将疑："会杀我们？"

"杀，便宜你了。"胡英杰说，"那些便衣都是军统的人，随时可以让你像空气一样消失……"

少哉吓得胆战心惊，不禁啊呀呀地哭起来："团长，我是真心实意来抗日救国的呀。当兵之前，我爹逼着我跟媳妇圆房，我跑了；媳妇划着船来追我，被日本鬼子的飞机炸死了……到如今，国仇未报，家恨未雪，我怎么能死呢？"

"不要哭了。"胡英杰的语气稍微缓和了一些，"黄救国，你说你委屈，我比你还委屈呢。从军这么多年了，好不容易拉起一支队伍，混了个团长，原指望建功立业，光宗耀祖，被你一声喊，全泡汤了！"

"团长，没您的事。等他们审问的时候，我会把责任全部揽到自己身上来。是我不识时务，喊'委员长万岁'喊错了，他们怎么处罚我都接受，跟您没有关系……"

少哉擦着满脸的泪水，真诚地说："哪怕他们杀了我，都会说跟您没关系。"

胡英杰盯住少哉："你肯这么说？"

少哉点头："肯！"

"说话算数？"

"算。"

"这就对了。"胡英杰叮嘱，"不管他们怎么问，你都得说是自己喊的，跟我没有一点关系。"

"是，团长。"少哉发誓，"把我杀了，也这样说。"

天亮了，哗啦啦跑来一队卫兵，持枪分列两旁。几个黑衣人走进来，将两条黑布袋套到胡英杰和少哉的头上，一声吆喝，把他们拖上了一辆吉普车。

道路很不好，吉普车跳了一阵，停了。他们被拉下车，推进一间屋子，扯下头套。

一个审讯官坐在桌后："你们是哪一部分的？"

胡英杰谦卑地回答："在下是135团的团长胡英杰，奉命开往衡阳，火车临时停在那个小站上。"

"谁让你们停的？"

"不知道，火车开着开着，自己停了。我派人去问，司机说，信号灯不让通过。"

"你们都看到了什么？做了些什么？"

胡英杰支吾："我们只是下车走了走……"

"报告长官，我们在铁路上散步的时候，看到了蒋委员长。我一激动，喊了一声'蒋委员长万岁'……就被抓起来了。"少哉要履行自己承担责任的诺言，抢着回答，"我们团长，一声没吭。这件事情，跟他没关系。"

"你看到谁了？"审讯官提高了声音，恶狠狠盯着少哉。

"蒋委员长啊。"少哉抬起头，奇怪地看着那位审讯官，"我们的伟大领袖，抗击日寇的最高统帅。"

"你确定？"

"千真万确。"少哉信心十足，"我在岱家山用步枪打下日本鬼子的飞机，当上了抗日英雄，委员长要接见我。后来，在珞珈山颁奖的时候，敌机来了，委员长没能亲手把奖章挂到我的胸前。从那以后，我就把伟大领袖天天装在口袋里……"

"你把什么装在口袋里？"

"蒋委员长。"少哉的双手被反铐在身后，只能用下巴示意胸前的口袋，"就在这里。"

一个卫兵过来，从他身上搜出了一张蒋介石头像。

审讯官盯着少哉的脸，突然发问："你的任务是什么？"

“倒马桶。”少哉脱口而出。

审讯官一拍桌子：“说正经事。”

“正经事，就是倒马桶。”少哉咽了口唾沫，“团长把我从一连一排一班调到团部，让我当勤务兵，给秀娘倒马桶。开始时，我心有不甘。可是团长教导我说，倒马桶是为了秀娘，秀娘是为了团长，团长是为了135团，135团是为了抗日救国，所以，倒马桶就是抗日救国，我的任务就是倒马桶。”

审讯官问：“秀娘是什么人？”

“团长的姨太太……”话一出口，少哉觉得不妥，少哉马上解释，“我们团驻守汉口的时候，团长在花楼街认识了秀娘。秀娘的评弹唱得好，是苏州城有名的艺人……”

少哉边说边看着胡英杰，希望团长证实他的说法。

胡英杰的脸色极其难看地否定：“他胡说……”

少哉奇怪地看着胡英杰：“团长，我怎么是胡说呢？”

“长官，我不认识他。”胡英杰突然直起脖子来，大声喊道，“根本不知道他是什么人。”

少哉睁大了眼睛，惊愕地看着身边的胡英杰：“团长，你怎么不认识我了？说好了一切责任由我来承担，这一点我保证做到……可是您怎么能说不认识我呢？”

“别扯我。”胡英杰恨不能将他撕成碎片，“这家伙跟我没任何关系！”

“怎么没关系呢？没有您的栽培，哪有我这个抗日英雄？”少哉急了，恨不能一口气把过去的一切都说清楚，“日本鬼子的飞机偷袭汉口，我开枪射击，马连长骂我违反军规，要杀我的头。是您深明大义，不但救了我的命，还让我当上了英雄。队伍开拔，上了火车，你又让我到团部侍候秀娘……团长，这些都是昨天以前的事情，您怎么都忘了呢？”

审讯官逼问胡英杰：“他说的可都是真的？”

胡英杰摇头：“他疯了，满嘴胡言乱语。”

“不可能，我的神志清楚得很，说的句句都是实话……”

“胡扯！完全是胡扯！”若不是手上戴着铐子，胡英杰早已大耳刮子扇到他脸上去了。

少哉委屈地哭了起来：“团长，您怎么能不认识我呢？您说，只要我好好跟着您，将来一定会有出息的……”

“出息个屁！”胡英杰终于忍不住，挣扎着冲过来狠狠踢了少哉一脚，扭着脖子，朝审讯官喊道，“他是个疯子！”

审讯官一招手，两个卫兵将胡英杰拖了出去。

胡英杰消失以后，审讯官让卫兵拿了张凳子放在少哉的屁股后，从头问起："姓名？"

"黄救国。"

少哉不敢坐下，只用半个屁股沾住凳子的一角："不过，黄救国不是我的本名，原名少哉……"

审讯官一拍桌子，喝道："你到底叫什么？"

少哉记起上次当英雄的时候，就因为没有来得及把真实姓名说出来，爹和凤仙看到报纸还不知道自己就是抗日英雄。于是他耐心地解释道："我叫黄救国，这个名字是当兵的时候临时改的。实际上，我姓吕，名叫少哉……"

"谁让你改的？"

"我自己。"

"为什么要改？"

"怕我父亲知道了。"

审讯官朝书记官点了点头，书记官在刷刷地记录。

"跑到这里来干什么？"

"团长说，奉命去衡阳集结……"

"衡阳在哪里？这里是什么地方？"

少哉一愣，左右看了看："这是什么地方？我不知道……"

桌子被狠狠地拍了一下："你知罪吗？"

"知道。"少哉老老实实地说，"我不该喊'蒋委员长万岁'，更不应该提着马桶喊'蒋委员长万岁'。可是当我看到蒋委员长的时候，实在是忍不住了……"

"你为什么要喊？"

"因为、因为……"少哉一咬牙，把实话全都说了出来，"因为我媳妇——我那刚刚圆房的媳妇，在长江上被日本鬼子的飞机炸死了……我要上前线，报仇雪恨，所以我喊了一声'蒋委员长万岁'，想告诉他，让我上前线，去打日本鬼子。"

审讯官互相看了一眼，换了个审问的话题："你知道昨天晚上发生了什么事情吗？"

少哉摇头："不知道。"

"没有看到火光？"

“有。”少哉照实回答，“还有呛人的烟味，看样子火势不小，天都烧红了。长官，到底是怎么回事？”

“你明知故问吧，长沙大火！”

少哉一听，揪心地问道：“长沙起火？烧死了多少人？”

“看来你对后果十分关心。”

少哉真诚地说：“凡是国家的大事，我都关心。”

“你是什么时候当兵的？”

“今年上半年。”

“为什么当兵？”

“抗日救国。”说到这四个字，少哉理直气壮起来，“长官，国难当头，匹夫有责。我表兄说，中华民族到了最危险的时候，要用我们的血肉，筑起新的长城。我们每个人，都是长城上的一块方砖……”

“你表兄叫什么？”

“石夫。”

“石夫是什么人？”

“我表兄是……”少哉打了个寒战，忽然觉得这话不能再说了，马上改口：“他鼓励我抗日救国，是个好人。”

“你不老实。”审讯官一拍桌子，“动刑！”

一个狱卒冲过来，用老虎钳夹住少哉的手指，一使劲，一声尖叫，指头碎了。尖叫声中，早已将石夫的底细抖了个底朝天：“他是武汉大学的学生，很早就参加了共产党……”

审讯官得意洋洋：“他给了你什么指示？”

少哉痛不欲生，没有听懂：“指示？什么指示？”

“他跟你说了些什么？要你干什么？”

“他说，共产党才是抗日的先锋……要我积极投入抗战。”

“他跟你是怎么约定的。”

“他让我在江汉关等着他，三天后一起北上抗日。到了第三天，我一等再等，怎么也没等着他的人。后来，看到孟子越参谋长，我报名当兵了，到了135团……”

审讯官打断他的话：“有没有再见过石夫？”

“见过。”少哉说，“临上车的时候他来了，见我当了国军，急得直跺脚，大声喊，你会后悔的……”

“你后悔吗？”

“不。”少哉动了动疼痛钻心的手指，哀戚地说，“只要是抗日救国，我不后悔。”

审讯官停下，让书记官写好笔录，又问：“你看到蒋委员长了？”

“看到了。”

“有谁证明？”

“团长。”少哉回头，身边已空无一人，不禁哭喊：“团长……”

审讯官狠狠地拍了一下桌子：“你到底看到了什么？”

少哉环顾左右，看到一个个凶神恶煞的眼光，开始怕了：“看到……没有……我什么也没有看到……”

“既然没有看到，为什么瞎喊？”

“我心情激动，一激动就喊出来了。”

审讯官狠狠地一拍桌子：“你在造谣生事，扰乱视听！”

少哉低下头看着血淋淋的手指，伤心地说：“我没造谣生事……”

审讯官招了招手：“让他画押。”

书记官将写好的供词递过来，少哉一看，只见上面写道：我改名换姓，打入国军内部，伺机进行颠覆破坏活动。长沙大火，谣言四起，企图嫁祸于蒋委员长，实系我等匪谍所为。

少哉愣住了，张大了嘴：“长官，这是我的供词吗？我是来抗日救国的，不是匪谍，也不知道长沙大火是怎么烧起来的。我没有说过这些话呀……”

“你说过。”

“我没有。”

“那你说过什么？”

少哉一阵哀嚎：“长官，我只是喊了声‘蒋委员长万岁’啊。”

审讯官站起来，喝令：“画押！”

两个狱卒将少哉的手指蘸上印泥，然后死死地按在了供词上。

少哉呜咽一声，瘫倒了。

两个狱卒走过来，将他拖进了死牢。

第十六章　死　囚

列车被围困在一个前不着村后不着店的地方，秀娘在车厢里呜呜咽咽，哭得大家心烦意乱。

孟子越走到帘子边安慰道："团长只是遇到一时的误会，等他们弄清了原委，便能回来。"

秀娘一听这话，泪水汪汪地抬起头来，看着孟子越："果真？"

孟子越说："当然。"

秀娘一看孟子越那双真诚的目光，不禁又哭了："我怎么偏偏碰上他……"

孟子越皱了一下眉头，退了出去。

秀娘哭得更伤心了。

她是离开汉口的时候，登上过江铁驳的那一刻看到孟子越的。就那么一眼，她浑身一颤，好像一块石头突然飞过来，击中了她的心窝。

也许是看惯了吴越男人的温柔婉约，也许是与胡英杰萍水相逢，秀娘对自己对命运，多少有点听天由命的无奈。见到船舷边站着个一身戎装、充满阳刚之气的男人，她怦然心动，有点恨不相见未嫁时的遗憾。

过了江，上了火车，在隆隆的轰鸣声中，隔着一袭帘子的秀娘时时能捕捉孟子越的声音。这个齐鲁男人英武俊雅，却不张扬。然而，只要他一开口，连胡英杰都常常点头称是。在这支部队，胡英杰是说一不二的头号长官，135团的灵魂却附在孟子越的身上。至少，秀娘是这样认为的。

夜深人静的时候，胡英杰在身边睡着了，帘子外弟兄们的鼾声此起彼伏，难以入睡的秀娘却能听得清哪一声是孟子越的呼吸，哪一个翻身是孟子越发出的。

她很想主动跟他说话，可惜车厢里人多混杂，轮不到她说话的份。偶尔从帘子缝往外看一眼，又是一块石头飞了进来，砸得她惊慌失措。

135团与上级失去联系，派出去的几拨人都被堵回来了，时间一长，一千多人吃喝拉撒都成了大问题。车上都是些血气方刚的年轻人，一个个憋着一腔热血。面对四周黑洞洞的枪口，他们怨天尤人，情绪急躁，一旦擦枪走火，将是一场灭顶之灾。

孟子越在车厢里召开全团军官会议，要求干部们以身作则，安抚好弟兄们的情绪，千万不能弄出乱子来。

一连长马驷奇横眉竖眼，没等孟子越讲完就嚷了起来："怎么安抚？大家的肺都气炸了，有本事跟我们一起冲出去，杀出一条血路，把团长救回来！"

他这么一嚷，立刻有人跟着叫嚣："杀出去，拼了……"

车厢里吵吵嚷嚷，乱作一团。

"要拼命，我绝对不比你们任何人差！"孟子越厉声喝道，"倘若这样杀出去，不但救不了团长，一千多条性命也难保了，责任谁来负？"

众人一惊，安静下来。

"弟兄们为了团长，情义让人感动。但是，小不忍则乱大谋，刀枪一动，肯定是一场同胞厮杀，再有天大的道理也讲不清了。"孟子越指着外面说，"现在，敌人围追，长沙大火，危机四伏，此时如果发生内乱，不啻是助纣为虐，自取灭亡。"

寥寥几句，平静了大家的情绪，孟子越继续讲道："拜托各位，一定要安抚弟兄们的情绪，千万不能冲动，不能意气用事，不要随便下车，不要外出，不得与附近其他队伍的弟兄发生冲突……"

孟子越趁势宣布了若干条严厉的纪律，要求军官带头，不得越雷池一步，特别要求一连长马驷奇，更要带头压下火气。

秀娘坐在帘子里，见孟子越临危不乱，处事沉稳，颇有大将风度，心中渐渐也平静了许多。

散会的时候，孟子越把马驷奇留了下来，用商量的口气说："一直没有团长的确切消息，你想办法出去一趟，先把情况摸摸清楚。"

马驷奇歪着脖子说："为了团长，是水是火我都蹚。"

孟子越说了几个上司的名字和队伍的番号："想办法找到他们，报告我们的处境，请上级替我们说话。"

"试试看吧。"马驷奇领命而去，带着杨胜利，化装成难民混出了包围圈，直到第二天傍晚才回来。

他一身烟尘地爬上车厢，摇着头对孟子越说："长沙城烧光了，到处鬼哭狼嚎，成了人间地狱。"

孟子越问："没有团长的消息？"

"只有谣言，没有消息。"马驷奇从怀里掏出一卷报纸递给孟子越，并指着上面的一张照片说，"报纸上说，这家伙是匪谍，长沙大火就是他放的。"

“黄救国?”孟子越接过报纸一看，倒吸了一口冷气。

报纸上写道，此人化名打入国军某部，专门造谣生事，进行颠覆破坏活动。

“怎么可能？他只是135团的一个小兵……”孟子越忍不住叹息一声。难怪四周如临大敌，把135团死死地包围在这里，事情比他想象的要严重得多。

“人家一听说我是135团的，像见到瘟疫一样摇头摆手，还能打听什么消息?”马驷奇绕了个圈子才说回正题，“不过，我碰到了一个在军统做事的老乡，告诉了我一些实话。老乡说，此事非同小可，戴笠局长不发话，谁敢放人?”

“可是，谁能见到戴笠呢？那一层层的关节，很难打通啊。”孟子越为难地说。

一直在帘子后面听着动静的秀娘喊道：“马连长，你和胡英杰可是出生入死的兄弟，你可一定要想办法救他……”

“我只是个小小的连长，心有余而力不足啊。”马驷奇做了个要钱的手势，“这年头找人办事，没有这东西，门儿都摸不着……”

孟子越挠头：“好几个月发不出军饷了，全团的柴米油盐都难以为继，哪里去弄钱?”

“那就麻烦了。”马驷奇看了帘子一眼，拉高嗓门，“军统那些人杀人不眨眼，别说是一个团长，就是师长、军长，犯到他们手上照杀不误。我还听说了，弄不好要取消我们135团的番号，就地整编。整编就整编，我们这些扛枪的倒无所谓，整编到哪里，都是扛枪，可是秀娘……你往哪儿整啊?”

车厢里一片寂静，接着，帘子里传出一阵窸窸窣窣的声音。

秀娘坐到床头，将自己脖子上的项链、指头上的戒指、手腕上的镯子都取了下来，又打开藤箱，将藏在箱底的细软一起统统装进一个布袋，提出来往马驷奇脚下一扔：“这是我半辈子的所有，能不能救得出来，看他的命了……”

“好一个肝胆的女子!”马驷奇弯下腰，捡起布袋，托在手上掂了掂，身子朝帘子里一弯腰，大声说道，“团长命大，有秀娘这番心意，一定能逢凶化吉，遇难成祥。”

马驷奇一跺脚，提着首饰，跳下车走了。

孟子越抬起头来，看到一个身影在帘子里徐徐移动。

他走了过去，站在帘子边，礼貌地说：“你倾囊相助，我先替团长谢谢你。”

秀娘撩开帘子，泪水汪汪地说：“参谋长，有话进来讲。”

孟子越还是站在帘子边：“你放心，我们会想尽一切办法将团长解救回来。”

秀娘一听，目光楚楚地看着孟子越：“国难当头，命如草芥；可怜我一个弱女子，情托何处，命系何方？”

孟子越眉头一皱，转身离开了原地。

秀娘坐在车窗边，潸然落泪。

少哉被扔进死牢的第二天，号子里又送进几个人来。

看他们的年龄和气势，不像普通人。为首那一位，体胖，秃顶，鹰钩鼻，将呢军服，虽然军衔被扒掉了，仍然居高临下，气势十足。

鹰钩鼻脾气暴烈，进来后还不停地大骂：“我清清楚楚地看到了手令，明明是他蒋中正叫干的事情，为什么言而无信，怪罪我们这些属下？”

少哉和他的号子之间只隔了一道铁栅栏，见他又叫又骂，闹得死牢里不得安宁，便从地上爬起来，挪到栅栏边好心地劝解道：“长官，您有话应该到审判庭上说，在这里叫喊没人听得见，也不起任何作用。”

鹰钩鼻瞪了他一眼，吼道：“放屁，他们敢开庭吗？他们敢让老子当众说话吗？”

少哉说：“会的，连我这样的小兵他们都审了两回，像您这种身份的人，怎么会不审呢？”

鹰钩鼻将信将疑地看着他：“你是什么东西？”

少哉回答：“一个小勤务兵而已。”

“你犯了什么事？”

少哉故作轻松地说：“我在一个小火车站看到了蒋委员长，冒昧喊了声‘蒋委员长万岁’，就被他们抓进来了。他们硬说我改名换姓，打入国军内部，进行颠覆破坏活动……他们肯定是搞错了，我是忠心耿耿的国军士兵，怎么会是匪谍呢？等下次开庭，我一定会说清楚的。”

鹰钩鼻一听大骂：“原来是你这个小王八蛋造的谣！”

“报告长官，不是造谣，是审案的长官逼我这么说的。长官说，无论如何不能损害蒋委员长的威望，那么，一切就由我这个小兵来承担吧。”少哉说，“我在想，只要能够维护蒋委员长的威望，我就是去死也在所不惜了。”

“你果真改名换姓，打入国军内部？”

少哉一笑：“改名换姓是真，打入国军内部是假。我是瞒着父亲和媳妇来当兵的，父亲带着媳妇沿街找过来，我怕他们找到我，才改名换姓。”

鹰钩鼻一阵冷笑：“到了这个地方，你说得清楚吗？”

“长官，”少哉认真地强调，“要相信上司，相信领袖，他们站得高，看得远，只要把话说清楚了，他们会还我清白的。”

鹰钩鼻问：“知不知道长沙大火？”

“知道。”少哉信心满满地说，“审讯官告诉我，系匪谍所为。”

“胡扯，”鹰钩鼻叹了一口气说，“是老蒋让我们干的。”

“怎么可能？”少哉一惊，睁大了眼睛，“怎么可能？不可能！”

鹰钩鼻吼起来：“怎么不可能？老蒋从武汉撤到湖南，在衡山召开军事会议，决定焚烧长沙城，以免资为敌用。我亲眼看到了他的手令，按照他的指令，组织了放火队伍，准备了放火的汽油、工具，只要日本人进攻，我们便统一信号，放火烧城。”

少哉紧紧抓住铁栅栏：“真是蒋委员长下的命令？”

鹰钩鼻放低声音，长叹道：“不是他，天下还有谁敢做出这样的决定？那天晚上，南门外的伤兵医院不慎失火，守候在各处的放火队员看见火光，以为是焚城的信号，立即在街上泼油点火，顿时火光冲天，连老子都以为是日本人打过来了……你说，这场大火，是他老蒋的责任，还是老子的罪过？”

少哉愣愣地看着他：“请问您是……”

“长沙警备区警备司令酆悌。”鹰钩鼻梗着脖子，自报家门。素来不可一世的酆悌霎间沦为阶下囚，这口恶气让他无法下咽。

“酆司令。”少哉恭敬地喊了一声，“您可知道中国抗战的必胜条件是什么？”

警备司令愣了一下：“是什么？”

“一个国家，一个领袖。”少哉有条有理地说，“一个国家，就是中国。一个领袖是谁呢？蒋委员长。只有蒋委员长的领导，我们的抗战才会胜利。”

“狗屁，东北丢了，华北丢了，上海丢了，南京丢了，你们武汉也丢了，偌大的中国，还剩下什么？”警备司令毫不客气地骂道，“日本人还没来，他就已经密令焚城。如此下策，谁还有心抗战？”

“中国战败，败在没有统一思想、统一意志，没有尊严。如果中国人都像您这样，不仅长沙毁于大火，全中国都会毁于一旦。”见鹰钩鼻如此不把蒋委员长放在眼里，少哉挺身而出，为领袖辩护，“您是司令，我是小兵，我们都是中国军人，应该更哀戚，更坚韧，更踏实，更刻苦，更猛勇奋进，戮力于全面、持久的抗战……”

“放你娘的屁，用得着你来教训老子？来人啦，把这小狗入的拉出去砍了……”警备司令恼羞成怒，像狮子一样怒吼着跳起来，冲到栅栏边，两手抓住栅栏使劲地摇晃，只差把那铁条拧断。

“这话不是我说的，是蒋委员长对我们的教诲……”少哉嘀咕着缩到号子一角，不敢出声。

酆悌的叫骂未断，死牢的门开了，刺眼的光线里走进一个高大的人影来，老远地对鹰钩鼻喊道：“酆司令，息怒……”

酆悌一怔，扑上去喊道：“张主席，您终于来了！”

少哉此时并不知道，进来的是湖南省政府主席张治中。此人虽然身穿便服，却是面目清癯，一身英气。他弯着腰走到铁栅栏旁边，往里伸出一只手，痛不欲生地说：“兄弟，是我害了你……”

牢房中，肥胖的酆悌单腿下跪，低着光秃的脑袋，泣不成声：“张主席，您得救我……”

狱卒端来一张椅子放下，知趣地退了出去。张治中没有坐，仍然拉着酆悌的手说：“一切都是我的责任，我哪能不尽心尽力？”

酆悌仍然单腿下跪，坚持问道：“张主席，我只求您告诉我一句实话，那张密令到底是真是假？”

“我张治中从军、务政这么多年，什么时候说过一句假话？”张治中拍着他的手背说，“在眼下的这种危急关头，真假已经不重要了……”

酆悌一愣：“我这条狗命保不住了？”

张治中神色黯然：“兄弟，实话实说，我是来给你送行的……”

酆悌抽回张治中握着的手，仰面朝天，裂声大笑：“哈哈……我已经预料到了，老蒋要拿老子们当替死鬼……”

“兄弟，蒋委员长身为党国领袖，集民族之危难于一身，也有他的难处啊。”张治中难过地说，“日本人逼得我们没有退路，汪精卫公开散布反蒋言论，说什么与其决堤纵火，涂炭生灵，还不如投降。共产党和一帮左派文人也冷嘲热讽，攻击我们草菅人命……酆司令，蒋委员长身不由己，你我身为党国的臣民，不能不为之分忧解难。”

酆悌不为所动：“张主席，我是个粗人，你说的那些政治上勾心斗角的事我不懂，跟我也没有关系。”

“大火烧了两天两夜，全城百分之九十的民房被焚毁，三千多市民直接死于火灾，长沙几乎成了一座死城。昨天，委员长亲临天心阁，看到焚毁后的惨状，不禁潸然落泪。他，也是人哪……”张治中声音哽咽，悲怆得说不下去了。

“张主席，难道如此说来，就拿兄弟我等当替死鬼吗？”酆悌双膝扑通一声，再次跪在地上，“我顶多不过是个玩忽职守的罪过，可玩忽职守的就我酆某一人吗？大好河山已经沦丧大半，又有谁该承担这玩忽职守的责任？求求你，让我见委员长一面，当面陈报冤情，死也无憾了……”

“酆司令，请起、请起……这种时候，蒋委员长哪有心思听你陈情？”张治中在死牢外连连招手，“怪只怪兄弟我无能，两次进谏毫无收效。在我引咎辞职之前，已经吩咐下去，要安排好后事，抚恤好家属……酆司令还有什么要求，我一定办到。”

“他蒋中正有什么了不起，有本事带着军队把日本人赶出去哇！”酆悌忽然毫无顾忌地大骂起来，“焚城的手令是你张主席拿给我看的，当时，当时连你的手都在发抖，你的属下、百姓谁不噤若寒蝉？一时的差池岂能算在我酆某一个人头上……”

酆悌喊了一阵，张治中只是默默地听着，等着他狂喊宣泄一通之后，才缓缓地说：“中华民族，多灾多难，若不是委员长力挽狂澜，哪能结束军阀割据、国家分裂的局面？哪有今天的全民一心、团结抗战？武汉保卫战之后，长沙是纵贯中国南北防线的中心，稍有闪失，敌人便可迂回湘西，直指重庆。酆司令，我们若有一丝之过，便是千古之罪。”

酆悌听了，不禁失声痛哭：“张主席，兄弟我这么多年来为百姓尽力，为党国尽忠，难道就是这么个下场吗？”

“委员长这样做也是迫不得已，你要理解。”张治中百般无奈，泪水纵横，“酆司令，为了党国，一切不言自明了……”

铁栅栏的另一边，少哉把个中的情由听得清清楚楚，禁不住像吹号一样哇哇地哭了起来，边哭号边匍匐在地上大喊：“酆司令，忠臣，您是忠臣啊，酆司令，您是忠臣啊……”

整个死牢注满了少哉突如其来的哭号声，张治中和酆悌面面相觑，不约而同地扭过头去看着少哉。

张治中问：“谁？”

酆悌说：“一个无辜的小兵，喊了一声‘蒋委员长万岁’，被抓进来了，凭空加了一些莫须有的罪名。”

张治中问：“真有此事？”

少哉越哭越伤心：“只怪我……不该喊万岁，吓着蒋委员长……”

张治中临走之时，再一次问酆悌：“还有什么交代的？”

鄞悌指着隔壁："如有可能，替老子把那个小兵放了吧。"

张治中看了少哉一眼，走了。

第十七章　劫法场

杨胜利跟着马驷奇在长沙城出出进进，只看到马驷奇求别人帮忙救团长，却只字未提黄救国。

回到一班，他生气地大骂："噢，我兄弟就没人管了?"

何进修无奈地说："这个时候，谁能管得了他?"

杨胜利把带回的一卷报纸塞给何进修，指着上面一张模糊的头像问："是他吗?"

何进修看了一眼，把报纸一扔："这回死定了!"

李抗战捡起报纸，从头到尾看了一遍，冷笑："一天到晚喊抗日救国，原来不是个好东西。"

"什么意思?"杨胜利一把夺回报纸，"你是个好东西?"

"他是匪谍，化名黄救国，打入国军内部，放火烧了长沙城……"李抗战一脸鄙夷，"还当英雄呢，全是假的。"

"胡说八道!"杨胜利跳起来揪住李抗战的衣领，"他一天到晚跟我们在一起，想抗日救国都想疯了，怎么会是匪谍?"

李抗战指着报纸狡辩："是他自己说的，还有手印。"

"真是匪谍，我倒服了他。"张三风在一旁摇头，"不过是嘴巴痒，吹牛皮罢了。"

"看样子是吃了不少苦头。"何进修重新拿起报纸，又看了一眼那张不成人像的照片，"严刑逼供，屈打成招。"

"屈打成招也不至于招成那个样子呀?"李抗战翻着白眼问道，"蒋委员长的密令，他是怎么知道的?"

"又来了，真杀了他的头你才高兴是不是?"杨胜利上前用膝盖顶住李抗战的前胸道，"长沙城里谣言满天飞，这个消息、那个密令到处都是，没人不知道。"

李抗战闭嘴不言语了。

张三风叹了口气："这种时候，去抢风头干什么?又不是什么好事情，干嘛往自己身上揽？说到底，都是一张嘴惹的祸。”

“长沙大火，非同小可。”何进修忧心忡忡地说，“如果真有委员长的密令，他们一定要找出替死鬼来加以掩盖；如果没有密令，更要惩办造谣滋事者。无论如何，黄救国死罪难逃了。”

“老朽，怎么办？”杨胜利着急了，“我们不能见死不救！”

“怎么救？”何进修说，“被那些便衣抓走的人，没有几个能活着出来的。”

“我们大家一起去求‘天牌’吧，让他想想办法，不能不管黄救国。”杨胜利心急火燎，坐立不安。

“找他有屁用。”张三风骂道，“救了团长，能得好处，黄救国能给他什么好处？他才不会管一个小当兵的。”

“去找参谋长，”杨胜利跃跃欲试，“他说过，黄救国是个好兵。”

“慢。”何进修叫住杨胜利，“这种事口说无凭。李抗战，借你笔墨一用，看看老朽这点无用之功能不能派上用场……”

杨胜利连拿带抢，从李抗战那里夺过纸和笔，交给何进修。

何进修趴在一只弹药箱上，洋洋洒洒地写了一份陈情书：

伟大领袖蒋中正委员长阁下，各位尊敬的长官：

国民革命军第135团全体官兵诚惶诚恐向您陈情，本团士兵黄救国一腔热血、赤胆忠心，是一个无限忠诚于领袖和党国之好兵。他是家中独丁，不惜为国效命，其妻在相送途中被敌机炸死在长江浪涛之中。黄救国是岱家山步枪击落敌机之抗日英雄，只因天性单纯、忠贞不二，误喊了一句“蒋委员长万岁”，便身陷囹圄。在此江山破碎、生灵涂炭、国家急需忠良之际，若滥杀无辜，岂不是助纣为虐、亲痛仇快？为此，全团千名弟兄甘以性命为黄救国担保，乞求伟大领袖与各位长官慈悲大发，手下开恩，以利抗战，以振军心……

陈情书写得长风凛冽，催人泪下。

杨胜利和一班的弟兄们分头到全团各营、连跪地求情，大家在一条三尺长的白布上，按下了上千个手印。

马驷奇提着秀娘给的那包金银首饰，竟然打通了一个个关节。在那个秋阳西斜的下午，胡英杰跟着他一起回来了。

孟子越和官兵们从车厢里跳下来，惊喜无比地争着与之握手：“团长回来了！”

胡英杰衣衫褴褛，却不失风度，笑着应答：“一场虚惊……”

孟子越朝他身后看了一眼，问：“黄救国呢？”

胡英杰拉下脸，歪着头，骂了一句：“我们135团没这个鸟。”

一班的弟兄听说团长回来了，急着跑来探听黄救国的下落。

马驷奇在车厢门口挡住大家：“团长刚回来，别烦他。”

何进修双手捧着一个纸糊的信封，递到马驷奇的面前：“我们写了一封陈情书，请求长官替我们向上陈情……”

“团长说了，135团没有这个兵。”马驷奇把双手藏到背后，嘴里冒出一百个没用，“自古以来，文谏死，武谏亡，为一个小兵写什么陈情书？送上去擦屁股人家还嫌糙。”

何进修抖开那三尺白布：“有用无用是我等弟兄们的一番情义，全团一千多号官兵都按了手印。”

杨胜利和一班的弟兄们齐声大喊：“团长，替我们做主！”

“给我吧……”孟子越从车上跳下来，接过了何进修手里的陈情书，快速看了一遍，动情地说，“你们先回去，我想办法递上去。”

何进修趁势上前，大声说道：“参谋长，古往今来，凡忠义之师，莫不爱兵如子。若拿士兵的性命不当一回事，有谁还愿意为国家尽忠，为长官卖命？黄救国当兵以来的所作所为，有目共睹。且不说他被长官举为抗日英雄，就是平日的操练和勤务，也样样带头，事事争先。参谋长说过，黄救国是个好兵。团长也在大会上表彰他是135团的光荣……怎能轻言135团没有这个兵呢？”

孟子越婉转地解释：“黄救国当然是我们135团的兵。陈情书我收下了，等团长过目以后再陈上去。大家放心吧，我们会尽力的。”

孟子越回到车厢里，胡英杰已经换了套干净衣服出来：“参谋长，我已经说过了，135团没有这个家伙！”

孟子越说：“你可能还没看到报纸上的不实供词，不予澄清，黄救国小命不保。”

“那个小王八蛋居然承认他是共匪的卧底。”胡英杰恼羞成怒，“没有把我当共匪杀了，已经是万幸，还为他陈什么情？”

孟子越拿着陈情书，神情凝重地说：“团长，我们被围困了三天三夜，既无通讯联络，又无后勤供给，连口水都喝不上。全团上下人心浮动，不能再火上添油了。”

胡英杰不出声了。

孟子越将陈情书递给胡英杰："弟兄们证实，黄救国是个好兵，而且还是受到过蒋委员长嘉奖的抗战英雄，不是什么匪谍。我以为，澄清了黄救国，也能免除了团长您的后顾之忧。不然，既是假英雄，又是匪谍，135团永远也脱不了干系。"

胡英杰瞪着孟子越："这东西有用吗？"

孟子越指着陈情书："您先看看。"

胡英杰抓过陈情书匆匆看了一眼，还给孟子越："撇清他和我的关系，不能听信他胡说八道。"

"行，我再推敲一下，说明情况，表明态度，总比不明不白的要好。"孟子越说，"至少能安定军心，也能为团长洗刷冤屈。"

胡英杰钻进布帘之前，再次交代："记住，千万别把我扯进去了。"

陈情书交上去了，仍不见少哉回来，也没有任何消息，弟兄们度日如年。

杨胜利在车厢里骂骂咧咧，却听马驷奇在下面喊道："下车，集合。不准携带武器，不准喧哗，不准到处乱跑……"

杨胜利扒在车厢门口问："连长，去哪里？"

马驷奇脸色晦暗："上法场。"

杨胜利一愣："要杀黄救国？"

"不杀他，杀你呀？"马驷奇啐了一口，"狗入的，晦气！"

杨胜利朝何进修嚷道："老朽，听到没有，还是要杀我兄弟！"

何进修指头间夹着一根用破棉絮卷成的烟头，放在嘴里吸了一口，吹出一片黑色的烟雾，呛出一阵揪心的咳嗽："生死有命，富贵在天……我们这辈人，注定都是短命的鬼，他早一天走罢了。"

"卵屎！"杨胜利大喊起来，"我们来当兵，要死就死在战场上，为什么让自己人杀自己人？"

"恨不救国死，枉为阶下囚。古往今来，这种事太多了。"何进修拍了拍手上的烟灰，站起来说，"去看看吧，好歹为他送个行。"

"操他妈，"杨胜利把枪往角落里一扔，抓了个手雷挟在腰间，"老子不想活了，什么鸡巴抗日救国，还不如当小偷快活！"

何进修看到了，低声喝问："你想干什么？"

杨胜利脖子一梗，喊道："老子劫法场去。"

何进修警告："可不是闹着玩的！"

“老杇，你是知古通今的人。自古以来绿林好汉劫法场，人人口传心颂，那才是不怕死的英雄。”杨胜利说，“与其这么窝囊地活着，不如痛痛快快地去死，跟他们同归于尽。”

“这样做，只会害死弟兄们。”何进修拦住他，“还没等你动手，早一枪把你撂倒了。”

“我有个主意。”杨胜利朝大家招了招手，把脑袋挤在他们中间说，“到了法场，我们一起高喊刀下留人……如果他们不听，我就冲出去，拉响手雷。”

张三风冷笑：“你当唱戏。”

“谁唱戏了？”杨胜利竖着眉毛跟张三风大吼，又求救似的看着何进修，“你一肚子韬略，有什么好办法？”

何进修摇头：“过去的法场，刽子手使的是鬼头刀，讲究日月时辰，还要焚香作法。午时三刻，举刀行刑。响马到了，先用弓箭射杀刽子手，趁着刑场上一片混乱之时，将犯人掳走。现在的刑场，周围布了岗哨，架了机枪。一有动静，枪就响了，还没来得及做任何事情，你早已倒在乱枪之中，哪有什么法场可劫？”

杨胜利直翻白眼：“照你这么说，不劫了？”

何进修说：“不劫或许还有希望，一劫全完蛋。”

“老杇，你没良心！”杨胜利跳起来骂道，“你说过，黄救国是个单纯的人，他一心抗日救国。这样的人，为什么不救？”

何进修无奈：“不是不救，是救不了。”

杨胜利从身上掏出一包难得一见的香烟，伸到何进修眼前一晃：“班长，救人一命，胜造七级浮屠。这话你说了一百遍，今天，怎么缩头了？”

若在平日，何进修早已伸手将烟抓到怀中，此时他只看了一眼，眼角跳了一下，没有动弹。

杨胜利把烟塞到何进修手里，泪水流出来了：“老杇，求求你，成全我这一回……我以后找来的所有的烟都孝敬你……”

老杇咳嗽了一声，拍了拍他的肩，接过了香烟。

“这是我送给你儿子的。”杨胜利掏出一把金锁，捧在手心里递到张三风面前，“等见到你儿子时，让他叫我一声叔。”

张三风看到一把金光灿灿的麒麟锁，肩头一震，没有动手。

杨胜利扑通一声跪在他的面前：“大哥，成全我！”

张三风赶快伸手将他拉了起来。

见此情景，李抗战侧着身子往人缝里躲。

杨胜利却一把拉住他，掏出一支钢笔来："你那支笔筒已经摔破了，把它拿去用吧。"

李抗战像看到炸弹一样，一个劲儿地摇："我不要、不要……"

"拿着！"杨胜利吼了一声，揪住李抗战，"我们三个是对着天地磕了头的，不求同年同月同日生，但求同年同月同日死。你敢不要，我现在就把手雷拉了！"

李抗战吓得脸色苍白，只得乖乖地接过了钢笔。

眨眼工夫，一班的弟兄们每个人都得到了杨胜利馈赠的礼物。

本来晴空万里，突然吹来一阵凉风，太阳浑了，乌云稠了。

秋雨绵绵地下来，冷冷地撒进人们的脖子，衣衫单薄的士兵们不禁打起了寒噤。

135团的士兵们灰溜溜地在列车下集合，垂头丧气地走出了道口。胡英杰走在队伍的前面，脸上写满了耻辱和沮丧。孟子越虽然没有背枪，仍然是皮带束腰，绑腿至膝。他不停地吆喝："抬起头来！挺起胸来！要像支队伍……"

不扛枪的队伍十分难看，两边还让荷枪实弹的士兵押着，一个个如同战败的俘虏一样失魂落魄。

队伍中，杨胜利不停地左顾右盼，表现出跃跃欲试的冲动，吓得李抗战不敢靠近。杨胜利却硬把他拉到身边，抓住他的裤带威胁："乖乖地跟着。想溜，老子把手雷塞到你裤裆里去。"

队伍拐过一条岔路，两旁的山坡上布满了荷枪实弹的卫兵，两座山峰间留了个豁口，他们像牲口一样被赶进圈定的地方，四周架着机枪，一片肃杀。

"来了、来了……"队伍刚刚站定，两辆卡车从泥泞的土路上轰鸣而至。车还没停稳，推下几个插着标子的犯人来，两个士兵架着一个，把他们拖到土坡边。

"一个、两个、三个……"杨胜利踮起脚来，边数边问，"看到黄救国了吗?"

何进修高出众人一头，清楚地看到从车上一共拖下来四个人，前面三个肥头大耳，拖得有些费力。拖到一道事先画好的石灰线边，按着他们跪下。后面一个单薄，像小鸡一样被扔在那三个人的旁边，瘫成一堆稀泥。

"是他……是黄救国。"何进修看清楚了，他双手合十，嘴里念叨，"兄弟，一路走好，十八年以后又是条汉子。"

杨胜利还有点不相信自己的眼睛，他踮起脚尖，看到少哉头上那片湿湿地搭在额前的黑发，哭着喊道："兄弟，我来救你……"

队伍里一阵骚动，杨胜利趁机往前推挤。

"不准喧哗，不准乱动，违令者格杀无勿……"一个军官拿个铁皮喇叭喊话，他身后的士兵端起了枪，架在山坡上的机枪拉开了枪栓。

杨胜利低着头从人群缝隙里往前钻，何进修朝张三风使了个眼色，张三风伸出两根指头钩住了他的衣领。

杨胜利的脖子被勒住了，他回头吼道："别拉着我！我跟他是发过誓的兄弟，不求同年同月同日生，但求同年同月同日死！"

"看到机枪没有？"张三风瞪着眼睛，"你救不了他的命，会要了我们所有人的命。"

"我不要命了！"杨胜利呼喊一声，扭头在张三风的手背上狠狠地咬了一口。张三风"哎呀"一声松了手，杨胜利趁机掏出腰间的那颗手雷，举起来往外冲："兄弟，我来了……"

众人见状，纷纷闪开。却见李抗战猛扑上去，死死抱住杨胜利，嘴里喃喃劝说："做不得、做不得……"

两人扭在一起，摔倒在地。

杨胜利咬牙切齿，抠出导火索："我拉了！"

李抗战一点头，闭上眼睛。

"哧"的一声，杨胜利拉了导火索，一股黑烟冒了出来。

"趴下……"马驷奇大喊一声，弟兄们黑压压地扑倒一片。

何进修站着没动，冷雨从他瘦削的脸上流淌下来。

他抬起头看了一眼这块地方，几座山坡缓缓地起伏着，环抱着一片池塘，池塘的水面上漂着一些浮莲。一群秋雁在空中排成个人字，不慌不忙地从他们的头顶飞过，羽翼在霏霏的雨雾中带出一串轻微的回响。法场上，一声口令，一排行刑的士兵平端起滴着水的步枪，瞄准他们面前的目标。

难道这里就是我们的尽头吗？何进修问了一声，扭头看了一眼杨胜利拉了弦的手雷，那烟虽然还没散去，爆炸声却迟迟地没有响起来。

趴在旁边的张三风咧嘴一笑："狗入的，臭火了……"

何进修也笑："老天有眼。"

马驷奇从地上爬起来，甩着两手的稀泥骂道："把老子吓了一跳，怎么不找个会响的？"

"也是生一回、死一回了。"何进修轻松地对马驷奇说，"连长，有这样的弟兄，是我们的福分。"

“起来……”马驷奇少见地平和，伸出手把杨胜利和李抗战从地上拉起来，“这种德行，还劫法场？”

“砰、砰、砰……”行刑士兵的枪口喷出了白烟，跪在石灰线的人往前一扑，摔进了事先挖好的泥坑。

天地间响起了一声闷雷，大雨哗哗而下。

“兄弟……”杨胜利一脸雨水，一脸泪花，哭得五官变了形。

马驷奇踢他一脚：“死都死了，哭你个屎？”

杨胜利一听，索性放开嗓子，站在雨中嚎啕大哭，哭得天地间电闪雷鸣，哭得山川大地掩面失色。

大雨像千万条鞭子，把135团的弟兄们抽离了刑场，抽到远在千里之外的国境之南。

第十八章　畹　町

在云南的西部边陲，有一个小镇名叫畹町。

九谷河缓缓地从它身边流过，一座木桥连着滇缅两岸，一条茶马古道通往西亚和欧洲。附近的山林间分布着一些傣族、布依、景颇、德昂和汉族的村寨，乡民们大多住吊脚楼。几丛竹林，几间竹楼，风一过，飘飘然然，有种悬浮于云雾间的境界。

傣族住竹楼，用美丽的凤尾竹做柱、做墙、做楼板、做门窗，做出了山寨间的清凉。相邻的布依人则依树积木，以居其上，名曰干栏。吊脚靠圆木承重，柱子用暗门架稳，底层关养牲畜，楼上住人，火塘四季不灭，炊烟袅袅升起。在气候炎热、雨水充沛的热带丛林中，这样的吊脚楼隔潮、通风、散热，又能防御毒蛇和野兽的侵害。

畹町紧邻佛国缅甸，寺院是不可少的。放眼看过去，山野间最豪华的建筑便是寺院。哪怕是一间小小的庙宇，也要镶金嵌银，建造得像姑娘的头饰一样琳琅满目。

135团离开长沙，经过衡阳，几经辗转，于1939年的初夏来到了这个边陲小镇。

弟兄们是靠两条腿走过来的，队伍像蚂蚁一样在螺旋状的山道上蠕动，潮湿和疾病噩梦般地纠缠着每一个人。没有了少哉的队伍很无趣，整天死气沉沉的，没有一句新鲜话。

只有杨胜利在不停地唠叨：黄救国死了，家里人连个音讯也不知道。将来回到老家，我到哪里去找他的父母，怎么跟他们说？

何进修一路劝解：小人物死了，如同路边的蚂蚁，时光匆匆而过，有谁知道？有谁记得他们？

不知不觉，路已经走到尽头了。

一弯银色的月亮从畹町的山峦间升起，大地一片清辉。这地方离天很近，月亮又大又亮，星星也繁密了许多。马驷奇传达了宿营的命令，弟兄们卸下身上的重负，横着竖着躺倒在山坡上，怀疑自己是否真的活过来了。

杨胜利指着附近山寨里星点的灯火问，"这是什么地方？"

何进修随口答道："女儿国。"

一句话把大家的精神提了起来，围过来要听女儿国的故事。

老朽说，此地的女人长颈细腰，窈窕多姿，穿的是筒裙，戴的是银饰。下河洗澡的时候，随着河水将筒裙往上卷起，直至头顶，然后扔上岸来，她们便赤条条地在河里洗澡了。

他说，这地方有个部落是女人当家，只婚不嫁。在一年一度的泼水节上，或者是逢集赶摆时相中一个男人，扔一个绣球做信物。晚上，男人来了，在竹楼下吹芦笙，对歌，跳摆手舞。跳得高兴了，女子带着男人上楼过夜。次日清晨，男人离去，晚上再来，叫做走婚。走出儿女来，女人家自己抚养，只叫男人一声舅舅，不找男人半点麻烦。

女儿国的故事说得弟兄们想入非非，心心念念，一路千辛万苦，能到这样一个如同仙境的地方，倒也值得。他们恨不得立马去找竹楼、吹芦笙、跳摆手舞，跑到竹楼里当舅舅。

这一夜，杨胜利觉里尽是梦，梦里尽是女儿国。一大早爬起来，抹了一把脸便往山下跑，他要去听女人唱歌，看女人洗澡，找一点本地好吃好玩的好事儿。

畹町的土是红的，山是绿的，水是蓝的，颜色鲜艳得像在青靛里漂过一般。村寨人家的竹楼，一座座架在半空中，像轿子一样在丛林中出没。

一夜间来了这么多当兵的，吓得畹町的女人们见到穿黄衣服的就躲。一连几天，杨胜利跑了好几个山寨，没有遇到一个在竹楼上倚窗唱歌的女子，更没有人给他扔绣球。

这一天，他又溜出来了，翻过一座山，下了一道坡，终于听到一阵清脆的笑声，铜铃般地响了过来。

他闪身跳到一棵大树背后，只见七八个女子背着背篓一字儿从小路上走过来，说说笑笑地走到了小河边。

一条花狗跟在她们的后面，尾巴像旗杆似的摇晃。

她们穿的果然都是筒裙，细细地缠在腰间，走起路来一摇三摆，真是天仙一样的好看。

杨胜利的心狂跳起来。

他缩着手，蹑着脚，猫着腰，跟着她们来到河边。

河边树多草也密，他顾不得树上的藤蔓、草里的芒刺，纵身钻了进去，像乌龟一样探出头来，窥视下河的女子。

山风轻徐，笑声欢快。女子们解下背篓，摘下头饰，散开头发，蹚在清清的河水中，坐在露出的石头上，有的倾面拭脸，有的掬水洗头，有的打闹嬉戏。河水轻轻地流过，天上的云、山上的树和她们的笑脸一起倒映其中，动人心弦。

渐渐地，河面上安静下来，女子们开始脱衣服。正如老朽所说，她们一边往河里走，一边把筒裙从大腿上慢慢地卷起来。到腰际，卷到胸间，卷上头顶，然后拉下来，扔到岸上……哇，她们终于把身上的衣服脱光了，长发在清水中漂流，笑脸在碧波中荡漾，身子在云霞中出没……洗得高兴了，会像鱼儿一样从水中跃起来，把光滑的身体展示在明丽的阳光下。

杨胜利看得心跳，看得口渴，看得忘记了一切，恨不能一头扑到河里去，抱一个女子回去当舅娘。

太阳渐渐地烈了，潮湿的地面开始升温，杨胜利的身上渗出了细细的汗珠。那条花狗嗅到陌生人身上特殊的咸味，循着味道扑了过来，吓得他惊叫一声，爬起来便跑。

狗汪汪地叫着紧追不舍。

杨胜利左绕右避，只顾逃命，没料到迎面撞上了一个人，叭一声摔倒在路边的水沟里。好不容易爬起来，睁眼一看，他吓了一跳，用手比划着对方，结结巴巴地问："你、是人还是鬼?"

那人见他这副德行，也笑了："你是人还是鬼?"

"兄弟，别吓唬人，我知道你死得冤。"杨胜利吓得伏地磕头，"不是我不讲义气，我拿着手雷去劫法场，谁知那狗入的手雷臭了火，不信你去问老朽……"

那人笑起来："幸亏没有劫成，不然今天就见不了面了。"

听到这声音，杨胜利才从地上爬起来，惊叫道："黄救国，你真没死啊?"

那人说："没死。"

杨胜利问："怎么回来的？"

那人朝身后一指："顺着这条道走回来的呀。"

杨胜利目光惶惑，仍然半信半疑。

那人抓过他的胳膊，狠狠掐了一下："看什么，真当我死了？"

杨胜利大喜，转身高呼："黄救国回来了……"

少哉回来了，在营盘里引起了不小的轰动。

大家都聚集到一班的帐篷前，像看猴一样看这个死去又活来的家伙。只有李抗战，像看到鬼魂一样惊叫一声，躲在何进修身后瑟瑟发抖。少哉上前拍了一下他的肩膀，亲切地说："不要害怕，我真的没死，我们还做兄弟。"

杨胜利一直在不停地追问："我们亲眼看着你在那里被枪毙了，怎么没死呢？"

少哉说："他们的枪法不行，子弹打歪了。"

"胡扯。"张三风扭着脖子，"枪是顶着你们的后脑勺打的，怎么会打歪？"

少哉一脸无辜，百般无奈地摊开双手："是啊，我也想不通。明明听到枪响，枪口的火药都喷到我的脖子上，烧得生痛，怎么就没死呢？"

众人七嘴八舌："别卖关子了，到底是怎么回事？"

少哉接过一过壶水，咕碌碌喝了几大口，清了清嗓子，故作轻松地说："其实，我早已做好了死的准备。行刑那天，我吃了上路肉，喝了断头酒，浑身热血沸腾，昂首阔步走向刑场……"

"吹牛！"张三风骂道，"什么昂首阔步？你像只死鸡一样，被人家从车上拎下来，掼在地上的。"

"你们都看到了？"少哉哭丧着脸看着大家。

杨胜利说："看得清清楚楚。"

"那酒太厉害，我刚喝一口就醉了。"少哉老老实实地承认，"其实，怎么到刑场的，我一点也不知道。"

当时，少哉被行刑的士兵从车上拖下来，瘫在地上像死狗一般。直到枪响了，子弹从耳边飞过，爆竹似的响声才把他惊醒。睁开眼睛一看，身边的三个人没了。往前一瞅，他们都栽倒在泥坑里，血从崩裂的脑袋中流出来，强烈的血腥气刺激得他好一阵的呕吐……

大雨骤降，冰冷的雨水淋得他浑身发抖。他扭了一下脖子，发现自己的头还扛在肩膀上，耳边还传来队伍的口令声。

回头一看，大雨中行刑的士兵拖着枪走了。

“怎么回事？”他大声呼喊，“喂，我还没死……喂，我还没死！”

没有人听见，没有人理会。杀人的和看杀人的像风一样卷走了。

他想跳起来，追上去把那行刑的士兵拽回来，让他们补一枪给自己。可膝盖是软的，身体也是软的，双手还被绑在背后，怎么挣扎也站不起来。

他倒在地上愤怒地谴责行刑的士兵：“这么近的距离，闭着眼睛都可以打着的，为什么打偏了？这种人，上了战场，怎么打日本鬼子？怎么能担当得起抗日救国的大任……”

唠叨了半天，四周没有一个人影。

雨越下越大，天空阴沉得像要塌下来一般。他忽然意识到自己面临着一个巨大的问题：我该怎么办？是死，还是不死？是走，还是留在这里？

这时候，他真的有点害怕了，觉得自己像只被遗弃在旷野的癞狗。

“喂……”他支起身子喊了两声，声音潮湿得飞不起来，连自己听着都是那么的软弱无力。

“玩忽职守，连死都不让人痛痛快快，回头我要告诉你们长官，狠狠处罚你们……”他唠唠叨叨，不知说给谁听。

骂了一圈，问题又回到自己身上来了：怎么办？是死还是活？

应该死，因为已经吃了肉，喝了酒，被他们枪毙了，就应该死……他爬到土坑边，准备一头栽下去。

可是那泥坑里不仅有刚刚栽下去的三具尸体，似乎还有漂浮的粪便、翻泡的泥浆和蠕动的蛆虫……太脏了，恶心，怎么能死在这样的地方呢？

他蠕动着身子往回爬，身后的泥泞中拖出了一道长长的沟痕，终于看到两个扛着铁锹的人影走过来。

“喂……”他兴奋地迎着他们喊起来，“我在这里……”

两个扛锹的吓了一跳，问道：“你是人还是鬼？”

他咽着唾沫说：“应该是鬼，可是还没有死。”

一个年长的走了过来，看到他身上的囚衣，回头对年少的说：“漏杀了。”

少哉马上证实：“他们的枪法太差，顶着脑门都没打着。”

两人同时说：“子弹瞎火。”

少哉摇头：“我听到了枪声，火花喷在脖子上，烧得生痛。”

年长的老到地说：“你有后台，家里有钱，买通了刽子手。”

少哉咧着嘴，一片茫然：“我家离这里几百里，不但没钱，连我在什么地方他们都不知道。”

两个人互相蹊跷地看了一眼，回头问："你还呆在这里干什么？"

年长的走过来，用锹口割断了他背上的绳索，推了他一下："既然没打着，就是你的命大。赶快走哇，越快越好。"

"去哪里呢？"这是他面临的又一难题。

年轻的说："大路朝天，各走一边，去哪里都行。"

少哉缓缓地摇头："我是来抗日救国的，我要去找我们的队伍。"

"抗日救国？"年长的再次看了他一眼，"你是在说梦话吧？被拖出来枪毙的人，早该死翘翘的，还谈什么抗日救国？"

"别跟他啰嗦了，什么鸡巴人，这种时候还说大话。"年轻的不耐烦了，提起铁锹骂道，"你到底是想死还是想活？想死我就给你一锹，想活就赶快滚！"

他还是没动，像堆泥巴一样瘫在那里，嘴里喃喃地说："我要找队伍……"

年长的好心劝道："家是哪里？湖南还是湖北？都不算太远嘛，几天就走到了，回去跟爹娘一起过日子。"

少哉尖叫起来："我不回家，要回135团……"

"回哪里？"

"135团，我们的队伍。"

"爱回哪里回哪里去吧，这家伙是疯子。"年轻人骂骂咧咧地不理他了，和年长的一起掩埋起尸体来。

"我是135团的抗日英雄，我要回去告诉弟兄们，我不是间谍，也不是共匪……我一心抗日救国，只因为错喊了一声'蒋委员长万岁'，害得我们团长也被抓了。我要回去证明，我们团长是好人，只是，别再让我倒马桶……"少哉唠唠叨叨，不知道在说给谁听。

那两个人掩埋好尸体，扛起锹准备走人。

少哉爬起来，喊住他们："请问，队伍往哪边走了？"

年长的顺手一指："南。"

他往南看了一眼，大雨如注，山峦如烟。

他的身后，土坑变成了三个隐约可见的坟茔，坟茔顶上歪歪斜斜地插着死者背上的标子。

……少哉说了半天，还是没有把为什么没有死的原因讲清楚。大家听得云里雾里，摸不着头脑："到底为什么没杀你？"

"假枪毙。"何进修见多识广，很有把握地说，"过去叫陪斩，吓唬人而已。”

“可是，我吃了上路肉，喝了断头酒哇？”少哉申辩，“狱头卒子跟我说，进了死牢的人，没有活着出去的。”

“有人替你说话了。”何进修说，“起码是个二品官。”

少哉想了想，拍起后脑勺：“对对对，我在死牢里，跟三个大人物关在一起，为首的是长沙的警备司令，整天嚎叫不止，大骂蒋中正冤枉他。有一天，来了个张主席，问我是干什么的，我如实相告，说我是135团的抗日英雄，因为喊了一声‘蒋委员长万岁’就被抓进来了。想必是他求了蒋委员长，才留下我这条性命的……”

“卵屌！你那个鸡巴英雄根本不值钱，蒋委员长也不会管你的鸟事。”杨胜利骂道，“是老朽写了陈情书，全团的弟兄们都摁了手印，才留下你一条狗命的，吹什么牛皮？”

“真的吗？”少哉感激地问何进修。

“我是写了一份陈情书，全团的弟兄都为你鸣冤叫屈。参谋长动笔修改，亲自送了上去。”何进修点了点头，“总而言之，还是你的命大，老天爷格外开恩。”

“感谢弟兄们！”少哉一听，四面拱手谢恩，“谢谢你们救了我，我黄救国一定为抗日救国贡献这条小命。”

“谁呀？谁呀？”大伙正说得高兴，连长马驷奇来了，冲着少哉吼道，“谁让你回来的？”

马驷奇在行军途中摔伤了，走路架着一副拐杖。少哉见了，连忙上前敬礼：“报告连长，我自己回来的。”

马驷奇摆手：“团长说了，135团没你这个人，你走吧。”

“135团没有我黄救国，那还有谁？”此话如一盆冷水，浇得少哉半天缓不过神来，跳起来与之争辩，“您去告诉团长，我是回来还他清白的。”

“团长本来就是清白的，用不着你还。”马驷奇大声宣布，“黄救国已经死了，花名册上已经除了名，让他走！”

弟兄们都愣在那里，不知如何是好。

少哉上前一步，紧紧抓住马驷奇的胳膊：“连长，我死里逃生，好不容易从长沙找到昆明，从昆明找到这里，怎么能让我走呢？

马驷奇用拐杖拨开少哉的手，转身下令：“杨胜利、李抗战，把他赶出去！”

“凭什么？”杨胜利僵在那里，一动不动。

李抗战看了杨胜利一眼，也站着不动。

马驷奇又喊："张三风，你动手!"

张三风扭着头，没听见一般。

马驷奇盯住何进修。何进修低着头，捂着胸，喉咙里像钻进了一只青蛙，呜呜地咳嗽得弯下了腰。

"一个个装孙子!"马驷奇骂了一句，扬起拐杖，从二班喊来两个兵，抓下少哉的帽子，剥了少哉的军装，将他赶出了营盘。

第十九章　三角街

畹町镇上有一个三角形的场地，叫做三角街，是附近各族乡民们逢集赶摆的地方。

三角街的一只角连着从内地来的通道，路口有一个用树杆搭成的寨门，门上面插着一些松柏的枝叶，叫做街子径，迎接客人的意思。另一只角往南，通过九谷河上的古桥去往缅甸。古桥用几根原木并列而成，茶马古道从这里延伸至南亚、西亚、波斯湾乃至遥远的欧洲。刚刚修建完成的滇缅公路由此经过，一条新的公路桥跨越两岸。

还有一条路往西，从几座吊脚楼之间绕到了山后，神秘地消失在莽莽的山林中。若问当地人，那条道通往哪里？当地人都摇头，不说，有几分神秘的味道。

畹町镇虽小，却是茶马古道上的一个重要的驿站。三角街上有大大小小十几家客栈，无论是清晨还是傍晚，只要听到山间那清脆的铜铃声，就知道是马帮来了。大的马帮有几十头慓悍的骡子，背上驮着山一样的货物，货物上插着旗帜，分红、黄、白、黑四色，道上的人一看就知道是旗帮还是镖帮。

旗帮走的是自己的货，旗帜是红黄二色，做的是自负盈亏的生意。镖帮只管押运，黑、白旗帜上有龙、虎图案，押的是商家的托付，赚的是性命钱。

无论是旗帮还是镖帮，大多从街子径进来，为首的牵着马匹，骡子背上驮着茶、盐、布匹、绸缎和酒，歇了一夜之后，过古桥上驿道，送往缅甸、泰国、印度和波斯湾。从驿道上回来的，不用问，一定有烟土、香料、宝石，甚至军火。

有些马帮走到这里不再走了，在三角街或者在客栈里交易，把茶、盐、布匹、绸缎换成烟土和香料，然后各自打道回府。

交易是在死一般的沉默中进行的。

马帮到了客栈，拴了马，卸了货，一张桌子上从容坐下，喝酒，吃肉。边吃边喝，眼神从酒杯口上扫过去，看另外那些桌子上喝酒的人。一个眼神对上了，便知道对方是做什么的。于是，左手端杯，右手出价，三两个回合敲定银码，库房的货已经成交。

也有不成交的，那眼神就不对了。

一句话不说，回到自己的客房收拾行李，连夜赶路。这时候，说不定就在山道边、隘口旁，就有一彪人马在月夜下等待着。

一场恶斗在所难免，是丢人去货还是逃出一条性命，就要看身上的功夫了。无论旗帮、镖帮，没有身手是不能走这条江湖险道的。虽然丢的是自己的性命，坏的却是本帮的名声。无论什么样的帮主，宁可不要命，也不能坏了名声。

因此马帮里的人不乏身怀绝技的高手，使的是一流的武器。飞镖、袖箭之类的玩意已经过时，眼下他们腰间别的是瑞士的白郎宁、德国快慢机和日本的王八匣子。一撸扳机，一排子弹打过去，想截道得留下命来。

也有一些做小生意的，牵三五头毛驴，驮的是当地人需要的日常用品，大到柴米油盐，小到针头线脑，叫做黔驴帮。天还没亮，黔驴帮就在三角街上早早摆开摊子，等待前来赶摆的寨民。一干人马在熙熙攘攘之中交换着他们的目光和生计。

少哉死里逃生，千辛万苦地回到135团，却被马驷奇赶出营盘，像只耗子流落在畹町街头。

杨胜利从营盘里追出来，给他送来一套旧军衣和一些吃的，对他说，班长带着弟兄们到团部求情，团长放出了狠话，谁敢替黄救国说话，轻者开除，重者枪毙。

“看来是没有希望了。”杨胜利劝导少哉，“老朽让我们想办法凑了点路费，送你回去。”

少哉摇头：“我死也不回去。”

“要不先做点小生意？”杨胜利说，“别看这个地方小，四面八方的人来得海了，京广洋货什么都有。我给你捞点出来，在街边摆个小摊，保险赚钱。”

杨胜利还没说完，少哉已经大叫起来：“我是来抗日救国的，岂能去干那种蝇头小利的事情？”

“人家都不要你了，还卖什么嘴巴皮子？”杨胜利见这家伙死不开窍，撂下话就想走人。

“你们以为我自己就不能有所作为吗？”少哉不服气，他要以实际行动，在畹町这个地方为抗日救国作贡献。

“同胞们，这个地方虽然远离战场，但是不能忘记祖国的大好河山正在遭受日本帝国主义铁蹄的践踏，我们的同胞正在遭受屠杀和蹂躏……”少哉找了一块当街突起的石头，跳上去振臂高呼，哗啦啦地讲了一番救国的大道理，讲得满街上都是他的声音。

少哉原以为会像在武汉街头那样，响应者趋之若鹜，没想到这里根本没有人理会。摆摊的照样摆摊，赶路的仍旧赶路，有的偶尔抬头看一眼，不知他在搞什么。

“觉悟太低，麻木不仁……”少哉从石头上跳下来，唠唠叨叨地抱怨此地闭塞、不开化。

但是他毫不气馁，决定采取醍醐灌顶的方法，逐一地向人们宣传他所坚持的理想。

一个鸡鸭贩子的面前摆满了鸡笼、鸭笼。

笼子里的鸡大红冠子翘尾巴，昂起头来一声啼叫，比少哉的嗓门还洪亮。扁嘴鸭子贪心重，趁机将头伸到笼子外，寻觅人的嘴巴边掉下来的大饼渣。还有两只自命不凡的白鹅，到了这种场合，也要找个舒展的出处，伸长脖子，自圆其说地四下张望。

少哉来到鸡鸭贩子身边，拉住人家的袖子说道：“这位大哥，我跟你谈谈抗日救国，这个问题关系到我们的生死存亡……”

“死活一句话。”鸡鸭贩子指着笼子问，“要鸡、要鸭还是要鹅？”

少哉解释：“我不要鸡，不要鸭，也不要鹅，要大家和我一起抗日救国……”

“疯子！”鸡鸭贩子一把将他推开，“不买鸡买鸭，跑到这里嚷什么？”

少哉一个趔趄，撞在笼子上。里面的鸡鸭鹅受到惊吓，一齐呱呱呱地大叫起来，异口同声把这个不速之客驱离了它们的领地。

转了两圈，他来到一家做山东大饼的铺子前，不由自主地停下了脚步。那饼大如鞋底，烤得焦黄透亮，馋得他直吞口水。

烤大饼的看他身着旧军装，用山东话喊道：“老乡，来两块？”

少哉学着孟子越的口音答道：“不吃，老乡。”

“哟，真是老乡。”烧大饼的一听，脸上立马扬起了笑容，飞快地钳出两块饼，“拿去吃吧，伙计。”

烧饼已经塞到怀里来了，少哉伸手接住："我……没钱。"

"吃吧，伙计，有钱的时候再来。"烤大饼的没打算要钱，转身忙活着看火、擀面、往炉膛里贴饼。

少哉咬了一口，连声称赞："香。"

烤大饼的说："这里没大葱，有大葱就更香了。"

"有大葱的地方被日本鬼子侵占了。"少哉咬了一口大饼，趁机宣传，"国家到了生死存亡的关头，不论是烤大饼的还是卖鸡鸭的，都要行动起来，用我们的血肉，筑成新的长城……"

烤大饼的停了手中的活计，愣愣地看着他："你是干嘛的，伙计？"

少哉提高声调："抗日救国。"

"去去去……"烤大饼的举起擀面杖，"白给你吃了大饼你还卖嘴皮子，别在这里搅了我的生意！"

"这地方，真落后……"少哉步履沉重地走出了街口。

一队马帮沿着古道走了过来，为首的一脸黑胡茬子，拉着一匹高头大马。马背上插黑白两面旗帜，旗帜上画有青龙，还有个张扬的"镖"字。

少哉大踏步地走上前去，刷地敬了个礼，大声问道："老大，从何而来？"

那汉子顿时紧张起来，从鼻孔里哼出一个字："走！"

少哉抢上前说道："日本鬼子很快要占领整个亚洲，再这样下去，你们也无路可走了……"

"叭！"那汉子抬起胳膊，一下将少哉击出一丈开外，狠狠地摔到路边。马帮一声唿哨，一阵青烟小跑，消失在街道的尽头。

"我又不是日本人，你们跑什么？"少哉的膝盖和胳膊都摔破了，艰难地从地上爬起来，拍打着身上的尘土。

一条红花街，一股脂粉气，一扇红门打开，两个身穿花衣的女子伸出手来拉住他："兄弟，进来快活快活……"

"快活什么？日本鬼子来了看你们快活不快活！"少哉一声怒目圆瞪，朝着女子大喊大叫。

这里的女子是见过风浪的，哪会把一个没扛枪的小兵放在眼里？她们破口大骂："有本事上前线啦，在这里跟我们逞什么英雄？小瘪三！"

少哉彻底失望了，他丧气地来到九谷桥上，望着奔流不息的河水仰天长叹："我一心抗日救国，却没人肯要我，还活在这个世上干什么……"

说罢，扑通一声栽了下去。

河水清凉，波澜不惊。

少哉忘了自己是在长江边长大的，像九谷河这样的河流，正是戏水的好地方。他在水里扑腾了一阵子，自然而然地浮了上来，划拉几下便游到了岸边。

头顶上的太阳透过树梢，将金晃晃的圆圈扔进水中，随波而去。河边的丛林里，几只灰色的鹦鹉在交颈嬉戏。一辆嘎吱作响的牛车从不远的地方走过来，赶车的老头瘦小得像个童子，半睡半醒地随着车身摇晃着，从河边的小道上走过。

杨胜利不知什么时候已经坐在河边，看着少哉水淋淋地爬上岸来，轻描淡写地问："洗澡了?"

少哉抹了一把头上的水，懊恼地说："我要去死，又死不了!"

杨胜利的眼睛看着天："不想回135团了?"

少哉一愣："什么?"

杨胜利卖关子："想不想?"

少哉扑向杨胜利："谁说的?连长还是团长?"

杨胜利指着自己的鼻尖："我说的。"

"你说的有个屁用。"少哉泄气了。

"信不信由你。"杨胜利起身便走。

"信，我信……"少哉追了上去拉住他，"到底是怎么回事嘛?"

杨胜利头一扬："想回去，跟我走。"

少哉想回去都想疯了，只得屁颠屁颠地跟在他身后。

三角街上有一家不错的绸缎铺，铺里挂满了红红绿绿的苏绸浙缎，经常有三三两两的小姐少奶奶走进去，挑三拣四，咿咿呀呀，劲头十足。

秀娘到了畹町后水土不服，牙痛，彻夜难眠。只有逛逛三角街，到绸缎铺子里挑挑货色，才是她的消遣。

自从少哉在长沙被抓走之后，她身边没有一个固定的人。不是135团缺人，一千多号呢，叫谁还不是团长的一句话?走马灯似的换来换去，没有一个让她喜欢的。

牙痛得厉害时，秀娘尤其怀念少哉，常常不由自主地喊一声："黄……"

胡英杰骂道："他死了!"

现在，跟在她身边的是一个姓罗的瘸腿老兵。

老罗脾气好，不多事，每天一拐一拐地为她端茶、倒水、涮马桶，陪她逛三角街。

秀娘上街，老罗跟在后面，一摇一拐地东张西望。到了绸缎铺门口，秀娘一甩手绢问道："有什么新鲜花色呀？"

"有的、有的……"掌柜的迎到门口，一边招呼一边吆喝，"看座，倒茶，把那匹杭州刚到的绵缎拿出来给这位太太看看……"

伙计们忙着看座、倒茶，掌柜的站在秀娘的身后媚声媚气地说："一看就知道，您是位大富大贵的太太，哪怕是在苏、杭二州也是不多见的……"

伙计把绵缎抱出来，摆放在秀娘手边的茶几上。

货色是上等的，花色却陈旧了些，秀娘挑剔地看了一眼，笑着问："这是哪一年的东西呀？"

老板点头哈腰："这年头，日本人把我们的地盘都占了，到哪里去找新货？这点东西还是我们一家子拼着性命从老家带出来的。好几千里地呀，好不容易盘到这里，专门留给太太您的……"

秀娘喝着茶，挑着料子，老罗趁机出了门，闪身坐进了街边的一家酒店，朝着里边吆喝道："来一壶酒，切一盘驴肉。"

"来啰……"跑堂的像阵旋风一样把酒和驴肉送了上来。

老罗跷起那条瘸腿，有滋有味地自斟自饮起来。

大约过了半个时辰，秀娘手里挟着包好的绸缎从铺子里出来，当街叫道："老罗，走哇……"

叫了两声，不见老罗的人影。

秀娘骂道："这个老东西，又跑到哪里鬼混去了？"

天气有些阴沉，集市也散场了，街上出现了几个脸上涂着黑色油泥的闲人，眼神中闪着诡异的光芒。

秀娘左右张望着，把包袱紧紧地夹在腋下。

"老罗哎……"她又喊了一声，不知往哪边走为好，嘴里还在细细碎碎地唠叨，"我跟你说过多少回了，要吃、要喝、要嫖，等我回去了你再来嘛……"

突然间，一阵旋风卷起一股沙尘，扑面而来眯了秀娘的眼睛。她站住了，揉着眼睛。

一声唿哨，三个脸上抹了油泥的闲人突然扑了过来，一左一右两个挟持着秀娘的胳膊。其中一个抢了她的包袱，抽出一把尖刀架住脖子，贴在她的耳朵边别声别气地吼道："我们是劫匪，老老实实地跟着走……"

三个劫匪，一个鹭鸶般的长胳膊长腿，一个武松般的健壮有力，一个时迁般的动手动脚。

秀娘吓得腿脚都软了，哆哆嗦嗦地问："去、去、去哪里？"

小个子劫匪威胁："不准问，到地方就知道了！"

“我是秀娘，135 团胡团长的姨太太……”她的声音仍然在颤抖，“他的队伍有一千多号人……”

“知道，是别人我们还不劫呢。”长胳膊长腿的劫匪的声音里带着某种嘲讽，“听说你很会唱戏？”

“不是唱戏，是苏州评弹。”提起这一段，秀娘似乎镇静下来，“唱一段给你们听听？”

小个子劫匪说：“不着急，等你上了山，当了压寨夫人，让你天天唱大戏。”

“你们真的是劫匪呀？”秀娘撑不住了，哇的一声赖在地上不走，“我是良家妇女呀，你们不能打劫啊……”

“老实点，再嚷就杀了你！”健壮的劫匪一只手将她提了起来：“快走！”

他们出了三角街，上了一条山间小道。

一阵凉风吹过，林子里飞花满天，四周空无一人。秀娘满眼凄凉，只能绝望地跟着三个劫匪一步一回头地往山里走。

山道崎岖，路隘苔滑，她一路乞求：“放了我吧，要多少钱你们说个数……”

劫匪说：“我们要的是人，不是钱。”

秀娘说：“有了钱，还愁没有人？三角街上年轻的女子多得是。”

小个子却笑：“别的女人没有用，只有你才有用。”

“哎哟，我一个良家女子，你们绑去又有何用？”秀娘伤心地哭了，“我实在走不动了，歇息一会儿吧。”

高个子左右看了看：“歇息就歇息。”

他们在路边歇息下来，一个个嘴焦口燥。

小个子嚷道：“渴死了，有点喝的才好。”

话音未落，旁边一条山道上，一个年轻人头戴一顶草帽，肩挑一副木桶，边走边唱：“烈日炎炎似火烧，田里禾苗半枯焦；农夫心里如汤煮，公子王孙把扇摇……”

不知唱的是哪一曲，调子跑了八丈远。

小个子劫匪站起来喊道：“喂，挑着什么？”

年轻人回答：“米酒。”

小个子问：“多少钱一桶？”

年轻人回答：“两块大洋。”

壮汉招呼：“过来，我们要一桶。”

年轻人将酒挑了过来，还没等桶放稳，三个劫匪抢着就喝，边喝边大叫："好酒好酒……"

年轻人阻拦："还没给钱，怎么就喝我的酒？"

壮汉将他推到一边："喝了再说！"

三个劫匪将酒桶夺了过来，一口气喝下了大半桶。

年轻人却在一旁喊道："倒也、倒也……"

劫匪一个个应声倒地，打起了沉重的呼噜。

"快走！"年轻人跳了过来，一把拉住秀娘的手，"快……"

秀娘定神一看，张大嘴巴合不拢来："黄？"

少哉将包袱夺回来递给秀娘："看看，少了什么没有？"

秀娘不看包袱，只顾问："黄，真是你吗？"

少哉点头："是我，黄救国。"

"哎哟，我的天啦！"秀娘激动得双手发抖，咳咳咳地哭了起来，"你没死啊？怎么现在才回来？我做梦都在想你呀……"

"我也好想您啊……"少哉的鼻子一酸，扶着秀娘，慢慢地下了山。

回到三角街，看见老罗才提着枪一瘸一拐地赶上来，一身酒气地问秀娘："出什么事了？"

"打劫。"秀娘心有余悸，"你这个老不死的，跑到哪里去了？三个劫匪，差点要了我的命。幸亏黄赶到，英雄救美……"

老罗斜眼看着少哉："你救了秀娘？"

少哉轻松地说："刚巧碰上了。"

"三个劫匪？"

"都是彪形大汉。"

老罗脸上疑云密布："你把他们放倒了？"

少哉格外谦虚："雕虫小技。"

老罗哼了一声："鬼才相信！"

"怎么啦？你这个死鬼！"秀娘骂道，"若不是黄赶到，我已经去做压寨夫人了，你还敢在这里冷言冷语？"

"不是我冷言冷语，他是被团长赶出营盘的人。"老罗说，"凭他这模样，一个人能放倒三个劫匪？"

"少跟我啰嗦！"秀娘呵斥老罗，"我朝思夜想，今天终于盼到了他。敢胡说八道，叫你滚蛋！"

她转身抓拄少哉的手："走，跟我回去。"

少哉低着头说："团长不要我了。"

“团长不要，我要。”秀娘昂起头来，满怀信心地说，“别的事我不管，这事我说了算。”

第二十章　无名山

在畹町背后的崇山峻岭之间，有一座驼峰般红褐色的山，如同一个老者，静静地打坐在淡气悬浮的团蒲之上。它的四周群山环抱，青紫黛绿地沉寂在一片轻轻的薄雾中。

那山，那水，那轻轻浮起的蓝色雾气，仙境一般。

路过此地的人见到此山，莫不双手合十，口诵“阿弥陀佛”。

此为无名山。

传说佛祖东来传经，到达此地时不禁惊叹大自然的鬼斧神工。没有想到在这样一个并不知名的地方，山川河流竟然再现了印度教中最伟大的史诗。

依据印度教的观点，世界的中心是一座位于大海中心的高山，叫做须弥，众神在这里居住。周围环绕着四座小岳，名曰丰也、那坝、无叶、常坤。日月在山腰运行，主神毗湿奴在宇宙之海上沉睡、飘浮，一觉便是人间的一劫。毗湿奴反复地沉睡、苏醒，宇宙不断地循环、再生。印度人在自己的土地上，花费浩大的工程，将心目中的神雕凿成一座座宏伟的佛塔，再现他们信仰中的最高境界。

然而在这里，神与大地山川交会出一种无形的默契，这种默契重现了天人合一的意象。举目四下，山石草木，无处不佛。

当年，佛祖行至此地，眼前百丈悬崖，无路可通，便举起右手，指尖触鼻，轻轻念了声“佛开门”，那悬崖便咯嗒一声，分裂而开，成了一座让佛祖坦荡而入的佛门。

进入佛门，便是无名山了。

远远看上去，它像一尊打坐在天地之间的大佛，浑圆的大肚皮上还有一个小小的肚脐眼，那便是千佛洞。

世上所谓千佛洞，一定是石刻琳琅，群佛屹立，千百石匠几代努力雕琢而成。无名山的千佛洞之大，如同天穹，洞中却无一尊人工雕刻的佛像。恰恰是那些千姿百态的钟乳石，如佛似仙，构成了神的世界。

佛祖在洞中住了一夜，留下一本佛经，并且告诉后来者，此山以东便是无名的名山，一个智慧与美丽的地方。

无名山从此声名大振，成了无名的名山。

135团到达畹町之后，奉命驻卫无名山，团部设在山前的一座寺庙里。

寺庙依山而建，飞檐斗拱的木结构，从本地民居中的干栏式木楼发展而来，与日常世界保持着亲和关系。比起内地的庙宇，飞檐更加峻峭，颜色更加鲜艳，菩萨的面目也清秀许多。一些金碧辉煌的佛塔屹立其中，给人一种来世的梦想。

畹町紧邻缅甸，受缅甸浓烈的佛教气氛的影响，几乎是家家拜佛，人人信佛，男孩子长到十来岁就到寺院里当和尚，每天都有成群结队的僧人到街市上托钵化缘。队伍一来，他们都回家了，寺院里剩下一老一少两个和尚，早晚打扫庭院的时候出现一会儿，其他时间也不见踪影。

寺院里的香火也断了，大成宝殿成了135团的作战指挥部。团长胡英杰在香案上开会训话，上方的菩萨和两旁的各路神仙都洗耳恭听。

长途奔波使得胡英杰瘦小了许多，西南的阳光和雨水侵蚀得他的皮肤发黑，眼睛深陷。特别是长沙一劫，使他在一夜之间苍老了许多。到了畹町，他喜出望外，这里不仅是个远离战场的世外桃源，而且还是个生财有道的好地方。

可能是这个地方太僻静了，有人因为听不到枪炮声而手心发痒，嚷嚷着要上前线去打仗。一腔热血的孟子越首先耐不住这里的寂寞，居然给杜聿明军长写了请战书，闹得胡英杰心烦意乱。

胡英杰是个爱面子的人，他带的兵不能让别人说闲话，更不能到上司那里去惹麻烦。于是开会整顿，安抚那些鼓噪着要上前线的，斥责那些违反纪律的，动员大家安下心来，只要熬过这段艰难的时期，一定会有出头的日子。

“……仗打到这个份上了，大家要知足。好，就算让你上前线了，一颗子弹打过来，两腿一伸见阎王，抗战就胜利了？”

胡英杰推心置腹，正讲得语重心长，大殿外传来秀娘的喊声：“胡英杰，你出来！”

胡英杰皱了一下眉头，对部下说：“我出去一下。”

他跨出大殿门坎，看到秀娘拉着少哉的手站在院中，满面春风地朝他嫣然一笑。

胡英杰绷着脸问：“什么事？”

秀娘得意地问：“你看这是谁？”

胡英杰脸色铁青："我不认得。"

秀娘走上前来，津津乐道地比划："刚才呀，我在街上买了几尺料子，一出门碰到几个打劫的土匪。他们抢了我的包袱，还要把我掳上山去做压寨夫人。幸亏黄赶到了，他放倒了劫匪，救了我一条性命……"

胡英杰从台阶上走下来，看了看少哉，又看了看秀娘身后的老罗，问道："是这样吗？"

老罗低着头不说话。

"奸计！"胡英杰洞察一切，"敢在我面前玩这一套？"

少哉不争不辩，只是一笑："团长，我生是135团的人，死是135团的鬼……"

"滚！"胡英杰大吼，"再耍花招，毙了你！"

"团长，我没有耍花招哇。"少哉见胡英杰那副凶神恶煞的样子，吓得收起了笑脸，小声辩解道，"我九死一生，费尽周折，好不容易找回到135团，就是为证明团长您是好人，我要跟着您为抗战贡献力量……"

胡英杰极不耐烦地挥手："走走走，这里没你的事。"

"谁说没他的事？"秀娘挺身而出，堵住胡英杰，"没他的事，还有我的事呢，不能让他走。"

属下们在背后探头探脑，胡英杰芒刺在背，只好硬着头皮说："这是队伍上的事情，你不要管。"

"我不管谁管？"秀娘不甘示弱，"我不管，你连命都没有了。"

自从秀娘在火车拿出自己的金银首饰救了胡英杰，全团上下对她敬让三分，让她有了扬眉吐气的机会。

"这是两码事。"胡英杰不想在众人面前闹得难堪，转而对少哉说，"感谢你救了秀娘，我给你十块大洋，哪里好哪里去吧。"

十块大洋？当兵一辈子也攒不到那么多薪饷，老罗在后面睁大了眼睛，一个劲儿地跺脚，示意少哉："还不快点多谢！"

少哉却说："团长，我不要钱，要回135团。"

"让他走！"胡英杰转身，咬牙下了命令。

"你敢？"秀娘大叫一声扑向胡英杰，"我跟你拼命……"

官兵大眼瞪小眼，没有一个人动手。

孟子越从大殿里走出来，对撞在胡英杰怀里的秀娘厉声喝道："这是营盘，不得对团长无礼！"

听到孟子越一声吆喝，秀娘微微一颤，放开胡英杰，转过身来，冲到孟子越跟前："参谋长，你给评评理，黄救国过去是135团的英雄，如今又救了我一条命，为什么不让他回来？”

孟子越没有理会秀娘，转而面对胡英杰：“报告团长，刚刚接到电话，杜军长已经到了无名山，命令我们立即前往，聆听训示。”

胡英杰整理着被秀娘扯乱的衣服：“这么快就到了？”

孟子越说：“军长是日夜兼程。”

胡英杰挥手：“走。”

一辆吉普车开过来，胡英杰坐了上去。

少哉趁机冲到孟子越面前，举手敬礼：“报告参谋长，黄救国回来了。”

“归队吧。”孟子越淡淡地说了一句，转身跨上吉普车，坐在了胡英杰的身边。

胡英杰脸上毫无表情。

吉普车轰的一声驶出寺院。

秀娘破涕为笑，转身拉住少哉：“黄，我们胜利了！”

少哉跟在秀娘身边，老实地坦白道：“我用了奸计。”

秀娘问：“劫匪从何而来？”

少哉说：“几个弟兄扮的。”

“不错啊，扮得很像，演得也好，我还以为真到了《水浒传》里的黄泥岗呢。”秀娘赞不绝口，“亏你有这番心思。”

“对不起。”少哉诚恳地道歉，“我实在是太想回来了。”

“回来就好，135团没有你，太没意思了。”秀娘说，“好好跟着我，再也别离开。”

胡英杰和孟子越乘坐的吉普车从寺院里出来，驶入了通往无名山的古道。这是一条被膜拜者的双膝磨得光滑如玉的石板路，两旁山势陡峭，林木茂密。车行其中，如同进入一条时空隧道，通往另一个世界。

车至佛门，有中央军调处的宪兵把守的岗哨。

两人跳下车来，宪兵仔细查验了他们的证件，一位副官上前迎接：“杜军长正等着二位。”

两人跟着副官，进入了无名山的山洞。

在一间布置成作战室的洞穴里，中国第一个机械化军的军长杜聿明将军立在一张巨大的地图前，托颌深思。

听到报告声，他转过身来，微微一笑，目光落在了孟子越的身上：“你就是孟子越？”

“报告军长，我是135团参谋长孟子越。”孟子越身子挺得笔直，双目注视着这位自己仰慕已久的长官，心中充满了敬畏之情。

胡英杰在旁边站着，有点不自在。

孟子越立即补充："这位是我们的团长胡英杰。"

杜聿明将手伸向胡英杰："你们辛苦了。"

"军座辛苦。"胡英杰上前握住杜聿明的手，紧张得有点发抖，"135团全体官兵时刻听候您的差遣。"

"果然是孟夫子的后代。"杜聿明的注意力仍然在孟子越身上，他再次打量这位年轻英俊的参谋长，"你请战的精神值得肯定，可是战场不一定就在前方。"

孟子越的脸红了，没想到日理万机的将军竟然把他写信的事情还挂在心上，连忙自责道："在下无知，打搅了军长。"

胡英杰挺直身体："请军座训示。"

"知道你们所在位置的重要性吗?"

杜聿明拿起一根棍棒，指着墙上的军事地图开宗明义地说："七七事变以后，日军占领了我国的华北、华中、华东和华南地区。中国主要的大城市、百分之九十五的工业和百分之五十的人口，包括沿海的港口，都落入了日本人之手，使得我国的物资供应问题异常严峻。像汽油、煤油、柴油、橡胶、汽车配件的百分之百，药品、钢材、棉纱、白糖、纸张的百分之九十以上，都须从西方进口。如果日军切断我们同外部世界的联系，我们这个世界上人口最多的国度将面临窒息的境地。"

随着军长指示的方向，两人从地图上看到，从东北到华东、华南的绝大部分地区都插上了日本的太阳旗，半壁河山沦陷在日寇的铁蹄之下。从太平洋到印度洋的东南亚各国，虽然不少地方还插着大英帝国的米字旗，但太阳旗正从菲律宾和越南一角爬上来，举着一支支黑色箭头朝着西北方向挺进。

"在这种情况之下，我国政府不得不拿出极为珍贵的外汇，从西方购买军火、汽车、油料、药品，等等，旅居海外的华人华侨也筹集了不少的物资，这些都需要紧急运回国内。然而，路在何方?"

杜聿明手上的棍棒移到了西南："蒋委员长英明预见，一旦战争爆发，国民政府必将退守西南。正是考虑到可能出现的危机，两年前调动了二十多万民工，终于在你们到达畹町之前，修通了九百多公里的滇缅公路，在腊戍与缅甸的中央铁路连接，直接贯通缅甸首府仰光。"

杜聿明手上的棍棒沿着一条蜿蜒的黑线移动着："这是一条在特殊时期修筑的特殊的公路，一条能够让中国延续生机的生命线。几百万中国军队所需要的武器装备，维持一个国家经济运转所需要的各种物资，无数内迁到大后方的人们所需要的基本消费品，都依赖这条生命线运往重庆、昆明，运进大后方。”

杜聿明是黄埔一期的优材生，蒋委员长手下最得力的干将。他的话语铿锵有力，自信的目光中闪烁着智慧的光芒：“这场战争进入了相持阶段，敌我双方都进入了最艰难的时期，谁能坚持到最后，就是谁的胜利。你们所在的畹町，绝不是所谓的世外桃源。它是滇缅公路的咽喉，是目前中国通往外界的唯一门户。”

他的棍棒停在中缅边境的一个小点上：“感谢老天爷在这个地方创造了这座无名山，这个巨大的山洞成了我们的天然仓库。从滇缅公路运进来的物资，除了直接运往重庆或者昆明以外，其余部分都储存在这里，视前线的战况进行调拨。如果断了这条生命线，丢了无名山，中国支撑不了四十天！”

孟子越听着，头上冒出了细细的汗珠，万般羞愧自己的无知和莽撞。

“现代战争，已经没有什么前线后方之分。现在，日寇已经占领了越南和泰国，如果进而进犯缅甸，这里便是前线。保卫无名山，便是一场生死决斗。”

杜聿明扔下棍棒，转身对他们二人说道：“我看你们团在武汉操练得不错，才把你们调到这里来的。如若难负使命，我让别的队伍上来。”

“不不不……军座，我等无知，辜负了军座的信赖。”看着孟子越窘迫的样子，胡英杰暗自得意，跨前一步，大声表态，“135 团有幸驻守如此重要的战略基地，是军座对我们的信赖。我们坚决服从命令，恪尽职守。”

“敌人的特工无孔不入，破坏性极大。有一支称作‘灰蛇部队’的倭寇特工，已经潜入大西南，目标就是破坏滇缅公路，截断我们的生命线，摧毁我们急需的物资，打乱我们抗战的部署。”杜聿明从随从手上接过两张照片递给胡英杰和孟子越。一张是一小队正在训练的日本人，从他们的装备和架势看，身手非凡。另一张是一只手臂的特写，手腕处文着一朵樱花。

杜聿明问：“孟子越，你还要求上前线吗？”

孟子越腰杆挺得笔直：“报告军长，我明白了。”

杜聿明严肃训示：“你们团的任务，维系着中国抗日战争的成败，维系着整个民族的危亡，不能出任何纰漏。”

“是！”胡英杰和孟子越立下军令状，誓死保卫无名山的安全。

杜聿明交代完无名山的防卫任务后，立即驱车过境，去会见大英帝国驻守缅甸的将领，考察印缅军队的防务状况。

和杜聿明一起会见胡英杰和孟子越的，还有一位吴次长，是中央军部派往无名山负责物资调配的总管。

吴次长姓吴名乃仁，上海人，少将军衔，年龄在五十到六十岁之间，皮肉有些松垮，脸上挂着眯眯的笑意。杜聿明离开后，由他和胡英杰、孟子越具体安排无名山的防务事宜。

胡英杰与吴乃仁四目交会，有一种似曾相识的感觉，立即上前紧握双手，分外亲切地说："吴次长，有幸在此地相见，是我等的福分，还请多多指教。"

"同舟共济吧。"吴乃仁热情招呼，"走，进洞去看看。"

二人随之进了山洞。

千佛洞比孟子越想象的要大得多，最高处不下数十公尺，宽阔的地方足有一个篮球场那么大。走进洞里一看，更是大吃一惊。山洞里堆满了武器弹药和国内急需的物资，胡英杰不禁脱口而出："真是一座金山啦!"

吴乃仁却说："中国太大了，别看这么多东西，四面八方都伸手，杯水车薪。"

胡英杰摸着一个木箱上的"USA"字样，兴奋地说："有美国人支援，我们的腰杆子就硬了。"

"支援也是有条件的啦。"吴乃仁感慨，"美国人支援我们，是要我们拖住日本人，不让战火烧过太平洋，保护他们的国土安全；英国人焦头烂额，自顾不暇，管不了他们在南亚的殖民地，也指望我们挡住日本军队，给他们一个喘息的时间……谁让中国人穷呢？只能给他们当炮灰。"

"吴次长高屋建瓴，让我们茅塞顿开。"胡英杰连连点头，"外国列强都是以自己的利益为出发点，从来不把中国放在眼里。不过，有蒋委员长的英明领导，有吴次长这样的国家栋梁，我们还是有希望的。"

孟子越看到山洞里大量的军火和一些油料放在一起，眉头皱了起来，当即指出："吴次长，这太危险了，一旦沾上火星，是天大的灾难!"

吴乃仁略显尴尬："我来之前，他们就已经这样堆放了，再动，恐怕也很危险。"

"千万不能动，让他们小心火烛就行了。"胡英杰马上附和，"吴次长，有关无名山的防务问题，您还得给我们多加指示。"

"防务问题是很重要的。"吴乃仁点头，"根据杜军长的意思，山头上的那个高炮营也交给你们，由你们统一指挥。有什么需要，二位尽管开口，无名山的安危全仰仗你们了。"

孟子越说："畹町这个地方很复杂，边境上进进出出的人多事杂，希望将关防的事务也交由我们管理。"

"关防的事务就麻烦一点啦。"吴次长站住脚，皱起眉头，"关防涉及外交部和海关，有些事情还得蒋委员长亲自点头才行。国际间那些来来往往的人和事，我们插不上手。这样吧，你们打个报告，在边境上加个岗哨应该是可以的。"

"还有个请求。"孟子越无视胡英杰的眼色，继续对吴乃仁提要求，"刚才杜军长说了，敌人的灰蛇部队无孔不入。重庆和昆明屡遭日本飞机的轰炸，都是因为有地面的特务提供情报。吴次长，能否给我们团配备一套无线电测向仪，以便搜索敌人的电报信号，打击敌人的地下活动?"

"无线电测向仪?"吴乃仁盯着孟子越，"那是进口设备，专业性很强的东西，你们会用吗?"

"不会用可以学，也可请求上级派专家来协助。"孟子越强调，"有了这套仪器，我们才有眼睛和耳朵。"

吴乃仁嘿嘿冷笑一声："我们远在几千里之外，敌人的飞机飞不到这里。"

"敌人的飞机是暂时飞不到这里，可是如果他们占领了越南和泰国呢?"孟子越毫不退缩地说，"只有防范于未然，我们才能争取战争主动。"

"可以的。"吴乃仁不以为然地看了孟子越一眼，话语没有刚才那么客气了，"只要你们能保证无名山的安全，需要什么，先给我打报告，研究之后再解决。"

"你看看，我们刚跟吴次长见面，你就提这个要求、那个要求，一点礼貌都没有。"胡英杰忍不住当面批评孟子越，讨好吴乃仁，"吴次长，我们是您的下级，不妥之处，请多多包涵。"

"没关系啦，这样直来直去的好。"吴次长脸上表现出一副君子不记小人过的大度，肚子里却装满了不快，"能不能争取战争的主动，乃国家的决策所致，不是一套什么电子仪能决定的。"

说罢，拂袖而去。

"没事找事!"一出洞口，胡英杰便斥责孟子越，"吴次长是天子手下的人，我们得罪不起。"

孟子越申辩道："无名山维系着国家安全，个人嫌隙不足挂齿。"

第二十一章　牙　医

少哉终于重新穿上军装，背上匣子枪，见人就敬礼，大声报告：“我回来了!”

虽然还是在秀娘身边，还是勤务兵，这一回却是欣喜万分，真正把照顾秀娘当成抗战工作的一部分了。

少哉回来，秀娘高兴了两天，情绪又低落了下去。

畹町是个让人寂寞的地方，寺院里更加寂寞。她和胡英杰住的是一间和尚们住过的禅房，虽然洒了不少香水，还是有一股僧人的气息。

曾几何时，风情万种的秀娘一出场，万人空巷。到了畹町这个地方，除了胡英杰，没碰到过几个江浙人，还有谁听她的评弹？一面琵琶，束在蓝色的丝绒袋里，挂在僧房的墙壁上，许久不见天日了。秀娘无精打采地将它摘下来，拂去上面的灰尘，用指甲轻轻地拨了一下，铮的一声，空荡得让人心慌。

她是个正当年的女人，正当年的女人有正当年的需要。虽然兵荒马乱，女人的需要是一种跟性命相关的东西。如果连性命都无常了，女人的那一点需求就变成一种难耐的渴望。她渴望男人的爱抚，渴望众人的眼光，渴望台下的喝彩，甚至渴望别人为她争风吃醋，渴望男人们把她当做一个女人。

在汉口花楼街认识胡英杰的时候，胡英杰还是个很懂得风月场上规矩的男人。到了畹町，他变了。每天清早出门，夜不归宿，整个心思都放在那个山洞里，左右逢迎吴次长，很是冷落了秀娘。

兵营里有的是男人。男人的眼睛是赤裸的，男人的声音是粗糙的。他们看到女人，首先是心底里的一声吼，就像出操，一、二、三、四！吼出一种疯狂和野性。

秀娘听多了吼声，就更加寂寞。

在这个满眼都是男人的地方，她看到了男人的无趣。

只有一个人让她念念不忘。

那个山东汉子不仅有着山东男人的魁伟，也有一种江南秀士的风韵。尤其听说他是圣人孟轲的后代时，那一刻的仰慕让她措手不及，更觉得他身上有一种非凡的气势和神秘。

但是孟子越这个人有点怪，对女人目不斜视，一句好听的话都不肯说出口。僧房离大殿并不远，有时候碰上了，秀娘主动招呼：参谋长，去哪里呀？

孟子越的回答只有两个字：军务。

多一个字也不肯说。

她问过胡英杰，参谋长有女人吗？

胡英杰跟她说了孟子越邂逅秦歌的故事。

秀娘兴致勃勃：她长得怎么样呀？

胡英杰只说，像个女大学生。

女大学生？这个形象立刻在她眼前飞成了一张画。

她跑到街上，找了家裁缝铺，缝了一件月白色的上衣，一条蔚蓝色的裙子，剪了一头齐耳的短发，收拾好走出来时，把少哉吓了一大跳，愣了半天他才说："您要演活报剧啊？"

她提着裙子旋转了一圈，问道："我像吗？"

少哉不解："像谁？"

她引而不发："想想看，像谁？"

少哉摁着腮帮子想了半天："想不起来。"

"小瘪三。"秀娘抖着手绢骂道，"故意气我……"

孟子越从无名山回到营地后，带领手下的参谋，爬遍了畹町的每一座山头，对无名山及其周边环境进行了仔细的勘察，根据地形、山势、通道、天气、光线等因素，精心布置了兵力，设定了岗哨，组成了一张密不透风的防卫网。同时，他抽调了二十名精干的士兵，组成了一支搜查队，由自己亲自带领，每日巡逻防线，检查岗哨，搜索可疑目标，确保无名山的万无一失。

孟子越也住在寺院里，一间小小的木板房是他的起卧之处，附近的两顶帐篷是搜查队员们的安身之地。

秀娘住的僧房离木板房不远，她穿着那套学生装，坐在窗前守候着。一看到孟子越出来，马上冲出门迎过去，飞起指尖喊道："孟参谋长，去哪里呀？"

孟子越照样两个字："军务。"

"一天到晚都那么忙，怎么会有那么多军务呢？"

她挺起胸脯，牵动裙摆，扭着腰身，走到孟子越跟前，双手交叉着放在小腹上款款问道："夫人有信来没有？"

"没有。"孟子越回答的还是两个字。

秀娘缠着他问："也没打听她在哪里？"

"对不起，我还有事，先走一步了。"孟子越终于多说了几个字，说完扭头便走。

胡英杰跟着出来，看到这番情景，在她身后低声呵斥："出什么洋相？"

她却转身问道："这身行头，怎么样？"

胡英杰翻眼睛："你以为你才十八岁呀？"

"我老了吗？"她气得把那身衣服脱了，铰了，摔到屋外头，跟胡英杰没完没了地吵："当初，在花楼街的时候，你是怎么说的？又是怎么做的……"

有时候，她甚至羡慕那些妓女，羡慕她们一天跟那么多的男人打交道，买与卖之间说不定有着另一种快活呢。

三角街上的窑子越开越多，春花楼、秋月居、仙人阁……一家连着一家，天南地北的女人都来了，她们站在街头笑，伸出手来拉，从纸糊的灯笼里飞出来的叫声、笑声，把天上星星和月亮的光彩夺去了一半，让畹町这个小地方多了一些淋漓尽致的色彩。

可是秀娘呢？一个风情万种的女人，却找不到男人的疼爱，那种苦楚谁人知晓？

于是上火，牙疼，疼得半边脸都歪了，疼得彻夜难眠。

团部的医生给她吃了消炎药，不管用。寻了本地的方子，采来中草药给她熬了水喝下去，也不见效果。僧房里，早晚都听得见她的哼哼声。

秀娘牙疼，少哉比任何人都着急，到处寻医问药。

他还找来笔墨纸砚，写了好几张告示，声称"兹有我团团长太太牙痛，如能治好，定有重谢"云云，贴到畹町最显眼的地方。

过了几天，三角街上忽然开张了一家牙医诊所。

那是一间用石灰粉刷过的民宅，房檐下伸出一张白幡，幡上写着个大大的"牙"字。还有两扇玻璃门，门上画了一具逼真的假牙，旁边写着：专治虫牙、蛀牙、龋牙、牙龈炎、牙周炎、牙溃烂、牙出血……还有拔牙、补牙、镶金牙之类的字样。

少哉一见，喜出望外，按着屁股后边的匣子枪跑回来报告："有地方看牙了！"

"真的吗？"秀娘于是慢条斯理地抹脸，擦粉，画眉，涂嘴，化得光彩照人才下山。

到了诊所，少哉推门而入，大声对牙医说："这是我们团长的太太，请你给她看牙。"

牙医回头朝秀娘看了一眼，仿佛是个期待已久的熟人似的跟她招呼："你来了？"

一听像是江浙口音，秀娘像见到亲人一样高兴起来，指着自己的嘴说："哎哟，疼死了，快给我拔掉吧。"

牙医让秀娘躺在看牙的专用椅子上，扳开嘴瞅了一眼，摇着头说："这么好的一口糯米小牙，拔了可惜。"

又说："牙齿还是原装的好，能留则留。"

秀娘拍手叫好："不拔就不拔了，只要你能给我治好，多少钱我不在乎。"

牙医手指往上一翘："跟您谈钱，不是太俗了么？"

秀娘喜欢的就是这种做派，她躺在椅子上，推心置腹地说："反正我就交给你了，爱怎么弄都行。"

于是，不管牙痛不痛，秀娘每天必进牙医诊所，一进门就跟牙医"嗦嗦西西"地说苏州话。说高兴了，敞怀大笑，笑得躺椅吱吱呀呀地摇。

少哉听不懂他们在说什么，看到秀娘有了去处，看到秀娘如同青春焕发般的快活，也就释然了。

这条街上，诊所的房子不算最大，却是为数不多的几间砖瓦房之一。外墙青砖封顶，内墙方砖壁垒，跟那些竹木结构的吊脚楼大相径庭，听说是晚清时期一位戍边小吏留下的遗产。

房子的外间宽敞，摆了药橱、医柜、桌子、椅子，正好做了诊室。里间房门紧闭，黑洞洞的不知深浅。还有个后院，空空地堆着一些杂物。后门紧靠一座山岗，山上林木茂密，人迹罕至。

牙医的器械其实很简单，一盘钳子、镊子、钻子、锤子之类的工具。秀娘坐进去，牙医将躺椅边的布帘一拉，如同修理八音盒一样，在她嘴里捣进捣出。捣出满嘴的血水，再把一团团的棉花塞进去，塞出满屋的血腥。

牙医诊所里只有两个人，牙医和他的助手。

牙医有一张白皙的脸，一件白色的长褂，一副匀称的身材和两只修长的手，做起事来很利索。虽然秀娘和他一见如故，立即把他当做挚友，开口推心置腹，尽诉心中的苦闷与渴望，他却在体贴和恭维中保持着距离。尤其是他的目光，常常在平和中露出一丝阴鸷和警觉，让人不寒而栗。

助手一身黑衣，五短身材，手脚粗壮，瞪人的时候，眼睛透出一股杀气。他时常进出里屋，不知在张罗什么。少哉探头朝里看一眼，他便堵在门口，毫不客气地将少哉推开。

“你是哪里人？”少哉与他搭讪。

“他是哑巴，不会说话，只做些粗活。”牙医从帘子里探出身子来，接过话头。

“黄……”秀娘在躺椅上开口了，“你出去玩吧，这里没你什么事了。”

秀娘发话，少哉只能知趣地退到诊所外面。

好在牙医诊所的对面有一家小书店，少哉从诊所出来，便坐到小书店里去看书、看报，等候秀娘。

畹町虽然偏僻，却不闭塞。

滇缅公路开通以后，成群结队的车辆把武器弹药和各种物资运进来，也把海外印刷的书籍、报纸、杂志带到了这里。虽然有的是英文，但少哉大多都能看懂。这些报刊杂志，是他了解局势的重要途径。

日子过得快，转眼间到了1939年的秋天，到了这南国边陲让人心烦意乱的雨季。

各地的战事跟天气一样胶着，敌我双方都陷入泥淖难以自拔。日军在襄樊、宜昌、长沙等地发动几次大规模的进攻，均未能突破我军的防线，只得南下太平洋，抢占那些毫无抵御能力的海岛，并伺机迂回南亚，实现大东亚共荣圈的梦想。

那一天，少哉在一张刚到的报纸上，看到了一个惊天动地的消息：希特勒点燃战火，德国吞并了奥地利和捷克斯洛伐克，武装攻占了波兰。意大利入侵阿尔巴尼亚，德－意轴心国建立，英、法两国仓促应战，整个欧洲都笼罩在战争的阴云之下。

这是一场可能毁灭人类的灾难，少哉震惊不已。杨胜利却像条蛇一样从外面钻进来，抓住他的胳膊奚落：“日子过得快活，转眼就把弟兄们忘了？”

少哉说：“我正忙呢。”

“忙什么？”

“二战爆发了。”少哉指着报纸，激动地说，“德国军队横扫欧洲，连大英帝国都无可奈何。”

消息闭塞的畹町根本不知道天下发生了什么事情，大字不识的杨胜利更是一头雾水：“什么爆发了？”

“第二次世界大战。”少哉一个字一个字地念给杨胜利听，“希特勒发动战争，扬言要由他们日尔曼民族来统治世界！”

杨胜利更加不知所云："谁是希特勒？"

"疯子、狂人……"少哉急得跺脚，"跟日本鬼子是一路货色！"

"他在什么地方？"

"欧洲。"

"欧洲在哪里？"

少哉用两只手比划着一个大地球："我们，亚洲在这里；欧洲在后面，西半球。"

"卵屌！隔着十万八千里，关你什么事？"杨胜利对什么二战一点也不感兴趣，却附在他耳边神秘地说："想不想去捉奸？"

少哉一愣："哪里？"

杨胜利翻着白眼："别装蒜，你能不知道？"

少哉还是不明白。

"全团都知道，只有你是个白痴。"杨胜利指着牙医诊所，"一男一女，帘子一拉，在一张那样的椅子上，还能干什么？"

暧昧的神态和肮脏的话语让少哉勃然大怒："胡说八道！"

杨胜利头一歪："不信去看看。"

少哉难以置信："现在？"

杨胜利语气笃定："当然。"

"走！"少哉抓着报纸，气呼呼地站起来，"要是没那种事，我撕了你这张嘴！"

"走！"杨胜利信心十足地跟在少哉身后。

走到诊所门口，少哉砰的一声撞开玻璃门，哗地一下拉开布帘，并没有看到杨胜利所说的事情，却把牙医和秀娘吓了一跳。

牙医抓着一把钳子，瞪着两只眼睛，朝少哉恶狠狠地吼道："你，要干什么？"

"我……"少哉慌神了，回头看了一眼，杨胜利早已溜之乎也，只得狼狈地举起手中的报纸，咽下一口唾沫，煞有介事地说："重要消息，第二次世界大战爆发了……"

"哦……"牙医意味深长地一笑，收回钳子，带着几分得意的神色问道，"德国人打到什么地方了？"

"马其诺防线根本抵挡不住希特勒的铁骑，法国危在旦夕。英吉利海峡挡不住德国飞机的轰炸，伦敦在大火中化为灰烬……"少哉扬着手里的报纸说，"日军的大本营趁机下达了《一号命令》，他们野心勃勃，要称霸亚洲和整个太平洋地区……"

牙医听着，白皙的脸上泛起了红润：“物竞天择，弱肉强食，适者生存，这是自然法则。”

少哉一听这话，觉得刺耳，立马与之争辩：“弱肉强食是动物本能，不是人类法则。”

“人跟动物没有区别。”牙医手里拿着钳子，兴致勃勃地和少哉讨论起生物学的问题，“种性的不同，差异很大。日尔曼民族天性优良，因此他们可以毫不手软地消灭劣种的犹太人，征服欧洲大陆。日本明治维新，迅速崛起，太平洋不在话下。在强大的战争机器面前，有些人，连动物都不如。”

“你说谁呢？中国人还是日本人？”少哉一下动气了，冲到牙医跟前，“日本鬼子奸掳烧杀，无恶不作，畜牲都不如。”

哑巴哼了一声，拖着一根棒子冲过来，恶狠狠地盯住少哉。

牙医一笑，伸出手，将哑巴推进了里屋，转身对少哉说：“人类都是动物，只不过是高级动物和低级动物的区别而已。高级动物主宰命运，低级动物只能俯首帖耳，否则就被吃掉。”

“这是侵略者的强盗逻辑，你是在侮辱我们中国人！”少哉动手把屁股后面的匣子枪拉到胸前，“你是什么人？为什么替日本帝国主义说话？”

“黄……”秀娘从椅子上坐起来，“叫你在外面等我嘛，跑进来干什么？”

少哉梗着脖子说：“我不能容忍他助长日本鬼子的气焰！”

“这里又没有日本鬼子，跑到这里逞什么能？”秀娘跑过来，一边拉着少哉往外走，一边对牙医致歉，“这孩子不懂事，一天到晚只知道抗日救国，别的事一窍不通。”

牙医鼻孔里哼哼作响，一副洋洋得意的神情。

出了诊所，秀娘还在责备：“人家只是个牙医，跟他较什么真？”

“他为什么替法西斯辩护？”少哉气呼呼地问，“他平时都是这样跟你说话的吗？”

“他才不会给我说那些事情呢。”秀娘笑道，“中国人多，形形色色说什么的都有，你能一个一个地跟他们较真去啊？没有比你更笨的人。”

“我是很笨，但是我讨厌别人拿我们当畜牲，更讨厌自己拿自己不当人。”少哉义正词严，“我是中国人，就是死，也不能让别人看不起！”

“又来了，别一天到晚死呀活的。我倒要问你，你们在搞什么鬼？”秀娘有兴趣的是另一个话题，“为什么突然闯了进来？”

少哉一愣：“不为什么。”

"说!"秀娘洞察秋毫，"你们那点小九九，别以为我不知道。"

少哉也不避讳，没头没尾地冲了一句："外面有人说闲话。"

秀娘一听笑弯了腰："什么闲话啊？不怕嚼烂了牙齿……我是什么人，会看上一个牙医？笑话……"

少哉一听，轻轻出了一口气："我也不信，牙医哪里像个人？"

"不是不像个人，而是我不喜欢那样的人，逢场作戏罢了。"秀娘问道，"你说，那个孟子越一表人才，怎么就不食人间烟火呢？"

少哉白了她一眼，毫不客气地说："参谋长有老婆。"

秀娘不以为然地撇着嘴："听说是共产党。"

"共产党不是毒蛇猛兽，也不是青面獠牙。"少哉说，"人家有文化，有涵养，长得也好看。"

"你见过？"

"当然。"

"可惜了!"秀娘长叹一声，"只可惜，劳燕分飞，恐怕这辈子也难得相见了……"

少哉心里嘀咕：女人真奇怪，一天到晚都在想些什么？

第二十二章　灰　蛇

阴雨连绵，天空像一条绞不干的抹布，整天湿漉漉地往下滴着水。阴冷，潮湿，连空气都发出了霉味。

这天清晨，雨终于停了。

山上的薄雾变成红云，滇缅公路在山脚下的丛林中时隐时现。两旁的山坡上，千回百转的水田层峦叠嶂，如同翠玉一般，绕向山岗的峰顶。多数的时候，云层里带着忧悒的色彩，沉重地堆砌半空中。只有风推动它们，把它们挤到一边，才会让阳光洞穿这层阴霾，亮出一片晴朗，折闪出千千万万张鳞片。

不时地有长蛇般的车队从九谷桥上开过来，车轮轧着地面，车尾冒着青烟，机器轰鸣，爬行在九曲回肠的山道，爬上天梯般二十四拐，消失在丛林覆盖的山巅之间。

在红云映衬的天穹之下，无名山如同佛画中的圣境一般，端庄安详，佛光普照。

一班的哨位设在离无名山最近的那坝山顶。

早上，起床哨响了，何进修从帐篷中钻出来，面对无名山双手合十，嘴里念道："阿弥陀佛……"

附近山岗上各连排的弟兄们也都起床了，他们上岗、出操，嘹亮的口令声在山峦间回荡。

杨胜利走出帐篷，来到何进修身边，学着他合起双手，跟着念了一遍阿弥陀佛，然后亲热地叫了声："老朽，我下去走走。"

何进修摇头："一会儿连长来查哨，盯的就是你。"

杨胜利到畹町后，有空就往街上跑，他如鱼得水，几乎摸熟了每条街道、每个客栈。他知道那些马帮驮的是什么货物，做的是哪路的买卖，在哪个岔口分手，在哪个弯道歇脚。

他还学会了一些本地方言，说起来惟妙惟肖。比如：你好——叔早利，谢谢——银利，再见——乖罕，小伙子——卜冒，小姑娘——卜哨，你真漂亮——喊里有，吃饭——金好，喜欢你——高黑来某，赶集——赶摆，跳舞——噶扬，干杯——金啊……他甚至能用方言跟本地人交谈了，连腔调都有几分相像。每次从街上回来，总会从身上变出些让人眼睛一亮的东西来，比如烟、酒、食物、杂货，甚至女人的花衣裳。

杨胜利从怀里掏出一包香烟来扔给老朽："美国货。"

"查完哨再说吧。"何进修接过烟，撕开锡纸，点燃一支，深深地吸了一口，喷出淡淡的烟雾来。

张三风从帐篷里钻出来，两眼通红地望了一眼天空，把胃里涌出来的一股酸水狠狠地吐在草丛中。

到了畹町，张三风的火爆性格虽然有所收敛，人却变得更加阴郁，更加显示出那种举手便可杀人的恐怖。他学会了抽烟、酗酒，只要逮到酒壶，必然酩酊大醉，醉了就打人，然后倒地痛哭。

昨天晚上，他又喝醉了，十指如钩地抓着自己的胸脯狂叫："什么时候才能回家？什么时候才能见到玉叶和我的儿子……"

想起他的玉叶，张三风有一种剜心刻骨的痛。心爱的女人和他们的孩子，是他生命的全部。当初来当兵，就是为了拖一杆枪回去报仇。没想到跟着队伍，走到了这天边一般遥远的地方。哪一天才能回家？哪能一天才能见到他们？

何进修扔给他一支烟，两人对火点着。

烟雾中，何进修劝解道，人生在世，经历磨难，是一种修行。修行到了，必成正果，千万不能因一时治气，毁了一切。

张三风低头不语。

一只千纸鹤飞过来，飘落在杨胜利的脚边。

杨胜利一脚将它踩在地下。

李抗战扑过来，嚎叫着扳开他的脚，将那千纸鹤抢了出来，擦净上面的泥土，重新整理好羽翼，让它再次飞上天空。

到了畹町，李抗战照样天天写信，不过再也不烧了，而是心醉地折起了一只只千纸鹤，举过头顶往天上飞。

当然，那些千纸鹤是飞不到天上去的。日子长了，他积攒一堆。于是用线串了起来，一串串地挂在他睡觉的地方，闭上眼睛就看到它们飞上天。

"'天牌'来了……"杨胜利喊了一声，扭头钻进了帐篷。

何进修赶快灭了烟火，把半截烟头塞进口袋。

连长马驷奇出现在山道上。

他的腿伤好多了，人却越来越瘦，脸上的麻子像激战后留下的枪眼，密密麻麻地藏着散不尽的硝烟。

走到一班的帐篷前，他看到了地上的烟灰，教训道："我说了多少遍，你们都不听！在哨位上抽烟，容易暴露目标。"

"今天有风，一吹就散了。"何进修抠出一支来递给马驷奇，并且划着火柴，为他点烟。

马驷奇深深地吸了一口，吞云吐雾间将手伸向何进修："被孟子越查到，关你的禁闭。"

"这烟没劲！"何进修苦笑着把剩下的烟掏出来，万般不舍地递到马驷奇手上。

"我喜欢没劲的。"马驷奇毫不客气地把烟塞进了自己的腰包，"还有吗？都给我。"

张三风在一旁问："连长，又去泡窑子了吧？"

马驷奇脑袋一扬，"谁说的？"

张三风吸了吸鼻子："我闻到了一股骚味！"

"胡说！"马驷奇装作恼火的样子，脸上却笑开了花，"不准去那个地方，听到没有？孟子越天天带着人巡查，让他逮住了，阉你们的鸡巴。"

队伍到了畹町，上面三令五申，不准扰民，不准嫖娼，不准抽大烟云云。孟子越尤其认真，每天带着人查夜铺、堵窑子，抓住了关禁闭，整治了不少人。

马驷奇是钻窑子的老手，更有熟悉的老鸨给他安排了暗门，遇到孟子越查堵，老鸨在外面发个信号，他便提着裤子从暗门暗道溜之乎也。

众人嬉嬉笑笑，唯独不见杨胜利。马驷奇朝帐篷里扫了一眼，踢着绳桩骂道："给老子出来！"

杨胜利钻出来，马驷奇伸手抓住他的腕子："'天牌'在哪里？"

杨胜利嘻笑道："天牌是大牌，打出去准赢，弟兄们说是不是？"

"是……"众人呼应。

"再喊'天牌'，老子毙了你们！"马驷奇虽然话很重，却不似以前那么凶神恶煞。他推了一把杨胜利："油嘴滑舌，跟老子走！"

杨胜利做出痛苦万般的模样："连长，我刚下岗……"

"别装了，谁不知道你是个夜猫子？"马驷奇扭头对何进修说，"他跟我去办点差事。"

"去吧、去吧。"何进修顺水推舟，"听连长的话。"

杨胜利无奈，只得乖乖地跟在马驷奇身后下了山。

走了一段，他忍不住问："连长，什么差事啊？"

"找一样东西。"马驷奇用手指头比划了一下，"石头。"

"石头？"杨胜利惊叫，"漫山遍野都是啊。"

"蠢猪。"马驷奇骂道，"我要的不是山上的石头，是马帮从缅甸那边带过来的那种。"

"哦……"杨胜利明白了。他已经听说过，马帮从境外驮进来的货物中，除了香料、毒品之外，最贵重的就是缅甸的红宝石，那东西比金子还值钱。多少条人命丢在道上，有的就是为了那一块鸡蛋大的石头。

杨胜利问："谁要哇？"

马驷奇说："不要问，也不要跟任何人讲。东西搞回了直接交给我，有赏。"

杨胜利问："怎么个赏法？"

马驷奇说："一块石头，一块大洋。"

杨胜利讨价："太少了……"

"两块。"马驷奇骂道，"再啰嗦就赏你一个耳光。"

"好呃。"杨胜利应声而去，蹦蹦跳跳地消失在山道的尽头。

这天，碰上了好天气，秀娘的心情也好。她早早地起来，收拾停当，在僧房里悠悠地叫了一声"黄……"欢悦地准备出门。

少哉正坐在门外的台阶上，看着树上鸟巢里的一窝小鸟。它们的母亲回来了，小鸟一个个探出头来，张着丫黄的小嘴喳喳直叫。母亲把嘴里的食物吐出来，分别塞进一张张小嘴。那些小鸟咽下母亲喂给它们的食物，张扬着还没长全羽毛的翅膀，发出一阵阵快乐的叫声。

看到秀娘走出了门，少哉答应一声，站起来把匣子枪往背后一甩：“走呃……”

出了寺院，山坡两边都是兵营，已经下岗的士兵看到秀娘走过，从帐篷里探出头来，发出呻吟般的怪叫：“太太吔，想死我了……”

少哉很紧张，以为秀娘会不高兴。岂料她却很兴奋，朝那些兵挥手、瞪眼，骂他们是“流氓”，身子浪得像水。再看她时，脸色绯红，神采飞扬，身子充满弹性，连骂出来的声音也像翠鸟叫一样划破天空，乘风而去。

于是，她口渴，反手一扬，从少哉手里接过水壶，学着士兵的样子，咬住壶嘴一仰脖子，水咕碌碌灌下去，还从嘴角漫出来，流下脖子，流到胸前，把两个乳头红纠纠地印了出来。

看到秀娘那副样子，少哉的眼光没地方去，走着走着就跟她拉开了距离。

秀娘等在路边：“快走哇，你在想什么?”

少哉跟了上来：“没想。”

秀娘问：“去过窑子了吗?”

少哉的脸一下红了：“没有。”

“一个大后生家，血气方刚的，怎么不去呢?”秀娘真心诚意地说，“有军队的地方就有婊子，自古当兵的离不开婊子，婊子也喜欢当兵的。你想去就去吧，我给你钱。”

“不去。”少哉低着头，“我不去那种地方。”

“哎哟，小脸还红着呢，我喜欢的就是你这个模样。”秀娘叽叽叽地笑起来，“当兵的不嫖娼，怎么去打仗?”

少哉无话可答。

他们来到牙医诊所，看到两扇玻璃门是锁着的，门板上挂了个纸牌，纸牌上写着四个字：外出采药。

秀娘惊叫起来：“人走了，怎么也没事先告诉我一声呢?”

少哉研究着纸牌上的字：采药……是上山采药呢，还是到城里采购药品?

“当然是到城里采购药品啦，肯定到昆明去了。”秀娘说，“他用的都是西药，不会上山。”

没有见到牙医，秀娘顿觉索然无味，喊了声：“回去吧。”

走了几步，她又回头：“今天别跟着我了，去玩吧，找个漂亮的姑娘……”

少哉说：“我回一班，去看看弟兄们。”

“去吧去吧……”秀娘大度地摆摆手，自个儿往回走了。

只要能回一班，少哉都很愉快。

他的背包里装一本梵文版的《佛经》，是带给何进修的礼物。张三风一直惦记着他的老婆和未曾谋面的儿子，少哉在三角街上看到一顶漂亮的虎头帽，花了两块钱买到手，要送给张三风的儿子做礼物。还有一摞信笺，是买给李抗战的。虽然纸张的质地不好，毕竟是纸，可以写信。他不知道李抗战为什么没完没了地给母亲写信，他要跟李抗战好好谈一谈：祖国是我们共同的母亲，每个人都要把祖国放在第一位……他心里惦记着一班的弟兄，给每个人带了一样礼物。

山路上苍松翠竹，鸟语花香。长年不散的云雾从山脚下升起来，像水一样漫上了深黛色的山腰。树叶上结着露珠，露珠如雨点般地滴落下来，把地上的土浸成了红色的泥淖。阳光射穿林子间的缝隙，把一根根光柱斜插在蒸腾的雾气中。

路径越来越陡峭，林子越来越茂密，四周一片寂静。连鸟叫也没有了，山道上只剩下少哉轻微的喘息声。

突然间，一只惊鸟“哗啦啦……”地掠过树梢，消失在丛林深处。一条山鼠“嗖”地从少哉面前蹿过去，留下一道绿光。林子里本来没有风，树叶间突兀横来一阵骚动，吓得少哉浑身的汗毛奓地立了起来。

他停住脚步，四下张望，猛然发现前面不远的山坡上，一营二连的哨位上倒着一位弟兄。他跑上去一看，大吃一惊。哨兵的喉咙上插着一把尖刀，鲜红的血还在汩汩地往外冒。

“有情况！”他立即掏出匣子枪，推上子弹，张嘴喊了一声，往上冲了几步，同时看到另一个离哨位上，也躺着一具流血的尸体。

“灰蛇！”少哉多次听到参谋长描述灰蛇部队的情况，断定这些是凶残的灰蛇所为，不禁放声高呼，“敌人来了，抓灰蛇……”

少哉手脚并用，不顾一切地往山上爬。

爬到那山顶一班的驻地，他没有看到何进修，只有李抗战一个人坐在帐篷前埋头写信。

“班长呢？”少哉气喘吁吁地问，“人都哪里去了？”

李抗战头也不抬：“我怎么知道？”

“有情况！”少哉上前喊道，“二连哨位上的两个弟兄被杀了……”

李抗战的眼皮翻了一下，鼻孔里哼了一声，歪着头，不信。

“我说有情况，你听到没有？”少哉抓破了他的信纸，鲜有地狂躁地打落了他的钢笔，一把将他从地上抓起来，“赶快发警报！”

山上的每一个岗哨，都有一条专用电话线，遇到紧急情况时，摇动电话，警报声同时响起，队伍马上进入临战状态。

少哉火急火燎，李抗战无动于衷。少哉急了，准备冲进帐篷，去摇响那警报电话。

从来不管闲事的李抗战此时却意外地张开双臂，挡住少哉的去路：“这是我们一班的电话，没有班长的命令不能动。”

“情况紧急，再不发警报，敌人的阴谋就得逞了……”少哉着急地跟他解释，“回头，我再报告班长。”

“不行，你不能进去！”自从在四宫殿结下梁子，李抗战再也不把少哉放在眼里。他架住少哉，四条胳膊扭在一起，两人抱作一团，进三步、退三步，谁也制服不了谁。

“放手……真的有情况，那边的血流了一地……”少哉喘着大气，“贻误军机，拿你是问。”

李抗战不屈不挠：“耸人听闻。”

张三风从帐篷里钻出来，见他们两个相持不下，冷笑道：“半斤八两，对上了啊。”

“张三风，二连哨位上的弟兄被杀了，肯定是灰蛇部队干的。”少哉扭头急呼，“尖刀就插在哨兵的喉咙管上，快发警报……”

张三风也不信：“奇巧了，我们一天上下几趟都没碰着，怎么你一来就碰到了？”

少哉跺着脚吼：“我要怎么说你们才相信呢？”

话音未落，“叭”的一声枪响，三个人都愣住了。

李抗战松了手，脸色惨白地往哨位上一指：“那边……”

“老朽……”张三风大叫一声，抓起枪飞奔而去。

少哉和李抗战互相瞪了一眼，跟着冲了过去。

今天是何进修和杨胜利的岗，杨胜利让马驷奇叫走了，何进修只能一人上岗。平常，都是杨胜利背着枪在岗位上溜来溜去，何进修则找一块地方坐下来，抽一口烟，喝一口水，一明一暗地盯住那条山路，打发时光。

一班的哨位离无名山的距离最近，从这里看过去，一山一沟一小道历历在目，是守卫无名山的最后一只眼睛。倘若有人从此处溜过去，下山沟，过小道，就可以避开查防严格的佛门，直接到达无名山的洞口。

天晴，无风，潮湿，有些闷热。

哨位设在山头上一块突出的岩石边。有几棵松树，不大，却嶙形峋骨，长出几分苍劲的气象。

何进修把外衣脱下来，挂在其中的一棵松树上，然后摘下军帽搭上去，微风吹过，像个依树而立的身影。

他身上轻松了，把枪和子弹带也摘下来，架在身后的岩石边，自己则选了块凹槽坐进去，手往腰间一伸，烟掏了出来。

哨位上不准抽烟，可是何进修禁不住。好在他抽烟与人不同，一口吸进去，在五脏六腑里过滤一番之后，吐出来的已无烟雾。

这是一包黑骆驼，烟里有一种淡淡的香味。那不是烟叶本身的味道，有点像女人抹在身上的香水的气息。

抽着烟，何进修也会想女人。他年轻的时候也曾有过动人心弦的爱，只可惜呀，那时候太混蛋，没有把爱当回事，整天沉溺在鸟屎般的鸦片中，竟然亲手把那么好的妻子和女儿签给了别人!

不想了不想了……何进修掐灭了黑骆驼，轻轻嘘了一口气，将一口恶痰吐下悬崖。

似有一阵风吹过，他挑眼一看，只见对面的丛林中冲出一个人来，在十步开外的地方抽出一把尖刀，飞向那棵挂着外衣的松树。

“倭寇!”何进修喊了一声，一个激灵，伸手抓起枪，还没来得及扣动扳机，咕嘟一声，肩头一热，一颗子弹从胛骨处穿了过去。

那一枪不太响，枪管上装了消音器。

“砰……”何进修及时地扣动了扳机，枪声在山谷间响亮地撞击，四面都响起了回声。他相信弟兄们都听到了。

“老朽!”张三风已经冲过来，一把抱起负伤的何进修。

何进修往对面密林里一指：“那边有人。”

少哉跟着扑了过来，死死按住何进修肩上的伤口，胆战心惊地问：“多少人?”

“两个影子，想从这里摸过去。”何进修的伤势不重，他指着身后的悬崖说，“如果让他们从这里下去，麻烦大了。”

“我刚才说有情况，他们不相信。”少哉抱怨，“我看到二连的哨位上的两个弟兄被杀了，叫他们发警报，他们不理……”

“嘘……”张三风伸出食指在嘴边嘘了一声，转身将枪悄悄地架在岩石上。

几秒钟后，对面丛林中的一棵大树后，探出了半个脑袋。

“砰——”张三风的枪响了，树干后倒出一个人来。

山头上的警报鸣响起来，无名山的防卫体系立即进入了警戒状态。不一会儿，孟子越带领的搜查队飞快地赶到，他大声喝问：“什么情况?”

少哉指着密林回答：“有人偷袭哨位，二连的两个弟兄被杀，我们一班长也受了伤。”

孟子越挥手下令：“包抄过去，抓住他们。”

十几名搜查队员分作两路，从丛林两边冲了过去。

大树后，倒着一个身着黑衣的人，他的头骨被张三风的那一枪击碎了。虽然看不清面孔，少哉却觉得这家伙有点眼熟。在哪里见过呢?想了一阵，没有结果。

搜查队员翻开死者的尸体，发现这家伙腰上捆着一圈烈性炸药，脖子上挂着一副望远镜，手臂上刻着一朵小花。

李抗战脱口而出：“樱花……”

孟子越看了一眼，站起来说：“是灰蛇部队!”

顿时，所有的人都倒吸了一口冷气。

第二十三章　潜　伏

少哉收到了一封家信，是妹妹寄来的。

武汉已经沦陷，妹妹托人将信带到江西，又带到昆明，辗转大半年才到他手上。信中说，父亲死了，死在日本人手下。

日本军队占领武汉之后，汉口停电、停水，成了一座死城。南洋大楼没有水，顷刻便臭不可闻。父亲是楼里的茶房，茶房的责任是让楼里的人喝上水。可是水管里没有水，连茶房里的炉子都要爆炸了。父亲着急，趴到水龙头下用嘴吸水。

那是一种对自来水无知的做法，开始的时候居然也能从管子里吸出一桶半桶水来。这种事情往往要等到下半夜，父亲认为那是吸水的最好时机。于是趴在水管下，将龙头含在嘴里，使尽全身的力气，吸得满嘴都是铁锈，吸得楼里的水管空空作响，吸得两眼冒金星。

父亲身为茶房，身上还有肺气肿的毛病，一俟冬季，经常喘得直不起腰来。那一阵子，他一口一口地吸水，一口一口地往外吐铁锈，天天如此。那天夜里，父亲大约吸了两个时辰，突然一口气上不来，一股血腥涌上喉头，黑色的血像酱油一样喷薄而出，一头栽倒在龙头下。

少哉不相信，吸自来水怎么会吸死人呢？可是妹妹的信中连父亲安葬的时间、地点都写得清清楚楚。

少哉手里拿着信，心中懊丧至极，痛苦至极，眼睛里却干干地流不出泪水来。

“少哉，儿啊，你在哪里……”微风吹过，营盘外，漫山遍野仿佛都是父亲嘶哑的喊声。

弟兄们都入睡了，少哉辗转反侧难以合眼。月光从木屋顶的瓦缝里钻进来，明晃晃地像一条长蛇缠在他的身上。

他从床上爬起来，悄悄出了门。寺院里有两棵高大的银杏树，像两把擎天大伞守着这一块圣洁的土地。少哉坐在银杏树下，看着月亮从云缝里一点一点地钻出来，看着月光把天地一片一片地分开。远处的山朦胧如水，近处的树浓密如墨，父亲和凤仙在汉口街头寻找他的身影，一次次地浮在黑色的底幕上。少哉面对着这寂静的夜晚轻轻地呼唤：父亲，凤仙，我有愧于你们！

畹町出现了灰蛇部队，这是一种比毒蛇更加凶猛的动物。他们一路摸掉了六个哨位，杀了九名哨兵。若不是何进修及时发现，让他们摸过135团的最后一个哨位，后果不堪设想。

少哉亲眼看到咽喉上插着尖刀倒在血泊中的弟兄，那情景无法从眼前抹去。他将失去父亲的痛苦和眼前的现实联系在一起，眼前蹿起的只有火苗，没有泪水。

135团出动全部兵力，搜遍了无名山四周的大小山头，查遍了畹町的街道、村庄，除了那具尸体之外，没有发现其他线索。也抓了一些可疑的人，审问了几天，并没有发现一个真正的日本特工。

这支神出鬼没的部队到底有多少人？他们隐藏在什么地方？

这个问题缠得少哉眼睛发黑。

白天，他看谁都像灰蛇。晚上，彻夜难眠，只要闭上眼睛，就看到各种毒蛇在丛林间出没，贴着地面吱吱而来。

早上起来，他浑身无力地坐在僧房前的台阶上，看着银杏树上一片片落下来的叶子发呆。

“黄……”秀娘在房里呼喊，他没有听见。

秀娘出来，看见少哉的眼睛凹陷得像两个山洞，心疼地说：“人死不能复生，不要伤了自己的身子。”

少哉站起来，恹恹地问：“什么事？”

秀娘说：“你去看看那个死鬼回来没有？”

秀娘指的是牙医。

少哉起身下山，来到三角街上，看到牙医诊所门口那个“外出采药”的牌子没有了，门还是紧闭着的。

不知为什么，他对这扇画满了牙齿的玻璃门颇为恼火，举起拳头猛敲：“开门！开门！”

门一下拉开了，牙医探出头，一看只是少哉，瞪着一双布满血丝的眼睛，吼道：“你，干什么？”

牙医一身杀气，一股血腥，完全不是以前见到的那个女里女气的男人，吓得少哉本能地后退了一步：“她让我过来看看……”

“看什么？我有事！”牙医狠狠地将少哉推出诊所，“砰”的一声关了门。

“这家伙要杀人哪？”少哉疑惑地回到山上，没好气地对秀娘说：“他回来了。”

“真的吗？”秀娘喜出望外，一个箭步冲出房门，“走，看牙！”

少哉拦住她：“今天别去了。”

秀娘不解：“为什么？”

少哉说：“他要杀人。”

秀娘摇头不信：“笑话，他连我一颗牙齿都舍不得拔，怎么会杀人？”

少哉说：“他已经不是人了。”

秀娘没听明白：“是什么？”

少哉骂了一句：“鬼！”

“牙疼，又是一夜没睡。”秀娘捂着腮帮子万分痛苦，“走吧，实在受不了啦。”

少哉跟着秀娘再到三角街时，牙医已经换上白大褂，笑容可掬地站在门口，像往常一样迎接秀娘：“好些了吗？”

秀娘几分娇嗔：“你不在，能好吗？”

少哉有点不相信自己的眼睛：牙医怎么一会儿变了个人？他跟着秀娘进了诊所，浓烈的药水味呛得他咳嗽了两声，朝里屋探头张望，竟然没有看到哑巴的身影。

“你，看什么？”牙医堵到少哉面前，拉上了里屋的那扇房门，黑着脸说，“这是我私人的地方，不要探头探脑。”

少哉问：“哑巴呢？”

牙医说：“走了。”

少哉突然想起来，被张三风击碎脑袋的那个黑衣人酷似哑巴。他追问：“干什么去了？”

牙医不耐烦地回答：“他娘死了，回去奔丧去了。”

少哉紧追不舍：“他是什么地方人？”

牙医一脸不高兴，不再搭理少哉。

“黄……”秀娘开腔了，“你去玩吧，别在这里烦人。”

“哑巴还回来吗？”少哉站着不动，眼睛盯着牙医的手臂。

牙医穿的是白大褂，袖口套得很紧。少哉很想冲过去，把那袖套给他翻起来看个究竟。

牙医脸色变了：“你看什么？”

少哉固执地盯住他：“哑巴是什么人？”

秀娘扔过一块大洋：“去找个漂亮的姑娘，好好玩玩。”

少哉站在躺椅边不动：“我的责任是保护您的安全。”

“这里是我最安全的地方。”秀娘从躺椅上爬起来，抓住少哉的胳膊往外推，“别在这里出洋相，小心我叫胡英杰把你赶走……”

“我不能离开。”少哉抓住躺椅不放，“我们的弟兄被杀死在哨位上，如果你碰上了灰蛇怎么办？”

“什么灰蛇？”秀娘惊叫起来。

“日本鬼子的特工。”少哉加重语气，眼睛斜视着牙医，“它无孔不入，无处不在，比毒蛇还要凶残。”

牙医打开器具盒，握住一把钳子，眼睛盯着少哉的脚。

“神经病！”秀娘骂道，“这是牙医诊所，日本特工怎么会到这个地方来呢？”

她又对牙医解释：“这孩子可怜，他媳妇被日本人的飞机炸死了。刚刚收到信，父亲也过世了，他心情不好，变得有点神经。”

“谁说我神经？”少哉大义凛然，“我不会把个人的痛苦放在抗日救国的大局之上的！”

秀娘摇头：“你看看，他把什么事都往抗日救国上扯。”

牙医无奈，只好让少哉站在躺椅旁边。

少哉瞪大双眼，看着牙医把钳子伸进秀娘的嘴，把秀娘捣鼓得满嘴是血，然后将一团棉花塞到她嘴里。

秀娘从躺椅上下来，歪着鼓起的半边脸，很不高兴地对少哉喊道："我没死呢，走啦……"

少哉跟在秀娘身后出了玻璃门。

"神经病！"秀娘将一口带血的棉花狠狠地吐出来，"你是不是看我也像灰蛇？"

少哉反驳："您不是，但不能保证别人不是。"

"你怀疑牙医？"秀娘张扬地比划着，"你没看到他那双手，比女人还修长纤细，杀人的事，他干得出来吗？"

"哑巴呢？"少哉与秀娘争执起来，"我怎么看，都觉得哑巴很像被我们击毙在密林里的那个灰蛇。"

"哎呀，什么事被你一说，都像真的一样。"秀娘跺脚，"他不是说了吗，哑巴回家奔丧去了。"

少哉反问："那是他说的，你能证明吗？"

"太神经了！"秀娘气得大骂，"像你这样疑神疑鬼，叫我到哪里去看牙？"

少哉不甘示弱："如果他们绑架了您，我怎么向团长交代？"

秀娘不屑地哼了一声："这种事，也只有你才做得出来！"

回到营盘，少哉越想越不对头。

他直觉牙医就是灰蛇，牙医诊所就是灰蛇的据点，张三风击毙的那个灰蛇跟哑巴的长相差不多。他决心一定要摸清底细、抓住把柄，不把这条毒蛇抓出来，决不罢休。

白天，他陪着秀娘看完牙之后，立马返回三角街，坐到那家小书店的门边看书。当然不只是看书了，他的眼睛时刻注意着牙医诊所，看那玻璃门里有什么人进、什么人出，看牙医粜了多少米、买了多少菜……他相信，只要摸清了这些状况，就能掌握灰蛇的动向，剥下牙医的伪装。

晚上，他换上一套在街边地摊上买来的旧衣裳，缠上一条长头巾，收拾得像个本地的山民一般，然后把枪插到腰间，趁黑出发。

秀娘看到了，高兴地问："有人啦？"

少哉反问："什么人？"

秀娘说："心上人嘛。"

少哉不屑："一天到晚只记得那些事。"

秀娘奇怪了："哟，那你去干什么？"

少哉一脸神秘："不能讲。"

秀娘一声冷笑："哟，你还能干出什么惊天动地的事情来？"

夜幕中，少哉下山了。

这是他第一次在夜间进入三角街，不知为什么，心咚咚地跳得很厉害。四周黑影幢幢，他觉得每一座房子都很阴森，每一个人影都像灰蛇。他顺着墙角，侧身前进，生怕惊动了街上的尘埃。

他来到了牙医诊所附近，那幢房子黑幽幽的没有一点生气。走近了才发现，门窗上画的假牙在夜晚竟如此狰狞。

这是他几乎每天都要来的地方，老远就闻得到那血腥和药水的味道。这个牙医，恰恰在出事的那天挂了个"外出采药"的牌子，事后又发现哑巴不见了，难道这些只是巧合？

尤其是牙医关于人和动物的对话，让少哉如骨鲠喉。只有日本鬼子，才会对希特勒在欧洲的作为喜形于色，才会把中国人当做动物一般的劣等民族。

他悄悄地潜伏在玻璃门的缝隙上，睁大眼睛朝里窥探。里面黑洞洞的，看不见任何东西，也听不到任何声音。

难道灰蛇也睡觉了？

他潜伏在诊所附近的一条巷子里，贴着巷口的墙角，盯着黑暗中的玻璃门，不让自己的眼皮眨一下。

一连几天，他白天观察，晚上潜伏，紧盯牙医的一举一动。奇怪的是，这家诊所除了秀娘来看牙之外，几乎没有其他病人。偌大的畹町镇，就没有第二个人牙痛？而牙医也极少出门，几乎没有看到他粜米买菜，甚至不见他上馆子，他吃什么、喝什么？

越盯，疑点越多。

几天下来，少哉疲惫不堪。

突然间，一个黑影从眼前一晃而过，靠近了诊所的玻璃门。

伏在巷口的少哉噌地一下站起来，从腰间拔出了手枪，心里喊了声"灰蛇"，一个箭步冲出了巷口。

黑影一见有人，转身钻进黑暗之中。

少哉大步流星，急匆匆地追了上去。

黑影快，他快。

黑影慢，他也慢。

黑影绕着三角街折了两个来回，兜了三个圈子。

他紧跟在后面，折了两个来回，兜了三个圈子。

黑影加快脚步，走进了客栈街。

少哉紧跟不舍，跟进了客栈街。

这条街道的两旁，都是些大大小小的客栈和骡马店。虽然家家门户紧闭，每家门口却挂着一只灯笼。淡淡的光亮像胭脂一样抹在门口的地面上，它们在告诉远来的客人：这里是你落脚的地方。

黑影来到一家客栈门口，举手敲响了大门。

大门咿呀一声开了，里面的人招呼了一声，将黑影让进去，把门关上了。

少哉追到门口，正要敲门，一只手在他肩膀上拍了一下。

他吓了一跳，回头一看，却是杨胜利。

"你跑到这里来干什么？"杨胜利问道。

"嘘……"他朝里面指了指，"灰蛇。"

"卵屌，里边住的是马帮，哪来什么灰蛇？"杨胜利熟门熟道地说，"他们都是走古道、跑西洋的，跟日本人没关系。"

"我看到一个黑影，跑到牙医诊所门口准备接头，被我吓跑。"少哉指着大门，"刚从这里进去。"

"这里是马帮的地盘，他们可是杀人不眨眼，你活得不耐烦啦？"杨胜利挽住少哉的胳膊，在他耳边悄声说，"我带你去一个地方，告诉你什么叫灰蛇。"

"哪里？"

"跟我走就是了。"

少哉被杨胜利拖着，离开客栈街，来到窑子聚集的地方，一股骚气顿时扑面而来。

少哉警觉地问："到这里来干什么？"

"这里蛇多。"杨胜利笑着说，"有青蛇、白蛇、美女蛇……肯定也有灰蛇。"

"我不跟你们同流合污。"少哉骂了一句，推开杨胜利，"我要去抓灰蛇！"

"等我一会儿。"杨胜利见少哉脑袋不拐弯，只好指着一堵围墙说，"我去拿样东西，然后跟你一起去抓，总可以了吧？"

说罢，纵身而起，轻盈地跳了进去。

少哉站在围墙外，左等右等不见杨胜利的人影。正要走人，一扇门吱的一声开了。还没等他反应过来，门里伸出一只手来，冷不防地将他拉了进去。

少哉魂飞魄散，拼命挣扎。

无奈脖子被勒住，发不出声音来。

他被拖进一间屋子，扔在地上。人还没站起来，却听到一阵女人咯咯咯的笑声。

一只灯笼挑出来，少哉眼前亮了。房间里站着三四个浓妆艳抹的女子，一股窑子里特有的香味和骚气扑鼻而入。

“你们要干什么?”少哉傻了眼，直愣愣地看着她们，“我是国军，抗日英雄!”

“嘻嘻嘻……”女子们一个个笑弯了腰，“我们喜欢的就是国军弟兄，尤其喜欢抗日英雄。”

少哉站起来了，扯直身上的衣服，一脸正气地指责：“国难当头，灰蛇逞凶，你们怎么还有脸做这种事情?”

“你说我们该去做什么?”一个满脸雀斑的女子冲到少哉面前，叉着腰抢白道，“等着日本人来强奸啊?”

少哉无言答对：“我不是那个意思，我是说有很多工作是可以去做的……”

雀斑脸突然动手，一下将他推倒在床上：“我们的工作就是让国军弟兄们快活，快活够了去打鬼子……”

“不，我不要……”少哉手脚并用，拼命却抵挡不住几个女人的纠缠。

女子们熟门熟道，活生生地将他的衣服剥了个干净。

少哉缩着身子，弓成一团，蜷在床上哇哇大叫：“你们不能强迫我……”

这是战争时期的奇特景象，哪里有军队，哪里就聚满了卖春的女子。她们像春天的菌种，只要有一截寄生的木头便能生存。

看到眼前这么一个清秀可爱的小兵，如此羞惭和胆怯，让她们觉得好玩，动手动脚地撩他。撩得他像只出水的大虾，乍蹦乍跳地从床头躲到床尾，从床尾躲到床头，这更激起了她们的玩兴，一个个嘻嘻地笑弯了腰：“好久没有看到这么有意思的男人……”

少哉放声大叫：“我没钱!”

“已经有人替你给了。”

“谁?”少哉大吃一惊，“什么人替我给的钱?”

“反正有人给了，管他是谁。”雀斑脸已经解开了自己的衣服，“我们只管收钱，你只管快活。”

“不！我不要！”少哉一声尖叫，一头扎到床边的桌子角上，额头上冒出血来，吓得女子们呀的一声跑掉了。

第二十四章　断　腕

月亮从高高的山巅上露出脸来，清冽的光辉撒向丛林和深谷。铜铃声叮叮当当，夜行的马帮把山林敲得更加寂静。

三角街上早已空无一人，客栈和骡马店里也静悄悄的。门口的灯光暗淡了，牲口的鼻息和客人的鼾声在围墙里起伏。

“傻屌……”杨胜利把少哉扔进窑子后，自己跑了出来，回到了客栈街。

他喜欢这地方，这里什么都有，随时可能爆出惊险场面，让人在一场场虚惊中得到快感，得到收获。

这是一个四方杂来、三教九流汇聚的地方，表面的沉静中处处蕴藏着杀机。卖淫、嫖娼、走私、贩毒无所不有，盗窃、欺诈、火拼、抢劫随处可见，动不动血溅街头，身首异处。当事者不鸣冤、不叫屈、不告官、不张扬，只是静静地等待着下一次，在某个风高月黑夜，无言地报复。

杨胜利受连长马驷奇的差遣，为弄一块石头日夜混迹三角街上。哪里水深，哪里水浅，哪里入门，哪里出货……几天来他已经摸了个八九不离十。一般的马帮，一般的货物，来了就来了，不足为奇。若是有来头的，那行走的模样和气势便与众不同。缅甸的红宝石，是比金子还要贵重一百倍的东西。如果有人身上带了那种石头，想靠近都难。

终于有了消息：今夜到了个有来头的人。

杨胜利立即盯了上去。

可那只是一个黑影，进了客栈后不抛头、不露面，连喝水、撒尿都不出门。稍一走神，黑影溜出了门，顺着街沿的暗处一阵疾行，来到了牙医诊所门口。

跑到那里去干什么？杨胜利紧跟在后。正要下手，半路杀出个程咬金。少哉突然从对面的巷子里冲出来，咋咋呼呼地把黑影吓跑了，还不依不饶地追到客栈门口。

像他那个德行，送进去连个尸体都找不着。

杨胜利不想让少哉送死，也不能让他搅了自己的差事，只得使出调虎离山之计，把他扔进了窑子。

客栈街上弥漫着骡马粪便的气息，与那些此起彼伏的鼾声和千奇百怪的梦魇合在一起，合成了另一个斑斓的世界。

杨胜利像个幽灵，靠近了阴影中的那家客栈。大门当然是不能进的，每一家户枢用的都是黄梨木，无论开关都会发出咿呀的叫声。泥搭的围墙很高，墙垛上还有带刺的蒺藜，防止不轨者越墙而入。院内都有狗，剽悍而凶猛，一有动静便发出那种低沉的怒吼，大有置人于死地的能耐。

白天，他已经将这家客栈里外的地形环境默记于心。这家院子的一角有一棵刺槐，树枝伸出半个身子来，越出围墙，遮住了银色的月光。他走到树下纵身一跳，伸手抓一根树枝，一纵身便坐到树杈上了。

院子里的狗发出了低沉的咆哮声，他掏出一个事先藏在怀里的肉包子扔了下去。狗左右闻了两下，迟疑地吃了下去。

一个伙计披着衣服跑出来，咳嗽两声，撒了泡尿，伸头四下张望了一番，不见狗叫，又缩了回去。

杨胜利在树杈上小憩片刻，月亮在树缝里朝他眨着眼睛，院子安静得只剩下秋虫的鸣唱。

客栈的房间里，此起彼伏的鼾声像山风一样刮起来。

他朝月亮笑了笑，猫一样轻轻地落到院子里的地面上。

狗已经躺在地上睡着了，马厩里的马匹烦躁地扭动着屁股，发出一种不安的叹息。客房里都是统铺，那些在长途跋涉中耗尽了体力的汉子们，在鼾声的间隙中做着各自的美梦。

所有的货物都用油布袋子包装着，外面还捆了绳子，一只只紧紧靠着汉子们的身体。出鞘的刀和顶着火的枪就放在他们的手边，稍有动静，闭着眼都能伤人。

客房的门都比较简单，一扇木板或者一张麻袋帘子而已。杨胜利摸到一间客房门口，蹲下身子钻了进去，靠近一堆货物，舒展着身体躺了下来，和着里面的节凑也轻轻地响起了鼾声，手却在油布包上悄悄地摸索起来。

油布很厚，长久的风吹雨打让它变得很硬。

他顺着凸凹不平的纹路摸了很久，胳膊轻轻一抖，手腕处滑出一只飞薄的刀片。

刀片轻轻地划过，发出极其细微的嗞嗞声，油布包开裂了。

他的手伸了进去，摸了一阵，没有摸到他要的东西。

当他掀开另一个油布包时，鼾声停止了，一个声音含混不清地喝问："谁？"

杨胜利不惊，身子顺势往油布袋子上一靠，头往货堆里一钻，鼾声响了起来。

那个汉子坐起来，支着胳膊打了个哈欠，起身走出房门，哗啦啦地撒了一泡尿。

杨胜利看到他睡过的枕头边，塞着一个方方正正的油纸袋。拿到手上掂了掂，不轻也不重，像是一本书。

他大字不识一个，这辈子最讨厌的东西就是书，正要扔掉时，想到这是黄救国喜欢的东西，顺手将它塞到了怀里。

那家伙回来了，一倒头又呼噜起来。杨胜利再将手伸进油布包中，在里面四下摸索，还是没有摸到他想要的东西。

夹到屁眼儿里去了？杨胜利心里骂咧咧的，回头看了一眼躺在边上的汉子。

这家伙长相有点怪，额头偏，眼睛小，鼻梁塌，满脸络腮胡，头发像一堆棕色的乱麻。往下看，汉子穿着一件麂皮夹袄，双手紧紧地抱在胸前，嘴里不停地吧嗒着，像在吃什么山珍海味。

杨胜利的眼睛在晚上会发光，他的目光停在汉子双手紧抱的胸前。这个姿势有点怪，好像时刻在提防着什么。

他靠了过去，轻轻地拱了一下汉子的胳膊肘。

汉子动了一下，嘴里咕噜着翻了个身，双手抱得更紧。

杨胜利得意一笑，把手伸进自己的裤筒，轻轻地摸出一根鸡毛，放在嘴上吹了口气。干他这一行的，不一定要带刀带枪，鸡毛之类的小玩艺儿常常可以派上大用场。

他支撑起身子，将鸡毛伸到汉子的鼻孔下，轻轻地拨弄了一下、两下、三下……三下还没拨完，汉子张大嘴，"阿嚏、阿嚏"地打了三个大大的喷嚏，杨胜利往边上一滚，得手了。

他很得意，拿到手上的是一个比鸡蛋稍大一点的石头，沉甸甸的，在黑暗中闪着一种异样的红光。

"有贼……"杨胜利正要起身离去，汉子突然喊了一声，一把抓住了他的左手，"抓贼！"

街上的狗狂吠起来，马帮的伙计们一跃而起，呐喊着从各自的房间里冲出来，打着唿哨叫喊："抓贼……"

"完了……"杨胜利本能地意识到这帮家伙的机警，他使劲儿地扭动着身子，企图逃离。岂料那汉子腕力巨大，只听见咔嚓一声，胳膊脱臼，也没能将自己的左手挣脱出来。

“还给我。”汉子低沉的声音里充满威慑，另一只手已经亮出了白晃晃的刀子。

杨胜利一低头将石头塞进嘴里，一使劲，吞到肚子里去了。

汉子刀光一闪，他的左手一麻，血喷了一地。

杨胜利蹿出房门，冲过院子，正要跳上围墙时，围墙边的草垛里钻出几个人来。他们一个个手上拿着雪亮的弯刀，鼻孔里哼哼出声，将他团团围住。

“闪开！”杨胜利的左手滴着血，右手从怀里掏出一颗手雷高高地举过头顶，“谁敢过来，炸死他……”

那些人似乎不太相信他手上拿的东西，举着刀步步紧逼过来。

他没有退路，咬住手雷的弦一甩脖子，张手扔了出去。

“轰”的一声，火光一闪，他纵身跳出了围墙，带着一路血迹逃回了营盘。

少哉头上的伤势不重，从窑子回到营盘后，到医疗队抹了点药、贴了块胶布，回到床上睡不着。

他一直回想着当时出现在玻璃门前的那一幕，后悔自己不该贸然出击，吓跑了黑影。更加蹊跷的是，杨胜利为什么会出现在那家客栈的门口？他为什么要把我扔进窑子？

真是个可恶的家伙，你坏了我的大事……少哉越想越睡不着，他从床上爬了起来，坐到银杏树下，看满山迷雾，魅影幢幢，看山崖上的月亮，渐渐隐去了半个圆盘。

山下传来一声爆炸，他一下跳了起来，冲到营盘门口，只见一群人举着火把，吵吵嚷嚷地从山坡下冲了上来。

“发生什么事了？”少哉询问哨兵。

“可能是马帮火拼。”两个哨兵听到动静，抱起枪来翘首张望。

“黄救国，是我……”营盘门外不远处的草丛中，一个人影跌跌撞撞地扑倒在地。

一听是杨胜利的声音，少哉连忙冲出营盘大门，看到他的右手托着左臂，血从空空的袖笼里滴答出来，惊讶地问：“手呢？”

“给他们砍了……”杨胜利倒在少哉怀里，身子一软，人往下滑溜。

少哉抱住他：“什么人？”

杨胜利的身子像草一样轻：“马帮……”

少哉抱怨：“我跟你说过多少回，不要再干那种勾当！”

杨胜利已经没有说话的力气：“是‘天牌’交办的差事……”

“抓贼啊……”举火把的人跟着血迹追了上来，“当兵的做贼，抓住他……”

少哉连忙将杨胜利背进营盘，招呼哨兵：“快把门关上！”

哨兵关上木栅门，举火把的人已经冲到了门口，大声鼓噪：“抓贼，抓住他……”

“军营重地，不准冲击！”哨兵横着枪挡在门口，拉开了枪栓，厉声吆喝。

“当兵的做贼又杀人，冲进去……”围聚到营盘门口的人越来越多，他们呼啸着，推搡着木栅门往营盘里硬冲。

杨胜利在少哉的背上说：“去连部，找‘天牌’……”

少哉跑到连部，大喊：“连长……”

马驷奇听到动静，披着衣服走出帐篷。

“出事了！”少哉耸着背上的杨胜利，“他的手被人砍了，抓贼的追进了营盘。”

马驷奇扑向杨胜利：“差事办了？”

杨胜利的左手滴着血水，已经昏迷不醒。

“快送医疗队。”马驷奇一边指使少哉，一边招呼手下的士兵，“操家伙，跟我走……”

一帮弟兄们抄起枪，跟着马驷奇冲向营盘的大门。

少哉急匆匆地把杨胜利背到团部医疗队的帐篷，医生看到他的断腕，问少哉：“怎么搞的？”

少哉说：“连长派他去办差事，跟马帮发生了冲突……”

医生问：“手呢？”

少哉摇头：“丢了。”

医生连忙开始清洗和缝合伤口。

少哉在一旁哀叹：“没手了，将来怎么打仗？”

医生说：“能保住性命就不错了。”

营盘门口枪声大作，马驷奇带着手下弟兄一顿猛烈的扫射，撂倒一片手持火把的人，赶走了闹事的马帮。

他回头来到医疗队，急忙冲到病床边，喊了两声不见动静，伸手到杨胜利的怀里乱摸，摸出一个油纸袋。

拆开一看，里面是一本书。他哗哗地翻了一遍，生气地往地上一扔，骂道：“妈的，谁要一本破书！”

少哉从地上捡起那本书来，只见封面上写着“大地”两个字。这是长期居住在中国的美籍作家赛珍珠的著名小说，发表后在世界各地引起很大的反响，并且还获得了1938年的诺贝尔文学奖。

爱看书的少哉早已耳闻《大地》的名声，此时看到，十分意外，立即将它捡了起来。

“喂，醒醒！”病床前，马驷奇啪啪地拍打着杨胜利的脸，“我要的东西呢？到手了没有？”

杨胜利慢慢地睁开眼睛，声音细得几乎听不见：“到手了……”

马驷奇伏到他耳边问：“在什么地方？”

杨胜利的喉管动了一下。

马驷奇会意，连忙伸出手，从他的喉咙管一直摸到腹部，手停住了，扭头喊军医：“快，把他肚子里的东西搞出来。”

医生问：“什么东西？”

马驷奇比划着说：“一块石头，吞到肚子里去了。”

医生说：“他失血太多，得先止住血。”

“马上给我搞出来。”马驷奇把医生拉到一边，低声威胁，“那是团长要的东西。”

正翻着书的少哉不知马驷奇跟医生嘀咕什么，抬起头来问：“连长，你让他去干什么差事了？”

马驷奇瞟了他一眼：“没你的事。”

“怎么没我的事？”少哉唠叨，“他是我兄弟，你让他丢了一只手，将来怎么打仗？”

“走走走，哪里好玩哪里去！”马驷奇连推带搡，把他赶出了医疗队。

帐篷里，医生拿出灌肠用的橡皮管和生理盐水，将管道插进了杨胜利的喉咙，将盐水灌进他的胃肠。

病床上，杨胜利的身体抽成一团，开始呕吐出一大摊的黄水。

“黄……”

秀娘早上起来，梳洗打扮好了准备上街，不见少哉的人影。喊了两声，也不见回应，只得过来敲他的门。

“来了……”少哉从睡梦中惊醒，翻身起来拉开门，一脸迷糊地问，“干什么？”

秀娘骂道：“太阳晒破屁股了！”

少哉揉着眼睛，难为情地说：“睡过头了。”

秀娘问:“晚上干什么去了?”

“看书。”少哉老老实实地回答,“看得太晚了。”

“准备考状元?”

“不是,看一本小说。”

“风花雪月吧?”

“不是。”少哉赶紧洗了把脸,跟着秀娘上街,“一个美国作家写的,讲的是中国农民的故事。”

“稀奇了。”秀娘边走边问,“美国人怎么知道中国的事情?”

“她是在中国长大的,了解中国的习俗。”少哉饶有兴致地介绍,“这本书,在美国与最著名的长篇小说《飘》一样轰动,在中国跟《红楼梦》齐名。”

“真的?”秀娘虽然没有上过学,在评弹班子里跟着师傅学戏的时候,认识了不少字,会背许多段子,对《红楼梦》里的故事更是津津乐道。听少哉说起这样一本书,她也兴致勃勃:“写的什么,说给我听听。”

“是一部家族小说,书的主人翁名叫王龙,是一个中国南方的农民。他家境贫穷,一心想要一块土地和一个老婆。后来,他的梦想实现了,不但有了大片土地,还娶了好几个老婆,生了很多孩子,却遇到很多麻烦和坎坷。”少哉说,这本书里的人物和自己家乡的乡亲们差不多,看起来格外亲切。

他边走边给秀娘讲述着书中描写的故事,不知不觉间便到了牙医诊所。

牙医照例在门口迎接,照例把秀娘让到躺椅上,照例拉上帘子,拿出钳子、镊子,捣鼓得她满嘴是血。

自从怀疑牙医是灰蛇、牙医诊所是灰蛇的据点之后,少哉对牙医产生一种莫名的憎恶,看到他就想动手把他抓起来。

可是秀娘照样来看牙。哪怕是嘴里塞着棉花,也要和他叽叽喳喳地说个不停。

看着他们那种一日不见、如隔三秋的样子,少哉恶心,也懒得理会,于是,从怀里掏出那本书,坐在门边的一只凳子上看了起来。

开始的时候,牙医并没在意。

见平日东张西望的少哉坐在那里一动不动,看得那么入神,那么认真,不禁伸出头来问了一句:“你,看的什么?”

“《大地》。”少哉头也没抬地应了一声。

牙医嗯了一声,停止了手里的所有动作,走出帘子,再一次地问道:“《大地》?”

“《大地》。”少哉抬起头来,把书的封面朝牙医亮了一下。

那是一本黄色封皮的书，封面上印着一行夸张的美术体英文字母“THE COOD EARTH”，下面还有“大地”两个中国字和作者赛珍珠的名字。

牙医看了一眼，脸色大变，一步冲了过来，将书夺到手里，哗啦啦翻了一遍，回头对少哉说：“借我看看？”

少哉看得正带劲，岂容牙医横刀夺爱，跳起来双手抓住书本：“我还没看完！”

牙医喘着粗气，语带威吓：“先让我看！”

少哉瞪圆眼睛：“凭什么？”

牙医使劲儿抢夺：“我喜欢这本书。”

少哉死不松手：“你夺人所爱！”

两个人，四只手，紧紧抓住那本书，僵持不下。

“啊呀呀，你们在干什么呢？”秀娘从椅子上翻身起来，走出帘子，看到他们俩在抢书，连忙插到中间，一边擦着嘴里冒出的血水，一边吆喝：“怎么跟小孩子一样，为看一本书抢成这个样子？”

牙医命令：“叫他给我看！”

少哉大吼：“等我看完再说！”

秀娘朝牙医妩媚地一笑，伸手在他肩上拍了一下：“你是大人，他是孩子，让他看完再给你看嘛。”

牙医晃神，少哉趁势将书抢了回来，夺门而出。

“别着急，我让他快点看。”秀娘安抚牙医，“为一本书，抢成那个样子，值得吗？”

牙医眼冒绿火，差点把手里的钳子插进秀娘的脑袋。

第二十五章　追　杀

少哉有空就抱着《大地》翻阅。

这是一本旧书，有人翻过的痕迹。有的地方，还用钢笔画下了记号。是什么人看过的呢？画下的记号又是什么意思？少哉看来看去，百思不解。

秀娘问了几次：书看完了没有？人家牙医还等着看呢。

少哉没好气地回答：早呢。

不是没看完，而是压根不想搭理那个可恶的牙医。

天气依旧湿淋淋的，山路湿滑难行。有时候秀娘不想出门了，便差遣少哉下山去买一些她想吃、想用的东西回来。

“去买点包子回来尝尝吧。”秀娘吃不惯营盘伙房的那些粗菜淡饭，不甘寂寞地喊道，“要江南春那家的，荠菜馅的。”

少哉应了一声，准备出门。

秀娘又叫：“顺便到绸缎铺去问一声，有没有到什么新鲜货。有的话，叫他给我留着，我明天去看……”

“是。”少哉穿上雨衣，准备出门。

“用这个吧。”秀娘站在门口，将一把雨伞递过来，“买了东西提在手上不会打湿。”

少哉脱下雨衣，接过了秀娘的伞。

雨下得缠缠绵绵的，花伞在雨雾中格外亮眼。他撑着伞走出营盘时，哨兵笑道：“哟，好漂亮的伞，去相亲哪？”

少哉得意地一笑：“跑腿。”

这是一把描花的油纸伞，不仅花色鲜艳，做工也精致，是本地工匠特有的手艺。撑在头顶，一摇，水珠朝四周飞旋，很好玩。

少哉边走边哼着小调，旋着雨伞，下了山。

从营盘去三角街的路途不远也不近，大约二三里地。下山，拐弯，经过一道山隘，再往前走不远就到了。山隘不深，却很险，两旁的峭壁像刀劈开的一般，枯松倒挂，危石凌空。平常，和秀娘、老罗一起下山不觉得恐惧，独自一人走到这里，冷风嗖地吹过，浑身的汗毛都竖了起来。

少哉加快脚步，想快点通过山隘。不料头顶哗啦一声震响，一块巨石从峭壁上冲着他的人影砸了下来。

哗啦啦……巨石带着峭壁上的石片、土块，瀑布一样地落了下来，若不是他跑得快，早已被砸成了肉泥。

从山隘间逃过一劫的少哉回头看了看：奇怪呀，雨下得并不大，怎么会有石头落下来呢？往常从这里过往的人不断，也没听说过有石头砸下来呀？

还没等他狂跳的心平静下来，又听得嗖的一声，一支冷箭从路旁的林子间射出来，穿透了雨伞，擦着他的鼻梁飞过，扎在路边的草地上。

“谁？”刚刚死里逃生，冷不防又来了这么一箭，少哉吓得腿都软了，吆喝一声，从腰间拔出枪来，推上子弹，朝四面吼道：“什么人？给我出来！”

少哉的喊声惊起一群飞鸟，飞鸟拍着翅膀，从林子里冲出去，飞上天际。

“你在喊什么？”杨胜利的左手吊在脖子上，从另一条小路上蹿出来，歪着身子堵在少哉面前。

“有人追杀我。”少哉从地上拔起箭来，头上冷汗直冒。

“你是有钱还是有色？”杨胜利嘻嘻哈哈地问，“135团一千多号人，为什么独独杀你？”

少哉把箭递给杨胜利：“因为我在追捕灰蛇。”

“这是一支傣族人猎杀野兽的箭，箭头上涂过毒药，见血封喉。”杨胜利看了一眼，内行地说，“你又不是野猪，杀了你，能吃肉还是能卖钱？”

“幸亏秀娘给了我这把伞。”少哉指着伞上的洞说，“要不是它挡了一下，我已经完蛋了。”

杨胜利看了一眼那洞：“没事，我认识一个修伞的，天晴了，让他给你补补。”

“关键是有人在追杀我！”少哉心有余悸地对杨胜利说，“自从你那天晚上出事以后，我老觉得背后有人，一出门就有事。前天下山，刚横过公路，一辆卡车莫名其妙地冲了过来，差点把我撞死。刚才路过那个山隘，上面突然滚下一块大石头，如果不是跑得快，早被砸死在那里了。”

杨胜利听了，哈哈大笑：“要杀你太容易了，还用得着绕那么大的圈子？”

“我说什么你们都不信。”少哉跺脚，“等我死了，你们就相信了！”

“信信信，是有人在追杀你。”见少哉真的生气了，杨胜利只好安抚道，“可是，135团在追捕灰蛇的也不止你一个人啦，你肯定是得罪了人。”

少哉说：“我得罪了牙医。”

杨胜利笑着问：“因为捉奸吗？”

“狗屁！”少哉骂道，“你偷回的那本书，我看得正带劲，他也要看，我没给。”

“为看一本书？”杨胜利摇头，“能吃还是能喝？”

“我怀疑他是灰蛇。”少哉说，“他声称那个哑巴奔丧去了，为什么到现在还没回来？”

“如果他是灰蛇，满地都是长虫了。”杨胜利一个劲儿地摇头，“灰蛇部队都是些杀人不眨眼的家伙，他那个娘娘腔能干什么？”

少哉也是一头雾水：“正是因为有这些情况，我越想越蹊跷，才更加怀疑。”

“你是自己在画只老虎吓自己。”杨胜利伸出右手拍了拍少哉的肩，宽慰道，“走吧，我给你当保镖，看谁还敢追杀你！”

少哉看了一眼他的左手：“伤怎么样了？”

“我是狗肉，好得快。”杨胜利动了一下左臂，“只是没法端碗。”

少哉好言相劝：“只剩下一只手了，别再去干那种事。”

“你不是说当兵的要服从长官命令吗？跟你倒马桶一样，也是抗日救国嘛。”走到街口，杨胜利在一家本地的米粉店前拉住少哉，“我请你吃过桥米线。”

少哉问：“发财了？”

“‘天牌’这回说话算数，给了赏金。”杨胜利喜滋滋地拍着腰包，“两块大洋。”

少哉问：“你吞到肚子里去的是什么？”

“一块石头。”杨胜利说，“‘天牌’告诉我，是团长要的东西。”

“不吃。”少哉一听那些鸡零狗碎的事情就生气，“我没脸吃你的东西！”

“不吃拉倒，端什么架子？”杨胜利讨了个没趣，扭头钻进了米粉店。

少哉独自一人走进三角街。

街上人来人往，热闹如常。熙熙攘攘中，一个人扛着一根碗口粗的木头柱子，直冲着人群中少哉的脑袋撞了过来。

“你要干什么？”少哉本能地左躲右闪，刚躲过柱子的冲击，却不料那家伙横扫而至，咚的一声撞在他的头上，一下把他撞晕了倒在地上。

那家伙扔下柱子，跳了过来，在他身上翻了个遍，没有找到想要的东西，扬长而去。

他在找什么？

少哉睁开眼睛，看到人头、屋檐、阴沉的天。他伸手摸了摸匣子里的枪，还在。秀娘买包子的钱，也在。

街上的人问：“那家伙跟你有仇啊？”

少哉站起来，扯了扯身上的军服，故作镇静地说：“我只和日本鬼子有仇。”

秀娘在街上看到了一件宝石镶钻的貂皮大衣，价格贵得惊人，却着了魔似的把卖家领回团部，声称非要买到手不可。

胡英杰正急着出门，看到秀娘领了个陌生人进入营盘，皱起了眉头。秀娘却高兴地喊道：“胡英杰，你来看，这是什么？”

胡英杰扫了那人一眼，吩咐秀娘："收拾一下，跟我出去。"

秀娘问："去哪里？"

"不是给说过的吗？"胡英杰说，"吴次长今天过生日，我们去给他祝寿。"

"好哇，把它给我买下来。"秀娘把大衣举到胡英杰的眼前，"宝石镶钻，真正的貂皮！"

胡英杰扫了一眼："在这个地方，哪有穿貂皮的季节？"

"我会一辈子都呆在这里吗？"她甜甜地笑着，"一破夫差国，千秋竟不还。范蠡三徙，赠送貂皮予西施的故事千古流传，难道你不想成人之美？"

胡英杰问卖家："多少钱？"

"才两千块！"秀娘抢着伸出两个手指，"不是在这个地方，能碰到这么好的东西，只要这个价钱？"

卖家在一旁唏嘘："这是世上最名贵的貂皮，加上上等的宝石和碎钻，当年在上海，至少一万大洋，全中国没有几个女人穿得起的。"

"你摸摸，手感多好！"秀娘拉过胡英杰的手，"这是真正的水貂皮，缅甸的红宝石，佛罗得亚角的碎钻，夜里闪闪发光。"

卖家也说："等您打了胜仗回到老家，一万大洋，在乡下，能买一百亩好田。到上海，能买一幢洋楼！"

胡英杰横着眼瞪住卖家："一千！"

卖家看到胡英杰身后站着两个背枪的卫兵，吓得哭丧着脸说："一千、一千……这全是长官的面子。"

秀娘在一旁傻了眼："胡英杰，你太狠心了。"

胡英杰喝道："你不买拉倒。"

"买买买。"秀娘连说，"哪里碰得到这样的便宜？"

胡英杰吩咐副官，从军费中挪出了一千块大洋，买了貂皮大衣。

秀娘进屋，将大衣穿在身上，在镜子前上看下看，爱不释手。

胡英杰在外面喊："快走哇！"

秀娘抓了个精致的皮包拎在手上，让少哉把琵琶从墙上取下来，一摇三摆地出了门："走。"

胡英杰指着她身上的貂皮大衣："把它脱了。"

"为什么？"秀娘尖叫起来，双手抱臂，"好不容易才碰到这样的好东西，我得穿着它去……"

外面艳阳高照，所有人都是单衣薄裤，胡英杰连连摇头："这种天气，哪有穿这种东西的？”

“谁说不能穿？它冬暖夏凉。”秀娘敞开双臂在胡英杰面前旋转一圈，“今天非穿它不可！”

“嗨呀！”胡英杰急得跺脚，“这不是出洋相吗？”

“什么叫出洋相？我不穿它穿什么？”秀娘脸色一变，使起了性子，跑进屋里把箱子一掀，将衣服一件件地扔出来，“跟了你这么长时间，才给我买了几件衣服？让我像叫花子一样去见人啦？”

“你别去了。”胡英杰气恼无比，扭头走了。

“胡英杰，你这个忘恩负义的东西……”畹町这些无聊的日子让秀娘有点变态，她把貂皮大衣往地上狠狠一甩，一屁股坐在床上哭了起来，“去死吧，让你出门就吃子弹……”

少哉进屋，把扔在地上的衣服一件件捡起来，叠好，放回到箱子里。

“黄……”秀娘淅淅沥沥地哭着，十分伤心，十分沮丧，“我活着还有什么意思……”

少哉随了一句：“是没意思。”

“上街。”她忽然跳了起来，把貂皮往身上一披，“我要上街！”

“这模样，还要上街？”少哉看着她满脸被汗水和泪水冲出的沟沟壑壑，心生恐惧。

“上。”秀娘坐到镜子前，飞快地擦去脸上的污垢，飞快地涂脂抹粉，飞快地画了眉毛、搽了口红，一会儿的工夫，换了个人似的朝少哉喊道：“走！”

当他们敲开牙医诊所的玻璃门时，牙医大吃一惊，不认得似的看着她：“你……怎么来了？”

秀娘头上冒着细细的汗珠，兴奋地在他面前旋转了一圈，一个亮相，问道：“怎么样？”

牙医并没有注意到她身上穿的什么，而是心不在焉地问：“你不是说今天有活动，不来了吗？”

“不就是吴次长过生日嘛，我不去给他捧场。”秀娘愤愤不平地说，“大人物我见得多着呢，一个次长有什么了不起？”

“吴次长？”牙医的耳朵侧过来了，听着秀娘的说辞。

“无名山的主管，仗着山洞里存放的东西多，在那里拉着架子当大爷……”秀娘再次把貂皮大衣亮到牙医的面前，“不管他们啦，你看到人家穿的什么嘛？”

牙医这才注意到她身上的大衣：“啊，明克……好东西……”

“什么明克呀，这是貂皮，宝石镶钻貂皮大衣!”秀娘娇媚地骂道，“土包子，连貂皮都不知道，什么明克不明克?”

明克是英语MINK（貂皮）的音译，少哉一惊，回头看了一眼，警觉地问：“你懂英语?”

“哪里、哪里……”牙医显然心不在焉，不断地回头朝里屋看，嘴上敷衍道，“对对对，貂皮……很少见的。”

秀娘在诊所里走来走去，眼花缭乱地摆姿势，还不停地追问牙医：“你觉得怎么样嘛……”

“好看，漂亮……”牙医言不由衷地赞叹，神情僵硬古怪。

诊所的气氛与平常不太一样，牙医的神情莫名地紧张。少哉敏锐地感觉到：今天有事。他四下观察着，绕过牙医的躺椅，靠近里屋的房门，听到一阵嘀嘀哒哒的声响从里面传了出来。他一怔，正要去推开那扇紧闭的房门，一只手重重拍在他的肩上。

回头一看，牙医在他背后哼哼冷笑：“你，探头探脑，这个习惯很不好。”

少哉质问：“里面在干什么?”

牙医却反问：“书呢?”

少哉没好气地回答：“没看完。”

“为什么还没看完?”

“你管不着!”

“请你出去，不要在这里影响我的治疗!”牙医脸上笑意狰狞，用手比划了一个不容置疑的动作。

“里面是什么声音?”少哉执意要去推开那扇房门。

牙医瞬间变脸，冷不防一拳，闪电般地将他击倒在地。

少哉摔了个仰八四叉，愣愣地看着那张变形的脸，蓦然想起自己被追杀的情景。他嗖地爬了起来，拔出枪顶住牙医的胸膛：“是你在追杀我?”

“干什么、干什么?”秀娘从躺椅上跳起来，抱住少哉的胳膊，挡住少哉的枪口，将他往诊所外面推，“我不是给过你钱了吗?你去玩嘛，看书、吃包子、泡姑娘都行!”

“他在追杀我!”少哉挣扎着喊道，“这家伙居心叵测，企图置我于死地……”

“那是人家的房子嘛，你探头探脑的干什么呢?去去去，哪里好玩哪里去!”秀娘把他推出了诊所，咔嚓一声关上了玻璃门。

少哉被秀娘赶出牙医诊所，满脑子还是嘀嘀哒哒的声音。

那是什么声音？他们那个屋子里在干什么？难道是哑巴回来了？牙医的拳头很重，少哉的头还在隐隐作痛。

他站在诊所外的街道上，一百个问号挂在眼前。

天空中，罕见的阳光露出了笑脸，云彩像赶摆的少女一样聚集在一起，窃窃私语。大道上，山民们挑着担，赶着驴，熙熙攘攘而来。三角街上，嘈杂的叫卖声像溪水一样灌满了街道。

尽管如此，那嘀哒之声还是不断地从嘈杂中跳出来，钻进少哉的耳朵，敲击着他的神经。

那肯定是灰蛇，我绝对不能放过。少哉绕着牙医诊所转了一圈，转到诊所背后的山坡上。

山上林木茂密，杂草丛生。风吹过，树叶哗哗作响。从这里看下去，牙医诊所和街上其他的房屋一样，前面是街道，屋后也有一个院子。只是这间院子不是一般人家的竹木篱笆，而是砖石垒砌的高墙。院子里还搭盖着茅草顶棚，挡住了少哉的视线。

一个看牙的，为什么要这么大的院子？里面既然不堆柴米油盐，偏要盖个顶棚干什么？

他满怀疑惑地靠近围墙的后门，贴着开裂的门缝朝里探望，果然看到有人影晃动，且有呜呜的如同推磨般的声响传了出来。

这声音更像鬼魅的呼啸，一下子绷紧了少哉的神经。

他横扒竖看，门缝的空隙有限，难得看清里面的真相，呜呜声却越来越真切，像一股强劲的风在里面回旋。

少哉着急了，他后退几步，纵身跳跃。可惜了，他没有杨胜利那般翻墙越室的本领，跳了几下，把膝盖都撞破了，也没看清里面的情形。

无奈之下，他只好在山坡上寻了几块石头，一块一块地搬过来垒在墙边，然后踏着石头爬上去。

终于攀上墙头，伸头一看，院子里一个身材矮矬、模样极像哑巴的男人，正满头大汗地摇着一个铁皮的轮盘。轮盘呜呜作响，底下拖出一条黑色的电线，拉进了里屋。往上看，茅草顶棚上，插着一支阶梯状的天线。

“电台！”他不由自主地惊叫了一声。凭着在教会学校学过的无线电知识，他立即判断：那是一台手摇发电机，连接的是灰蛇部队的电台。

围墙上的动静惊动了摇轮盘的男人，那家伙手腕一抖，嗖地扔出一把尖刀，直冲着少哉的眉心飞过来。

少哉身子往后一仰，手一松，脚下垒着的石头垮了，人重重地摔了下来，眼前金星直冒。

“敌特、灰蛇……”少哉连滚带爬，不顾一切地冲到街上，对满街的人大喊大叫，“抓灰蛇……”

街上照样熙熙攘攘，四面八方而来的马帮、商客和乡亲们，不知道这个背着匣子枪的小兵在喊些什么。他们只不过抬头朝他看了一眼而已，该做生意的做生意，该走路的走路。

“抓灰蛇啊……”

少哉声嘶力竭，大街上无人理会。他好不容易冲出人流如水的三角街，冲回了营盘。

第二十六章　鸽血红

经过与吴乃仁的多次交涉，孟子越终于得到了一台无线电测向仪，并且请求上级从昆明调来了一位专业的无线电工程师。他们将测向仪装载在一辆吉普车上，一旦截获到信号，立即开车追踪。

可是敌人十分狡猾，不断变换发报时间和地点，信号的强弱、长短也无规律：有时候缠绵，像情人的呓语一样絮絮不休；有时候短暂，嘟嘟几声就停止了呼叫；有时候一连几天没有动静，动起来却如同暴风骤雨。尤其让孟子越恼火的是，常常刚追踪到目标附近，信号就断了。

他每天带着搜查队四处搜查，截获的密码如同天书，那些毫无规律的字母排列和莫名其妙的数字，请来的专家也无法破解。他将截获的信号编码送到昆明，司令部的高级参谋们说，重庆和昆明也截获到类似的信号，均无法破译。

这几天，无线电信号再一次密集起来，孟子越预感到这是个不祥之兆。正当他带领搜查队准备出击追踪时，胡英杰在营房门口拦住了他：“搜查队今天别行动了，你跟我去参加吴次长的生日宴会。”

胡英杰一心讨好吴乃仁，在九谷河边弄到一幢单门独院、依山傍水的小楼。那楼原是一位南洋富商的别墅，后来住进了几个维护滇缅公路的工程师。胡英杰以加强防卫的名义把工程师赶走了，将房子弄了过来，精心装潢了一番。他要在吴乃仁五十岁的生日这一天，举办一个盛大的生日宴会，还要奉献一件让吴乃仁惊心动魄的礼物。

早上起来，胡英杰就张罗着要全体军官剃头刮脸，换上崭新的军服，去南洋别墅为吴乃仁祝寿。

孟子越请示：“团长，今天情况异常，我不宜赴宴。”

“不要草木皆兵嘛。”胡英杰拉下脸说，“一年才赶上吴次长过一次生日，不去不恭。”

孟子越再次请求：“大家都去了，您替我表达一下敬意，祝他生日快乐。”

“孟子越，上次你就弄得吴次长很不快活。”胡英杰提高音调，“你那套无线电测向仪，不是靠他多方斡旋，怎么能到手？”

孟子越无话可说了，只好随行来到南洋别墅。跟吴乃仁一阵空洞的寒暄之后，万般无奈地坐在宴会桌上。看着满桌的鱼肉菜肴，他食而无味，端着满杯的酒水难以下肚。那些破译不了的密码像结成团的麻绳一样纠缠着他脑袋，无线电信号的声音像榔头一样敲击着他的心脏。

宴会大厅里酒酣耳热，风起云涌，还有一帮风尘女子前来助兴。音乐响起来了，女子们纷纷拉起军官的手，跳起了交际舞。胡英杰趁机邀请吴乃仁到三楼阳台上说话。

阳台上搭了一架翠竹凉亭，亭下摆了竹桌竹椅、茶壶茶杯。山水间云缠雾绕，凉亭里微风习习，茶壶里的普洱散发着清香。

吴乃仁走进凉亭，放眼四顾，感慨道：“让我在这种时候、这个地方，过这样一个生日，感激不尽。”

“五十而知天命，完全是次长的修行所至。”胡英杰拱手，“在下祝您飞黄腾达，万寿无疆！”

吴乃仁说：“倘若能苟活下一条性命，日后也要找一个这样的地方养老。”

“到我们浙江去好啦。”胡英杰一听精神大振，“在我们浙江，像这样的山水比比皆是，到时候我给您寻一处僻静的地方，整理那么一套园子，修心养性，颐养千年。”

吴乃仁看着天空：“仗打成这样子，只怕是做梦了。”

“战争迟早是要结束的，日本人也不可能没完没了地打下去。只要您有这份心思，肯定能梦想成真。”胡英杰请吴乃仁入座，泡茶，看着吴乃仁的脸色悠悠地说，“俗话说了，靠山吃山嘛，多少人在发国难财，只有您，尽忠职守。”

吴乃仁空洞点头：“国难当头，尽忠职守是应该的。”

“请。”胡英杰将斟满茶水的茶杯奉送到吴乃仁的手边，“人也是要生存的啦……前线吃紧，后方紧吃，听说身在重庆的那些人一天到晚都在往自己的口袋里捞油水，可怜了我们这些身在前线、随时准备为国尽忠之人。”

吴乃仁看了他一眼：“你不怕杀头？”

胡英杰心中暗喜：天下没有不渗水的墙，越是要命的地方，越容易下手。他拖开椅子，换了个方向，和吴乃仁并排坐北朝南，看着九谷河大桥上来往的车辆，推心置腹地对吴乃仁说：“这地方是茶马古道的中转站，到现在还有不少马帮驮着茶叶、布匹和盐巴，去那边换红木、鸦片和宝石。红木没人要了，战乱不断，谁还有心思寻古访幽？鸦片虽然难听，却是一本万利的东西。还有宝石，跟黄金一样是硬通货，只要局势一变，价值连城……”

胡英杰的话差不多已经说白了，吴乃仁眯着细细眼睛，似听非听，陷入长长的沉思之中。

胡英杰悠悠地喝了一口茶，从怀里掏出一块石头，往吴乃仁面前的茶几上一放。

“嗝哒”一声，吴乃仁心头一颤，眼睛一亮。

那是一颗温润如脂、鲜红如血的石头。

他一下坐起身来，一把将石头抓到手上，连声问道：“哪来的？”

胡英杰不动声色：“抹谷。”

“好东西！”吴乃仁大声称赞，“一石之下，万石之上，缅甸的国宝。知道它叫什么名字吗？”

胡英杰摇头：“听说次长喜欢，我就把它拿来了，为您的五十大寿尽我的一点孝心。”

“呃，我怎么经受得起？”吴乃仁兴奋地说，“这叫鸽血红，能看到一眼，就是一生的福分。”

胡英杰故作惊讶：“哦？我还真不懂。”

吴乃仁说：“缅甸的红宝石是所有宝石中最珍贵的，鸽血红又是红宝石中最珍贵的。它鲜红，美丽，朝气蓬勃，可以逢凶化吉，遇难成祥，夫人非常喜欢。尤其像这么大的一颗，世间罕见。”

听他说出“夫人”二字，胡英杰心里一震。在国府的高层人士中，大家都尊称蒋夫人宋美龄为“夫人”。不知道吴乃仁此刻说出的是蒋夫人，还是其他的哪位夫人。

“知道它为什么贵重吗？”吴乃仁拿着石头抚摸着，察看着，爱不释手，“缅甸有一个传说，龙生下三个蛋，第一颗蛋孵出的是异教之王，第二颗蛋孵出中国的皇帝，第三颗孵出的就是红宝石。”

“哦……”胡英杰听着，如释重负，连连点头。

吴乃仁说：“这是神赐给大地的礼物，一般人是不能拥有的。如果有人发现红宝石却想占为己有，会被挖去双眼，关在永不见天日的地牢里终其一生。因此，如果发现上好的红宝石，特别是像这种罕见的鸽血红，国王的使者就会骑着大象出现，然后将红宝石恭送回宫中。否则，会引发一场血光之灾。”

吴乃仁的故事讲得胡英杰毛骨悚然：难怪这块石头到手时，陈尸街市，血溅军营，果然不是一般人能拥有的。

“人类与红宝石有非常长久的关系，这种像血一样的红色也被赋予诸多传说。中世纪的人将红宝石磨成粉和入水中，可以当止血剂。而患有热症或发炎症的人，用红宝石放在额头或发炎的部位摩擦，有治疗的功效。”吴乃仁继续说，“这两种病，夫人都有，因此她酷爱宝石。能得到这样的鸽血红，国之大幸也……”

胡英杰听得热血沸腾，趁机进言道：“吴次长，有幸在云南边陲的这个小地方遇见您，三生有幸。有机会得到这块石头并且奉献给您，更是幸中之幸。如果这是一件宝物，是上天赐给您的，您将它收下，或者由您奉献给夫人，也是我等之大幸。”

“不敢、不敢……”吴乃仁将石头放在茶桌上，“这是你的东西，还是由你去奉献给夫人吧。”

“哪里、哪里……”胡英杰连连摇手，“我这辈子，哪有见到夫人的机会？还是由您先收着，方能不负国之大幸。”

吴乃仁看着胡英杰：“非得要交给我？”

胡英杰斩钉截铁：“当然。”

吴乃仁一笑，将石头拿起来，掏出手绢小心地包了，放进胸前的内口袋中：“君子之托，性命之交。”

胡英杰长长地出了一口气，欣喜无比地说：“有您的英明领导，绝不会出差错。”

“过奖、过奖……”吴乃仁谦逊地摇头，“有蒋委员长的英明领导，我们才能无往不胜。”

一杯清茶，一丝幽香，两人品得有滋有味。

山坡下，一行行卡车轰鸣着，背着沉重的负荷，有的直接上道，开往内地，有的拐弯，开进了无名山。

胡英杰问：“那些东西长途转运，总会有损耗吧？”

吴乃仁说："有啊，损失不可避免，但是上头给我的损耗率只有百分之三而已。"

胡英杰心头一算，惊讶不已。百分之三，比例虽小，数目却大。嘴里却说："太紧太紧，这么长途的运输，这么多道的转手，还有敌人的骚扰破坏，百分之三怎么够哇。"

吴乃仁点头："是啊，前不久，一个车队刚过桂河桥，连人带车摔到河里去了，怎么办，只能现场勘察，实报实销了。"

"我明白、我明白……"胡英杰连连点头，"这种事故，随时随地都有可能发生的……"

吴次长一笑："你是个聪明人。"

胡英杰认真地说："都是次长教诲的结果。"

"听说你金屋藏娇？"吴乃仁忽然问道，"从南京带过来的？"

"在汉口碰到的。"胡英杰尴尬地一笑，"苏州人，会唱几句评弹而已。"

"有艳福哇……"吴乃仁感慨地拍着椅背，"战乱不断，离乡背井，人无合欢，家无团圆……这日子要到哪一天才是尽头？"

胡英杰靠近他的身边："别看畹町是个小地方，天南地北的人多得是。大家闺秀、新潮女学生、艺人戏子……无所不有，不知次长有哪方面的爱好？"

"哪里哪里，你也够忙的……"吴乃仁往山里一指，"里面都是官兵，人多眼杂的。这种事情反映上去了，老蒋要骂人的……"

"您放心。"胡英杰站起来，双手比划着，"这幢房子，单门独院。从今天起，就是您的行宫了。"

"你呀，真是个有才华的人，怎么才当个团长呢？"吴乃仁赞赏道，"其实，你是个文官的料子。等仗打完了，我回去给老蒋说一声，调你到内务部去，那里才是你的用武之地。"

"太感谢您了，吴次长，您是伯乐。能在此时此地为您效劳，真是三生有幸……"胡英杰感激涕零，恨不能跪地谢恩。

"对了，有件事得问问你。"吴乃仁拍着脑门说，"你那个参谋长叫什么来着？"

"孟子越。"胡英杰看着吴乃仁，小心地回答。

吴乃仁问："他是怎样的一个背景？"

"他是山东人，上过大学，孟老夫子的后裔。"胡英杰斟字酌句地说，"这个人带兵还可以，就是太较真。"

“身边有个这样的人也不错。”吴乃仁毫无表情地说，“他的精明和才华也是难得的。”

胡英杰一怔，悠悠地说：“可惜的是，忠诚上可能有些问题，他的老婆是共党。”

“是吗？”吴乃仁一愣，“对这样的人，尤其要特别提防。”

胡英杰和吴乃仁上楼密谈，宴会厅的军官们一个个抱着小姐旋转得难分难解。

别墅里香汗热舞，孟子越如坐针毡。

一个舞女的手伸到他肩膀上拍了一下：“跳一个？”

“对不起，我还有事。”

孟子越再也坐不住了，起身离开了南洋别墅，疾步赶回营盘。

刚走到寺院门口，正好看到少哉气喘吁吁地跑了上来。

少哉边跑边大呼小叫：“参谋长，有情况……”

孟子越站住：“什么情况？”

少哉满头大汗，喘得舌头都快要吐出来：“我发现了灰蛇。”

孟子越惊讶地问：“什么地方？”

少哉指着山下：“牙医诊所。”

“牙医诊所？”孟子越难以置信。

“我听到了发电报的声音，看到院子里有人在摇发电机，顶棚上还有无线电天线……”少哉急切地说，“我爬上墙头察看，差点被他们一刀杀了……”

话音未落，天空传来一阵微微的轰鸣声。孟子越抬头一看，一架黑色的飞机从云层里钻出来，呜呜地飞到畹町上空。

“敌机，这就是他们用无线电引过来的！”少哉指着天空，惊恐地大喊大叫。

这是一架小型侦察机，绕了一圈之后，开始降低高度，像只黑鹰一样在低空盘旋。

“把它打下来！”孟子越冲进团部，拿起电话通知高炮营对空射击，同时紧急集合搜查队，下山搜捕灰蛇。

少哉跟随孟子越跳上吉普车，车上的搜索器果然截获到无线电信号。孟子越一挥手，带领队伍扑进三角街，包围了牙医诊所。

正当士兵们正要冲进去时，玻璃门开了，秀娘从里面走出来，张开双臂挡住大家：“你们要干什么？”

士兵们说："执行公务。"

"这是我看牙的地方，用不着你们执行。"秀娘身穿貂皮大衣，头上香汗淋漓，满脸堆笑地来到孟子越面前，"牙医是好人，他天天给我看牙，没什么可执行的。"

"请你让开！"孟子越推开秀娘，冲进诊所，用枪顶住牙医："什么地方的人？"

牙医一脸和气："浙江。"

"行医执照？"

"有、有……"牙医将证件、执照一并递到孟子越手上。

孟子越看了一眼："对不起，我们是例行公事。"

牙医伸手："请、请……"

少哉领着弟兄们冲进里屋，冲到后院，翻箱倒柜地搜查了一遍，没有发现任何设备，也不见有人活动的迹象。

"怪了……"少哉傻眼了，"我明明听到了发电报的声音，明明看到了手摇发电机，还有无线电天线，就支在茅草的顶棚上……才一会儿的工夫，怎么就都不见了呢？"

孟子越问："发电机在哪里？"

"这里。"少哉指着地上的两块砖头，双手比划道，"是这样摇着的，电线从这里拉进了里屋……"

孟子越蹲下去仔细察看：砖头上干干净净，看不出摆放过什么东西的痕迹；地上脚印杂乱，是弟兄们冲进来时踩踏的。里屋阴暗，只有一张床和一口木头箱子，是牙医起居的地方。

"他们从后门跑了。"少哉领着孟子越来到后院，指着外面的山岗和密林说，"刚才，我爬上了那个墙头，差点被他们的飞刀击中。"

"你胡说什么呀？我一直都呆在这屋里，哪有什么飞刀？"秀娘冲过来，却毫不留情地斥责少哉，"你天天跟着我来这里看牙，他只是个大夫，他连我的牙都舍不得拔，难道你不知道吗？"

"不，他是灰蛇！"少哉指着牙医，突然大叫，"叫他把袖子捋起来……"

孟子越看着牙医。

士兵们端着枪，围住牙医。

秀娘惊讶地看了看众人，回头看着牙医。

牙医晃着脑袋轻轻一笑，慢慢地拉起两只白色的袖笼，将两条光滑的胳膊高高地举起来，亮在众人面前。

少哉绕着牙医手臂看了一圈，没有发现樱花的记号。

“他……”少哉满肚子委屈，不知说什么好。

秀娘对孟子越说：“这孩子受刺激了，神经有毛病，一天到晚疑神疑鬼，看谁都像日本鬼子，把所有的人都当灰蛇。”

“没有……我说的千真万确……”搜查队撤离，少哉跟在孟子越身后申辩，“参谋长，我的神经没毛病，我一直在暗中监视他们。只是我们迟到了一步，让他们跑了。”

孟子越看了他一眼，淡淡说：“去做你的事吧。”

少哉沮丧地站在路边。

秀娘从牙医诊所出来，把他骂了个狗血淋头：“你再敢这样做，我让胡英杰把你赶出135团！”

山头上，高炮营开始“砰、砰”地对空射击。

敌机撅着屁股，赶紧钻进了云层。

第二十七章　NQ密码

少哉通风报信失误，搜查队扑了个空，弟兄骂他谎报军情，他百嘴难辩，委屈至极。前思后想，越想越觉得牙医是灰蛇，牙医诊所是灰蛇部队的窝点。

可是没有人相信他，连一贯称赞他是个好兵的参谋长也翻了白眼，少哉无法忍受。

畹町的夜晚是寂静的，高大的银杏树在微风中沙沙作响。少哉坐在寺院里的银杏树下，看着不远处参谋长房间里的灯光，想象着参谋长殚精竭虑的情景，心中隐隐作痛。

他知道参谋长在为那些破解不开的密码发愁，在为抓不到敌人狡猾的特工而着急。他憎恨自己置身局外，不能助参谋长一臂之力。他渴望自己能成为搜查队的一员，跟参谋长去冲锋陷阵。

每当参谋长跳上吉普车，带着搜查队骤然出击时，电子测向仪的天线在车头边刷、刷、刷地摇晃，全副武装的搜查队员跟在车后奔跑，那种叱咤风云的气势激动人心。即令是一次次地无功而返，看着他们筋疲力尽地回来，卸下武装、擦拭汗水的情景，也让少哉向往不已。

杨胜利曾经好奇地问过少哉：那几片叶子，怎么能捕捉到千里之外看不见摸不着的电报信号？

少哉在教会学校里学习过无线电方面的课程，还进过实验室，操作过模拟发报机。他给杨胜利讲解，无线电信号像水里的波浪，天线就是放在水里的浮标。波浪一来，浮标就动。浮标一动，信号就收到了。

“啊，像钓鱼……可是鱼钩和鱼饵在哪里呢？”

“这不是钓鱼，不用鱼钩，也不要鱼食。”

杨胜利当然无法理解无线电原理，少哉却沉浸在那渺无边际的想象和推测中了。他是个有心人，虽然每天都要身不由己地跟着秀娘上街，却留心着搜查队的出入，观察他们的行动，记住他们捕获的敌人电台的规律，然后坐在银杏树下，冥思苦想。

两棵银杏至少有几百年的历史，两人环抱不过的树干，擎天巨伞般的树冠，哗哗作响的树叶，使得宁静的夜空多了一些生气。这个地方的云很潮，只要没有风它就笼罩下来，把一切浸湿。有风的时候，吹开一片云，露出的天空格外地蓝，星星像伸手能摸到一般的近，连银河边牛郎织女的脚印都看得见了。

这样的夜晚容易让人遐想，这样的遐想容易产生奇迹。看着天，看着云，看着云缝里的星星，少哉突然意识到什么，转身跑进自己的小屋，拿出赛珍珠的那本《大地》，哗啦啦地翻了起来。他发现，有人在这本书的特定页码里做了记号，把那些用笔画过的词和字连起来就是一句话，代表着某种意思。

比如“青菜三块五，黄豆五毛”之类，绝对不是在报菜价！

少哉的心猛地一震，捶着自己的脑袋狠狠地骂道：笨蛋，难怪牙医要抢我的《大地》，难怪他派人追杀我！

他从小屋里冲出来，抱着《大地》敲响了参谋长的门。

孟子越开门看到少哉，惊讶地问：“黄救国，还没睡呀？”

少哉上前报告：“参谋长，我有重要情况……”

孟子越笑了：“进屋说吧。”

参谋长的房间里只有一张床、一张桌子、一把椅子、一盏挂在墙上的马灯，桌子上铺满了打着密码的纸张。

少哉把《大地》往孟子越面前一放，翻开做过记号的页码，自信满满地说：“这就是敌人的密码。”

孟子越看了一遍，不甚明白：“这本书是哪里来的？”

少哉将书的来历讲了一遍。

如同天方夜谭，孟子越实在难以置信：“怎么什么怪事都落到你身上了？”

“因为我一心想着抗日救国，时刻都盯着敌人的动向。”少哉从怀里掏出一张纸条，“我把搜查队每次截获到信号后出击的时间进行排列，发现晴天多，阴天少，遇到连阴下雨天时，几乎没有动静，一到天气转晴，信号频繁出现，搜查队出击的次数便多起来了……”

孟子越一听，觉得有理，拍了一下他的肩，将小屋里唯一的一把椅子推给他：“坐下来说。”

少哉受到鼓舞，心情激动，将半瓢屁股放在椅子的一角，轻轻咳嗽了一声：“参谋长，我虽然没有跟你们在一起，心却是追随着您的。你们什么时间出击，遇到什么情况，取得什么效果，碰见什么意外……我都记在心里。每天晚上，您在这灯下研究敌情，我在外面看着您的身影，就不由自主地回想你们的活动。因此我断定，敌人发报的内容跟天气有关。敌人的侦察机飞到畹町上空的那天，就是一个少有的晴天。”

“对对对……像你这样思考问题的人很少，真是个好兵。”孟子越连声称赞，抬起头来问道，“你懂无线电？”

“学过一点，知道美国人莫尔斯发明电报的故事。是他通过电磁学的原理，第一个想到用点、线和空白的组合来表示数字和字母，把人类复杂的语言用最简单的方法表现出来，著名的莫尔斯电码是十九世纪最伟大的发明。我在实验室敲过电报按键，发过最简单的电码，嘟、嘟、嘟嘟……”少哉的手指跳动着做发电报状，嘴里还发出嘟嘟之声，把那情景模仿得惟妙惟肖。

“你过来看看……”孟子越眼前一亮，把桌上的密码单摊开，“敌人很狡猾，他们使用的是一种我们从未见过的编码方式，专业密码员也难以破译。”

少哉趴在桌子上，仔细察看着每一张纸条，上面尽是一些莫名其妙的数字和符号。但是他发现有些数字是重复的，不仅跟搜查队截获信号和出击的时间相吻合，而且跟《大地》里做过记号的词语相符。少哉脑子里的机器开动了，转动的速度和超人的想象力让孟子越吃惊。他指着纸条说：“这个‘231’出现的次数最多，代表早上六点钟。‘248’是中午。‘459’表示天气不好，‘401’则是晴天……”

他把自己的猜测毫无顾忌地告诉孟子越。孟子越听了，难以置信地点头：“有道理……”

少哉说：“我在报纸上看过一位外国专家写的文章，称日本人使用的是一种叫做‘NQ’的密码，它用一种特殊的数字代表某种含意，除了他们自己以外，外人极难破译。”

“慢点，让我们的专家来听听你的想法。”孟子越起身，将住在他隔壁的专家叫了过来。

这是一位曾经在德国留学的无线电工程师，专门负责破译密码的工作，孟子越好不容易才将他从昆明请了过来。那天搜查牙医诊所，他也去了，对少哉可没有好印象。

听了少哉一番云里雾里的推测，专家翻起了白眼：“孟参谋长，世界上的每一种密码，都是根据某种特定的规律精心设置的，每一个数字，每一个符号，都有特定的意义，甚至每一个空格都代表完全不同的意思，怎么能相信这种主观臆测的东西？这是专业，不是儿戏。听信这种胡思乱想的东西，会贻误大事！”

他把《大地》往桌上一扔，看也不看少哉一眼，转身离去。

如同一盆凉水，浇得少哉浑身发抖。

孟子越一时也错愕：“是啊，科学，专业……我们的国家差就差在科学和专业上。敌人挖空心思袭击我们，我们却束手无策。”

少哉低着头，万般痛苦地说：“参谋长，我的确不懂专业。但我心里想的全部都是如何破译敌人的密码，赶快抓住灰蛇。”

“我明白你的心情。”孟子越安慰道，“从一开始我就认为你是个好兵，什么事都想干得出色。可是我们每个士兵，最主要的是要做好本职工作，完成分内的任务，其他的，就不要多想了。”

“参谋长，让我参加搜查队吧，只有跟您在一起，我才觉得生命有意义。”少哉鼓足勇气把自己心里话讲了出来，“要不然，让我回一班也行，我实在不想再进那个牙医诊所。”

“黄救国，大家来当兵，都是为了挽救这个破败的国家，为了给我们的民族讨回一点生命的尊严。”孟子越抬起头来，目光平和地看着少哉，“抗日的工作很多，也很复杂。你在秀娘身边，其实也是在为抗日救国出力……”

“不，参谋长，团长以前也是这么说的，后来我越想越不对……给一个姨太太当跟班，跟我抗日救国的理想相差太远了……”少哉伤心地抽泣起来，泪水把眼前的灯光都打模糊了。

孟子越看着他那副伤心的模样，心中涌起一种怜悯。他倒了一杯水放在少哉面前，语气缓和地劝解道：“人不可能事事如愿的，当年我跟你一样，一腔热血跑来当兵扛枪。到队伍中一看，满眼是贪污腐化，打一仗败一仗，大好河山都丢给敌人……我从头到脚都凉透了。可是回头一想，这就是我们的国家，这就是我们的军队啊，一个人怎么能扭转乾坤？所以，我们只能尽心尽力，把每一件事情做好，才能不负自己的一腔热血。”

参谋长的话，字字入耳，少哉听了情不自禁地连连点头，感同身受道：“我表兄曾经说过，这个国家从根子上腐烂了，只有推翻它，才有希望。”

孟子越看了少哉一眼：“你表兄真是共产党？”

“是的，他上大学的时候就是学生运动的领袖……他说，不但要推翻旧世界，还要打碎几千年来套在我们身上的精神枷锁，找回民族的尊严……”说起表兄，少哉来了精神，他问孟子越：“夫人呢？有没有她的音讯？”

孟子越抬起头来，凝视着闪动的灯光，无语。

少哉说：“其实，您是应该和夫人在一起的……”

孟子越站起来，轻声警告道：“以后不要说这件事。”

“是。”少哉低声回答。

孟子越问：“还去牙医诊所吗？”

少哉回答：“去，但是我不再进那个门了。”

孟子越问：“为什么？”

“秀娘不让我进去，我也不愿意进去。我讨厌牙医，看到他就恨。”说到这里，少哉的委屈又涌上心头，“参谋长，那天我报告的情况，句句都是实话，为什么就没有一个人相信呢？”

“黄救国，如果你真的认为牙医有问题，就更不应该离开秀娘。”孟子越斟字酌句地说，“其实，你的岗位很重要，你去的地方，别人不容易接近。你在那个地方，至少是我们的一只眼睛。”

少哉心里咯噔一响，抬起眼来，惊讶地看着孟子越。

孟子越说：“敌人很狡猾，没有你想象的那么简单。越是我们认为不可能的事情，就越有可能发生。在这种情形之下，就需要个人做出一些牺牲。”

少哉恍然大悟，双肩一耸站起来：“参谋长，我明白了。”

从此以后，少哉每天起床后的第一件事情就是出门看天，然后等着秀娘，期待着和她一起去牙医诊所。

畹町的冬季天气阴沉，雾也很浓。少哉早上起来，看到天上阴云密布，便很内行地告诉自己：今天没事。

不知为什么，他盼望晴天，以证实自己是否真的破译了敌人的密码。可是畹町这个地方的晴天太少了，即便太阳破雾而出，也只是出来晃那么一阵子，很快又躲到云堆里去了。

“黄，我看你到参谋长的屋里去了，在做些什么？”下山的路上，秀娘漫不经心地问道。

少哉一本正经地回答：“抓灰蛇。”

秀娘问：“抓到没有？”

少哉心事重重：“敌人太狡猾了。”

秀娘笑了：“是不是觉得我也是灰蛇？”

少哉说：“一切皆有可能。”

“我不是灰蛇。”秀娘大笑，“是青蛇！”

“有什么好笑的，我觉得每个人都可疑。”少哉一本正经地说，“有时候，连我自己都怀疑，我是谁？我们在这里干什么？越想越不明白。”

秀娘好不容易停止了笑声：“其实，牙医跟你一样，也是个关心时局的人，他问了我很多事情，可惜我什么都不知道……要不，你去跟他聊聊？”

少哉心里一动，嘴里却说：“你们不是不让我进去吗？”

“那是一时的气话，怎么还跟个孩子似的？看着你憋成那样子，我心里也别扭。”秀娘开导他，“别老以为人家是什么灰蛇，聊聊天，说说话，和解了，就好了。”

两人一前一后到了诊所，秀娘进去了，少哉仍旧站在门外。

阴沉的天晃开了，一道阳光从乌云的缝隙里穿出来，给阴沉的小镇带来了一片刺眼的光芒。

牙医诊所的对门新开了一家客栈，几个伙计不像是当地人，他们正在忙着打扫门前的灰尘。

少哉朝他们看了一眼，心里嘀咕：怎么又来了一帮人？

“黄，你进来吧！”秀娘站在玻璃门边喊他。

诊所里仍然是那股很浓的药水味，少哉跨进玻璃门，牙医生硬地朝他一笑：“请。”

“都是一场误会啦，大家都不要往心里去。”秀娘像女主人一样从中斡旋，“你不是挺关心时局的吗？我们的黄是这方面的专家，你们好好聊聊吧。”

牙医点头：“对，时局，聊聊。”

少哉开口便问：“知道昆仑关大捷吗？”

牙医一脸异样：“昆仑关？”

“日本鬼子在西北、华中和西南发动了多次攻势，都被我军迎头痛击，没有占到便宜。”少哉每天都在精心捕捉中国乃至世界各个战场上的信息，了解每一场战斗的细节，“前不久，狡猾的敌人绕道广西北海登陆，先后攻陷钦州、南宁，一个月后，攻陷了桂南战略要地昆仑关。在这紧急关头，蒋委员长命令杜聿明将军率领的中国第一支机械化军团，反攻昆仑关。仅用了两天的时间，不但将进犯的日寇全部消灭，而且击毙了日军第五师团的旅团长中村正雄！”

牙医听得面无颜色，少哉讲得眉飞色舞：“这场胜利不但极大地鼓舞了中国人民的信心与勇气，连美国人都说，只要给中国军队好的装备，他们肯定能成为一支无敌之师。”

牙医的手在微微发抖。

“怎么啦？”少哉盯住他手上的钳子，“难道你不因为我们的胜利而高兴吗？”

牙医一惊，回过神来：“啊，高兴……”

“当然，日本鬼子贼心不死，他们是不会善罢甘休的。”看着牙医那木然的神色，少哉心中窃喜，继续洋洋洒洒地说，“日本帝国主义和德国法西斯企图瓜分世界的最大障碍就是中国。我们中国是一道万里长城，横亘在德国法西斯和日本鬼子之间，想越过这堵高墙，万万不能！”

牙医随声附和：“不能……”

少哉像个战略专家似的挥着手：“中国的希望在西南，西南的要害是畹町，因此，他们千方百计会对畹町下手……”

牙医频频点头：“对，畹町。”

秀娘在一旁问：“怎么样，我们黄的水平不错吧？”

牙医言不由衷地：“不错。”

少哉盯着牙医的眼睛：“日本鬼子的灰蛇部队隐藏在畹町，他们秘密活动，搜集情报，用电报传送给他们的大本营，企图引导敌机来轰炸无名山。你知道吗，所有的密码都被我们截获了。”

“截获了？”牙医避开少哉的目光，扭过脖子，僵硬地对秀娘说：“我们，先看牙。”

少哉却意犹未尽：“虽然他们使用的是一种自以为难以破解的密码，却逃不过我们的眼睛，比如‘231’、‘248’、‘401’，等等等等，是什么意思，我都清清楚楚。”

牙医突然转过身，一把抓住少哉的手，两眼圆睁：“你，清楚？”

“当然。”少哉得意洋洋地说，“不过，这是我们的最高机密，不能再讲了。”

牙医头上青筋搏动，手里的钳子张开了口。

“哎呀，他知道什么呀，都是胡说八道。”秀娘见少哉越说越离谱，示意他赶快走人，“今天就聊到这里，你去玩吧。”

看到牙医那般难受的模样，少哉心里却有一种说不出的快意，蹦蹦跳跳地出了牙医诊所。

走了几步，他停住了，来到新开张的那家客栈门前，堵住一个伙计问道："从哪里来的？"

伙计答道："北边。"

少哉问："到这里干什么？"

伙计看了他一眼："做生意。"

客栈老板出来了，客气地拍着他的肩膀说："兄弟，你当兵扛枪，我们开店做生意，大路朝天，各走一边。"

这位老板身材宽大，面目堂堂，穿一件崭新的蓝布大褂，一条宽筒长裤，一双青面布鞋，像个远道而来的客人。他脸上堆满微笑，话语中有一种见过世面的大气，只是鼻孔下的一茬胡子让人觉得不太顺眼。

少哉摸着屁股后面的盒子枪，趾高气扬地说："告诉你们，我是专门盯日本特工的，谁想搞破坏，小心我崩了他！"

老板笑了："小兄弟厉害，佩服，佩服。"

第二十八章　捕蛇行动

时间进入了1941年，国际局势在诡异的气氛中发生着令人难以预料的变化。

欧洲的战火愈烧愈烈，西方世界到了崩溃的边缘。宽阔的太平洋上，越来越多的岛屿插上了太阳旗，站在太平洋彼岸的美国仍然举棋不定。中国战场像一团踏烂的泥淖，日军深陷其中难以自拔，恨不能一口吞下这个又大又烂的恶果。

1941年，中国人民在苦苦地煎熬着生命中最暗淡的时光。

畹町的这个冬天特别冷，这种寒冷跟北方不一样：北方是干冷，捂上棉衣就暖和了；这里是阴冷，寒气像毒蛇一样顺着脚跟往上蹿，直入骨髓。

队伍上没有发棉衣，不少士兵感冒发烧，手上脚上长了冻疮。少哉把自己所有的衣服都穿在身上，还是冻得索索发抖。

白天，他照样跟着秀娘去牙医诊所，虚虚实实地与牙医周旋。晚上仍在附近巷子里的潜伏，不懈地监视着牙医的一举一动。他下定决心：不把狡猾的灰蛇挖出来，誓不为人！

让他觉得奇怪的是，牙医再也不提要书的事了；外出时，身后也不见有人跟踪、追杀。难道真是自己的神经过敏吗？仔细地想一想，少哉明白了：敌人的密码已经失效，他们启用了新的联络信号——这更让他一点也不能松懈。

时间一天天地过去了，转眼间到了农历年的除夕。

这个夜晚与平常有点不一样。

街上多了一些行人走动，家家户户的大门上贴了红色的对联，有的还在门口挂上了一只小小的灯笼，气氛温馨了许多。

整条街上，只有那两扇玻璃门面目狰狞，与往常没有什么区别。

少哉照例换上衣服，缠上头巾，别着枪来到三角街，蹲在巷口，一个心眼地盯着牙医诊所。

夜深了，寒气袭人。少哉天天如此，实在太困，裹紧衣服靠着墙根坐下来。眼皮一盖，做起了梦。

他梦见老家长亭也是家家贴对联，户户挂红灯，还嗵嗵叭叭地放起了鞭炮。那时候自己也还小，凤仙刚到他家来不久。别看她岁数长，个子大，却怕放鞭炮，这情景让少哉十分快乐。他一手捏着拆散的鞭炮，一手拿着点燃的香，点着鞭炮往她脚下一扔，砰一声她就跳起来，吓得哇哇地叫着到处躲，快活极了……

一阵风吹过，或者是一个异样的响声将他惊醒了。少哉睁开眼睛，看到几个黑影匆匆闪进了牙医诊所的玻璃门。

他一个激灵跳起来。

还没等他冲过街口，玻璃门咔哒一声关上了。

千真万确，有人进去！

少哉从腰间抽出枪，踮着脚走近玻璃门，耳朵贴着门缝，清楚地听到里面有叽叽咕咕的说话声。

这时候天已经蒙蒙亮，街上开始有人走动。

不能再打草惊蛇了。少哉离开牙医诊所，跑回军营，换了衣服，洗漱干净，背着枪，敲响了秀娘的门。

过了好一会儿，秀娘才拉开门，探头出来问："干什么呀？"

少哉往山下一指："去看牙。"

秀娘一笑，满脸和气地说："今天过年，给你放假，去玩吧。"

少哉一听，才记起今天是大年初一。

全团放假，官兵们纷纷出动，互相拜年，团部的伙房还让大家吃了一顿难得一见的北方饺子。
少哉背起一袋事先买好的年糕，急匆匆地赶往一班。
山道边，杨胜利从后面冒了出来，笑嘻嘻地问：“去哪里？”
少哉脚步未停：“上山，跟弟兄们一起过年。”
杨胜利拍着他背上的袋子问：“什么东西？”
少哉说：“年糕。”
“好东西，我帮你背。”杨胜利伸过手来。
少哉看着他的左手道：“你伤还没好，我自己背。”
杨胜利伸出左臂，断腕处还缠着纱布：“过两天就能拆线了。”
少哉边走边说：“有件事，你得帮忙。”
杨胜利紧跟在后：“今天过年，不扫你的兴。”
少哉咳嗽一声：“我要搞一个捕蛇行动，请弟兄们一起出动。”
杨胜利想都没想：“小事一桩。”
少哉加重语气道：“这是一场你死我活的战斗，不是闹着玩的。”
杨胜利爽快地答应着：“你的事就是我的事。”
少哉嘱咐：“等一会儿，帮我做弟兄们的战前动员。”
杨胜利拍着胸脯道：“没问题。”
到了一班营地，杨胜利大声招呼：“你们看谁来了！”
大家一看，纷纷拱手：“过年好。”
“新年快乐！”少哉也拱手，把背上的年糕解下来交给张三风，“这是家乡风味，给弟兄们过年。”
“好东西！”张三风打开包裹，回头问老朽，“怎么个吃法，炸、煮，还是烤？”
“用火烤。”坐在一边的何进修回答，“烤的香。”
少哉来到何进修面前，深深一鞠躬：“祝你身体健康，万事如意！”
何进修笑了：“又是年糕又是拜年的，这么客气，是不是有求于我们了啦？”
“过年嘛，一点小意思……”少哉脸一红，转身跟大家一起拾枯枝，点柴火，将年糕架上去，香味在山间飘起来。
“好香！”杨胜利迫不及待地从火中夹出一块烤焦的年糕塞进嘴里，烫得直吹冷气，“好几年没吃到这么香的年糕……”
张三风招呼少哉：“你也来吃啊。”
“我吃过了，你们吃吧。”少哉站在一边，从怀里掏出一张事先画好的地形图，挂在附近的一棵小树上，“给大家说一件事。”

众人只管吃年糕，没人看他画的什么。

“敌人的灰蛇部队越来越猖狂，他们一刻也没有放弃袭击无名山的企图。今天凌晨，一小队特工潜入了畹町。我们要突然出动，打他个措手不及。”他拿着一根树棍，像个指挥官似的在地图上比划，“这里，就是我们进攻的目标。”

杨胜利回头看了一眼：“那不是牙医诊所吗？”

“是。”少哉指指点点，“它的前门是大街，背后是山岗，左右都是民房。我们将一部分人埋伏在后面的山岗上，一部人从前面进攻。前后夹击，将其一网打尽。”

“又在谎报军情。”张三风一边咬着年糕，一边笑问，“是牙医得罪了你，还是秀娘又让你去倒马桶了？”

“这是一场战斗！”少哉严肃地说道，“只有将他们彻底消灭，才能解除我们的心腹之患。”

何进修摇头：“出动队伍不是小事，要长官下令才行。”

“可是没有人听我的呀！”少哉难过地说，“上次，明明是灰蛇用电台在里面指挥敌人的侦察机前来侦察，可是由于我们的行动迟缓了一步，让他们溜掉了，到现在还有人在说我谎报军情。这一次，我们要悄悄行动，突然出击，打他个措手不及，让全团上下看看我们一班弟兄们的能耐。”

杨胜利夹起一块年糕送到他的嘴边，仍然不相信地问：“真有人进了牙医诊所？”

“弟兄们，中华民族到了最危险的时候！”少哉推开杨胜利的手，挥着树棍继续说，“我亲眼看到灰蛇潜入那个窝点，听到他们在里面说话的声音。今天，如果他们用电台发出信号，指引飞机突然袭击无名山，我们的抗日物资就全完了……”

说话间，太阳从云缝里露了脸，转眼间云消雾散，山川大地一下豁亮起来。

少哉一看，头上急出了汗珠：“你们看到没有，天晴了，这是最适合敌机飞行的天气。今天又是我们一年一度的春节，敌人肯定会趁机袭击。求求你们和我一起行动。消灭了灰蛇，是对抗日救国的最大贡献。如果违反纪律，要关要杀我一人承担！”

“要不，咱们陪他走一趟？”杨胜利看少哉那痛苦万般的模样，心肠软了，帮他煽动，“如果真是灰蛇，抓住了立功受奖；如果不是，全当玩游戏、捉迷藏，过年嘛……”

班长何进修不语，大家也不应声。

“班长，您是个有韬略的人，给我们讲过古往今来的许多战例，出奇才能制胜。”少哉蹲到何进修面前，乞求道，“我们团搜捕灰蛇的大小行动不下几十次，为什么都不奏效？就是因为兴师动众，走漏风声。今天我们突然出手，敌人肯定猝不及防。”

“老朽，你看咱兄弟急成这样，看着都心痛。”杨胜利帮忙求情，“是真是假，去一趟就知道了，也让我们好好过个快活年。”

张三风说：“今天过年，这一趟不能白跑。”

杨胜利头一歪：“他在街上的烧腊铺里订了一桌酒，事成之后，大家一醉方休。”

少哉一愣，明白了杨胜利的意思，马上呼应：“对，完事以后请你们喝酒，一醉方休……”

“真有这等好事？”一桌酒肉的诱惑很大，众人按捺不住，“那就走吧，下山去玩一趟……”

“不要大喊大叫，分头下去。”何进修妥协了，交代大家，“子弹要带足。”

“好呃……”众人背着枪准备下山，李抗战却扭头往帐篷里钻。

杨胜利一把拽住他：“走啊！”

李抗战连声说：“去不得。”

杨胜利怪叫：“为什么？”

李抗战朝少哉那边瞅了一眼：“他说的是真的。”

奇巧了，所有的人都认为不过是闹剧一场，为什么独有他相信是真的？杨胜利追问：“你也看到了？”

“我什么也没有看到，但他这回说的是真的。”李抗战边说边往后闪躲，脸上闪出怪异的神情。

“为什么？”

“跟着那个倒霉的家伙跑，只会碰到倒霉的事。”

“那你就更要去了。”杨胜利抓住李抗战的手，把他拖上了路，“如果是真的，我敬你一杯酒。”

众人吆喝着下山，何进修站在原地没有动弹的意思。

张三风招呼：“一起去喝一杯去！”

何进修说：“你们去吧，这里不能不留个人。”

杨胜利回头喊道：“放心吧，有酒有肉我给你捎回来。”

直到此时，除了李抗战，还没有一个人认为真有什么灰蛇。包抄牙医诊所，也只不过是去玩一场猫捉老鼠的游戏而已。

弟兄们背着枪，高高兴兴地下了山。

走到半路，少哉又拦住大家："这样散漫不行，我还得作一次战前动员。"

"说吧，不要长篇大论。"张三风无可奈何地把枪往地上一戳，靠着一棵油桐树笑道，"真把自己当擎天大将军了。"

"这是一场你死我活的战斗，千万不能掉以轻心。"少哉把心里最担忧的话说了出来，"灰蛇部队是日本军队精锐中的精锐，他们百里挑一，个个身怀绝技，杀人不眨眼。大家一定提高警觉，先下手为强……"

"知道了，不就是几条灰蛇吗?"众人不耐烦地打断他的话，"你准备了几瓶酒?"

少哉说："三瓶。"

大家哇哇叫起来："三瓶怎么够哇？一人一瓶!"

"行行行，一人一瓶。"少哉急了，厉声吼道，"首先是要打好这一仗，不然的话，死不瞑目!"

大家不吭声了。

"根据现场的情况，我们分为两个战斗小组。"少哉点拨着人头，"你们几个为第一小组，由张三风大哥带队，埋伏后门外的山岗上。其他人为第二小组，由我带队，进攻牙医诊所的正门。战斗打响，我们从正面攻击，张大哥你们从后面包抄，务必将敌人的灰蛇全部歼灭!"

弟兄们兵分两路，一路由张三风带领去了后山，一路跟着少哉来到了三角街。

李抗战被李胜利拖着，心不甘情不愿地尾随在少哉身后，眼珠子不安地睃来睃去，生怕街边冲出几个灰蛇来。不知为什么，他越来越确信少哉今天所说的一切都是真的，一场血战在所难免。

天气越来越好，露脸的太阳把大地照得一片晶亮。薄薄的雾气收到了山腰下，房顶上升起了缕缕炊烟。街上行人稀少，只有几个穿着新衣的孩子，举着红红绿绿的风车从弟兄们面前跑过。

少哉弯腰前行，弟兄们紧随其后，一行匆匆的脚步，在大年初一的街道上踏出了一行不安的节奏。

那家客栈的门开了，客栈老板站在门口，满脸带笑地朝他们拱手："弟兄们，过年好哇!"

少哉摆了摆手，示意他们回屋歇着，不要声张。

队伍到了牙医诊所附近，少哉拔出匣子枪，朝弟兄们一挥手，喝令一声："上……"

大家猫着腰，成散兵队形冲向那个画着假牙的玻璃门。

"慢点！"李抗战突然伸手，死死拉住少哉，"这样冲过去，死无葬身之地。"

少哉一愣，站住了。牙医诊所门前是一片开阔地，贸然进攻，的确危险。更为他所不知的是，牙医诊所的窗台后，一支三八大盖的瞄准器早已锁定了他的脑门，只要他再往前走一步，枪就响了。

"对，不能贸然行动。"少哉脑子一转，转身指示杨胜利，"你先去侦察侦察。"

"是。"杨胜利站直身子，嬉皮笑脸地敬了个礼，把步枪交给少哉，却问："如果看到秀娘和牙医在一起，怎么办？"

少哉骂了一声："办正经事！"

杨胜利瞅准旁边一堵房墙，身子一缩，双腿一纵，跳起来爬上去，消失在屋檐之间。少哉和几个弟兄退到一堵墙角后，等待杨胜利侦察归来。

天上的云层越来越薄，阳光越来越亮，大年初一注定是一个少有的晴天。少哉仰头看了一眼，心里念叨：今天是敌人偷袭的好机会，如果抓到灰蛇，一定要他们老实交代上次是怎么跑掉的，证明我黄救国没有谎报军情……

突然间，杨胜利从屋顶上滚下来，重重地摔在他的面前，语无伦次地指着屋里："真有……真有灰蛇，好几个，个个都像哑巴，有的在摇、摇……还有的在嘟、嘟、嘟……"

"这回相信我了吧？"少哉心头一阵惊喜，把步枪还给他，"准备战斗！"

"卵屎……"杨胜利却抓住他的手，"快跑！"

少哉吼道："你想临阵脱逃？"

杨胜利惊慌地说："他们的头上扎着白布，腰间插着短刀，还有机关枪，不是闹着玩的。"

"谁说是闹着玩的？"少哉喝住他，"我反复交代过，这是一场关系到中华民族生死存亡的战斗，只能前进，不能后退！"

李抗战支支吾吾地躲到杨胜利的背后："我们回去吧，叫上面派人来打。"

"来不及了！好不容易才等到这个机会，我们一走，灰蛇溜了怎么办？"少哉瞪大双眼，义正词严地下达命令，"端起枪，跟着我，准备战斗！"

他带着李抗战、杨胜利和另外两个弟兄，弯着腰，贴着墙根，一溜烟靠近牙医诊所，一脚踢开那扇憎恨已久的玻璃门。

“哗啦”一声，假牙碎了一地。

“叭……”里面一声枪响，少哉身边的弟兄抖了一下，一只手捂住前胸，血从指缝间冒出来。他睁大眼睛瞪着少哉，极不甘愿地倒了下去。

少哉大惊失色，举枪还击，“砰、砰、砰……”一口气将驳壳枪里的子弹全部打光。

李抗战吓得扔了枪抱头鼠窜，瞬间不见踪迹。

杨胜利已经跳回到墙角的背后，伸出头来朝少哉招手：“快过来！”

“怕死鬼！”少哉咒骂着，抓起倒在地上的步枪，趴在街边一块废弃的拴马石后，朝里射击。

“叭、叭……”牙医诊所的窗户缝里伸出一支黑洞洞的枪口，射出的子弹在拴马石上跳着火星。

少哉被敌人强劲的火力压在拴马石下，连头也抬不起来。

情况比预料的严峻百倍，他扭过头呼唤杨胜利和李抗战：“快开枪，掩护我冲进去！”

街上空荡荡的，哪里还有杨胜利、李抗战的身影？倒是那家客栈的门豁然大开，客栈老板带着他的几个伙计，举着手榴弹冲过街口，一齐扔向牙医诊所。

“轰、轰、轰……”手榴弹爆炸，硝烟喷出，诊所的屋檐和门窗被炸飞了。

少哉惊喜万分，跟着客栈老板冲进诊所，追在他身边问：“你们是哪一部分的？”

客栈老板提着枪，回头哼了一声：“参谋长早就让我们盯住这里。”

少哉恍然大悟，再看客栈老板，才认出他是前不久调到孟子越手下的一名侦察参谋。此人本来面目清秀，只是嘴巴上多了一圈胡子，有点像个跑生意做买卖的人。

“我有眼不识泰山。”少哉笑道，“怎么没想到是您呢？”

客栈老板瞪了他一眼：“让你想到，我们就完蛋了。”

“谢谢……”少哉热情地伸出手，想与客栈老板做一个亲切的交流。两只手还没拉到一起，诊所窗台下血泊中的一个男人睁开一条眼缝，扣动了手中的扳机。

枪响了，客栈老板却捂住肚子，嗯的一声坐到地上。

少哉大叫一声，举起枪托，砸碎了那家伙的脑袋。

几个伙计火冒三丈，端着枪冲向里屋。

“哒哒哒……”里屋的机枪开火了，伙计们猝不及防，相继扑倒在血泊中。

“你受伤了!”少哉悲愤地扑向倒在地上的客栈老板，见他捂着肚子的手上全是血，拉开衣服要给他包扎。

里屋传出的嘀嘀嗒嗒的发报声响得更急。

客栈老板双眼圆瞪，指着腰间剩下的一颗手榴弹，嘴里说出了最后一个字:“快……”

少哉会意，立即拔出手榴弹，咬掉导火索，奋力扔了进去。

一声巨响，硝烟从里屋冲了出来。

嘀嘀嗒嗒的发报声停止了，屋子里死一般地寂静。

少哉爬起来，正要冲进里屋，一个满身是血、一条胳膊被炸掉的家伙堵在门口，一只手端着枪，顶住了少哉的额头。

“你?”少哉瞪大眼睛，张开的嘴合不拢来。

“嘿嘿……”那家伙发出一阵怪笑，问道，“认得我?”

少哉定神一看，这家伙居然就是那个失踪多日的哑巴。

“放下武器，你们已经被包围了!”少哉端着枪，色厉内荏地喊了一声，手指头抠动扳机，只听得“叭”的一声脆响，枪膛里早已没有子弹，只有撞针撞出的空洞的声音。

“你去死吧!”哑巴嘿嘿冷笑一声，身体靠在门框上，手指头紧抠着扳机。只要那根指头一动，少哉的脑袋就开花了。

“这回真他妈的完蛋了……”少哉在心里狠狠地骂道，无奈地闭上了眼睛，等待着那一声枪响。

第二十九章　绝处逢生

一班的弟兄们跟着少哉下山以后，何进修有点坐立不安。

过年了，有什么可玩的呢?让他们开开心去吧，但愿他们闹的只是一场儿戏。但是他又想，如果真的是灰蛇部队，事情则非同小可。

思忖片刻，他摇通了连长马驷奇的电话。

马驷奇不在他的帐篷里。帐篷里的士兵说，今天不是过年吗，连长摇骰子去了。

兵营里没有别的乐趣，赌和嫖是老兵油子们改不了的恶习。虽然上头三令五申，不准赌博，不准嫖娼，那不过是嘴巴上的号子，吹吹而已。当官的打麻将，通宵达旦地摆长城；当兵的摇骰子，声嘶力竭地押单双，已然常态。老兵油子是军中的骨干，管狠了会生事，只能睁一只眼闭一只眼。过年了，聚在一起摇两把，更是天经地义的事情。

马驷奇身上永远带着骰子，从河南摇到山东，从南京摇到武汉，从武汉摇到畹町。他说过，哪怕是死了，也要到阎王爷那里摇两盘。他身上的那副骰子是做过手脚的，中间掏空了，灌了些带油的铁砂。摇的时候，看台面上押双的多还是押单的多。看准了，骰子一扔，保准自己是赢家。

马驷奇十赌九赢，在军中很有名气。只要是有老兵的地方，一定会有人喊他："摇两盘……"

一只茶盅，一个小碟，两粒骰子，扣上去摇起来，嘴里吆喝："押单押双，如上战场，输是龟孙，赢是皇上。来呀，押啊……"

二营的老兵多，老兵身上的油水厚，也爱赌。他们早就怀疑马驷奇在骰子上做了手脚，没一个人服气。二营副营长出头挑战："马连长，每次用的都是你的骰子，今天过年，换一副新的。"

马驷奇一听不乐意："你上次欠我的赌债还没还，搞什么花样？"

副营长端出一套新家伙："今天用我们的骰子，如果还是你赢，一并付账。"

马驷奇不干了："我用惯了自己的骰子，别人的不顺手。"

副营长脸带笑意："你的骰子里有鬼。"

"有鬼，砸了，让我们看个明白……"老兵们起哄，人多势众。

"真要砸吗？好哇……"马驷奇把自己的骰子往空中一扔，然后抓在手心里，摊开，对众人说，"这两颗骰子，跟着老子走南闯北，出生入死，身经百战，比老子的命还重要。谁想把它砸了，先把老子这条命拿去。"

说罢，将骰子塞进口袋："老子不跟你们玩了。"

"有鬼啊……"老兵们嘘声四起。

副营长挡住马驷奇的去路："大丈夫敢作敢为，今天不用我们预备的家伙摇两把，过往的赌债也一笔勾销。"

马驷奇听了，停住脚步："你以为老子怕你们？摇就摇。先把上回的债还了，老子再跟你赌。"

副营长："一言为定？"

马驷奇指天赌咒："一言为定！"

"噢……"老兵哄一声挤到赌台前。

马驷奇操起一杆枪往台子中间一横，喊道："左单右双，押！"

“押……”抗战时期，当兵的没有津贴。老兵手上少得可怜的一点钱，都是平时在外面打秋风打来的。他们从口袋、帽檐、衣服的夹层、鞋帮子里掏出钱币往台子上一扔，争先恐后地喊道：“单、单、双、双……”

马驷奇把头上的帽子摘下来，反过来往台子上一扣，发黑的帽檐上闪着腻腻的油花。帽子是他的聚宝盆，赢了钱往里扔，那种得意和满足是他人生最大的快乐。

“押好了？”马驷奇像往常一样吆喝一声，大家安静下来。他看了看台面，单多双少。以往在这种时候，只要把自己的骰子往碟子里一磕，胜负就定了。现在的这两颗骰子是副营长的，看起来就是在普通的石料上挖眼的那种，马驷奇心里没有底气。他硬着头皮将骰子扔进碟子，将茶盅往上一扣，一手举起来，在半空中摇得叮当直响，嘴里喊道：“押好了，不准动，谁动剁谁的手！”

老兵们一齐喊道：“单、单、单……”

马驷奇最后一摇定音，将摇好的骰子放在台面上：“还有押的没有？愿赌服输，伸手的别怪我不客气……”

台面上都押好了，单多双少，很多人是孤注一掷。大家收回手，屏住呼吸，静静地等待着马驷奇揭开茶盅的那一刻。

“开……”这是动人心弦的一刻，马驷奇的额头上闪着细汗，脸上的麻子颗颗泛红，他的一只手压在茶盅上，眼睛扫视着周围，颇有一份决胜于千里之外的气度。

“开、开、开……”押的人心情同样激动而又紧张，那茶盅一开便见分晓。马驷奇手一抖，揭开茶盅，顷刻间吼声四起，“单……”

两颗骰子躺在碟子里，一粒四点，一粒三点，果然是单。赢家们兴高采烈，马驷奇的麻脸黑得难看。

“别快活得太早，先给你们一点甜头尝尝，待会儿要你们知道我的厉害。”这毕竟是第一盘，马驷奇并不慌张。他从容地将右边的钱收回来，再一一赔给左边。这一盘，将副营长还的七百块钱赔光了。

“单、单、单……”

“双、双、双……”

帐篷里万马奔腾战犹酣，马驷奇的钱输得精光，还欠下两千多块钱的赌债，豆大的汗珠不停地从麻脸滚下来。

“赔钱、赔钱……”二营的老兵们沸腾了，十几只手伸向马驷奇，逼他赔钱。

“再押！”马驷奇把副营长的两颗骰子往后一扔，又把自己的家伙掏了出来，往台子上一扣，“押……”

“你的骰子有鬼……”众人又喊，并且把扔掉的那两颗找了回来。副营长上前拍着马驷奇的肩膀，奚落道：“马连长，赌场上的规矩你比我们清楚，赢得起也要输得起。这般架势，让弟兄们小看你这位赌王了……”

“放你娘的屁，谁输不起？”马驷奇最听不得这种话，一拐击在副营长的脸上，对方嘴角顿时出了血。

那位副营长也是不好惹的家伙，他纵身一跳，袖子一挽，拉开架势：“马连长，今天可是你先动的手，别怪小弟我不客气了。”

说罢一拳回敬在马驷奇的麻脸上，马驷奇顿时眼前金星四溅，一只眼球突了出来。

“你敢打老子？”马驷奇一挥手，“弟兄们，给我收拾他！”

马驷奇身边总跟着几个最贴心的弟兄，见连长挨打，动手扭住了副营长。二营的那些老兵也不是好惹的，见一连的人动了手，也都冲上来，扭成一团。

“上啊，教训他……”马驷奇捂住自己的眼睛，火冒三丈地骂道，“敢在太岁头上动土，让他们知道老子的厉害！”

马驷奇仗着自己与胡英杰的那层关系，从来不把别人放在眼里，此时输钱又挨打，更是怒不可遏，撕扯住副营长不肯松手。

然而，毕竟这是在二营的地盘，老兵们对马驷奇积累了一肚子的火，趁这个机会对他施拳动脚，从帐篷内扭打到帐篷外。

马驷奇身上已有多处挨揍，他气急败坏，掏出匣子枪，拉开了枪栓，对准了副营长。

一看这架势，二营的老兵呐喊道：“一连长掏枪了，弟兄们，抄家伙……”

两边的队伍哗一下拉开阵势，刀对刀，枪对枪，一触即发。

“报告连长，有情况……”就在此时，何进修寻迹来到二营，不顾一切地冲到马驷奇面前，指着山下喊道，“黄救国发现灰蛇，带着人端窝子去了！”

“什么？真有灰蛇？”输得难以脱身的马驷奇正想找个借口离开，他把枪收起来装进匣子，“没有谎报军情吧？”

“这回可能是真的。”何进修说，“到现在我的心还扑通直跳。”

“听到没有，有情况。”马驷奇朝二营的人挥了一下手，“老子得先去看看，回头再跟你们一见高低。”

二营的人也不知道是真是假，眼睁睁地看着马驷奇摇摇晃晃地下山去了。

进入腊月以来，畹町的天气一直不好。虽然风不大，雨也不大，天却像霉了一样不停地往下滴水。山上山下到处潮乎乎的，冷气氤氲着，像水一样漫上山来。

与此同时，孟子越和胡英杰的关系也降到冰点。

队伍上稍微精干一点的人马，都被胡英杰以吴次长的名义调去押送货物了，不少连队只剩下半数的兵。一时间，岗哨松散，操练难以为继，遇到紧急情况，集合队伍都很困难。

孟子越急得上火，几次找胡英杰理论，胡英杰不冷不热地回击：孟参谋长，要我把兵权都交给你吗？干脆你来当这个团长算了。

军队之中，争夺兵权是最大的忌讳。尤其是与上司相处，稍越雷池，绝对水火不容。胡英杰表面把防务上的事情交给孟子越，实际一兵一卒的调动没有胡英杰的点头是不成的。正因为如此，那些营长、连长表面上哼哼哈哈，私下里并不把孟子越放在眼里。

过年了，孟子越也给搜查队放了假。弟兄们跟着他辛辛苦苦地奔波了一年，也该给他们一天休整的时间。

营盘里，官兵们互相拱手拜年，气氛比平常温馨了许多。孟子越早上起来，主动来到胡英杰的住处门口，敲了敲房门，站在门边喊道："团长，给您拜年了。"

秀娘开了门："哟，参谋长过年好，快进屋！"

胡英杰也走到门口来了，拱手道："天天在一起的，客气什么嘛，进来坐坐……"

孟子越犹豫片刻，第一次跨进了这幢房间的门。

胡英杰客气地请他坐下，秀娘端过瓜子点心，张罗着泡茶。

"不用麻烦了。"房间里有一股孟子越难以忍受的气味，他站了片刻，举手敬礼，"我还想到下面去看看弟兄们，请二位留步。"

他告辞胡英杰，转身走出团部，在营盘各处转了转，给远离家乡的弟兄送去一声问候、一丝安慰。

一阵清风吹过，阴沉很久的天气忽然晴朗了。太阳透过云层，把四季长绿的畹町照得春意盎然。

不知为什么，孟子越突然感到一阵心悸。

坏了，要出事……念头刚刚从脑海里闪过，山下传来一阵激烈的枪声和爆炸声。他本能地掏出腰间的手枪，只身冲进了三角街。

刚到街口，碰到一连一班的士兵李抗战连滚带爬地逃了出来。

孟子越厉声喝道："怎么回事？"

李抗战吓得声音发抖："真……真有灰蛇，黄、黄救国带人冲进去了……"

杨胜利也从街边冒出来，指着牙医诊所喊道："参谋长，这回真是灰蛇……"

孟子越问："多少人？"

杨胜利说："四五个，还有机关枪。"

"跟着我！"孟子越做了个手势，弯下腰，带着他俩悄悄靠近了牙医诊所。

牙医诊所里，少哉的额头上顶着一支枪。

他往后退一步，哑巴往前逼进一步，枪口紧顶着额头不放。

少哉扔掉自己手里的空枪，指着哑巴滴血的那条断臂说："应……应该包扎一下，血流光了你就完蛋了……"

"别动！"哑巴逼住少哉，眼睛里闪着凶光。他的伤势严重，抠着板机的指头在颤抖，在使劲。

"砰"的一声枪响了，少哉瞪大眼睛，看到哑巴脖子一梗，脑门上出现一个弹孔，身子轰然倒地。

少哉回头，看到孟子越提着冒烟的手枪冲了进来，不禁大叫一声："参谋长……"

少哉的泪水哗地流了出来。

孟子越把他拖到墙角，蹲下来问道："里面还有人吗？"

少哉擦着泪水回答："可能还有。"

"跟着我！"孟子越拍了一下少哉的肩膀，带着杨胜利和李抗战，转身一脚踢开里屋的房间，一阵扫射之后，冲了进去。

屋里有一台炸坏的手摇发电机和全套的无线电收发报设备，一个浑身是血的家伙倒在发报机边，手指头还抓着发报机的键盘。

一个黑影跑出后门，后院的山岗上响起了枪声。

不一会儿，张三风从外面拖进一具尸体来，向孟子越报告："没让一个敌人跑掉。"

"仔细搜查！"孟子越指挥大家清点战场。

这次捕蛇行动，总共击毙了四名灰蛇部队的特工，我方七人丧命。客栈老板已经断气了，一双眼睛还圆滚滚地瞪着。

孟子越蹲下去，轻轻抚住那双眼睛："兄弟，走好。"

少哉在一旁难过地抽泣："我不知道他是您派来的人……"

孟子越怒不可遏地站起来，第一次当众骂人："黄救国，你他妈的混蛋，为什么不向我报告？"

少哉悔恨不已："我怕您又不相信……"

杨胜利从里屋蹿出来，四处张望，突然问："牙医呢？"

众人一惊，再次搜索了一遍，没有看到牙医的踪迹。

"狗入的，跑哪里去了？"少哉气愤地将牙医诊所的器具全部掀翻在地。

诊所外，秀娘从三角街的另一头匆匆地跑过来。看到牙医诊所里遍地鲜血，拍着胸口夸张地喘气："吓死我了，出什么事啦？"

少哉气势汹汹地冲到她面前："牙医呢？"

秀娘吓了一跳，藏到孟子越身后，伸出半个头来说："过年了，我看他一个人怪可怜的，下来请他吃饭……正吃着呢，听到枪声，他说出来看看，再也没见到人影了。"

少哉把她拖进诊所："你看看，他们是好人吗？"

秀娘双手捂住眼睛："天啦，这是谁干的？"

"你放走了灰蛇，给我们留下了后患！"少哉一下将她的双手拧到背后，朝孟子越喊道，"参谋长，把她抓起来！"

孟子越看了一眼，轻声喝道："放开。"

少哉放开秀娘，她揉着被拧痛的双手骂道："恩将仇报呀……你这个没良心的，是谁让你回135团的？"

少哉冲着秀娘大吼："如果无名山遭到敌机轰炸，你罪责难逃！"

话音未落，天空中传来一阵剧烈的轰鸣声。

"敌机……"

孟子越抬头一看，果然是敌机来了。不只一架，而是一群，黑压压地排列成一个巨大三角形，从耀眼的阳光下飞了过来。

敌机呼啸着掠过畹町上空，成串的炸弹扔了下来。

"轰隆隆……"沉闷的爆炸声在山谷间回荡，大地像被敲击的鼓面一样颤抖起来，顿时硝烟腾起，火光冲天。

"无名山完了！"看着山峦间腾起的蘑菇云，少哉捶胸跺足，"我说过敌人要来偷袭，你们就是不听……"

"走！"孟子越大喝一声，带着弟兄们以最快的速度赶到了爆炸地点。

让他们惊诧不已的是，敌机将所有的炸弹扔到一条山沟，将一座无名山削去了小半个山头，燃烧弹把山林烧成一片焦黑，强烈的汽油味刺激得飞禽走兽四处逃窜。

隔着一条溪流的无名山安然无恙。

从地面上看过去，无名山与其他的山头区别是很明显的。其他的山头林木昌盛，绿油油地呈现出一片青黛色。唯有无名山上林木稀疏，表面暗红，像一位打坐在群山间的僧人，目标十分清楚。敌人的飞机为什么会把炸弹投到他们锁定的目标之外呢？

看着被削去的半个山头，孟子越胆战心惊。他回头看了一眼跟在身后的少哉，这个小兵正睁着一双大眼睛，忐忑不安地看着他。

孟子越重重拍了一下少哉的肩膀："谁叫你擅自行动的？"

"参谋长，我错了，怎么处罚都行。可是您看……"少哉指着无名山，咧出一口白牙，无比欣慰地说，"它，保住了。"

无名山保住了，所有的人都为之庆幸，纷纷为黄救国请功。

唯独团长胡英杰大发雷霆："发生了这么重大的事情，为什么不向我报告？你们这些人，眼睛里还有没有我这个团长？如此目无军纪、擅自调动队伍、随意进行军事行动的人，古今少见。不处罚，何以正军纪，立军威？"

团部坐满了各营、连、排长，大家看着胡英杰那少有的激动表情，有点茫然。

"一个小兵，年纪不大，主意不小，一再惹是生非。这么下去，一个团非毁在他手上不可！"胡英杰越说越生气，"我们有些带兵的人，不是不明白这个道理，却一再迁就，说他是什么好兵，有这样的兵，抗战胜利就有希望……什么希望？这样的兵多了，一个队伍还成其为队伍吗？"

马驷奇坐在下面，看着胡英杰口沫横飞，越听越糊涂。在汉口的时候，敌人轰炸岱家山，一架飞机掉下来，他硬说飞机是小兵打下来的，给他闹了个抗日英雄。今天这事，还真的多亏黄救国。若不是他去打掉那个蛇窝，无名山早被炸平了。

马驷奇沉不住气，歪着头问："团长，照你这么说，把他杀了？"

胡英杰两眼圆瞪："死有余辜。"

"我不服！"一贯顺从胡英杰的马驷奇当众翻脸，"今天如果不是那个小兵违反军规，擅自行动，恐怕你和参谋长要提着头去见杜军长了。"

马驷奇的话一出口，下面立刻议论纷纷："是啊，擅自行动虽然有错，毕竟是躲过了一场大劫……"

"吵什么？"胡英杰呵斥众人，"我宁可提头去见杜军长，也不能让我的营区里一片混乱！我看谁还敢说他是个好兵？”

“黄救国是个好兵，这话是我说的。从他当兵的第一天起，我就这么看。到了畹町之后，他敏锐地察觉到牙医诊所是灰蛇的窝点，几次向我报告情况，事实证明他的判断没有错。”参谋长孟子越不紧不慢地开口了，“一连长说得对，如果不是他的擅自行动，及时摧毁了敌人的地下电台，后果不堪设想。因此我以为，功是功，过是过，对黄救国的过错，可以处罚；对他这种以抗战为己任的精神，要大力地褒奖。”

“参谋长，不要一天到晚把些漂亮的口号放在嘴上喊。谁没想着抗战啊？只有他一个人以天下为己任吗？你把全团官兵放在什么位置？一个小兵胆敢擅自调动队伍，这是军纪、军法绝不能容忍的事情，你想以此来掩饰你的失职吗？”

胡英杰压住孟子越的话头，继续指责：“搜查队在你的手上，最先进的搜查设备也在你的手上，这么长时间了，人抓到没有？密码破解了没有？如果不是一个小兵擅自行动，后果不堪设想……这句话亏你说得出口！”

“团长。”马驷奇越听越不舒服，他激动地站起来说道，“我是黄救国的长官，要杀先杀我！”

军官们纷纷请求：“那个小兵虽有过错，但功大于过，还请团长高抬贵手，放过他。”

“谁是团长？谁说了算？一定要处罚！”胡英杰一改温文尔雅的面孔，拍着桌子大喊，“谁还敢为他说话，同样治罪！”

众人不再说话，会议不欢而散。

少哉回到一班，和弟兄们坐在一起，默默地流泪。

听说团长要惩处黄救国，大家愤愤不平，一个个大声嚷道：“要坐牢，一起去坐；要杀头，一起去死！”

他们围坐成一圈，把少哉保护在中间。连平日与众人不沾边的李抗战也紧靠在少哉身边，生怕他被人抢走一般。

张三风抓着枪，顶上子弹：“哪个敢动你，我一枪把他撂了！”

少哉连忙制止：“张大哥，抗日的事大，我个人的事小，千万使不得。”

正说着，连长马驷奇来了。

“卵屎！”杨胜利腾地一下站起来，横着枪堵住来路，毫不客气地问，“你来干什么？”

“怎么了，我不能来吗？”见众人虎视眈眈，马驷奇嘿嘿一笑，“还没吃饭吧？今天我请客，一起去吃年饭。”

张三风以为自己听错了，脖子一拧："太阳从西边出来了?"

马驷奇抖着大腿："老子从来说一不二。"

少哉站起来："连长，犯错的是我，要处罚我跟您走，跟大家没有关系。"

"你不犯错，老子还不请他们呢。"马驷奇狠狠地捶了他一拳，"这一回犯错，比上回当英雄光彩多了。天大的事，老子替你兜着。"

杨胜利会意，高兴得跳起来，抱起马驷奇旋转了一圈，大呼："'天牌'万岁!"

马驷奇笑着骂道："再喊，老子不要你去!"

"走啰……"一班的弟兄们吆喝着，高兴地跟着连长下山，去吃了一顿丰盛的团年饭。

第三十章　茶马古道

进入春季以后，雨没完没了地下。

山林里藤蔓疯长，缠住树，缠住草，缠住了弯曲的羊肠小道。雨水从山上冲下来，冲出了一条条红色的溪流，九谷河变成了一根发胀的红肠。

打掉了牙医诊所两天后，胡英杰将一纸公文递给孟子越："滇缅公路上两处大桥遭到敌人破坏，上面派了几个工程师去修桥，命令我团派人护卫，你带几个人去吧。"

孟子越瞪大眼睛："无名山的防卫怎么办?"

"滇缅公路不通，上面很着急。"胡英杰黑着脸说，"无名山的防卫，还有一千多人在呢，你放心去吧。"

其实，这是派个排长就足可以应付的差事，胡英杰用这种办法支开孟子越，扫除了身边的障碍。

秀娘的牙再也不疼了，却患上了恐惧症。她不出门，不见人，尤其害怕见到少哉，一听到他的声音就把房门关得紧紧的。

于是，少哉离开秀娘，回到了一班。

一班恢复了往日的热闹，大家都很高兴。

可少哉似乎不是过去的少哉了，他常常一个人坐在帐篷边，呆呆地看着远处的山峰，不知道在想些什么。

杨胜利见他憋得难过，主动找他说话：“喂，你的二战打得怎么样了？给我们讲讲局势吧。”

少哉摇头：“没什么好讲的。”

张三风也跑来问：“持久、持久，这场仗还要拖多久？”

少哉摇头：“难以预测。”

张三风仰天长啸：“什么时候才能回家啊？什么时候才能见到玉叶和我的儿子？”

少哉看着阴沉的天空，无言以对。

李抗战每天仍在不知疲倦地写信。因为少哉回了，他怕少哉发现他信里的秘密，将那些挂在帐篷里的千纸鹤全部收了起来，捆进了他的背包。

山脚下，看不见行驶的车辆，黄色的公路像根被遗弃的肠子，在丛林中扭曲，发霉。

这一年，世界上一些大国的首脑频繁活动，为了自己的生存，交换别人的利益。美国人发表《中立宣言》，害怕卷入这场灾难沉重的战争。德国人将战火燃遍了整个欧洲，英、法等国岌岌可危。日本人对缅甸和印度施加压力，逼迫英国人关闭了滇缅公路，大批援华物资压在仰光的码头上进不来，日本军队趁机发动一次比一次更加疯狂的进攻，企图早日结束在中国的战争，腾出手来进攻南亚和太平洋地区。

若在以往，少哉听到这些消息一定会跳起来大发议论。此时，他只是淡淡地叹了口气：“世界操纵在少数几个人手里，如果他们只顾自己的利益，人类的前途就更加渺茫了。”

何进修问：“读过《吕氏春秋》？”

少哉说：“读过，不甚了了。”

“攻伐之事，未有不攻无道而罚不义也。攻无道而伐无义，则福莫大焉，黔首利莫厚焉。”何进修神神叨叨地说，“德国人也好，日本人也好，穷兵黩武，猖狂过头了。事极则反，把这个世界逼上绝路之日，便是他们灭亡之时。不用担心，只要你我不死，终究会看到出头的那一天。”

“义兵至，归之著流水；兵不接刃，而民服若化。”少哉点头，“我相信这个世界上还是有正义之心的人多，只要大家都站起来，他们的野心不会得逞。”

何进修长者般地看着少哉，再次感慨道：“你长大了。”

少哉看了看自己：脚还是那么大，手还是那长，个子还是那么高，什么地方长大了呢？他每天和弟兄一样，上岗、下岗，吃饭、睡觉，日子就这样在蒙蒙细雨和云雾中慢慢地煎熬。

马驷奇蹚着两腿泥水从一班帐篷附近走过，闲得无聊的杨胜利喊了一声："连长，有什么好差事啊？"

马驷奇停住脚步："有哇，愿不愿意跟老子去？"

杨胜利站起来："愿意。"

马驷奇来到帐篷跟前，看了看坐在附近的弟兄，对何进修说："不光他一个人，要去你们得都跟我去。"

何进修把烟头扔到泥里："服从连长的差遣。"

"好，都过来。"马驷奇把众人召集到一起，"不带行李，只带枪支弹药，至少准备三天的干粮。听我的信，说走就走。"

少哉问："连长，什么差事？"

"是上头交代的差事。不准问，不准看，不准说。跟着我走就是了。"马驷奇瞪了少哉一眼，强调，"丑话给说在前头了，擅自行动的，我不要；多嘴多舌，格杀勿论！"

捕蛇行动之后，胡英杰发誓要严加惩处，幸亏马驷奇从中斡旋，最后只给了个记大过的处分，少哉感激不已。

见连长说完话还盯着自己，少哉站起来表示："保证服从连长的命令，叫我们干什么就干什么。"

马驷奇一笑："现在懂事多了！"

第二天，队伍出发了。

下山不久，一支马帮从旁边的一条小路上赶了过来。

马驷奇上前，拍着为首的那个汉子的肩膀给大家介绍："这是耶鲁，我兄弟。我们的差事就是保护他把东西送到地点，然后和他一起回来。"

又将何进修和一班弟兄们给耶鲁逐一作了介绍。

马驷奇再次强调："再说一遍，我们去哪里、干什么，是军事机密，不准问，不准看，不准说。谁不听话，别怪我不客气！"

马帮中共有八匹骡子，两头驴，两个小孩子一样的老头。

耶鲁比目鱼一样的小眼睛扫过大家，赶着马帮上路。

过了九谷桥，进入缅甸地界。桥头一顶草棚，站着两个满脸胡子的缅甸兵，马驷奇在他们面前展示了一纸公文，点了个头，算是出国过境。

这到底是一趟什么差事？少哉看到那个长相奇怪的耶鲁，看着骡子背上驮着货物，有一种挥之不去的疑惑。如果在过去，早已缠着马驷奇问了一百遍。现在乖了，他告诉自己：叫别问就别问，说不定真是重要机密。

杨胜利却走到少哉的身边，好奇地问道："我们干什么去？"

少哉回答：“办差啊。”

“什么差？”

“不知道。”

出发之前，马驷奇让弟兄们脱下国军军装，换上一套夹克式的军服和船形帽。没有军衔，没有番号，没有帽花。每人领了一双高筒皮靴，那东西虽然气派，走起路来却像踢球一样费劲。枪支弹药也换了，一色的美式冲锋枪，比汉阳造利索了许多。

“会不会碰到日本人？”

“日本人还在太平洋上。”

“为什么让我们押镖？”

“为了安全。”

杨胜利长年混迹于三角街，比任何人都了解这条道上的马帮。无论是旗帮还是镖帮，多少年形成的规矩是自成一体，决不可能掺杂他人，更不会让军队沾边。如此让七八个当兵的押着一支马帮上路，实属罕见。

队伍中，何进修两条细腿爬起山路来就特别费力，那双沉重的高筒皮靴更成了他的累赘，走没多久，脚崴了，一瘸一拐地像踩高跷一样难受。

张三风是个节俭惯了的人，什么东西都留着舍不得扔。换皮靴的时候，他把原来穿的那胶底鞋留下了。见老朽走得那么艰难，便把胶鞋掏出来说：“换上吧，你那两条腿，再走几步就折了。”

何进修在路边坐下来，咧着嘴脱下皮靴，感激不尽地说：“我的两只脚，生出来就不是穿皮靴的命。”

李抗战拉肚子，走不多远就拉下裤子蹲在路边。

杨胜利笑他跟狗一样，留下记号，能找到回头路。

顺着滇缅公路走了半日，队伍往西，拐上了一条山间小路。

耶鲁拉着一头驴走在最前面，马驷奇跟在他的身后，然后是驮着货物的八匹骡子和另一头驴。

那些骡子的皮色很好看，青中带黄，像缎子一样光滑。每匹骡子的背上都驮着山一样沉重的货物，走起山路来似乎不太费力。驴很小，很会走路，人爬不上去的山坡它都能爬。小家伙很调皮，动不动就尥蹶子。

老朽何进修说，这就是黔驴。

山路像条油绳一样缠绕在山林之间，那是经过了千年的时光和无数双脚板磨出来的光滑，少哉与何进修交换了一个眼神，问道：“茶马古道？”

何进修点了点头，嘴里念叨：“加察热！加霞热！加梭热！（茶是血！茶是肉！茶是命!）”

这是一条由人畜长期行走而形成的马帮之路，是世界上地势最高、最险峻、距离最遥远的通商之旅。在过去的两千多年里，成千上万的马帮，日复一日，年复一年，在风餐露宿的艰难行程中，把中国西南出产的茶叶送到西藏、缅甸、尼泊尔、印度，直至西亚和西非的红海岸。

开始的时候，只是“茶马互市”，用中国的茶叶换取优良的阿拉伯马匹。那些在高寒山区以肉食为主的民族，渴望着那神奇的茶叶去消化他们的脂肪。到后来，交易范围扩大，茶叶不仅换回了马匹，还有宝石、香料和鸦片。古道上响着铜铃的马帮，像雨林里永远不会枯竭的溪水一样日夜流淌。

茶马古道高寒地冻，气候变幻莫测，一日中可能先后经历大雪、冰雹、烈日、狂风、骤雨的袭击，还有不明瘴气和随时可能出现的毒蛇猛兽。悠扬的铃声打破了山林深谷间的宁静，古道上的每一片岩石，都有马帮滴下的汗和血。

山越来越陡，路越来越窄。

队伍行至一个叫做十二阑干的地方，一条从悬崖上开凿出来的山道仅有尺许宽窄，来回返折十二层，像天梯一样插向云端。若两骑相遇，必须先停在山的腰脊处避让，否则无法通过。

恰在此时，一队马帮叮叮当当地迎面而来，狭路相逢，两边都进退不得。

“让开！先让我们过去!”马驷奇在前边喊开了。

那是一个只有六七匹骡子和三四个人的小马帮，领头的是一个又瘦又干的小老头，身后跟着一个大约十来岁的小男孩。小男孩钩鼻子凹眼睛，头发浓密，瞪着两只蓝色的大眼睛，惊奇地看着对面这一行带枪的人。

“叫你们让开，听到没有?”马驷奇气势汹汹，对方只是站在那里，仍无反应。

“耶鲁，你去给说，叫他们让开!”马驷奇把耶鲁叫到前面。

耶鲁叽叽咕咕地说了些什么，没人听得懂。

对方也叽叽咕咕地说了一串，更没人听懂。

耶鲁回头对马驷奇说：“道上的规矩，上坡让下坡。我们应该退下去，让他们先走。”

“扯淡!”马驷奇回头看了一眼好不容易爬上来的这段陡坡，拔出枪来吼道，“让开，不让老子毙了你们!”

几个弟兄也跟着端起了枪。

小老头一见这架势，吓得敞开胸怀，两手在胸口一顿乱抓，抓出了道道血印，嘴里不停地叽咕下跪求饶，眼珠滴溜着四下察看。一不留神他抱起身边的一个男孩翻身滚下了路边的陡坡，紧接着那六七匹骡子和三四个赶骡子的人也跟着滚了下去。

大家被眼前的景象惊呆了，冲到路边往下看：坡下是深不见底的山崖，被压倒的小树枝上挂着一只男孩的小鞋。

何进修狠狠地啐了一口唾沫，骂道："作孽……"

马驷奇低声命令："走！"

队伍过了十二阑干，气温骤降，裹在身上的湿衣服冰冷刺骨。一片乌云涌上来，立刻下起了雨。狭窄的山道上，流水，红泥，加上腐烂的树叶，踩上去毫无根基。弟兄们一个个成了泥猴，没有力气说话，只有喉咙里发出的拉锯般的喘息声。

耶鲁脚片子大，个子小，不被泥泞所陷。他披着一件蓑衣，拄着一根树棍，一直走在队伍的最前面。

马驷奇的腿伤发作了，一瘸一拐地痛得很厉害。耶鲁让他抓住一头毛驴的尾巴，像拖着一截木头似的往前走。

不停地有人摔跤，每个人都摔得面目全非。少哉哗啦一声跌倒了，胳膊被石头碰破，血从泥水里冒出来。

杨胜利爬过来，一屁股坐在他身边，悄悄地问道："知道骡子背上驮的什么吗？"

少哉自顾不暇，哪里还有心思管它们驮的什么："不知道。"

"我知道。"杨胜利朝骡子背上指了指，"武器。"

"不可能。"少哉差点喊起来，"国内的战场上缺的就是武器，一支枪一颗子弹一条命，哪能把武器往外运？"

杨胜利捂住他的嘴："不信你看……"

一匹骡子从他们面前走过，杨胜利伸手在油布包上划了一下，油布裂开了一个口子，从里面露出木箱，木箱上印着"GARAND－M1……"的字样。

"天啊，这是美国制造的最新式的M1步枪！"少哉一看，吓得跳了起来，赶紧把裂缝捂上，前后看了一眼，低声呵斥："想死啊？"

杨胜利却无所谓地说："做什么生意敲什么锣，这有什么稀奇的？我早就听说，有人拿武器去换大烟。"

“谁敢做这样的事？抓住了要军法从事！”少哉把杨胜利从泥水里拉起来，“可能是送给缅甸某个武装组织的吧……”

“只有你这个傻瓜才会这么想。”杨胜利笑道，“谁会把正经事交给‘天牌’来办？”

少哉再也忍不住了：“战局这么紧张，我们的武器那么缺乏，这种事情是绝对不能容忍的。”

“战局越紧张，越有空子可钻。”杨胜利把握十足地说，“兵荒马乱的时候，只要你敢下手，一掏一个准……”

“无耻！”少哉义愤填膺，往日的激情一下又冲了出来，“不是日本人打败了我们，是我们自己打败了自己！”

“吼我干什么？我不过是小偷小摸。”杨胜利指点迷津，“这才是江洋大盗。”

如此重大的事情，不能坐视不理。少哉拦住何进修：“班长，你知道我们在干什么吗？”

何进修苦笑：“还是不知道为好。”

少哉大喊：“我们不能助纣为虐！”

何进修摇头：“好好走路吧，摔下去就没命。”

“跟上。”马驷奇站在拐角处，盯住少哉喝道，“又在搞什么鬼？”

少哉走到马驷奇面前：“连长，我们去什么地方？”

马驷奇瞪了他一眼：“不准问。”

少哉迎着他的目光：“这次的差事，是哪位长官下的命令？”

马驷奇啐他：“老子没力气跟你说话。”

少哉走到马驷奇的跟前：“马背上驮的是什么？”

马驷奇只管往前走：“不知道。”

“我知道。”少哉说，“美制 M1 步枪。”

“放你娘的屁！”马驷奇站住脚步，扭头骂道，“再敢胡说八道，老子毙了你！”

“我亲眼所见，没有胡说八道。”少哉毫不示弱，指着骡子背上驮着的东西，“不信打开给我们看看。”

“你想干什么？”马驷奇横眉怒目，“我早就交代过了，这是上头交办的差事，不准说，不准问，不准看！”

“连长，如果有人把抗战急需的武器装备拿去做不法交易，那是祸害国家的滔天大罪。”少哉耐心地说，“我相信您执行的是上司交办的差事，这些武器拿去干什么？送给谁的？您告诉我，我保证绝不泄密。”

“我什么都不知道。”马驷奇极不耐烦地说，“叫你别问、别说，怎么还那么多事?”

“这不是小事。”少哉认死理的劲头又上来了，“说明白了，我们坦坦荡荡为您效命，不说明白，就有问题!”

“又来了……”马驷奇无奈地摇头，“黄救国，这一次团长是下定决心要杀你的，不是老子替你辩护，你他妈早就见阎王了，还在这里逞什么能?”

他转身对弟兄们说：“大家别多事，办完这趟差事，每人有两块大洋的赏金!”

“不能要赏金。”少哉挺身堵住众人的去路，“弟兄们，往回走，把武器送回去……”

“太不识相了!”马驷奇气急败坏，狠狠地甩上去一个耳光。

少哉一个趔趄，一声惊叫，滚下山崖。

第三十一章　八　梦

阳光破天而下，漫山遍野的花朵狂艳地开放，魅惑的香气扑鼻而来。竹木葱茏的山坡上有一座不大也不小的山寨，袅袅炊烟像轻纱一般披在鳞鳞闪光的竹楼上。

这个地方叫八梦。

八梦最鲜艳的花是罂粟花。

山坡上，一些戴着斗笠、包着头巾的女人散落在罂粟丛中，像蝶一样轻轻地将花粉拂下，让每一朵花蕊都能结出一粒饱满的果实。

山坡下，竹楼前，芭蕉树静静地舒展着绿叶。引水的竹筒里飞溅着喷薄而出的山泉，丰乳肥臀的女人拉着赤裸的孩子在泉水下洗浴，溅起的水珠在黝黑的童体上熠熠生辉。

山寨外，一条山路蜿蜒而至，赶完街的人群回家了。女人背上背着竹篓，胸前挂着用土布袋兜着的孩子，嘴里不停地向路边呸呸地吐着血红的槟榔渣。

男人们三五成群，荷枪而至，大摇大摆地穿行在山路上。他们不时地伸出黑手，在女人的胸前或者屁股上掐一把，一声惊叫，一阵狂笑，笑声在山间回荡不息。

清幽的山谷下，流淌着一条白沫飞溅的溪涧。一座被岁月侵蚀得发黑的木桥凌驾其上，摇摇晃晃地把赶街的人们迎进围着栅栏的山寨。

从山头上看下去，鲜花丛中的八梦寨更像一个兵营。木栅栏圈起来的一片空地上，有竹子架起来的吊脚楼，也有几顶十分正宗的军用帐篷。栅栏的四个角上有高高的瞭望塔，端着枪的岗哨在塔楼监视着场地内外所有人的一举一动。

在场地上干活的男人一律都光着身子，只用一块破布或者麻袋片遮住下体。场地中央架着几口巨大的铁锅，锅上扣着木桶，锅下架着劈柴。大火噼叭燃烧，白色的蒸汽从木桶上冉冉升起，诱人的气息随之飘了出来。

在罂粟收获的季节里，女人用刀片将青黄色的罂粟果划破，白色的乳浆便从破口处沁出来。过一会儿，它凝固了，变成了褐色的生烟膏。用篾片将生烟膏刮入腰间挂着的小罐，拿回去集中起来，掺水加石灰，放在大锅里熬出来的就是鸦片膏子。

寨子里的乡民是不抽鸦片的，他们要把那东西拿去换取一年所需的大米、盐巴、香油、火柴，还有男人们渴求的快枪、姑娘们喜欢的胭脂。

八梦的男人们粗俗强悍，侠肝义胆，快意恩仇。他们生出来就是爬山越岭的角色，一辈子的愿望就是走出去——走出去，闯一片天地；走出去，带一个自己心爱的女人回来。

八梦的女孩子健康结实，光滑润泽，情真意切。她们都是半裸着身子长大的，犹如山上的野花，无拘无束地生长发育，含苞欲放。每年春天，寨子里都要举行摸乳节，只要女孩子乳房发育得有桃核那么大，就可以让寨子外的男人们来摸。她们认为自己的乳房被男人摸得越多越好，如果哪个女孩被冷落，就会羞耻地躲在竹楼下嚎啕大哭。

因此她们习惯于无忧无虑地敞胸露怀，喜欢扑腾着两个如同木瓜般结实的乳房，在马帮的汉子们中间游荡，在熬鸦片的男人中间招摇。她们期待着扛枪骑马、贩毒越货的剽悍男人呼啸而至，将自己掳上马背，到天边一般遥远的地方去生儿育女。

八梦，是个梦一般的地方。

“汪——汪——汪汪汪……”

一阵狗的鸣吠吵醒了少哉，接着听到一串流水般的笑声。他艰难地睁开了眼睛，看到一张朦胧的少女的脸。他动了一下眉头，撕开粘在一起的嘴唇，从喉咙深处挤出一个字：“你？”

“卡冒金（他醒了）……”银光一闪，少女惊叫一声，忽地一下跑开，身上带着一阵清脆的铃铃声。

一股特殊的香气吸进了鼻孔，一道阳光从支起的竹窗外射进来，一只花白二色的猫从窗台上跳下去，跟着少女跑了。

少哉看到了少女的背影，两道花布带交叉在娇小的背膀上，一条筒裙紧紧地包住圆滚滚的屁股，两条小腿白白地像两节莲藕，两只光脚叭叭叭地踏在地板上，铃铃铃的声音是从她头顶的银饰上发出来的。她张开双臂，一路喊着：“卡冒金也……”

这是什么地方……少哉已经有意识了，他艰难地动了动脖子，左右察看了一眼，发现自己躺在一座竹楼上。

竹楼很干净，一根竹竿撑着一扇竹窗。窗外的院子里有几棵冲天大树，树枝上不长一片绿叶，却开满了鲜红如血的花瓣。

花瓣上天空碧蓝，云像拉长的蚕丝，一丝一缕地牵向远方。蓝天下，群山起伏，像大海的波涛在蓝天下涌动。

少女跑下楼去，一路叫唤着，把少哉醒来的消息报告给了所有的人。

没过多久，楼梯响了，几个人脚步踏了上来。

“卡冒金也（他醒了吗）？”是个粗壮的男人的声音。

“卡冒金也……”她跟在男人的身后。

一个扎着头巾、扎满胡须、状貌古野的男人进入了少哉的视线，两人对视了几秒钟，胡须脸问：“你叫什么？”

他会说中国话，虽然生硬，却能听得懂。

“少哉……”少哉觉得喉咙发干，浑身疼痛，声音有点失真。他听到自己的声音之后，发觉自己说错了，马上纠正，“我是中国军人，我叫黄救国……”

“少哉？”胡腮脸背后的少女似乎听懂了前边的两个字，替他回答：“他叫少哉……”

胡须脸的身后还有两个身材矮小、双腿粗壮、额骨突出、狄僚梵相的随从，他们只是用黑色的腰布遮住臀部，裸露的胸脯上刺着暗蓝色的花纹，手上持着一柄长矛，虎视眈眈地看着躺在竹床上的中国军人。

腮帮子有点发僵，少哉仍然不忘自己的使命：“我们是抗日救国的队伍，不让日本鬼子侵略我们……”

“尖本利？”胡须脸有点疑惑，回头问少女。

少女惶恐地朝外面指了指：“尖本利……”

“尖本利？”胡须脸又看着少哉，“在哪里？”

“日本鬼子野心勃勃，不仅侵占了中国一大半的领土，还要吞并亚洲，瓜分世界……”少哉力图把每一个字讲得清清楚楚，努力让他们听明白自己讲的意思。

少女站在胡须脸的身后，闪着一对黑色的眼睛兴奋地看着少哉。少哉和她对视了一眼，从漆黑的眼珠和上翘的眼角判断，她应该是胡须脸的女儿。

少哉说了很多话，胡须脸越听越迷茫，和身边的少女交谈了几次，仍然不得要领。最后他警告少哉：“睡着，不要动。”

胡须脸转身走了，少女也跟着他们下楼了。

竹床冰凉，像清水一样熨帖着他的身体。

少哉动了一下，捏了捏麻木的手掌，忽然想起自己的处境。队伍呢？弟兄们呢？他们在哪里？

记起来了，他是在和马驷奇发生争执的时候，被他一个耳光抽下了山崖的。好在山崖并不陡峭，滑到半山腰，头碰到一块石头，之后的事情就不知道了。

少哉支起头来，再次朝小窗外看了一眼。天蓝得像一块透明的玻璃。清脆的鸟叫声，飞镝般地动人。

楼梯又响了，跑上来的还是那位少女。她手上拿着一个竹叶包着的饭团，叭叭叭地走到少哉的竹床边蹲下来，把竹叶掰开，将饭团送到少哉的嘴边。

“七（吃）……”她的声音亲切，漆黑的眼睛里流露着一种纯粹的怜意。

少哉闻到一股淡淡的清香，肚子立刻像灌风的竹管一样叫起来。他张开嘴咬了一口，还没嚼两下就咽了下去。紧接着第二口、第三口……当他咬下最后一口饭团时，她吓得缩回了尖尖的手指，看着少哉发出一阵快活的笑声。

“这是什么地方？”少哉歪着头在衣肩上擦了擦嘴，放慢了语速一字一句地问道。

“八梦，阿家……”她的回答像山涧流淌的水一样简单自然，只是发音有些别扭。

“八梦？”少哉四下张望，“跟我一起来的，他们在哪里？”

少女指了指窗外，又指了指少哉躺着的竹床：“啰……跟你一样……”

少哉支起身子，朝窗外看了一眼，看到了这座竹楼外还有几座相同的竹楼。

“你费（会）跑？”她真诚地问。

“不会。”少哉真诚地承诺。

她走过来，俯身擦掉粘在少哉脸上的一粒米饭。

一股幽香沁入了少哉的肺腑，让他差点又晕了过去。

少哉问：“你叫什么？”

少女回答：“尼娜－秋……”

少哉听懂了：“秋？”

少女点了点头。

她有一张蜜色的脸，一双清澈的眼，鼻子稍扁，嘴唇丰满，素衣布筒裙，浓睫垂阖。当她听到少哉叫她名字的时候，轻轻地应了一声，脸一下红到了脖颈，犹如一枚熟透的芒果。

“水……”少哉对她提出了第一个要求，“我要水……”

她以为他要喝，转身到墙角的水缸里打来一勺水。

少哉没有喝，而是支起身子，用手抹了一把脸。

她无比惊讶，接连又打来几勺，从他的头顶淋下去。少哉一阵快意，连忙洗脸，搓头，把蓬乱的头发抹到一边。

她看到了少哉一张洗得清秀了的脸，忽然扔了勺子，一阵风样地跑下楼去了。

“黄救国，我们还以为你死了呢……”傍晚时分，杨胜利咚咚咚地跑上楼来，他的身后跟着张三风。

少哉一阵惊喜，伸手抓住他们：“班长呢？”

杨胜利说：“在那边抽烟。”

少哉又问：“‘天牌’呢？”

杨胜利说：“跟寨主说话。”

一股异香飘进来，少哉指着外面场地上忙碌的人问：“他们在干什么？”

“熬鸦片。”杨胜利吸了一下鼻子，“他妈的，真香。”

少哉问：“我们跑到这里来干什么？”

“这地方不错呀。”杨胜利说，“竹筒饭很香，女人也好看。”

“我要走。”少哉艰难地支起身子。

“扯淡，怎么走？”杨胜利双手按住他，“不是张三风大哥把你从崖下拖上来，早被山里的野兽撕了。”

少哉感激地把手伸向张三风：“多谢。”

张三风拍了一下他的手：“别听他的，那崖其实并不陡，你只是撞昏了。”

少哉说："一辈子感激不尽。"

"别说费话，少惹麻烦就行。"杨胜利拍着他的肩膀，"老朽说，你这家伙命大，换了别人已经死了几回。"

"七饭……"那位少女叽叽叽地又跑上来了，对少哉做着手势，"七饭。"

杨胜利朝少哉一笑："看到没有，那小腰简直掐得断。"

少哉起身，三人一起跟着少女下了竹楼。

楼前的那片空地上，大灶下的劈柴烧得正旺，白色的蒸汽从木桶上冉冉升起，空气中弥漫着浓烈的气息。

杨胜利撞了少哉一下，指着竹席上晾着的一块块灰白色的东西，老练地说："鸦片膏子。"

少哉跟着他们来到寨子中央的一座较大的木屋里，何进修和其他几个弟兄也到了。一张木头钉成的大条桌上，摆了几大盆烧好的野猪肉和两摞粗瓷大碗。马驷奇、耶鲁和那位胡须脸站在桌旁说话，见他们进来，高兴地招呼："来来来，大家来拜见一下，这位是雷瓦寨主，我的好朋友。"

何进修带头拱手："久仰、久仰……"

少哉坐到何进修身边："我们到底办的什么差事？"

何进修小声警告："人生地不熟，有话回去再说。"

少哉还想再问，却见马驷奇举起桌上的大碗，声调昂扬地说："各位，我们这次的差事，在雷瓦寨主的大力协助下，已经完成。雷瓦寨主是我们的朋友，大家敬他一杯！"

"干……"

有酒有肉是让人兴奋的，马驷奇鼓动大家轮流敬酒，寨主很高兴，来者不拒。野猪肉烤得很香，少哉啃了两块，也喝了几口略带甜味的烧酒，一时也无法再追问这趟差事的底细。

木屋外，半个夕阳嵌在高高的山头上，扯下一片金色的光彩。微风吹拂，山坡上的罂粟花在黄昏中展现着最后一眼妩媚。

夜幕在夕阳没去的刹那间来临，苍茫的群山像屏风一样挡去了所有光辉。一轮明月升起来，溶溶的月光像奶水一样透过伞状的大树，洒满竹楼，洒在梦幻般的场地上。

篝火旺旺地烧起来了，兽皮鼓咚咚地敲起来。八梦的女人们全跑出来了，她们像迎接久违的马帮一样，迎接这群来自中国的军人。

咚咚咚，咚咚咚……

雷瓦寨主把最后一碗酒倒进肚里，摸了一把满脸的胡子，大声吆喝："我的客人们，跳舞吧……"

姑娘们异常兴奋，冲着这群当兵的，一个个高叫着"猫德里（男人）……"身子随着鼓声扭动起来。

杨胜利不知在什么时候已经听懂了她们的话，跟着高喊："骚德里（女子）……"

弟兄们冲进场子，一个个拉起女人们的手，围着篝火跳了起来。

少哉喝了酒，有点头晕，一见篝火周围那般热烈的场景，人也亢奋起来。和着大家的节奏，跟着鼓点跳了起来。

所有的人都和着鼓点唱道：

美丽的姑娘哟，
是天上闪烁的繁星；
壮实的男人哟，
是沙沙作响的谷子；
在这吉祥的夜晚，
请喝下这杯甘美的甜酒，
请吃下这块香甜的肥肉，
拉节吧也、拉节吧也……

舞蹈的步子其实很简单，男人和女人拉着手或搭着肩，随着鼓点的节奏，跳着，绕着，唱着，撞着……所谓撞，其实是一种亲昵，一种放荡。你撞过来，我撞过去，用肩、用胯，甚至用屁股和肚皮，撞出一种交欢的快乐。

美丽的姑娘哟，
是山上盛开的鲜花；
壮实的男人哟，
是山涧奔流的河水；
在这吉祥的夜晚，
请采下这美丽的鲜花，
请喝下这甘甜的河水，
拉节吧也、拉节吧也……

火越烧越旺，舞越跳越欢，寨子里的姑娘们对这群外来的士兵似乎有着格外的兴趣，她们两个人、三个人，甚至四五个撞一个中国士兵，撞得他们前扑后仰，撞得他们兴奋异常。

少哉一踏进跳舞的圈子，手就被秋的那只温暖的小手捏住了。一直跳到很晚，手心捏出了汗，小手还不放。当别人撞来撞去撞得热火朝天的时候，没有人敢过来撞少哉，只有秋的身体紧紧地靠着他，靠得他舞步零乱，靠得他心猿意马。

篝火越烧越旺，鼓点越敲越急，舞步越跳越欢。几个持枪的汉子从黑暗里跳出来，拉开了手中的枪栓，朝着天空“叭、叭、叭……”一阵射击，子弹像流星划破夜空，篝火舞会达到了高潮。

“M1?”少哉顺着篝火的亮光，看到他们手里拿着的最新式的枪支，呆站在那里不动了。

秋拉他的手：“拉节吧也……”

少哉指着那边问道：“哪里来的?”

秋说：“你们送来的呀……”

少哉一听，脑袋嗡嗡作响：“这是我们自己的队伍都还没来得及装备的武器，怎么送给你们了?”

秋不知道如何回答。

他扔开了姑娘的手，独自跑回了竹楼。

篝火还在燃烧，兽皮鼓还在咚咚地敲，夜色在这样的鼓声中显得格外遥远。

秋跟着上了竹楼上，她不知道这个爱干净的中国士兵为什么突然生气。

“姐布姐（你怎么了）……”她点着了挂在墙上的筒油灯，端了一勺水递到少哉面前。

少哉不喝也不接，歪着头直喘粗气。

“姐布姐……”她在他对面坐下来，着急地看着他，不知怎么安慰他才好。

“你知道那些武器是干什么的吗?”少哉红着两只眼睛，狠狠地盯着秋，“一支枪就是一支队伍，一颗子弹可以消灭一个敌人，我们的前线正等着这些武器去抗击日本帝国主义的侵略……”

秋瞪大了眼睛，轻轻地摇头，不知道她喜欢的这个中国兵在说些什么。

“日本人靠着他们的先进武器，屠杀千千万万的中国人，你知道吗?”少哉咬牙切齿，“可是，居然有人把武器拿到这里来换鸦片，这不是在帮助日本鬼子杀害我们的同胞吗?”

秋吓得“哇”的一声，捂着脸跑下了楼。

第三十二章　香　囊

山里的天说变就变，一道蓝色的闪电划过，瞬间撕破了缀满星星的夜幕，淹没了燃烧着篝火的山寨。

山风呼啸，像撒野的泼妇，在山谷里暴跳，在竹楼前打滚。紧接着，一串焦脆的巨响霹雳而下，炸得人头皮发麻。

雷声隆隆，闪电不断，横扫的狂风挟持着沉重的雨点，如同拧在一起的鞭子，从空中抽下来，抽得山峦晕头转向，抽得大树弯腰折枝，抽得竹楼吱吱作响。

突如其来的狂风暴雨让少哉感到一种莫名的恐惧，他蜷缩在竹床上，头痛，口渴，胸闷，不由自主地喊了一声“秋……”。

秋跑过来，一把抓住了他的手，轻轻地抚着他的脸，拍着他的背：“木洞无（没有事）……木洞也（不要怕）……”

秋的手那么轻柔，那么温暖，在她紧紧的把握和轻轻的抚摸中，少哉渐渐地平静下来。

秋抹了一把他额头的汗，俯下身来轻轻地问：“喝水？”

少哉的喉咙干痛得如同火烧一般。

一筒水端过来了，秋扶起少哉，托着竹筒，轻轻地将水喂进了少哉的嘴。

咕噜、咕噜……那水甘醇，爽口，沁入肺腑。少哉一口气将水喝下去了，立刻觉得浑身舒坦了，重新躺回到竹床上。

秋给他盖上一条印花的单子，坐在他身边轻轻地问：“家里，还有什么人？”

少哉回答：“父亲死了，还有妈妈和妹妹。”

“妈妈？”秋惊喜地问。

“妈妈。”少哉点头，“我的妈妈能干，宽容，大度。”

“多好的妈妈。”秋的眼前仿佛出现了少哉母亲的身影，她有一点忧伤，“我从来没有看到过我的妈妈，我想要一个妈妈……”

少哉安慰道：“我的妈妈就是你的妈妈。”

“真的吗？”秋拉过少哉的手，捂在自己的胸口上。

"真的。"少哉由衷地回答。

"拉节吧也……"秋轻轻地在少哉身边躺下来，双手紧紧地抱住他。

竹楼外的风雨远去了。

少哉听到她的那颗心在咚咚、咚咚地跳。

不知道这一夜是怎么度过的，也不知道什么时候进入了梦乡。直到杨胜利跑来抠他的脚板，少哉才醒来。

"起来，要走啰！"杨胜利扯下他缠在身上的床单。

少哉一骨碌爬起来，揉着眼睛四下盼顾，没有找到秋的身影。

杨胜利嬉皮笑脸地问："昨晚上快活了吧？"

少哉拉着脸骂道："无聊！"

"八梦最美的姑娘，一个晚上都拉着你的手不放。我亲眼看到你们俩人一起钻进了竹楼，还不一夜风流？"杨胜利举着那条印花单子，放在鼻子下一闻，"咦，上面还有她的气息……"

"她不是那种人！"少哉抢回印花单子，"只有你们，才会去干那些无耻的勾当。"

杨胜利放下脸："谁无耻了？"

"你、你们所有的人……"少哉指着外面的场院，"这是什么地方？把美国制造的最新式的武器运到这里来干什么？告诉我，你们到底要干什么？"

杨胜利哼了一声："'天牌'说了，这是最高军事机密，不准看，不准问，不准想。"

"拿武器换鸦片，什么最高军事机密？"少哉义愤填膺，"你们都知道，却在糊弄我一个人！"

杨胜利翻着眼睛教训他："这种事情有什么稀罕的？拿枪、拿子弹换烟、换酒、换鸦片、换宝石、换女人……换什么的都有，只有你才大惊小怪。"

少哉抓住杨胜利："告诉我，干这种事情的还有谁？"

杨胜利白了他一眼："告诉你又能怎么样？"

少哉说："把他们统统抓起来！"

"卵屌，不抓你就算好的，别管那些闲事。"杨胜利搂住少哉的肩，"碰到那么好看的姑娘，人家又那么喜欢你，还不快去跟人家告别，说说知心话。"

"不，我要揭露他们！"少哉推开杨胜利，"要坚决制止这种可耻的行为。”

何进修爬上楼来：“又在嚷什么？”

“老杤，你是班长，评评这理。”少哉冲到何进修面前，“我们抗战打得那么艰苦，一枪一弹都很珍贵，可是有人竟然把最新式的武器拿来换鸦片……”

“有话回去说。”何进修打断他的话，扭头朝竹楼下看了一眼，“‘天牌’有权先斩后奏，你的小命还要不要？”

少哉瞪着眼睛：“回去能说清楚？”

何进修安抚道：“在这里就能说得清楚么？”

少哉抓住何进修：“回去后，你们给我作证。”

何进修拍着他的肩膀：“回去再说吧……”

竹楼下，马驷奇在吆喝：“集合，开拔了！”

耶鲁的马帮已经驮好了货物，不用看都知道，那些沉重的麻袋和油布里装的是什么东西。

少哉气呼呼地拉着脸，跟在马帮后面出了山寨。

雨后的天空一片湛蓝。

古道幽深，轻风拂面，铃声悦耳。

弟兄们跟着马帮，踏上了返程的古道。

两旁的山坡上，罂粟花漫山遍野，一簇簇、一层层，仿佛在向他们招手，与他们告别。

花丛中，飞也似的落下一个女子来，径直冲到少哉面前，双手将一个绣花的香囊递上：“给你……”

少哉一惊，整个队伍都停了下来。

那是一个用金丝、银线和珍珠绣成的香囊，有金色的藤蔓，有洁白的莲花，有打坐的菩萨，有缠绕的祥云。香囊里装着此地最珍贵的虎骨粉、香皮和还魂草，散发出一种可以让人飘起来的幽香。

姑娘胸脯起伏，脸颊红得像花一样灿烂。她双唇微张，轻轻地喘着气，再一次对少哉说：“给你的。”

“秋？”少哉看着她，还是不敢伸手。

“接着吧，这是香囊，戴在身上可以驱毒祛病，祈福消灾。”何进修在一旁说，“她送给你的护身符。”

“接着吧。”杨胜利喊起来，“这是姑娘的一颗心！”

少哉心慌意乱地从姑娘手中接过香囊。

山坡上，花丛中，“噫呀……”一声吆喝，站起一排女子，齐声唱道：

我把性命交给你了，
拉节吧也；
我把灵魂交给你了，
拉节吧也；
我把死神也交给你了，
拉节吧也……

秋双手捂面，转身冲进花丛之中。

杨胜利抓着少哉的手高高举过头顶，和大家一起吼了起来：

我把性命交给你了，
拉节吧也；
我把灵魂交给你了，
拉节吧也；
我把死神也交给你了，
拉节吧也，
拉节吧也……

吼声中，队伍前行。

吼声中，少哉把香囊挂在脖子上。

一股幽香飘起来，像是秋的身体紧紧偎依在他的胸前。

杨胜利撞了一下他的肩膀：“什么时候来娶她？”

少哉申辩：“谁说要娶她？”

“人家把性命都交给你了。”张三风在后面警告，“你敢不娶，她爹非杀了你不可。”

“肯定要当上门女婿。”杨胜利说，“到时候你就是寨主，我们到你的地盘上来了，可不能亏待我们。”

“我不干那种事。”少哉直着脖子宣称，“除非他们把罂粟全部铲除，再也不熬鸦片。”

“傻瓜，在那种地方，不种鸦片，吃什么，喝什么，拿什么当寨主？”杨胜利大发感慨，“哎呀，这种好事情怎么就没我的份？”

“给你吧。”少哉把香囊取下来，往杨胜利的脖子上套，“你去当上门女婿。”

“不行不行。”杨胜利躲到何进修身后，“人家要的是你！”

“感谢上天吧。”何进修拉住少哉，悠悠地长叹一声，“命中注定有一个女人在这里等着你。”

少哉听了，不再说话了。

一路上，幽香缠绕，他身轻如燕，竟不知道脚怎么落到地上，也不知道自己是怎么走回畹町的。

孟子越奉命护送几位工程师到达缅甸的桥梁工地，完成勘察和抢修任务后返回135团时，搜查队被解散了，无线电测向仪交给了特务连，一时间，他成了个无事可干的闲人。

他找到胡英杰：“我的任务是什么？”

胡英杰亲切地说：“辛苦了，先休息休息再说吧。”

过了两天，他又问胡英杰。胡英杰说：“你是参谋长嘛，把参谋工作抓起来就行了。”

参谋参谋，参而不谋。参谋长在军中是个可重可轻、能大能小的角色。强势者，越俎代庖；弱势者，御用之物；不打仗，什么也不是。

孟子越明白了，他被胡英杰晾在一边，成了个可有可无的角色。

胡英杰也放出话来：不是早就想上前线去打仗吗？走哇。现在提要求，我立马放人。

孟子越确实想离开这个无聊的地方，到前线去与敌人面对面的厮杀。哪怕血溅疆场，也不枉为一个男人。

可是，当他看到群山环抱中的无名山时，立刻把走的念头打消了。保卫无名山的安全，是杜聿明军长亲自嘱托的任务，一旦有失，国之大难。面对135团眼下的这种状况，怎么能弃之而去？

孟子越硬着头皮留了下来，毫不懈怠地履行着参谋长的职责，气得胡英杰在背后骂道：“娘希匹的，不识相！”

少哉从八梦回到营盘，放下行李直奔团部，在银杏树下找到了孟子越：“参谋长，我有重要的情况向您报告。”

正在深思中的孟子越停住脚步：“什么事？”

“有人拿武器换鸦片去了，您管不管？”

孟子越疑惑地问：“谁？”

“马连长。”少哉把孟子越拉出了团部的院子，将途中情形一一道出，“他说是上司的命令，让我们班和他一起押送一个马帮到缅甸，骡子背上驮的货物竟然是GARAND－M1……参谋长，这不是美国制造的最先进的M1步枪吗？您猜驮去干什么？他们居然拿去换鸦片！”

孟子越有点吃惊：“真是M1？”

“我亲眼所见。”少哉信誓旦旦，“您知道我的英文底子，M1是美国陆军目前最先进的装备，在欧洲战场也是备受推崇的，它的射程远，精确度高，杀伤力强……”

“你是怎么看见的？”

“杨胜利割破了包皮外的油布，我亲眼看到了木箱上的字。”

孟子越说：“把杨胜利叫来。”

少哉跑回一班营地，把杨胜利叫了过来。

孟子越问：“你们一起去缅甸了？”

杨胜利点头：“去了。”

“你把油布划破了？”

“哪有这种事？”杨胜利的头摇得像拨浪鼓，“我怎么敢把油布划破呢？”

“怎么不是？”少哉急了，“你告诉我，骡子背上驮的是枪。我不相信，你把油布划破了，木箱上清清楚楚地写着‘GARAND－M1’……我当时就跟你说，那是美制步枪……”

“参谋长，黄救国胡说八道。我没有划破油布，也没有看到什么木箱，更不认得字。”杨胜利做出一副无辜的样子，“他这个人说话向来跟做梦一样，听不得的。”

“杨胜利！”少哉大叫起来，“你答应回来说实话的，怎么当面撒谎？”

杨胜利嘿嘿一笑：“我跟参谋长说的都是实话。”

少哉急得满头大汗：“这是关系到抗战胜利的大事，开不得玩笑的。别人都把你当贼，只有我，一直拿你当兄弟……”

“又在胡说八道，我什么时候做贼了？”杨胜利说，“参谋长，您可别听他的。我们班的弟兄都知道，洗衣妇的棒槌、黄救国的话，千万别当针（真）。”

“你？”少哉举起手来，恨不能将他狠狠地揍一顿。

“好了。”孟子越拦住少哉，对杨胜利说，“我知道了，你去吧。”

杨胜利朝少哉哼了一声，扭头走了。

少哉说：“我们班长也知道，让他来作证。”

孟子越说：“我跟你一起去吧。”

他们一起到了一班，何进修主动迎了上来。

孟子越问：“你们出去了几天？”

何进修答道：“来回九天。”

“到了八梦？”

“是，一个山寨。”

“任务是什么？”

“报告参谋长，出发之前，马连长特别交代，不准问，不准看，不准说。因此，我不知道任务是什么。”

“怎么不知道，就是拿武器换鸦片嘛。”少哉打断何进修的话，“那里漫山遍野都是罂粟花，八梦就是个熬鸦片的据点，驮去的枪就在那里换了鸦片，你怎么不知道？”

“八梦是个山寨，漫山遍野都是鲜花，空气里飘着一股奇香，还有漂亮的姑娘。”何进修看了少哉一眼，斟字酌句地对孟子越说，“我们只在八梦呆了一晚上，喝了些酒，跳了篝火晚会，第二天就回来了。”

“何进修，你是班长，怎么也不说实话？”少哉气得牙根发痒，“杨胜利划破麻袋之后，我亲口对你说过，里面是M1。你说，这里人生地不熟，别惹麻烦，有事回去说……我们回来了，你怎么不说实话呢？”

何进修不气也不急：“参谋长，人有时候会出现幻觉。黄救国天真浪漫，山寨里一位美丽的姑娘送给他一个香囊，里面装的就是那种奇香，闻了以后跟做梦一样……”

“你胡扯……”少哉急得不知说什么才好，他掏出胸前那个香囊递给孟子越，“参谋长，香囊是有一个，但是我并不会做梦，也不会说梦话啊……他们才是睁着眼睛说瞎话……”

孟子越接过香囊，放在鼻子下闻了闻，还给少哉，仍问何进修：“马帮驮去和驮回的是些什么东西？”

何进修说：“报告参谋长，军人的天职就是服从命令。我们不知道驮去的是什么，也不知道驮回来的是什么。”

“班长，这关系到抗战胜利的大是大非的事情，你怎么能这样黑白不辨呢？”少哉几乎是在哀求何进修，“我知道你心里清清楚楚，求你对参谋长说实话好不好？”

何进修一拱手说：“对不起，老朽才疏学浅，只知服从命令，难辨大是大非。我奉劝兄弟一句：蚍蜉撼不动大树，螂臂挡不住大车，还是不要自不量力的为好。”

“何进修！”少哉暴跳起来，“你身为班长，带头违犯军纪，偷吸鸦片，跟他们狼狈为奸……”

“嘿嘿……”何进修尴尬地一笑，做出万分委屈的样子对孟子越说，“参谋长，这事让我怎么说呢……”

孟子越说：“拿武器去换鸦片，不是小事，我希望拿到证据。”

“参谋长，您是孟圣人的后代，我记得您的祖宗说过：故凡同类者，举相似也，何独至于人而疑之？”何进修真诚地说，“如今，天下大乱，世道颠倒，各种怪事屡见不鲜。眼下，参谋长处境险恶，我觉得一切还是慎行为好。”

孟子越点了点头。

何进修又说：“黄救国质朴单纯，年轻气盛，不谙世事。他的话，可听而不可行。”

“我知道了，你去吧。”孟子越对何进修说，“事情没弄清楚之前，还是不要说为好。”

“是。”何进修敬礼而去。

少哉差点哭了出来：“参谋长，我发誓，我说的句句都是实话，不信的话我再把张三风、李抗战他们叫来问……”

“不必了。”孟子越说，“他们不会说的。”

“为什么？”少哉仍不死心，“参谋长，请您相信我，我说的句句是实话，绝对不是什么梦境、幻觉。自从捕蛇行动之后，我吸取教训，告诫自己老老实实地当兵，不再多管闲事……可是参谋长，这是闲事吗？”

“不是闲事，但一定要有证据才行。”孟子越严肃地说。

少哉还是不解：“我亲眼所见，他们全都知道，还要什么证据？”

“所谓证据，就是要人赃俱获，把事实摆在他们面前，让任何人都无可辩驳。”孟子越眉头紧锁，口气坚决，“只要人赃俱获，谁也跑不掉，懂吗？”

少哉看着孟子越，迷茫地问道：“怎样才能人赃俱获呢？”

第三十三章　千里寻夫

三角街上有三盏防风灯。

三盏灯立在三条街口的出入处。

每天傍晚，总有一位跛脚的点灯人架起竹竿，添上一勺桐油，把灯点亮。多少年来，天天如此。桐油灯像三只眼睛，不暗不明地照着风，照着雨，照着来往的行人、马帮和嫖客。

在三角街，嫖客并不似人们想像中的那么可恶。他们一年到头奔波在通往缅甸、印度、波斯甚至更远的驿道上，他们在悠远的铜铃声中度过漫长而寂寞的岁月。途中，有一些他们选定的驿站，驿站里有他们相识的女人。来了，肌肤相迎，在肉体的缠绵中解除旅途的疲惫和郁闷；走了，挥手相送，留下一帕丝巾、一串珠链、一把红尘。

这条道上的嫖客和女人是有约定的，虽然不成文字，却是大家的默契。你是我的，她是他的，有回到家的那般欣喜，那般温暖，那般体贴。烧茶倒水，洗衣做饭，一番云雨，彻夜温情。早上，有那么一抹阳光从小小的窗口照进来，闻着女人留下的体香，伸一个长长的懒腰，荡漾起不尽的缠绵。

这里的女人也认道，半夜里她们能听见几里以外的铜铃声，能分辨出哪一个是自己期待的男人。男人走了，她们扳起手指头算日子，算着他该到哪里了，他又该到哪里了……她们当然不止一个男人，相好的有那么几个，常来常往的更多。但是她们掂配得很开，该是相好的回来，请其他的人让路；住上三五日送走了，其他的人再来。不撞车，不争风吃醋。桥归桥，路归路，大家相安无事地往下走。

当然也会有孩子。

一不小心落下种，该生就生下来。至于谁是父亲，不争，不抢，不重要。相好的回来后问他：你看孩子像谁？男人大多识相，争着说：像我像我……抓一把散银留下来，算作一种交代。

也有不认的，女人并不在乎。一滴露水一棵苗，芭蕉树凤尾竹一样，长大了又是古道上的一条汉子。

135团的到来，给这个安定的小镇带来了不小的骚动，首当其冲的是那些女人。她们的平静被打破，她们的等待变成了担忧。那些士兵成群结队地扑上来，冲锋，刺杀，射击，让她们没有喘息的时间。明明听到自己熟悉的铃声了，门开不了，道让不开，只能眼睁睁地听着那铃声走了，远去了。

更让她们难以接受的是，外地的女人蜂拥而至。她们一个个年轻气盛，花枝招展，明目张胆地在街上截道拦人，拖到床上就是客，坏了这里的规矩。

一个夕阳尚红的傍晚，玉叶来了。

她带着儿子站在三角街的防风灯下，看着来往的行人和马帮，看着九谷桥上站着的岗哨，知道路已经走到了尽头。

张三风当兵以后，她没有回大悟，而是逗留在汉口，直到生下了孩子，又和逃难的人一起离开了汉口。

玉叶生下的果然是一个儿子，按照张三风的嘱咐，儿子明明白白地叫张复仇。她怀抱着张复仇，从汉口逃到长沙，从长沙逃到桂林，从桂林逃到昆明，一路上将千辛万苦吞入腹中，挤出带血的奶水喂养儿子，不弃不舍地寻找着张三风。

无论逃到哪里，她的第一桩事就是找队伍："兄弟，知道一个叫张三风的吗?"

那么多难民，那么多队伍，有谁知道一个张三风？但是玉叶不气馁，一天起码要把张三风的名字叫出一千遍来。儿子吃着她的奶水慢慢长大了，会叫妈了，见人也会说："我找张三风。"

没有人知道张三风在哪里，逃难的人流像潮水一般涌动，一会儿东，一会儿西，玉叶和儿子被这潮水涌到了畹町。

防风灯下，玉叶问人："这是什么地方?"

有人告诉她："天边。"

当初分手的时候她对张三风说过：就是找到天边，也要找到你。

玉叶心想：我们该找到你了。

跛脚的点灯人一崴一崴地来了，点亮灯，一崴一崴地走了。

儿子看着亮起的灯说饿了，吵着要吃。

三角街上卖熟食的店铺很多，各种各样的香味飘逸，可是玉叶没有钱，又没有伸手乞讨的习惯。一天没有吃东西了，孩子饿得哇哇叫，自己也饿得浑身无力。

她靠着灯柱坐下来，解开胸怀，给儿子吸奶。

儿子两岁多了，她已经没有奶水，可是每当儿子饿得不停地哭闹的时候，只能给他含住乳头，连血水也吸不出来了。

吸了半天，儿子还在哭："我饿，娘，我要吃……"

"睡吧，儿子，闭上眼睛，醒来就会有吃的……"她总是这样哄着孩子，等他睡着以后再去想办法。

可是孩子不睡，指着附近一家熟食店大叫："我饿，我要吃……"。

儿子的叫声，在这寂静的夜晚像刀一样扎人的心。

灯柱旁边的一扇木门咿呀一声响了，走出一个妇人来，看了母子俩一眼之后说："孩子饿了，你抱他进来吧。"

玉叶连忙起身道谢："一天没吃了……"

她抱着孩子跟着妇人进了屋。妇人端出饭菜，母子俩狼吞虎咽，感恩不尽。

妇人问她何方人士，怎么到这里来了。玉叶说，带着孩子千里寻夫，一路寻到这里来的。

妇人说：已经是尽头了，再往前走就是外国，还能寻到外国去？不如在这里住下来，一边做事，一边寻你的丈夫。

玉叶问看着屋外面进进出出的男人女人，问道："做什么事？"

妇人说："接客。"

玉叶明白了，连连摇头："不行，我有丈夫，有孩子。"

妇人笑道："多少大小姐、少奶奶都下了水，你还守什么节？"

玉叶说："我脸皮薄，做不来那种事情。"

"国家都这样，谁还要脸皮？想想吧。"妇人扔下一句话，转身走了。

这间屋里只有一张床，床头的墙壁上贴了一张抗战的宣传画，一个身强力壮的中国军人手里掐着一个小日本鬼子，使劲儿地要把他扔回到那个小岛上去。

玉叶摸着画上那个中国军人的脸，想着自己的张三风。

夜已经很深了，玉叶不敢睡，只让儿子睡到床上，自己靠着墙角打了个盹，天就亮了。

儿子醒来了，这是他出生以来第一次睡在有门有户的屋里，第一次躺在铺着褥子的床铺上。他一骨碌爬了起来，从床上跳到床下，从床下跳到床上，第一次发出了"咯咯咯"的笑声，并且问娘："娘，这是我家吗？"

玉叶点了点头，不忍心撕破儿子这一张快乐的脸。

妇人进来，不客气地问道："想好了？"

玉叶低着头，没有回答。

"这年头，能活命就不错了，那点事，打个哈欠就过去了，留着又不会长庄稼。"妇人说，"看在你儿子的分上，让你们娘儿俩歇了一夜。若不肯做，我就不能留你了。"

"儿啊，"玉叶喊了一声，提着随身的包袱站了起来，"我们走吧……"

"不……"儿子从床上跳下来，死死抱住门框，泪水汪汪地看着娘，"不走……"

房门外不远处是厨房，案子上堆着黄烂烂的油条，油条的香味飘出来，儿子的眼睛被牢牢地锁在那里。

玉叶的腿软了，一屁股坐在地上，泪水像珠子一样滚了下来。

少哉一天到晚想着“人赃俱获”四个字，每天都不厌其烦地去寻找证据。他理解参谋长的意思，只有找到证据，才能制止那可耻的勾当。

无名山戒备森严，成箱的武器是如何弄出去的呢？少哉跑到佛门前，站岗的宪兵正在认真地查验每个人的证件。他还没走到岗哨前就被喝住了，一道白线将他挡在五步之外。没有特别通行证，连在那里多站一分钟都不允许。

他想知道驮回的那些鸦片送到了什么地方，跑到三角街一家一家客栈打听耶鲁下落。客栈的人骂他：“这是不该问的事情，你坏了道上的规矩！”

他一无所获，垂头丧气地回到一班驻地，只有李抗战一人坐在帐篷边埋头写信。

他在李抗战身边坐下来：“跟你商量个事……”

李抗战挪了一下身子，背对着他。

“答应我，保证让你立功得奖。”少哉说，“其实很简单，你跟我一起到参谋长那里去，把我们的这次差事如实地说一遍……”

李抗战回头，狠狠地一翻眼睛，将未写完的信叠起来放进口袋，起身一溜烟跑得无影无踪。

杨胜利背着一个布袋上来了，老远喊道：“我这里有好吃的。”

少哉拉下脸，不理杨胜利。

杨胜利笑嘻嘻地走过来拉他的袖子：“还在生气呀？”

少哉一甩手：“我没你这个兄弟。”

“吓死我了……”杨胜利嘻嘻哈哈地做哭泣状，“没有你这个弟兄，往后的日子怎么过哟……”

“你又干什么去了？”少哉凶狠狠地问。

“弄了点吃的。”杨胜利把布袋往地上一放，“来来来，有酒有肉有烟，咱俩喝一杯，说说知心话。”

少哉看着他从布袋里拿出瓶装酒、猪头肉、花生米和锡纸烟，责问：“又是偷的吧？”

“这回不是。”杨胜利理直气壮，“‘天牌’犒赏，一人两块大洋，你那一份，我替你领了。”

“不义之财，我不要！”少哉骂道，“区区两块大洋，封住了你们的嘴巴！”

“又来了……”杨胜利摇着口袋里叮当响的大洋，“都说你是傻逼，只有我不相信，看来我也傻逼了。”

“是啊，我傻逼，你们都聪明。”少哉的火气又上来了，“你们只差去卖国了!”

“好了，别生气了，今天我请你喝一杯，给你赔不是……”杨胜利拉少哉坐了下来，咬开酒瓶盖，将酒倒进两个瓷碗，递了一个给少哉，“你是兄，我是弟，你先来。”

少哉扭头：“不喝。”

杨胜利把碗塞到他手上：“喝吧，一醉解千愁。”

“我可以喝，但得答应我一个条件。”

“你这个人真是麻烦……我请你喝酒，你还要我答应条件。”杨胜利摇头，“说吧，只要办得到的。”

少哉喝了一口：“和我一起去找证据。”

杨胜利没听明白：“找什么?”

“找证据，证明他们拿武器去换鸦片。”少哉说，“到时候把证据往他们面前一摊，让他们无话可说。”

“你能不能想点别的?”杨胜利夹了一块猪头肉塞到嘴里，边嚼边说，“少惹是生非，弄不好掉脑袋。”

少哉抓住他的手：“告诉我，‘天牌’是怎样把成箱的武器从无名山里弄出来的?”

“你真笨。”杨胜利喝了一口酒，“进了山洞的东西，都要造册入账，怎么能弄得出来呢?”

少哉点头：“是啊，我也这么想。”

“死脑筋。”杨胜利指着山下的公路说，“所有的东西都是从这条道路上进来的吧?”

少哉点头：“当然。”

“天下雨啊，路打滑啊，山塌方啊，桥梁遭袭击啊，车子翻下山啊……这样的事情有没有?”

“当然有……”少哉恍然大悟，“你是说，他们在半路就把东西搞到手了?”

“我没说，我可什么都没说。”杨胜利把一块猪头肉塞到少哉嘴里，“靠山吃山，靠水吃水，靠路吃路，普天之下，莫不如此。”

“不能如此!”少哉狠狠地嚼着猪头肉，“前方将士浴血奋战，四万万同胞水深火热，好不容易弄进来的先进武器，被人拿去换鸦片，我不能容忍!”

“好了，不说那个事。今天晚上，我带你去一个地方。”杨胜利神秘说道，“保证让你大吃一惊。”

少哉问：“什么地方？”

“先喝酒。”杨胜利举起碗，“一口干了。”

少哉干了，火辣辣的热血在身上沸腾起来。

杨胜利环顾左右，压低声音说：“我说了，你不能吭声。”

少哉点头：“说。”

“张三风的媳妇来了。”

少哉惊叫起来：“在哪里？”

“小声点……”杨胜利说，“就在三角街上。”

“快叫她到营盘里来呀。”

“来不了。”

“为什么？”

“她在窑子里。”杨胜利有点沮丧。

少哉更加吃惊：“为什么？”

“那就一言难尽了……”杨胜利往碗里加酒，“你想想，她带着个儿子，花了两年多的时间，从几千里外跑到这里，吃什么？喝什么？怎么养儿子？”

“张三风呢？赶快告诉他去把她和儿子救出来呀……”

“不行……”杨胜利摇头，“这事让张三风知道了，非把我们都杀了不可……”

“你们？”少哉瞪大眼睛，“难道你们？”

杨胜利说：“营盘里没人不知道，三角街来了一个女人，身上有一股栀子花的香气，让弟兄们念念不忘。她对弟兄们特别体贴，有钱的，给多给少她不计较；没钱的，好来好走。弟兄们知道她千里寻夫，一个个都答应帮她寻找她的丈夫。只是一听说是张三风，顿时没人敢吭声了……”

少哉揪住杨胜利的衣领：“你也去了？”

杨胜利挣扎着：“不去怎么知道？”

“畜生！”少哉给了他一拳，扭头不理。

“你不知道，我有个毛病，一见到女人就急，一急就什么事也做不成。别人都能在女人身上找快活，只有我不行……”

杨胜利说，大家都传街上来了这么一个女人，经不住怂恿他也去了。进门一看觉得有点面熟，一时却想不起来在哪里打过照面。

那女人不施粉脂，面善和气，就如隔壁大嫂一般让人亲近。杨胜利实话实说：大姐，我有毛病，见了女人就不行，到如今还没尝到味儿。

女人安抚他：不要急，先说说话，到时候自然就行了。

于是拉起了家常。

女人问：年纪轻轻的，怎么就不行了呢？

杨胜利说：小时候遭罪太多，没过一天好日子。说起儿时的遭遇来，又是一番心酸落泪。他趴在女人怀里，泣不成声。

这年头，人人都有一本账，翻开都是血……女人轻轻地抚摸着他的后背，像哄儿子一样安慰着，抚摸着。

杨胜利渐渐平静下来，说着话儿，忽然觉得行了！一翻身爬到女人身上，快活得哇哇大叫。

临别时，他将身上的钱都掏了出来，跪在女人面前说：大姐，你给了我第二条性命。

女人说：兄弟，不要你那么多钱，只求你帮忙打听打听，我丈夫张三风他在哪里。

他一听，吓得差点瘫倒在地上，嘴里不停地念叨：难怪、难怪、难怪面熟……

女人问：你认识张三风？

他连忙否认：不认得、不认得……夹着屁股跑了回来。

杨胜利抓着酒瓶问少哉："你说，这事该怎么办？"

少哉心烦意乱，把最后一口酒倒进了喉咙，扔下碗，狠狠地骂道："你该死！"

张三风和几个弟兄上山来了。

少哉摇摇晃晃地站起来，跌跌撞撞地迎过去："张三风，跟你说一件事……"

张三风摇头："我不听。"

"你媳妇……"少哉指着山坡下，"她来了……"

杨胜利爬起来，拿着酒瓶在他后脑勺上敲了一下。

咚的一声，少哉像截木头似的扑倒在地上。

张三风问："他说什么？"

杨胜利扔了瓶子："他喝醉了。"

张三风看了一眼："醉得厉害。"

杨胜利提起少哉的两条腿，把他拖进了帐篷。

第三十四章　灭　口

清晨，一只山雀喳喳地叫着飞进帐篷，落在少哉的肩上。叫了两声，左右都没有动静，便从容地啄着从他嘴里吐出来的东西。

少哉被啄醒了，睁开眼睛一看，以为是只鸡，喔嘻一声，那山雀不飞也不跑，对着他的眼睛发愣。

少哉翻身起来，头痛，还有些恶心。看到满地都是自己的呕吐物，也觉肮脏。他又喔嘻了一声，那鸟仍然不飞，歪歪倒倒地竟也有些醉意。

“杨胜利……”少哉喊了一声，四下无人应声。

他钻出帐篷，凉风一吹，清醒了许多。看满山的树、遍地的草，都长高了一截。

“班长、张三风……”四周回声响亮，山野显得更加寂静。

“人呢?”少哉再次钻进帐篷，发现弟兄们的行李和枪支弹药全没了。

他扛起枪冲下山，见到哨兵便问：“看到一班的弟兄们了?”

哨兵说：“昨天就走了。”

他们撇开我，又干那勾当去了！少哉悔恨交加，大骂自己不该喝那黄尿，误了大事。

他跑过九谷桥，沿着滇缅公路追赶了半日，拐上茶马古道，不顾山坡陡峭，手脚并用，拼命追赶。

“班长、杨胜利……”

又下雨了，天暗得像要塌下来一般。他孤独一人在茫茫的丛林小道上攀爬，看到道边的遗骸白骨，毛骨悚然，连喊叫声都在发抖。

衣服已经湿透了，像绳子一样勒在身上，难受至极。他伸手解开衣扣，无意触摸到挂在胸前的香囊，拿起来放在鼻子一闻，一股幽香通体贯透，耳边响起了八梦的歌：

　　我把性命交给你了，
　　拉节吧也；
　　我把灵魂交给你了，
　　拉节吧也；

我把死神也交给你了，
拉节吧也……

香囊也湿了，紧紧地贴在他的心口，软软地像秋的手，微微地有一种暖意，他的胆子壮了起来。

自从离开八梦，少哉的眼前时时冒出秋的影子。那是一个奇怪的姑娘，一见面就抓住他的手，到走也不肯放松。

杨胜利说：她看上你了。

少哉不以为然：我还不认识她呢。

杨胜利说：你看她的眼睛。

少哉恰恰不敢看她的眼睛。但是只要自己一闭上双眼，四处便都是她的眼睛，看得他无处藏身。

八梦的女孩子袒胸露肚，看到男人有一种特别的冲动。比起盘腿蛮腰的当地汉子们来，中国士兵的绰绰风姿让她们感到一种另类的稀奇。就像西天的妖精看到唐僧一样，情不自禁地要把这些男人的肉分来吃。

与其他姑娘比，秋安静许多。她不敞胸不露背，薄薄一层的一件粉色小褂挡着两座小小的山峰，却露出了蛮蛮细腰和那个深深的肚脐眼。一条筒裙绷住屁股，绷得又翘又弯。更是那一双幽黑的眼睛，盛着一泓清水，汪汪地让人一看就醉。

秋无疑是八梦最好看的姑娘。

那些马帮、毒贩和悍匪却没有一个敢在她面前动手动脚。因为她的阿爸是八梦的头人，更因为她的惊艳，让那些短胳膊短腿的男人们自惭形秽，不敢近身。

杨胜利说：她这辈子等的就是你。

少哉不信，却又暗暗问自己：她为什么会喜欢我呢？

山越来越高，路越走越险，濛濛山雨中，他抚着挂在胸前的香囊，想着秋，脚步蹬得山道上泥水飞溅。

如此紧紧巴巴地赶了两天，雨停了，山道上出现了一行蹄子印。少哉认定他们就在前面不远的地方，不禁一阵兴奋，鼓起劲爬上一座山头，果然听到叮叮当当的铜铃声。伸头往下一看，正是一班的弟兄们押着的马帮走到了山下的小道。

“看你们往哪里跑？”少哉一笑，自言自语地说。这一次一定要截住他们，人赃俱获，给参谋长一个话说的凭证。

他爬上山岗，只要顺着那个斜坡上滑下去，就能超到前面，截住他们。

突然间，他听到一阵沙沙沙的响声，像风一样从耳边刮过。他一惊，收住脚步，扒开树丛，只见一行黑衣人弯着腰，端着枪，分两路向山下包抄。

敌特？土匪？少哉心里惊叫一声，脑子飞快地旋转起来。如果让敌特或者土匪把队伍劫持了，不仅人赃俱获的打算落空，一班弟兄们的生命也面临危险。

他顾不得多想了，猛地冲了出去，双手抱头，身子一蜷，顺着山坡滚了下去。

队伍是在少哉喝醉的时候出发的，照样是耶鲁的马帮走在前头，一班的弟兄押后，按部就班地行走在茶马古道上。

杨胜利走在李抗战和张三风的中间，一路上他都在猜测，当黄救国发现弟兄们把他扔下时，他会干什么。

李抗战说："会哭。"

张三风说："会疯。"

后面的何进修却说："哭也罢，疯也罢，千万别搞出些意想不到的事情来。"

话音未落，一个人影从山坡上滚下来，正好堵在队伍的前面。

"站住！"少哉忍住满身跌撞的疼痛，站起来张开手臂拦住队伍，"停下来……"

杨胜利大吃一惊，张口结舌："这家伙，怎么跑到我们前面去了？"

队伍停下来了，少哉上气不接下气地指着山头："有打劫的，可能是土匪，也可能是敌特……"

马驷奇冲上前来，竖着眉毛喝问："黄救国，你要干什么？"

"打劫的，全副武装，从山上下来了……"少哉神情紧张，面色煞白，"快往回走……"

马驷奇抓住他："谁让你来的？"

少哉喘着粗气："我自己。"

"滚！"马驷奇推开他，拔出枪来，"让开，再堵在前面，我就毙了你。"

"他们……"少哉指着山上，"他们已经下来了！"

"吓唬谁啊？老子们怕打劫的吗？"马驷奇拍着胸脯骂道，"你他妈的又在骗人！"

"谁骗人？是你在骗人。"少哉抓住马驷奇的枪管，指着马帮驮的货物反问，“骡子背上驮的什么？为什么拿去换鸦片？”

马驷奇直着脖子吼叫：“谁说的？”

“别以为我不知道，你们驮的是美式 M1 步枪，送到八梦去换鸦片。”少哉理直气壮，“告诉我，谁让你这么做的？”

“活够了？”马驷奇拉开枪栓，顶上子弹。

“连长……”何进修插进身来，把少哉挡在背后，“算了吧，其实我们早知道骡子背上驮的什么，没什么秘密可言。”

少哉趁机大喊：“弟兄们，拿枪换鸦片，是破坏抗战的行为。我们调头回去，揭露他们的罪行，确保抗战的胜利！”

“他散布谣言，动摇军心。”山道狭窄，马驷奇隔着何进修够不着少哉，“把他抓起来……”

弟兄都站在那里，没有人动手。

少哉转身抓住杨胜利：“听我的，把武器驮回去，人赃俱获！”

“卵㞗！”杨胜利扭着头说，“我这条命还得留着喝几天酒、吃几天肉。”

少哉抓住李抗战：“你父亲送你来当兵的时候，告诫你不驱除倭寇，不准返乡。如今有人私卖武器，破坏抗战，你能置之不理吗？”

李抗战闭上眼睛，任凭少哉的话像风一样从耳边吹过。

“张三风，你媳妇来了，你知不知道？”少哉提高声音，耸人听闻地喊了一句。

张三风瞪大眼睛：“她在哪里？”

“就在三角街。”少哉万分悲愤地说，“她带着孩子，千辛万苦地找到这里。因为没有找到你，只好卖身养子……他、他、他们都去过了，只有你一个人不知道……”

“放屁……”张三风一听气得哇哇大叫，一个箭步冲过来，狠狠地抽了少哉一个耳光，“老子杀了你！”

“我说的句句都是实话。”少哉被抽得金星四溅，仍然嘴硬，“不信你问他们……”

“不准动！放下武器，举起手来！”黑衣人突然从山道的两头冲了下来，将一班的弟兄和马帮堵在中间，大声吆喝，“谁动打死谁……”

面对黑洞洞的枪口，马驷奇腿一软，头一个把枪扔到地上。两个黑衣人将他五花大绑起来。

其他人跟着把枪都扔了，一根绳子将他们捆起来拴成一串。

领头的黑衣人命令：“调转头，往回走！”

少哉也被捆了，拴在杨胜利的背后。没走多远，他闻到了某种熟悉的气息。悄悄地回头看了一眼，那几个黑衣人虽然脸上抹着黑色的油泥，行为动作却似曾相识。

他的眼睛骨碌碌地转了一圈，不由自主地“啊……”了一声，朝其中一位使了个眼色，快乐地说：“人赃俱获了……”

“闭嘴！”一枪托砸在后背上，痛得他再也不敢吭声了。

云很重，路很滑。

在黑衣人的押解下，一串人行动迟缓地往回走着。大家心里都在琢磨：到底发生了什么事？

“喂，你们是干什么的？”走了一程，马驷奇也嗅到了某种味道。他挣扎着被捆绑在背后的双臂，朝那领头的喊道：“你们是哪部分的？”

少哉扑哧一笑，他早已认出他们是孟子越派来的人，为首的就是原来的搜查队长。

马驷奇扭头骂道：“狗人的，你笑什么？”

“连长，回去可要说实话。”少哉做了个鬼脸，“我们已经被人赃俱获了。”

马驷奇冲到黑衣人的头目面前，狠狠地瞅了两眼，哇哇大叫起来：“是孟子越叫你们来的？快把老子放了！”

黑衣人枪一横：“对不起，有话回去说。”

“放了我……老子办的是团长的差事，误了时辰，回去砍你们的头！”马驷奇破口大骂，“孟子越算什么东西？135团是胡英杰的，要干什么胡英杰说了算……”

黑衣人不予理会，只是催促着队伍快往回走。

天黑了，路更难走，大家筋疲力尽。马驷奇一头倒在泥地里，大叫：“打死我吧，走不动了。”

杨胜利也跟着倒了下来：“走不动了……”

连在一起的绳子将所有的人都拽倒在泥泞里。

天色漆黑，路边的山谷深不见底，为首的黑衣人前后看了看，只得让队伍歇了下来。不过他警告：“我把话说在前头，谁要是耍花招，枪子不认人！”

少哉倒在杨胜利身旁，抑制不住内心的激动：“还是参谋长有能耐，这一下人赃俱获，看他们还有什么可说的？”

杨胜利却忧心忡忡：“他们是谁呀？撕破了脸，少不了一场恶斗，谁死谁活还不知道呢。”

张三风心里惦着他的玉叶，隔着杨胜利，恶狠狠地问少哉：“我老婆真在三角街?”

少哉回答：“杨胜利亲口告诉我的，他见过了。”

张三风逼问杨胜利：“真的?”

杨胜利摇头：“没有。”

“跟他说实话嘛。”少哉把底牌翻了出来，“你们不是说她的身上有一股栀子花一般的香味吗……”

“是她啊……”张三风咆哮起来，一头撞到杨胜利胸前，“真有这事?”

“没有、没有……”杨胜利往一边躲闪，“他胡说八道，真有这种事情，我也不会跟他讲呀。”

“到底是怎么回事?”张三风翻过来压到少哉身上，“如果骗人，老子骟了你!”

“我没骗人，是他亲口跟我讲的。他还看到你的儿子张复仇，已经会满地跑了。”少哉真诚地说，“你和她分手的那一幕，历历在目，我怎么会骗你呢?”

“别听他的……”杨胜利矢口否认，并在暗中狠狠地蹬了少哉一脚，对张三风说，“他这个人一天到晚想的是抗日救国，他是想用这种方法刺激你去杀日本人……”

“全国同胞水深火热，我想着抗战有什么错?”少哉说到此处，又激动起来，“张三风，你老婆带着你儿子找到三角街的事，除了你，没一个人不知道的，不信你可以问老朽，问李抗战……”

“老朽……”张三风滚到何进修身边，伤心地乞求，“你给我说实话。”

“国难当头，百姓遭殃，什么事情都有可能发生，能活下一条性命已经不错了……”何进修说，“如果你老婆到了三角街，不正好让你们夫妻团圆吗?”

“可是他说、他说……”张三风无法把那几个字讲出口，“她怎么能去做那种事呢?”

“一个弱女子，带着一个孩子迢迢几千里，寻夫寻到这里，绝不比孟姜女、王宝钏差。”何进修娓娓开导，“即使有什么事，也是那狗入的日本人祸害的，你还计较什么呢?”

“她真的来了啊……”张三风嗨嗨地恸哭起来，心如碎片地朝着黑暗的苍天呼喊，“玉叶，你真的来了吗?”

“不准闹。”黑衣人大声喝令。

张三风仍在恸哭，声音像穿山的风，呜呜地呼啸。

这个夜晚，没有人睡得着。

只有疲倦不堪的少哉，快乐地打起了小呼噜，梦见了八梦的秋。

马驷奇滚到杨胜利身边，咬着他耳朵说："走。"

杨胜利嘴角一撇："我怕吃枪子。"

马驷奇按住他："回去报告团长，让他救我们。"

杨胜利摇头。

马驷奇推了他一下："五块大洋。"

杨胜利不动。

马驷奇一咬牙："十块。"

杨胜利不吭气，坐了起来。一阵轻微的蠕动，像只壁虎一样消失得无影无踪。

一阵轻风吹过，天亮了。

少哉睁开眼睛一看，身边的绳子空了，不见杨胜利的踪影。

刚想喊，马驷奇狠狠地踢了他一脚："想死啊？"

少哉问："他去哪里了？"

何进修也制止："开了小差。"

少哉嘀咕："这小子要跑也不说一声……"

队伍沿着来时的路往回走了两天。

傍晚时分，下了岔路口，看了九谷桥。

少哉心里一阵狂跳：看你们还有什么可说？

走上桥面的时候，却感觉到有点异样：风为什么这样凉？桥上为什么这样静？一河两岸居然悄无一人？少哉两边张望，一只水鸟突兀地从河面上拍翅而起，拉出一条长长的水花，让人感觉到一种从未有过的惊悸。

他的目光从河面移到河边，从河边移到桥头。突然间，桥头刷地冒出一排黑洞洞的枪口，他惊叫一声，张大了嘴，还没听见自己的声音，却听到"哒哒哒哒……"一阵急促的枪响，一排子弹射过来，走在前面的三个黑衣人骤然倒地。

"卧倒……"马驷奇喊了一声，弓着屁股趴到桥面上。

"趴下！"何进修也喊了一声，一拉绳子，将一班的弟兄们一齐拉倒。张三风把少哉紧紧地压在身体下。

黑衣人遇到袭击，领头的站出来喊道："我是135团的……"

话音未尽，一颗子弹击中了他的咽喉。

其他的黑衣人见势不妙，一边还击，一边往桥南撤退，岂料背后也是“哒哒哒哒……”地一排子弹射过来，转眼间他们全部被击毙，倒在九谷桥上。

少哉趴在桥面上，目瞪口呆。

“马连长，起来吧，劫匪已经被我们消灭了。”前后夹击的士兵们在桥上会合，为首的是胡英杰的侍卫长。

他把手枪插进匣子，将马驷奇从地上拉起来，解开绳索：“团长说了，立即上路，继续办差。”

马驷奇哈哈大笑，狠狠地踢了血泊中的黑衣人一脚：“老子见得多了，跟我玩这一套!”

一班的弟兄们解开身上的绳索，恍然捡回一条性命。

“回头，上路。”马驷奇趾高气扬，大声招呼，“他妈的，白白耽误老子们几天的工夫!”

张三风跑到马驷奇跟前：“连长，我老婆来了，能不能让我去见见她……”

“先办差事，回头再说。”气焰嚣张的马驷奇，哪里会把张三风的事放在眼里。他高昂着头，对弟兄吆喝：“这一趟赏金加倍，快去快回。”

张三风提着枪，犟着头，真想一枪把那个麻脸打碎。他看了看堵在桥头的侍卫队，又看了一眼倒在血泊中的尸体，艰难地把哽在喉咙管上的一口恶气咽了下去。

何进修走过来，拍着他的肩，将他拉进队伍：“走完这一趟再说吧，多一倍的赏金，也好给他们母子安个家。”

张三风一步一回头，迫不得已地跟着队伍上了路。

“我?”少哉从地上爬起来，茫然地喊了一声，觉得天地都颠倒了过来。

“想和他们一样吗?”马驷奇瞪了他一眼，指着桥上一具具黑衣人的尸体，“留你一条性命就算对得起你了，滚!”

队伍往南，走远了。

天空中，一行大雁飞过。

少哉孤零零地站在九谷桥上，看着自己弟兄的血水一滴滴地滴下了九谷河。

第三十五章　安　家

玉叶始终觉得张三风就在畹町。

从来来往往的弟兄们身上，她感觉到了张三风的气息，感觉到了张三风的存在。她认定在某个清晨或者夜晚，张三风会突然出现在她和儿子的眼前。

在这个地方落下脚以后，儿子很高兴，跑进跑出，把来的人都喊作叔叔。

日子一长，有一样事情闹得玉叶心烦。

叔叔们来了，妈妈就要关门，拿些糖果哄他出去："张复仇，到外面去玩……"

开始的时候，张复仇倒也无所谓。反正有东西吃，反正是在外面玩儿，看着匆匆忙忙进出的脚步，看着莺语嬉笑接客应酬的女人，香风中带着一种其乐融融的惬意。

突然间他不干了。

是意识到了什么？说不清楚。反正他不干了。不管是什么样的叔叔来了，他再也不肯出门。

妈妈又喊他了："张复仇，出去玩。"

他守着不动："不去。"

玉叶递给他一个会转的风车："去玩吧，待会儿带你去逛街。"

他接过风车，还是不动："不去。"

"去吧，妈妈跟叔叔有事。"

"不去。"

客人已经在皱眉头。

玉叶生气了，呵斥："听话，出去！"

"我不走，我要等我爹！"张复仇抱住床脚不放手。

"这孩子，怎么不听话！"玉叶无奈，伸手在他屁股上掮了一巴掌，拉开他的小手，将他推到门外，关上了房门。

"我不出去……我要等我爹……"张复仇握着小拳头，狠狠地捶打门板，又哭又闹。

房间里的玉叶没有办法，只好跟客人道歉，将房门打开。

张复仇扑到母亲怀里大哭：“我要我爹……”

玉叶也哭，母子俩抱在一起，泪水打湿了衣裳。

老板娘不干了，堵在房门口发话：“我们是做生意的，吃的就是这一口饭，把客人冷落了，生意怎么做？”

玉叶低着头抽泣：“孩子不懂事……”

老板娘数落：“养孩子的女人也不止你一个，不能那么惯着的。舍不得孩子套不着狼，你们吃什么，喝什么？”

玉叶什么也不说，只是低着头，一个劲儿地掉泪。

恰好杨胜利从外面进来，一看这情景，伸长脖子嚷开了：“干什么？欺负人啦？”

老板娘谄笑：“哪能呢，都是孩子闹的。”

又吩咐玉叶：“好好侍候这位弟兄。”

老板娘一走，杨胜利亲亲热热叫了一声“嫂子”，拿出一包巧克力逗张复仇：“知道这是什么吗？你肯定没吃过。”

张复仇与往常完全不一样，不伸手，不要吃的，眨巴着眼，偎依在玉叶怀里不动。

“告诉我，是哪个混蛋欺负了你们？”杨胜利看到母子俩眼睛里都含着泪水，拍着胸脯对张复仇说，“告诉叔叔，叔叔替你报仇！”

玉叶难过地说：“兄弟，这孩子闹……”

“闹什么呢？”杨胜利把巧克力往张复仇手上塞，“这是美国人吃的糖，咱也尝尝。”

张复仇大叫起来：“我不要，我要等我爹！”

杨胜利一愣，马上笑起来：“别急，你爹很快就回来了。”

玉叶问：“找到张三风了？”

杨胜利支吾：“有些眉目……”

“张三风……”玉叶再也忍不住，呜呜地痛哭起来，“我这样子，怎么见张三风啊……”

杨胜利一下慌了手脚：“嫂子……我只是说有些眉目。”

张复仇拉着杨胜利：“叔叔，去找我爹！”

玉叶一听，哭得更加伤心。

老板娘又进来，斜着眼睛吆喝：“客人呆这么久了，还哭什么？”

杨胜利说：“我不是客人，我是来看望我嫂子的。”

老板娘拉长音调：“哟，认亲戚了？我这里是做生意的，不是走亲戚串门子的地方……”

“你要赶我走？”杨胜利一听这话火了，把那只断腕举到老板娘面前，“我是来接我嫂子走的。”

老板娘一愣：“接她走？没那么容易吧？她带着个孩子，在我这里又吃又住，能一拍屁股走人？”

杨胜利问：“你还想怎么样？”

“赎金。”老板娘伸出手，“自古以来，红楼相识，金盆洗手，拿钱赎人。亏你在窑子里进进出出，这点规矩都不懂？”

“要钱？好说。”杨胜利笑嘻嘻地问，“多少钱，说个数吧。”

老板娘眼睛一瞪：“少说也要十块大洋。”

“好，我去筹钱，咱们一会儿见。”杨胜利转而对玉叶说，“嫂子，收拾一下，一会儿我来接你们。”

大约过了一个时辰，杨胜利提着一个沉甸甸的袋子来了，嗵的一声往老板娘面前的桌子上一放，笑眯眯地说：“您点点，看看够不够数。”

老板娘伸手拉开袋口一看，吓得“啊”的一声坐到椅子上，连声叫唤：“兄弟，使不得……”

杨胜利从袋子里拿出一个菠萝状的手雷放在桌子上，轻轻一笑地问：“不多不少，一共十颗。这是美国货，一颗炸掉你们这间屋子没问题，十颗够不够？炸掉半个三角街绰绰有余。”

老板娘吓得面色煞白，冷汗直冒：“这位兄弟，使不得……我们是生意人，你们队伍上的营长、连长我认识的多了，千万别乱来……”

杨胜利上前紧逼：“说啊，够不够？”

“够了够了，你带他们走吧……”老板娘无奈地挥手，“算我倒霉，今天碰到了鬼……”

杨胜利收起袋子，来到玉叶的房间，喊道：“嫂子，咱们走。”

玉叶抓起床边的小包袱，难以置信地问：“兄弟，咱们去哪儿？”

杨胜利说：“找地方安个家。”

张复仇过来拉着母亲的手：“去找我爹。”

玉叶回头看了一眼这个房间，跟着杨胜利出了门。

孟子越抓着一件带血的黑衣，铁青着脸回到团部，见到胡英杰，拍着桌子大吼：“你杀了我的人！”

胡英杰若无其事地抬头，看了孟子越一眼：“谁是你的人？”

“马驷奇拿军火去换鸦片，人赃俱获，你却把我派去的人都杀了。”孟子越咬牙切齿，“那几个弟兄，是我们团最精干的力量，你竟然下得了手!”

“有这样的事?”胡英杰笑着问，“我听说那是一帮劫匪嘛。”

孟子越把黑衣往胡英杰面前一摔：“你还是让我走吧，别留我在这里碍手碍脚。”

“不是我不让你走。”胡英杰一下子收起笑意，“上面一直要我问一问，你跟共匪到底是什么关系?”

孟子越跳起来：“我跟共匪是什么关系，难道你不清楚吗?”

“不要喊……”胡英杰不动声色，“孟子越，我是绝对相信你的。上次军统的人来查你老婆的事，我一手给挡了，没容他们找你的麻烦。这一次，本来也是要替你挡着的，可兹事体大，本人已经无能为力了。”

“我有什么事可让你挡的?”孟子越越听越气，“我和老婆刚结婚就分手了，四五年之中只是在武汉匆匆见过一面而已，还是你从中撮合的。直到现在，我再也没见到过她，私通共匪的帽子，扣不到我的头上!”

“有没有见到过老婆不是问题，关键是心。心在党国，忠于领袖，忠于上司，有个共匪老婆又有什么关系?”胡英杰拉长语气，“孟子越，我给了你最好的机会、最大的信任和权力，可是你太不会做人了。现在是抗战最困难的时期，从上到下，供给不上，军费不足，哪个队伍不是在自食其力?你整天挑些鸡毛蒜皮的小事从中作梗，闹得人人自危，是何居心?”

“团长，我们是在杜军长面前立下过军令状的。你做的那些事情，我都无法启齿。既然如此，我只好报告上司了，让上司来处理。”孟子越抓起桌上的电话摇了起来，“接军部……”

胡英杰脸色一变，朝门外大喊一声：“拿下他!”

埋伏在门外的侍卫长带着人冲进来，将孟子越扑倒在地，五花大绑。

“胡英杰，你是什么玩艺儿?”孟子越挣扎着从地上挺立起来，“有本事跟日本人干去!”

胡英杰大声宣布：“孟子越私通共匪，破坏抗战，押走!”

少哉从九谷桥上孤零零地回到营盘，四处寻找孟子越。

他走进了团部，没有找到孟子越的人影，问团部的弟兄：“参谋长呢?”

弟兄们一个个讳莫如深，都不说话。

一个堂堂的参谋长，一下子无影无踪，少哉感到一种莫名的茫然和恐惧，精神到了崩溃的边缘。一回头，看到老罗坐在僧房的门边打瞌睡，走过去叫醒他：“秀娘在吗?”

老罗睁开眼睛，一看是少哉，连忙点头：“回了?”

少哉问："参谋长呢？"

老罗摇头："不清楚。"

少哉又问："团长干的？"

"别管闲事。"老罗连连摇手，"没杀你，够开恩了。"

秀娘在房里有气无力地呼喊："黄……"

少哉应了一声跨进门，只见秀娘病央央地靠在床上，不由得一阵心酸，张嘴喊了一声："秀娘……"

秀娘浅浅地一笑："抗战胜利了？"

少哉十分沮丧："前途渺茫。"

秀娘叹息："连你都没有信心，中国还有希望吗？"

少哉抬起头来，斩钉截铁："剩下我一个人，也要打到底！"

"坐下。"秀娘拍了拍床沿，"多几个像你这样的傻瓜，中国就有救了。"

少哉站着问："团长呢？"

"找他干什么？"捕蛇行动之后，秀娘一蹶不振，与胡英杰的关系也降到最低潮。

"我要问团长，有人走私武器，交换鸦片，谋取私利，他知不知道？我要问团长，有人在九谷桥头设下埋伏，将自己的弟兄杀得一个不剩，连参谋长也下落不明，这是为什么？"

秀娘有气无力地附和："缺德……"

少哉盯着秀娘："到底是谁干的？"

老罗在门外重重地咳嗽了一声。

"他们的事情，我管不了。"秀娘欲言又止，"你也别问。这世道，忠奸莫辨，什么样的事情都有。"

"秀娘，您是敬重参谋长的。他为人正直，德才兼备，是军中少有的干将。没有他，防守无名山的使命无法完成！"少哉扑通一声跪在床前，"告诉我，他在哪里？"

"中国历朝历代，逢有灾难，必是奸臣当道，忠良受害……孟子越这个人啦，叫我怎么说他呢？"秀娘长叹一声，几分惋惜，几分无奈，"告诉你又能怎样？"

少哉言之凿凿："救他。"

秀娘摇头："难。"

少哉挥着拳头："不惜一死！"

"忠心可鉴……"

秀娘动心了，刚要说话，老罗进来了，威胁少哉："黄救国，你现在不是秀娘的侍卫，不能呆在这个地方。"

少哉说："是秀娘喊我进来的。"

老罗拔出枪："再不走，别怪我不客气！"

"黄，去吧去吧，别惹事。"秀娘摆了摆手，"你一个人扭转不了乾坤……"

少哉没有找到孟子越的下落，茫然地来到三角街上，远远地看到了杨胜利，仇人似的冲过去，迎面给了他一拳，骂道："混蛋，你害死了参谋长！"

杨胜利一只手捂住胸口，好不容易站稳："谁说他死了？"

"参谋长在哪里？"少哉抓住杨胜利的衣领，发疯似的嚎叫，"你通风报信，让他们杀人灭口，害死了那么多弟兄，我要你偿还血债！"

杨胜利多少有些心虚，被少哉抓得直翻白眼："我只是给团长报了个信，谁知道他们下手那么狠……"

"这位兄弟，有话好说。"牵着孩子的玉叶出现在杨胜利背后，她忽闪着眼睛盯住少哉，"我好像认识你……"

少哉看到了玉叶，又看到玉叶身边的张复仇，嘴巴张大了合不拢来："嫂子，你……你们真来了？"

"我记起来了。"玉叶高兴地说，"你不就是张三风当兵时，领头呼口号的那位兄弟吗？"

杨胜利在少哉手里挣扎："还不放开我！"

少哉松了手，蹲下来抱住孩子："你就是张复仇？"

"我叫张复仇，要找我爹。"张复仇盯着少哉，"我认得你。"

"你也认得我？"少哉苦笑，"那时还没有你呀。"

杨胜利也笑了："他在娘肚子里看到了你。"

玉叶转笑而泣："兄弟，张三风到底在哪里？"

"在、在……"少哉连忙安慰，"别着急，他很快就回来了。"

"真的吗？"玉叶惊喜得泪水直往外洒。

"真的，要不了几天，他就回来了。"看到杨胜利和玉叶的手里都提着的东西，少哉问："你们这是在做什么？"

"安家。"杨胜利朝身后一指，"我们刚刚在河边街上找到一间房子，给嫂子安个家。"

"走，看看去……"少哉抱起张复仇，和杨胜利、玉叶一起来到了河边街。

这是一间不大但已经收拾干净的屋子，少哉里里外外看了一遍，推了杨胜利一把：“总算做了一回人事。”

杨胜利头一回露出带着羞涩的笑意：“这是嫂子的家，也就是我们的家。”

“兄弟，”玉叶仍追着少哉问，“张三风咋样了?”

“还是那样，又壮实又耿直。”少哉头看着空荡荡的屋子说，“应该添置点家什用具，才像是家嘛。”

杨胜利说：“走哇，我们一起去买。”

“走!”少哉一高兴，已经忘了刚才的沮丧与气愤，拉着杨胜利的手，一阵风似的跑到上街，买了床、桌、椅、凳、锅、瓢、碗、盏，拖回来往屋子里一摆，着实像个家了。

玉叶捡起了持家的手艺，煮饭做菜，热气腾腾地摆了一桌。

张复仇欢欣鼓舞，跑进跑出，一口一声地叫叔，叫得他们两人应接不暇。

坐在桌边吃饭，少哉还是忘不了心中的大事，缠着杨胜利问：“你知道参谋长的下落吗?”

杨胜利答非所问：“嫂子做的菜真有味道。”

少哉夺下他的饭碗：“到底在哪里?”

杨胜利把筷子一扔：“再吵我就不吃了。”

“吃吧、吃吧。”少哉把碗又推到他的面前，“告诉我，将功折罪，否则我再也不认你这个兄弟了。”

杨胜利问：“你为什么要管这种事情?”

“参谋长救过我的命。”少哉用筷子指着自己的额头，“不是他，我早已死在灰蛇的手中了。”

杨胜利摇头：“他救得了你，你救不了他。”

“为什么?”

“我不能说。”

“兄弟，你一定要告诉我。只有找到他，135团才有希望，我们抗日救国才有希望。”少哉热泪盈眶，“看到我们的军队出了这种荒唐的事情，我的心都碎了。”

“我不知道。”杨胜利还是摇头，“知道也不能告诉你。”

少哉急得跳了起来：“为什么?”

“卵尿！你想他死吗?”杨胜利把筷子往桌上一拍，“想他死我就说!”

“不想……”少哉不知这话的分量，一时无了主张，“我不想他死，只想救他。”

“不想他死，你就别问。”

“不问、不问……可是参谋长到底在哪里呀？不把他救出来，我活着如同行尸走肉……”

少哉呜呜地哭了，哭得万念俱灰：“跟你们这些混蛋在一起，我真的后悔了。如果你不肯将功折罪，我就走人，找共产党去、去当共匪……”

杨胜利看也不看他，两大口将碗里的饭菜扒下去了一半。

第三十六章　血　衣

135团团部所在的寺院后面有一座不大的山头，背面是高达百丈的悬崖。红色的岩壁上凿了一些小小的洞穴，是僧人们准备圆寂的地方。其实，这里大多数僧人难以终其一生，成年后或游历天下，或重归红尘，真正在洞穴里圆寂的很少，留下的洞穴却很多，成了飞鸟和禽兽的栖息地。

很早以前，悬崖上有一条栈道，是圆寂的和尚在人世间的最后行程。不知什么时候，栈道被烧毁了，只剩下一些桩眼和残存的朽木插在岩石的缝隙里，断了这一程去西天的通衢。

经不住少哉没完没了的哭诉和请求，杨胜利最终还是把关押孟子越的地方告诉了少哉。

天黑了，杨胜利与少哉悄悄地绕到后山。看着那让人头晕的悬崖，看着岩壁上黑色的洞口，看着木桩上停歇着的乌鸦，少哉胆战心惊地问：“参谋长在哪个洞里？”

“从上往下数，第三排第四个洞。”杨胜利说，“上面没吃没喝，不出三天，就是一堆白骨。”

少哉仰着头数了半天，那些洞口在眼前浮动起来：“他们是怎么把参谋长关进去的？”

“警卫连花了大半天的时间爬上崖顶，然后用绳索、钩镰、撬杠，把参谋长从上面吊下来，再派人将他塞进洞穴。”杨胜利比划着当时的情景，“人就像秋千一样在空中荡来荡去，摔下来就没命了。”

少哉问：“钩镰是什么？”

杨胜利说："本地人摘柚子用的。一根竿，竿头一个弯钩。人从山顶上吊下来，在悬崖上用它钩住洞口，才能爬进洞里去。"

少哉伸手去攀那岩壁上残存的木桩："能不能爬上去？"

"想死啊？"杨胜利一把将他拽下来，"看到没有，一梭子过来把你打成筛子眼。"

顺着杨胜利指的方向看过去，两个背着枪的哨兵在悬崖的另一边转来转去。少哉蹲下来："有没有办法？"

杨胜利生气了："你不是说只来看一看吗？"

少哉说："光看有什么用？要把参谋长救下来。"

杨胜利冷笑："连老鼠都爬不上去，摔死你！"

少哉抓住杨胜利空空的左手："你肯定有办法。"

"这不是房，也不是墙，是悬崖。"杨胜利把胳膊抽出来，在少哉面前一扬，"何况我已经少了五个爪子。"

"兄弟，"少哉动情地对杨胜利说，"参谋长是个刚正不阿的军人，他就是我心中的岳飞。我们眼睁睁地看着他被人陷害不去营救，还算个人吗？"

"老朽说过，自古以来有忠就有奸，凭你我能扭转乾坤？"杨胜利拍着他的肩膀，"我们来看他，也算是尽了一份心意，走吧。"

"不，我们要把他救下来……"少哉抓着崖壁不肯离开，那边的哨兵似乎听到动静，咳嗽了一声，拉响枪栓，一前一后地朝这边走了过来。

杨胜利一把将少哉按在地上，大气不敢出。

哨兵走了一半，看到崖壁下魅影幢幢，停住了脚步。

"快走！"杨胜利拉起少哉，撒腿往下跑。

第二天，少哉和杨胜利来到玉叶家，两人甜甜地叫着嫂子，争着要替玉叶干活。

玉叶说：不用，家里都收拾好了，你们歇着。

她把两人让进屋里，抹桌子倒茶，侍奉上宾一般请他们入座。

小复仇跑过来问："我爹怎么还没回来？"

"快了。"少哉和杨胜利计算着，他们到八梦后如果不停留，这一两天便能到家了。

一听这消息，张复仇高兴得跳起来，冲出门外，对着九谷河喊："爹，快回来……"

少哉满脑子都在琢磨营救参谋长的事，刚坐下来，他又缠住了杨胜利：

“用钩镰钩住那些桩眼，能不能爬上去？”

“没地方站脚，除非你重修一条栈道。”杨胜利敷衍一句，跑到外面和小复仇玩耍去了。

“修栈道？”少哉心里一动，嘴里喝着茶，眼前不断地出现悬崖上的洞穴和桩眼的影子。

玉叶家里刚好有一面刷过粉的墙，粉墙上有几道裂缝，形状如同起伏的山峦。

少哉在粉墙前端详了半晌，跑到厨房找来几根没烧尽的柴火棍，当做炭笔在粉墙上描画起来。

这里是悬崖，这是洞穴，这是废弃的栈道坑洞……根据记忆，他在粉墙上画出一幅相当逼真的悬崖洞穴图。

“喂，你来看。”他跑到屋外，把杨胜利喊了进来，指着墙上的图问道，“像不像？”

杨胜利看了一眼：“像什么？”

玉叶跟着进来，在一旁拍手赞扬：“真像、真像。”

少哉糊涂了，问她：“像什么？”

玉叶指着墙上的图形说：“像张三风的家……畈上畈下的路就是这样子的，画得真像。”

张复仇也进来了，指着墙壁问：“我家在这里吗？”

杨胜利也笑了：“张大哥回来，还以为这里是靠山店。”

听了玉叶那句话，少哉拿起柴火棍，把那些桩眼用一根线连起来，果然像一条之字形的路。

他问道：“这样可以上山吗？”

玉叶说：“能，张三风一天能跑两趟。”

“有办法了。”玉叶走开后，少哉把杨胜利拉到粉墙前，在每个桩眼处加上一笔，“往残存的坑里打一个木桩，连起来，就能爬上去。”

杨胜利皱起眉头：“哪来那么多木桩？”

少哉点数：“不多，三十根而已。”

“那地方有哨兵，能让你把桩打进去吗？”

“找个下雨的晚上，哨兵不会发现。”

“天啦，你真是活得不耐烦了……”

“不救出参谋长，我死不瞑目！”少哉说干就干，拉着杨胜利找到一家柴火铺，对老板比划着说，“我们要这么长、这么粗的柴火头子，三十个。”

老板说：“我们这里的柴火论斤不论个。”

少哉说："怎么论都行，每个大小要一样。"

他说了尺寸，老板一边答应一边嘀咕："没见过买柴火头子的还讲究尺寸的……"

天下雨了，稠稠密密地像一道道水帘子，把山峦和悬崖遮掩得模糊不清。风声、雨声和山涧的流水声哗哗地汇成一曲水的交响，盖过了其他所有的声音。

寺院后的悬崖下，站岗的哨兵缩进了岗亭，酣然入睡。

趁着黑夜和大雨，少哉和杨胜利将柴火头搬到悬崖下，一个个地往桩眼里打。那柴头大小合适，加上雨水浸泡，打进去十分牢靠，踩上去毫不动摇。顺着之字形的桩眼，他们边打边往上爬。打到后半夜，到了第三排的第四个洞口。

少哉背着水壶和预备好的干粮爬进山洞，低声音喊道："参谋长，我是黄救国，您在哪里？"

洞穴深处，孟子越"嗯"了一声。

杨胜利跟着爬进来，啪一声按着了打火机。

借着闪动的火苗，看到孟子越衣衫褴褛地蜷缩在洞穴中，少哉心里一阵难过，上前一把拉住他："参谋长，快走，我们救你出去。"

孟子越艰难地抬起头，惨淡一笑："能到哪里去？"

"去昆明、重庆……"少哉满怀信心地说，"去您想去的地方，告他们迫害忠良！"

孟子越摇头："谈何容易？"

"参谋长，都怪我多事，不该对您说他们拿武器去换鸦片的事情。"少哉责怪自己，"您是个嫉恶如仇的人，怎么能容忍那种罪恶的勾当？可惜的是，被他们暗算了……"

孟子越安慰道："不能责怪你，是我低估了他们的能量，没有做好退一步的准备。"

"快走哇，参谋长！"少哉催促道，"您不出来，135团完了，无名山也就完了……"

孟子越摇头："我一走，更说不清了。"

"天快亮了。"杨胜利在后面催促，"您不出去，黄救国会疯的。"

"我走不了。"孟子越一动，发出一阵哗啦啦的声响。他的脚上戴着沉重的脚镣，脚镣钉死在岩石上，无法动弹。

"您再坚持一天，我们明晚再来。"少哉把水壶和干粮放在孟子越的面前，“我们明晚带一把铁锤来，砸碎锁链。”

“不行，太危险。如果你们也被抓，就一点希望也没有了。”孟子越从怀里掏出一个布包，“我这里有一样东西，你想办法替我寄往昆明，请杜聿明将军主持公道。”

少哉接过来，打开一看，是一件血衣，上有两行血写的大字：无名山万分危急，务请加强防卫。

少哉收起血衣：“一定办到。”

孟子越说了个昆明的地址：“这是杜聿明将军的官邸，千万不能写错。”

“您放心，绝对不会出错。”少哉把地址重复了一遍，告别了孟子越。天亮时，他和杨胜利回到玉叶家里，找了一块白布，缝成一只口袋，将参谋长的血衣装了进去，工工整整地写上了地址。

准备拿到邮局寄发时，少哉有些犹豫：畹町的邮差三天打鱼两天晒网，什么时候才能寄到杜将军的手里呢？他想起了队伍上的军邮，每天会有一个或者几个绿色的帆布袋送到团部来，既有军中的公函，也有官兵们的私人信件。专人专车，快而且保险。

他问杨胜利：“能不能在邮包送走之前，想办法把它塞进去？”

杨胜利说：“团部有看门的，逮住怎么办？”

少哉说：“今天晚上，我去找他们说话，你从旁边溜进去。”

杨胜利点头。

少哉意犹未尽，坐下来奋笔疾书。他用自己的名义，将参谋长的冤情和135团所发生的事情，写了一封激情万丈的书信，一起塞进了血衣的包裹。

当天晚上，杨胜利将布袋塞进了团部的邮包。

玉叶是个勤快的女人，她在房前开垦了一小块菜地，种了些萝卜、白菜，小芽冒出来，青凌凌地一片爱煞人。还养了一群小鸡小鸭，在门口撒一把碎米，“咯咯咯咯……”地一阵叫唤，小鸡小鸭们拍着翅膀围到她的脚下，真有了几分过日子的模样。

早上起来，天朗气清，惠风和畅。她觉得张三风应该回来了，今天应该是一家人团圆的日子。

桌子上摆满了做好的菜，当然是她的手艺，当然是家乡的味道。有甩指长的粉蒸肉，有两头翘的红烧鱼，有糯米滚的珍珠圆子，有青葱拌的白莲藕，有瓦罐煨的母鸡汤……当然还有烤红薯，虽然不如同张三风烤的那么甜，那么面，却也红里透亮，香喷喷地冒着热气。回想起当初你咬一口我咬一口的情景，玉叶脸上在笑，泪水在涌，心跳得慌。

张复仇也早早地起来，穿了件鲜红的兜肚，跳进跳出，不停地指着九谷河上的大桥问："娘，爹是从那里回来吗？"

玉叶答应："是，你爹过桥就到家了。"

杨胜利给玉叶找的这幢房子的位置不错，能看山，看水，看九谷河大桥上人来车往。随着局势的变化，滇缅公路再次开通，积压了几个月的物资急速地赶运回来，一辆接一辆的大卡车昼夜不停地轰鸣，九谷河上飘浮着一股淡淡的汽油味。

畹町是个不错的地方，和玉叶的老家靠山店一样，也是依山傍水，景色却比靠山店苍翠嫩绿得多。这几天进来的车多货也多，大批来不及运进内地的货物，只能堆放在三角街边的空场上。当兵的把一只只大木箱子垒起来，再盖上大片的油布，像一座座山头一样耸立在房舍和林子之间。

张复仇又跑过来："娘，爹是坐车还是走路回来呢？"

玉叶回答："当然是坐车。"

儿子问一句，玉叶答一句。不知为什么，她有点心慌意乱，有点六神无主。拿起好久不用的镜子照了一下自己，脸是那么红，那么白，还有点含羞带愧，看得自己都不好意思了。

她把该做的事情都做了，把鸡和鸭又喂了一遍，把桌子、椅子擦得油光铮亮，把门口的地扫得洁不沾尘，把里里外外收拾得干干净净，只等着张三风进门。

她忍不住又看了一眼九谷桥，闪身进了屋，换了件衣裳。

那是一件蓝底白花的褂子。蓝是天上的蓝，花是栀子花，布是本地人的蜡染。玉叶把它挑回来，自己裁、自己剪、自己缝，穿起来卡腰，合身，好看。那一片片衬着白花的叶子，顺着细细的藤蔓张开来，在她身上，有一种活了的灵气。

太阳老高了，还不见张三风的人影。

玉叶依在门口，第一次感受到一个持家的女人等待男人归来时的那种兴奋，那种期待，那种忐忑不安。

她出来，进去；进去，又出来……九谷河水不慌不忙地东流而去，九谷桥上人来车往，路边的风吹得树叶哗哗作响，天上的云聚拢又散开……

突然间，她看到十多支黑箭一样的东西从云层中钻了出来，震耳欲聋的轰鸣声顿时淹没了一切。

"张复仇……"玉叶撕破嗓子叫了一声，冲过去把在路口玩耍的儿子拖进了屋。

张三风跟着马帮到达八梦，放下货物就问："什么时候回去？"

马驷奇说："一个晚上总是要停的，明天大早启程。"

第二天早上，队伍返程，归心似箭的张三风急匆匆地走在最前面。他仿佛看到玉叶在九谷河边等待着他，就像到了靠山店，睁眼能看到她的身影一样。

还有儿子，虽然不知道长成什么样子，但肯定像自己一样强壮。张三风似乎听到儿子的呼叫声，恨不能将几天的路程一天赶到。

"连长，能不能让我先走？"他蹭到马驷奇身边，把憋在心里的愿望说了出来。

马驷奇翻了一眼："不行，只剩下这几个人，遇到事情怎么办？"

眼看天黑了，张三风再次请求："能不能不歇，连夜赶路？"

"你不歇可以，要问大家干不干。"马驷奇看了一眼何进修。

何进修对大伙说："不歇就不歇吧，大家咬咬牙。"

没有人说不。

马驷奇走到耶鲁身边嘀咕了几句，耶鲁也点了头。

"那就走吧，一个跟着一个，别掉下去，摔死了。"马驷奇让步了，大家燃着火把，连夜赶路。

到了，快到了……走近九谷桥的时候，张三风心里在喊着玉叶，喊着张复仇。就要见到他们了，心像一块蹦跳的石头一样撞击着他的胸膛，双脚像踩着弹簧一样往前飞奔。他已经离开了队伍，只身冲上了九谷桥，在人流和车流的缝隙中往前穿行。

就在这时候，天空一黑，刺耳的警报声响起来。

张三风仰头一看，十多架日本鬼子的飞机从云层中钻出来，掠过畹町上空，直扑无名山。

"狗入的，来得真是时候！"张三风骂了一句，伸手拨开人群，抢过了九谷桥。

空中是一队从越南西贡机场起飞的轰炸机，它们飞越泰国和缅甸领空，直插畹町，目标就是无名山。

上一次它们来过，正要开舱投弹时，与地面的联络断了，数十吨炸弹落入了一条不相干的山沟。这一次，联络信号没有受到任何干扰，指示的目标非常明确。然而，当轰炸机群飞到无名山上空时，下面却是云遮雾绕，混沌一片，怎么也找不到那座赤红色如同佛祖打坐的山头。

敌人的飞行员迷惑不解，地面的特工也不明所以。天上地下都在拼命呼叫:“为什么看不到无名山?”

真正的原因，只有何进修知道。

何进修长期在那坝山上站岗，发现无名山四周的山峰都比它高，加上山林里的湿气大，恰恰在天气好的时候，阳光蒸腾，云雾便集中到无名山头。从空中看下去，混沌一片。《佛经》上说，这叫祥云帷幔，四方来仪，是一种圣象。

何进修曾将这一现象报告孟子越。孟子越告诫:此事你知我知，不得告诉任何人。何进修当然知道参谋长的用意，将这一秘密保留至死，也没向任何人吐露一个字。

敌机降低高度，云层愈加浓密，机翼差点撞到旁边的山崖。它们再一次与目标失之交臂，却又不肯善罢甘休，于是调转头来，把炸弹倾泻到畹町镇，倾泻到滇缅公路和九谷桥上。

“轰隆隆……”畹町在瞬间被掀翻，泥土和硝烟升上了天空，一座座木楼和房屋在瞬间同时起火。不少人背着火苗从废墟中跑出来，在地上翻滚着、扑打着活下一条性命。也有来不及扑打的，活活地被烧成了焦炭。

九谷桥被炸断了，车辆和行人落入河中。

张三风冲过九谷桥，呼喊着玉叶和张复仇的名字，只身扑进了三角街。

“看到我的玉叶没有?看到我的儿子没有?”他逢人就问。

没有人知道玉叶，没有人知道张复仇，大家只顾得逃命，只顾在废墟中抢救亲人、寻找财物。

张三风看到倒塌的店面和房屋就去扒，一边扒一边喊:“玉叶、张复仇，你们在哪里?”

滚烫的砖瓦碎片烙伤了他的手脚，燃烧的火苗燎焦了他的头发和眉毛。他的手扒破了，指甲扒掉了，喉咙被浓烟呛得冒血，他仍然在扒找，在呼喊:“玉叶，儿子，你们在哪里……”

何进修带着一班的弟兄赶来了，看到废墟中的张三风简直成了个焦人，和他一齐动手扒了起来。

附近的弟兄们听到消息后也赶到现场，大家一字儿排开，用双手不停地翻呀，扒呀，挖呀，挖出了一具具烧焦的尸体，却没有找到玉叶和他的儿子。

少哉拉着杨胜利，一直在悬崖下琢磨如何拯救参谋长。敌机轰炸三角街，他们急忙冲了过来。见那么多弟兄在帮张三风扒找玉叶和儿子，杨胜利不忍心地往河边街一指，喊道:“在那边!”

那是一片完全倒塌的废墟，火苗还在燃烧着，青烟从砖砾的缝隙里冒出来，像坟墓里冒出的阴气。

“玉叶……”张三风大叫一声，扑进火苗中。

弟兄们跟上去，推倒断墙，扒开瓦砾，翻开烧焦的梁柱，终于有人喊了一声：“在这里……”

大家掀开一堵断墙，在一张被砸毁的木床下，看到了蜷着身子的玉叶，看到玉叶将儿子紧紧地护在怀里。一根房梁砸在她的头上，血染红了她身上的栀子花。

“玉叶！”张三风扑上去，抱住她狂喊，“我回来了……”

玉叶似乎听到张三风的呼喊，微微睁开眼睛，像风一样轻轻一笑，头一歪，倒在张三风的怀里。

“玉叶、玉叶……”张三风呼喊着，叫声撕碎了天上的狼烟。

儿子从母亲怀里钻出来，睁开眼睛四下张望：“我叫张复仇，哪个是我爹？”

“儿子！”张三风一把将张复仇搂进怀里，失声痛哭。

弟兄们都围了过来，一个个低头，抹着泪水。

“好了，该走了，还得回去交差呢！”马驷奇赶了过来，催促弟兄把从八梦运回的东西送到指定的地方去。

“还我媳妇一条性命！”张三风惨叫一声，拔出腰间的刺刀，朝着马驷奇的胸脯捅了过去。

“胡来不得……”何进修一侧身子，挡住了张三风。刺刀从马驷奇的脖子边擦了过去，吓得他仰面倒在地上。

“是小鬼子炸死了你媳妇，怎么能怨我？”马驷奇从地上爬起来，从人缝里钻了出去。

张三风嘴里喷出一口鲜血，把刺刀狠狠地插进废墟，指天骂道：“狗入的，天杀的小鬼子，老子跟你们没完……”

第三十七章　天　机

日寇的轰炸机飞临畹町上空的时候，胡英杰正在南洋别墅里陪着吴乃仁打麻将。

战乱时期，牌桌是最好的战场，麻将是最好的武器。胡英杰是个聪明人，那些用军火换来的好处，有相当一部分是要分给吴乃仁的。畹町尚无银行，也无开户、转账之说，大笔资金当面易手，难免尴尬，而且会留下痕迹，授人以柄。

于是打麻将。

吴乃仁手艺没什么长进，胡英杰却越打越精。牌一上手，他便知道吴乃仁要吃什么、碰什么，尽量地打给他吃，扔给他碰，最后还放炮。吴乃仁打得过瘾，赢得痛快，到手的都是美金。

国难当头，民国政府的票子没人要，现大洋哗啦啦地太扎眼。美金，全世界流行的硬通，装在口袋里，胸脯都比别人挺得高。胡英杰把千方百计弄到手的美金如此浪漫地奉献给吴次长，怎么能叫他不感动？

炸弹从天而降，气浪冲破墙壁，一颗石头籽横飞过来扎进吴乃仁的脑门，虽然只是个鸡蛋大的洞，却连脑浆都流了出来。

"次长为国捐躯了……"胡英杰扑上去，抱起吴乃仁，如丧考妣地嚎啕大哭。

敌机袭击畹町，炸毁了堆放场地上的全部物资，炸毁了三角街，炸断了九谷桥，损失十分惨重，震惊了重庆和昆明。

杜聿明军长发来急电，命令孟子越即赴昆明，接受重要使命。

拿着电报，胡英杰心中懊悔不已：为什么没把他杀了？

此时不得不吩咐手下："快把他放出来。"

特务连跑到后山，将孟子越从山洞里放了出来。

胡英杰一脸晦气地等候在大殿旁，见到孟子越从山坡上走下来，大踏步地迎了上去，紧紧握住他的双手："敌人突然袭击，我们的损失惨重……"

衣衫褴褛、遍体鳞伤的孟子越看了一眼祥云覆盖的无名山，心中稍感安慰。

"杜军长来电，命你立即动身……"胡英杰把杜聿明的电报递给他，"你看要不要歇息一两天再出发？"

孟子越看了一眼电文："马上走。"

"车已经备好了，我派了一个医生，途中给你治伤。"胡英杰主动与孟子越和解，声称一切皆为吴乃仁所指示，他是不得已而为之，"你再想想，还需要什么？"

"衣服，枪。"孟子越将破衣烂衫扔到地上，招呼一边的弟兄，"来点水！"

两个弟兄抬来一桶凉水，孟子越从头到脚淋了下去，将身上的污秽洗了个干净。

胡英杰亲自将一套崭新的军装送到孟子越的手中，看着孟子越的脸色说：“你我兄弟误会一场，千万不要记恨。”

孟子越说：“留我一条性命，已经感激不尽了。”

胡英杰问：“要不要带个侍卫?”

正好少哉急匆匆地从外面跑进来。

孟子越说：“让他跟我去吧。”

“行。”胡英杰爽快地答应，“黄救国，跟参谋去一趟昆明，路上要好好照顾参谋长。”

少哉瞪大眼睛，如梦初醒，大声回答：“是!”

这是一趟非同寻常的行程。

就在孟子越和少哉乘坐着吉普车赶往昆明的时候，传来了日军偷袭珍珠港、美国对日宣战、太平洋战争爆发的消息。

与此同时，在欧洲战场上，法西斯战车横冲直撞，铁蹄踏过处，山河破碎，血流成河，最后的大英帝国危在旦夕。希特勒派出他最得力的干将隆梅尔进攻北非，企图打开一条向东扩张的通道。日本军队则南下太平洋，攻占了马来西亚半岛和新加坡，接着空袭仰光，拉开了入侵缅甸的序幕。东西两股法西斯势力秘密约定会师伊朗，以东经七十度线为界瓜分世界。

缅甸是英国的殖民地，兵力十分薄弱，无力抵御日军的强大攻势。倘若日军占领缅甸，打下中国这座横亘他们面前的血肉长城，他们就可以轻松地打过印度，进入伊朗。

世界反法西斯战争到了最关键的时候。

中、美、英、苏四国领袖不得不坐在一起，结成反法西斯同盟，共同为这个濒临毁灭的世界投入战斗。

英国人在欧洲战场上焦头烂额，顾不上在南亚的殖民地，只得求助中国出兵。美国人担心本土遭袭，也积极斡旋让中国人在亚洲战场上拖住日本的军力，阻止战火在全球更大的范围燃烧。

在那段日子里，中国大西南的上空格外繁忙，一架又一架军用飞机载着英国和美国的军政要员，频繁降落重庆和昆明。1942 年伊始，一场举世瞩目的行动在悄悄地启动着。

这是昆明历史上最辉煌的时刻，从全国各地汇集在此的是中国最杰出的学子和人才，思想和智慧的火花照亮了这座大西南的名城。

白天，孟子越到司令部去会见杜聿明军长，少哉在街上看到了一条让他震惊的标语：

This is your war！（这是你的战争！）

是啊，这是全世界每一个人的战争。我们是这场战争的受害者、参与者、牺牲者，我们要用生命去争取和平与安宁！

少哉在这条标语前凝视良久，曾经在武汉街头沸腾的那股热血又沸腾起来。这种震撼，在偏僻的畹町感受不到，在芸芸众生的营盘里也感受不到。

淳朴的昆明的街头飘着大米粥、烤面饼和米酒的香味，人们匆匆来去，每个人的肩上似乎都承受难以推卸的重担。

少哉的眼前，忽然有个熟悉的面孔晃过。那不是石夫吗？他紧追了几步，拦住那人的去路，惊叫道："表兄……"

石夫站住脚步，平静地看了他一眼："哦，你在这里。"

少哉无比激动地抓住石夫的手，使劲儿摇晃："表兄，你不是去西北了吗，怎么也在这里？"

石夫脸上仍无表情："哪里有抗战，哪里就有我们。"

少哉这才注意到，石夫的胳膊上还挽着一位女子，那女子正用一种惊讶的眼光看着他。

"您……"少哉张了张嘴，有点不相信自己的眼睛，那女子居然是参谋长的夫人秦歌。

少哉张口结舌："您……也来了？"

石夫扭头问："你们也认识？"

秦歌轻轻一笑："在武汉见过一面。"

"参谋长也在这里……"少哉的话出口一半，强行咽了回去。看着石夫和秦歌手挽手的模样，分明是一对情投意合的情侣，他只好岔开话题，结结巴巴地说："我们在这里接受任务，准备去抗日的最前线。"

"好、好，祝你们多打胜仗。"石夫抽出少哉紧握着的手，点了一下头，"再见。"

说罢，挽着秦歌的手，昂扬而去。

怎么就走了？

少哉呆若木鸡地站在街边，看着他们的背影消失在人流之中。石夫是自己心中最思念的人，今天好不容易见到他，本来有千言万语要向他倾诉，没想到他就这么平静地走了；还有参谋长的夫人，听到自己丈夫的消息却无动于衷。一种从未感受过的距离感和陌生感，像石头一样砸在少哉的心口上。

晚上，孟子越回到住地，将少哉叫到他的房间，拿出寄血衣的那个邮包，把少哉写的信掏了出来，高兴地说："杜军长夸奖，你的文笔不错。"

少哉接过信："我只是写了我知道的一些事实，他们那样对待您是不公平的，应该为您平反昭雪。"

"过去的事，不必提了。"孟子越说，"现在是决定中国和世界命运的关键时刻，全世界爱好和平的国家和人民将联合起来，共同对付日本帝国主义和德国法西斯，个人恩怨，不足挂齿。"

"参谋长……"少哉欲言又止。

孟子越抬起头来："有事吗？"

"没有、没有。"少哉连连摇头，却问："有没有夫人的消息？"

"没有。"孟子越看了少哉一眼，"你知道吗？"

"不知道……"可是少哉真想说，夫人就在昆明。话没有说出口，出现在眼前的是石夫和秦歌手挽手的情景。

孟子越的目光审视着他："你看到什么了？"

"This is your war!（这是你的战争！）"少哉脱口而出，用英语流利地说道，"中国的命运已经和全世界连在一起了，这是我们每个人的战争。"

少哉咬字清楚，发声准确，语调中还有一点美式味道。

"很好。"孟子越拿出一本军官们用的战地英语手册递给少哉，"好好温习一下，很快会派上用场的。"

少哉惊喜地问道："我们要出国作战？"

孟子越说："不要问，做好准备。"

"是！"少哉大声回答。

回到畹町后，一班的弟兄们发现少哉的脖子变长了，话变少了，手里总拿着一本英文书，每天念念有词，然后遥望远方，沉思。

杨胜利看到了，问他："喂，你在干什么？"

少哉扬起头："This is your war!"

杨胜利吓了一跳："你要我去死？"

"这是你的战争。"少哉指着杨胜利，"这是我们每个人的战争！"

"卵屌，才去了一趟昆明，就变成这个样子？"杨胜利躲到一边，"又要搞什么行动？"

"不是我的行动，是全中国人民的行动。"少哉握紧拳头，"全世界人民的行动！"

杨胜利问："你要打世界大战吗？"

少哉翻了他一眼："天机。"

何进修在一旁笑道："天将降大任于斯人也。"

李抗战在一旁不屑地说："什么天机？谁不知道，中国要出兵缅甸。"

是啊，这已经是畹町小镇上尽人皆知的事情。

根据中国和英、美两国达成的协议，由中国军队中最精锐的第五军、第六军和第六十六军共十万人组成的中国远征军，准备入缅作战。

二月初，滇缅公路上旌旗挥舞，尘土飞扬，浩浩荡荡的中国军队挺进缅甸。刚抢修好的九谷桥上，人过车往，寂静一时的九谷河又喧闹起来。

少哉站在营盘的山坡上，看着像长龙一样望不到头的队伍，时刻戎装在身，钢枪在握，跃跃欲试。

杨胜利看到他的模样，又笑了："我们团的任务是守无名山，去缅甸打仗没咱们的事。"

少哉说："你等着瞧吧。"

杨胜利缠住他问："去干什么？"

少哉不理他："天机。"

"又是天机！"杨胜利嚷开了，"才去了一趟昆明，以为他见到太上皇了！"

李抗战忍不住嘿嘿地笑出了声。

"笑什么？"少哉的心像被扎了一下，站起来凶凶地瞪着他，"你不相信是不是？"

"哪敢……"李抗战嘟囔了一声，把头缩回去了。

"他们不是在取笑你。"何进修拉着少哉坐下来，"一趟昆明之行，好像长了很多见识？"

"一言难尽。"少哉说，"首先是孟子越参谋长，在杜军长面前绝口不提与胡英杰团长的恩怨，节操让我敬佩。什么时候，我才能像他那样，真正把国家重任放在自己的肩上，把个人的一切置之度外？"

何进修感慨地说："黄救国，你真的长大了。"

"有一个难题。"少哉靠近何进修，悄声在他耳边说，"我在昆明，碰到了参谋长的夫人。"

"好哇，赶紧告诉参谋长，让他们见面啦。"

"可是、可是……你知道她跟谁在一起吗？"

"不知道。"

"她跟我表兄在一起。"少哉把他见到的情景描述了一遍。

何进修一笑："这倒是天机。"

少哉急切地问："你说，怎么办?"

"今世姻缘前世定，这种事情，不以人的意志为转移。"何进修拍拍少哉的肩，"你着急也没用。"

张三风背着儿子张复仇，手里拿着两截干蔗从山下爬了上来。杨胜利立马迎了上去，从张三风背上接下孩子，问道："儿子，去哪里了?"

"去看我妈了。"张复仇手里也拿着一截干蔗，边咬边说，"我妈睡在那个土包里，喊她也不理我们……"

泪水一下从少哉的眼眶里滚出来，众人都低下了头。

张复仇看着叔叔们脸上都挂着泪水，奇怪地问："叔叔你怎么哭了?"

玉叶之死，让少哉想到了凤仙，想到可怜的父亲，心里像刀扎一样疼痛。他下意识地在自己身上摸出一块大洋，塞到张复仇的手里："儿子，又要过年了，给你压岁钱……"

大家见状，纷纷把身上的零钱都掏出来塞进张复仇的怀里："儿子，快点长大，为你的母亲复仇……"

张复仇点了点头，问道："人家都上前线了，你们为什么不去?"

少哉肯定地说："我们会去的。"

张复仇问："什么时候?"

杨胜利抢着回答："天机。"

众人不禁一阵哄笑。

"弟兄们好!"参谋长孟子越来了，他的身后跟着连长马驷奇。

马驷奇吆喝："长官来了，还不快敬礼?"

大伙赶紧站起来。

"坐坐坐，不必多礼……"孟子越和大家一起坐了下来，看到了站在张三风边上的孩子，亲切地问道："这就是你的儿子?"

张三风点头。

"我知道他叫张复仇，这个名字取得好。"孟子越把孩子搂到怀里问，"是谁炸死了你娘?"

孩子说："日本鬼子。"

孟子越问："长大了干什么?"

孩子回答："复仇。"

"好，张复仇是我们大家的儿子。"孟子越说道，"队伍中本来是不让带孩子的，因为张复仇是我们大家的儿子，所以团长特别指示，他是我们团的一名编外的小兵，跟我们同样享受一份军饷。"

"听到没有，团长大慈大悲。"马驷奇带头拍起巴掌来，"是参谋长提议的，还不快感谢？”

张三风站起来给孟子越鞠躬：“谢谢参谋长……”

“刚才在聊什么呢？”孟子越问道，“我看你们挺热闹的。”

“天机。”杨胜利脱口而出。

大家哄笑。

少哉的脸红了，低下了头。

“参谋长问你们话呢，到底是什么天机？”马驷奇绷着脸呵斥了一声，自己忍不住也笑了起来。

何进修笑着解释：“黄救国跟参谋长去了一趟昆明，回来后整天拿着一本英文书，大家问他去干什么了，他的回答就这两个字。”

“哦……”孟子越意味深长地看了少哉一眼，对大家说：“今天，我就是为这两个字来的。我需要几个弟兄一起去缅甸，马连长推荐了你们，我来看看大家。”

杨胜利头一个鼓掌：“参谋长看得起我们，一定是好差事！”

“坐下坐下……参谋长会不会挑到你，还不一定呢。”

马驷奇斜着眼睛瞪了他们一眼，转而一个个地指着大家对孟子越说：“这是我们连最棒的一个班，当初操练的时候就是全团第一。班长何进修足智多谋，肚子里古今中外，装的东西不少；张三风的枪法好，只要是他看到的东西，没有打不着的；杨胜利这小子号称军中时迁，身手了得，要弄个什么东西，方便；黄救国就不用我介绍了，全团最有名的人物啦，哪里出事哪里有他，是个让人讨厌的家伙；那个……喂，你叫什么？”

马驷奇记不起李抗战的名字，指着他直抓脑袋。

“他叫李抗战。”倒是孟子越记得清楚，“名字是他父亲送他来当兵时改的……”

“对了，他父亲就是那个穿一件破长衫的酸老头子……”马驷奇拍着脑袋说，“当兵三都年了，我还没听见他多说一句话。”

李抗战翻了翻眼睛，仍不说话。

“不行。”少哉突然站了起来，指着李抗战说，“不能要他去。”

孟子越不解：“为什么？”

“捕蛇行动，他临阵脱逃，差点坏了整个计划。”少哉说，“这次跟参谋长去缅甸，关系我们国家和军队的荣誉，不能让他去丢人！”

一句话，说得众人大眼瞪小眼，说得李抗战浑身抽搐，他恨不能扑过去，把少哉的嘴皮撕下来。

“也不能那么说。”何进修嘿嘿嘿地笑着，给这尴尬的气氛打圆场，

“所谓捕蛇行动，只是一次擅自行动，不存在有谁临阵脱逃的问题。李抗战当兵三年多，一直和我们在一起，倒也中规中矩，没什么越轨的行为。”

“行，我们相信你。”孟子越回头，轻轻地拍着李抗战的肩膀问道，“有没有给你父亲写信？”

杨胜利抢着回答：“他天天在写信，可是不知道是写给谁的。”

“是吗？”孟子越好奇地问，“都寄出去没有？”

李抗战摇头。

何进修说：“过去写的，都烧了，而且一定要把灰烬送进河水里付诸东流。现在写的他都留着，一张张叠成了千纸鹤，想让它们飞上天。”

“是这样吗？”

李抗战不吭声。

“这是一个有意思的班。”孟子越对马驷奇说，“我都要了，大家准备一下，明天出发。”

何进修带头站起来：“是。”

“你们真是有福气。”马驷奇吩咐何进修，“一会儿去换装备，好好睡一觉，明天上路。”

杨胜利举起双臂，大声欢呼：“我们也要出征啦！”

孟子越来了之后，一贯活跃的少哉一直没有出声。他在一旁静静地看参谋长，眼前出现的尽是石夫和秦歌手挽着手的画面。他觉得自己隐藏了一个重大的秘密，对不起自己尊敬的参谋长。他再一次地想把在昆明看到的情景告诉孟子越，却不知怎样开口。

参谋长远去了，少哉还痴痴地站在一旁。

杨胜利拍了一下他的肩膀：“在想什么？”

张复仇学着少哉的语气一扭头说：“天机。”

弟兄们笑成了一团。

第三十八章　香奈尔

一辆动力强悍的嘎斯卡车，沿着滇缅公路向南驰骋。少哉和一班的十个弟兄坐在帆布篷的车厢里，看着卷起的泥沙中徒步前进的队伍，心里涌现出一种特别的优越。

车厢的前半部堆满了成箱的美国火腿、香肠、牛肉罐头、香烟、威士忌和中国的茅台酒、四川的榨菜，以及洗脸毛巾、香皂、擦屁股手纸等，应有尽有。这些东西送到什么地方，给什么人吃和用，连一直把“天机”挂在嘴上的少哉也不知道，只有一种非同小可的神圣与庄严神情挂在他的脸上。

车厢里剩下的空间有限，弟兄们肩靠肩、脚夹腿地挤在一起，亲密无间。只有李抗战，他对少哉怀恨在心，宁可扒在车后的挡板边，让卷起的泥沙溅了自己一身，也不肯和少哉坐在一起。

公路蜿蜒崎岖，两旁山高林密。偶尔看到林中的村落，大多也是竹木架起来的吊脚楼，跟中国境内的景象并无多大区别。当然少不了庙宇，一座座飞檐翘角，精致玲珑，像过山的花轿一样在丛林中隐约出没。

孟子越和马驷奇坐在驾驶室司机的旁边，因为前面的玻璃窗上贴了一张印有中、英、美三国标志的特别通行证，沿途的关卡无障碍放行，嘎斯车开起来毫无遮挡。

在挑选人马时，孟子越本来没有要马驷奇。可是他坚决请缨，两次三番找到孟子越面前：“参谋长，135团我最佩服的人就是你，这次差事，一定要跟你一起去。”

团长胡英杰也在一旁说：“让他去吧，留在家里给我惹事。”

孟子越知道这是胡英杰的意思，无法拒绝。

卡车颠簸得厉害，马驷奇一上车就打呼噜，甚至还把头歪到孟子越的肩膀上，口水肆无忌惮地流下来。孟子越几次把他推醒了，扭过头又睡。最后，叫车停了，孟子越跳下驾驶室，爬上了后面的车厢。

见参谋长来了，大家都很高兴。少哉挪开一块地方，让他坐到自己的边上。

孟子越问道：“大家喝的水带得足不足？”

“足。”杨胜利举起水壶来摇了摇，“可是不敢喝，没地方撒尿。”

他说李抗战上车前喝多了水，车没开多久就要撒尿。站在车厢后拉开裤裆，可怎么也撒不出来，惹得公路两旁行军的弟兄朝他扔石头子。说得李抗战脸红到耳根，低着头骂他多话。

“该喝就喝，我会定时叫车停下来，让你们下去活动活动。”孟子越问何进修：“吃过午饭了？”

满身烟雾缭绕的何进修掐灭了夹在指头间的香烟：“吃了，干粮，还有罐头，大家吃得很满意。”

“大家是第一次吃罐头，没想到铁罐里装的东西会那么好吃，有人才闻到香味，就舍不得吃了。”少哉说的是张三风。

张三风闻到到肉香，连盖都没打开，要留着带回去给儿子吃。

孟子越扭头问：“儿子安顿好了？”

张三风低着头“嗯”了一声。

何进修说：“寄养在一位老乡家里，可他心里还是放不下。”

“我国出兵十万，加上英国军队，还有美国派来的军事顾问，中、英、美三国联合作战，打的是一场大仗。”孟子越鼓励大家，“等这一仗打赢了，我们就能回家，好好过日子……”

“大家都盼望着这一天。”少哉听得欢欣鼓舞，带头拍起了巴掌。

“从今年开始，我们不再是孤军奋战了。美国对日宣战，是第二次世界大战的一个重要的转折点。全世界反法西斯力量空前大团结，连共产主义的苏俄都和中、英、美三国结成了同盟。”孟子越和士兵们一起聊天，心情舒畅，“为了粉碎日本鬼子迂回南亚、占领整个亚洲的企图，中、英、美三国成立了中国战区，我们的蒋委员长是总司令，美国的史迪威将军为总参谋长。中国远征军开赴缅甸，将由蒋委员长和史迪威将军共同指挥这场史无前例的大战。”

说到史迪威这个名字，少哉的眼前出现了一个钩鼻子凹眼睛的洋人的形象。在教会学校的时候，少哉感觉到洋人身上有一股毛腥气，站在他们跟前总想打喷嚏。但是那些洋人提倡平等、自由和博爱，倒是给少哉留下不错的印象。中国缺少平等、自由，也缺少博爱，尤其是在军队里，谁敢提这几个字？不知道这位史迪威将军是否也有这样的胸怀。

“知道史迪威吗？”孟子越问少哉。

少哉点了点头，用英文重复着这个名字：“约瑟夫·W·史迪威，美国著名的西点军校的高才生，作战风格勇猛。他曾经三次任美国驻华大使馆的武官，会说中文，和蒋委员长交情不错。由他来直接指挥这场战争，我们必胜无疑。”

“他有先进的战争理念，也了解我们国家的国情，是一位不错的将军。”孟子越精神奕奕，脸上显现出好久不见的红光，“我们的这次任务，很可能要与这样的一些外国长官打交道。大家要记住，我们是中国军人，要行得正、站得直，不能让人家看不起。”

“是！”少哉一下跳起来，颠簸的车斗差点将他摔了下去。

“坐下来。”孟子越拉住他，“不过也不要紧张，长官有长官的威风，士兵有士兵的勇猛，各尽其责。”

听到要跟洋人打交道，大家还是既兴奋又紧张。杨胜利问：“洋人说话叽哩咕噜，我们听不懂怎么办？”

孟子越说：“不是有黄救国吗？”

“哦，难怪他一天到晚抱着那本洋书咕噜来咕噜去。”杨胜利笑着推了一把少哉，“你成我们的翻译官了。”

“班长也懂英语，还会看梵文。”少哉谦虚地说，“我们都是弟兄，各尽所能。”

“对，各尽所能，我们就会有最大的战斗力。”孟子越喜欢少哉，也喜欢一班这些各有特色的弟兄，和大家无拘无束地在一起，越聊越高兴。

经过一个检查站时，车停了下来。马驷奇见孟子越没坐在驾驶室里，连忙下来将他请了回去。

天黑下来了，卡车开着大灯继续在漆黑的山路上爬行。随着车的摇晃，弟兄们昏昏入睡。

少哉刚一闭上眼睛，便看到了秋。

弟兄们第二次去八梦回来后，给少哉讲述了秋在路旁等待他的情景。当时她正站在寨前的路口翘首期盼，马帮一到，她立马冲进队伍，前前后后没有找到少哉，哇的一声大哭起来。

何进修上前安慰道：“他下次会来的。”

秋抽泣：“下次？”

大家都点头：“下次。”

这时候她才破涕为笑，把带在身边的一个篮子举起来：“这是我给你们预备的七香荷包饭……”

对弟兄们的描述，少哉嘴里说不信，心里却涌起一阵热流。

梦中，他看到秋从轻雾缠绕的山寨中走出来，伸出手抚摸着他的脸，温柔地对他说：回来的时候，从我家过。

少哉很认真地承诺：一定。

突然间，车停了。

少哉一惊，醒了过来。

车厢外是一片异常平坦的大地，不远处有一些星星点点的灯火。卡车附近，站立着几个头戴钢盔的哨兵，哨兵肩上的刺刀在夜空下闪着寒光。

孟子越在车厢外低声命令：“不要下车。”

两个头戴大檐帽的军官走过来，孟子越迎上去敬礼，掏出一张公文递给他们。其中一个打开手电，在公文上照了片刻，说了句“辛苦”，关了手电。

“就地休息。”孟子越下令后，跟随两个军官而去。

少哉扒在车厢边，看着远处闪烁的灯火，看着近处游动的哨兵，脑子里还想着梦中与秋在一起的情景，有一点恍若隔世的感觉。

不知过了多久，车帮子晃动了一下。杨胜利一身冷汗地爬了上来，靠在少哉身边说：“吓死我了……”

少哉一惊：“什么时候溜下去的？”

“这地方好大！”杨胜利惊魂未定地说，“我摸了好久也没摸到边。刚钻进一顶帐篷，被他们发现了，几把刺刀一齐捅过来，若不是跑得快，早没命了。”

“江山易改，本性难移。”少哉骂道，“参谋长交代过的，我们是中国军人，别在这里丢脸。”

杨胜利仍在饶有兴趣地指着远处问：“那里有个黑咕隆咚的大家伙，像条船，下边支着橡皮轮子，是什么东西？”

“闭嘴。”少哉警告，“抓着你，肯定没命。”

杨胜利缩了缩鼻子：“闻到没有，有一股很重的汽油味，像要烧着了一样。”

少哉早就闻到了，他非常喜欢这种味道，感觉到一种大战之前的气息。“这不是一般的地方，也不是一般的汽油味。我预感，明天将有我们意想不到的事情发生。”他再次警告，“千万不要乱跑。”

杨胜利却掏出一个手指头大小的东西递给他：“这是什么？”

少哉拿在手上摸了摸，是个像钢笔套一样大小的圆筒筒，光滑，有帽，溢出一股淡香。

车厢里没有光亮，少哉摸不出是什么东西，放在鼻子底下闻了闻，问道：“哪来的？”

“一个帐篷里。”杨胜利比划着，“那么大个帐篷只睡了一个人，桌子上放着这么大的一个方盒子。打开盒盖，里面装着瓶瓶罐罐。我本来想把那盒子都端回来，没料到帐篷外有动静，一着急抓住它就出来了。”

少哉问：“什么样的盒子？”

杨胜利说：“好像是纸盒，很硬，很光滑，也很香……我以为是吃的东西，咬了一口，不是。”

少哉忍不住伸出舌头舔了一下，味道涩而且腻。他啐着口水，留在嘴巴上的味道怎么也擦不去。

“这个地方很怪。”杨胜利说，“哨兵的眼睛里闪着猫一样的光，说话也叽哩咕噜的。”

“当然了，我们和盟军在一起。”少哉将那个圆筒筒还给了杨胜利，“睡吧，明天还有任务。”

“到底是什么呢？”杨胜利又把它放到鼻子底下闻了闻，伸出舌头舔了舔，捂在腮边睡着了。

天刚放亮，一阵剧烈的轰鸣声响起，一架C－47运输机在跑道上降落，嘎斯车像小船一样摇晃。

孟子越敲着车帮子喊道：“起来了，动作快点！”

少哉睁开眼睛，太阳从云缝里破茧而出，满天都是彩虹。他起身跳下车，看到附近一个木牌子上写着一行英文，原来这里是缅甸的腊戍机场。

飞机停在跑道尽头，舱门打开，跳下几个美国军官来。他们身穿夹克式的军服，头戴船形帽，脚蹬大皮靴，跨着松散而傲慢的步子，登上了吉普车。

弟兄们列成一排横队，马驷奇打着哈欠从驾驶室里钻出来，目光在少哉和杨胜利的脸上睃来睃去，突然喊道：“你们两个，搞什么鬼？”

少哉和杨胜利互相看了一眼，愣住了。两人同时看到对方的嘴上、脸上红一道、紫一道，鬼画桃符一般，忍不住嘿地笑了起来。

“马上用餐，十分钟后卸货！”孟子越转身指了指不远处的一座木板房子，命令道，“半个小时之内把所有的货物都卸到那里，然后待命。”

又指着少哉和杨胜利：“把脸擦干净！”

少哉和杨胜利伸了一下舌头，倒出水壶里的水，捧在手上往脸上使劲地擦，虽然把那些浮色擦掉了，红印却牢牢地印在脸上，直到卸完了卡车上的货物，那颜色还在。

大家靠着木板房子坐下来歇息，孟子越拿着货物清单，和马驷奇一起走进了一幢礼堂般的建筑物。

机场上停着两架飞机，其中一架往地面上卸下一些货物之后，螺旋桨咣当两声，在跑道上轰鸣一阵，起飞了。

机场上安静下来，杨胜利掏出那管东西，在李抗战的鼻子上划了一道，在张三风脸上划了一道，在何进修下巴上划了一道……一会儿的工夫，把每个人的脸都划遍了，东一道西一道的，像被人抓过一样。

“不要闹……”何进修看着一张张大花脸，忍不住也笑了。每个人都在擦脸，那道红印像吃到肉里去了一样，越擦越红。

张三风生气，伸腿将杨胜利绊倒在地，夺过他手上的东西，狠狠地摔在地上。

那东西跳了几下，弹了好远。杨胜利跟着冲过去，痛惜地捡回来，埋怨道："这是美国货，你赔得起吗?"

"给我看看。"少哉伸手接过那支圆管，只见上面印满了洋文，看了半天才读出"香奈尔"三个字。

"口红。"见多识广的何进修瞟了一眼，"女人涂嘴巴的。"

"这个地方怎么会有女人呢?"杨胜利难以置信，"那帐篷里睡的是个卷头发的大老爷们，鼾声差点要把帐篷顶子掀翻了，哪有女人的影子?"

"洋人多情。"还是少哉有见识，"他们出门后回家，都要给自己的老婆或者情人带礼物，最主要的就是化妆品。"

又一架飞机降落了。

马驷奇飞跑过来："集合!"

他看到一张张大花脸，喝道："你们搞什么名堂？被鬼咬了?"

杨胜利伸了一下舌头："不是鬼，是蚊子咬的。一咬就痒，一痒就抓，一抓就成这个样子了。"

马驷奇不信："哪来的蚊子？怎么没咬我?"

杨胜利眨巴着眼睛："您那张脸，蚊子它敢咬吗?"

"混蛋!"马驷奇气得把骂人的话硬咽了下去，"快，整理风纪，跑步，走!"

好几支队伍从不同的方向跑到那架飞机的机舱门口，在两旁列队恭候。

几辆吉普车开过来了，从车上跳下来的是几个美国和英国军官，为首的是位肩上扛着三颗金星的将军，他把头上的船形帽摘下来，塞在胸前的佩带里，胳膊下夹着一根精致的指挥棒，拐着两条长腿缓缓地溜到飞机的舷梯边。

少哉一眼认出，他就是大名鼎鼎的史迪威。

机舱门开了，第一个走出舱门的居然是身穿元帅服的蒋委员长。他摘下头上的帽子，亲切地跟大家招手。他的身后紧跟丰腴美丽的蒋夫人，也把手伸出来向下面频频挥动。

少哉一看，吓了一跳，他做梦也没有想到，会在这里见到伟大领袖和尊贵的夫人。

杨胜利在旁边撞了他一下："喂，是老蒋吗?"

少哉点了一下头，一动不动地盯着飞机的舷梯，看着委员长小心地挽着他的夫人，一步一步地从舷梯上走下来。

"真是天机啊。"杨胜利还在旁边嘀咕，"做梦也没想到会在这里见到他……”

“闭嘴!”少哉拐了他一胳膊，眼睛仍然盯着前方。在蒋委员长的身后，杜聿明、孙立人、罗卓英、卫立煌、廖耀湘、郑洞国、宋希濂、戴安澜等一行中国的将军们，气宇轩昂地踏上了缅甸的土地。

这一天，是1942年的3月1日。

少哉目不转睛地盯着蒋委员长，心中百感交集。他看到史迪威将军迎了上去，敬了个礼，用英文大声地说：“总司令先生，欢迎你到腊戌。”

蒋委员长远远伸出手，和史迪威的手轻轻握了一下，声音平和地说：“你们先来了一步。”

“我们将和总司令一起，指挥一场史无前例的战争!”史迪威声音激昂，动作夸张，傲慢中透出一股自信。

蒋委员长把手抽出来，伸向驻印缅英军的总司令亚历山大元帅：“丘吉尔首相告诉我，你是一位沉得住气的元帅。”

亚历山大一时没有明白蒋委员长的嘲讽意味，点头答道：“是的，我们都沉得住气。”

热情洋溢的蒋夫人及时抓住了美国将军的注意力，她一口流利动听的美式英语，使所有的客人倍感亲切：“我亲爱的朋友们，你们辛苦了……”

在中国呆过多年的史迪威知道，蒋夫人是中国唯一可能左右最高统帅的人物。因此他带来了一套专门为夫人准备的化妆品，连化妆盒都是在法国珠宝商卡地亚公司专门定制的，盒盖上用钻石镶嵌着蒋夫人姓氏的大写字母。

“蒋夫人好。”史迪威亲切地握住夫人的手，在手背上轻轻地吻了一下，“我们上次见面的时候还是在南京……”

“是啊，我非常想念你们。”蒋夫人的声音听起来是那么圆润，那么亲切。

史迪威的手往后面一伸，随从递上那只漂亮无比的紫色锦盒，他接过来双手送到蒋夫人面前：“香奈尔，我记得这是夫人最喜欢的品牌。”

“啊，万德佛……”蒋夫人双手接过锦盒，还放在鼻子下闻了闻，“我最喜爱的香奈尔……”

“可惜了。”史迪威说，“这个地方太糟糕，不知是猴子还是老鼠把你的口红偷走了，只能下次再给你补回来。”

少哉狠狠捅了一下身边的杨胜利，低声骂道：“狗入的，你闯大祸了!”

杨胜利却不以为然地晃着身子：“卵屎。”

少哉似乎看到，蒋夫人在瞬间皱了一下眉头，显示出点滴的不悦。但是她很快就掩饰过去了，又满面春风地笑了起来："这种美好的东西，即令是动物也会喜欢的……"

蒋夫人和史迪威交谈甚欢。

蒋委员长在和其他美、英将领握过手之后，回到夫人身边，轻轻咳嗽一声，拉着经典的江浙口音问道："史迪威将军，罗斯福总统答应给我的飞机什么时候到哇?"

战争已经到了制空权决定胜负的关键时刻，根据中、美、英三国达成的协议，一旦中国出兵缅甸，美国将提供三百二十四架飞机投入缅甸战场。

史迪威朗声回答："蒋总司令，美国人说话是算数的。一个星期后到一百架，几个星期后全部到齐。"

委员长欣然点头："如果是这样，我就放心了。"

"放心吧，飞机已经在太平洋上。"史迪威胸有成竹地说，"等运输舰一靠岸，它们就会在缅甸的上空翱翔。"

"上次长沙会战，我的军队已经把板垣师团的一万七千日军围在新樯河，炮都架好了，可是没有炮弹。一问，才知道炮弹还在太平洋上。"蒋委员长语气严肃，"这一次，我把十万大军都调过来了，你们一定要信守承诺。"

"达令，我们不是来和史迪威将军谈友谊的吗?"蒋夫人紧紧挽住蒋委员长的胳膊，娇嗔地摇了摇，"罗斯福总统说了，我们的战争就是他们的战争。"

"光说有什么用，打仗死的是中国人，是我的士兵和人民。"蒋委员长昂着头，旁若无人地说，"这种切肤之痛，只有我知道。"

"达令，开麦拉……"蒋夫人挽住委员长的胳膊，和史迪威并排站在一起，记者们举起了相机。

史迪威居右，蒋委员长居中，蒋夫人居左，其他的将军站在他们身后，闪光灯叭叭地响了起来。

蒋夫人的笑脸格外甜蜜。

少哉知道，一两天以后，这张历史性的照片将会出现中、美、英及全世界的各大报刊上。

还让少哉担忧不已的是，缺少一支香奈尔口红的蒋夫人，会不会在蒋委员长身边说史迪威将军的坏话?

第三十九章 好 兵

欢迎仪式结束，大家回到了木板屋。

看到少哉耿耿于怀的样子，杨胜利把那支口红掏出来塞给他：“给你吧，去送给八梦的秋。”

“去你的，她才不要这种东西。”少哉怕烫似的缩着手，“你偷了史迪威将军送给蒋夫人的礼物，破坏了中美关系，罪该万死！”

“卵屎！”杨胜利一听，气得直翻白眼，“蒋夫人都没说什么，就你在这里嚷嚷。”

“她嘴里没说，不等于心里没想。”少哉斥责，“我跟你说过一百遍了，做人要有尊严。如果夫人在蒋委员长面前抱怨，史迪威送一盒香奈尔，少了一支口红，蒋委员长心里怎么想？”

“他怎么想，关我屁事。”杨胜利不吃他那一套。

“你破坏两国的关系，干扰了反法西斯战争的进程。”少哉揪住杨胜利往外拉，“走，跟我去坦白，让参谋长处理！”

“笑话！怎会为这点小事影响外交关系呢？蒋委员长和夫人又不是小孩。”何进修喝住少哉，“很多事情，不计较也就过去了，说来说去，反而坏事。”

少哉不依不饶，毫不留情地顶撞何进修：“都是你一再纵容，他才一犯再犯。”

“你那张嘴惹祸还少吗？”何进修拉下脸来，“这件事不要再提了。不管是谁，打死也不许说，谁说就赖到谁的头上。”

“对，你再啰嗦，我们就说是你偷的。”杨胜利仗着何进修为自己撑腰，趁机数落少哉，“你整天说东扯西，好像中国的天就靠你一个人顶着似的，有本事跟蒋委员长吃香喝辣的去呀，别在这里说三道四。”

“好，我不说了。从现在起，我再也不跟你们说话！”少哉生气了，紧紧地闭上嘴巴。

“真不说话了？那才稀罕呢。”杨胜利问。

“不说！”少哉谁也不看，扬起头看天。

天很高，天上的云很多，有浓有淡，有薄有厚，熙熙攘攘地都跑到这里来凑热闹。不远的地方有一座山，青青的山峰上挂着一片云，像旗一样，随风飘移。

缅甸挨着云南，天气和云南差不多，面积比云南省稍大一点。它头小，肚大，尾巴尖，形状像条巴掌鱼。缅甸首都在仰光，是这条“鱼”的门户，像鱼嘴一样伸到了海边。

唐代以前，缅甸与云南是一个国度，同为南诏疆域。大汗忽必烈占领缅甸，结束蒲甘王朝。直至明清两代，缅甸实际上还是中国的附属领土，保留着蕃王制，蕃王府都在腊戍。1852 年，英军入侵，将缅甸纳为印度的一省，设首府于仰光，地处缅甸中心位置的腊戍无形中被冷落了。

腊戍地处汤彭山脉与萨尔温江夹峙的三角地带，是缅甸南北的交通枢纽。滇缅公路蜿蜒而至，在这里同仰光公路和仰密铁路相连。那些海外物资从仰光上岸后运到这里，再从这里运回中国。

杨胜利见少哉闷头坐在一边不言语，有点忍不住了，跑过来动手动脚地逗他：“真不说话了？你憋得住，我还憋不住呢。”

少哉脖子一扭，昂然不理。

“今天见到蒋委员长，吓得我尿都流出来了。看来看去，没有你说的那么伟大嘛。”杨胜利比手划脚地说，“他的头太小，身上的那件衣服太硬，衣领把他的脖子都卡细了……”

“你诬蔑领袖。”少哉跳起来，“送你去军法处严办！”

“别生气了。”杨胜利趁机把口红塞进少哉的口袋，“东西给你，你去交给蒋夫人不就结了。”

“不行！”少哉挣扎着要把口红还给杨胜利，“你偷的东西，你自己去还。”

“我只会偷东西，不会还东西。”杨胜利一撒手跑了。

少哉正要追赶，马驷奇来了，挥手吆喝：“快，把东西搬到屋里去摆好，十二点钟，蒋委员长要招待客人。”

随着马驷奇的指点，大家将昨天运来的那些箱子抬进木板房。在几位厨师的张罗下，将各种酒和鱼肉罐头、香肠、火腿、咸蛋、炸好的花生米、腌制的酸黄瓜和四川榨菜，摆在了十多张铺了蓝色台布的大圆桌上。

临近十二点，蒋委员长、蒋夫人和史迪威将军、亚历山大元帅并着肩，缓慢地朝木板屋这边走了过来。他们身后，依次跟着杜聿明等一行中国的将军。

显然，蒋夫人没有因为少了一支口红而影响情绪，她和史迪威将军亲切地交谈着，不时地发出柔美的笑声。

他们来到木板房的门口，只要登上两步台阶走进来，宴会就可以开始了。恰恰就在这时，蒋委员长在台阶上站住了，他转过身去，对属下们招了一下手。

将军们立即停住脚步，昂起头来仰望着自己的领袖。

“本来我不想讲的，不讲讲又觉得过不去。各位到异国作战，我总是放心不下的。”委员长的话语很感性，“你们是我的手足，你们的队伍是我的子弟兵，没有你们，我寸步难行。这次入缅作战，既是和盟国联合起来共同抵御法西斯的决战，也是保卫我们国家的最后决战。中华民族延绵五千年，无数次地抵御了外族的入侵，不能让祖先传承的历史断在我的手里……”

少哉站在自己的岗位上，聆听着委员长的讲话，心中涌起一股悲壮之情。

“我们的军队从北部的燕山、太行山到中部的大别山、巫山、湖南的武陵源，一直到大西南的云贵高原，部署了一道纵贯中国南北大地的防线。这条防线，就是我们今天的血肉长城。这是一道不可逾越的长城，它横亘在东西两个法西斯势力之间，让他们会师伊朗、以东经七十度线为界瓜分世界的图谋不能得逞，也使得倭寇在太平洋上的兵力捉襟见肘，难以抵抗美国军队对他们的反击。”

委员长在台阶上的训话，获得将军们一阵热烈的掌声。

史迪威在门口左顾右盼，那神色分明在问：是请我们来吃饭的吗？少哉站在门里，从侧面看到了史迪威脸上不以为然的表情，心里有点为委员长着急。

木板屋里的挂钟嘀嘀嗒嗒地走动着，十二点已经过去几分钟了。不知从哪里飞进来的一只苍蝇，嗡嗡嗡地在那些它们从未见过的食物上盘旋，降落，先尝为快。少哉一看着急了，冲过去挥着手驱赶它们。

可是这些家伙很狡猾，一见少哉来了，它们就嗡地上升。少哉的手一停，它们又落下来，如同捉迷藏一般。

外面，蒋委员长的训话还在继续：“我跟罗斯福总统和丘吉尔首相会面的时候说过，只要你们提供足够的武器装备，中国军队就一定能够打败倭寇。刚才，史迪威将军也说了，美国人提供的飞机已经在太平洋上，一个星期后就可以投入缅甸之战。我们等着吧，如果美国人信守诺言，盟军的飞机能够掌握缅甸的制空权，我相信你们把日本军队全歼在这块地方是不成问题的……”

史迪威有点耐不住了，俯身在蒋夫人耳边说了句什么，转身走进了木板房。少哉一阵紧张，再次把降落到食物上的苍蝇赶走，史迪威已经来到了他的身边。

“哈啰……”这个眼睛深蓝的美国将军随意地跟少哉打了个招呼。少哉本能地用英语回答：“哈啰……午安。”

“你会英语?”史迪威一愣，把手伸向这个可爱的小兵。

少哉一时惊惶失措，结结巴巴地回答：“会一点，在汉口史蒂文斯的教会学校学的。”

史迪威的眼窝极深，眼色蔚蓝，眼光清澈得像个孩子。不过他的鼻子很钩很窄，嘴唇很薄，凹陷的脸颊上长满了又密又硬的胡茬。他的喉骨突出，说话的时候像一颗石头在里面滚动：“啊? 史蒂文斯，我知道，他是一位很不错的传教士。他还好吗? 现在在什么地方?”

“不知道。”少哉抱歉地说，“我当兵已经三年多了。”

“见到你很高兴。”史迪威已经松开了少哉的手，看到桌子上的花生米，拈了一粒放进嘴里嚼了起来，“嗯，很香。”

他指着屋外的蒋委员长说：“我把你们的领袖吃了。”

少哉大吃一惊，以为自己听错了，张大嘴巴不敢应声。

“难道不是吗?”史迪威再次拈起一粒花生米，指头一拈搓去表皮，举到少哉的眼前，又瞟了一眼蒋委员长的光头，做着调皮的鬼脸问：“Gi－mo(花生米)，难道不像吗?”

“史迪威将军，蒋委员长是我们的领袖。”少哉壮着胆子说，“领袖是我们的尊严，您不能这样藐视他。”

“是吗?”史迪威笑起来，又拈了一粒花生米扔进嘴里，“这么好吃的东西，嚼起来真有味道。”

“如果我叫你‘醋乔’，你愿意吗?”在一本介绍史迪威的小册子里，美国的一些朋友和同事们叫他“醋乔”，傲慢和桀骜不驯的意思，少哉拿这个名字来问他。

“为什么不呢?”史迪威笑着说，“如果你们的蒋委员长叫我‘醋乔’，我叫他‘芥末’，那才有趣……”

“不，不行。”少哉一本正经地说，“你们一位是伟大的领袖，一位是伟大的将军，不能开玩笑。”

史迪威双肩一耸：“你们的委员长太自负了，好像整个世界都由他扛着一样。”

“难道不是吗?”少哉反问，“连你们美国的时代周刊都说，当今世界三大战场，一是中国，英勇抗击着日军的主要力量；二是北非，阻止了德国法西斯东进的铁蹄；三是苏俄战场，让希特勒难以自拔。这三大战场，任何一处疏失，世界都将改变模样。三大战场中，最重要的是中国。如果让日本人在中国战场上得逞，他们既可以西进西亚，夹击北非，也可以北上苏俄，围剿红军，还可以与希特勒一起跨越太平洋，进攻他们觊觎已久的美洲大陆。请问将军，难道我们蒋委员长所承担的不是世界的使命吗？”

“哦，你倒像个不错的战略家。”史迪威抚摸了一下少哉的头，“多大了？”

“二十二岁。”少哉立正回答。

“不错，你是我见到的中国最好的士兵。”史迪威伸出大拇指，由衷地夸奖，“如果中国的军人都像你，这场仗就好打了。”

听到史迪威的称赞，少哉的心情放松了。他从口袋里掏出那支一直挂在心上的口红，双手递给史迪威：“听说您丢了一样东西，是它吗？”

“哦……就是它！”史迪威高兴地接过口红，孩子似的笑了，“在什么地方发现的？”

少哉说：“是我一个弟兄发现的。”

“万德福……”史迪威连连致谢，“我可以再一次向美丽的蒋夫人献殷勤了。”

少哉和史迪威说得热火朝天，站在后面的孟子越就捏了一把冷汗，担心这个不知天高地厚的家伙又会捅出什么娄子来。

他在旁边一个劲儿地使眼色，叫他闭嘴。可是少哉完全被这位美国将军的神情和话语吸引住了，没有看到孟子越的暗示。

孟子越忍不住了，走上前去一把将少哉拽到身后，给史迪威敬了个礼：“报告将军，我们的士兵如有冒犯之处，请您原谅……”

孟子越说的也是英文，口语却不如少哉流利。

史迪威听了，哈哈一笑，改口用中文说：“你是他的长官？”

孟子越立正：“是。”

“他是个好兵。”史迪威举起大拇指赞扬少哉，“我在中国呆过很多年，这是第一个敢和我面对面说话的中国士兵，很好。”

孟子越再次敬礼：“谢谢将军！”

史迪威问少哉：“喂，你叫什么名字？”

少哉立正：“报告将军，我叫黄救国。”

“黄救国。”史迪威重复着他的名字，一双蔚蓝色的眼睛紧紧地盯着他，

“愿意跟我在一起吗?”

少哉不敢直接回答，他看了一眼孟子越之后才答道：“一切服从长官的命令。”

……哗啦啦的掌声响起来，蒋委员长终于结束了他的演讲。将军们跟在他的身后挤进木板房，迅速站在一张张圆桌周围，闻着桌子上的酒和菜的香味，眼睛仍然注视着自己的领袖。

委员长让随从脱下披风，然后举起杯子，缓缓地走到史迪威和亚历山大面前：“为了我们的精诚合作，干杯。”

“干杯……”觥筹交错，木板房里一下热闹起来了。

蒋委员长的杯子在嘴皮上碰了一下，立即放了下来，走到他的属下们中间去了。倒是蒋夫人雍容大度，用那只丰腴白嫩的手举着小半杯酒水，咣当一声和史迪威将军碰了一下，喝下去了一大口，鲜红的嘴唇更加鲜亮起来。

将军们纷纷向自己领袖祝福，干杯。气氛正浓，委员长忽然放下杯子：“不喝了，我要走了，来日方长，再会。”

史迪威愣住了，蒋夫人也愣住，那些端着杯子的将军们不知如何是好，热烈的气氛戛然而止。

还是蒋夫人灵光，她举着杯子，分别与史迪威和亚历山大碰了一下，洋溢起满脸的笑容：“约瑟夫将军，亚历山大元帅，祝愿你们在缅甸一切愉快……”

史迪威从尴尬中缓过神来，将杯里的威士忌全部倒进嘴里之后，掏出一样东西递给蒋夫人：“你看这是什么?”

他拿出了那支失而复得的香奈尔。

蒋夫人眼前一亮：“太奇妙了，从哪儿找到的?”

史迪威说：“你们的一个士兵还给我了。”

“达令，你看，完璧归赵……”蒋夫人接过口红，高兴地将委员长的胳膊挽起来，把他和史迪威拉到一起，用甜美的笑声调和着两个男人的关系。

史迪威的神情也轻松了许多，他用指头比了比满屋的人头，直接用中文对蒋委员长说了句什么。

委员长沉默了片刻，忽然抬起头问：“谁是黄救国?”

木板房里立即鸦雀无声，将军们面面相觑，不知道黄救国是何方神圣。

“到……”站在木板房最角落里的少哉硬着头皮答应了一声，冷汗从后背冒了出来。

“你过来。”蒋委员长向他招了招手。

将军们让开一条通道。

所有的眼睛都盯着他，不知这个小兵如何引起了领袖的注意。

少哉尽量地把胸挺得高一点，把步子迈得正一点，僵直着身子，一步一步走到了蒋委员长的面前。

委员长拉长声音问："你是哪支队伍的?"

"报告委员长，第五军135团一营一连一排一班。"少哉战战兢兢，努力把每一个字讲得清清楚楚。

"从哪里来的呀?"领袖把手伸向他。

"畹町。"少哉抓住领袖的手，一如抓到一把古藤。相书上说，这叫"九节手"，是大权在握疏而不漏之手。抓住这只手的时候，一种诚恐诚惶的气氛笼罩着他，让他浑身战栗不止。

"你的长官呢?"

"报告委员长……"孟子越大步走了过来，站立在少哉身边，"135团参谋长孟子越向您报到!"

"你们来了多少人?"

"一个班。"

"他是一个好兵，中国军人的表率。"蒋委员长提高声音对他的将军们宣布道，"全军都要向他学习。"

少哉简直不能相信自己的耳朵，忍不住振臂高呼："蒋委员长万岁……"

将军们跟着高呼万岁，并且把一阵热烈的掌声送给了这个小兵。

"好、好……"蒋委员长抬了抬手，对孟子越说，"史迪威将军看上他了，从现在起，你们就跟着将军吧。"

"是!"孟子越领命，举手敬礼。

少哉的脑子里嗡嗡作响，眼前金光四射。

"大家留步，我先走了。"蒋委员跨出木板房时，转身伸出手来，坚决地将众人堵在屋里，只带他的侍卫和随从走向停机坪。

"拜拜……"蒋夫人和史迪威轻轻拥抱了一下，追随而去。

众人凝神屏气，看着他们远去的身影，看着他们的专机轰鸣着飞上了天，才重新举起杯来。

少哉退到门外，抹去头上的冷汗，狠狠掐了自己一把，才相信这一切是真的。

杨胜利跑过来捅了他一下，嬉笑道："老蒋夸你是个好兵，怎么样，要感谢我吧?"

"中国军人的表率……"何进修在一旁摇头晃脑，"这可不是一般的话，是皇上说的啊，金口玉言。回去后，在你家门口挂一道金匾，光宗耀祖。"

张三风一惊一乍："天啦，我们得用八抬大轿抬着你啦！"

少哉满心欢喜，却谦虚地说："都是弟兄，你们不比我差。"

李抗战在一旁不屑地嘀咕："会拍马屁而已。"

第四十章　同古之战

趾高气扬的史迪威实际只是个光杆司令。

他的身边除了一名医生和两个随从，别无一兵一卒。

蒋委员长和夫人走了，把135团一班的十名士兵和参谋长孟子越、连长马驷奇留给了他。总共不过十二个人，史迪威还是很兴奋，跟他们每个人一一握手，嘴里不停地招呼："哈啰，你们是中国最棒的士兵……"

少哉十分兴奋，抢着给弟兄们翻译："将军说，我们是独一无二的军人。"

"狗屁！"杨胜利不以为然，"什么独一无二，人家笑我们是草鞋军。"

十万大军进入缅甸，大部分中国军人的脚上穿的是草鞋，被外国人讥讽为"草鞋军"。杨胜利听到这个笑话，心中大为不满，看着机场上英美两国的士兵穿着皮靴，嘎哒嘎哒地走来走去，反骂他们是"嘎哒军"。

有消息说，英、美两国的军人不但吃得好喝得好穿得好，还用英镑、美金发军饷，杨胜利大喊大叫："凭什么要我们侍候一个美国人？叫他给我们发美金。"

"小声点，丢人！"少哉伸手捂住他的嘴巴，生怕史迪威听见。

"我不怕丢人。"杨胜利朝着史迪威的帐篷扯直喉咙喊，"不发美金我不干！"

少哉双手使劲地拖住他："算我欠你的好不好，我给你。"

杨胜利翻着眼睛问："你有美金？"

少哉斩钉截铁："等打败了日本鬼子，什么都有。"

"口说无凭。"杨胜利伸出手，"写字据。"

"写就写。"他借过李抗战的笔和纸，扭头问，"要多少？"

杨胜利斩钉截铁："十块。"

"十块就十块。"少哉潇洒地一挥而就，"拿去吧。"

张三风开口了："要发军饷不能只发给他一个人吧？"

众人起哄："对，我们也要。"

"不要吵，都给。"少哉爽快地给每个人写了字据。

写到何进修名下时，他说："你是班长，二十块。"

"算了吧。"何进修一摆手，"不知道我能否活到那一天了。"

一句话说得大家都泄了气，纷纷把字据扔还给少哉。

"不会的，我们一定能战胜日本帝国主义，打回老家去……"他把那些字据捡起来，一张一张塞回到每个人怀里，然后叭一声脚跟一碰向后转，嚓、嚓、嚓走出了帐篷。

"神经病。"杨胜利骂道，"他又不拿自己当人了。"

史迪威的帐篷外停着一辆吉普车，司机跷着大腿坐在驾驶座上抽烟，少哉大步走过去，指着附近"禁止烟火"的英文告示牌干涉道："这里不能抽烟。"

司机斜着眼睛看他："你是干什么的？"

"我是第五军135团一连一排一班的士兵黄救国。"少哉高高地扬起头，"奉蒋总司令之命，在这里为史迪威将军服务。"

"你就是那个傻屌？"司机朝他招手，"过来……"

少哉看到司机肩上扛的是中尉军衔，敬礼道："长官有什么指教，请吩咐。"

司机掏出一支烟来，递给少哉："你也来一根……"

"我不会。"少哉双手直摇，"请您把烟灭了。"

"去你娘的！"司机抬起一脚，重重地踢在少哉的下颌上，"你让老子到哪里去抽？"

少哉一个趔趄，四仰八叉地摔倒在地上，看到天上两只黑鹰般的东西张着翅膀冲了下来。

开始时，他以为是盟军的飞机例行降落，没想到它们掠过跑道时，肚子下喷出两道火舌，"哒哒哒……"地从停机坪上横扫而过。

两架美军飞机起火爆炸，飞机旁的加油车、卡车、吉普车跟着起火爆炸。

六架日军轰炸机接踵而至，一串串炸弹落在跑道、机库、油库和指挥塔上，爆炸声雷鸣，黑色的硝烟冲天而起。

少哉躺在地上，张口结舌地望着天空，不禁暗自庆幸：幸亏蒋委员长突然决定提前离开，若按预定行程，喝酒、干杯、送行……此时正是他的专机起飞的时间。

警报声响起，高射炮开火，史迪威从帐篷里冲出来，拔出腰间的手枪，“砰、砰、砰……”地对空射击，嘴里还不停地骂道：“混蛋、猪猡……”

敌机走了，腊戍机场被摧毁殆尽。

烟雾中，史迪威看到少哉，把手枪插进枪套，朝他走过来。

少哉将五个指头紧紧贴在帽檐下，直挺挺地站在史迪威跟前：“将军阁下，中国士兵黄救国向您报到！”

史迪威也很认真地回了个礼：“你在做什么？”

“报告将军，我看到两架日本的零式战斗机和六架荣式轰炸机袭击腊戍机场。”少哉的手紧贴脑门，“机场损失严重，伤亡情况不详。”

“好兵。”史迪威连声称赞，“见到你，更让我坚信中国的士兵是优秀的。可是，为什么你们打不过日本人呢？事实证明了我的推断，是你们的‘芥末’有问题。”

“报告将军，请您不要再称呼我们的领袖为‘芥末’了，这对他不公平，对我们也不公平。”少哉斗胆说出了自己的心里话，“您应该尊重他，就像我们尊重您一样。”

史迪威亲切地拍了拍他的肩膀：“我不过开开玩笑而已。”

警报声停了，高射炮也不打了，杜聿明、廖耀湘、戴安澜等中国军队的将领们从烟雾中钻出来，看着惨不忍睹的腊戍机场，一个个面色严峻。

史迪威转身，对杜聿明说：“杜军长，刻不容缓，请尽快和你们的第六军、第六十六军在同古集结，等亚历山大的英国军队到达之后，一同发起反攻。”

“我们会抓紧部署……”杜聿明从史迪威那里抽回自己的手，招呼其他将军坐上各自的吉普车，一溜烟开走了。

史迪威目送他们远去，回头对少哉说：“你们的几位将军还是能打仗的，可惜被你们的领袖管得太厉害了，变得十分刻板。”

少哉惊讶地看着史迪威，直着脖子争辩道：“杜军长是我们国军中最杰出的长官，他指挥的昆仑关大捷，消灭了日军最精锐的第五师团，击毙了旅团长中村正雄……”

“我知道、我知道……你不但是个好兵，而且是一名忠心耿耿的战士，我很喜欢你。”史迪威哈哈大笑，“只要你跟着我，肯定能成为世界上最棒的士兵。”

“Yes！”少哉胸脯一挺，举手敬礼。

蒋委员长离开腊戍不久，日军进攻仰光，缅甸之战打起来了。

不到一天，仰光失守。

当戴安澜将军的第二百师到达同古的时候，日军已经兵临城下。

同古南距仰光二百五十公里，北距曼德勒三百二十公里，是阻止日军北进的屏障。原驻守在同古一带的英缅军第一师望风而逃，撂下一座空城。

三月下旬，侵缅日军第五十五师团推进到同古城外，与二百师发生激战，同古保卫战打响。中、美、英三方联合指挥部设在曼德勒西南边的一座典型的英式建筑里。

房屋不大，却有个带尖顶的钟楼，曾经是某个殖民者的私宅。英缅军总司令亚历山大爵士住在楼里，史迪威和中方的将领们在楼外丛林中搭起了各自的帐篷。

一班的帐篷紧靠着史迪威，他们的任务是保卫这位美国将军的安全，侍候他的起居生活。其实史迪威的生活很简单，食量极小。少哉经常看到他咬两口饼干就放下了，连打开的沙丁鱼罐头都没有去尝一口的兴趣。只是烟瘾特别大，嘴巴上永远都咬着一支粗壮的雪茄。

同古保卫战给这个尖顶的小楼带来了异乎寻常的紧张气氛，史迪威几乎把所有的时间都花在了那个摆着一张长条桌和若干张椅子的作战室里。

少哉是可以进出这个作战室的士兵，每次三方军事会议之前，他都要和几个弟兄把开水送进去，把长官们的杯子摆好，会后则要去收拾打扫。

将军们开会跟打仗一样热闹。

史迪威永远在着急、生气、大声吆喝、捶着桌子骂人。杜聿明则很少说话，开口时语气平稳，听得出来他是在尽量地克制自己的情绪。亚历山大元帅则带着绅士般的微笑，慢条斯理地喝着咖啡，开口一定是两边抹油，话语不着边际。

同古保卫战正是因为英缅军队的逃跑和延误，致使中国军队的东西两侧完全暴露在日军的夹击之中，戴安澜将军的二百师在前方打得十分惨烈。

“前进……”史迪威挥拳高喊，督促中国的后续部队抓紧挺进，与戴安澜部会合，会同第六军和第六十六军与英国人一起向日本人发起猛攻，不仅要守住同古，而且要一举收复仰光，将日本人全部赶出缅甸。

史迪威高昂的斗志和浪漫的语言深深地感动了站在门边的少哉，他紧握拳头，在心里跟着呼喊：前进……

然而，战场上的局势不是这个小兵所能知情的。由于情报严重失灵，使得这些指挥官像瞎子一样在小楼里大喊大叫，纸上谈兵。

他们以为第二百师面对的仅仅只是日军的第五十五师团，一点也不知道敌人的第十八师团已经越过泰国和缅甸边境，从东面突击而上，更没有发现敌军第五十六师团从海上登陆，由西面包抄而来。三倍于我方的兵力将戴安澜的一个师围困在同古。

更为严重的是，时间已经过去一个月，却不见一架美国人承诺的飞机到达缅甸。日军则出动了四百架战机，牢牢控制了缅甸战场的制空权。它们不停地狂轰滥炸，将中国远征军分割、切断在丛林之中，无法增援陷入困境的戴安澜。

杜聿明深感战局的险恶，史迪威不切实际的判断和狂热，会把中国的十万大军全部葬送。他耐心地解释，同古的左右两侧已经暴露在敌人的威胁之下，让我们的军队不顾一切地前进太冒险，作为中国军队的指挥官，绝对不能拿自己弟兄的生命当赌注，更不能让战局陷入更大的危机之中。

同古保卫战打了十二天，少哉在门边听着他们吵了十二天。当二百师伤亡惨重的消息传来时，杜聿明当机立断，让戴安澜突围后撤，放弃同古防线。

史迪威大怒："杜将军，同古决不能弃守！此次战役是我们共同制订，蒋总司令批准实施的。我已经请求西线的英军与中国远征军配合，从卑谬地区发动一次支援性进攻。亚历山大将军已经同意我的请求，正着手组织三十辆坦克向同古方向发动反攻。只要你们守住同古，我们就有胜利的希望！"

"你不是早就告诉我，亚历山大元帅答应出动部队策应二百师吗？戴安澜在同古打了十二天，哪里见到过一个英国人的影子？"杜聿明冷冷地说，"你亲口告诉我们的蒋委员长，一个星期之后会有一百架飞机投入战斗，数周之内会有三百四十二架飞机全数参战。请问，飞机在哪里？敌人掌握了绝对的制空权，炸得我们连头都抬不起来，这仗还怎么打？"

"杜将军，美国政府说话是算数的，答应提供的飞机早已送出来了，只不过临时改变了航线，全部送到北非战场上去了。"史迪威强词夺理，"欧洲优先，是同盟国的领袖们共同商定的决策。如果德国军队突破北非的最后一道防线，整个欧洲就完了。"

"是啊，你们心中只有欧洲，那么亚洲呢？中国呢？我们的十万大军呢？"杜聿明一改平日的温文尔雅，撕破脸皮质问史迪威，"美国人一向标榜信守诺言，这是三国元首达成的协议，为什么突然改变？"

杜聿明的话激怒了史迪威，他像狮子似的跳起来吼道："杜将军，二百师面临全军覆没的危险！挽救它的惟一方法是，立刻让其他部队全力出击，打退日军的进攻！我是盟军中国战区的总参谋长，你们必须无条件执行我的命令！”

杜聿明淡淡一笑：“很对不起，史迪威将军，作为中国远征军的副司令长官，我不能再让中国军队作无谓的牺牲。”

史迪威再也控制不往情绪，猛地一拍桌子，震得桌上的电话跳了起来：“你敢对这场战争的后果负责吗?”

杜聿明回答得十分干脆：“抱歉，我只对重庆的蒋总司令负责！”

里面的争吵到了白热化，门边的少哉站立不安。情急之中，他端了两杯凉开水送进去，一人面前放了一杯。然后将盘子夹在腋下，向史迪威敬礼，轻声说道：“将军阁下，昔之善战者，先为不可胜，以待敌之可胜。故曰，胜可知而不可为。”

史迪威眨着蓝色的眼睛：“你说的什么?”

少哉挺起胸膛：“我说的是孙子兵法。那些善于用兵打仗的人，首先要使自己不被敌人战胜，然后等待和寻求有可能战胜敌人的时机。在没有把握战胜敌人的时候，不能强求。”

史迪威问：“孙子是谁?”

少哉回答：“中国春秋战国时期最伟大的军事家。”

“哦，可惜了，他没有活到今天。”史迪威做了个鬼脸，“当今最伟大的军事家就站在你的面前，看到了吗?”

“看到了，您和我们的杜将军都是伟大的军事家。”见史迪威并没生气，少哉的胆子大了起来，“可是我觉得你们不是在和敌人打仗，而是在和自己打仗。”

“是这样吗?”史迪威一愣，面对杜聿明，“杜将军，你在和我打仗吗?”

看到自己的一个小兵，敢于在一位美军上将面前发表如此一番宏论，杜聿明有几分得意：“是啊，善战者，求之于势，不责于人。士兵和统帅的区别，一在于勇气，一在于谋略。将军阁下勇气可嘉，鄙人实在敬佩。”

“什么意思? 你是在说我不如一个士兵?”史迪威脸色一变，有点恼羞成怒，“作为一个军人，如果连一点勇气都没有，还谈什么谋略?”

“杜司令，兵者，国之大事，不可不察也。”少哉对杜聿明也敬了个礼，“当今天下，法西斯结盟成为一体，横行东西两个半球，践踏世界人民的生命与尊严。我们反法西斯的力量如果不能紧密团结，将会被敌人各个击破。”

杜聿明一愣：“你在说我吗?”

“您一定比我更清楚，将在外，君命有所不受。”少哉说，“我觉得，您应该根据此时此地的战况，和史迪威将军共商对策才是。”

这一下史迪威高兴了：“听到没有，你的小兵叫你听我的。”

杜聿明气得直翻白眼，大骂少哉：“胡说八道，谁让你到这里来的？滚！”

“杜将军，你怎么也变得有勇无谋了？”史迪威大笑起来，指着杜聿明说，“你们的蒋总司令是名义上的总司令，战争的指挥权应该在我的手上，这是美、英、中三国元首达成的共识，你们不能违背我的命令！”

“三国元首达成的共识，是三个国家之间的事情。”杜聿明很清楚，自己率领的第五军是中国的第一支机械化部队，是蒋委员长的心头肉，不能让它在缅甸战场上血本无归，“我是一名中国军人，只能服从中国元首的命令。”

看到少哉擅自跑进作战指挥部，在中、美两位大将军之间胡说八道，吓坏了门外的人，赶紧叫来了孟子越。

孟子越来到门口，看到屋里火光四溅的阵势，示意大家赶快把准备好的午餐送进去。

孟子越跨进门大声报告：“请各位将军用餐。”

史迪威毫无食欲，他厌恶地看了一眼满桌的大碟小碗，气吁吁地对杜聿明说：“既然如此，我就直接找你们的委员长说话！”

说罢，拂袖而去。

走到门口，他余怒未息地对少哉挥舞着拳头：“今天是我三十八年戎马生涯以来，最愤怒、最失望的一天！”

少哉目瞪口呆。

没有人吃得下饭，一桌的食物无人问津。

杜聿明手上拿着帽子，和廖耀湘并排走出门来，他一声苦笑，耸着肩膀对廖耀湘说：“这个美国佬，对中国的事情根本不入门，还不如我们的一个小兵。实话告诉你吧，二百师从同古撤出势在必行，委员长已经批准了我的意见。戴安澜准备在同古突围，请你组织力量接应。”

廖耀湘戴上帽子：“钧座考虑周全，卑职原本的任务就是前来增援二百师的。戴师长与小弟生死与共，情同手足，救他脱险，是卑职分内之事。”

杜聿明握住廖耀湘的手：“抓紧行动。”

“请放心。”廖耀湘向杜聿明敬了一个军礼，大步而去。

杜聿明轻轻舒了一口气，从少哉面前走过时，在他肩上轻轻地拍了一下。

第四十一章　史迪威

廖耀湘带着队伍连夜增援戴安澜，将第二百师残部从敌军重重包围的同古救了出来。

同古失守，缅甸战场的大势已去。日军挟着巨浪卷着泥沙喷薄而出，中国远征军的第一次出征宣告失败，十万中国军人和骄傲的史迪威将军狼狈逃窜。

这位出生在美国佛罗里达州的北方佬，对缅甸热带丛林中的状况始料未及。当他走出曼德勒的时候，潮湿闷热的雨季开始了。不分昼夜，气温都在华氏一百度以上，相对湿度百分之百。雨时大时小，不停地从天上、树上、草上、石头和山坡上淋下来的，把一切都灌得像尿泡一样透湿。

短短十几天的时间，严酷的天气把史迪威变成了个形销骨立、胡子拉碴的老人。那双原本在饱满的眉骨下蓝光四射的眼睛，此时深陷无神，看起来像两孔没有灯光的黑洞。

没有路，强悍的美式吉普无用武之地，史迪威命令将它炸毁。雨水湿透了衣裳，裹在身上十分难受，只得穿一条短裤，打一副绑腿，和士兵们一起蹒跚在泥泞的山路上。他患有严重的眼疾，最糟糕的时候视力几乎为零，行进途中经常有弹起的树枝抽打在脸上，让他无所适从。

更可怕的是，他的黄疸病恶化了，难以忍受的痛苦让他的面部肌肉不停地抽缩，只得咬住一支根本点不着的雪茄，将那苦涩的烟渍吸进舌根。

一架美制 C-47 型运输机在缅甸上空盘旋了三天，冒着被日本飞机发现和击落的危险，终于找到了身陷丛林和泥沼中的史迪威。他的几个朋友和亲信在飞机上呼叫："离此地右前方四十英里处有一座简易机场，我们设法在那儿降落，等待你尽快赶到。"

史迪威在电台边回答："你们的飞机能装多少人？"

飞机上回答："搭载你和你的随从，没有问题。"

史迪威说："跟我在一起的是一支几万人的队伍，你们能将他们一起运出去吗？"

飞机上的人着急了："约瑟夫，我们已经在你的左右两翼发现了日军，日本飞机也在空中寻找你的踪迹，你的处境十分危险，我们必须将你救出去。”

“NO！我喜欢步行。”史迪威用开玩笑的口气说，“如果你们还把我这个老头当回事的话，把飞机上的食物和药品全部给我扔下来。尤其是药品，这个鬼地方光是可恶的潮气就要人的命。”

他的朋友和亲信无奈，只得降低飞行高度，将飞机上所有食物和药品全部空投下来，为这支被饥饿和疾病困扰的队伍缓解了一时之急。

这一天的黄昏，史迪威给他的司令部发出了最后一份电报后，下令砸毁电台，轻装上路。

这是史迪威的行事风格。

他的风格赢得了中国士兵们的尊重。

当然，他最大的心愿是，要把这支十万人的中国军队控制在自己手中，并且将他们改造成理想中的作战队伍，在将来的战场上，打出史迪威的风格来。

行军途中，他最大的兴趣就是把那个名叫黄救国的中国小兵喊到身边来聊天。

史迪威出生在佛罗里达州的一个松林种植园，成为一名杰出的军事家是他自幼的梦想。少年时去报考军事学院，却因为身高差四分之一英寸而被拒之门外。

他在语言方面有极高的天赋，不仅学会了英语之外的法语、德语和西班牙语，而且攻克了全世界公认最艰难、最晦涩的汉语。他痴迷于制图学与射击，能随意在长满粗毛的胳膊上，画出世界上任何一个重要城市的位置，能将各种武器的弹道精确度描述到只有零点一毫米的差距。

十七岁那年，他再次报考梦寐以求的西点军校。为了身高的问题，体检前他在床上足足躺了一个星期，希望地心的吸引力暂时失去对他的作用，让身体抻长四分之一英寸。

关于这一传说，史迪威自己解释根本不是身高的问题。如果像他这样的天才都不要，西点军校还能叫西点军校吗？

在西点军校，史迪威是个以标新立异著称的学员，很得教官们的赏识。可惜的是，在他毕业后的三十多年，美国没有战争，美国也基本没有参与发生在世界其他地方的战争。这对于希望在战争中一显身手的史迪威来说，无疑是件痛苦的事情。在第一次和第二次世界大战之间的许多年里，史迪威三次以不同身份成为美国驻中国的官员，有幸了解中国在孙中山及其追随者蒋介石的领导下，从一个古老的王朝向民主政体迈进的艰难过程。

史迪威曾经说过，在某种意义上，他很羡慕中国人。如果让他介入中国的内战，这个东方古国早已是另一番模样了。现在，他终于有机会参与这场战争，对于一个渴望显示自己军事才华的人来说，是何等难得的机会。只可惜，错综复杂的局势和缅甸这令人窒息的天气让他陷入了难以自拔的困境。

他问少哉："小家伙，你能理解我吗?"

少哉在报刊上读过史迪威简介，对他的那些传奇经历无比敬仰。而对他此时心态，却无从所知，只能惭愧地告诉他："不能理解。"

史迪威大惊："为什么?"

少哉说："战争太残酷，我们不希望打仗，也不希望外国人跑到中国来打仗。"

史迪威讥笑："外国人不插手，你们要打到什么时候?"

少哉说："己所不欲，勿施于人。"

"又是你们的古人说的吧?"史迪威大笑，"中国的古人太多，不知道听谁的好。"

少哉说："孙子说，不战而屈人之兵，是为上策。"

"幼稚。"史迪威连连摇头，"像你们所面对的日本人，不打得他死无葬身之地，他会罢休吗?"

在如此残酷的现实面前，面对如此重大的战争哲理问题，少哉当然辩不过史迪威。老头子得意洋洋："任何时候，只有战争的铁腕，才能解决一切问题。这是地球定律，也是我们美国人的逻辑。"

这一老一少，一边儿是生硬的中文，一边儿是结巴的英语，谈起来却十分投缘。

史迪威问少哉："小家伙，你的理想是什么?"

少哉如实回答："以前的理想是好好念书，能找到一份体面的工作。现在的愿望是早日结束这场战争，回家。"

史迪威大幅度地摇头："NO，太小意思了。只要你跟我呆在一起，不出三年，保证让你成为中国最杰出的将军。"

少哉笑了，那是他从未做过的梦。

队伍行进在伊洛瓦底河谷，士兵们在网一样的河流和紊乱交错的山谷之间，不停地蹚水、爬山、淋雨，像蜘蛛一样在丝网上爬来爬去。

史迪威跟士兵们一样，背上背着山一样沉重的行囊，腰间插着手枪，还将一支粗壮的汤姆森冲锋枪挂在胸前，准备随时开火。他脚上穿的是一双被雨水和泥泞浸泡得变形的深筒皮靴，手上拄着一根树棍，弓着骷髅一样的身子，走在队伍的中间。

看着这位比自己的父亲还年长的老人，如此艰难地行进在泥泞之中，少哉于心不忍。他停住脚步，伸出手指着他胸前的汤姆枪说：“给我背吧。”

“不，现在，我也是一名战士。”史迪威朝他一笑，额头上的皱纹里塞满了缅甸的泥土和雨水。

“啊……”少哉突然惊叫一声，指着史迪威的脖子，吓得一屁股坐到泥水里。

杨胜利从后面赶上来一看，同样惊叫：“蚂蟥！”

何进修、张三风也跟上来了，他们看见史迪威的脖子上爬着一根指头粗的东西，紧紧地吸附在一根青筋上，从容地将暗红色的血吸出来，迅速地充满了它的腹腔，膨胀得像根晶亮的香肠一样挂在那里。

那是热带丛林中无处不在的蚂蟥，它们不动声色地挂在树枝上，藏匿在草丛中，潜伏在路旁的水泡子里。只要人畜经过，就能神奇地沾上来，将口针刺入皮肉，畅饮那可口的鲜血。

看到几个中国士兵惊慌的模样，史迪威也意识到自己脖子上有东西，伸手摸了一把，摸到一个肉乎乎的东西，正在专注地吮吸着他血管里的血液。这位西点军校的高才生从未见过如此对他发起进攻的敌人，有点无所适从。伸手狠狠地拍了两巴掌，又将指头从蚂蟥的中间硬抠进去，试图将它撕扯下来。

没有想到，缅甸的山蚂蝗有那么大的吸吮力。无论怎样撕扯，它的两头还是紧紧吸住脖子上的皮肉，不肯放松。他怒不可遏，用尽全身的力气，嚓的一声将它扯断了。被蚂蟥咬过的地方像一个被拉开塞子的瓶口，浓稠的血像酱汁一样涌出来，流淌不止。

他的随从医生跳过来，急忙打开药箱，拿出钳子、纱布和碘酒，给他消毒、包扎，却堵不住往外冒的血水。

医生手忙脚乱，无计可施。

与此同时，他还发现史迪威裸露的手臂上挂着两根同样的“香肠”，大家又是一阵惊叫。

医生拿起剪刀。

“不能用这种方法。”少哉挡住医生，用英语对他说，“这会要他的命！”

医生却固执地要用剪刀去剪断那两根蚂蟥，他的理由充足：“将军的生命，由我负责。”

少哉耐着性子解释：这是缅甸丛林中特有的毒蚂蟥，如果硬将它从身上拔掉，被它吸过的地方会流血不止，留下的毒液会导致皮肉化脓、溃烂和感染，直至夺去人的性命。

医生不听，坚持不让别人靠近史迪威。

坐在地上的史迪威只得婉转地对医生说："生命是我自己的，我同意让他们试试。"

医生无可奈何地退到一边。

"老朽，快来……"少哉喊了一声，指着史迪威流血的伤口。

何进修走过来，对史迪威说了一个字："烟。"

史迪威看着何进修，犹豫了片刻，将手伸进内衣口袋，把贴身藏着的两根雪茄掏了出来。

这是他最后的两根宝贝。

何进修拿过其中的一支，杨胜利掏出打火机，点燃雪茄。

何进修贪婪地吸了一口，雪茄头上闪着亮亮的火光。

当大家看着他悠哉游哉地喷出烟雾的时候，却冷不防一下将烟头扎在史迪威的伤口上。"嗞……"地一股青烟，史迪威的身子抽缩了一下，伤口上留下一个黑洞，血止住了。

"不要动。"何进修继续吸着雪茄，然后轻轻地触碰史迪威手臂的两条蚂蟥。火头一到，蚂蟥收缩，自动掉了下来，吮吸处只留下圆圆的一个红印。

"太神奇了……"史迪威拍着少哉的肩膀大声赞扬，"这是我亲眼见到的东方医术!"

于是，史迪威将他剩下的那根雪茄送给了何进修。

日军攻下同古后，呈扇形向北推进，沿途没有受到像样的拦截。其中一支三千人的突击队在坦克的掩护下，沿着滇缅线快速推进，他们的行进速度大大超过了溃退的中国军队。

1942 年 4 月的最后一天，中、美、英三方指挥官在缅甸曼德勒西南面的一个名叫皎施的小镇上，举行最后一次联席会议，讨论紧急撤退的对策。

史迪威身穿卡其布士兵服，既没佩戴军衔，也没刮胡子，他怒气冲天；杜聿明则满脸阴鸷，心神不定；亚历山大的情绪不错，他衣冠楚楚地坐在椅子上，不时对他的参谋们开上一句无伤大雅的玩笑。

"世界上从来没有一个愿意从战场上撤退的将军。"史迪威愤愤不平，"这种局面让我倍感耻辱，无地自容!"

曾经有人说过，如果史迪威前往欧洲战场，他会成为另外一个巴顿将军，可是，命运偏偏把他扔在缅甸的泥淖之中。

形势已经很清楚，中国远征军陷入敌人的三面包围中，唯一的出路只有一条：调头往西，退到印度去，进行休整和培训之后，再进攻缅甸。

亚历山大很有绅士风度地说："诸位先生，我荣幸地报告大家，鉴于缅甸的严重局势，敝国政府正式通知本人并由本人转告诸位，大不列颠联合王国准许中国在缅甸的军队及其装备到印度避难。但是有一点要作说明，按照国际惯例，贵军入境前须放下武器，并且申报难民身份，由英国军队予以收容，并在指定地点集中管理。诸位如果还有什么问题，我们可以在此协商解决。"

很明显，英国人达到了目地。他们既有理由撤出缅甸，又能体面地收容中国的几万大军，替他们保卫印度的边境。

一片难堪的沉默。

中国的将军们无地自容。

杜聿明站了起来："先生们，我的队伍不打算接受亚历山大将军的好意。既然我们从中国来，就该回中国去。我们有自己的国家，不必到印度去做难民。"

亚历山大做了个遗憾的手势，宽宏大量地表示理解："如果杜将军什么时候改变了主意，我本人随时表示欢迎。"

中国远征军的另一位副总司令罗卓英悄悄阻拦杜聿明："我们是否应该先请示一下重庆？"

杜聿明不理睬罗卓英，朝亚历山大点了点头："谢谢阁下，杜某绝不会改变主意，除非我不再是第五军的军长。"

他戴上军帽，凛然退场。

史迪威看着杜聿明离去的身影，无动于衷地喝着浓浓的咖啡，苦涩的味道在嘴里漫延。他突然觉得自己的处境与喝咖啡很相似。本来可以放一把糖，可是人们偏偏喜欢自讨苦吃。缅甸战场远甚于咖啡之苦，它简直是一场噩梦，把他折磨得发疯。

杜聿明一走，罗卓英坐不住了。他只是个空头副司令，既约束不了杜聿明，又得罪不起史迪威，左右为难，抓起了放在桌上的帽子。

"罗将军打算跟我上印度去，对吗？"史迪威突然抬起眼睛，讽刺地问。

"不不……史迪威将军，你知道，我得立刻向蒋委员长请示，听从他的命令。"这位有职无权的副总司令结结巴巴地解释。

"你又错了，你该先向我请示才对。可是我命令你一个人撤退到印度有什么用处呢？"史迪威无奈地说。

罗卓英脸上红一阵白一阵，抓着帽子的手慢慢松开。事后，他和蒋委员长直接通话，陈述了缅甸战场上三方的微妙处境。蒋委员长作出折中的决定，命令第五军和其他大部分人马撤回国内，让孙立人将军的第三十八师随史迪威去印度。

这是个令人难堪的决策过程，当罗卓英把这个消息告诉史迪威时，屋外响起了尖厉的空袭警报，天空中传来日本飞机的呼啸和扫射。罗卓英再次抓起帽子，告辞了史迪威和亚历山大。

屋子里空下来，会场上只剩下两个面对面坐着的洋人。英国绅士满不在乎地抽着雪茄，史迪威艰难地吮吸着咖啡杯里残存的苦水。

“先生，我能帮什么忙吗?”四目相对，此时亚历山大没有摆架子，他在诚心诚意地询问史迪威。

史迪威朝他探探身子，嘟哝了一句《圣经》上的话：“洪水到来的时候，先知说，‘有罪的人们，从头开始吧’。”

“不错，让我们从头开始吧。”亚历山大挤了挤眼。

“轰”的一声，一颗炸弹落在了会议室门外的花台上，猛烈的气浪掀掉了门窗和半个屋顶，掀翻了会议室里所有的桌椅和陈设，浓烈的硝烟和灰尘弄得屋子里什么也看不见。

少哉冲进屋子里时，看到两位绅士都被压在桌子下面，一头一脸都是灰土。

他和张三风一起掀开桌子，将他们拉了出来。史迪威朝空中看了一眼，骂道：“猪猡，为什么不用汽油弹?”

孟子越跑了过来，大声喊道：“中国士兵，全体集合!”

少哉从废墟中跑出来，迅速站到队伍中。

“带好各自的行李装备，马上出发。”孟子越下达命令后，转身向史迪威敬礼，“再见了，史迪威将军。”

史迪威愣住了：“你们去哪里?”

孟子越说：“奉命转移。”

“转移?”史迪威大惑不解，“蒋委员长不是把你们交给我了吗?”

“对不起，史迪威将军，我们是中国军人，隶属于第五军，惟听从杜军长的指挥。”孟子越再次举手敬礼，“再见。”

“把他留给我吧。”史迪威指着少哉，显得有点可怜，“他是个好兵。”

“他也是中国军人，必须服从中国长官的指挥。”孟子越转身喊起口令：“向右转，开步走!”

少哉依依不舍地跟上队伍，走了几步，难过地回头看了一眼。

废墟边，站着史迪威一个人。

这位孤零零的美国将军，朝中国小兵做了个无可奈何的鬼脸。

第四十二章　胡康河谷

第五军离开史迪威，在杜聿明的指挥下调头向北，朝着中国边境方向撤离。

这是中国的第一支机械化部队，好不容易装备起来的车辆、火炮此时成了累赘，杜聿明下令将它们全部炸掉。在隆隆的爆炸声中，士兵像斩断了自己的手足一样痛哭流涕。

一天一夜后，队伍走进了缅甸北部的胡康河谷。

胡康，缅语称之为魔鬼居住的地方，是缅甸野人山里的峡谷和溪流。方圆数百里，山峦重叠，峡谷纵横，林木蔽天，渺无人烟。曾经威风八面的第五军成了一支沉默的队伍，溃败的沮丧笼罩在每个人的心头。饥饿、困乏、无休止的雨水纠缠着每一个人，蚂蟥、蚊虫以及千奇百怪的小虫到处皆是。随着蚂蟥和蚊虫的叮咬，破伤风病随之而来，疟疾、回归热及其他传染病在队伍中快速流行。病重的士兵们走着走着突然倒地，那些红头巨蚁轰然而至，几分钟之内就能将他变成一副白骨架子。

路上尸骨累累，军中因瘟病毙命者十之七八，同行者莫不胆战心惊。

队伍行进到一个叫做莫村的地方，第五军的一千五百名重伤员集中在一片佛塔前的空地上。没有粮，没有药，连喝干净水都困难，眼睁睁地看着伤员们的伤口感染、溃烂、生蛆，尸臭冲天而束手无策。

队伍还得前进，每个士兵都精疲力竭，抬着重伤员翻山越岭实在是个巨大的累赘。伤兵们不愿拖累整支队伍的行进速度，集聚在此地只求一死。那一天，重伤员们终于弄到了两桶汽油，一千五百名伤兵抱在一起，泼油点火，集体自焚。

当火光和浓烟在佛塔前升起的时候，连空中的飞鸟都发出哀鸣。继续前进的第五军将士们从此经过，包括杜聿明将军在内，莫不下跪致哀，悲伤的气氛像刀一样扎在每个人的心上。

活着的人，最苦的是一双脚。

这支被外国人讥笑为草鞋军的队伍，不知道磨穿了多少双草鞋，最后磨穿了自己的脚底，每一步都痛得钻心。

孟子越带领的这支十多个人的队伍，比第五军的其他弟兄优越许多。出发的时候，他们换上了美式装备，每人还领到了一双皮靴和一双胶鞋。皮靴太硬，爬山的时候打脚，灌水以后太重，大家都把它扔掉了。胶鞋虽然护脚、好走，一路跋涉下来，也都磨得破烂不堪。

队伍歇息，筋疲力尽的李抗战靠着一棵倒地的枯树坐下来，脱掉胶鞋，倒出积水，一双脚腐烂得能见到骨头。

他更加消瘦了，一根细细的脖子上挑着个头，顶上的头发也稀松了许多。少哉多次问他，心里到底藏着什么事，说出来让大家帮他化解，李抗战就是不肯说。

整天都在下雨，全身没有一个地方是干的。李抗战带在身上的那些千纸鹤都湿了，变成了纸浆，顺着雨水从他前襟流出来，白花花地变成一片疥疮。

何进修装烟的口袋已被抠破，早已见不着一丝烟末。他把装过香烟的口袋翻过来塞进嘴里，合着口水用牙齿细细地嚼着嚼着，指望能嚼出一丝烟的味道。史迪威送的那根雪茄，他一直舍不得抽，只有渴望至极的时候，才拿出来放在鼻子下闻一闻。

身强力壮的张三风虽然是山里长大的，却没经历过如此潮湿的天气。在家里的时候，畈上畈下十几里地，一顿饭的时间跑一个来回不费劲。特别是跟玉叶好上以后，那山路简直不是路了。颠来颠去，一山一石、一草一木都让他高兴。可这里的山都像放进了蒸笼一样，潮，热，闷得人喘不过气来。一阵风吹过来，转眼间遍地结霜，又冷得人打寒战。

张三风在何进修旁边坐下，心焦地问："日本人会打到畹町吗?"

玉叶死了，儿子张复仇是他活着的唯一希望。出发之前，他将儿子寄养在一位老乡的家里。一路上只要闭上眼睛，就能看到儿子张开双臂朝着自己扑过来。

"人生有命，祸福在天。只要活下去，就能看到你儿子。"何进修的口袋已经嚼不出烟味了，话未说完，烟瘾发作，倒在泥地里抽成一团。

杨胜利已经无计可施，却见张三风从怀里掏出一个黑色的小布袋。何进修目光一闪，不知从哪里来了一股劲，饿虎般地扑了上去，一把将布袋抓到手中，两手颤抖着把袋口拉开。

里面装有一坨黑色的、弹丸大小、如同油泥般的东西。

何进修喘了一口气，努力让自己平静下来，然后伸出大拇指，用指甲盖在油泥上轻轻刮下一片，放到鼻孔下使劲一吸，闭起起了眼睛。一番腾云驾雾之后，打了一个很响的喷嚏，抓起张三风的手问：“你怎么也藏了这个东西?”

张三风却说：“想我儿子。”

天气忽然转晴，阳光像一把尖刀，挑开了堆积多日的乌云，火辣辣地扎在每个人的身上。

不一会儿的工夫，气温升高，座座山峦上冒起了腾腾的热气。山里的蚂蚁最先感觉到这种变化，它们从覆盖着厚厚一层腐叶的地下钻出来，“咔咔咔咔”地四下寻找猎物。

李抗战把自己的光脚伸到阳光下，想让腐烂的脚丫能快一点干燥。一只红头的巨型蚂蚁敏感地嗅到那股特殊的味道，飞快地调过头来，张开前面的两只钳子，爬上了李抗战的脚背，将嘴前的毒牙钉了进去。

李抗战先觉得痒，继而一阵辣痛。低头一看，那只红头蚁正撅着屁股往皮肉的深处钻探。他本能地举起手，拍地一巴掌打了下去，将红头蚁拍死在脚背上，然后把它弹开。

被咬的地方迅速肿起一个疱，痒痛难忍。他吐了点口水抹上去也不管用，于是抓。越抓越痒，越痒越抓，直到把皮抓破了，血流了出来。

被红头巨蚁咬过的血液里似乎有一种特别的信息，这信息立刻传遍了附近的丛林，成千上万只红头巨蚁排成扇面阵势，挥动着前面的两把钳子，发出“咔咔咔咔……”的声音，铺天盖地地朝李抗战围攻过来。

杨胜利瞟了一眼，像见到鬼一样地尖叫一声，跳起来便跑，躲到一棵大树后，指着那片火一样烧过来的红头巨蚁，张大嘴说不出话来。大家扭头一看，也都惊叫着跳起来，四散而逃。

“咔咔咔咔……”声音虽然不大，却像是从地底下传出来的震撼，响得人胆战心惊。

李抗战的反应慢半拍，当他跳起来时，红头巨蚁已经将他团团包围。他左冲右突，人逃到哪里，红头巨蚁便追杀到哪里，一步也不放松。众人的惊呼声惊动了少哉。

此时的少哉，还沉浸在对史迪威的一腔怀念中。那张无可奈何的鬼脸一直挂在他的眼前，挥之不去。其实那是个不错的老头，如果给他一支军队，是可以打胜仗的。可惜的是，中国军队已经无情地把那个老头子扔在缅甸的丛林中。

听到大家的惊呼，看到李抗战乱蹦乱跳，少哉才发现一场灾难正在降临。他本能地跳起来，抓起一根树枝去扑打那些毒蚁。

“你想死啊?”杨胜利一把拉住他。

张三风知道山中蚂蚁的厉害，他夺过李抗战手里提着的鞋子，扔到疯狂的蚂蚁阵中。

那些红头巨蚁犹豫片刻，轰地扑了上去，顷刻间将两只胶鞋咬成碎末。

所有的人都倒吸了一口冷气。

还没等大家回过神来，那些毒蚁又“咔咔咔咔……”地围攻过来，逼向李抗战。

李抗战早已魂飞魄散，他抱住一棵枯树，绝望地哭喊：“救命……”

少哉不知从哪里冒出一股力气，一下推开了拉着他的杨胜利，不顾一切地冲到李抗战的身边。

杨胜利吓得捂住了自己的眼睛。

张三风生气地跺脚：“都完了……”

何进修和弟兄们都扭过头去，不忍心看到两个活人在瞬间变成白骨。

可是，他们并没有看到那惊心动魄的一刻。

就在少哉扑到李抗战身边，用自己的身体紧紧护住他的时候，那些进攻的红头巨蚁犹豫了，停住了……不一会儿，它们像得到另一种号令，纷纷偃旗息鼓，像潮水般退了下去。

杨胜利从指缝里看到了这一幕，他张大嘴第一个冲上去叫喊：“怎么回事?”

弟兄们都围了过来，上下打量着少哉，不知道他身上有什么魔法，纷纷惊叹：“怪了，它们怎么一见你就跑?”

何进修沉吟了片刻，盯着他的脖子说了两个字：“香囊。”

“真的吗?”杨胜利扒开少哉胸前的衣扣，抓出香囊，放到鼻子下狠狠地吸了一口气，回头对大家说：“是它!”

“就是它。”何进修说，“在高山丛林间行走的人戴着它，不仅可以防范毒虫猛兽的攻击，还能驱除百病，保人平安。”

“哎呀，真是个好东西，我再也不离开你了!”从此以后，杨胜利像影子一样紧跟少哉，寸步不离。

少哉烦死了，摘下脖子上的香囊扔过去：“给你吧，别跟着我。”

杨胜利抓住香囊，喜出望外：“真的?”

“那是人家的定情之物。”何进修在一旁冷冷地说，“挂在你身上，就没有那种魔力了。”

“卵屎!”杨胜利只得丧气地将香囊还给少哉。

行军途中，军长杜聿明患了可怕的回归热。

整整两天两夜，昏迷不醒。军医用放血的方式救了他一条命，他醒过来的第一件事，便是把孟子越叫到担架前，命令他赶快带着自己的人返回畹町，死守无名山。

“敌人长途奔袭，最缺的也是物资……”因为高烧而口角溃烂的杜聿明，吃力地叮嘱孟子越：“记住，实在守不住，宁可炸了，也绝不能让那些物资落到敌人手上。”

孟子越领命，带着马驷奇和一班的十名弟兄离开大部队，调头向东，进入了一片根本找不到路的无人区，只能靠孟子越手上的一张地图和一个指北针确定行进路线。

没走多久，一片密林挡住了去路。

队伍停下来，马驷奇扭头喊道：“无路可走。”

他们的面前，稠密的林木和藤蔓、荒草交缠在一起，形成了一道密不透风的屏障。

孟子越从文件包里掏出地图和指北针，核对一番后说：“方向没错，一直往前走。”

马驷奇歪着脖子问：“老鼠都钻不过去，怎么走?”

“劈出一条路来!”孟子越果断下令，“没有时间绕了，只能从这里穿过去。”

弟兄们抽出刺刀来，劈了几下，使不上劲。

“用铲子。”孟子越吼叫。

中国远征军每个士兵的屁股后面带着一把军用铁铲，行军途中，大家嫌它是累赘，把它扔了，只有张三风喜欢那个精致而坚硬的家伙，盘算将来带回家去种地时能派上用场，一直将它保留在身边。

张三风抽出铁铲，劈砍起来果然顺手。

十个弟兄轮流上阵，劈出了一条仅能容纳一个身体通过的小径。

过了那片密林，天黑了，孟子越命令就地宿营。他们在一块稍微平整的草地上，背靠背坐了下来。

天色漆黑，寒气袭人，大家冻得瑟瑟发抖。

四周不停地传来野兽的嚎叫声，让人极度震惊和恐慌。

“火!”马驷奇再次发出吼声，“没有火，我们连骨头都不剩!”

杨胜利掏出打火机，蓝色的火苗在黑暗中跳跃。

“柴火!”马驷奇狠狠地骂了一句，“都动手!”

大家在地上摸来几把枯枝，却因为潮湿，怎么也点不着。

"有没有可以烧着的东西?"马驷奇又喊,"拿出来!"

每个人身上从里到外都湿透了,还有什么东西可以燃烧的呢?大家在身上摸了一阵,不约而同地将目光投向李抗战。

"没有,我没有……"李抗战像怕被人杀了一样,缩着身子往后退。

张三风一把抓住他:"拿出来!"

在家都知道,李抗战身上藏着他写的信。哪怕是折成的仙鹤,他也都收起来紧紧地捆扎在腰间。张三风扯开他的衣服一看,哪里还有信,全都被雨水泡成了纸浆,白花花粘了一身。

大伙一看,都泄气了。

马驷奇毫不客气地把手伸向孟子越:"你的那张破地图,留着也没用。"

黑暗中,每个人的眼睛里都闪动着期待的亮光。

孟子越沉静了片刻,把手伸进皮包,掏出了用油布细心包裹着的地图。

"我们必须尽快赶回畹町,保卫无名山,这是杜军长下的死命令。"孟子越说,"没有地图,找不到回去的路。"

"团长不是在家里守着吗?靠我们这几个人回去就能挡住日本人?"马驷奇一把将图纸抢到手里,"不烧,没有一个人能活到明天早上。"

他夺过杨胜利手上的打火机,咔嚓一声打着火:"就是它把我们带到这个鬼地方的,有个屁用!"

"慢……"少哉喊了一声,"连长,能不能给我看一眼?"

马驷奇骂了一句:"又要出什么花招?"

"给我看一眼。"少哉几乎是在乞求。

不知从什么时候起,他迷上了看地图。只要参谋长拿出地图来,他都要凑过去看。图上那些弯弯曲曲的细线,像迷宫一样诱惑着他去探寻,凡是看过的,地名、道路、山水、地形,他都能记得清清楚楚。

"给他看看吧。"何进修在一旁建议,"他的记性好。"

"好个屁。"马驷奇骂道,"他一掺和,更坏事了。"

虽然在骂,还是把图递给了他。

少哉展开地图,杨胜利把打火机的火苗凑近,他的指头从密松、莫洛、穆塞等地一线划过,把沿途及其附近的线路及概况仔细地看了一遍。

"快点,打火机里没油了。"杨胜利的手被火苗烤得生疼。

少哉抬起头来,把地图还给马驷奇。

"我来。"何进修要过地图,撕下一半,点着,放在架好的树枝下,轻轻地吹着气,将篝火点燃了。火苗轻轻地跳跃着,像婴儿的舌头,轻轻地舔着每个人的心。

大家对着火焰围成一圈，眼睛一眨也不敢眨地盯着黑洞洞的四方，好不容易撑到天亮，孟子越催促着大家马上出发。

爬上一座山峰，一阵凉风吹过来，把一直缠绕着他们的云雾吹散了，天一下高了许多。弟兄们感受到一种久违的清新，纷纷坐下来歇息。

孟子越把少哉叫到身边，摊开那片残存的半张地图，查对一番之后指着山下说："应该到伊洛瓦底江了。"

这是一个标志性的地方，过了伊洛瓦底江，意味着他们的行程过半，剩下的路程相对会好走得多。

少哉前后看了一阵，摇头："不对。"

"怎么不对？你听……"孟子越坚持自己的判断，指着山下说，"河水奔流的声音。"

少哉顺着他的手往下看，山腰以下雾气腾腾，虽然看不见什么，却能听到一阵哗哗的流水声。

可是他却说："下面是一条峡谷，是山洪暴发的声音。"

"你能确定吗？"孟子越疑惑地问。

"我不能确定……"少哉有点犹豫地说，"但是我觉得前面不是伊洛瓦底江。"

"下山！"孟子越稍显不快地命令，"就这么走，今天一定要越过伊洛瓦底江！"

山下有雾，雾越来越浓，下山的路陡峭湿滑。有的地方只能放得下一只脚，脚边就是看不见底的悬崖。走了上一步，看不清下一步在什么地方，随时可能一脚踏空，坠入万丈深渊。

队伍好不容易下到山腰以下，路逐渐平坦了，雾却越来越浓。眼前茫茫一片，看不到天，看不到地，只能靠孟子越手里的指北针辨认方向。

一行人无声地来到山脚下，一条深涧挡住了去路。深涧虽然只有五六丈宽，水流却湍急无比，队伍再次停了下来。

一阵冷风吹过，那雾忽地散去，山、树木、草丛，像幅画一样拉起在眼前。在众人的脚下，深涧中的急流如同脱缰的野马在崖壁间撞击而出。

"黄救国。"孟子越贴着岩壁，回头问少哉，"这是什么地方？"

少哉左右看了看，脱口而出："还在胡康河谷。"

"怎么可能？"孟子越瞪着他，"我们一直是朝北走的。"

"我也不知道……"少哉有点紧张地指着右侧一座山峰说，"可是我觉得我们又回到了原来的地方。"

大家顺着少哉手指的方向看过去，只见那藤蔓、灌木和齐人高的荒草交织在一起的屏障又出现在眼前。仔细一看，被砍过的树杈上留着铁铲的痕迹，他们走过的那条通道，已经被飞快伸展的藤蔓和杂草堵死了。

“胡闹！”孟子越额头上青筋暴跳，习惯性地掏出地图。展开一看，恰恰在胡康河谷的这一半被烧掉了。

第四十三章　藤　索

日军的大部队攻占同古、腊戌等缅甸重镇之后，顺着滇缅线向北推进，沿途没有受到像样的抵抗。中国远征军的第六军和第六十六军的部分人马在退却中，虽然沿途炸毁桥梁、破坏公路，但也没能有效地延缓敌人推进的速度。

敌人追踪了几天，没有发现杜聿明的第五军，十分诧异。那是他们进入缅甸后，最想与之交战的对手。空中侦察机报告给他们的信息是，第五军进入野人山，消失在密林之中。这让他们感到有后顾之忧，于是派出小分队，带着电台，向西插入野人山，寻找第五军的踪迹。

这是一支经过严格挑选和特殊训练的队伍，队长名叫小田一郎。这个二十三岁的日本年轻人，已经在中国的大地上经历了四年的炮火，参与了“七七事变”、“淞沪会战”和进攻南京的战斗。在南京城下，他一口气射杀了十七名中国平民，成为一场杀人竞赛中的优胜者。小田一郎绝对忠诚于武士道精神，绝不质疑上司下达的命令，绝不承认内心的恐惧，绝不会向对手屈服。他的战斗精神两次受到上司的嘉奖，被誉为“武士之花”。

这个小分队由十一个人组成，每个人身上注射过蛇毒，全身涂满了特殊的防护液，不畏丛林里的蚂蟥和巨蚁。传说他们的眼睛喷火，唾沫有毒；被他们强奸过的女人，全身浮肿，立即倒毙。

凭着坚强的意志和优良的装备，他们迅速穿插到胡康河谷。午夜时分，在一片林子间的空地上，十一个人围坐在一起，点着篝火，啃着随身携带的干粮，喝着水壶里的凉水，等待天亮。

出发时，他们捡到一头缅甸毛驴，正好为之背负行李和装备。这头驴青色，瘦小，却能走，会爬山。无论是走路还是歇息，都很安静，像个懂事的孩子。这会儿它刚歇下来，却焦躁不安地原地打转，不停地甩动脖子，发出低沉的嘶吼声，试图挣脱缰绳逃离而去。

一名士兵停止了咀嚼，眼睛骨碌碌地转了两圈，站起来走到驴的身边，拍了拍它的肚子，将手中的干粮递到驴的嘴边。

驴不吃，只是扭头眺望，鼻孔里吹出一股焦躁的气息。

这个士兵似乎也闻到了某种味道，他将干粮塞进自己的嘴里，将步枪从肩上摘下来，拉了枪栓，往黑暗的深处走了两步，警惕地盯着看不见的丛林，担当起哨兵的角色。

篝火"噼啪"烧得正旺，围在火堆边的士兵将一个水壶扔给了哨兵。哨兵拧开壶盖，还没来得及喝一口水，突然间一声短促的尖叫，一只身长八尺的缅甸虎跃然而出，瞬间将哨兵的头骨"咔嚓"一声咬碎了。

剩下的十个人骤地跳起来，十条枪"叭、叭"地开火。

老虎低沉地咆哮一声，耸了耸身上的皮毛，不紧不慢地拖着哨兵没入了丛林。

小分队无人入睡，大家手持步枪，背靠篝火，围成一圈，睁大眼睛盯着黑暗的四方。

日军有铁的纪律，更有一条不成文的规矩：只要还有一个人活着，就要把同伴的尸骨带回千山万水之外的日出之国。

天一亮，小田一郎便命令小分队循着哨兵的血迹，追踪了两个多钟头。在一处悬崖边，看到了被咬碎头骨的哨兵挂在一棵大树的横枝上。

他们不知道哨兵的尸体如何挂上了半空中的树枝，更没想到这是老虎精心设计的诱饵。十名士兵小心翼翼地搜索了附近的丛林，没有发现任何异样之后才重新集结到大树之下。田中一郎决定留下八个人在大树周围警戒，由另外两个人带着绳索攀上大树，设法将哨兵的尸体取下来。

此时，丛林中风声萧瑟，天空中的云块移动，空气中隐藏着肃杀，田中一郎睁大了眼睛扫视着四方。当攀上大树的士兵将绳索扔下来时，那只毛色金黄的缅甸虎呼啸而出，一跃而起，巨大的前爪击穿了那个士兵的身体。

树下的步枪一齐开火。

田中一郎的子弹击中了老虎的喉咙。

那是一颗他特地装进枪膛的开花弹，子弹击中目标后立即爆炸，血从老虎的咽喉处飞溅而出。当它落地的时候，怒吼着张开血盆大口，咬断了另一个士兵的脖子。

田中一郎正要上前抢救他的手下，更大的咆哮声呼啸而至。老虎的同伴从山坡上扑下来，将入侵者驱离了它们的领地。

这支旗号上挑着个"刃"的日军小分队，仓惶地逃上了一条凿在绝壁上的小道。

一班的弟兄们跟着参谋长走了一天一夜又回到了原来的地方，大家心中一阵惶恐，不知道何时才能赶回畹町。

孟子越掏出指北针，打开壳盖，发现圆盘里的指针像发高烧一样剧烈地颤抖、跳动，不能停在一个固定的方向。

少哉伸头看了一眼，惊叫："参谋长，指北针出了问题。"

"指北针没出问题。"孟子越收起指北针，沮丧地说，"这里有地下磁场，搅乱了指针的方向。"

"对，磁场。"少哉恍然大悟，"地表下的矿物质形成的磁场，会影响指北针的方向……"

孟子越神情黯然地长出了一口气，立在涧边。脚下的岩石在微微颤抖，激流翻起的白浪溅到他刚毅的脸颊上。

"参谋长，我觉得应该往上走，那里可能有一条索道。"少哉在一旁小心翼翼地说，"过了索道，就是贡嘎。"

孟子越的脖子没动："过了贡嘎是什么地方？"

少哉答："南马。"

"过了南马呢？"

"莫冈、密无名……"少哉鼓着勇气一连说出了好几个地名，"但是我们不能走密无名，那边全是高山，离畹町越来越远……"

"怎么走？"

"我们位于八莫和因多之间，应该继续先往北，再转东，越过伊洛瓦底河谷，翻过当东隆山，走梅扎、茂卢、瑞古……然后就是九谷、畹町。"

孟子越惊奇地回头看着他："你真的都记得？"

少哉有点不好意思："小时候，村里人都说我过目不忘……"

"太好了。"孟子越一阵惊喜，"来来来，把你记得的，都给我画出来。"

他解开自己的军装，把里面的衬衣脱下来，铺到石头上，对少哉说："把我们即将要通过的地方画下来，包括地形、地貌，越细致、越准确越好。"

少哉拿起钢笔，伏在石头上，凭着他的记忆，在孟子越的衬衣上画下了山川、河流、丛林、道路……哪里爬山，哪里过河，什么地方狭窄，什么地方有雾，画得有模有样。

孟子越边看边赞扬："黄救国，你真是个好兵！"

少哉受到参谋长的赞扬，大家也很高兴，围在他身旁，一边看着他画，一边帮他回忆：这里山高，那里坡陡，这条小河没那么宽，这个林子里路不好走……

少哉在参谋长的衬衣上画好了地图，在每个地名上不仅写了中文，还标上英文。众人赞叹不已，少哉却谦虚地说："差远了，真的地图上有等高线，我画的却没有。"

杨胜利问："什么叫等高线?"

少哉耐心地解释："山有多高，直接画不出来，只能用等高线来表示，一圈就是一个高度，最大的那一圈在山脚下，一圈一圈地画上去，最小的一个圈就是山峰……"

杨胜利眨着眼睛，恍然大悟："哦，像块烧饼。"

大家哄然一笑。

孟子越也笑了，拿过衬衣："虽然没有等高线，画得还是相当准确的。"

受到参谋长的赞扬，少哉心里美滋滋的，指着图上的一个位置说："索道应该在这个地方。"

孟子越下令："出发。"

按照少哉画的路线，队伍翻过一座山岗，走了大半天的时间，踏上了一条开凿在悬崖上的小路，果然看到一条晃晃悠悠的藤索悬挂在山崖之间。

那是丛林中土著人的渡河工具，他们用古藤编成索道，用木桩固定在岩石上。两边的山崖像刀劈般的陡峭，奔腾的山洪飞溅起惊天白沫，人像猿猴一样用四肢攀援而过。

大家见了，一阵惊喜。正当张三风抢先要攀上那藤索时，山涧中传来一声枪响，像电光一样划在两岸的绝壁上。

"慢点……"孟子越低声吆喝，"往后撤!"

"怎么啦，这里有日本人吗?"马驷奇疑问。

张三风直着脖子听清了山谷间的回音："三八大盖。"

"快!"孟子越的话音未落，前面出现了一小队身穿黄色军装的日本士兵。他们同样手持武器，贴着崖壁屈身疾行。

狭路相逢，双方都猝不及防。

张三风胸前的冲锋枪开火了，"哒哒哒……"一排子弹射过去，一群惊鸟嚯的一声从山林间腾飞而起，对方走在最前面的一个士兵栽下了悬崖。

"打!"孟子越在瞬间作出判断，两边都是绝壁，夺取藤索是双方唯一的出路。他一把拉过张三风，胸前的冲锋枪随即也冒出了长长的火舌。

敌人也开火了，火花在岩石上飞溅。

“注意隐蔽……”双方都贴在裸露无余的崖壁上，面对扫射过来的子弹无处藏身，孟子越身边一个弟兄倒下悬崖。他急忙朝后挥手：“撤!”

大家迅速撤退到一块突出的岩石后面，继续举枪射击。

敌人也后撤了，他们退到两棵松树背后，离藤索大约有一百多公尺的距离。

“这地方太窄，火力展不开。”马驷奇爬到孟子越身边，“前面没有遮挡，谁也上不了藤索。”

孟子越当然看清了眼前的局面：双方都要抢过这道藤索，双方都难以靠近，这是一场你死我活的决战。

他抬头察看了一下附近的地形，在他们的头顶上，大约两丈高的地方有一个斜坡。

“我带两个人上去掩护，你指挥他们乘机冲过去，抢夺藤索。”孟子越指着对岸说，“只要有一个人冲过去，我们就主动了。”

“上面危险。”马驷奇说：“我去吧。”

“服从命令!”孟子越回头看了看少哉和张三风，“你们两个，跟我上。”

张三风蹲了下来，让参谋长踩在自己肩上，将他送上了斜坡。接着，他和少哉在弟兄们的帮助下也爬了上去。

这是个绝妙的制高点，三人俯卧在浓密的杂草里，可以清楚地看到那两棵松树后敌人的影子。

孟子越拉动枪栓，交代张三风和少哉：“集中火力，猛一点，把他们压下去!”

少哉和张三风瞄准了敌人。

“开火!”孟子越喊了一声，三个人一起扣动了扳机。

松树后的敌人猝不及防，几个人影跌下悬崖。

斜坡下面，马驷奇挥手疾呼：“过!”

杨胜利第一个冲过去，迅速地攀上藤索，灵巧地爬到了对岸，回头呼喊道：“过!”

在斜坡上的火力掩护下，下面的弟兄们一个跟着一个冲过去，爬过了藤索。他们在对岸占据有利地形，朝敌人开火。

斜坡下只剩下马驷奇与何进修了。马驷奇朝坡上看了一眼，回头问何进修：“参谋长怎么办?”

何进修说：“你先过去，我在这里接应。”

马驷奇有点犹豫：“他们一下来，就压不住敌人的火力了。”

孟子越在上面喊："快过！"

何进修推了马驷奇一把："没时间了。"

马驷奇爬上了藤索。

眼看下面的弟兄都安全地过去了，少哉才意识到处境的危险。他看了一眼张三风，两人同时扭头："参谋长，您快下去！"

孟子越换上一个弹夹，平静地说："你们过，我掩护。"

"不行！"少哉喊起来，"您过，我们掩护。"

"服从命令！"孟子越沉下脸，"不然，三个人都过不去！"

张三风抱着枪不动："除非您打死我们。"

看着他们两人坚定的神色，孟子越妥协了："一起下去吧。"

他们朝对方开了几枪，一起从斜坡上滑了下来。

失去制高点，对方的火力立即强大起来。孟子越他们刚冲到藤索跟前，密集的子弹就压得他们抬不起头来。

"给我打！"对岸的马驷奇命令大家集中火力压住敌人，他朝孟子越挥手道："快过来……"

少哉和张三风架起孟子越，把他往藤索上推。

松树后伸出一支黑洞洞的枪口，一只眼睛从瞄准器里盯住了少哉的胸脯，扣在扳机上的手指轻轻动了一下。

"危险！"孟子越惊叫一声，本能地拉过首当其冲的少哉，一颗子弹击中了他的左肩胛，血喷了少哉一脸。

少哉难以置信地张大嘴，看着孟子越的眉头皱了一下，身子软了下去。

张三风狠狠地骂了句娘，一手抱住参谋长，一手端着枪，将枪膛里的子弹全部射了过去。

趴在松树后射中孟子越的，正是被缅甸虎追杀得惊魂未定的小田一郎。在他的作战经历中，从来是日军的火力强大，中国军队不堪一击。没想到眼前的这支中国军队使用的是最新型的美式冲锋枪，密集的子弹压得他们连头都抬不起来。

眼看着中国军人一个接着一个爬过了藤索，小田一郎急了，命令部下沿着那条狭窄的通道冲过去，自己则盯住尚未爬过藤索的三个中国军人。

看到其中一个中弹了，他很得意，推上了第二颗子弹，并且再次扣动扳机，击中了目标。

一声咆哮在背后响了起来，那只同伴被杀的缅甸虎闻声而至，不顾一切地扑向那个抱着枪的身影。

"混蛋！"小田一郎愤怒地骂了一声，调转枪口，迎着缅甸虎的血盆大嘴捅了过去。

枪上的刺刀捅进了老虎的咽喉。老虎痛嘶一声，抓住这位“武士之花”，一起落入了深渊。

“快!”藤索这边，张三风解下绑腿，将孟子越绑到自己背上，飞快地爬上了去。

“打……”马驷奇组织起全部火力射向敌人，激烈的枪声在悬崖间回响不止，“刃”字小分队的最后一个人影落下了悬崖。

张三风背负着孟子越爬过了藤索。

少哉紧跟在后，杨胜利伸手将他们拉了上来。

马驷奇手起刀落，藤索掉下了悬崖。

张三风过了藤索之后，立即解开背上的孟子越，将他平放在一块岩石上，撕开他的衣服。

孟子越的左肩胛中弹，差一点危及心脏。他大腿也受伤了，子弹穿过动脉，血流如注。

“参谋长……”少哉惊叫着拉下脖子上的香囊，按在参谋长的伤口上，也止不住涌出的鲜血。

“火!”何进修掏出剩下的半根雪茄，让杨胜利点着了火。

他抽了一口，一咬牙将火头戳进了流血的伤口，只听得“吱”的一声，一股焦烟升起来。

孟子越的身子抖了一下，睁开了眼睛：“都过来了?”

马驷奇点头。

“快走!”孟子越试图坐起来，一动，哼了一声，又昏了过去。

“参谋长是为救我受伤的……”少哉痛不欲生。

“哭什么?没见过死人吗?”马驷奇吼道，“砍树，做担架!”

大家七手八脚砍来树枝和藤蔓，扎成了一副担架，抬着重伤的孟子越，匆匆上路。

好不容易下了悬崖，地势逐渐平缓，河汊和泥淖却越来越多，几乎每一步都是在蹚水而行。扶着担架的马驷奇抬头问道：“黄救国，这个方向对吗?”

少哉展开参谋长的那件衬衣看了看，抬头回答：“方向是对的。”

走在前面的杨胜利一脚踏空，半个身子陷入泥淖。他惊叫一声，泥水已经淹到脖子。幸亏伸手抓住了身旁的一根树枝，才免于灭顶之灾。

这是两条河汊相会的地方，带着红色泥浆的河水打着漩涡，漂过来的树梢在漩涡里挣扎着，一个浪头过来，立刻无影无踪。

“方向对个屁，人怎么过?”马驷奇从一开始就不相信少哉在衬衣上鬼画桃符的东西，“你把我们领到这个鬼地方，等着去死吧……”

何进修来到马驷奇身边：“连长，你拿主意，我们往哪边走?”

马驷奇四下张望了一阵，咬着牙说：“没法走了，往回撤!”

“不能往回撤。”少哉挡在马驷奇面前，“连长，索道已经砍断了，我们没有退路。”

担架上，孟子越哼了一声，大家立刻围了过去。

孟子越艰难地睁开眼睛：“黄救国，这是什么地方?”

少哉回答：“在梅扎和隆东之间。”

孟子越问：“应该怎么走?”

少哉说：“只能往前，过了伊洛瓦底河谷就好走了。”

“你们走吧，不要抬着我了。”孟子越脸上一阵抽搐，整个人颤抖起来。他咬着牙，目光找到何进修，语气微弱地交代，“由你接替我的职务，带着大家，快点赶回去……告诉团长，一定要守住无名山……万一守不住，炸掉，不能落到敌人手上……”

“参谋长。”何进修看了一眼身边的马驷奇说，“马连长在这里，我们都听他的指挥。”

孟子越再次睁开眼睛，坚定地看着何进修：“你接替我的职务，和马连长一起，把队伍带回去。”

说罢，头歪向一边。

“参谋长……”何进修喊了一声，站起来催促，“快走!”

张三风在前面抬起担架：“往哪边走?”

何进修看着少哉。

少哉眼睛里盈满了泪水：“其实，这里离八梦不远……”

大家都愣住了。

少哉往左边一指：“绕过河滩，翻过那座山头就是八梦。”

大家都看着何进修。

何进修转身，面对马驷奇：“连长，您拿主意。”

马驷奇看着何进修，看着何进修身后一班的弟兄们，麻脸一沉，吼道：“去八梦。”

第四十四章　再到八梦

天边挂着一抹火烧云，斗大的太阳从山后慢慢落下去。

山峦耸翠，竹木葱茏，袅袅炊烟像轻纱一样缭绕在寨子的竹楼上。茶马古道从遥远的中国逶迤而来，无数的脚印将道上的石板摩擦得如同镜子般光滑。

正如弟兄们所说，秋的心里一直惦记着那个来自中国的小兵。她几乎每天都站在古道的路口，等待着来自中国的军队。

山峦间吹过一阵清风，在太阳即将落下去的那一瞬间，一片薄雾从眼前飘过，她突然看到那支队伍从雾中钻了出来。开始的时候，她以为是幻觉，那是在她眼前重复过多次的情景。定神一看，千真万确，来了，是他们来了！

"少哉……"她一眼就看到了队伍中那个英俊的小兵，情不自禁地大喊一声，惊喜地冲了过去，紧紧地抓住他的手，低下头，红着脸，喃喃地问："怎么才来？"

"秋！"少哉握住秋的手，把她拉到孟子越的担架旁，急切地说，"我们的参谋长受了重伤，快救他！"

大伙一齐围上来："快救我们参谋长……"

"快！"秋看了一眼担架上双目紧闭的孟子越，转身领着大家往寨子里跑。

回到寨子里，秋将孟子越安顿在少哉住过的竹楼里，转身找她的父亲去了。

竹楼的火塘上架着一口大吊锅，锅里煨着粗糙的野猪肉和芭蕉叶。热气蒸腾而起，香味扑鼻。少哉像主人一样，一碗碗地将肉汤盛起来，递到兄弟们的手上，让大家感受到一种久违的温馨。

少哉来了，秋欣喜无比，两只脚上像安了轮子一样轻盈地滑进滑出，四处张罗，整个寨子里都是她的身影。

孟子越躺在火塘的旁边，缓缓地睁开了眼睛。

"参谋长醒了！"守护在一旁的少哉叫了一声，何进修和马驷奇连忙转过身来。

“参谋长……”何进修伸过手来摸着他的脉搏，高兴地说，“有脉了，已经有脉了……”

孟子越不仅受了重伤，而且染上了可怕的回归热，高热和寒冷轮番折磨着他，伤口流出的血变成了黑酱般的颜色，脉搏一度十分微弱。

孟子越看着竹楼上透光的屋顶：“这是什么地方？

“八梦。”少哉说，“我们以前来过。”

“八梦？”孟子越一时记不起来八梦是什么地方。

“就是他们拿武器换鸦片的地方。”少哉说，“这回您也来了，可以亲眼看一看……”

何进修拦住少哉的话头：“参谋长伤势严重，我们就近来到了这个寨子，请他们帮忙救治。”

“八梦的寨主收留了我们，弟兄也才有了个休整的地方。”马驷奇说，“从这里回去的路不难走了。”

孟子越咬着牙，试图支撑起身子：“快走，如果敌人抢先到了畹町，无名山就完了……”

“参谋长，您已经……”何进修没有把“坏血症”几个字说出来，和少哉一起把他扶着躺下来，“您已经很虚弱了，经不起路途的奔波。”

孟子越喘息着说：“不要管我，你们带着弟兄们赶回去，传达杜军长的命令，死守无名山。”

“我们可以走，可是参谋长，没有您，难以负命。”何进修说，“谁也不知道畹町现在是什么局面……”

“长官醒了？”秋上楼来了，她是整座寨子里最关心这群中国士兵的人。

“你父亲答应了没有？有没有办法救我们参谋长？”少哉把秋拉到一旁，焦急地说，“他是为了救我才身负重伤的。”

秋说：“这里没有医生，我们的办法很野蛮。”

少哉着急地说：“不管用什么办法，只要能治就行。”

秋指了指马驷奇和何进修：“请你们去一下。”

马驷奇和何进修立即起身下楼。

秋看着少哉：“你也要去。”

“我？”少哉疑惑地看秋。

秋肯定地点头：“你。”

少哉跟在马驷奇和何进修的身后，来到寨主的堂屋。只见雷瓦身披兽皮缝制的长袍，头插野鸡毛，脸上涂了红、黄、蓝三道颜色，坐在中央的大木椅子上。他的两旁分别是巫师和族人，架势非同小可。

三人趋前行礼。

何进修说："寨主，我们的长官受伤，又感染了坏血症，生命垂危，请您救命。"

雷瓦寨主左右看了看，两旁的人都点头。

雷瓦开口说："可以帮忙，但是不能保证一定有救。"

"我们是老朋友了，相信您一定有办法。"马驷奇大度地说，"救活了，是他的命大；救不活，不怪你们。"

少哉急了，在一旁对秋说："一定要救活……"

秋点点头，示意他不要着急。

雷瓦寨主再次看了看左右，点头。

雷瓦身边的一位巫师说："我们可以拯救你们的长官，但是，有一件事情必须定下来。"

马驷奇连忙点头应承："请说，要枪还是要弹药，回头一定给您送过来。"

雷瓦摇头，指着少哉："要他。"

马驷奇一愣，何进修似有所悟。

少哉惊愕地瞪大了眼睛。

秋"呀"的一声，双手捂住鲜红的脸，扭头跑了。

马驷奇明白了寨主的意思，连连点头："可以可以……这是好事情嘛。"

少哉左右张望："要我干什么？"

何进修低着头，不吭声。

马驷奇说："这还不明白吗，寨主要招你做驸马，你他妈的走桃花运了，还不快快跪拜岳父大人？"

少哉大惊失色："连长，你怎么可以拿我做交换？"

雷瓦寨主问道："你可收了我家丫头的香囊？"

丫头是雷瓦对自己心爱的女儿的昵称，提起女儿，他的眼睛里放着光彩。

少哉点头："收了。"

寨主厉声说："那是我家丫头的命，你能反悔吗？"

"我不知道，以为只是一个礼物。"少哉小声辩解。

"丫头已经把你当做她的命了。"雷瓦寨主看着这个有一点愧意和面带羞涩的年轻人，心中也涌起一股爱意，"她每天都扳着手指头数着你哪天会来，每天都跑到寨子外的大路上等你，她的心里只有你了。"

"可是我……"少哉左右看了看，"我实在不知道……"

“你一天到晚喊抗日救国，事到临头连这么好的事情都不肯答应？”马驷奇从后面踢了他一脚，把他的头按到地上，“还不快叫岳父大人！”

何进修也说：“为了参谋长，答应了吧。”

少哉跪倒在地，背书似的喊了一声：“岳父大人……”

马驷奇又踢了一脚：“大声一点！”

少哉抬起头，迫不得已地喊道：“岳父大人……”

“八叶节（好哇）……”两旁的巫师和族人一齐欢呼起来。

少哉伏在地上，双手捂住满脸的泪水，不知是高兴还是感慨。

巫师端着一个燃烧着竹叶和艾草的炭火盆，走上孟子越所在的竹楼，秋的父亲雷瓦寨主一行数人跟在巫师的身后。

巫师嘴里念念有词，将炭火盆在屋子里兜了一圈，然后放在孟子越的床边。

雷瓦单腿跪下来，捏开孟子越的嘴，看了看他的舌头，回头对何进修说：“要放血。”

何进修说：“他已经流了很多血。”

雷瓦两手一摊：“嘎底嘛丝（很麻烦了）……”

秋一把抓住她的父亲：“莫佛他也（救救他）！”

雷瓦看着何进修。

何进修看着少哉。

少哉看着秋。

秋在她父亲身边跺脚：“撒尼西啦（求您啦）……”

孟子越声音微弱地说：“放……”

何进修对雷瓦倾身一躬：“拜托。”

秋转身，从身后拖出一把锡壶，轻轻碰了一下少哉，示意他让孟子越喝下去。

少哉接过锡壶，揭开壶盖闻了一下，里面是橙色的液体，有点酒和蜜的味道。

他看了秋一眼，秋点了点头。

少哉将壶嘴放到孟子越的嘴边，轻声喊道：“参谋长，张嘴。”

孟子越张开嘴，轻轻地吮吸起来。

竹楼外响起了“叮叮当当”的锣鼓声，几个头上插着野鸡毛的巫师蹦蹦跳跳地走了进来，围着孟子越的竹床击鼓作法。

一个形容枯槁的老者拿着一把莨草，一边蘸着水，一边念念有词地将水洒向四方。

雷瓦举着一把焚香，拖着浓浓的青烟，在孟子越的担架四周来回熏烤。一切就绪之后，他取出一把尖刀，放在自己的舌头上舔了舔，切开了孟子越的伤口。

一股黑色的血流了出来。

不一会儿，孟子越安静地入睡了。

听到寨主要招少哉为驸马的消息，弟兄们兴奋极了，团团围住少哉，吵着要喝喜酒。

少哉却一脸沮丧："他们拿我做交易！"

杨胜利说："合算啦，既救了参谋长，又得了那么好的老婆，还能留下来当寨主的女婿，一举三得！"

"我不会留下来。"少哉说，"觉得合算，你留下来吧。"

"好哇，今天晚上让我跟她入洞房！"杨胜利说罢便往楼上跑，跑了两步站住了，哭丧着脸说，"人家要的不是我啊……"

张三风对少哉说："别装模作样了，这是你祖上积了德，给了你一个好报应。照你爹娘的意思，多生几个儿子，传宗接代。"

少哉仍然高兴不起来："抗战还没胜利，无名山还等着我们回去守卫，我怎么能临阵脱逃？"

李抗战头一回主动地走到少哉面前，将一只千纸鹤送给他："感谢你用香囊救了我，祝福你们。"

少哉拍拍他的肩膀说："我们是兄弟。"

杨胜利在身上掏了半天，将自己最爱的打火机掏了出来："没别的东西了，留给你当个念想。将来当了寨主，可别忘记了我们。这一趟回去，凶多吉少。如果我们死了，得去给我们收尸……"

一句话，说得大家黯然不语。

少哉将打火机推还到杨胜利手里："不会的，我永远跟弟兄们在一起……"

秋跑过来，见大家围着少哉红着眼睛不说话，一个劲儿地鞠躬："八梦也是你们的家，你们可以随时回来。"

张三风站起来："我们走吧，让人家说说话。"

众人起身离去。

秋把一条手巾、一套男人的衣服和一块香草往少哉面前一放："开交。"

少哉一听那声音，以为是"开叫"。叫什么呢？其实是个"交"字，有开化和交配的意思，是山寨里的族人们祖传的一种仪式。年轻人新婚之前，要由长辈或者巫师主持新人沐浴，检查是不是一个正常的男人，教导他如何交配，如何尽一个男人的责任。

不知出于什么原因，秋不让别人参与，坚持由自己来完成这个仪式。她的理由是：我不想让别人看到他。

父亲居然同意，只是叮嘱：一定要留住他。

少哉不知何为开交，竟然愣在那里不知所措。

秋拉起他的手："安洁啦……"

少哉明白了，是要他去洗澡。自从进入缅甸以来，少哉还没洗过澡、换过衣服，脏得自己都能闻到身上的臭味。

他跟着秋来到一处搭着凉亭的山泉之下。泉水从岩石的缝隙中喷薄而出，哗啦啦流进一口水池。水池边的石壁上，雕刻着宇宙大地、日月星辰，雕刻着大象、奔马、牦牛、羊群和虫、鱼、飞鸟。还有人，全部裸体，男男女女的生殖器雕琢得特别夸张，交媾的动作与形态表现得尤其生动。

这是一幅原始的创世图，展现了生灵的起源和人类生殖繁衍的过程，教导族人如何去完成这一神圣的义务。

石壁的前面，有一座香坛。

秋焚燃两炷香，一炷递给少哉，两人肩并肩地面对石壁鞠躬作揖之后，将焚香插进了香炉。

"脱了……"秋脱去了少哉身上又脏又破的衣服，拉过一根竹管来，清凌凌的泉水便在他身上溅起了白花。

秋把自己的衣裳也脱光了，隆起的乳房、翘起的蛮腰、修长的肢体，活像石壁上雕刻的女神。

少哉不敢看她，低着头搓洗着自己身上的污垢。

秋拿着一团香草，在少哉的背上轻轻地擦着、洗着，擦得他又痛、又痒、又舒服。当她搓洗到他面前时，他忽地蹲下去了，双手捂住小腹，脸上烧得滚烫。

秋一笑，大大方方地将他拉起来："开交……"

她掀开他的手，抓住他小腹下的东西，将水拂上去，轻轻地擦着、抚着、搓着……搓得他整个人都弓了起来。

秋像完成了一件杰作，一声尖叫，惊喜地将他抱到怀里："你是个强壮的男人!"

"波也、波也（亲一个）……"

凉亭外，一群男女唱了起来。

秋抽出一条又长又宽的丝巾，将两个光光的身体缠在一起。

“波也、波也、波也……”

他们相拥而出，众人团团围住他俩大喊：“波也、波也……”

秋贴着他的耳根说：“波也！”

少哉在她的脸上叭了一下。

众人欢呼雀跃，将他俩抬起来，送上了一座金碧辉煌的竹楼。

夜色迷人，篝火正旺，铜鼓敲得震天响。

雷瓦寨主和马驷奇、何进修坐在场子边，喝着茶，聊着天，看着寨子里的少男少女们跳起庄锅舞。

女子们唱道：

谁的黑夜这样长，
跳舞跳得天不亮？
谁家狗儿汪汪叫，
是谁来到我身旁？

男人们唱道：

波浪轻轻打船桨，
谁的眼睛泪汪汪？
谁家姑娘船中坐，
守着山路等情郎？

大家一起唱道：

梦里一条千里路，
醒来一道篱笆墙。
月下一曲山歌起，
哥也，今夜要做我的郎。
喜也、喜也、喜也、喜也……

这座竹楼隐藏在寨子的后面，它用本地最好的凤尾竹搭成，尖尖的楼顶涂上了金漆，飞起的廊檐上挂满了银饰，在火光的照耀下，晶莹剔透，玉宇琼宫一般。

这是雷瓦寨主送给女儿的嫁妆。平时，用一行竹编的篱笆挡住了人们的视线，今晚才让它的真实面目显现在众人的眼前。大家看到了，不禁发出一阵山呼海啸般的喝彩声。

竹楼里四处都点着鲜红的蜡烛，迷宫一样让人晕眩。少哉看着这楼，心中惶惑地问：从今天起，我就要住在这里吗？

他跟着秋的脚步来到楼上。在一座帐幔掩映的大床前，秋轻轻地转动着身体，浴巾飘然落下，窈窕的身体犹如石刻上的仙女，在烛光下熠熠生辉。

秋跳上大床，脚铃一响，做了个孔雀登枝的造型，回头问道："好看吗？"

少哉瞪着一双汪汪的眼睛："好看。"

随着脚铃响起，楼外呼应起了咚咚的鼓点。

秋如同一只剔透的孔雀，提腕、起指、送胯、弯腰，继而开屏、展翅、点水……不知道这是一种仪式还是诱惑，她把一段孔雀舞跳得那么千姿百态，那么美丽吉祥。

少哉看呆了，只知道使劲儿地击掌。

秋跳下来，把他拉上大床，像山林里的一根青藤，紧紧缠绕在少哉的身上。

鼓点轻轻地敲击着。

秋柔情似水，让少哉沐浴在爱河之中。

不知是喜是悲，他泪流满面："感谢你救了我们的参谋长，他是我们的主心骨，他和我们一起回去，才能打胜仗。"

秋轻轻擦去他脸上的泪水："委屈你了。"

"没有。"鼓声渐渐停歇下来，少哉有一点忧郁地问，"能不能让我和他们一起走？"

"嗯。"秋轻轻地点头。

少哉一下跳起来："真的？"

秋说："你是中国军人。"

少哉一下把秋抱在怀里："你真好……"

秋说："你也答应我一件事。"

少哉点头："答应。"

秋说："不要死。"

少哉使劲地摇头："不死。

秋说：“一辈子在一起。”

少哉使劲地点头：“在一起!”

两个年轻的胴体，紧紧地拥抱在了一起。

第四十五章　玉　壶

中国远征军出师不利，十万大军一败涂地，滇缅公路上大批逃难的队伍、车辆，昼夜不息地越过九谷桥，涌入畹町，逃往内地，小镇上一片混乱。

胡英杰眼看大势已去，小小的畹町奈若何？重要的是，他在此地惨淡经营了两年之久，辛辛苦苦囤积的可不是一般东西。一箱箱的鸦片，跟黄金一样值钱；正宗的缅甸红宝石，块块价值连城；还有珍贵的红木，只要运进内地，将来是论斤论两的物件。战争不管是胜是败，打完了总归是要停下来的。只要人不死，这些东西便是飞黄腾达的天梯。

他派人到重庆郊区买了房子，接着抽调了团里最精干的力量，分别将他的鸦片、宝石、红木运往重庆。剩下的人马，象征性地守着无名山几个出入的路口。

胡英杰忙进忙出，苦了寂寞的秀娘。

天天都在下雨，僧房的屋檐上挂满了珠帘。门外那棵银杏树上停着一只孤单的乌鸦，呱呱地叫着，没有回应。

秀娘洗尽铅华，不再浓妆，不再做作，也不再理会挂在墙上的琵琶。心中实在郁闷，偶尔喊一句“上天啊……”不再优雅，不再婉转，却像一声最后的绝响。

身穿雨衣的胡英杰匆匆进门，秀娘一把抓住他的袖子：“把我也送走吧，去重庆、去昆明都行……”

此时的胡英杰哪里顾得上一个女人，推托道：“你看这天，等晴了再说。”

秀娘长叹一声：“我连你的那些鸦片都不如？”

胡英杰冷笑：“现在最不值钱的就是人。”

“胡英杰!”秀娘嘶声咒骂，“你是个道貌岸然的家伙……”

“今天才知道啊？”胡英杰一扭头，目光停在秀娘的床头。

那是一把用缅甸抹谷的月牙宝石雕琢而成的玉壶，浑身洁白、温润，雕工也精细、老到。大约在半年之前，胡英杰从一个缅甸商人手上得到，拿回来时对秀娘说，这是一把宝壶，价值不在那颗鸽血红之下。有了它，下半辈子就不用发愁了。

秀娘不在乎它价值几何，却因这把玉宝壶的纯净与高洁而爱不释手。哪怕是续进去一壶白水，喝起来也格外清甜，几天后连牙都不再痛了。

“这东西得拿走。”胡英杰走到床头，一把将壶抓到手里，正要塞进怀里时，秀娘抓住了壶把。

“这是你送给我的！”秀娘与之争执，“你曾经说过，把你的一颗心装在里面了……”

“那是哄你玩的。”胡英杰捺着性子说，“日本人说到就到，放在这里危险。”

秀娘死死抓住，不肯松手：“它在哪里，我在哪里。宁可同碎，绝不分开。”

“你算什么东西？”胡英杰恼羞成怒，狠狠地推了她一把，“没有人抵得上它！”

秀娘一个踉跄，玉壶“叭”一声落在地上，碎了。

“娘希匹……我要拿到重庆去送人的，你坏了我的大事！”胡英杰看着满地的碎片，狠狠地踢了秀娘一脚，转身离去。

秀娘坐在地上，望着消失在雨中的身影，戚戚两声，空摇头，却无泪。

一个人影闪进来，身上同样穿着雨衣，水像沟壑一样往下流淌。

“又跑回来干什么？”秀娘以为是胡英杰，骂了一句，觉得不对，问道，“你是谁？”

那人嘿嘿一笑，转过身来，掀掉头上的帽子，一张白皙的脸对着她：“牙不痛了？”

“你……”秀娘发现是牙医，尖叫一声，“你？”

牙医的皮靴踏在玉壶的碎片上，格格作响：“胡英杰呢？”

“在团部……”秀娘慢慢镇定下来，“正在团部和手下们一起开会，研究如何防范日本鬼子的进攻。”

牙医狠狠打了她一个耳光，命令：“去，把他给我叫来！”

眼前的这个牙医，口音里分明有了一种凶残的日本气味，和以往的做派判若两人。秀娘同时看到，门边和门外的雨地里还有几个同样的身影。

“老罗……”她本能地朝外喊一声。

隔壁小屋里的老罗应了一声，披了件衣服，提着枪缓缓地走了过来。

刚到秀娘的房门口，看到两眼圆瞪的牙医，一句话还没来得说出口，一把尖刀插进他的喉咙。

老罗像破了的喇叭一样呜咽一声，血喷了一地，被门口的矮矬子拖进僧房，扔在秀娘的身边。

秀娘吓得张大了嘴，却喊不出声来。

“去叫胡英杰。”牙医踢了她一脚，“快点!”

矮矬子一把抓住她的手，尖刀冰凉地顶在她的腰间，一个她从未听过的声音在耳边说：“好好地走，不听话，要你的命!”

秀娘被挟持着，走出僧房，来到大殿门口，朝门里探了一下头，看到胡英杰正在对两个部下发火、骂人。

“胡英杰!”秀娘惨叫一声，“我要去死了……”

“干什么、干什么?”胡英杰直起腰来，瞪了一眼，把手上的铅笔往桌上一扔，对部下说，“我去去就来。”

大家对秀娘跑到大殿里来吵闹司空见惯，没有人注意到挽着她胳膊的人有什么异样。

胡英杰跨出门坎，秀娘一下扑到他的怀里：“要死人了……”

胡英杰搂住她，发觉她身边的人不对劲，还没来得及作出反应，那人已经贴过来了，低声威胁：“别出声，跟着走!”

矮矬子掀了一下雨衣，他的腰带上挂满了出弦的手雷，一支王八盒子顶在胡英杰的腰上。

“好……走、走……”胡英杰左右看了一眼，雨在不紧不慢地下着，大殿前空空荡荡的，平日那些来来往往的侍从此时不知跑到哪里去了。

回到僧房，看到面熟的牙医和倒在血泊中的老罗，胡英杰点着头说：“有话好说，要什么? 鸦片、宝石，还是现金?”

牙医冷冷一笑：“无名山!”

“你……”胡英杰盯着牙医那张苍白的脸，声音颤抖，“你们真是日本特工?”

“交出无名山，投降大日本帝国，免你一死。”牙医命令，“走，带我们去。”

“恐怕不行，无名山是由中央军部派宪兵把守的，我们进不去……”胡英杰镇定地朝门外看了一眼，“你们有多少人?”

“废话。”牙医拔出刀来顶住胡英杰的喉咙，“走!”

“行，我跟你们合作。”胡英杰欣然答应，手指着秀娘说，“你们把她放了……”

“胡英杰!”秀娘突然尖叫起来，“你是堂堂的国军军官，你的使命是守卫无名山，不能带他们去!”

牙医手腕一翻，尖刀插进了秀娘的肚子。

秀娘一声哀叫，扑倒在床边，鲜血喷溅在满地的玉壶碎片上。

一班的弟兄们离开八梦上路时，雷瓦寨主送给他们两头驴和一些食物。驴替他们驮着受伤的孟子越和大家的行李，行走起来利索多了。

队伍刚出寨门，背后传来一声喊叫：“等一等……”

弟兄们回头，看到少哉拉着秋的手追了上来。

杨胜利笑道：“哟，还知道来给我们送行。”

少哉却说：“我跟你们一起回去。”

张三风问秋：“舍得让他走?”

秋点头：“嗯。”

“算了吧，准你三天假，起码要让你尝到一点新婚的滋味嘛。”马驷奇大发慈悲，“三天后再归队。”

“不用。”少哉说，“我俩说好了，等这一仗打完，保住了无名山，再团聚。”

何进修看着这两个手牵在一起的年轻人，心生感慨：“只有在这个时代，才能看到这样的风景。”

少哉转身跟秋告别：“回去吧，仗一打完，我就来接你。”

“嗯。”秋点头，点得满脸都是泪花。

“走吧!”马驷奇吆喝一声，对秋说，“我们走了，带个话，多谢你父亲。”

秋扬起一只手，把少哉送进了队伍，把队伍送到了她看不见的地方。

因为有了骡子，队伍行进的速度快了许多，只用了两天两夜的时间便赶回了畹町。

“参谋长回来了!”一进入团部的大门，两个副官迎了上来，高兴地把孟子越从驴背上扶下来。

孟子越问：“团长呢?”

副官说：“刚刚让秀娘喊走了。”

“我去叫团长。”没等参谋长下命令，少哉已经往僧房那边跑了过去。他发现，寺院里出奇地安静，几个身穿雨衣的人背对着他，警觉地站在僧房附近。

他们是从哪里来?我怎么没见过……少哉脑袋里的问号还没转完，脚已经跨进了僧房的门槛。

门后，一只手伸出来将他拖了进去，顺便缴了他的枪。

“你们是谁?”少哉踉跄了两步，站住脚，被眼前的景象惊呆了。老罗和秀娘倒在血泊中，团长胡英杰被一支枪逼在墙角，一个熟悉的声音在耳边响起：“你回来了?”

少哉回头，看到牙医。

仇人相见，分外眼红。少哉却故意大声惊叫：“啊呀，原来是你呀，秀娘牙痛，让我到处找，你跑到哪里去了?”

牙医阴阴地笑道：“你不是说我不会看牙吗?”

“笑话，你不会看牙，还有谁会啊?”少哉装模作样，左顾右盼，努力让自己镇定下来，“秀娘说，只要一见到你，她的牙痛就好了一半。”

“不会再痛了。”牙医指着血泊中的秀娘，“看见了吗，我随时可以让你们下地狱!”

“这是干什么呢?为一个女人大动干戈，值吗?”少哉俨然成了一个局外的评判者，“她是个好人啊，评弹唱得那么好，一开口催人泪下……”

他又瞟了一眼胡英杰：“我们团长平生最爱的是评弹，当初他听到秀娘的琴声，如遇知音啊……”

被逼在角落的胡英杰挣扎了一下，扭头问道：“黄救国，你们都回来了?”

“团长，我们都回来了，参谋长也回来了。杜聿明军长亲自下令，要我们一定守住无名山。”说到此处，少哉的声音越来越大，“杜军长说了，我们第五军所到之处，战无不胜，决不会让日本鬼子前进一步……”

“混蛋!”牙医一个耳光甩了过来，“你带人捣毁了我的据点，这笔账，还没跟你算!”

少哉站稳脚跟，擦去鼻孔里流出的鲜血，毫不示弱地喊道：“你们侵略中国，杀我同胞，这笔账也还没算!”

胡英杰在一旁绝望地问：“杜军长到什么地方了?”

“马上到畹町。”少哉吐了一口血水，冲着胡英杰喊道，“团长，我们是第五军的135团，不能有辱于使命……”

“八格!”矮矬子抽出尖刀，朝着少哉的胸脯扎了过来。

“慢。”牙医拦住矮矬子，回头问少哉，“你骗人，杜聿明的队伍溃不成军，逃到缅甸的野人山去了。”

“声东击西，兵不厌诈，中国的兵法所在。”少哉镇定地说，“转移到野人山的，不过是一些无法随队的伤病员而已。”

“你说的是实话?”牙医用枪指着少哉的脑袋。

少哉回答:“当然。”

“第五军到了什么地方?”

“先头部队已经到了九谷桥。”

“你敢骗我!”牙医举起枪柄,狠狠地砸在少哉的额头上,嚓的一声,血顺着他的耳朵流了下来。

杨胜利一走进寺院,就嗅出里面的味道不对。

他对何进修说:“有生人气。”

何进修吸了吸鼻子,似乎也闻到异味:“我们走了这么久,有生人也正常。”

“卵屎……”杨胜利左右顾盼,“怎么这样安静?”

何进修回头,四下察看,寺院里确实静得出奇。远远地,他看到秀娘的僧房那边立着几个身穿雨衣、遮头掩面的人影,顿觉异常:“黄救国呢,怎么还没回来?”

“我去看看。”杨胜利把冲锋枪拉到胸前,推上子弹。

杨胜利有杨胜利的精明,他没有直接走过去,而是弯下腰,绕过一排冬青树,从另一侧靠近僧房。他看到,那几个身穿雨衣的人影,站立的姿势和持枪的状态和135团的弟兄完全不一样。

他停住脚步,捡起一块小石头,悄悄地扔了过去。

“叭”一声,石头落地,那几个人影嗖地转过身来,瞬间作出了射击和搏斗的准备。

杨胜利看清楚了,那是几个完全陌生的面孔,每一双眼睛都闪着凶残的光束。

他无声地退回到大殿门口,紧张地对何进修说:“有情况……”

何进修一惊:“看到什么?”

“陌生人,拿着枪守在秀娘的房门外,团长和黄救国好像是被他们扣了。”

何进修会意,跑到孟子越耳边说了些什么。

孟子越点了点头。

何进修朝大殿里一挥手,低声喝道:“操家伙!”

一班的弟兄和团部的几个参谋、副官抓起武器,跟着他冲出了大门。

“走!”

僧房里，牙医吆喝一声，将胡英杰拉过来，把两颗手雷挂在他的脖子上："带我们去无名山，敢要花招，要你的命。"

胡英杰看到自己胸前吊着两个甩甩的铁家伙，两条腿不由自主地颤抖起来。

倒在地上的少哉睁开眼睛，挣扎着爬起来大喊："团长，你是在杜军长面前立下过军令状的，无名山比我们的性命重要一千倍，不能带他们去！"

牙医恼怒地抽出尖刀，转身朝少哉逼了过来。

"哒哒哒哒……"外面的枪响了，一排子弹扫射过来，何进修带着弟兄们冲到了僧房的门外不远的地方。

两个身穿雨衣的人影骤然倒地，其他人退进了僧房，蹲在门边开枪还击。

"八格……"牙医狠狠地咒骂了一声，扔下少哉，一把拧住胡英杰，将他推到门口，外面枪声停止了。

躺在血泊中的秀娘动了一下，睁开眼睛，看到了少哉，脸上闪出一丝欣慰的微笑。

少哉用眼神示意，让她别动。

秀娘却支起身子，一只手到床头，摸出了一把手枪。

那是刚到畹町后不久，胡英杰送给她的一支勃朗宁。偶尔间，秀娘也会拿出那精巧的小玩意儿来，找个没人的山野，有模有样地比划几下，把几粒子弹打到草丛里去。

僧房门口，牙医用枪顶住胡英杰的后脑勺："叫他们退下去，让开一条道给我们走！"

"弟兄们……别开枪，我是团长。"胡英杰站在门口，扬起胳膊喊道，"让开一条道，让他们出去……"

外面静了片刻，何进修回话："团长，我们和参谋长都回来了。他们是什么人？"

胡英杰回头看着牙医，牙医点头。

胡英杰说："他们是牙医的人。"

"我知道了。"何进修喊道，"牙医，我们打过交道的。上一回侥幸，让你逃了。现在，你已经被我们包围，把我们团长和我们的弟兄放出来，留你一条性命……"

牙医的枪口往胡英杰背上一戳："叫他们让开！"

胡英杰喊道："我命令你们退下去，让他们走！"

"不能让他们走！"头部受伤的少哉从地上爬起来，不顾一切地冲了上去，死死地抓住胡英杰的一条胳膊，“团长，不能让他们走，你这是投降敌寇……”

牙医再次抽出尖刀，插向少哉的胸脯。

床边，秀娘举起了手中的勃朗宁，一声枪响，子弹挟着一股怨气和怒火，从牙医肩膀上擦了过去。

牙医转身，尖刀飞了过来，插进了秀娘的脖子。

胡英杰突然挣脱身后的掣肘，不顾一切地往前奔跑而去。

僧房里枪响了，子弹穿胸而过，胡英杰的一只手还没来得及伸出去，便扑倒在地上。紧接着，挂在他脖子上的手雷响了，“轰、轰”两声巨响，断臂残肢飞上了天。

杨胜利瞄准牙医，扣动了扳机。

何进修和弟兄们一齐开火。

“哒哒哒哒……”枪声响了很久，寺院里一片血腥。

牙医及其同伙无一漏网。

第四十六章　断　桥

马驷奇没有和弟兄们一起回到团部，通过九谷桥的时候，孟子越把炸毁九谷河大桥的使命交给了他。

这是一座被敌机炸毁后又修复的水泥桥，修复处还搭着钢架，大批溃退的士兵和难民把桥面塞得水泄不通。孟子越叮嘱：“尽量让我们的人多过来，同时一定要在敌人到达之前，将桥彻底炸毁。”

“又要撒尿又要系裤子，哪有那么容易呀？”马驷奇骂骂咧咧地跑到工兵排，看到三十多人的队伍只剩下七八个游兵剩勇，东倒西歪地在帐篷里睡觉。

他喊了一声排长的名字，骂道：“死哪里去了？”

当兵的答道：“养了个女人，生孩子了。”

马驷奇看了一眼肮脏不堪的帐篷，狠狠地啐了一口，吆喝：“都起来，跟我走！”

躺在角落里的副排长支起身子：“马连长，稀客呀，怎么记起我们来了，是不是想摇两把？”

“去你妈的，什么时辰了，还说怪话？”马驷奇往外一指，“快点，扛炸药，跟我去炸桥。”

副排长伸长脖子质疑：“您是一连的连长，我们工兵排好像不归您管吧？”

“这是参谋长的命令。”马驷奇喊起来，“情况紧急，他让我来督导你们执行！”

副排长仍不买账：“马连长，搬炸药炸桥可不是一件小事，光凭你一句话，办不到。”

“日本人打过来了你们知不知道？”马驷奇踢开滚到脚边的酒瓶子，“再不动，你们他妈的就全完蛋了！”

“别吓唬人了，不是十万大军都开过去了吗？转眼间就完蛋了？”这些人窝在这个地方，一时还不知道局势的严峻，七嘴八舌地与马驷奇矫情。

马驷奇一两句话没法跟他们讲清楚，急得掏出枪来推上子弹，逼着副排长：“跟我走！”

副排长歪着头：“你敢开枪？”

马驷奇忍无可忍，朝着他的脚下“砰、砰”开了两枪：“谁不服，老子先斩后奏。”

副排长吓得跳了起来：“马连长，我们不过是开个玩笑……”

他朝弟兄喊道：“听马连长的，走吧。”

七八个人懒懒散散地起身，伸着懒腰走出帐篷，拉开旁边的一块油布，炸药箱露了出来。

一辆三吨的卡车开过来，副排长问道：“拉多少？”

马驷奇也不清楚炸掉九谷桥需要多少炸药：“越多越好。”

工兵们懒洋洋地往车上搬炸药，还不到半车，就关上了车斗。

马驷奇问：“够不够？”

副排长说：“差不多。”

马驷奇挥手：“走！”

上车之前，副排长朝身边一个老兵使了个眼色：“去，把排长和其他弟兄们都找回来。”

老兵会意，转身离去。

车到桥头，几个工兵刚把炸药卸下，他们的排长到了，身后还跟着十来个工兵。

“马连长，是你命令炸桥的吗？”工兵排长仗着人多势众，不把马驷奇放在眼里。

马驷奇说："参谋长的命令。"

"炸桥不是小事，没有团长的命令，不能动手。"工兵排长吆喝他的属下，"把炸药装上车，拖回去。"

马驷奇一看工兵排长身后的架势，不敢来硬的了，放下身段说："日本人说到就到，冲过来你们都跑不掉。参谋长说了，这是我们的国门，炸了桥才能挡住敌人。"

"你说了不算。"工兵排长双手叉腰，一副完全不把马驷奇放在眼里的神情，"我们直属团长领导，至少要看到团长的手令。"

"手令到……"正僵持中，头上缠着绷带的少哉冲下桥头，手里举着一张纸条，上气不接下气地说，"团长已经死了，这是参谋长的手令，命令你们马上安放炸药，在日本人过桥之前，炸桥。"

工兵排长看到手令，无话可说了。

马驷奇惊讶不已："团长死了？"

少哉说："牙医带人偷袭团部，团长被打死了。"

"我早就说过，那不是个好东西！"马驷奇跺脚，"什么牙疼，都是那个娘们害的！"

"秀娘也死了。"少哉悲伤地说，"他们逼着团长带路去夺无名山，秀娘竭力制止，死在牙医的手下。"

"快装炸药啊，还愣着干什么？"马驷奇直起头来，朝工兵排长骂道，"养女人都养得不知道自己是谁了！"

工兵排长丧气地挥手："装！"

少哉对马驷奇说："参谋长交代，尽可能让我们自己的人都回来，但是，绝对不能让一个日本鬼子过桥。"

马驷奇瞪眼："屁话，小鬼子跟我们长得一个模样，你认得出来谁是小鬼子？"

"我去观察。"少哉做了个手势，"一发现日本人，我给您发信号，您下令炸桥。"

"行啊，误了事，杀你的头。"马驷奇回头催促工兵排长，"动作快点！"

少哉从九谷桥的北头跑到南岸，站在靠缅甸一边的桥头上，瞪大了眼睛看着蜂拥而至的人流，在溃退的士兵和逃难的民众中辨认日本人。

正如马驷奇所说，日本人和中国人长得一个模样，怎么能认出他们？少哉注意地察看着每一个通过桥面的人，有时候，他觉得挤过桥面的没有一个像日本人，有时候又觉得每个人都像日本人。他紧张得难以自制，手脚发麻，眼皮跳个不停。

眼皮跳动，不是好兆头。尤其是看到狼狈的溃兵和无序的难民挤成一团，塞在桥上动弹不得，他更是着急，站在栏杆上大声呼喊：“大家要有秩序地撤退，不要拥挤……像你们这般混乱，谁也过不去……”

没有人理会他的呼喊，挤到桥上的人越来越多。如果有化装的日本特工混迹于中，不但难以发现，而且无法阻挡。

他忽然记起了何进修的话：看人看眼睛。日本人的眼神警醒、贼亮、杀气腾腾；而我们的人则目光惊慌、晦暗、六神无主。

于是，他注意地察看每个人的眼睛，结果丧气地发现，看到的都是一些惊慌、晦暗、六神无主的目光，竟然没有一双警醒、贼亮、杀气腾腾的眼睛！

一架涂着膏药旗的飞机呜呜地飞临上空，飞过九谷桥，逛风景似的在空中盘旋着，既不扫射，也未投弹。看到桥上挤满了人，像老鹰抓小鸡似的俯冲下来，吓得桥上乱成了一锅粥，不少人被挤倒、被践踏，甚至被挤出栏杆，落入河中。

“不要挤，不要乱，一个跟着一个走……”少哉俨然成了个维持秩序的警察，声嘶力竭地呼喊着，指挥大家有序地通过九谷桥。

几经周折，工兵排好不容易将炸药安放到桥下，马驷奇稍稍松了一口气，坐在桥边擦了一把汗，点着了烟。

一辆道奇卡车从公路上逆行而来，车斗上站着十几个身着土灰色服装的军人，一看就知道他们是云南省地方上的队伍，一个个横七竖八地背着枪，一只只胳膊架在车架上，朝公路上的人潮拼命摇晃：“让道、让道……”

车到桥头，把涌动的人潮堵得无法动弹，九谷桥像要坍塌似的摇晃起来。

马驷奇扔了烟头冲上桥去，拍着驾驶室的门喊道：“后退，别把道堵死了！”

驾驶室里坐着一个肩扛着两杠三星的军官，他跳下车来，看了马驷奇一眼，毫不客气地支使：“叫他们闪开，让我过去！”

马驷奇反问：“这种时候，你们还过去干什么？”

那军官根本不把马驷奇放在眼里：“老子们的一批货压在那边，丢了你赔得起？”

马驷奇冷笑：“兵败如山倒，你的车开不过去，赶快让开，别挡着道！”

“谁挡谁的道了？给老子滚到一边去。”地方上的队伍习惯于占山为王、横行霸道，他推开马驷奇，掏出枪，爬到车头上大声吆喝：“闪开，让我们过去!”

桥面上，人潮越涌越多，没有人理会他的吆喝。

他回到车上，气势汹汹地朝自己的部下一挥手：“下来，上刺刀，给我在前面捅出一条路来!”

车上的士兵跳了下来，把刺刀套上枪口，站成一排，挺着刺刀吆喝：“让开、让开……”

那些溃兵也是有刀有枪的人，到缅甸跑了一遭，死里逃生好不容易回到家门口还被人这样堵在这里，哪能咽得下这口气？他们不服，操起枪来反呛：“你他妈的让开，让老子们逃命……”

双方僵持不下，桥彻底被堵死了。

溃兵中有人指着卡车喊道：“把它掀到河里去!”

“掀到河里去……”溃兵们拥了上来，喊起“一、二、三”的号子，一齐动手，把卡车往桥下掀。

“不准动……”那灰衣军官“叭”的一声对空鸣枪，横在众人面前吼道，“谁敢掀，我打死谁!”

溃兵们往后退了两步，一个个也亮出了枪，推上了子弹，气氛骤然紧张。

“他妈的，活得不耐烦了？老子要炸桥了!”马驷奇挺身而出，正要去制止这场火拼，溃兵中一杆枪走火，子弹击中一个身穿灰布军装的士兵。

“打死他们!”那军官喊了一声。

“打死他们……”桥上的溃兵也喊起来。

“叭叭叭……”枪声在九谷河畔骤然响起，一场火拼，霎时间两边都有数人倒在血泊中。

暮色降临，潮气从河谷中缓缓升起，迷茫了奔流的河水，迷茫了横亘的九谷桥，迷茫了蝼蚁般的人潮。一场自相残杀过去不到半分钟，混乱的脚步便从尸体横卧的桥面上踏过去了。

在缅甸的一侧，离九谷桥不远的地方，一支暗械潜行的队伍顺着山边的小道插了下来，低着头刷刷刷地向前挺进。

这是一支日军的先遣队，他们没有化装，照样身穿他们的军装，手持他们的武器，快速地扑向九谷桥。

骤然响起的枪声在暮色苍茫的峡谷中引起一连串巨大的回响，吓得公路上的溃兵和难民四处逃窜，同时也扯断了这帮日本士兵内心紧绷的神经之弦。

先遣队的指挥官并不知道，此时桥那一头上演的是一幕自相残杀的悲剧。他凭着军人的直觉，以为是有人暴露目标，或者是前来接应的人出了问题。经过半秒钟思考和犹豫之后，下令先遣队发起冲锋。

少哉站在桥头的栏杆上，本能地回头看了一眼，一种异样的感觉跳入眼帘。他看到了一支首尾呼应、疾速行进、暗藏杀机的队伍，他们都低着头，藏着脸，疾脚疾手的姿态，与溃退的士兵和难民截然不同。

“日本人!”少哉本能地喊了一声，虽然还没看到他们的眼睛，绝对可以断定，这是一支训练有素的突击队。

少哉一边按照与马驷奇约定的信号打手势，一边高喊：“鬼子来了……”

桥的北头一片混乱，根本看不到马驷奇的身影，也无人理会少哉的呼喊声。眼看那支队伍离桥头很近了，少哉已经顾不得许多了，跳下栏杆，举起枪朝他们射击。

“哒哒哒哒……”冲锋枪里的二十七发子弹在瞬间全部射出，漂亮的曳光在暮色中划过，像彩虹一样一闪即逝。

枪响的那一刻，日军突击队刷地全部卧倒在地。他们等待了大约十秒钟，指挥官一挥手，飞蝗般的弹雨扫射到桥面，将无处逃避的溃兵成片地射杀。

少哉伏在桥面上，听着凶猛的枪弹带着啸音从头顶掠过，看到自己的弟兄倒下来，一时不知如何是好。他的旁边，几个活着的溃兵趴在地上，一个个瞪着眼睛看着他，张皇的目光里充满了期待。

“我们手里也有枪，不要白白等死……”少哉朝他们喊了一声，换了一个弹匣，招呼他们一起反击。

溃兵有战场经验，他们拖过几具自己弟兄的尸首垒成一道人肉工事，在尸体上架起枪来还击。

少哉不再扣着扳机不放，而是扣一下停一下，和那些溃兵组成了一道火网，顶住了日军突击队往桥上的冲击。

“弟兄们，你们是哪部分的?”射击的间隙，少哉询问道。

“六十六军。”一个溃兵回答，“你呢?”

“第五军。”

“不是说你们全军覆没在野人山了吗?”

“没有。”少哉说，“我们是中国的王牌，怎么会全军覆没?”

溃兵们信以为真：“老子们六十六军也不是吃素的。”

少哉的胆子也壮起来了，对身后那些趴在地上装死的溃兵们喊道：“弟兄们，操起枪来呀，打日本鬼子……”

又有一些溃兵爬过来，架起枪，火力逐渐强大起来。

敌人退下去了，桥面上出现了短暂的安静。

突然，贴着地面传来一阵叽叽嘎嘎的声音，两辆涂着膏药旗的坦克顺着公路一前一后地开了过来。

少哉抬头一看，前面一辆坦克上翘着的炮筒平下来了，炮口正好对准了他的眼睛。

他没来得及躲避，清楚地看到炮口喷出了火光，轰的一声，炮弹飞了过来，将他们用尸体垒起的肉墙轰上了天。

那一刻，少哉以为自己死定了，直到飞起的尸体落下来砸在他的身上，才想起了自己的使命。

“炸桥、快炸桥……”他在心里呼喊着，突然一跃而起，在布满尸体的桥面上往回飞奔，“连长，炸桥……”

南岸的激战震惊了马驷奇，他一时不知发生了什么事情，正翘首观看，只看黄救国一身烟火地冲了过来，朝他挥着手嚎叫：“快炸桥……”

“炸桥！”马驷奇朝工兵排长挥手下令。

工兵排长指着一个大个子工兵说：“你去！”

安放起爆器的地方离他们在桥头所站的位置大约有十几步的距离，大个子工兵转身刚跑了几步，南岸一排子弹射过来，大个子工兵骤然倒下。

“上……”马驷奇趴倒在地，着急地喊，“快点！”

又一个工兵冲过去，同样被击毙在这短短的十几步之中。

“上……”马驷奇边喊边挥手，工兵排的人一个个缩着头，没有人回应。他用枪指着副排长：“上！”

副排长刚一转身，一颗子弹击中了他的胸膛，倒在坡下。

少哉冲到马驷奇跟前质问：“连长，敌人的坦克过来了，为什么还不炸桥？”

“他们是一伙笨蛋！”马驷奇正急得跳脚，火冒三丈地喊声道，“有能耐，你去吧。”

少哉一愣：“去就去……”

他转身跑了几步，一脚踩空，重重地摔在地上。

一排子弹射过来，在离他的头不远的地方溅起了一串泥土。

他躲过一劫，抬起头来，抹了一把满脸的泥土，顺着坡打了个滚，滚到起爆器旁。正要下手时，却不知道该按哪个地方，扭头问道：“压哪里？”

日军的先遣队已经冲上桥面，他们手上的枪像一条条火蛇在暮色中飞窜，桥面上的人几乎被他们射杀殆尽。

马驷奇推了一把趴身边的工兵排长："压什么地方？"

工兵排长说："红的。"

"红的……"马驷奇的声音被激烈的枪声压住，整座桥就要落入敌军之手。

没有时间犹豫了，少哉腾起身体，整个人扑了上去，狠狠地压在起爆装置上。

一团橙色的火球从桥面上升腾而起，耀眼的弧光和迸发的火焰瞬间将天空映得鲜红，震天动地的爆炸声在九谷河上久久回荡。

第四十七章　月　光

半个月亮升起来，蓝光映照着毫无生气的九谷河。

河水泛着惨淡的白光无声地流过，残破的桥面上到处都是死者的尸体。

由于安放炸药的当量不够，九谷桥只是被炸毁了刚修复的那一半桥面，冲在前面的那辆日军坦克来不及收住履带，像块石头似的从残破的桥面掉了下去。另一辆坦克刹住车，暂时止步。

日军停止了进攻。

夜幕下，九谷河两岸沉浸在一片可怕的宁静之中。

孟子越躺在担架上，由两个士兵抬着他巡视阵地，布置防卫。他将全团剩下不足五百人的兵力集合起来，安排了三道防线。一道在九谷河北岸，防守尚未被完全炸毁的九谷桥；第二道在畹町，把守已经被炮火炸成废墟的三角街；第三道在佛门，那是守卫无名山的最后关口。

对岸日军三千，还有多辆坦克和钢炮，双方兵力悬殊巨大。

看到路边全是溃散的游兵剩勇，孟子越把马驷奇叫过来："想办法去把那些士兵集中起来，编入我们的队伍。"

马驷奇领命来到一班，对弟兄们说："参谋长让你们去把那些散兵收拢来，和我们一起防守阵地。"

"没问题。"少哉信心满满地说，"他们也是中国军人，抗击日寇是我们共同的职责。"

他和一班的弟兄们来到公路上，对蜷缩在路边、林子里的散兵们喊道：

“弟兄们，我们是第五军135团的，是杜聿明军长手下的队伍。我们的任务是防卫无名山，保证我们的武器弹药和重要物资不会落到敌人手上，这是我们战胜日本帝国主义、取得抗战最后胜利的保证……”

那些从缅甸战场和热带丛林中逃回来的士兵，一直笼罩在死亡的恐惧之中，他们只想逃命，没有一个人动弹。

“我们在缅甸的失败是暂时的，要相信反法西斯战争一定能够取得最后胜利。现在，我们要在九谷河边筑起一道坚固的防线，不让敌人跨越半步。因此希望你们加入到我们的队伍中来，一起抗击对岸的这帮日本强盗……”

少哉在路边呼过来、喊过去，溃兵们不但不听，反而咒骂：“滚，老子们好久没有睡一个安稳觉，别在这里乱嚷嚷！”

少哉非常失望，转身对一班的弟兄们生气：“你们也开口啊，别在一旁看热闹。”

却见杨胜利掏出一个铁盒罐头，咔哒一声撬开盒盖，从里面拿出几片牛肉，自己先吃一块，又递了一块给少哉：“肚子饿了吧，吃两口再喊。”

少哉生气地把罐头推到一边：“什么时候了，还嘴馋！”

“他不吃，我们吃！”杨胜利哼了一声，把牛肉片分给何进修、张三风、李抗战和其他弟兄。

月光清清，牛肉罐头在淡淡的夜色中散发着香味。杨胜利的嘴巴故意吧嗒得叭叭作响，那些疲劳、饥饿至极的散兵们刹那间两眼放光，一个个盯着他手上拿着的东西。

有人开口问：“喂，你们吃的什么？”

“牛肉罐头，美国货！”杨胜利得意洋洋地说，“我们团守的是一座金山，里面吃的、喝的、枪炮弹药什么都有。只要到我们队伍中来，和我们一起守住这座山，保证你们有吃不完的美国罐头、喝不完的法国酒，还有吕宋岛的香烟……”

杨胜利一鼓噪，马上有几个溃兵跑过来：“是真是假？”

“当然是真的。”杨胜利抓出一片肉塞到他们嘴里，“尝尝，我们都吃得不爱吃了……”

几个溃兵吃了直嚷嚷：“好吃、好吃，再来一块……”

这叫什么手段？少哉在一旁气得直瞪眼。

杨胜利装作没看见，继续吹嘘：“不但有好吃的、好喝的，打了胜仗还给你们娶老婆……”

溃兵问：“打死了怎么办？”

张三风说：“打死了算你倒霉，打不死是你的命大，谁能保证娶了媳妇还生儿啊?”

何进修也开腔了:“弟兄们，如果顶不住日本人，跑到哪里也是死路一条。”

溃兵们都围过来了，杨胜利举着牛肉罐头说:“想留下来的，跟我们走。”

没想到他这办法真奏效，跑了几个来回，他们将两百多个溃兵带到了孟子越的面前。

孟子越非常高兴，连忙让人清点人数，准备将他们分派到各个阵地上。

一辆满身泥污的吉普车开了过来，车上的人喝问:“你们是哪部分的?”

少哉站起来回答:“第五军135团。”

一个当官的跳下来:“团长呢?”

少哉说:“团长殉国了，参谋长在。”

当官的命令:“带我去见他。”

看那不可一世的模样，少哉斗胆问道:“请问您是……”

“我是新编第六十六军的军长张轸。”随后，他骂了句脏话，“啰嗦什么，快点带路!”

少哉看了一眼何进修，何进修点头。

少哉带着他们爬上山头，在掩体边找到了孟子越:“报告参谋长，有位长官要见你。”

孟子越问:“哪部分的?”

少哉小声说:“六十六军的张军长。”

话音未落，张轸已经跳下了掩体:“谁是这里的指挥官?”

孟子越在担架上支起身子:“报告张军长，第五军135团参谋长孟子越向您报到……”

“我知道。”张轸生气地指着山坡上坐着的那些散兵问，“是谁让你把他们收编到这里来的?”

孟子越说:“张军长，我们奉命守卫无名山。可眼下兵力不足，看到路上那些溃退的散兵，准备将他们收编起来投入战斗。”

“那都是我的人马!”张轸吼叫道，“老子还没死呢，你们就开始收编了?”

“对不起，张军长，我们并不知道他们是哪部分的。”孟子越说，“如果是您的人，我们当然不敢造次。”

张轸问:“听说你们有得是吃的?”

孟子越看了少哉一眼："报告张军长，马上就是一场恶仗，我们尽可能让弟兄们吃饱肚子。"

"是啊，你们能吃饱肚子，可我们已经饿了十几天，还没有见过人吃的东西。"张轸挥了挥手说，"有些什么东西，快给我搬一些过来。"

孟子越说："没问题，张军长，您需要些什么东西，请把清单和手续交给我，我们尽快为您效劳。"

"扯淡，什么清单不清单的，把工事撤了，把路让开！"张轸指着刚修好不久的佛门工事骂道，"什么时候了，还要什么手续？让我的人进去搬就得了。"

"张军长，那是国库，不管什么时候，手续是不能少的。"孟子越耐心地解释，"即使让您进去了，他们也不会给。"

"敢？"张轸拔出枪来，"老子毙了他！"

"张军长。"孟子越加重了语气，"大敌当前，一场恶战迫在眉睫，这是守卫无名山的最后一道防线，我不能扒工事，也不能让生人随意进入无名山。"

"混蛋，你一个小小的团参谋长竟敢挡住我的去路，找死啊！"张轸哗啦一声推上子弹，"老子先斩后奏，杀了你这狗入的！"

一见这架势，孟子越身后的人马也哗啦一声亮出了枪。

"放下！"孟子越回头大声喝令自己的弟兄，"干什么？在敌人的面前自相残杀吗？"

他支撑着身子，艰难地举起手来，向张轸敬礼："报告张军长，我是奉杜聿明杜副总司令的命令，从前线赶回来守卫无名山的。杜司令亲自给我交代，无名山里的物资比我们的生命还重要，不能有一丝一毫的闪失和懈怠，还请张军长谅解。"

"杜聿明在哪里？老子们在路上跑了十几天，肠子都饿断了，让我们进去弄点吃的也不行吗？"张轸的口气软了，"你也是从缅甸回来的，知道那是个什么鬼地方……"

孟子越看着张轸，理解他此刻的心情，回头命令道："马连长，去把我们现有的食物全部拿出来，送给张军长。"

马驷奇奉命而去。

孟子越示意身边的弟兄将水壶递给张轸："张军长，您辛苦了。"

张轸接过水壶，仰起脖子咕噜了两口，擦着嘴角流出的水，把一肚子怨气发了出来："他妈的，老子一辈子没打过这么窝囊的仗……出去的时候风风光光，回来的时候人马丢了大半，怎么有脸回去见江东父老？"

孟子越说："我奉命回撤时，杜军长身患回归热，高烧不退，生命垂危，也不知他们现在到了什么地方……"

"杜聿明得了回归热?"张轸惊叹，"那个病要人的命，我手下的几百个弟兄就死于这个病……孟参谋长，替我向他表达问候，中国不能没有他这样的军人……"

"是，我一定转告!"孟子越关切地问道，"张军长，你们撤退到什么地方?"

"一说保山，二说腾冲，谁知道呢?"张军长叹息，"已经溃不成军了，退到哪里算哪里吧……"

"张军长，无名山里存放着国家和前线急需的大量物资和武器装备，它关系到党国的生死存亡。现在，我们团只剩下不足四百人的兵力，实在力不从心。请张军长以党国大计为重，留下您的队伍，由您来统一指挥，保卫无名山。"

孟子越说罢，伏地请求："请张军长权衡。"

少哉和弟兄们一齐跪下："请张军长留下……"

"起来、起来……"张轸把孟子越扶起来，又对大家招呼道，"弟兄们请起来、请起来……"

月光下的无名山一片静穆。

张轸抬头仰望，凝视了片刻，缓缓地摇着头说："不是我不愿意留下来，蒋委员长命令我们退到保山一线布防，军令难违呀……"

"报告张军长，无名山保不住，整个防线难以支撑。"少哉忍不住挺身而出，冒昧地喊道，"保住了无名山，就保住了我军最大的实力，请您三思。"

张轸嘿嘿一笑，拍着孟子越的肩膀说："你有这样的兵，守住这座山不成问题，你们不会辜负杜司令一片期望。"

马驷奇带着人将拖过来的食物装上了张轸的吉普车。

张轸把手伸向孟子越："谢谢你，如果我的命大，将来见到蒋委员长，一定会为你请功。"

孟子越拱手："张军长，一路保重。"

张轸转身朝山坡上的那些散兵吆喝道："六十六军的，跟老子走!"

那些散兵一声"哦嗬"，大部分随之而去。

马驷奇骂道："偷鸡不成，反蚀一把米。"

孟子越看着张轸一行远去的身影，感慨地说："能帮他拉拢起一支队伍，也算不错。"

四周死一般的寂静，剩下半个月亮挂在山头上。

弟兄们都睡着了，只有李抗战独自坐在阵地的一角，扒开身上的衣服，在肚皮和大腿上写信：

妈妈，我快要死了，这是我留在自己身上的笔迹，是给您的最后一封信……

李抗战一直在写信，没有纸了，他便写在自己的内衣上。内衣上写满了，便往自己的身体上写。

钢笔里面已经没有墨水了，笔尖划破皮肉，渗出了一个个淡红的字迹：

妈妈，一场面对面的厮杀在所难免，当我看到您的同胞端着枪冲上来的时候，我不知道怎么瞄准他们，怎么扣动手里的扳机……

李抗战的母亲是日本人，直到现在，他都无法接受这个事实。他曾经一千次一万次地对天呼号：妈妈，你为什么是日本人？

李抗战从小有夜惊症，天一黑就怕，哭闹得四邻不安。只有妈妈将他紧紧地抱在怀里，轻轻地哼唱：依嘛米呀苏噜咚咚，达嘎西莫米噫呀……

没有人听得懂妈妈唱的什么，可是他能听懂，他是在妈妈的歌声和摇篮中长大的。到了上学的时候，他是个听话的学生，成绩和品行一点也不比别人差。可是突然间，学校和街道上的人都对他翻白眼，有的甚至把口水吐到他的身上，他成了人们的眼中钉。

一贯懦弱的父亲也变得凶狠起来，经常毫不留情地斥责妈妈，并且举起捏惯了粉笔的手抽打妈妈的脸。他开始害怕了，害怕父亲那只枯柴般的手，害怕同学们仇视的目光。白天，他不敢外出，不敢抬头。晚上，独自一人躲在角落里，不停地追问自己：我的母亲为什么是日本人？

终于有一天，他鼓起勇气询问父亲。

父亲只是叹息：“一切是命中注定……”

李抗战的父亲年轻时在张之洞办的汉口辅仁学堂读书，后来，那地方成了日本国的租界，于是有不少日本人的子女也到那个学校上学。

其实那是一段美丽的姻缘，一个异国女子爱上了一个文静的中国青年，女子大胆的表白让青年措手不及又意外惊喜。虽然有人说与倭寇结亲，终是祸患，但那时候日中并未开战，租界里的日本人过的也是规规矩矩的体面生活。

那是个思想刚刚开放的年代，渴望自由的叛逆精神鼓励着他们去追求冒险的快感与幸福生活。他们终于结合了，还一起去了一趟日本，游览了古老而繁华的神户。那里山清水秀，樱花灿烂，渔歌婉转……第二年，他们有了自己的儿子。

让这对年轻人没有想到的是，局势变得一天比一天险恶。日本人占领了东北，又在山东半岛，在天津、上海、汉口的租界里搞了很多摩擦，引起了中国人的愤怒。个性刚烈的汉口人更是嫉恶如仇，看到日本人就骂娘、吐口水，甚至找茬动手，闹得那些日本侨民呆不住了。

日本政府认定无名排日活动升级，一边积极增兵备战，一边着手撤侨。很快，日军第十一舰队的“吴竹”号和“小鹰”号两艘军舰抵达汉口，做好了进攻武汉军事目标的准备，同时，也将侨民往天津和上海方向撤离。

李抗战的母亲面临着两难的选择。

一天深夜，他听到父母在床头的对话。

父亲说：回去吧，这不是你一个人的事，中国人容不得你们。

可是我已经嫁给了你。母亲嘤嘤地哭泣：我离不开你，离不开我的儿子。

父亲顿时生气，又扬起了手：你不走，只有死！

第二天，父亲把母亲送走了，家里的阁楼一下空荡了许多。

李抗战呆坐在母亲的床上，吮吸着她留下的那一丝气息，心里比阁楼还空荡得可怕。

父亲回来后，像个丢了魂的影子一样进进出出，嘴里还不停地问：她走了没有、走了没有……

晚上，母亲突然回来了，扔下包袱就把李抗战搂在怀里痛哭：我死也不走了！

“小鹰”号开离了汉口港，带走了最后一批日本侨民，李抗战的母亲却在军舰起锚的最后关头，从栈桥上跳了下来。

父亲生气、跺脚，辱骂自己最心爱的女人是个蠢货。

恐惧的日子来临了，不断地有人把石头扔到他家的屋顶上，每天都有人指着他们家的阁楼叫骂：“日本婆娘，滚出来……”

只要是中日的战局一有变化，只要有消息说日本人又打到什么地方了，马上就有人聚集在他家门口，喊口号、骂娘、扔石头……人们把所有的愤怒都集中到这个无辜的女人头上。

日军攻陷南京的那一天，街坊邻里包围了他们家的阁楼，向她讨还血债。母亲躲进衣橱的一角，吓得瑟瑟发抖。父亲站在窗前喊道：“日本侵略中国，是日本帝国主义的罪过，跟一个妇人无关。她嫁鸡随鸡，已经是中国人了……”

怒气冲天的众人哪里听得进这样的呼喊，石头飞来，砸破了父亲的头。

眼看一家人遭殃，母亲决定走。

那天夜里，也是半个月亮挂在天上。母亲穿起了和服，化上了浓妆，她提着一个小包袱离开家门的时候，哭得像个打湿的纸人。

淡淡的清光下，四周是一片可怕的寂静。母亲朝儿子轻轻一笑，留下最后一句话：记得给我写信。

天亮后，他惶恐不安地来到学校，看着老师写在黑板上的字，眼前尽是母亲的影子。

父亲突然跑来了，拉起他的手往外跑，边跑边说：你妈死了。

那时候，他已经不知道什么叫做哭，只是跟着父亲跑到四宫殿码头，跑到龙王矶上。

妈妈的衣服没有了，妈妈的浓妆没有了，只有一摊被石头砸成的肉泥，一架砸得变了形的骨头。

那一瞬间，他觉得自己被劈成了两半，肠子、肚子翻江倒海地吐了出来。

站起来！父亲却在一旁吆喝：动手。

父亲将母亲血肉模糊的尸骨扔进翻腾的江水，又逼着他一起将沾在石头上的血肉一点点刮起来，倾入长江……

妈妈，我给您写的信，您都收到了没有？我渴望跟您在一起，看那漫山遍野的白花，看满地奔跑的小狗，看海浪里摇晃的渔船。

妈妈，月亮出来了，它像您的脸，远远地看着我笑。我希望月亮永远挂在天上，我不想看到太阳升起来……

月亮渐渐地隐去了，隐藏到高高的山峰之外，巨大的黑影抹去了阵地上那个瘦弱的身影。

李抗战伏在自己的膝盖上，无声地痛哭起来。

第四十八章　佛　门

清晨，日军发起了进攻，一颗炮弹呼啸着飞过来，落在河边的阵地上，轰的一声，翻起一片泥土，腾起一股黑烟。

张三风从工事中钻出头来，抖去身上的泥土和硝烟，把张复仇抱到自己怀里，摸着他的头说："儿子，不要怕。有老子在，鬼子的炮弹碰不到你一根毫毛。"

张复仇稚声稚气地回答："我不怕。"

"我儿子跟我一样，有胆量。"张三风听了，十分振奋。

从缅甸一回来，他便从老乡家里把儿子接到身边，父子两人再也不肯分开。

儿子可爱，见了所有的弟兄都叫叔叔，一张小嘴蜜一样地甜。何进修却跟他较真起来："我比你爹年纪大，要叫我大伯。"

张复仇看了看何进修，撇着嘴说："你很老，叫爷爷吧。"

何进修欣然接受，阵地上一片笑声。

小复仇跟少哉最亲近，不论少哉做什么，都跟在后边问："叔叔，你搬石头做什么?"

少哉说："筑工事?"

"为什么筑工事?"

"打敌人。"

"为什么打敌人?"

"他们杀了你的妈妈。"

"叔叔教我打。"

"你还小，等你长大了，再扛起枪，去打日本鬼子。"

"儿子，我来教你。"张三风把儿子叫到自己身边，教他趴在阵地上，教他把枪架在面前，边示范边讲解，"拉开枪栓，推上子弹，靠紧肩膀，准星对缺口，瞄准，扣扳机，叭……"

一遍又一遍，演练得跟真的一般。

"张三风，孩子太小……"何进修在一旁看着，伤感地说，"他的肩膀太嫩，会撞伤的。"

"撞伤总比被鬼子打死强。"张三风红着眼睛说，"儿子，不要怕，如果老子死了，你就用这杆枪替老子报仇。"

"是……"三岁的张复仇趴在阵地上，按照父亲教给他的要领，一本正经地演练：叭、叭……

一阵炮声过后，日本军队发起了猛烈的攻击，两辆插着太阳旗的坦克从残存的九谷桥上轰隆隆地开了过来。

一个日军指挥官抽出军刀，喊着口令："前进……"

桥头上，用沙袋垒起的工事后，弟兄们一齐开火，将日军的冲锋队压制在桥面上。

坦克停止前进，调整炮管，降低炮口，对准了畹町桥头工事。

两门火炮同时开火，桥头工事血肉横飞。

一番血战之后，守兵撤出阵地，退至佛门。

日军列队，举着太阳旗，咵、咵、咵地跨过了残破的九谷桥。

一面青天白日满地红的国旗插在佛门顶上，冒出的缕缕硝烟使得背后的青山显出了几分肃穆。

孟子越下令用沙包、石头、废弃的卡车堵住佛门的通道，然后将人马拉到悬崖的阵地上，下令死守佛门。

佛门两旁悬崖绝壁，中间一条通道。一棵扎根于岩缝的千年青松，像一把伸出的伞盖，撑着顶上的一片天空。

绝壁上刻有后世一位弟子的对联：

死死生生生复死
来来去去去还来

有一点视死如归的感觉。

敌人越过九谷桥之后，一部分扑向畹町镇，追杀逃散的士兵和难民。另一部分在坦克的带领下，向佛门发起进攻。这是日军最精锐的菊师团的一部，他们不顾一切地孤军深入，目的就是要占领无名山，抢夺军火和物资。

在从东亚到南亚漫长的战线上，他们同样急需食物、药品、油料和军火。他们把希望寄托在夺取无名山上，这是消灭中国军队、打通西亚、与希特勒会师伊朗的关键之举。

此时，他们并不知道潜伏在畹町的灰蛇部队已被全歼，没有得到事先约定的接应，只能刻不容缓地组织强攻。

密集的炮弹落到佛门山上，剧烈的爆炸震耳欲聋。炸飞的石块、石片像刀一样砍向匍匐在工事里的弟兄，杀伤力成倍增加，阵地上一片惨叫声。

“别靠近岩壁，那些石头比炮弹还厉害……”马驷奇见阵地上伤亡惨重，不顾一切地跳出坑道，叫骂着把弟兄们赶下战壕，让大家躲进掩体，并且招呼卫生员抢救伤员。

队伍中的卫生员有限，伤员太多，一个个手忙脚乱，顾及不全。马驷奇又喊：“没受伤的都动手，先用绷带把伤员的伤口缠起来，别让血流光了！”

一个弟兄的头被飞石击中，血从额头上流下来。少哉连忙掏出绷带，刚一伸手，还没来得及去包扎，那头裂开了，脑浆白花花地流了出来。

少哉忍不住“哇”的一声，将胃里的东西全部喷射出来。

“救我……”少哉身边的泥土动了一下，一条淌着血的手臂伸了出来。他刚伸出手，那只手突然抓住他，一个满脸泥土和血污的弟兄坐了起来，似曾相识地问：“我死了吗？”

少哉强忍住胃部的剧烈痉挛：“没死。”

岂料那只手越掐越紧，怎么也甩脱不开，吓得少哉魂飞魄散地尖叫起来：“放开我……”

张三风跑过来，把少哉往旁边一拖，却同时拽起了泥土中的半边身子，那手还紧紧地抓着少哉不放。

少哉挣扎着，呼叫着，看着那双圆瞪的眼睛慢慢失去了光泽，渐渐冷却的指头像铁爪一样抠进了他的皮肉。

杨胜利过来帮忙，怎么也掰不开那只手。

“让开！”张三风喊了一声，捡起一截炸断的枪托，举起来，使砸劲在那条胳膊上。

少哉浑身一震，那只抓着他的手终于松开了，剩下的半个身子一歪，倒进了弹坑。

一阵猛烈的炮击之后，阵地上的硝烟还没散去，敌人的步兵开始往山头上发起进攻。

马驷奇大声呼喊：“进入阵地，准备射击！”

去缅甸之后，马驷奇像换了个人一样，不仅和孟子越之间的距离拉近了很多，而且事事带头，主动得体。此时他俨然成了阵地上的代理总指挥，及时地传达着孟子越的命令，指挥大家战斗。

少哉把枪架在阵地前沿的一块岩石边，从枪口的准星看下去，下面山坡陡峭，光秃秃的只有几棵羊角树，那些戴着头盔的黄色身影像甲壳虫一样从山脚下爬了上来。

孟子越躺在坑道边不能动弹，他把马驷奇喊到身边，喘息着吩咐："叫大家沉住气，等敌人靠近了再打。"

马驷奇抬起头来，朝弟兄们喊道："看到没有，下面有一片开阔地，那里连草都没长一根，等到他们到了那个地方再开火！"

阵地上一片寂静。

小复仇趴在张三风和少哉之间，手里拿着一根树棍，学着大人的样子，瞄着山下往上爬的甲壳虫。头一次跟这么多大人趴在一起，小家伙觉得很好玩，指着一面白晃晃的太阳旗，扭头问少哉："叔，那是什么东西？"

少哉说："鬼子的膏药旗。"

小复仇看着那些黄色的身影："为什么叫他们鬼子呢？"

少哉说："他们专门杀人。"

敌人越来越近，小复仇着急了："为什么还不打呀？"

"靠近了再打。"少哉拉动枪栓，"一枪一个。"

张三风架的是一挺捷克式轻机枪，枪旁堆着压满子弹的弹匣。他的枪口一直在移动着，寻找最佳的扫射角度。

"打！"敌人爬上了那片开阔地，马驷奇大吼一声，各种枪械一齐开火，很快将敌人压了下去。

"鬼子跑了！"小复仇高兴地喊着，在战壕里跳了起来。

张三风抱住小复仇："我儿子能耐，长大了也是个好兵！"

少哉捡起一个空弹壳，放在嘴边一吹，"呜……"地响起来。

小复仇从父亲身上溜下来，跑到少哉身边，要过那个弹壳，放到嘴边，却吹不响。

少哉问："想当个好兵？"

小复仇说："想。"

少哉说："先学吹。"

小复仇请求："叔叔教我。"

少哉得意洋洋地又吹了一声，耐心地教他，要这样放、这样吹……教了两遍，小复仇就会了，战壕里不时地"呜……"一声，显示出一种异样的快乐。

硝烟散去，佛门下刚刚有过片刻的宁静，敌人的进攻又开始了。

这次出动的是两辆坦克。在巨大的轰鸣声中，钢铁的履带嘎嘎地啃着地面的石头，佛门通道上的铁丝网变得软弱无力，巨大的石块也被挤压出“嘎嘎……”的叫声。

在孟子越精心布置的障碍面前，其中一辆坦克放下炮筒，掉转身子，不知怎么伸出一个大铁铲一样的东西。它轰鸣着，屁股后冒着黑烟，使劲儿地推拱着那些堆积在通道上的障碍物。

巨大的石块被拱开了，垒起的沙袋被压扁了，废弃的大卡车被它推到一边……佛门前的障碍物如同癣疥般被它一个个地拱掉。

机枪、步枪一起朝它开火，子弹打在铁甲上，迸溅起星星点点的火花，手榴弹扔下去也无济于事。

马驷奇爬过来，让张三风把五颗手榴弹绑在一起，拉着导火索扔下去，“轰”的一声，震耳欲聋。

大约只停滞了半分钟，坦克的履带又嘎嘎嘎地响起来，继续向前推进。

“马连长，用炸药包，组织爆破。”孟子越在坑道里呼喊，“要快，绝对不能让他们突破佛门！”

“工兵排，炸药包，快点！”马驷奇指挥工兵排在九谷桥下安放炸药的当量不够，没有彻底摧毁桥梁，使得敌人的坦克能够通过，他对自己的过失十分懊悔。此刻，他在孟子越面前挥舞着拳头表示：“这次不炸掉它们，我这条命就不要了！”

两个工兵已经将炸药包捆在支架上，马驷奇指了指山坡的一角：“从那里下去，我们掩护。”

说完朝阵地上的弟兄们喊道：“给我打！”

机枪、步枪、冲锋枪一起开火，马驷奇挥手，工兵夹着炸药包跃出工事，滚下山坡。

“哒哒哒哒……”敌人的机枪开火了，沟底的坦克和架在岩石后的钢炮也“嗵、嗵、嗵”地射击。炮弹再一次落在佛门的阵地上，炸飞了掩体，炸毁了战壕，炸得前沿的弟兄们抬不起头来。

第一个冲下去的工兵还没到达沟底，一阵密集的子弹扫射过来，工兵的身体一晃，几颗子弹穿胸而过，倒下去了。

“上！”马驷奇下令。

第二个工兵刚跳出掩体，一颗子弹击中了头，像截木头似的栽倒在阵地前。

“给我上……”第三个、第四个工兵都被敌人的机枪射杀在阵地前，马驷奇声嘶力竭地呼喊，最后一名工兵趴在地上，死活不肯跃出掩体。

“怕死鬼!”马驷奇咒骂着，上前踢了两脚，才发现那工兵的腿已经被炸断，无法动弹。

“他妈的……”马驷奇丧气地骂了一声，抱起炸药包，转身对孟子越说：“我去。”

大伙愣住了，不认识似的看着他。

“看什么，不认识老子是不是?”马驷奇举起大拇指，在自己胸前划了一下，“战场上，老子才是英雄。”

张三风拉住他：“连长，我去。”

马驷奇推开他的手：“你有儿子，我光棍一条。”

少哉上前：“连长，我去!”

马驷奇不屑地看了他一眼：“这不是卖嘴皮，你去又是白扔一包炸药。”

杨胜利看到马驷奇的眼光扫过来，连忙躲到何进修身后：“连长，您肯定不会要我去的……”

马驷奇啐了一口，骂道：“狗入的，你那三只手偷点东西倒是可以，干这个还得看我的。”马驷奇说罢，抱紧炸药包，准备起身。

“各就各位，掩护连长!”孟子越喊了一声，支撑着身子爬上阵地前沿，抱住面前的一挺机枪，命令弟兄们进入阵地。

临跃出掩体前，马驷奇回头朝大家诡异地一笑，这是大家从未见过的一张笑脸：“老子要走了，你们也不给老子喊喊路?”

喊路，是中国人送别逝者的一种仪式，是生者对死者的最后呼唤。马驷奇知道，山坡下将是自己此生的最后一段路。

少哉浑身一颤，领头喊了一声：“连长，走好……”

“喊错了。”马驷奇伸出指头，放在嘴边轻轻一嘘，“我不要听这个。”

杨胜利灵机一动，放声高喊：“筛……”

“对了。”马驷奇点头，满脸的麻子像盛开的丁香一样灿烂。

少哉接着喊：“天牌……”

大家一起喊：“烘笼盖……”

“雨洒灰台……”

“虫吃萝卜菜……”

“嘿嘿嘿嘿……”马驷奇留下一串长长的笑声，抱起炸药滚了下去。

“打……”孟子越首先扣动了机枪的扳机。

阵地上，机枪、步枪、冲锋枪一齐开火，压住了敌人的火力。

马驷奇抱着炸药一路打滚，转眼间滚到了沟底。

他躺在石头缝里喘了两口气，抬起头来，看到敌人的坦克离自己只有十来步远的距离。

那辆坦克已经发现了他，炮塔吱吱地转动，将炮口缓转过来，平放下，对准他“轰……”的一声，一颗炮弹脱膛而出。

马驷奇侧身一滚，炮弹在他身边不远的地方爆炸了，飞起的碎石片落了他一身。

“狗入的，你打不着老子！”他突然跳起来，借着飞扬的尘土，抱起炸药冲向坦克。

坦克上的机枪响了，马驷奇的肩、腹部和小腿同时中弹，跌倒在乱石堆中。

“完了……连长完了……”阵地上，少哉绝望地喊了一声，爬起来想跳下去接应。

何进修一把抓住他，把他死死地按在坑道里。

过了片刻，沟底的乱石堆里，马驷奇的头动了一下，身体开始慢慢地蠕动。

坦克也开动了，履带嘎嘎嘎地咬着石头，巨大的阴影压到了马驷奇的头上。

马驷奇在石头缝里艰难地爬行。

坦克的履带在快速地滚动。

马驷奇的头上在流血，肩上在流血，腹部冒着血泡，小腿已经完全断了，像一截多余的东西拖在身后。

听到坦克轧过来的声音，他睁开被鲜血糊住的眼睛，看到坦克的履带一格格地转动着，朝他轧了过来。

就在那铁家伙要从自己的头顶上轧过去的时候，他憋住最后一口气，头一低，脖子一仰，咬掉了炸药包上的导火索，突然一跃而起，将炸药包和自己的身体一起塞进了转动的履带。

履带被卡住了，坦克原地打着空转。

炮台上的盖子掀开，探出一个人头来，看到履带里冒着火花的炸药包，吓得尖叫一声又缩了进去。

炮塔拼命地扭动，坦克左摇右晃，企图将炸药包甩下来。

马驷奇的身体被履带夹碎，两条胳膊还死死地抱着炸药包不放。

“轰……”硝烟和烈焰从坦克底部喷射出来，履带像扯断的链条一样滑落而下，马驷奇的血肉和硝烟一起飞上了天。

敌人的坦克被炸成了一堆废铁，将佛门彻底堵死。

阵地上，所有的弟兄都持枪站立起来。少哉扯着嗓门高喊：

“筛……”

弟兄们呼应：“天牌……”

“烘笼盖……”

“雨洒灰台……”

“天地英雄站起来！”

第四十九章　一寸河山一寸血

佛门被堵死了，坦克进不去，步兵也无法通过。敌人恼羞成怒，进行疯狂的反扑。他们集中了所有的炮火，猛烈轰击佛门山。

阵地上硝烟四起，弹片呼啸，那些被炸飞的尸体和残肢像被抢劫过的屠宰场一样扔得到处都是，岩石、树木和活着的人身上都溅满了血。

少哉伏在战壕前沿，瞪大两眼盯着山下，等待着敌人发起新一轮的进攻。他的额头和手臂被飞起的碎石砸伤，头上的帽子和身上的衣服残破不堪，流出的血在脸上凝成了一块块痂。

战壕里，张三风捡了顶钢盔戴在小复仇头上，雨点般落下来的碎石，像钟声一样敲得钢盔当当直响。

杨胜利弯着腰在战壕里跑来跑去，不时地喊一嗓子，把阵地上的情况报告给躺在掩体下的孟子越。

爆炸声震耳欲聋，何进修却背着身子，悠然地坐在工事边的一根横木下。他的指头上夹着半截纸烟，不时放到嘴边吸一口，只有当碎石和泥土飞溅下来时，才支起胳膊挡一下。

自进入佛门阵地以来，李抗战惶惶不可终日。当敌人往阵地上冲锋的时候，他也和别人一样架着枪，但眼睛是闭着的，不知道把子弹打到什么地方去了。杨胜利几次威胁：“你不瞄准了再打，老子先把你干掉！”

威胁也没有用，面对冲上来的敌人，他的眼睛发黑，身子颤抖，嘴里嘟嘟唧唧，不知在说些什么。在弟兄们震耳欲聋的呐喊声中，他的枪口翘上了天。

敌人的炮弹渐渐稀疏了，他还像只鸵鸟似的抱着头钻在坑道里，只把个屁股露在外面。杨胜利看了心烦，一脚踢在他的后背上：“敌人冲上来了！”

他哇地叫了一声，爬起来抱头鼠窜。

一颗炮弹落到坑道里，在他身边不远的地方爆炸。

那是一颗燃烧弹，呼地冲起一片火焰。

他惊叫一声，全身跟着起火，像个火人一样摔进了坑道。

“救命……”他呼喊着在坑道里打滚。

少哉和张三风连忙脱下衣服，扑灭了他身上的火苗。

李抗战身上的衣服被烧光了，他缩着身子躺在地上，写在肚皮和大腿上的字迹显露出来。

大家都很奇怪：他在自己的身子上写了些什么？

少哉趴在他身上，歪着头仔细地看了几行，站起来说：“他母亲是日本人。”

“狗入的！”杨胜利怪叫着骂起来，“难怪他朝天放枪，原来是怕打到了他的二舅爷。”

张三风也骂：“王八蛋，还叫李抗战！”

“去死吧，老子现在就把你抗战了！”杨胜利举起枪托就往李抗战的头上砸。

“他父亲是中国人，他还是我们的弟兄。”何进修伸手挡住了杨胜利的枪托。他看到李抗战的头发、眉毛被烧光，脸上、身上也有几处烧伤，便拧开自己的水壶，冲洗他烧伤的地方。

杨胜利还在一旁喋喋不休地咒骂：“管他干什么，让他去死，别在这里碍眼！”

少哉把自己的外衣披到李抗战的身上：“记得吗，你父亲送你当兵的时候说，养儿何用，志在报国……你是中国人，是我们的弟兄，要把国家放在第一位。”

李抗战烧得变形的脸抽缩着，两行泪珠滚下来。

炮火一停，敌人的步兵又开始进攻。日本鬼子的两条腿虽然短，爬起山来却很利索。他们嚎叫着往上冲，帽子后檐拖着的尾巴像耷拉的猪耳朵一样忽闪，从三八大盖里射出的子弹打得前沿的沙包扑扑作响。

“敌人上来了！”伏在前沿的少哉回头喊了一声。

“注意，等他们靠近了再打……”孟子越咬着牙支起身子，拖着重伤的身体爬上阵地边沿，招呼大家，“把手榴弹的盖子拧开，听我的口令，一起往下扔。”

少哉把手榴弹从箱子里倒出来，将盖子一个个拧开，弹把后拖着一串闪亮的光环。

张三风直起腰来，抖落身上的碎石和泥土，把张复仇拉到自己身边，拍着他肩膀上的尘土问："儿子，怕不怕？"

儿子只看见父亲的嘴巴在动，却听不见声音。他指着钢盔里的耳朵说："我听不见……"

张三风提高声音："怕不怕……"

小复仇捏着拳头说："不怕。"

"好儿子！"张三风交代张复仇，"你趴着别动，看老子怎么打鬼子。"

"我也要打。"小复仇指着少哉面前的步枪说，"我会打枪……"

"别急，等老子死了你再打。"张三风抓起两颗手榴弹，"你看着，我把他们全都送回老家去……"

"准备……"孟子越发出了口令，"扔！"

张三风支起身子，一手抓起两颗手榴弹扔了下去。

弟兄们扔出的手榴弹像蝗虫一样飞出阵地。

爆炸声中，日本兵倒下去一片。

"射击……"孟子越一挥手，阵地上的机枪、步枪一齐开火，有利的地形和强大的火力把冲锋的鬼子压倒在坡地以下。

少哉托住枪身，脸腮贴着枪把，慢慢地移动着枪口，在乱石堆里寻找目标。突然间，他看到了一个同样移动的枪口，在准星间停了下来，轻轻地晃动。

显然，对方也瞄准了自己。

双方僵持不下，谁也不肯让步，都想在最快的瞬间将对方射杀。

少哉有点紧张，紧张中不会闭眼睛的毛病又犯了，准星在摇晃中变成了双影，对方的枪口更变得模糊不清……他越急越找不着目标，汗珠从额头上冒了出来。

"叔，开枪呀……"趴在少哉身边的小复仇见他只冒汗不开枪，在一旁喊了起来。

"叔看不见……"少哉拼命地抽打自己的眼睛。

"看我的……"小复仇爬到一支步枪边，伸出小小的手指头，轻轻扣动了扳机，只听得"叭"的一声脆响，子弹射出去了。这一枪虽然没有击中目标，却干扰了对方的注意力。

就在这一刹那，少哉的指头也动了，"哒哒哒……"一梭子子弹全都打了出去，对方的脑袋在瞬间出现了几个弹孔，接着像被击碎的西瓜一样红瓤飞溅，爆裂开来。

“好儿子，你救了叔一命!”少哉转身把小复仇抱到怀里，在他脸上狠狠地亲了一下。

“真是好儿子!”张三风看到了，转身高兴地喊道，“跟你爹一样，有胆量!”

他手持一杆步枪，一颗子弹喷出枪口，山坡下一个刚露出半个身影的鬼子应声倒地。

张三风是使用各种枪支的能手，他把步枪、机枪、冲锋枪架在不同的位置上，一个人跑过来跳过去，一会儿步枪，一会儿机枪，边打边吼：“玉叶，看到没有，我在为你报仇……”

一拨冲到阵地前沿的敌人被他扫倒。

一个拔出手雷的鬼子被他撂倒在山坡下。

羊角树后，一支装了瞄准器的步枪悄悄锁住了张三风的身影。

张三风眼疾手快，甩手一枪，击中了瞄准器后的那个脑袋……

张三风一个人顶十个人，把心中所有的仇恨都从枪口喷射出去。他是阵地上最强的战斗力，山坡下的敌人听到他的吼声，一个个胆战心惊。

“嗵、嗵……”敌人的一门钢炮好像接受了特别指令，一颗颗炮弹像长了眼睛，追着张三风爆炸。

张三风没有意识到危机会在瞬间出现，他抱起那挺心爱的机枪，准备挪到一个更好的位置。一颗炮弹落下来，在他身前不远的地方爆炸了，一股巨大的气浪，将他仰面推倒。机枪从手里掉了下去，他双手捂住肚子，血从指缝里涌了出来。

少哉回头一看：“你怎么了?”

“狗入的，它咬了我一口……”张三风的声音有点飘。

少哉定神一看，一块弹片像斧头一样砍在张三风肚子上。他冲上去，一咬牙，将弹片拔了出来，浓稠的血像咬破的糖包子一样从裂缝处喷涌而出。

少哉大叫一声：“卫生员!”

卫生员也受伤了，浑身是血地躺在战壕里动弹不得。

张三风喘了一口粗气，顺手抓起一把泥土，往自己肚子的裂缝里塞、塞……

涌出的血把染红的泥土推了出来。

“爹，你在流血……”小复仇冲过来，抓住父亲的手拼命摇晃。

张三风变得像一片被风刮落的树叶，轻轻地飘在壕沟边。他一只手抓住张复仇的肩膀，叮嘱道：“儿子，你要活下去……”

儿子支撑不住父亲的身体，张三风顺着壕沟滑了下去。小复仇扭头大声："叔叔快来，我爹倒了……"

杨胜利回头一看，扔了手里的枪，转身抱住了张三风。

何进修也跑过来，赶紧掏出绷带，撕开张三风的衣服，给他包扎伤口。可是他的伤口太大了，肠子和血水一起涌出来，整卷绷带塞进去也堵不住。

与此同时，李抗战用从未有过的速度一步冲过来，一把将小复仇拉到自己怀里，紧紧地捂住他的头，不忍心让小复仇再看到这可怕的一幕。

张三风挡住何进修的手："没用了，只求你们一件事……"

何进修点头。

张三风说："不管谁活着，请他把我儿子带回去……"

少哉点头："一定。"

大家点头："一定……"

张三风一松手，最后一股血喷出来。

小复仇在李抗战的怀里挣扎着大叫："爹，你怎么了……"

李抗战轻轻抚摸着小复仇的背："你爹没事，一会儿就好……"

大家手忙脚乱，好不容易把流出来的肠子塞回到张三风的肚子里，然后用绷带紧紧地缠住了他的身体。

何进修给张三风整理好衣服，扣上纽扣，戴上帽子。见他的眼睛瞪得滚圆，极不甘愿地看着这片天空，便伸出手去，在他的额头上轻轻地抚摸道："兄弟，走吧，我们会照顾你的儿子……"

张三风闭上了眼睛。

"爹……"小复仇从李抗战怀里挣脱出来，呼喊着冲了过去。

少哉紧紧拉住了他。

小复仇问："我爹怎么了？"

少哉忍着泪水："他睡着了……"

小复仇瞅瞅少哉，又瞅杨胜利："睡着了？"

杨胜利点头："他太累了。"

小复仇放轻脚步，似信非信地来到父亲身边，轻轻地蹲下来，看到父亲安详地闭着双眼，又轻轻走回来，小声对大家说："我爹是睡着了……"

李抗战的眼睛被涌上来的泪水糊成泥浆，什么也看不清。

"咣……"敌人开始了又一轮的轰击，成排的炮弹落下来，整座山都在颤抖。

一粒碎石飞过来，砸在少哉的额头上，他浑身一麻，倒下去了。

炮声停了，少哉无力地睁开眼睛，透过满天的硝烟看着苍白的太阳无力地挂在残破的天空，像一幅挂了千年的壁画。

身边的小复仇看到他满头是血，伸过手来摸着他的脸说："叔，你也流血了。"

少哉朝他一笑："没事，叔的血多……"

"不行，得包起来。"小复仇伸出小手捂住少哉头上的伤口，内行地问："绷带呢？"

少哉说："没有了。"

小复仇在自己身上摸了摸，脱下妈妈给他缝的那件红兜兜："叔，用这个。"

少哉推开小复仇的手："这是你妈妈留给你的，快穿上。"

"叔，你的血要流光了，谁带我回家？"小复仇坚持要用红兜兜包扎少哉头上的伤口。

少哉妥协了，任凭小复仇将红兜兜缠到自己头上，像一块漂亮的红头巾。

"敌人又上来了！"戴着钢盔的杨胜利跑过来，看了一眼满脸是血的少哉，"没事吧？"

"没事。"少哉应了一声，扣上帽子，爬上阵地前沿，看到山下的敌人倾巢出动，漫山遍野都是黄色的身影。

"打……"不远处传来孟子越微弱的声音。

"打！"少哉吼叫着，抱着张三风用过的机枪开火。

张三风死后，李抗战的泪水像决堤一样往外涌，胆怯的目光里闪着另一种光芒。当山下的敌人冲上来的时候，他伏在阵地上瞄着那些黄色的身影，还是没有勇气扣动扳机。

杨胜利看到了，气得一把将他拖下来，用枪顶住他的胸口："再不开枪，老子打死你！"

"让我去死……"李抗战闷闷叫了一声，抓住杨胜利的枪管，一口鲜血从嘴里喷出来。

"狗入的，老子现在就把你抗战了！"杨胜利将他推下掩体，拔出刺刀，朝他胸脯捅了过去。

"干什么？"少哉回头喝住杨胜利，"没剩几个人了。"

他对倒在掩体下的李抗战说："你压子弹吧，把每支枪的子弹都压满。"

"拿过来！"杨胜利伸出手，指着李抗战胸前的枪，"狗入的，别在后面打老子们的黑枪！"

“去你的!”李抗战憋着一口气，一下推倒杨胜利，突然跃身跳出战壕，朝着冲上来的敌人扬起手喊道，“我妈妈是日本人……”

进攻的敌人不知道发生了什么事，瞬间停了下来。

李抗战喊的是日本话，他的声音从来没有这么洪亮，这么理直气壮：“她的家在神户的六甲山，我的外公名叫山本富田……”

少哉和弟兄们听不懂他在说什么，日本兵却听懂了他的意思。山坡下一个声音喝道：“举起手，慢慢地走过来。”

李抗战举起双手，一步一步地往前移动。

“卵屌!”杨胜利愤怒地骂了一声，举起枪，推上了子弹。

“让我来。”少哉压下杨胜利的枪口，自己架起枪来，瞄准了李抗战的后背。

当他的指头就要扣动扳机时，不知为什么，李抗战的父亲出现在他的眼前。

李抗战走到离日本兵只有几步远的地方，停住了。那一刻，他似乎回头看了一眼，嘴角动了一下，没有声音。

少哉扣着扳机的指头松开了。

日本兵的声音再次响起：“你要干什么?”

李抗战喊道：“我求求你们，不要打仗，不要杀人，我跟你们一起回去……”

几个日本兵的枪口抬起来，对准了他眉心。

李抗战痛苦地闭上眼睛，将一只手放下来，插进腰间，大喊了一声：“妈妈……”

他扑向伏在地上的日军，拉响腰里的手榴弹。

“轰”的一声闷响，一团黑烟缓缓地升起来。

“李抗战，你是中国人!”少哉嘶声呐喊，同时开枪射向山坡下的敌人。

“李抗战，你是我们的弟兄……”杨胜利跳起来，抓起两颗手榴弹扔了下去。

“打……”弟兄们呐喊着，枪声、爆炸声、呐喊声在山谷间久久回荡。

一片蓝色的雾障升起来，夜幕降临了。

残破的阵地上到处是横卧的尸体和动弹不得的伤员，剩下的战斗人员已经不多了。孟子越命令清点人数，何进修和少哉在阵地上来回查了一遍，回来报告说：“活着的还有四十二个，能打仗的不到二十……”

“派好岗哨，注意警戒，防止敌人偷袭……”孟子越的伤口感染、溃烂，他在发烧，浑身发抖，说话时牙齿格格作响。

何进修喊道："卫生员……"

没有人答应。

杨胜利跑过来，推了卫生员一把。受伤的卫生员早已断气，手上还捏着半卷染红的绷带。

少哉爬过来，伸手在孟子越的耳根处摸了一下，惊叫道："参谋长不行了……"

"别喊……"孟子越的伤口严重溃烂，身上发出难闻的臭味，他忍不住一阵呻吟，身体瑟瑟发抖，惨淡的月光在身上跳跃。

何进修爬过来，伸手在孟子越头上摸了一下，喊道："水。"

杨胜利把水壶递到他手上。

何进修扳起孟子越的头，将水壶放到他的嘴边："参谋长，张开嘴，喝一口……"

孟子越的牙齿咬得格格作响，无法张开嘴巴。

何进修喊道："把参谋长的嘴掰开……"

少哉伸出手指头，试图掰开孟子越的嘴，却被他的牙齿紧紧地咬住，痛得钻心，怎么也拉不出来。

紧急中，他想到了自己的香囊，用另一只手将它扯下来，放到孟子越的鼻孔下。

片刻之后，紧咬的牙关松开了，少哉的指头抽了出来。

"参谋长，喝口水……"何进修在孟子越的耳边说着，再次将水壶放到嘴边。

他终于喝了一口水，平静地躺下了。

少哉站起来，看到小复仇静静地躺在张三风的臂弯里。

他真的以为父亲睡着了，像往常一样枕在那只粗壮的胳膊上，看着天上的星星从云缝里钻出来，一个个地朝他眨眼睛。

少哉心被扎了一下，弯下腰伸出双手对小复仇说："来，跟叔叔一起睡。"

"我爹身上好冷。"小复仇紧紧地抱着父亲的身子，"我要暖和暖和他……"

少哉咬牙忍住自己的泪水，找了件衣服盖在他父子俩的身上。

第五十章　不朽之山

黎明的第一束曙光照亮了无名山。

红色的无名山如同圣像一般，在薄薄的晨雾中显露出来。

阵地上无声无息，靠在掩体下的弟兄们还在熟睡。

何进修悄悄地爬起来，弯着腰走过壕沟，绕到阵地后的一块岩石边。在这个山头下面的丛林中，有一条曲折的小路通往无名山。

一个哨兵端着枪警戒着前沿阵地，晨风把他身后的松林吹得哗哗作响。不远处的山坡上也有一个哨兵，他疲惫地打着哈欠，靠着一棵松树坐了下来。

何进修受伤了，是极其严重的内伤，他没有让人知道。

那是敌人的第一轮炮火轰击阵地的时候，一块被炸飞的石头重重地撞击在他的胸脯上。他被击倒了，胸口断气，张大了嘴也喘不上来。完了……他眼前一黑，感觉自己走到了生命的尽头。

当他睁开眼睛的时候，敌人的炮火停了，步兵开始发起攻击。阵地上血肉横飞，我军伤亡惨重，不少弟兄缺胳膊断腿，躺在坑道里呻吟。

他听到参谋长孟子越微弱的呼喊声："何进修、黄救国，组织弟兄们，一定要把敌人压下去……"

何进修伸手摸了一下自己的胸脯，一阵难忍的刺痛，明显感觉到一排肋骨已经断了，血在腹腔里动荡。"哇"的一声，一口鲜血喷出来。他双手拄着枪站了起来，趴到阵地前沿，朝受伤的弟兄们呼喊道："能动的，都把枪架起来！"

整整一天一夜，他和弟兄们挺过敌人一次又一次炮火的攻击，打退敌人一次又一次猖狂的进攻，依然坚守在佛门阵地上。

当敌人的炮火和进攻停下来之后，何进修开始在难以忍受的疼痛中煎熬。他知道自己的伤有多重，他也知道自己的这种伤在此时的阵地上是无法处置的。看着阵地上受伤的弟兄血流不止，听着不断传来的呻吟，他只能忍住自己的疼痛，把一口口涌出来的血水咽下去，协助孟子越清点阵地上剩下来的人员和武器弹药，准备第二天的战斗。

清晨的风有些凉意，山影绰绰地如梦境般的幽静。

何进修充满血丝的眼睛一夜未合，身体一直在痛苦中微微颤抖。

一只青铜色的甲壳虫拖着一条断腿，从一个被炸裂的石头缝里爬出来，似乎想在这个安静的早晨去寻找一个安身之处。它的前边有一道小小的石坎，它想爬上去、翻过去，却由于伤腿难以着力。甲壳虫爬几下，滑了下来，再爬，又滑了下来……

何进修看到了，顿时心生怜悯。他俯下颤抖的身子，伸出颤抖的手指，将它轻轻地扶上石坎。小甲虫停住，回头看了一眼，立刻拖着伤腿，急匆匆地钻进了另一条石头缝。

何进修轻轻嘘了一口气，重新靠在松树上，胸口再次蹿起一阵难以忍受的疼痛，痛得他想从岩石上滚下去，立刻结束自己的生命。

他朝阵地上看了一眼，只看到剩下不多的弟兄，个个遍体鳞伤地躺在坑道里熟睡。他不忍心丢下这些弟兄，早一步走上那不归之路。于是他伸出手，掏出了张三风留给他的那个口袋，用指甲在袋里抠出了鼻屎那么大一丁点的泥丸，轻轻地搓着、搓着，万般不舍地放到鼻孔下深深一吸，浑身一阵轻松，眼前幻影憧憧。

一个黑影从松林中闪出。

黑影的手上握着一把雪亮的尖刀。

山林风动，黑影靠近哨兵，手上亮光一闪，血从哨兵的喉管里喷射出来。

“偷袭……”何进修的脑子里闪出这样的念头，他陡然站起来，不料膝盖发软，一屁股坐到岩石上。

另一个哨兵似乎听到了动静，把枪从肩上取下来，拉开了枪栓，朝山坡那边走了过去。

“噗……”一声不太明显的枪响，哨兵抖了一下站住了，慢慢转过身来，眉心之间出现了一个小小圆点，一股血顺着鼻梁流了下来。他张大嘴，似乎想喊一句，却骤然倒地。

何进修彻底惊醒了，他看到几个黑影迅速地闪出松林，朝山后插了过去，坡下便是那条小路。

他抓起冲锋枪，指头抠住岩缝，翻身爬上岩石，瞄准最前边的两个黑影，扣动扳机。

“哒哒哒……”急促的枪声划破了清晨的宁静，两个黑影倒地。其他的黑影转过身来，一齐朝何进修开火。

光秃秃的岩石上，火光闪闪，何进修无藏身之地。

他腾出一只手来，换上弹匣，突然跃身而起，一口气将枪里的子弹全部打光，同时扭头呼喊：“敌人过来了……”

何进修晃了一下，两颗子弹同时穿透前胸，鲜血在晨光中飞溅喷射。

他扬了扬手，仰面倒下，眼睛直瞪瞪地看着太阳露出了山头，看着彩霞挂满了天空。

“老朽……”熟睡中的少哉惊醒了，他第一个跳了起来，惨叫一声，抱着枪朝人影绰动的地方一阵扫射，同时喊道，“弟兄们，敌人上来了……”

阵地上的弟兄纷纷爬了起来，一阵猛烈的扫射，将黑影全部消灭在岩石下面。

新的一天在激战中开始了。

敌人炮击，阵地再次笼罩在硝烟中。

炮声把孟子越震醒了，他睁开眼睛喊道：“黄救国……”

少哉应声爬到他身边。

孟子越说：“把手榴弹集中起来……”

少哉答应：“是!”

刚要转身，孟子越又叫住他：“你代理一连长，指挥战斗。”

“是!”少哉转身呼喊道，“弟兄们，快，把手榴弹、子弹都集中起来……”

剩下不多的几个弟兄在掩体里四处翻找，将剩下的手榴弹和子弹都集中到少哉的面前。

“把枪都捡起来，把子弹都压上去，架在阵地上，敌人上来后轮番射击。”少哉看了一眼山坡，有模有样地命令，“注意，敌人从两边上来了，等他们靠近……”

敌人靠近了，少哉抓住一挺机枪，高喊：“打……”

“哒哒哒哒……”机枪吐着火舌，一片敌人倒下了。

另一边，杨胜利跳来跳去，他像张三风那样不停地挪换着位置，把露头的敌人一个个击毙在阵地前。

阵地上剩下的弟兄越来越少，眼看难以阻止敌人的进攻。孟子越声音微弱地喊道：“黄救国……”

“到。”少哉滚到他的身边。

孟子越说：“我们很难坚守下去……”

少哉点头：“是。”

“无名山……不能留给敌人。”孟子越的声音断断续续，“阵地失守，要把无名山炸掉。”

趴在另一旁的杨胜利扭头说："我去。"

孟子越恍惚地看着他："这是一条死路，两边都暴露在敌人的火力之下，运送弹药的人都没能过来。"

少哉信任地朝孟子越点头："他行。"

孟子越把杨胜利叫到身边："你是最后一个人了，一定要把无名山炸掉，不能把里面的东西留给日本人。"

"没问题。"杨胜利晃着脑袋说，"参谋长，造东西我不会，毁东西一流。"

"记住，一号洞是物资，二号洞是武器弹药。"孟子越吃力地交代，"二号洞里已经装好了炸药，这边枪声一停，你就点火。"

"知道了。"杨胜利仍然嘻嘻哈哈，"到时候你们把耳朵捂紧，震聋了可别怪我……"

"杨胜利……"孟子越提高声音，"无论发生什么事，你都得把山洞炸了。"

"我明白。"杨胜利身子一抖站起来，学着少哉的样子给孟子越敬礼，"一定完成任务。"

"去吧……"孟子越说完，疲惫不堪地闭上了眼睛。

少哉把杨胜利送到坑道尽头，临分手时拉住他，有点不舍地喊道："兄弟……"

杨胜利站住："怎么了？"

少哉叮嘱："洞很大，你要小心。"

杨胜利点头："知道。"

"一定要完成任务。"

"一定……"

少哉松开杨胜利的手，"去吧。"

"让我走了？"

"走吧。"

杨胜利看着他："没话了？"

少哉眨着眼睛："没了。"

"哎呀……"杨胜利咧着嘴问，"整天挂在嘴边的那两个字怎么不说了？"

少哉一时没反应过来："哪两个字？"

杨胜利学着少哉的腔调："尊严！"

少哉捶了他一拳："你记得，我就不说了。"

“卵尿!”杨胜利一笑，回了少哉一拳，转身消失在山后的杂草丛中。

凭着从小练就的潜行本领，杨胜利在石缝、丛林和茅草中出没，顺利地通过了那条狭窄的山道，来到了无名山的洞窟前。

洞口没有人站哨，洞里也不见人影。

杨胜利喊了一声：“喂……”

响亮的回音吓了他一跳。

其实杨胜利对这个地方并不陌生。以前，在洞口站岗的是中央军部派来的宪兵，手臂上戴着白色的袖箍，旁边蹲着猎狗。一闻到生人的气味，老远就汪汪叫。哪怕到了晚上，也有贼亮的探照灯照着，一只老鼠跑过去都会留下影子。

在这两年多的时间里，他多次摸到这里，总想从里面捞出点东西来。遗憾的是，此地防守严密，使出各种手段，始终未能如愿。

此刻，他大摇大摆地走到洞口，大声叫喊：“有人吗？让你们赶快炸洞……”

仍然没有回应。

“狗入的，都跑了？”杨胜利难以相信，那些不可一世的宪兵竟跑得一个不剩。

他往洞里走了几步，看到几张行军床，床上的被褥叠放得很整齐，一面青天白日的国旗体面地挂在洞壁上。

国旗下，倒扣着两只木箱，上面放着罐头、饼干，还有酒。见到吃的，他不顾一切地扑过去，一手拿了饼干，一手抓了瓶酒，往嘴里塞两块饼干，喝一口酒。

他边吃，边喝，边往里走。

走到两个分岔的洞口，他愣住了。

参谋长说，一号洞是物资，二号洞是武器弹药。可哪个是一号洞，哪个是二号洞呢？

临行前，他还特别问了少哉：我大字不识一个，怎么知道哪是一号洞、哪是二号洞？

少哉告诉他，很简单，画一道杠的是一，画两道杠的是二，并且还在地上画给他看了。可是这两个洞门口，一边写的是“壹號洞”，一边写的是“貳號洞”，根本找不到画一道的和画两道的字。

两个洞口都有铁门，门上挂着大铁锁。

“人都跑光了，锁着有什么用？”杨胜利骂骂咧咧，左看看，右看看，还是分不清到底哪边是一号洞，哪边是二号洞。

他找到一把开山镐，将左边铁门上的大锁砸开，推开门一看，山洞里满满当当堆的都是木箱。他随便拉下一个箱子，撬开一看，里面装的是牛肉罐头。又拉下一个箱子，撬开，夹心饼干……

卵屎，这么多好东西！杨胜利欣喜若狂。他找了一个大大的帆布袋子，把罐头、夹心饼干、烟、酒、巧克力等见过和从没见过的东西，装了满满的一大袋。边装边盘算：把这些东西背回去，分给黄救国、李抗战、张三风、小复仇、老杤……他们还不高兴死了？

他忽然想起来，老杤已经死了，张三风也死了，李抗战也死了……阵地上还剩下几个人呢？他颓然地跌坐到地上，袋子里的东西滚出来，滚了一地。

太阳高悬，时间仿佛凝固在这个中午。

阵地上没有一丝阴影，灼人的气体从炽热的岩石上冒出来，仿佛要将眼前的一切蒸发。

敌人的又一波进攻被打退了，他们在半山腰集结着，准备发起最后的冲击。

孟子越睁开眼睛，把少哉叫到身边："还有多少手榴弹？"

少哉回答："不多了。"

"给每个人留一颗，最后和敌人同归于尽。"

少哉点头："我明白。"

他立即行动，给每个活着的人发了一颗手榴弹。

小复仇跟在少哉身边，在坑道里跑来跑去。见其他人打得火热，他爹一直躺在那里没动，便跑过去扯着他的手说："爹，打仗了，你快起来呀……"

喊了几遍，张三风僵硬的手一动也不动。

他喊少哉："叔，我爹怎么还不起来呀？"

"他太累了，让他再睡一会儿。"张三风的尸体已经发臭了，少哉不忍心说明真相，朝小复仇喊道，"过来，帮叔叔装子弹。"

战斗一停，小复仇回到张三风身边，看着父亲已经变形的脸，忽然大哭起来："爹，你是不是死了？"

少哉把小复仇拉到怀里，轻轻地拍着他的背："你爹睡着了……一会儿，我们都睡，你就会见到他了……"

小复仇仰起满脸的泪水问："我们是要去死吗？"

少哉咬着牙说："不，让敌人去死。"

"黄救国……"

少哉再次听到孟子越微弱的喊声，他连忙跑过去："参谋长……"

孟子越艰难地睁开眼睛："敌人要上来了？"

少哉点头。

孟子越说："我不想躺在地上……"

少哉不解地看着他。

孟子越伸出一只手："让我站起来。"

少哉看着躺在地上的参谋长，他的一条腿已经没有了，伤口溃烂得无法包扎，虚弱得连一句话都说不完整，怎么能站得起来？

"参谋长……"少哉为难地摇摇头。

"麻烦你们……把我绑在担架上……"孟子越动了一个指头，指了一下背后的石壁。

少哉明白了。

他拉过担架，喊来两个轻伤的弟兄，解下三副绑腿，把孟子越的身体紧紧地捆绑在担架上。

"参谋长，有件事，我一直没跟您说。"少哉抓住孟子越的手，眼前又一次浮现出秦歌与石夫手挽着手走在昆明街头的情景，他再也憋不住那句在心中藏了很久的话。

孟子越虚弱地张了张嘴："说吧。"

"我在昆明的时候，见过夫人。"少哉话一出口，泪水跟着涌了出来。

孟子越点头："我知道。"

少哉说："她和我表兄在一起。"

孟子越轻轻一笑："祝他们幸福……"

曾经的儿女情长，就像一缕阳光，从孟子越的眼光里滑过最后一道山脊。

少哉擦着泪水，擦得眼前尽是看不清的影子。

"把我扶起来吧。"孟子越一声轻轻的呼唤。

"来……"少哉擦去泪水，一声吆喝，和两个弟兄一起使劲，把担架立了起来，像架梯子似的靠在石壁上。

"谢谢你们……"孟子越终于站起来了。

他靠着石壁，艰难地抬起头来，看到了残破的九谷河，看到了冒着浓烟的畹町镇，看到了山下进攻的敌人，看到了战壕里为数不多的弟兄……

少哉拿过一支冲锋枪来，挂在参谋长的胸前。

“他没戴帽子。”小复仇捡起一顶军帽，递给少哉。

少哉拍打掉帽子上的泥土，端端正正地戴在参谋长的头上，眼前闪过当兵时第一眼看到孟子越的情景。

那是一位英俊威武、正直坦荡的军人。绑腿一打，腰带一束，驳壳枪一背，浑身上下有一股齐鲁人的豪气。此刻的参谋长，像一尊雕塑镶嵌在身后的石壁上。

“弟兄们，站起来。”少哉用平生的力气大喊一声，“像参谋长一样，站起来！”

阵地上，活着的人没有一个没受伤的。大家听到少哉的喊声，一个个拖着伤胳膊、断腿，互相搀扶着、支撑着，挪到孟子越的身前，结成一排，像一道血肉筑成的城墙。

少哉命令：“检查一下，手榴弹的盖子打开了没有？”

大家把最后一颗手榴弹的盖子拧开，一个个别在腰间。

“看一看，枪膛里还有没有子弹！”

大家哗哗地拉开枪栓，有的报告有，有的报告没有。

“敌人上来以后，听我的口令，先把枪里的子弹打光，再抱住鬼子拉弦。”少哉又吼了一声，“听到没有？”

“听到了！”大家齐声呐喊，荡气回肠。

“弟兄们，互相再看一眼。”满脸是血的少哉白齿一闪，露出一个笑脸，“活着的时候，我们是兄弟；死了以后，我们还是兄弟。到了阴间，大家好有个照应。”

能扭头的弟兄互相看了一眼，又把目光集中到少哉身上。

少哉握紧拳头朝山下一挥：“敌人上来了，我们要死出个样子来，给他们看看！”

“死出个样子，给他们看看……”弟兄们吼叫着，扑上阵地。

敌人上来了，他们打完了枪里的最后一颗子弹，一个个扑上去和敌人抱在一起，拉响了身上的手榴弹。

一声爆炸，一股黑烟，一片血肉。

少哉枪里的子弹打光了，正准备拉响腰间的手榴弹时，小复仇在一旁喊他：“叔叔……”

回头一看，小家伙手里举着一个装有子弹的弹夹。

少哉连忙将弹夹卡进枪膛，正好看到一个日本兵冲上了战壕。他一扣扳机，枪身一阵抖动，子弹倾巢而出，日本兵像断根的葱一样倒栽下去。

又有几个日本兵冲上来了，他们举起枪，射杀坑道里还存活着的弟兄，瞄准了伏在地上的少哉和小复仇。

少哉扔了枪，低下头，有点不舍地在小复仇耳边轻轻地说道："闭上眼睛，一会儿就能看到你爹和你娘。"

小复仇趴在少哉怀里，听话地闭上了眼睛。

少哉抬起头来，手指钩住了手榴弹的拉弦。

几个日本兵怪叫着，举起刺刀，朝他们身上捅了过来。

岩壁上，参谋长孟子越胸前的冲锋枪响了：哒哒哒哒……

日本兵骤然倒地。

更多的日本兵冲上来，所有的枪口都对准孟子越。

"砰砰砰……"一阵长久不息的射击，岩壁上火光四溅，孟子越的躯体被打成了碎片。

"参谋长……"少哉忍无可忍，嘶喊一声，将冒烟的手榴弹朝敌人扔了过去。

"轰"的一声巨响，敌人被炸飞了，岩壁上大片松动的岩石和泥土随着孟子越的身体垮塌下来，掩埋了整个坑道。

山洞里，杨胜利坐在地上，好一会儿才缓过劲来。

他弯下腰，把散落在地上的东西捡了回来，重新放进袋子里，扛在肩上，骂了一声："他妈的，好沉！"

他吃力地走了几步，回头看了一眼，那个还锁着的铁门里边，一定是军火库了。

他的脚步犹豫：老子是走，还是进去看看？

不行，得把这洞炸了，不然黄救国又要骂我。

杨胜利放下布袋，拿起开山镐，一镐砸了下去，锁崩了。

他把门推开，走进去看到满洞堆着的武器弹药，火冒三丈：操他妈，打起仗来老是没有枪、没有炮、没有弹药，原来都堆在这里，为什么不拿出去使呢？

他看到导火索从垒起的箱子间引出来，集中拧在一起，结成一个头，搁在一个白色的架子上。架子边还立着个牌子，牌子上画着一束火苗，火苗上打了个红色的叉叉。

卵屎！这是什么意思？到底是让点火还是不让点？

他本能地摸出了打火机，卡嚓一声打着了，蓝色的火苗呼啦一下蹿出来，在阴暗的山洞中像个精灵般地跳跃。

准备点火时，他又停了下来，回头看了一眼，实在有点舍不得那个袋子。那么多好吃的东西，背出去足足可以吃一个月，不能扔了。先把袋子送到洞口，再回来点火，然后再跑。

他灭了打火机，重新背起那个沉重的袋子，弓着腰呼哧呼哧地往外走。

走到离洞口大约二十步远的地方，抬起头，看到雪亮的光线射进来，晃得他睁不开眼睛。

他仔细一听，山洞外，枪炮声都停了下来。天底下静得只剩下杨胜利喘气的声音。

怎么啦？真的都死了吗？黄救国，我的好兄弟，你也死了？别怕，等着我，一会儿就来跟你做伴……

突然，从洞外传来一阵急促的皮靴声，一群拉长的影子挤进洞口，把他吓了一跳。

狗入的，来啦！

杨胜利顾不得多想，他扔掉袋子，反身跑回二号洞，按着了打火机。可就在这时候，他受过伤的左手不听使唤，怎么也抓不住那导火索的线头，无法触到火苗。

鬼子的脚步声越来越近，“咵、咵、咵……”的皮靴声在洞壁上撞击出刺耳的回音。

杨胜利浑身颤抖，豆大的汗珠从头上滚下来：怎么办？

万般无奈之际，他伏下头去，用牙齿咬住了导火索。

他昂起头来，蓝色的火苗终于触及点火头，导火索嗞的一声着了，火苗在他的牙齿间呼啸而过，然后分开，像一群受惊的老鼠往前飞蹿。

一群日本兵冲进来，十几枝枪口同时指着他。

杨胜利抬头，咧嘴一笑：“卵屌，去死吧！”

洞里白光一闪，整座山头抖了一下，又跳了一下，旋即，一股硝烟冲上了天。

尾　声

天下起了大雨。

当地人说，从来没见过这么个下法，哗啦啦地把天都下黑了。刺眼的闪电夹着惊天动地的霹雳，把山、把石、把树、把草炸得一片惨白。

无名山在从天而降的雨水之中赤裸而立，雨水溅起的飞澜像一顶华盖，支撑在天穹之下。

佛门前的石壁上，每一个弹孔里都冒着血水，血水连同碎石和泥浆往下流淌，九谷河成了一条煎熬着血肉之躯的河流。

大雨下了一天一夜，终于停下来了。

阳光重现，烈烈地照着大地，阵地上一片尸臭。

一条黄狗跑上来，左闻闻右拱拱，似乎发现了什么，朝坡下汪汪地叫了两声。

一个女子跑上来，看到了埋在泥土和碎石中的一缕头发，惊叫道："少哉……"

她不顾一切地扒开石块，刨去泥土，将少哉从掩体中拉了出来，把手指伸到他的鼻孔上摸了一下，高兴地叫唤："我知道，知道你还活着……"

少哉像刚刚睡了一觉，他睁开眼睛，看到了一线破开的蓝天，看到了被水洗过的山峦，看到了一个让他惊讶的身影。

"你……"他张了一下嘴，没有发出声音来。

"我们回家。"秋拉起少哉的双手，把他从地上抱了起来，"我们回家……"

少哉想说："我家离这里很远……"

秋什么都没听到，但她说："我知道。"

"叔叔……"少哉的身下响起了小复仇的声音。

小复仇从泥土里伸出一只手来："我要回家……"

"我们一起回家……"少哉还是说不出话来，他想拉小复仇一把，一使劲儿，却坐了下去。

秋把指头放进嘴里，一声唿哨，一头毛驴从山坡下蹒跚地爬了上来。

秋将少哉扶上驴背，然后拉着小复仇的手，跟着毛驴下了山。

走了几步，少哉从毛驴背上滚下来，扑通一声跪倒在地，失声痛哭，在心里呼喊着：参谋长、何进修、张三风、杨胜利、马连长、李抗战……我的弟兄们，安息啊……

秋抹着泪水，把少哉从地上扶起来，再次把他扶上了驴背。

阳光下，无名山依然像一尊不朽的大佛，安然地打坐在众山之间。

少哉没有回家，而是将秋和张复仇送到了八梦。

随后，他几经周折找到了第五军，随军进行了一年多的整训，参加了后来的滇缅反击战。直到1945年，世界反法西斯战争取得完全胜利，才带着秋回到了老家长亭。

后 记

放下这本书，结束了三年的劳作，竟然没有往日的释然。

我还将在很长一段时间内跋涉在漫长的抗日之路，跋涉在滇缅的高山、古道与丛林之间。那是我从来没去过的地方，却有着魂牵梦萦的云彩和星空、扑面而来的清风和雨雾……我想知道，是谁把我的目光引向那里？又是谁，让我的心潮随之起舞。

几十年前战死的将士，是我们的父辈，穿越了我的生命；几十年前抢修的公路，仍然是我们的血管，盘绕着我的年轮；几十年前消隐的岁月，始终是我的宿命，笼罩着我的基因。虽然，我们有理由渐渐忘记那一切，但我摆脱不了历史的痕迹。让记忆潜伏在体内，就为了一份无言的承载。

这是一本关于抗日战争的书，一支国民党的军队在那场战争中几乎全军覆没的故事。

离那段悲壮的历史已经过去六十五个年头了。

八年的抗战，打了多少恶仗？死了多少人？其艰苦、卓绝、悲壮和复杂，远远超过了我们熟知的那些故事。无数的历史，被埋葬在倒塌的废墟中。无数的生命，就像他们的遗骸一样化成了齑粉。更多的幸存者，在后来的岁月中所经历的折磨，超过了八年。

抗日战争的胜利，是中华民族全体同胞共同奋斗的结果。中国军队和人民正面抵抗着日本侵略军的主力，不仅保住了中国的半壁江山，而且粉碎了东西两股法西斯势力企图瓜分世界的阴谋，使得中华民族五千年的历史得以维继，使得中国在国际舞台上有了重要的一席之地。

战争，是人类经历的一次生命的教育。

我写了一个叫少哉的人物，他是一个纯真而执着的人，一辈子都在为这场战争付出。我写了一群无足轻重的士兵，他们可能很渺小、很卑微；他们良莠不齐，有各种各样的毛病；他们中的绝大多数没有什么意识形态。但是，他们都是中国人。他们面对强敌，不甘屈辱，在中华民族最危险的时候，用自己的生命捍卫了一个民族的尊严。他们是血肉长城上的一块方砖。

生命与尊严，是一个民族存在的理由。在这三年多的时间里，我走近了他们，看到了他们真实的容颜，听到了他们的哭声和笑声，感受到了他们跳动的脉搏，闻到了他们的血的气味。

他们的生命逝去了，他们留下了历史。

我们都会走入历史，我们该留下什么？

我所讲述的故事，只是历史之镜中落下的一粒碎屑，历史的真相常常在碎屑中流失。我期望更多的人一起来拼接一面完整的镜子，让它真实地映照出先辈们的背影。让我们在拼接中完成他们的涅槃与重生，把在那场民族浩劫中迸发出的伟大人格留给子孙。

这本书原名《支那山》。

“支那”一词出自梵文，是古印度对古代中国的称呼，意为东方之国，有一种智慧与深沉之美。当中国的丝绸和瓷器输入欧洲后，西方人延续了梵文的发音，以China称呼中国。

从江户时代到十九世纪中期，日本以此称谓中国，无特殊政治含意。甲午海战后，清政府被迫签署马关条约，将近代中国的耻辱推向了极点。从此，支那成了日本人对失败者的蔑称。

那是中华民族一段屈辱的历史。提起支那，中国人心里便有一种痛和恨。

书稿送到出版社，很快通过了三审。

但懿翎告诉我：“支那”二字会引起歧义，不能用。

我不明白，那段被侵略者玷污的历史有什么会引起歧义？已经自立于世界民族之林的中国有信心、有胸怀面对一切。支那山，是不甘屈辱与奋起抗击的象征，是一个民族挺起的脊梁。

懿翎耐心劝解：不要因为一个书名耽误了一本好书。

书名改了，它依然是一座高耸入云的大山。

2010年8月定稿

作者邮箱：luyb0855@sina.com

图书在版编目（CIP）数据

无名的名山/吕运斌著. -北京:作家出版社, 2011.1
ISBN 978-7-5063-5717-3

Ⅰ.①无… Ⅱ.①吕… Ⅲ.①长篇小说-中国-当代
Ⅳ.①I247.5

中国版本图书馆 CIP 数据核字（2010）第 248152 号

无名的名山

作　　者：吕运斌
责任编辑：懿　翎
装帧设计：牡丹平面
出版发行：作家出版社
社　　址：北京农展馆南里 10 号　　邮码：100125
电话传真：86-10-65930756（出版发行部）
86-10-65004079（总编室）
86-10-65015116（邮购部）
E-mail：zuojia@zuojia.net.cn
http://www.zuojia.net.cn
印刷：紫恒印装有限公司
成品尺寸：152×230
字数：307 千
印张：24.25
版次：2011 年 1 月第 1 版
印次：2011 年 1 月第 1 次印刷
ISBN 978-7-5063-5717-3
定价：36.00 元